安徽师范大学文学院学术文库（第三辑）

宋辽金文学论集

SONG LIAO JIN WENXUE LUNJI

胡传志 著

安徽师范大学出版社

·芜湖·

图书在版编目(CIP)数据

宋辽金文学论集 / 胡传志著. —芜湖:安徽师范大学出版社,2023.10
(安徽师范大学文学院学术文库. 第三辑)
ISBN 978-7-5676-5919-3

Ⅰ.①宋… Ⅱ.①胡… Ⅲ.①中国文学—古典文学研究—辽宋金元时代—文集 Ⅳ.①
I206.2-53

中国国家版本馆CIP数据核字(2023)第212393号

安徽省高峰学科安徽师范大学中国语言文学(诗学)建设项目
安徽师范大学中国诗学研究中心项目

宋辽金文学论集 胡传志◎著

责任编辑:王　贤
责任校对:李克非
装帧设计:张德宝　冯君君
责任印制:桑国磊
出版发行:安徽师范大学出版社
　　　　芜湖市北京中路2号安徽师范大学赭山校区　　　邮政编码:241000
网　　址:http://www.ahnupress.com/
发 行 部:0553-3883578 5910327 5910310(传真)
印　　刷:苏州市古得堡数码印刷有限公司
版　　次:2023年10月第1版
印　　次:2023年10月第1次印刷
规　　格:700 mm×1000 mm　　1/16
印　　张:25.5
字　　数:400千字
书　　号:ISBN 978-7-5676-5919-3
定　　价:65.00元

凡发现图书有质量问题,请与我社联系(联系电话:0553-5910315)

总　　序

　　安徽师范大学文学院的前身是1928年建立的省立安徽大学中国文学系，是安徽省高校办学历史最悠久的四个院系之一。1945年9月更名为国立安徽大学中文系，1949年12月更名为安徽大学中文系，1954年2月更名为安徽师范学院中文系，1958年更名为合肥师范学院中文系，1972年12月更名为安徽师范大学中文系，1994年10月更名为安徽师范大学文学院。这里人才荟萃，刘文典、陈望道、郁达夫、朱湘、苏雪林、朱光潜、周予同、潘重规、宗志黄、张煦侯、卫仲璠、宛敏灏、张涤华、祖保泉、余恕诚等著名学者都曾在此工作过，他们高尚的师德、杰出的学术成就凝固成了我院的优良传统，培养出了一大批出类拔萃的各类人才。

　　文学院现设有汉语言文学、汉语言、秘书学、汉语国际教育等4个本科专业，文学研究所、语言研究所、古籍整理研究所、美育与审美文化研究所、艺术文化学研究中心等5个研究所（中心）。拥有中国语言文学博士后科研流动站，中国语言文学一级学科博士点，中国语言文学、艺术学理论两个一级学科硕士学位点；设有中国古代文学等10个硕士学位二级学科授权点和学科教学（语文）、汉语国际教育两个专业学位点；有1个安徽省A类重点学科（中国语言文学），3个安徽省B类重点学科（中国古代文学、汉语言文字学、中国现当代文学）；1个国家级特色专业建设点(汉语言文学专业)，1个国家级教学团队（中国古代文学），两门国家级精品课程（文学理论、大学语文），1个省级刊物（《学语文》）。

文学院师资科研力量雄厚，现有在岗专任教师82人，其中教授28人，副教授35人，博士55人。2010年以来，本学科共主持省部级以上科研项目100项，其中国家社科基金项目28项（含重大招标项目和重点项目各1项），获得省部级以上奖励9项。教师中，有国家首届教学名师1人，享受国务院特殊津贴12人，皖江学者3人，二级教授8人，5人入选省级学术和技术带头人，6人入选省级学术和技术带头人后备人选。

走过八十多年的风雨征程，目前中文学科方向齐全，拥有很多相对稳定、特色鲜明的研究领域。唐诗研究、古代文论研究、儿童语言习得研究、古典文献研究、宋辽金文学研究、词学研究、当代文学现象研究、古典诗歌接受史研究、梵汉对音研究、句法语义接口研究等在全国居于领先地位或在学术界有较大影响。特别是李商隐研究的系列成果已成为传世经典，国务院学位委员会委员、北京大学教授袁行霈先生说，本学科的李商隐研究，直接推动了《中国文学史》的改写。

经过几代人的薪火相传，中文学科养成了严谨扎实的学术传统，培育了开拓创新的学术精神，打造了精诚合作的学术团队，形成了理论研究与服务社会相结合、扎根传统与关注当下相结合、立足本位与学科交融相结合、历代书面文献与当代口传文献并重的学科特色。

21世纪以来，随着老一辈学者相继退休，中文学科逐渐进入了新老交替的时期，如何继承、弘扬老一辈学者的学术传统，如何开启中文学科的新篇章，成了摆在我们面前的迫切任务。基于这一初衷，我们特编选了这套丛书，名之为"安徽师范大学文学院学术文库"，计划做成开放式丛书，一直出版下去。我们认为，对过去的学术成果进行阶段性归纳汇集，很有必要，也很有意义，可以向学界整体推介我院的学术研究，展现学术影响力。

现在奉献的是第三辑，文集作者既有年高德劭的退休老师，也有年富力强的年轻学者，学科领域涵盖中国文学、语言学、美学、逻辑学等，大致可以反映文学院学术研究风貌的历史传承与时代新变。

我们坚信，承载着八十多年的历史积淀，文学院必将向学界奉献更多的学术精品，文学院的各项事业必将走向更悠远的辉煌！

储泰松
二〇一五年八月

目　录

第一编 宋辽金文学的一体化研究

宋辽金文学与中华文学一体化

　　宋辽金是中华文学由中古向近古发展的特殊时期。北宋统一中原之时，北方已经有了契丹族建立的辽王朝，占据包括燕云十六州这些汉唐故地在内的大片土地，与北宋王朝相邻相对，长达160年。后来，女真族崛起于白山黑水之间，建立金王朝，成功入主中原，又与南宋相邻相对110年。宋辽金三代文学，既相对独立，各有一定的个性，又紧密相连，逐渐趋同融合，共同推动了中华文学的演进和发展。

　　从理论上来说，宋辽金三代文学与中华文学是部分与整体的关系。唯物辩证法告诉我们，整体是部分的有机结合，但不等于部分的简单相加。怎样有机结合，是能否构成一体的关键所在。

　　处于中原边缘的辽金文学是否具有中华文学的因子，是否具有与中华文学相融合的基因，是宋辽金文学貌离神合、进而一体化发展的基础。

　　辽代统治的疆域非常广阔，核心区域远离中原，统治者以契丹族为主，有相当成熟的契丹语言和文字。辽灭亡六十多年之后，金世宗还说，"契丹文字年远，观其所撰诗，义理深微"[1]，辽灭亡百年左右，元好问还见过三百年前耶律倍用契丹小字所写的诗歌，"意气曾看小字诗"[2]。耶律

---

[1]《金史》卷五十一《选举志》，点校本二十四史修订本，中华书局，2020年，第1222页。下引《金史》皆此本。

[2] 元好问著，狄宝心校注：《元好问诗编年校注》卷五《东丹骑射》，中华书局，2011年，第1101页。

倍的七世孙耶律履及其子耶律楚材还懂得契丹语言文字，可惜辽王朝的契丹语文学作品早已失传。所幸寺公大师的契丹语长诗《醉义歌》由耶律楚材将之翻译成汉语，完好地流传后世。该诗汉译本为七言古诗，长达120句，其篇幅超过了杜甫《北征》，等同于白居易《长恨歌》，足以见出契丹语言文字能够自如地抒情言志。耐人寻味的是，这首契丹语诗歌居然化用了孔子、陶渊明、李白、庄子、白居易、梁冀等人相关典实，写到泰山等中原地名，说明它原本就具有中华文化的精神特质，体现出与中原传统汉语文学的亲缘关系。契丹语诗歌如此，辽王朝的那些汉语文学更是先天性地带有中华文化的基因，不可避免地受到此前汉语文学的沾溉，同时还受到与之相邻的北宋文学忽明忽暗的滋养。譬如辽圣宗喜欢白居易诗歌，既与白居易晚唐以来"广大教化主"的崇高地位直接相关，又与北宋早期白体诗风盛行差不多同步，二者声息相通。又如耶律乙辛等人陷害辽道宗皇后萧观音，将写男女私情的《十香词》嫁名于北宋某皇后，萧观音轻易上当，将之书写下来，这说明辽人的《十香词》足以阑入北宋作品之中。

金王朝先后占领部分辽宋国土，在辽宋故土发展新兴的女真文化，基础薄弱。他们创制的女真文字尚不及契丹文字成熟，更遑论汉字了。金世宗不得不承认："女直字创制日近，义理未如汉字深奥。"[1]所以，女真语文学一直没有发展起来。金世宗自燕京返回上京时，有感于女真父老之情，曾亲自创作女真语歌词，动情演唱女真"本曲"，试图以此来加强本民族语言文化建设，后来金显宗、金章宗也努力挽救女真"本曲"，可惜收效甚微。从现存金世宗"本曲"以及完颜匡《睿宗功德歌》汉译本看，这些四言诗以歌颂金源祖先功德为主，下及当代史，风格接近《诗经》雅颂传统，不排除创作者和翻译者受到了《诗经》传统的影响，即便没有受到《诗经》传统的辐射，至少也与《诗经》传统同调，能与中华传统文学殊途同归。在女真语言文学起步阶段，女真族就受到汉文化的强大感召，快速汉化。第三位皇帝金熙宗在别人眼中已经"宛然一汉家少年子"[2]，

---

① 《金史》卷五十一《选举志》，第1222页。
② 徐梦莘：《三朝北盟会编》卷一百六十六引《金虏节要》，上海古籍出版社，1987年，第1197页。

第四位皇帝海陵王完颜亮更是毅然决然地将都城连同皇陵，从东北发祥地的上京（今哈尔滨阿城区）迁到汉族居住区的燕京（今北京），汉化的步伐越来越快，完颜亮、完颜璹等人汉语文学创作水平骤然提升。与此同时，他们的价值观也开始出现微妙的变化。完颜亮"万古车书尽会同，江南岂有别疆封"①，继承的是中华民族的大一统观，在他看来，只有一统天下，才能获得正统地位。完颜亮还能够跨越对立政权，称赞与他的部队激战而亡的南宋将领姚兴，"一心忠孝为南朝"②，如此一来，在价值观层面，也已经接近中华文化传统。另一贵族完颜璹的诗词，代表了女真族文学的最高成就，在审美标准、艺术风格等方面，与其他汉族作家几无二致，这些都体现出与中华文学相通相融的大势。

在辽金王朝，汉语为代表的中华文化逐渐超过其本民族的语言文化，获得优势地位，这样就有了与中原王朝"说一种话，写一种字，据同一的文化，行同一的伦理"③的基础，有了文学一体的前提。那么，以正统自居的宋王朝如何对待相邻的辽金文学？是否具有与之相通、进而一体化的气度？

客观地说，宋王朝经历了一个痛苦的焦虑、转变过程。宋王朝不仅没有了唐王朝"天可汗"那样的风光与地位，反而周边列强环绕，"一榻之外，皆他人家也"④。因此，宋王朝在与辽金的交往中，不得不放弃万邦来朝的幻想，不得不放低姿态，在国书中称对方为"大契丹皇帝"⑤"伯大金皇帝"⑥，甚至被迫纳岁币。这一转变推动了宋王朝与辽金王朝的平等交流，有利于促进中华文化一体化的建设。同时，从秦汉以来中华文化逐渐形成了开放、包容的传统，能够吸纳佛教等外来文化以及其他民族的文化，这一开放特质不会因为政权对立而中断，更不会因为统治者的个人

① 薛瑞兆：《新编全金诗》卷十《南征至维扬望江左》，中华书局，2021年，第199页。
② 祝诚：《莲堂诗话》卷上引完颜亮《哀姚将军》，《丛书集成初编》本，中华书局，1985年，第4页。
③ 傅斯年：《现实政治》，陕西人民出版社，2012年，第169页。
④ 李焘：《续资治通鉴长编》卷九《太祖》，中华书局，2004年，第205页。
⑤ 庄绰：《鸡肋编》卷中，中华书局，1983年，第45页。
⑥ 《三朝北盟会编》卷五十八，第435页。

意志而转移，所以，宋代文化仍然呈现出开放的态势。北宋与辽王朝外交来往频繁，边界图书贸易活跃，辽国使者入宋后，索要魏野的《草堂集》，宋真宗能慨允赠与。后来官方以泄露朝廷政治军事等事务为由，曾一度禁止图书交易，效果却微乎其微。民间契丹歌舞、女真歌舞更是别具特色，风靡南北，从汴京到临安，朝廷未予禁绝。东丹王耶律倍的绘画，传入中原，也得到了宋人的认可。辽道宗耶律洪基的《题李俨〈黄菊赋〉》入宋后，广受青睐。侵略者完颜亮固然激起南宋人强烈的民族仇恨，而他的那些充满个性的作品，不但没有被赶尽杀绝，反而被南宋人带着一半猎奇一半认可的复杂心理记载下来，完颜亮的作品最终主要靠南宋的记载而传世。对金王朝其他文人，宋王朝更加宽容，如毛麾、赵可、元好问等人的作品都得到了南宋人的认可。总体来看，来自敌对政权的辽金文学传入宋王朝后，没有遭到刻意歧视和抵制，与中原传统文学互鉴并存。

既然辽金文学趋同于宋代文学，宋代文学又能呈现出开放的态势，那么宋辽金文学就会形成一体化的格局。但在一体化的过程中，存在谁为正统这一突出问题。宋王朝占据核心地域，即使后来退居杭州，仍然当仁不让地以正统自居，但是，形势比人强，宋王朝在与辽、金平等交往的同时，事实上不得不让渡出一些正统观的话语权。欧阳修在《正统论》中将正统分为三类：居天下之正，合天下于一；居其正而不能合天下于一；虽不得其正，卒能合天下于一。宋王朝显然属于第二类，正而未统。而另一方金王朝则积极争夺正统，完颜亮侵略南宋，志在一统江山，夺得华夏正统，如他所说，"天下一家，然后可以为正统"①，正统似乎是比南北统一更高的价值追求。后来的金世宗、金章宗没有再通过征战来实现华夏正统理想，但却通过制度建设、经济建设、文化建设实现了宇内小康的目标，取得了"欲跨辽宋而比迹于汉唐"②的政绩，完成了从边疆民族政权向中原华夏文明的蜕变，使金王朝如同宋王朝一样，都是居其正而未能合天下为一。因此，金人也就有了挑战南宋正统地位的资本。理论上，赵秉文

---

① 《金史》卷一百二十九《李通传》，第2937页。
② 《金史》卷十二《章宗本纪》，第310页。

等人继承《春秋》"诸侯用夷礼则夷之，夷而进于中国则中国之"①的思想，为金王朝正统寻得理论依据，所以他们每每以"中国""天朝""皇华""神州"之类自居，将新兴的北方民族蒙古人视为"胡虏"，甚至有人还反过来斥南宋为"蛮貊""淮夷"。金王朝固然最终没有取代南宋成为唯一的正统代表者，但他们凭借实力与南宋平起平坐，跻身于正统之列。元人长时间反复争论《宋史》《辽史》《金史》编纂义例，最后不得不将三者并列，实际上也就承认了宋、辽、金各自正统的地位。金王朝的正统之争，表面上是针对南宋王朝的诉求，实际上双方都指向一个共同的目标——华夏正统，体现了中华民族由来已久的大一统的价值观。

与正统观转变相伴的是，宋辽金时期的华夷观也出现了新变。一方面，辽金北方民族统治者自觉华化，努力消弭华夷界限。辽道宗有《君臣同志华夷同风》诗，萧观音有《君臣同志华夷同风应制》诗，体现出平等进步的民族观，金熙宗视女真贵族"无知夷狄"，自觉向华夏靠拢。另一方面，长期生活在契丹、女真政权下的汉族民众，耳濡目染，受到不同程度的胡化，华夷之防日渐淡化。在下层，普通大众为了生存，难免如金世宗所说，"辽兵至则从辽，宋人至则从宋，本朝至则从本朝，其俗诡随"②。在士大夫阶层，他们逐步承认北方民族政权的合法性。如金代中期的萧贡将金王朝的作家队伍称作"国朝文派"③，得到大家的一致认同，元好问又将之称为"唐宋文派""中州文派"④，并认为得自"正传"，这就略过了女真王朝的民族属性，直承华夏正统。金亡之后的郝经更发出惊人之论："今日能用士，而能行中国之道，则中国之主也。"⑤体现了不辨华夷的中国观。在传统观念看来，此论离经叛道，简直是冒天下之大不

---

① 赵秉文著，马振君整理：《赵秉文集》卷十四《蜀汉正名论》，黑龙江大学出版社，2014年，第333页。
② 《金史》卷八《世宗本纪》，第202页。
③ 元好问编，张静校注：《中州集校注》卷一《蔡太常珪》，中华书局，2018年，第171页。
④ 《中州集校注》卷二《孙内翰九鼎》，第375页。中州文派，一作"吾州文派"。
⑤ 郝经著，田同旭校笺：《郝经集编年校笺》卷三十七《与宋国两淮制置使书》，人民文学出版社，2018年，第991页。

趑，那时还有很多南宋士大夫依然恪守于君臣大义、华夷之防，宁死也不屈从、不认可蒙古政权。但是，随着蒙古政权的崛起，一统天下，更多的汉族士大夫不得不接受这种观念，北方人的民族观念动摇了传统的华夷观。南宋遗民家铉翁认识到形势的剧变，评价元好问所编金诗总集《中州集》，对其书名"中州"以及收录"南冠"诸人的体例大加赞赏，认为"壤地有南北，而人物无南北，道统文脉无南北"①。家铉翁将道统、文脉置于南北地域、民族、政权之上，实际上进一步弱化华夷界限。这种观念有利于促进多民族文学一体化发展，推进民族平等，维护民族团结，维护中华文化一体化，进而推动民族间的深度融合，实现中华民族的一体化。后来的元明清三代，都是江山一统、文化一体的政权。

在追求正统、弱化华夷之防的背景下，辽金文学更加自觉地接受中华传统文化的滋养。前云金王朝的"唐宋文派"，从名称上就体现出与唐宋的渊源。苏轼以及元祐诸人的学术与文学，在北方无所禁忌，盛行不衰，有学者指出，不仅"苏学盛于北"②，其时程学亦盛行于北方，到了金代中后期，宋代的学术文化几乎无处不在。只要翻阅王若虚的《滹南遗老集》，就能发现，两宋的理学、史学、文学都为金人广泛关注。王若虚的各种"辨惑"，看似商榷，实是由爱而生，如柳宗元好读《国语》而作《非国语》一样。李纯甫的《鸣道集说》与此类似，针对宋人《诸儒鸣道集》的排佛立场而发，反驳周敦颐等宋儒之说，力图维护佛教的地位。其他如元好问受洪迈《夷坚志》影响作《续夷坚志》，王若虚受宋人诗话启发作《滹南诗话》。不仅汉族士大夫这样，女真族亦是如此。金代科举设立女真科，科举考题主要来源于"五经三史"，特别是《汉书》，因为《汉书》很早就被译成女真文字，作为女真国子学的教材。不懂汉语的女真人可以通过女真文字学习接受汉文化，掌握汉语之后，有的女真贵族酷爱汉文化，如贵族完颜璹喜爱《资治通鉴》，读了三十余遍。中华文化深入人心，所以尽管天下没有一统，文化上却维系着一统。

---

① 《中州集》附录《题中州诗集后》，中华书局，1959年，第572页。
② 翁方纲：《石洲诗话》卷五，《清诗话续编》本，上海古籍出版社，1983年，第1446页。

当然，在中华文学一体化发展过程中，辽金文学不是简单地向宋代文学靠拢看齐，而是能作出新的贡献。譬如，长期以来，无论是中华文化还是汉语文学，地域发展并不均衡。中原、巴蜀、江南等地区较为发达，华北一带相对薄弱。宋辽金时期，北方文化建设得到加强，宋室南迁后，中原文学中心遭到破坏，刘子翚说"南去人稀北去多"①，虽未必很准确，但足以说明大批中原人口北迁，经过数十年的积累，北方人才越来越多，到了金末，刘祁惊讶地发现："自古名人出东西南三方，今日合到北方也。"②尤其是辽金佛教、全真教兴盛，印刷出版业繁荣，戏剧等通俗文学生机勃勃，涌现出一批文化重镇。华北地区虽然整体实力尚不及东南一带，但别具特色，大大夯实了北方文学的发展基础，初步实现了南北地域的均衡发展，改写了中华文学的地域布局。随着蒙古政权将大都确定为首都之后，北方文化建设得到进一步加强，形成了稳定的、足以与南方相抗衡的北方文学中心。再比如，南北文风差异较大，"江左宫商发越，贵于清绮；河朔词义贞刚，重乎气质"③，各有长短，唐王朝在统一之后，不失时机地取长补短，达到了刚柔兼济、文质彬彬的理想境地。但到了晚唐五代之际，六朝柔靡之风再次回潮，以温李新声、花间词为代表的晚唐五代文学，可谓儿女情长，风云气少。北宋时期，文人的心态进一步内敛，柔婉精美的长短句盛行不衰，直到女真人的铁骑打破了文人们的温柔美梦，才激起部分士人的斗志，但到了南宋临安不久，很多士大夫又迷失在江南秀美风光之中，如陈人杰《沁园春》词序中所谓"东南妩媚，雌了男儿"④。所幸辛弃疾从济南投奔南宋，给南宋文学注入阳刚之气，力挽南宋文学柔弱不振的文风。在北方，游牧民族及北方汉人的强悍个性使得辽金文学充满阳刚之气。完颜亮《鹊桥仙》（持杯不饮）写中秋赏月，遭遇乌云，却写出了"愁眉怒目，星移斗转，懊恼剑锋不快"⑤等金刚怒目般

---

① 《全宋诗》卷一九二〇《汴京纪事》，北京大学出版社，1998年，第34册，第21428页。

② 刘祁：《归潜志》卷十，中华书局，1983年，第118页。

③ 《隋书》卷七十六《文学传序》，中华书局，1982年，第1730页。

④ 《全宋词》，中华书局，1985年，第5册，第3079页。

⑤ 洪迈：《夷坚志·夷坚支志景》卷四，中华书局，1981年，第909页。

的词句。刘昂《上平西》（虿锋摇）为泰和南征助威，写得豪迈飞动，气势非凡，元好问诗歌"挟幽并之气"①，这些都代表了北方刚健文风。总体而言，宋辽金时期北方文学刚中有柔，南方文学柔中有刚，在一体化过程中，重塑了刚柔兼备的风格大局。

要之，宋辽金三代文学既多元并存，又具有一体性，特别是在融合北方民族文化方面，影响深远，为中华文学一体化的发展作出了积极贡献。

［原刊《文学遗产》2020年第1期］

---

① 《金史》卷一二六《元好问传》，第2892页。

宋辽金文学关系论

公元10—13世纪，在中国的版图上，先后活跃着辽、宋、金、元四个王朝，四个王朝前后相继而有所交叉。907年，契丹人耶律阿保机夺得汗位，916年称帝，建立辽王朝，936年占据后晋的燕云十六州，势力逐步扩大。960年，赵宋王朝建立，直到1125年辽被金所灭为止，辽与宋一直对立共存，长达166年之久。1115年，女真人完颜阿骨打在东北称帝，建立金王朝，10年后灭辽，接着便给宋王朝以重创，将赵宋王朝永远地赶到了江南一隅。女真族成功入主中原。1206年，成吉思汗建立蒙古帝国，东征西讨，1211年开始直接威逼金王朝，1234年，蒙古政权借助南宋政权的策应，结束金源国运，开始与南宋王朝对峙。1279年，忽必烈的铁骑跨江越海，将南宋王朝彻底葬送于海底，统一了中国。在这300多年的漫长岁月里，政治风云变幻多端，各方关系错综复杂，任何一方实际上都不可能孤立地存在。

政治的特殊性造就了文学的特殊性。就像政治不能孤立存在一样，各方文学也不能完全割裂开来。学术界对各方文学都有了很多深入的研究，但对它们之间的联系与交融，研究得还不充分。在重点研究宋金文学交融之前，我们不妨俯瞰一下宋辽金三代文学的交融大势，以便我们更好地把握10—13世纪中国文学的全局。

一、北宋文学的输出与辽代文学水平的提升

契丹有自己的语言和文字，有其民族独特的语言文学。与汉族政权接壤的地理位置，使得其民族文化与生俱来地带有众多汉语文化的因子。他们的契丹大字是"汉人陷蕃者以隶书之半，就加增减"①而成，契丹小字也类似方块汉字。地道的契丹语文学亡佚殆尽，当代出土的契丹语文献都是些碑刻材料，而且存世有限，仅有极少数文字学家能够释读，但可以肯定的是，契丹语文学不可避免地承载着汉语文学的精神。辽代寺公大师用契丹语写成的《醉义歌》，由元初耶律楚材译成汉语七言歌行②，其内涵是借重阳饮酒赏菊抒发与陶渊明、李白相通的高远旨趣，与汉语诗歌传统并无二致。或许由于契丹语言文字不够发达的原因，从现存文献来看，契丹人创作的更多的是汉语文学。这些汉语文学除了继承汉语文学传统之外，还受益于与之对峙的北宋文学的滋养。

众所周知，辽宋文学主要有两个联系纽带。一是双方互派的国信使和泛使。辽宋对峙时期，大约有124年互派使节往来，使节人数多达1600人左右③，如果加上随行服务人员，实际队伍远大于此。双方使节中不无一些高水平的文人，尤其是宋方，派出了欧阳修、王安石、苏辙等一流文人，使得这一外交活动具有了突出的文学交流意义。这种交流当然不平等，北宋文学以其压倒性的优势，向辽国单向输出，辽人基本上是个接受者的角色。二是图书的传播。出于对北宋文学的喜爱，辽方通过国信使、榷场等途径大量搜集宋人图书，以致引起宋人的警觉。天圣五年（1027），有宋臣针对流传到北方的许多文集中涉及到边防机要，建议禁止图书的北传④。后来，北传的书籍越来越多。元祐四年（1089）出使辽国的苏辙在

---

① 王溥：《五代会要》卷二九《契丹》，上海古籍出版社，1978年，第457页。
② 耶律楚材：《湛然居士文集》卷八，中华书局，1986年，第171—173页。
③ 参见傅乐焕：《辽史丛考·宋辽聘使表稿》，中华书局，1984年，第179页。
④ 徐松：《宋会要辑稿》食货三八之三十，中华书局，2006年，第5481页。

对方境内不仅发现苏氏"家集",惊讶地告诉苏轼,"谁将家集过幽都,逢着胡人问大苏"①,还发现宋朝民间开版印刷的书籍,"北界无所不有","多已流传在彼"②。毫无疑问,这些使辽文人和宋人典籍是辽人最直接的学习、模仿对象,会激发辽人的创作兴趣和热情,提升其创作水平。但由于辽代文献传世较少,当年这种显而易见的影响如今已变得模糊不清,致使一般论著都避而不谈。其实,细加检索,仍然能发现一些蛛丝马迹。

辽圣宗耶律隆绪(971—1031)在位的50年(982—1031)是辽朝的鼎盛时期。辽圣宗最引人注目之处不是他自幼喜爱汉语诗歌,"十岁能诗"③,而是他特别喜爱白居易诗歌,据说他曾"亲以契丹字译白居易《讽谏集》,诏番臣等读之"④,还声称"乐天诗集是吾师"⑤。他的这些主张和举措主要出现在1009年亲政之后,同时也是在结束断交历史、缔结澶渊之盟之后,这恰好与北宋境内流行的白体诗风前后呼应。所谓白体诗歌,兴起于宋太宗朝,流行于太宗、仁宗、真宗三朝,代表人物是宋太宗、李昉、王禹偁等人。他们学习白居易浅切易晓的诗风、乐天知足的生活态度和元白的唱和方式。如宋太宗喜欢君臣唱和,有意倡导知足常乐的思想,现存诗歌"颇类白居易中年以后诗作"⑥。而辽圣宗极力推崇宋太宗,说:"五百年来中国之英主,远则唐太宗,次则后唐明宗,近则今宋太祖、太宗也。"⑦据此,他对宋太宗(939—997)应该有比较多的了解。辽圣宗的诗歌仅有一首《传国玺诗》存世,尽管难以评价其诗歌成就,但至少可以看出在学习白诗的唱和、浅切等方面与宋太宗相通。由此看来,

---

① 苏辙著,曾枣庄、马德富校点:《栾城集》卷一六《奉使契丹二十八首·神水馆寄子瞻兄四绝》,上海古籍出版社,1987年,第398页。

② 《栾城集》卷四二《北使还论北边事札子》,第937页。

③ 《辽史》卷十《圣宗纪一》,点校本二十四史修订本,中华书局,2016年,第115页。

④ 叶隆礼:《契丹国志》卷七,上海古籍出版社,1985年,第71页。

⑤ 《诗话总龟》卷十七引《古今诗话》:"雄州安抚都监称宣事云:'虏中好乐天诗,闻虏有诗云:乐天诗集是吾师。'"人民文学出版社,1987年,第199页。辽圣宗谥为文武大孝宣皇帝,宣事疑指辽圣宗之事。

⑥ 参见刘扬忠主编:《中国古代文学通论》(宋代卷),辽宁人民出版社,2005年,第28—29页。

⑦ 《契丹国志》卷七,第71页。

辽圣宗以及辽代白体诗风不仅仅是继承晚唐五代的余习，或许还与宋朝白体诗风北渐有一定关联。

明昌元年（1190）二月，王寂按部辽东，获得辽代司空大师郎思孝的《海山文集》，辽兴宗曾与他对榻吟诗，王寂从中征引了他们酬唱的四首诗①。前文所说的寺公大师《醉义歌》是现存辽代篇幅最长的诗歌，共120句。寺公大师生平不可考，耶律楚材于出征西域途中，学会契丹语，于蒙古太祖十七年（1222）将之译为汉语。耶律楚材在序中总评其人其诗："辽朝寺公大师者，一时豪俊也。贤而能文，尤长于歌诗，其旨趣高远，不类世间语，可与苏、黄并驱争先耳。"②耶律楚材肯定还读到寺公大师的其他诗歌，否则，他不可能由一首诗作出如此高的评判。从纵横迭宕、雄奇豪迈的诗风来看，《醉义歌》比较接近李白和苏轼的诗，而且在诗中，寺公也以李白自比。耶律楚材"与苏、黄并驱争先"的评价虽然不一定很适合这首诗，但这一评价是否透露出两个信息：寺公与苏、黄差不多是同时代人？寺公诗与苏、黄诗有相似之处甚至有关？

辽代最有成就的作家是萧观音（1040—1075），她被赐死的不幸结局明确无疑地折射出辽宋文学的关联。萧观音是辽道宗耶律洪基的皇后，多才多艺，"姿容冠绝，工诗，善谈论，自制歌词，尤善琵琶"③，还擅长书法。在现存辽人作品中，她的传世作品最多。其代表作《回心院词》十首抒发受冷落的幽怨和渴望获得宠爱的细腻感情，充分体现出她杰出的文学才华。况周颐评价这十首词"音节入古，香艳入骨，自是《花间》之遗，北宋人未易克办"④。这十首词是否受到宋词的影响，尚缺乏明证，但清人徐釚称当时"柳七之调，尚未行于北国，故萧词大有唐人遗意"⑤，以此来排除宋词的影响，则不够有力。此前柳词已经风行一时，以西夏归朝

---

① 王寂：《辽东行部志》，《五代宋金元人边疆行记十三种疏证稿》，贾敬颜著，中华书局，2004年，第264—265页。

② 耶律楚材：《湛然居士文集》卷八，第171页。

③ 《辽史》卷七一《后妃传》，第1326页。

④ 况周颐：《蕙风词话》卷三，《词话丛编》本，中华书局，1986年，第4455页。

⑤ 徐釚编著，王百里校笺：《词苑丛谈校笺》卷八，人民文学出版社，1998年，第450页。

官所言"凡有井水处即能歌柳词"来推测，柳永词不可能没有传到辽国，更何况《回心院词》十首颇类柳词风格。后来，据辽人王鼎《焚椒录》记载，辽大臣耶律乙辛令他人伪造《十香词》，诬陷萧观音与伶人赵惟一私通，导致萧观音被赐死。作为私通重要证据的《十香词》大胆描写女性身体的十种气味，性爱成分较多：

> 青丝七尺长，挽作内家装。不知眠枕上，倍觉绿云香。
>
> 红绡一幅强，轻阑白玉光。试开胸探取，尤比颤酥香。
>
> 芙蓉失新艳，莲花落故妆。两般总堪比，可似粉腮香。
>
> 蝤蛴那足并，长须学凤凰。昨夜欢臂上，应惹领边香。
>
> 和羹好滋味，送语出宫商。定知郎口内，合有暖甘香。
>
> 非关兼酒气，不是口脂芳。却疑花解语，风送过来香。
>
> 既摘上林蕊，还亲御苑桑。归来便携手，纤纤春笋香。
>
> 凤靴抛含缝，罗袜卸轻霜。谁将暖白玉，雕出软钩香。
>
> 解带色已战，触手心愈忙。那识罗裙内，消魂别有香。
>
> 咳唾千花酿，肌肤百和装。无非啖沉水，生得满身香。

其表现水平之高，非一般契丹文人所能及[1]，所以耶律乙辛的同党、萧观音的宫婢单登为了骗取萧观音手书《十香词》，对萧观音说："此宋国忒里蹇所作，更得御书，便成二绝。"[2]忒里蹇，契丹语皇后的意思。宫婢单登将《十香词》嫁名于宋朝皇后，萧观音深信不疑，这一方面说明北宋皇后作品传入契丹当属正常，另一方面也说明《十香词》具有北宋文学的特征，换言之，其作者可能有意模仿宋人，来欺骗萧观音。如果联系宋代文学来看，这组词与柳永词最接近。柳永许多俗词已经被时间淘汰，现存词作中有"缠绵香体""倚玉偎香""偷剪香鬟""酒入香腮""香靥深深"

---

[1]《十香词》的艺术水平，让有的学者怀疑可能真的出于萧观音之手，怀疑她与赵惟一的私情并非他人诬陷。萧观音绝命词云："虽衅累兮皇床，庶无罪兮宗庙。"已承认其私情。参见黄震云：《辽代文学史》，长春出版社，2010年，第149—151页。

[2] 王鼎：《焚椒录》，明宝颜堂秘籍本。

"再三香滑"等女性体香描写，这些词句自然也会像柳氏其他词作一样风靡南北，很容易成为被模仿的对象。辽国作者受柳词影响，铺写女性十种体香，由香艳的感官描写发展到性爱描写，皆顺理成章①。

另外，辽末人马植"世为辽国大族，仕至光禄卿"②，归宋后赐名赵良嗣，宣和二年（1120）与宋人王瑰一起使金，至辽故地上京，与完颜阿骨打商议联合灭辽之事，所作《上京》诗亦折射出辽宋文学的联系。诗曰："建国旧碑明月暗，兴王故地野风干。回头笑谓王公子，骑马随军上五銮。"③这首诗的题目、章法都很像欧阳修的《奉使契丹回出上京马上作》："紫貂裘暖朔风惊，潢水冰光射日明。笑语同来向公子，马头今日向南行。"④这时马植虽然归宋未久，但他受欧阳修的影响显然由来已久，欧阳修此诗在辽国当有流传。

由上述种种迹象可以看出，北宋文学流入契丹促进了辽国文学水平的提升。

二、契丹文学渗入北宋的印记

在辽宋文学关系上，宋国文学对辽国文学的影响远大于辽国文学对宋国文学的影响。一方面，北宋文学水平较高，许多宋人具有很强的民族和文化优越感，不屑于向被称为胡虏的辽人学习；另一方面，据沈括说，"契丹书禁甚严，传入中国者法皆死"⑤，辽官方也确实"禁民私刊印文字"⑥，这样就阻碍了辽国文学向宋国的传播。但相邻的地理位置、相同的语言、频繁的人员往来、割不断的文学渊源使得辽国文学或多或少会传入北宋，在北宋文学中留下独特的印记。

---

① 柳永之后，李元膺《十忆诗》也有两首诗歌描写女性体香。

② 《宋史》卷四七二《赵良嗣传》，中华书局，1985年，第13733页。

③ 《三朝北盟会编》卷四，第25页。

④ 李逸安点校：《欧阳修全集》卷十二，中华书局，2001年，第204页。

⑤ 沈括著，胡道静校证：《梦溪笔谈校证》卷十五，上海古籍出版社，1987年，第513页。

⑥ 《辽史》卷二十二《道宗纪》，第300页。

首先是辽国俗文学的传入。曾敏行《独醒杂志》卷五记载，宣和年间京师"街巷鄙人多歌蕃曲，名曰《异国朝》《四国朝》《六国朝》《蛮牌序》《蓬蓬花》等，其言至俚，一时士大夫皆歌之"。江万里《宣政杂录》记载，宣和初年，宋人从辽人手中收回燕山，大量燕山辽民南下汴京，辽人歌舞亦流行一时，"其俗有《臻蓬蓬歌》，每扣鼓，和臻蓬蓬之音为节而舞，人无不喜其声而效之者"①。从中可见京城出现了民族文化交融的现象，连士大夫也没能置身局外。亲身经历北宋灭亡的刘子翚将耳熟能详的《臻蓬蓬歌》作为消逝的历史写进诗歌："仓黄禁陌夜飞戈，南去人稀北去多。自古胡沙埋皓齿，不堪重唱蓬蓬歌。"②抒发其沉挚的亡国之痛。这说明《臻蓬蓬歌》等辽人歌舞、辽人文化已经进入宋代文人的记忆，成为历史的见证。

其次是文人创作。使辽宋人深入辽国境内，创作一些具有外交性质的诗歌，这些诗歌或多或少地受到了辽国文学、契丹文化的影响。天圣三年（1025），李维等人使辽，奉命即席创作《两朝悠久诗》，不惜"自称小臣"，以博辽圣宗的欢心③；至和二年（1055），王拱辰使辽，应邀参加辽兴宗混同江钓鱼（"春水"），亦奉命赋诗，颇得辽兴宗的爱重④。这些"命题作文"虽已经失传，但可以推测其主旨、风格、语言等等一定符合辽帝的欣赏趣味。庆历三年至五年（1043—1045），连续三年使辽的余靖更是奉命写下"双语诗"。据刘攽《中山诗话》记载：

> 余靖两使契丹，虏情益亲，能胡语，作胡语诗，虏主曰："卿能道，吾为卿饮。"靖举曰："夜宴设逻（厚盛也）臣拜洗（受赐），两

---

① 江万里《宣政杂录》，《说郛》卷二十六（涵芬楼本）。通行本谓《臻蓬蓬歌》为金人所歌，亦有作辽人、北人、燕人者。今人杨万里辨之，当作辽人，甚是。参见其《宋辽金俗文学交流若干事实的文学史意义》，载《走进契丹与女真王朝的文学》，文化艺术出版社，2006年，第351页。

② 《屏山集》卷十六《汴京纪事》，明刻本。

③ 参见《宋史》卷二八二《李维传》、《续资治通鉴长编》卷一〇四。

④ 参见《辽史》卷二十《兴宗三》、《续资治通鉴长编》卷一七七。

朝厥荷（通好）情干勒（厚重）①。微臣雅鲁（拜舞）祝若统（福佑），圣寿铁摆（嵩高）俱可忒（无极）。主大笑，遂为酹觞。②

余靖将契丹语与汉语交错在诗中，达到活跃宴会气氛、融洽双方关系的目的，但他回宋后却受人弹劾，被指"失使者体"③，由知制诰外贬吉州。嘉祐元年（1056）使辽的刁约，不知是忘了前车之鉴，还是有不得已的苦衷，还继续创作"双语诗"。《梦溪笔谈》卷二十五载：

> 刁约使契丹，戏为四句诗曰："押燕移离毕，看房贺跋支。饯行三匹裂，密赐十貔狸。"皆纪实也。移离毕，官名，如中国执政官。贺跋支，如执衣防阁，匹裂，似小木罂，以色绫木为之，如黄漆。貔狸，形如鼠而大，穴居，食谷粱，嗜肉，狄人为珍膳，味如肫子而脆。④

刁约此诗也作于宴会之上，当是迎合对方的一时戏作，将对方文化纳入到自己诗歌之中。换言之，这些双语诗含有新的文化元素——契丹文化成分，为北宋文学增添了异样的景观。

有意思的是，辽人的文学爱好有时还会牵动宋人文学作品的命运。譬如魏野（960—1019）只是一介草民，不求闻达，其诗"平朴而常，不事虚语"⑤，不可能上达天听。大中祥符四年（1011），宋真宗突然"召草泽魏野"，起因就是契丹人喜欢魏野的诗歌。此前有契丹使者对宋真宗说，他们很喜欢魏野的诗歌，已经"得其《草堂集》半帙，愿求全部"⑥。宋

---

① 情干勒，原作"情感勤"，与末句不协韵。据《韵语阳秋》卷二、《诗话总龟》前集卷二改。

② 《历代诗话》本，中华书局，1982年，第294页。

③ 《续资治通鉴长编》卷一五五，中华书局，1985年，第3772页。

④ 《梦溪笔谈校证》卷二十五，第806页。又见《诗话总龟》卷十八，第201页。

⑤ 文莹：《玉壶野史》卷七，文渊阁《四库全书》本。

⑥ 《续资治通鉴长编》卷七十五，《玉壶野史》卷七亦载其事曰："祥符中，契丹使至，因言本国喜诵魏野诗，但得上帙，愿求全部。真宗始知其名，将召之，死已数年，搜其诗，果得《草堂集》十卷，诏赐之。"其中"死已数年"误，魏野卒于天禧三年（1019）。

真宗大概这时才真正注意到魏野其人其诗。还有契丹使者到宋国后，见到寇准，诧异地问起寇准："莫是'无地起楼台'相公否？"①显然，契丹人的文学爱好抬高了魏野的身价，扩大了魏野的知名度。

契丹文献传入宋国虽然很少，但引起了宋人足够的关注。辽国降官赵英幼时陷辽，于庆历元年（1041）叛辽归宋，改名赵至忠（又作赵志忠）。他多次向宋仁宗献契丹图书，包括《契丹地图》《虏廷杂记》等书，多次受到奖赏②。他所献的图书都已亡佚，《虏廷杂记》原名作《阴山杂录》，见《直斋书录解题》卷五，当作于降宋之前③。且不论它是否具有文学性，都可以当成是辽宋联系的史料，都有其文学意义。当时《虏廷杂记》流传较广，欧阳修《新五代史》、司马光《资治通鉴考异》等曾引该书。南北宋之交的王铚在《默记》卷下曾征引以下一段耸人听闻的文字：

> 《杂记》言圣宗芳仪李氏，江南李景女，初嫁供奉官孙某，为武疆都监，妻女皆为圣宗所获，封芳仪，生公主一人。④

据厉鹗考证，李煜的这位妹妹就是《辽史·公主表》所列辽圣宗第十三个女儿赛哥（金乡公主）的生母⑤。元丰七年（1084）前后，晁补之在担任"北都教官"（北京国子监教授）期间，曾读过《虏廷杂记》。南唐李氏辗转沦落为契丹芳仪的命运，令他感慨万端，促使他写下了凄婉动人、传诵一时的长诗《芳仪怨》：

> 金陵宫殿春霏微，江南花发鹧鸪飞。风流国主家千口，十五吹箫

---

① 《湘山野录》卷下，中华书局，1984年，第44页。魏野该诗作于1007年，而契丹使者使宋时间失考。

② 参见《续资治通鉴长编》卷一八五、一九一、二十四。

③ 参见李锡厚：《〈虏廷杂记〉与契丹史学》，载《史学史研究》1984年第4期。

④ 上海书店1990年影印本。武疆，下引《芳仪怨》诗，作武强，疑是。武强，在今河北武强县西南。

⑤ 《辽史拾遗》卷十九，文渊阁《四库全书》本。

粉黛稀。满堂侍酒皆词客，拭汗争看平叔白。后庭一曲时事新，挥泪临江悲去国。令公献籍朝未央，敕书筑第优降王。魏俘曾不输织室，供奉一官奔武强。秦淮潮水钟山树，塞北江南易怀土。双燕清秋梦柏梁，吹落天涯犹并羽。相随未是断肠悲，黄河应有却还时。宁知翻手明朝事，咫尺人生不可期。苍黄三鼓濠泗岸，良人白马今谁见。国亡家破一身存，薄命如云信流转。芳仪加我名字新，教歌遣舞不由人。采珠拾翠衣裳好，深红退尽惊胡尘。阴山射虎边风急，嘈杂琵琶酒阑泣。无言遍数天河星，只有南箕近乡邑。当时千指渡江来，同苦不知身独哀。中原骨肉又零落，寄诗黄鹄何当回。生男自有四方志，女子那知出门事？君不见李君椎髻泣穷年，丈夫飘泊犹堪怜。[1]

晁补之将李氏不可思议的悲惨命运铺写得回肠荡气，感人肺腑。

也有真正出于契丹人之手的文献传入宋国。如辽道宗耶律洪基（1032—1101）的《题李俨〈黄菊赋〉》：

> 昨日得卿黄菊赋，碎剪金英填作句。袖中犹觉有余香，冷落西风吹不去。

题中的李俨又叫耶律俨（？—1113），"仪观秀整，好学，有诗名，登咸雍进士"[2]，官至国相，曾于辽寿昌四年（1098）使宋。其《黄菊赋》已失传。据侯延庆（1115年进士）《退斋雅闻录》记载，该诗最先由李俨之子李处能于辽天庆九年（1119）使宋期间传入宋朝[3]，李处能官至少府少监[4]，辽亡后曾一度归宋，赐名赵敏修[5]。辽道宗此诗将黄菊与《黄菊赋》合而为一，构思巧妙，堪称佳作，入宋后曾广为流传，先后为陆游《老学

---

① 《鸡肋集》卷十，四部丛刊景明本。
② 《辽史》卷九十八《耶律俨传》，第1557页。
③ 《说郛》卷四十八，北京中国书店1976年影印涵芬楼本。
④ 《辽史》卷九十八《耶律俨传》，第1558页。
⑤ 李心传：《建炎以来系年要录》卷五十八，中华书局，2013年，第1179页。

庵笔记》（卷四）、谢采伯《密斋笔记》（卷三）等书所记载。元人虞集在听到别人吟诵此诗之后，将它檃括为《蝶恋花》词：

> 昨日得卿黄菊赋。细剪金英，题作多情句。冷落西风吹不去。袖中犹有余香度。 沧海尘生秋日暮。玉砌雕栏，木叶鸣疏雨。江总白头心更苦。素琴犹写幽兰谱。

这表明辽道宗的诗歌已经完全融入华夏文明之中，为汉族士人所普遍接受。

此外，传入宋国的还有辽圣宗的《传国玺诗》，见载于孔平仲《珩璜新论》卷四，萧瑟瑟的《咏史》，见载于赵德麟《侯鲭录》卷七。孔平仲、赵德麟都是北宋时期相当活跃的文人，通过他们，这些辽人诗歌会为更多宋人所知晓。

三、金源文学对辽代文学的继承与发展

1115年，完颜阿骨打建立金国，直到1125年灭辽，双方文学交流十分有限。一是由于完颜阿骨打忙于征战，无暇顾及文学；二是因为女真文学还处于原始阶段，对辽国文学几乎不构成影响；三是因为双方语言差异较大，少数女真人懂得契丹文字[①]，能接受契丹语文学，而契丹语文学却很有限，辽国汉语文学作品丰富，可女真人基本还不懂得汉语。所以，在对立时期，仅见个别辽人汉语诗歌入金的记录。金天会元年（1123），刚刚自辽降金的左企弓（1051—1123）反对宋金海上之盟，反对将燕京归还于宋，特献诗阿骨打："并力攻辽盟共寻，功成力有浅和深。君王莫听捐燕议，一寸山河一寸金。"[②]该诗直白地表达其政治见解，没有多少艺术性。

---

① 《金史》卷一二五《萧永祺传》称其："少好学，通契丹大小字。"可见通晓契丹文字已是当时罕见的专门人才。

② 佚名：《宣和遗事》，丛书集成初编本，中华书局，1985年，第45页。

与左企弓同时降金、同时被杀的虞仲文（1069—1123）颇有诗才，《中州集》卷九录其4岁时所作的《雪花诗》："琼英与玉蕊，片片落前池。问着花来处，东君也不知。"有诗味也有童趣，艺术性较强。辽金文学的联系主要表现在辽亡之后。

金代文学几乎没有女真本民族的基础，白手起家，通过"借才异代"式的文化侵占，获得了比较高的文学起点，建造起平地楼台。辽文学即是构成金初文学的两大基石之一。

辽亡之后，其文化队伍大多为金人所有。宣和七年（1125），宋人许亢宗使金，在宴会上见到了由"契丹教坊四部"两百多人组成的音乐表演①，说明辽的歌舞戏曲人才进入了金国。那些精通汉语的文人入金后，成了金初文坛的一翼。像韩昉、张通古、胡砺、任熊祥、王枢、李石等人。这些人的传世作品都很少，其真实水平不得而知。即使他们的文学成就有限，但仍然是金代文学发轫的一支重要力量。韩昉（1082—1149）出身于辽世族，辽天庆二年（1112）中状元，仕辽至乾文阁待制，入金后仕至参知政事。史称他"善属文，最长于诏册"②，与由宋入金的宇文虚中"俱掌词命"③，在金初具有示范意义。他为完颜阿骨打所作的《武元圣德神功碑》（又称《太祖睿德神功碑》《武元皇帝平辽碑》），不仅"当世称之"④，还广受后人好评。郝经《陵川集》卷十《戊午清明日，大城南读〈金太祖睿德神功碑〉》："参用辽宋为帝制，文采风流几学士。磊磊高文辞称事，卓冠一代谁复似？"逎贤《金台集》卷二《读金太祖武元皇帝平辽碑》甚至将韩昉比为司马迁："百年功业秦皇帝，一代文章太史公。"韩昉所撰写的《诛宋兖诸王诏》义正词严，被南宋人洪皓《松漠纪闻》（卷二）、徐梦莘《三朝北盟会编》（卷一六六）、洪迈《容斋随笔·三笔》（卷五）等书所征引⑤。韩昉还凭借其特殊的地位培养和发现不少文学人才。

①《许亢宗行程录》，《三朝北盟会编》卷二十引，上海古籍出版社，1987年，第146页。

②《金史》卷一二五《韩昉传》，第2863页。

③《金史》卷七十九《宇文虚中传》，第1906页。

④《金史》卷一二五《韩昉传》，第2863页。

⑤阎凤梧主编《全辽金文》误为无名氏所作，山西古籍出版社，2001年，第3812页。

《金史·胡砺传》载，金兵路过燕京时，俘虏了年轻的文人胡砺（1107—1161），韩昉"见而异之，使赋诗以见志，砺操纸笔立成，思致清婉"，胡砺（字元化）得到了韩昉的赞许，不仅成了天会十年（1132）的状元，后来还出任定州（今河北定县）观察判官，教化一方："定之学校为河朔冠，士子聚居者常以百数，砺督教不倦，经指授者悉为场屋上游，称其程文为'元化格'。"可见他为金王朝培养出了许多文学人才。张通古（1088—1156）"读书过目不忘，该综经史，善属文"①，与韩昉同年进士，仕辽为枢密院令史，仕金官至宰相。王枢（生卒年不详）字子慎，辽时进士，长于诗歌，《中州集》卷九录其《三河道中》一诗，情景理结合得当，很好地抒发了时代变易之感，时人刘著曾将他与韩昉并列称誉②。

辽朝不仅给金国输送了上述第一代文学人才，还养育了众多第二代文学人才，使得金代文学与辽代文学又多了一层渊源关系。金代中期一批著名文人都是辽人的后代，如著名诗人王寂是辽国进士王础之子。又比如魏道明兄弟四人，"俱第进士，又皆有诗学"，其中以魏道明"最知名"。他著有《鼎新诗话》（佚），并为蔡松年词集作注（《萧闲老人明秀集注》六卷，现存三卷）。元好问的《中州集》就是在他的《国朝百家诗略》基础上编纂而成。他是金代中期很有影响的一位诗人。而魏道明的父亲是辽天庆年间进士③，他的诗学应该源于辽代。与此相似的还有边元鼎、边元勋、边元恕兄弟三人，"俱有时名，号三边"，其中边元鼎"诗文有高意，时辈少及"④。而他们的祖父则是辽时的状元边贯道。郑子聃是辽国金源县令郑宏之子，正隆二年（1157）中状元，名满天下，"英俊有直气，其为文亦然。平生所著诗文二千余篇"⑤。此外，韩汝嘉（1142年进士）是韩昉之子，与魏道明之兄魏元真同为皇统二年（1142）进士，《中州集》卷八

---

① 《金史》卷八十三《张通古传》，第1977页。

② 刘著《次韵王子慎玉田道中一首，兼呈韩公美阁老》："东晋风流属子猷，开元峭直让韩休。丝纶对掌惊三隽，樽酒更酬失四愁。"见《中州集校注》卷二，第323页。

③ 《中州集校注》卷八《雷溪先生魏道明》，第2116页。

④ 《中州集校注》卷二《边内翰元鼎》，第450页。

⑤ 《金史》卷一二五《郑子聃传》，第2874页。

录其《寄元真同年》："十年尘土鬓毛斑，杖屦还来踏故山。叶寄残红春尚在，云酣湿翠雨仍悭。不堪倚树追前事，更恐临溪见病颜。一日暂来千日去，何时倦鸟得真还。"从中可见其诗歌才华。李献可（1170年进士）是入金辽人李石之子，《中州集》卷八录其诗2首。还有王元节、王元粹、韩玉、张澄、马舜卿等人都是辽人后代。可见在金代中后期，有辽人血统的文人仍然是一支重要力量。

在辽人后代中，最值得注意的是耶律履、耶律楚材家族。耶律履是辽东丹王耶律倍的七世孙。耶律倍（899—936）本是辽太子，多才多艺，精通阴阳、医药、音乐、书法，精通汉语。辽天显二年（927），其皇位却被其弟德光所占，天显五年（930），受其弟猜忌，不得已而投奔后唐，并作《海上诗》述怀："小山压大山，大山全无力。羞见故乡人，从此投外国。"这是现存最早的契丹族汉语诗歌，标志着他在辽代诗歌史中的开创性地位。耶律履承其祖业，精通契丹大小字、女真文字和汉语，擅长历算、绘画，比其先辈具有更强的多民族文化优势和更杰出的文学才华。他创作汉语诗歌，还用汉语翻译过寺公大师的《醉义歌》（该译本失传）。其子耶律楚材将其先辈的传统进一步发扬光大，成为金末元初显赫的政治人物和诗人。这一家族代代相传，盛如梓《庶斋老学丛谈》卷上："耶律文献公、子中书令湛然居士、孙丞相双溪、曾孙宣慰柳溪，四世皆有文集，共百卷，行于世。"①由耶律履到耶律楚材、耶律铸、耶律希逸，他们逐步完成了契丹文化融入中华文化的过程。

除人员外，辽代的图书典籍也传入金国，成为金国文学、文化发展的基础。像耶律俨的《皇朝实录》入金后几经易手，一直传到元代。金代官方两度组织人力编纂《辽史》，耶律固、萧永祺、耶律履、党怀英、萧贡、王庭筠、陈大任等一批著名文人参与其事，前三人都精通契丹文字。在《辽史》编纂过程中，官方曾下令征集辽代文献，"凡民间辽时碑铭墓志及诸家文集，或记忆辽旧事，悉上送官"②。当时去辽未远，他们肯定收集

① 盛如梓：《庶斋老学丛谈》，文渊阁《四库全书》本。
② 《金史》卷一二五《党怀英传》，第2875页。

到了不少辽国文献，辽国文献有助于他们认识辽国历史，甚至对他们的文学创作也会产生一定的推动作用。

辽亡后，辽代文学随着入金文人和图书一起融入金代文学之中，对金代文学产生了深远的影响。直到金末，"幼无师传"的李纯甫才"一扫辽宋余习"①，这恰恰说明辽代文学已经深深扎根于金代文学之中了。

四、北宋文学传统融入金源大地

与辽宋、辽金文学关系相比，北宋与金源文学联系更多、更密切，北宋文学是金源文学接受的主体，是金源文学的起点。

女真族入主中原，大量接受和索取北宋文人和北宋典籍，在北宋文学的基础上发展新时期的文学。这一点很像辽与金的文学关系，但北宋文人是金初文人的主力军。由北宋入金的文人，无论是数量还是文学水平，都远在入金辽人之上。元好问早就概括出金初文坛的这一特点："国初文士如宇文大学、蔡丞相、吴深州之等，不可不谓之豪杰之士，然皆宋儒，难以国朝文派论之。"②清人庄仲方将这一现象称之为"借才异代"③。除了元好问所说的宇文虚中、蔡松年、吴激之外，还有张斛、高士谈、祝简、朱之才、王竞、杜佺、赵晦、杨兴宗、赵寰、任询、司马朴、滕茂实、姚孝锡等一批入金宋人。这些"宋儒"与北宋有着很深的渊源。政治上，他们不能忘怀北宋故国，司马朴、滕茂实、姚孝锡等人抗节不仕，杨兴宗为了纪念宋廷南渡，将自己的诗集命名为《龙南集》④，很容易让我们想起文天祥后来的《指南录》。他们继承与传播北宋文学，与入金辽人一起创造了金初文学。

需要补充的是，金代中后期文学仍然没有摆脱入金宋人的影响。金人

①《归潜志》卷八，第85页。

②《中州集校注》卷一《蔡太常珪》，第170—171页。

③庄仲芳：《金文雅序》，光绪辛卯江苏书局重刊本。

④《中州集校注》卷八《杨兴宗》："兴宗高陵人。宋既渡江，故兴宗有《龙南集》。"第2090页。

萧贡、元好问先后标举"国朝文派",旨在追求金源文学的独立性,拉开与宋文学的距离,但他们所列举的"国朝文派"三位代表人物蔡珪、党怀英、赵秉文中,前两位都是北宋文人的后代。蔡珪是国朝文派的开山人物,是所谓的"正传之宗"①,其父是入金宋人蔡松年;党怀英是宋人党进之后。此外,还有刘长言、鲜于溥、张温、吕大鹏、赵滋、毛麾等人。这些人同样传承着北宋文化。如赵滋生于汴京,对北宋汴京的历史掌故、北宋的文人轶事特别熟悉。元好问说他:"少日出闾里间,其晓音律,善谈笑,得之宣政故家遗俗者为多……画入能品,诗学亦有功……隆德太一故宫楼观台沼、门户道路、花木水石,悉能历数之,听者晓然,如亲到其处。至于宋名贤所居第宅坊曲,与其家行辈、群从、孙息、姻娅,排比前后,虽生长邻里者不加详也。"②赵滋以此博得当时一流文人赵秉文、完颜璹、元好问等人的爱重。

与北宋文人一起入金的还有不计其数的汉文典籍,四库馆臣甚至认为"中原文献实并入于金"③,这些包括北宋文人作品在内的文献为金代文学的发展提供了厚实的基础和丰富的给养。金代中期官方曾经集中刊刻王禹偁、欧阳修、苏轼、王安石、秦观、张耒等人的别集④。许多北宋文人在金源都有追随者,诗词文各种样式在金代都有嗣响,其中尤其以苏轼、黄庭坚最为突出,如同元好问所说,"百年以来,诗人多学坡、谷"⑤。清人翁方纲对比金与南宋,认为"程学盛于南,苏学盛于北"⑥。苏轼在金代确实具有崇高的地位,影响了一代文学⑦。黄庭坚与江西诗派的影响虽然不及苏轼,在金末还受到了王若虚等人的激烈批评,但他们在金源文学中

---

① 《中州集校注》卷一《蔡太常珪》,第171页。

② 《中州集校注》卷十《邃然子赵滋》,第2675—2677页。

③ 永瑢等:《四库全书总目》卷一九〇《御定全金诗》,中华书局,1965年,第1725页。

④ 《金史》卷九《章宗本纪》,第238页。

⑤ 元好问著,狄宝心校注:《元好问文编年校注》卷六《赵闲闲书拟和韦苏州诗跋》,中华书局,2012年,第1376页。

⑥ 《石洲诗话》卷五,《清诗话续编》本,第1446页。

⑦ 参见拙文《"苏学盛于北"的历史考察》,《文学遗产》1998年第5期。

仍然具有不小的势力范围，这已是学术界的共识①，就不再赘述。

五、宋金文学的对立与交融

北宋与金的文学关系相对比较清楚，前人探讨得也较多。相形之下，南宋文学与金源文学的关系则比较复杂，也没有引起人们足够的注意。

南宋与金的文学关系总体上是在对立中有所交流。对立多，交流少，这一基本事实对双方文学都有所影响。对立妨碍了双方文学的融通、交流，促使双方互相保持距离，追求各自的独立性。这在金代文学发展过程中表现得更突出一些。萧贡提出的"国朝文派"就是与南宋文学相对立的概念，金源"苏学盛于北"的现象也是针对宋廷元祐党禁有意引导的结果，元好问"北人不拾江西唾""以唐人为指归"的诗论也都是以南宋文学为背景的。受对立形势、正统意识等方面的影响，南宋文人对金源文学既知之甚少，又缺乏取长补短的胸怀。传统的诗词文，金源不及南宋，但在戏曲方面则领先一步，开启文学发展的新方向。民间文人董解元创作高水准的《西厢记诸宫调》，连元好问这样传统的士大夫也着手创作散曲，"可是终南宋之世，未见文人学士中有偶作曲的人。即如张炎，南宋亡了他还活着，但终他一生，只是填词。可见兴起于金元的曲，当时却未影响南宋词的作者"②。这显然是戏曲发展过程的一大遗憾。戏曲长期处于北方民间社会底层，如果南宋那些高水平的文人及时参与戏曲创作，也许戏曲这种文学样式会更早地取得更大的成就。

在对立的大背景下，南宋文学与金源文学也有少量的联系与交流。这种联系主要有两种方式：一是双方互派国信使和泛使，名目繁多，队伍庞大③。这些外交使节从来没有正式承担文学交流的使命，一般也缺乏文学交流的自觉意识，但是他们在往返途中与对方使节的交往客观上有文学交

---

① 参见钱锺书：《谈艺录》第四十五则《金诗与江西派》，中华书局，1984年，第156—159页。

② 章荑荪：《辽金元诗选·前言》，古典文学出版社，1958年，第21页。

③ 详参赵永春：《金宋关系史研究》附录三《金宋交聘表》，吉林教育出版社，1999年。

流的成分。二是文献的交流。从现存文献来看，双方似没有明确限制图书交流的禁令，但政权对立给文人们造成的很多顾虑，不利于南宋那些抗金复国的作品的北传。清人赵翼曾判断"南宋人诗文，则罕有传至中原者"①，金源文献传入南宋者则更少。

尽管南北文学交流是政治行为的副产品或民间的自发行为，尽管文学交流的规模和效果都很有限，但仍然值得我们重视。

对于金代文学而言，南宋文学不仅是一个时刻与之对应的参照对象，而且还实实在在造成了一定的影响。概而言之，其影响表现为三个不同层面：

第一，有的南宋文学作品和现象引起金代文人的批评。像南宋的江西诗派诗风，通过曾慥《宋百家诗选》等书辐射到北方，受到王若虚、元好问等人的批评。《滹南诗话》三次点名批评该书偏重江西诗派的取向，元好问也说："北人不拾江西唾，未要曾郎借齿牙。"②又如南宋的诗话总集《苕溪渔隐丛话》传到北方后，既成了王若虚论诗的资料库，又成了王若虚的批驳对象，《滹南诗话》约三分之一的内容与《苕溪渔隐丛话》有关③。王若虚还批评南宋人孙觌的《谢复敷文阁待制表》文体不当和用典不当，并据此推断"宋自过江后，文弊甚矣"④。当然，这些批评不仅指向南宋文坛，也指向当时的金代文坛。王若虚等人批评南宋文学，目的之一就是针砭金代文坛的流弊，端正金源文学的发展方向。

第二，有的南宋文学作品受到金代文人的赞赏与效仿。诚斋体北传后，金末文人李纯甫公开称赞它"活泼刺底，人难及也"⑤，王庭筠、赵秉文等人都有一些新、奇、快、活、趣的小诗，应该是诚斋体影响下的产

①赵翼著，江守义等校注：《瓯北诗话》卷十二，人民文学出版社，2013年，第520页。
②《元好问诗编年校注》卷五《自题中州集后》，第1331页。
③参见拙著《宋金文学的交融与演进》第十一章，北京大学出版社，2013年。
④王若虚著，胡传志、李定乾校注：《滹南遗老集校注》卷三十七《文辨》，辽海出版社，2006年，第424页。
⑤《归潜志》卷八，第87页。

物①。陈与义饱含人生感慨、隽永有味的词作，辛弃疾等人"能启人妙思"的作品，也受到元好问等人的赞赏和效仿②。元好问那些往复低徊、感怆悲凉的词作，正如郝经所说，"乐章之雄丽，情致之幽婉，足以追稼轩"③。洪迈的小说《夷坚志》也为金人所喜爱，淳熙十三年（1186），章森（德茂）出使北方，北方的接伴使问他："《夷志》自《丁志》后，曾更续否？"④元好问的《续夷坚志》即是洪书的续作⑤。

第三，南宋文学还为金代文人提供了进一步创作的基础。如诸宫调本是北宋人孔三传创制，在南宋发展缓慢，传入北方后却诞生了《刘知远诸宫调》《西厢记诸宫调》这样成熟的作品。元杨朝英《朝野新声太平乐府》卷九说："张五牛、商正叔编《双渐小卿》，赵真卿善歌。立斋见杨玉娥唱其曲，因作《鹧鸪天》及《哨遍》以咏之。"杨立斋《般涉调·哨遍》云："张五牛创制似选玉中石，商正叔重编如添锦上花。"据吴自牧《梦粱录》卷二十，张五牛是南宋绍兴时期的民间艺人，其《双渐小卿》为诸宫调类作品，演绎书生双渐与风尘女子苏小卿以及富商冯魁之间的爱情纠葛，这一故事在宋金元时期广为流传⑥。商正叔是金末文人商道，据元好问《曹南商氏千秋录》，商道出身名门，约生于明昌五年（1194）。其兄商衡曾经增补过魏道明所编的《国朝百家诗略》。可见，元人所说的《双渐小卿》是南北两代文人合作完成的产物。有的南宋作品还是金人创作的素材。如元好问读过南宋初年夏少曾的《朝野佥言》（又名《靖康佥言》），写下了《读靖康佥言》诗；在山水画上看见朱熹的《淳熙甲辰仲春，精舍闲居，戏作武夷棹歌十首，呈诸同游相与一笑》，便作诗感叹："且道中州谁具眼，晦庵诗挂酒家墙。"⑦

---

① 参见拙著《宋金文学的交融与演进》第十章。
② 参见《元好问文编年校注》卷四《遗山自题乐府引》、卷六《新轩乐府引》。
③ 《郝经集编年校笺》卷二十一《祭遗山大夫文》，第566页。
④ 赵与时：《宾退录》卷八，上海古籍出版社，1983年，第98页。
⑤ 详参拙著《宋金文学的交融与演进》第十二章。
⑥ 参见龙建国：《诸宫调研究》，江西人民出版社，2003年，第100—103页。
⑦ 《元好问诗编年校注》卷五《刘寿之买南中山水画障，上有朱文公元晦淳熙甲辰中春所题五言，得于太原酒家》，第1719页。其中"中春"当是仲春之误。

由上可见，南宋文学对北方文学产生的较显著的影响。那么，金代文学是否也传到南宋？会产生怎样的反应？

从文献来看，有少量金源文学作品传入南宋①，激起一定的反响。王灼《碧鸡漫志》卷二收录宇文虚中入金后的词作《迎春乐》（宝幡彩胜堆金缕），虽未予评论，但视之为佳作。南宋人洪皓建炎三年（1129）出使金国，被扣留长达14年之久，亲身体验了金源文学创作的氛围。当他绍兴十三年（1143）回到南宋时，除了撰写《松漠纪闻》《金国文具录》等纪实文字之外，还带回了一些金人的文学作品。其子洪迈曾记载洪皓在燕山参加宴会的经历。席间一位沦落风尘的北宋宫姬，引发沦落北方的文人吴激的不尽感慨。吴激即席创作了著名的《人月园》（南朝千古伤心事），令"闻者挥涕"②。吴激词感染力很强，感动了包括洪皓在内的许多听众。后来《草堂诗余》、张端义《贵耳集》、黄升《花庵词选》都收录该词，说明该词在南宋受到了普遍欢迎。金亡之际（1234），南宋人攻克彭城（今江苏徐州），一位叫洪福的南宋人获得一本"亡金人手抄诗"，《藏一话腴》的作者陈郁得到这个抄本，将之视为战利品，命名为《文俘》。陈郁在《藏一话腴》中抄录李国栋《感怀》、梁询谊《哀辽东》、史舜元《哀王旦》三诗，说从这些诗中"乃知河朔幽燕浑厚之气，至此散矣"，颇有些惋惜之情。他还认识到这些诗歌的历史价值："余于《感怀》篇著其无父子之道，亡国之本也，于《哀辽东》《哀王旦》篇著其败亡之迹，以见天道之好还也。"③

有的金源作品则引起南宋人复杂的感受，像金主海陵王完颜亮的作品④。

除了单篇作品外，还有金人整部文集传入南宋的。如毛麾的《平水老人诗集》十卷，"行于虏境，榷商或携至中国"，赵与时即获得一部，称其

---

① 参见拙撰《宋金文学的交融与演进》第十四章。

② 洪迈：《容斋随笔》卷十三《吴激小词》，中华书局，2005年，第168页。

③ 陈郁：《藏一话腴》甲集卷下，适园丛书本。参见梁太济《金朝败亡历程的可贵记录》，《文史》2002年第3辑，又见梁氏《唐宋历史文献研究丛稿》，上海古籍出版社，2004年。

④ 参见拙撰《宋金文学的交融与演进》第五章。

诗"可观者颇多",并在《宾退录》中全文征引其《过龙德故宫》诗①。金人赵可的文集也传到了南宋官员范仲艺家中,又传到史学家李心传手中,李心传在《建炎以来系年要录》中多次征引其中有关材料②。吴激的词集《吴彦高词》一卷、蔡松年的词集《萧闲集》六卷都为陈振孙《直斋书录解题》所著录。金亡之后,元好问的《中州集》也传到南宋,周密《齐东野语》卷十一抄录《中州集》中滕茂实、何宏中、姚孝锡等人的小传,《绝妙词选》卷二所选蔡松年两首词《鹧鸪天》(秀樾横塘)、《尉迟杯》(紫云暖),都见于《中州集》所附《中州乐府》。

与文人作品相比,女真歌舞更具特色,受到了广大民众的喜爱。这种北方民族乐舞跨越长江,传到南宋临安城。乾道四年(1168),有宋臣上书,称临安城服饰、音乐等风俗深受金人影响,"堕于妖媚之习","今都人静夜十百为群,吹鹧鸪,拨琵琶,使一人彩衣而舞,众人拍手和之"。③这些女真乐舞还会诱发文人创作。宋徽宗被掳北迁途中,听到"番首吹笛,其声呜咽特甚",引起共鸣,而"口占一词"④,即《眼儿媚》(玉京曾忆昔繁华)。曹勋也曾借金源音乐作《饮马歌》一词,题下有自注曰:"此腔自房中传至边,饮牛马即横笛吹之,不鼓不拍,声甚凄断。闻兀术每遇对阵之际,吹此则麗战无还期也。"⑤据此,《饮马歌》本是金人军旅乐曲。北方文化甚至进入南宋宫廷之中。隆兴元年(1163)三月,右谏议大夫刘汝一弹劾龙大渊、曾觌"轻儇浮浅"等等,其证据之一就是他们"至引北人孙昭出入清禁,为击球、胡舞之戏,上累圣德"⑥。孙昭其人失考,应该是流落至南宋的金人,所谓"击球、胡舞之戏"当是以他为首的集体娱乐活动,其中应该还有一些金国艺人。

---

① 赵与时:《宾退录》卷二,第18页。
② 如《建炎以来系年要录》卷一四四,第2716页,卷一九六,第3860页。
③《宋史全文》卷二十五上,文渊阁《四库全书》本。
④《宣和遗事》,第80页。
⑤《全宋词》,中华书局,1985年,第1230页。
⑥ 李心传:《建炎以来朝野杂记》乙集卷六《台谏给舍论龙曾事始末》,中华书局,2000年,第603页。

除了女真文化外，契丹文化也散落到了南宋境内。金国将领萧鹧巴原为契丹人，降宋后与姜夔于临安相识，向姜夔谈论起契丹风俗，姜夔好奇地将其加工为《契丹歌》，记载其游牧、转场、春水等习俗。范成大于南宋境内至少两次观看过王安石当年看过的契丹舞蹈。王安石于嘉祐五年（1060）送契丹使节回国，至涿州时，作《出塞》诗曰："涿州沙上饮盘桓，看舞春风小契丹。"百余年后，这种契丹舞蹈居然流传至南宋。范成大《次韵宗伟阅番乐》中有"绣靴画鼓留花住，剩舞春风小契丹"①之句，其词《鹧鸪天》亦有"休舞银貂小契丹，满堂宾客尽关山"②之句，说明在南宋境内经常有契丹艺人的文艺表演。金亡之后，这种北方民族的"番腔""番乐"更多，刘辰翁于元宵节听到的是"满耳番腔鼓"。③此外，金院本亦流传到南方。

从以上论述来看，金源文献传入南宋，引起了宋人的关注。现在可以考知的是，真正对南宋文人创作具有重大意义的是金初词坛的"吴蔡体"。

"吴蔡体"以吴激、蔡松年为代表，得名于元好问，元好问许之为百年金源词学的代表，认为"百年以来，乐府推伯坚与吴彦高，号吴蔡体"④。吴、蔡并称，是因为二人都是入金宋人，都长于作词；而吴前蔡后，既是因为吴激是元好问所说的"国朝第一手"⑤，又是因为吴激（1090—1142）年长于蔡松年（1107—1159）。但他们二人的词风、成就乃至词作数量都颇为悬殊。现代学者几乎一致认为，真正开启了金源百年词运的是蔡松年⑥。其词的最大特点是步武东坡。他的词史意义不仅在于开创北方词学传统，还在于推动了南宋词的发展。据《宋史·辛弃疾传》，辛弃疾年轻时曾经师从蔡松年，尽管邓广铭怀疑这一说法，但近年来陆续

---

① 《范石湖集》卷六，上海古籍出版社，1981年，第77页。

② 《全宋词》，第1119页。

③ 刘辰翁：《卜算子·元宵》，《刘辰翁集》卷八，段大林校点，江西人民出版社，1987年，第284页。

④ 《中州集校注》卷一《蔡丞相松年》，第109页。

⑤ 《中州集校注》卷一《吴学士激》，第67页。

⑥ 参见赵维江《金元词论稿》、刘锋焘《金代前期词研究》。

有学者反驳邓广铭的观点，趋于相信《宋史》的记载①。即使退一步说，不存在这一层师承关系，辛弃疾在南下之前，也一定受到了"吴蔡体"的熏染。所以，蔡松年词不仅是苏辛两大词人间的桥梁，影响了辛弃疾词的创作，还通过辛弃疾传到南宋，将北方苏词传统、北方人的豪迈情怀融入南宋词的血脉之中，影响到整个南宋词坛，意义重大而深远。蔡松年取法东坡的路径与南宋爱国词风相结合，经过稼轩的创作，最终创造了南宋词的辉煌。后来辛弃疾词又北归，反过来影响元好问、元朴等人的创作②，辛弃疾事实上成了南北词学沟通与交流的使者，成了南北词学的集大成者，带动了南北词学的发展。

[原刊《文学评论》2007年第4期，有改动]

---

① 如刘扬忠《辛弃疾词心探微》、巩本栋《辛弃疾评传》、赵维江《金元词论稿》、王庆生《金代文学家年谱》、拙著《金代文学研究》等都赞同《宋史》之说。

② 详参拙著《宋金文学的交融与演进》第六章。

论南宋使金文人的创作

中国历史发展到南宋，与女真族建立的金源王朝相对峙，进入了第二次南北朝时期。由于对峙双方远比南北朝时期稳定和强大，因而在政权对立中出现了一些新的变化。交聘的制度化就是其中之一。除建炎四年至绍兴元年（1130—1131）以及金末十数年（1218—1234）外，其他时间双方都能保持官方接触。据统计，宋金双方共遣使300余次，其中宋遣使约181次（不包括军前遣使和议），金遣使130次。这些使节主要有两大类，一是常规性质的国信使，主要包括正旦使、生辰使，二是临时派出的泛使，如告使、贺使、吊使、祈请使等①。每次遣使都是支庞大的代表团，南宋使节团由如下成员组成：正使1人，副使1人，下设三节人从："上节都辖一员，指使二员，书表司二员，礼物六员，引接二员，医候一员；中节职员四员，亲属亲随六员，执旗信三员，小底二员；下节御厨工匠二人，翰林司二人，仪鸾司一人，文思院针线匠人一人，将校二人，管押军员二人，军兵六十人，教骏二人。"②总规模超过了百人。金国使节团规模也应该与之相近。因事关国体，双方特别注意选拔文化素养高、应变能力强、口才佳的文武官员充当使者，其中自然少不了文化水平较高的文人。南宋正使通常由文人担任，金国正使通常由北方民族官员担任，副使由汉族文人担任，三节人从中还会有一些文人。进入对方境内之后，对方派出接伴使、

---

① 参见吴晓萍：《宋代外交制度研究》，安徽人民出版社，2006年，第99页。
② 《宋会要辑稿·职官》五十一之十一，第3541页。

馆伴使、送伴使等接待人员，接送伴使同样是个团队，只是规模比使节团小，其中也有一些文人。所以宋金交聘不仅是重要的政治、军事、外交、商务活动，还是重要的文化活动。他们带着大批公私物品，深入对方境内，与对方官员、百姓交往，感受对方文化，本身就是南北文化交流。他们往返途中的外交活动以及文学创作，都值得我们文学研究者关注。

宋金交聘之初，双方关系还没有进入常态，许多出使金国的南宋文人被金方扣留，如王伦、宇文虚中、朱弁、魏行可、郭元迈、杨宪、洪皓等，为传播汉文化、促进南北文化融合作出了杰出贡献。更多的南宋文人则是平安归来。按照惯例，他们要将出使经过写成"语录"，上奏朝廷。其数量应该在数百种之上，可惜他们对这类工作任务、官样文章习以为常，不予重视，流传到后世的很少，残存至今的仅有赵良嗣《燕云奉使录》、马扩《茅斋自叙》、郑望之《靖康城下奉使录》、李若水《山西军前和议录》（以上几种为北宋末年使金之作）、傅雱《建炎通问录》、王绘《绍兴甲寅通和录》、周辉《北辕录》、程卓《使金录》等数种。有的文人途中写有日记，如范成大的《揽辔录》、韩元吉的《朔行日记》（已佚），楼钥的《北行日录》。最值得重视的是使金文人途中所写下的大量诗词作品。这批作品虽然也严重散佚，像洪皓、朱弁、张邵三人回宋途中创作的《鞲轩唱和集》、丘崈赠给杨万里的"大轴出塞诗"[1]，还有陆游作跋的"张监丞云庄诗集"[2]都已失传，但由于大多数文人对这部分创作较为重视，所以传存下来的数量仍然较为可观，约三四百首。

使金宋人回到北宋故土，感同身受，自然会有效地激发和加强他们心中已有的爱国情愫，创作出大量爱国篇章，与南宋爱国主旋律相汇合。范成大的爱国感情即得益于使金经历的玉成。除使金组诗外，他的诗歌多以山川行旅、田园生活为主，爱国题材的数量有限，而且只是远距离地抒写

---

[1] 辛更儒：《杨万里集笺校》卷三十《跋丘宗卿侍郎见赠使北诗一轴》，中华书局，2007年，第1564页。

[2] 陆游著，马亚中、涂小马校注：《渭南文集校注》卷二十八《跋张监丞云庄诗集》曰："今读张公为奉使官属时所赋歌诗数十篇，忠义之气郁然，为之悲慨弥日。"浙江古籍出版社，2015年，第3册，第220页。

比较平和的故国之思。而当他一跨越淮河，便有计划地创作纪行组诗和《揽辔录》，集中抒发其神州陆沉的悲愤。可以想见，如果没有使金的经历，其爱国感情就不会表现得如此充分。有些文人更是表现出以身殉国的决心，"奋身徇主忧，图国忘私计"①、"设令耳与笙镛末，只愿身糜鼎镬中"②之类勇于献身的表白，屡见不鲜。毫无疑问，使金文人为南宋爱国主义文学作出了重要贡献。虽然使金文人的整体成就未必超过南宋前期以二张、辛、陆为代表的爱国诗词，但这一特殊群体的创作，在反映沦陷区遗民的生活及心态、异族政权及文化、使金文人自身心态，以及艺术表现等方面，作出了新开拓，具有宋金双方其他创作所无法取代的价值和意义。

一、直面故国的敏感心态

北宋故国的百姓、山川、风物，对所有使金文人而言，都是生动真切的爱国教育的素材，使金实际上是宝贵的体验爱国之旅。使金文人在抒发爱国感情的同时，还表现了直面故国的特殊心态。

钱锺书说陆游"看到一幅画马，碰见几朵鲜花，听了一声雁唳，喝几杯酒，写几行草书，都会惹起报国仇、雪国耻的心事"③。亲历故土的使金文人比陆游还要敏感。沿途的一草一木，都会激起他们的伤感，引导他们一种定向思维，让他们回想南宋及收复大业。"故疆行尽倍伤心"④，是许多使金文人的共同感受。洪适望见太行山，感叹"可惜羊肠险，今包鼠穴羞"⑤；范成大看见汴都城外清浅的护龙河，想到"六龙行在东南国，河若能神合断流"⑥，好像宋朝的真龙天子去了临安，护龙河也该断流；

---

① 王之望：《汉滨集》卷一《出疆次副使淮阴舟行》，文渊阁《四库全书》本。
② 京镗：《留金馆作》，《全宋诗》卷二五五七，第47册，第29656页。
③ 钱锺书：《宋诗选注》，人民文学出版社，2005年，第171页。
④ 洪适：《次韵梁门》，《全宋诗》卷二〇七九，第37册，第23456页。
⑤ 洪适：《次韵初望太行山》，《全宋诗》卷二〇七九，第37册，第23454页。
⑥ 《范石湖集》卷十二《护龙河》，第147页。

周辉看到黄河浮桥之便利，想到将来"恢复河朔"时的用途①；许及之一踏入中原，心中就很不平静，"纵使中原平似掌，我车只作不平鸣"②。这些都是其心理敏感的记录。

面对沿途的诸多历史遗迹，使金宋人的敏感心态表现得更为充分。在范成大的使金组诗中，有关历史遗迹（包括北宋遗迹）的诗篇占了近半的比例。有的偏向于一般的吟咏，如《虞姬墓》《留侯庙》，看不出与现实矛盾的关系。比较多的是在现实的大背景下，借对历史古迹的吟咏寄寓历史兴亡的沧桑感，如《雷万春墓》《李固渡》等。洪皓《羑里庙》写囚禁文王的羑城已是一片废墟，在"斯文未丧今犹在，遗像虽存祭不供"③的感叹中透出一种苍凉感，曹勋《过邯郸》联想邯郸城的千年变迁，发出"兴废乃尔尔，人事徒营营"④这样无可奈何的叹息，其中虽未涉及邯郸沦陷、无法收复的现实，但这一背景无疑是激发其感慨的重要因素。这类作品与故国沦陷的现实有着密切的关系，只是语言上还没有直接指向现实。

最值得关注、数量最多的是那些怀古伤今、直指现实的作品。著名的如范成大《双庙》诗：

> 平地孤城寇若林，两公犹解障妖祲。大梁襟带洪河险，谁遣神州陆地沉？

由唐代张巡、许远守卫"平地孤城"睢阳的功绩一下子跳转到宋代中原陆沉的现实，质问"大梁襟带洪河险，谁遣神州陆地沉"。其他使金宋人大多都有此类作品。洪适《过保州》由"艺祖粉榆社，唐人保塞军"的历史联想到"百年邻氂幕，今日聚妖氛"⑤的现实；楼钥《灵壁道中》由当地的汉高祖庙、虞姬墓、垓下遗址等遗迹引发出"膏腴满荆棘，伤甚黍离

---

① 周辉：《北辕录》，《说郛》卷五十四。

② 许及之：《涉斋集》卷十七《车行诗》，民国敬乡楼丛书本。

③ 洪皓：《鄱阳集》卷一，文渊阁《四库全书》本。

④ 曹勋：《松隐集》卷七，民国嘉业堂丛书本。

⑤ 《全宋诗》卷二〇七九，第37册，第23455页。

离"①的深切之悲；许及之《望商山》由商山的历史引发"社稷未能还汉旧，岂容四老老其间"②的感慨，《羑里城》由"羑里城中草不生"引发"岂是圣贤遗恨在，只应天自不能平"③的推想。类似之作还有许多，它们都是诗人在现实的激发下，对历史遗迹的重新审视，对现实的再思考，因而赋予历史遗迹新的时代意义，使得这类咏史怀古诗普遍具有爱国感情，这是以前同类诗中所罕见的。

历史遗迹中，有关曹操的遗迹与现实政治的关联并不密切，但使金文人们也能发现其现实内涵。范成大《讲武城》将曹操与诸葛亮相比，认为"纵有周遭遗堞在，不如鱼复阵图尊"，京镗《漳河疑冢》讽刺疑冢之徒劳无益："疑冢多留七十余，谋身自谓永无虞。不知三马同槽梦，曾为儿童远虑无？"④许及之《曹操冢》更作诛心之论："阿瞒不作瞒心事，何用累累多冢为？"⑤这种一致贬曹的倾向固然与曹操奸诈多疑的性格有关，与他"生前欺天绝汉统"⑥有关，还特别与使金宋人以蜀为正统的观念以及"人心思汉"的现实有关。

使金宋人的这种敏感心态，源于宋金对峙局面，直接促进他们写出诸多优秀作品，表现其爱国情怀，但他们有时过于敏感，失之偏颇。范成大认为宣德楼经金人维修后，已被其玷污，染有可恶的"犬羊鸣"，"不挽天河洗不清"（《宣德楼》），认为自然界的滹沱河，也受其污染，"如今烂被胡羶涴，不似沧浪可濯缨"（《滹沱河》）。将主观情感强加在自然物体之上，带有明显的民族歧视。范成大甚至从自然灾害中发掘爱国寓意："黄流日夜向南风，道出封丘处处逢。紫盖黄旗在湖海，故应河伯欲朝宗。"（《渐水》）好像宋帝逃往东南，连渐水及河伯也要朝宗于他，居然把自然灾害曲解为爱国忠心，显得过于牵强附会。有的使金文人还乐于传

---

① 楼钥：《攻媿集》卷六，清武英殿聚珍版丛书本。

② 《涉斋集》卷十六。

③ 《涉斋集》卷十七。

④ 京镗：《漳河疑冢》，《全宋诗》卷二五五七，第47册，29657页。

⑤ 《涉斋集》卷十七。

⑥ 俞应符：《漳河疑冢》，《全宋诗》卷二七二三，第51册，32026页。

播、相信一些谣谶之论。早在南宋初年，曾经使金的连南夫就奏言："女真号国曰金，而本朝以火德王；金见火即销，终不能为国家患。"①这种盲目乐观的愚昧言论，自欺欺人，误国误民，却一直有人响应。绍兴二十一年（1151），金人以五行学说，取以水灭火之义，将含有宋朝国姓、隐含火德的"赵州"更名为仿佛水量充足的"沃州"，意思是要消灭赵宋王朝。周煇则别具只眼，作出相反的解释："识者谓沃字从'天''水'，则著国姓，中兴之谶益章章。"②由"沃"字看出宋王朝的中兴之兆，这本是牵强的拆字术，周麟之等人则信以为真。周麟之在绍兴三十年（1160）使金归来后，作《中原民谣》十首，其中《过沃州》题下仍注引"沃之文，天水也。赵氏之兴，其谶愈昭昭矣"之论，然后据之引申："是岁更名州作沃，自谓火炎瑞可扑。不知字谶愈分明，天水灼然真吉卜。"③其他诗歌还将途中的迎送亭附会为"迎宋亭"，将"金澜酒"的酒名附会成"金运其将阑"，将"雨木冰"这种自然现象曲解成金国将要乱亡之象。也许这些"中原民谣"有其民间依据，但作为正统文人，如此捕风捉影、随意发挥，并借民谣之口，要世人"莫忧胡儿饮泗水，尽道明年佛狸死"④。这种携带迷信成分的爱国诗歌，不仅牵强生硬，缺乏真挚动人的力量，还会误导人心，麻痹意志，起到消解人们抗敌斗志的副作用。所以，周麟之《中原民谣》之类的诗歌，即使在迷信观念盛行的古代，也不会受到有识者的好评。《四库全书总目》卷一五九就曾严词批评《中原民谣》"盛陈符谶"，"夸宋诋金，与事实绝不相应"。

二、对沦陷区遗民的关注

宋王朝南迁以后，中原地区的汉族百姓在南宋君臣眼中，则成了遗

---

① 周煇撰，刘永翔校注：《清波杂志校注》卷十二《虏改沃州》，中华书局，1994年，第516页。

② 《清波杂志校注》卷十二《虏改沃州》，第515—516页。

③ 周麟之：《中原民谣·过沃州》，《全宋诗》卷二〇八九，第38册，第23561—23562页

④ 周麟之：《中原民谣·雨木冰》，同上书，第23564页。

民。沦陷区遗民的生活状况如何、对宋室感情如何、对金廷的态度如何等等，都是南宋君臣很关心的问题，因为这直接关系到恢复大计。对于这一陌生的领域，没有使金经历的南宋文人只能凭借想象和传闻，表现遗民心理，如陆游笔下"遗民忍死望恢复，几处今宵垂泪痕""遗民泪尽胡尘里，南望王师又一年"等诗句，固然很感人，但与使金文人的切身感受还是有些距离。而身在金国的文人，虽然能真切感受到北方部分民众反抗金廷、留恋宋朝的言行，却受到政治环境的囿限，不可能正面表现其心声。辛弃疾的同学党怀英，无疑了解甚至同情辛弃疾以及北方民众的抗金活动，但他的现存诗歌中却没有这方面的内容。此前，只有北宋使辽文人开始注意到这一题材，用诗歌表现燕云一带百姓的感情①。但严格地说，燕云一带的百姓并不是宋朝的遗民，他们不会将宋朝视为应该留恋的故国，只是存在对汉族政权的一种感情偏向而已，加上割让燕云十六州毕竟不能与中原沦丧相比，所以相对而言，北宋使辽文人对燕云百姓关注的程度、表现的范围都比较有限。这样一来，沦陷区遗民的感情就成了历代爱国题材中的薄弱环节。而南宋使金文人具有得天独厚的便利，他们深入金国，有机会接近遗民，反映其生活，表现其情感。于是，对遗民的关注，就成了他们创作中的特异之处。

由于政权的对立，南宋文人使金途中常受到金人的监视，行动自由受到限制。据楼钥《北行日录》记载，金方有时禁止民众围观南宋使者，在这种情况下，少数胆小怕事的使者，便"避嫌疑，紧闭车内，一语不敢接"②，但多数使者具有观察遗民的自觉意识，努力寻找机会，捕捉相关信息。乾道九年（1173），韩元吉使金，自称："自渡淮凡所以觇敌者，日夜不敢忘，虽驻车乞浆，下马盥手，遇小儿妇女，率以言挑之。又使亲故之从行者，反复私焉，往往遂得其情，然后知中原之人怨敌者故在，而每

---

① 参见王水照：《论北宋使辽诗的两个问题》，《王水照自选集》，上海教育出版社，2000年，第248页。

② 韩元吉：《南涧甲乙稿》卷十六《书朔行日记后》，清武英殿聚珍版丛书本。

根吾人之不能举也。"①可惜其《朔行日记》已经失传，我们难以知道其详情，但可以肯定，这不是个别现象。正是通过他们的努力，我们今天得以了解部分遗民的感情世界。

广为人知的是，南宋使金文人突出地反映了遗民们希望恢复的爱国感情，给人们印象最深的当是范成大那首著名的《州桥》诗：

> 州桥南北是天街，父老年年等驾回。忍泪失声询使者，几时真有六军来？

汴京父老热切地盼望宋军收复故国，以致忍泪失声。其情其景，非常感人。性质相近的还有：

> 连袂成帷迓汉官，翠楼沽酒满城欢。白头翁媪相扶拜，垂老从今几度看！
>
> ——《翠楼》
>
> 秃巾髽髻老扶车，茹痛含辛说乱华。赖有乡人聊刷耻，魏公元是鲁东家。
>
> ——《相州》

前者写百姓围观宋使、老人纷纷下拜的场面，写出了遗民们对宋朝的眷爱之情，后者借相州车夫之口，写当地父老对抗敌御侮的名将韩琦的怀念之情，为现实中没有韩琦这样抗敌名将而感到遗憾。范成大在《揽辔录》中也有类似的记载。

需要注意的是，遗民们的感情并非都像范成大《州桥》等诗所形容的这样强烈、这样单纯。一方面遗民对宋的感情长期存在，直至绍熙四年（1193），许及之仍然在诗中表现了"隔帘翁媪拜含愁"②"思汉民心今戴

---

① 韩元吉：《南涧甲乙稿》卷十六《书朔行日记后》，清武英殿聚珍版丛书本。
② 《涉斋集》卷十六《入泗州》。

宋"①等情景，另一方面，这种感情又受到生活时间、和战形势、遗民生活状况、地域差异等多种因素的影响，有着强弱的变化。作为一个整体，南宋使金文人的创作反映了遗民感情时强时弱的变化以及由强到弱的趋势。建炎元年（1127），曹勋自河北逃回，称"河北之民，忠义赤心，贯于白日"②，遗民们忠宋之情义薄云天，是何等的强烈！绍兴十一年（1141），相隔仅十数年，当曹勋再次来到汴京时，他对恢复已经信心不足，"虽觉人情犹向化，不知天意竟何如"③，"犹向化"三字，语带勉强，说明民心已大不如从前，天意更是不可知。两年后，自金归宋的洪皓也有类似的感受，归途中他观察到"父老行叹息"④的言行，也目睹了遗民后代麻木的表情。在河北，有父老指着一群青年，告诉他冰冷的现实："是皆生长兵间，已二十馀矣，不知有宋。我辈老且死，恐无以系思赵心。"⑤这时离北宋灭亡尚不足20年，河北青年对宋王朝的感情已经疏远了，可想而知，再以后会怎样了。乾道五年（1169）楼钥使金，途中所见"叹息掩泣"者，也都是些"戴白之老"⑥。

遗民们眷念宋室、忠君爱国的感情，除主观因素外，还与受金人压迫、生活艰难的客观处境有关。女真族入主中原，一直面临着尖锐的民族矛盾，土地兼并使得许多百姓生活日益贫困，这种形势客观上促使他们的感情偏向于宋王朝，甚至聚众反抗金廷。范成大和许及之都曾写到栾城县衙食物不足的窘境，县衙尚且如此，普通百姓的生活当然更是朝不保夕。周麟之《中原民谣·任契丹》一诗记载在太行山一带，以任契丹为首的一批豪杰，聚众起事，周麟之说他们"心怀忠义欲擒胡，誓与群豪揭竿起"。这种"心怀本朝，誓灭强虏"的报国之情也许确实存在，但他们"只取糇

① 《涉斋集》卷十七《光武庙》。

② 《松隐集》卷二十六《进前十事札子》之五。

③ 《松隐集》卷十二《持节过京》。

④ 《鄱阳集》卷二《白马渡》。

⑤ 《鄱阳三洪集》卷七十四《先君述》，洪适、洪遵、洪迈著，凌郁之辑校，江西人民出版社，2011年，第681页。

⑥ 《攻媿集》卷一一一《北行日录上》。

粮事储偫"①的行为，又说明他们是为生计所迫，才走上这条反抗之路的。许及之笔下，"道左流民形似鬼"②，楼钥笔下，甚至那些"旧日衣冠之家"③的生计也大成问题，这自然加强了他们对宋室的眷念。可见，生活艰难是他们眷念宋室的重要原因。

遗民对宋的感情还存在群体的差异。一般来说，农民对统一与分裂较为冷漠，他们最关心的、感受最直接的是赋役的轻重，而不是爱国与维护国家统一之类的理念。在使金宋人的创作中，我们几乎看不清农民的表情，比较多的是市民。前引范成大和楼钥等人诗歌中所写的遗民基本上都是市民。他们的切身利益与战争、和平的联系更加直接，一般具有比较明确的国家观念和统一观念④。但市民阶层在整个遗民群体中所占比例并不大，我们不能将他们的感情等同于所有遗民的感情，况且范成大《州桥》的遗民举动含有诗人主观化的成分⑤，《翠楼》将所有围观者包括那些看热闹的人都视为"迓汉官"的爱国遗民，也是诗人自己的视角。所以，我们不能将使金宋人笔下遗民的这种爱国之情轻易扩大化、简单化。

使金宋人的创作在表现遗民感情的同时，还有另一独特价值，就是表现了使金宋人自己面对遗民时的感情和态度。陆游想象北方遗民的情景，寄寓了自己的同情和感慨，以激励人们的抗金复国之志。使金文人在同情和感慨之外，还深切体会到了一种特有的无奈、难堪和屈辱。当他们很不情愿地奉命使金踏上故土之际，都不同程度地体会到卑躬屈膝的滋味。洪皓羁金期间，多次劝说金国重臣悟室（即完颜希尹）罢兵，并声辩"交使在礼不当执"，悟室先是爱理不理，继而则大声怒骂："汝作和事官，却口硬，谓我不能杀汝耶？"⑥面对悟室如此直刺其痛处软处的斥责，洪皓等人

---

① 《全宋诗》卷二〇八九，第38册，第23564页。

② 《涉斋集》卷十七《陈留道中》。

③ 《攻媿集》卷一一一《北行日录上》。

④ 参见葛剑雄：《统一与分裂——中国历史的启示》，生活·读书·新知三联书店，1994年，第172—175页。

⑤ 参见钱锺书：《宋诗选注》，第199页。

⑥ 《三朝北盟会编》卷二二一《洪皓行状》，第1589页。

不得不忍辱含垢。体会得更深切的是绍兴十一年（1141）十一月使金求和的曹勋，临行前，宋高宗将他召入内殿，说了一番很无奈的心里话：

> 朕北望庭闱，逾十五年，几于无泪可挥，无肠可断，所以频遣使指，又屈己奉币者，皆以此也。

又说：

> 汝见金主，当以朕意与之言曰：惟亲若族，久赖安存，朕知之矣。然阅岁滋久，为人之子，深不自安。况亡者未葬，存者亦老，兄弟族属，见余无几，每岁时节物，未尝不北首流涕，若大国念之，使父兄子母如初，则此恩当子孙千万年不忘也。且慈亲之在上国，一寻常老人尔；在本国，则所系甚重。往用此意，以天性至诚说之，彼亦当感动也。①

作为皇帝，如此低声下气地哀求敌人，国格人格扫地殆尽。一路上牢记圣上此等口谕的曹勋，也就一路咀嚼着这种屈辱，他的屈辱感也就格外强烈。当他带着这种求和使命与屈辱感面对那些念念不忘恢复的遗民时，实在是愧对遗民，痛苦不堪。在《入塞》《出塞》二诗的序言中，他说："仆持节朔庭，自燕山向北，部落以三分为率，南人居其二。闻南使过，骈肩引颈，气哽不得语，但泣数行下，或以慨叹，仆每为挥涕，惮见也。因作出入塞纪其事，用示有志节悯国难者云。"②他既为遗民们的忠心所感动，又为朝廷无力收复失地、屈膝求和而惭颜泪下，故而形成"惮见"遗民的复杂心理。《入塞》《出塞》二诗借女子之口表达遗民的感情：

> 妾在靖康初，胡尘蒙京师。城陷撞军入，掠去随胡儿。忽闻南使

---

① 《建炎以来系年要录》卷一四三，第2684—2685页。
② 《全宋诗》卷一八八三，第33册，第21083页。

过，羞顶羖羊皮。立向最高处，图见汉官仪。数日望回骑，荐致临风悲。

——《入塞》

闻道南使归，路从城中去。岂如车上瓶，犹挂归去路。引首恐过尽，马疾忽无处。吞声送百感，南望泪如雨。

——《出塞》

南使的到来，不仅引发了这位身陷胡尘、身着胡装的女子的羞惭之情，更激起她对宋王朝的殷切向往和思念。她引颈企待宋朝，希望被拯救，以致想成为使车上挂着的瓶子，随车而回。望着使者南去的身影，她百感交集，忍气吞声，泪如雨下。遗民如此，面对遗民的诗人何尝不是"吞声送百感，南望泪如雨"？求和的时局、议和的使命，决定了曹勋不可能像陆游等人那样振臂高呼，发出誓灭胡虏的豪言壮语，他只能饮泣慨叹，率先在诗中表现"惭愤哀痛交搀在一起的情绪"①。后来宋金双方达成协议，南宋向敌国称侄纳贡，使得这种情绪长期存在。无论是洪适所写的"遗民久厌腥膻苦，辟国谋乖负此心"②的愧疚，还是范成大无法回答的问题——"几时真有六军来"，都有一种惭痛不安之情。只是随着人们对和议的认可及时间的流逝，使金文人的屈辱感有所缓和，所以范成大、韩元吉等人能够克服曹勋"惮见"遗民的心理，有意渲染遗民们眷念宋室的感情，借以表现自己的爱国之志。但"惮见"遗民的心理并没有完全消除。面对遗民的不幸，许及之只能劝遗民们姑且忍受一时，"勤苦遗黎姑少忍，北人何止弃河南"③，连等待宋军收复这样勉强安慰的话都说不出口，实在是无奈之极。

---

① 钱锺书：《宋诗选注》，第143页。
② 洪适：《过毂熟》，《全宋诗》卷二〇七九，第37册，第23453页。
③ 《涉斋集》卷十七《归途感河南父老语》。

三、民族交往中的异常心态

宋金分别属于不同民族的政权，民族关系较为复杂。宋人出于激烈的民族义愤，动辄称女真等北方民族为"胡虏"。而使金文人不仅要直面这些"胡虏"及金源文化，还要向强大的"胡虏"和金源政权乞和求情。在与金源北方民族的交往中，使金文人既表现了女真文化的多个侧面，又反映出自己的特有心态。

女真文化首先突出地表现在服饰方面。女真服饰早在北宋政和年间，就开始传入中原。袁綯为蔡京撰《传言玉女》词，其中有"浅淡梳妆，爱学女真梳掠"之语，宋徽宗对"女真"二字有一种不祥的预感，特改为"汉宫"①。看来女真妆扮自有其吸引力。乾道五年使金的楼钥，在汴京见到一些"服饰甚异"的"耆婆"（即胡妇）②，觉得有些异样。其实，令他们担心的不是这些服饰本身，而是作为敌对势力象征的女真文化已深入中原，冲击中原文化。范成大至汴京时，发现"民亦久习胡俗，态度嗜好与之俱化"③，在他那些可能含有丑化倾向的描述中，对中原汉人"胡化"的现象深感不安，其《丛台》诗称"袵服云仍犹左衽，丛台休恨绿芜深"，不安感更强。几年后，周煇细心描写归德府（今河南商丘）官吏脚着尖头靴、头顶踏鸱巾的穿着④，也隐含着中原文化失落的沉思以及收复故国的迷茫之感。绍熙四年（1193），楼钥为倪思使金送行，想象"故国应悲周黍稷，遗黎犹识汉衣冠"⑤。如果北方民众真的都穿上北方民族的服装，而仅能认识汉族的服装，那么他们还有多少眷念宋朝之心？这才是那些宋人关注服饰之类外在形态的关键所在。

其次是音乐歌舞等精神文化。北方民族向来能歌善舞，自具特色，影

---

① 朱弁：《续骩骳说》，《曲洧旧闻》附录，中华书局，2002年，第234页。原文标点有误。
② 《攻媿集》卷一一一《北行日录上》。
③ 范成大：《揽辔录》，《范成大笔记六种》，中华书局，2002年，第12页。
④ 周煇：《北辕录》，《说郛》卷五十四。
⑤ 《攻媿集》卷八《送倪正甫侍郎出使》。

响很大。周煇《北辕录》记载，金国接伴使一路演奏羌管，"声顿凄怨，永夜修途，行人为之感怆"。其他使金宋人也多次写到北方民族的音乐，可惜这些描写都过于简单。金源音乐的实际情形可能远胜于此。长于作词的曹勋在使金途中借金源音乐作《饮马歌》词，题下自注曰："此腔自虏中传至边，饮牛马即横笛吹之，不鼓不拍，声甚凄断。闻兀术每遇对阵之际，吹此则鏖战无还期也。"①据此，《饮马歌》本是金人军旅乐曲。曹勋使北途中不可能有意收集北方音乐，他之所以以金源音乐入词，大概如周煇所言，一路上都在听着这种凄戚感人的音乐，遂以之作词。后来，北方民族音乐传播更广，范成大使金时，北方民族音乐随处可闻，中原传统音乐反而很少听到，给范成大的感觉是"虏乐悉变中华"，直到真定（今河北正定），范成大才看见传统的中原乐舞，非常感慨地写下了《真定舞》一诗："紫袖当棚雪鬓凋，曾随广乐奏云韶。老来未忍耆婆舞，犹倚黄钟衮六么。"这从反面说明"耆婆舞"在中原故国是多么的普遍！"虏乐悉变中华"也许不够准确，或者有所夸大，但至少可以见出"虏乐"风行的情况以及诗人对此的焦虑心情。

上述关于金源服饰、乐舞等文化的记载，客观上具有重要的认识意义。这类内容，在金国本土文人的作品中反而极其少见。一方面可能因为金国文人对本土民间文化重视不够，在现存金人著述中，有关"耆婆舞"或女真歌舞的材料极少，另一方面，可能是因为中原文化比女真文化在金国有着更大的影响力。与使金宋人的感受相反，金国文人到中原腹地之后，强烈感受到的是中原本土文化。如刘迎在大定（1161—1189）中期担任过三年唐州（今河南泌阳）幕官，自称"学得南人煮茶吃""落笔尚能哦楚调"②；王寂大定二十六年（1186）贬官蔡州（今河南汝南），觉得其地"土风敦俭素，声乐绝淫哇"③。在他们的诗歌中，我们几乎看不到北方民族文化的影子。比较而言，女真人的汉化远比汉人的"胡化"突出得

①《全宋词》，第1230页。

②刘迎：《淮安行》，《中州集校注》卷三，第540页。

③王寂：《拙轩集》卷二《蔡州》，丛书集成初编本。

多。这说明，使金宋人的记载实际上是出于他们对女真文化过于关注过于敏感的目光。

对女真文化的客观观察尚且如此，与女真人的直接交往则更为敏感。使金文人一过淮河，就有接伴使或送伴使陪同，途中常有些日常事务性的交往，如行程、饮食、礼仪安排之类；还有一些文化方面的交流，如范成大应伴使邀请，一同游览邢州的历史遗迹柳公亭①，洪适应北使之邀，一同游览常丰湖，还有诗歌唱和②。当然这种交往并不密切、并不深入，虞俦嘉泰元年（1201）使金归来，居然说"往来未省谁为伴，言语从来自不通"③。可是，就是这有限的交往常常打翻了文人心中的五味瓶，引起种种复杂的反应。

宋人原有的民族优势、文化优势在遭遇女真政权时难免要发生变异，呈现出一种独特的状态。政治、军事上低人一等的不利地位，使得南宋文人不得不更加重视并利用自己的文化优势，借以维护自尊，贬损对方。承安三年（1198），金章宗曾诏谕有司："凡馆接伴并奉使者，毋以语言相胜，务存大体。"④可见双方以语言相胜之事，时常发生，并达到有损"大体"的程度。在使金宋人的记载中，我们经常能看到双方在文化方面的较量。较量中，宋人常常占据优势，金人往往是取笑的对象。据载，李壁开禧元年（1205）使金，金国接伴使与他谈论苏轼，称"东坡作文，爱用佛书中语"，李壁随即接过话头，说："曾记赤壁词云：'谈笑间，狂虏灰飞烟灭。'所谓灰飞烟灭四个字，乃《圆觉经》语，云'火出木烬，灰飞烟灭。'"⑤闲谈中，李壁没有放过讥刺对方的机会，将对方讽为即将灰飞烟灭的狂虏，从而获得一种心理的满足。与此相似的还有张诏使金的经历：金人曾手执身穿女真族服装的宋徽宗、宋钦宗的画像，来到张诏的住所，想戏弄张诏。张诏当即认出徽、钦二帝，却假装不知，对之即拜。金人诧

---

① 《范石湖集》卷十二《柳公亭》，第152页。

② 洪适：《次韵北使邀观常丰湖》，《全宋诗》卷二〇七九，第37册，第23454页。

③ 虞俦：《尊白堂集》卷二《回程泗州道中》，文渊阁《四库全书》本。

④ 《金史》卷十一《章宗本纪》，第271页。

⑤ 丁传靖：《宋人轶事汇编》卷一七引《贵耳集》，中华书局，1958年。

异不解，张诏回答："诏虽不识其人，但见龙凤之姿，天日之表，疑北朝祖宗也，敢不下拜。"①张诏很机敏，既称颂了徽、钦二帝，尽了臣子之道，又巧妙地贬损了金人。这样，张诏所代表的汉文化赢得了胜利。

宋人的上述记载也许确有其事，但它未必很客观很全面。从现存史料来看，金国接伴使中不乏文化水平较高的汉族文人，像参与绍兴和议，并与宋使者同行的邢具瞻，陪伴范成大的田彦皋，都有诗作传世。在与这些文人的较量中，宋人未必一直获胜。曹勋为我们提供了一个实例：

> 余比出疆，以茶遗馆伴。乃云："茶皆中等，此间于高丽界上置茶，凡二十八九缗可得一胯，皆上品也。"予力辩所自来，谓所遗皆御前绝品。他日相与烹试，果居其次，伤为猾夷所诮，因得一诗："年来建茗甚纷纭，官焙私园总混真。圆璧方圭青箬嫩，绛苞黄角采题均。未论洁白衷肠事，只贡膏油首面新。世乏君谟与桑苎，翻令衡鉴入殊邻。"②

曹勋自诩为绝品的茶叶，原是假冒产品，其质量反而次于金国的普通茶叶，其责任当然不在曹勋，与他本人的文化水平无关，却因此引起他的感慨。这种"衡鉴入殊邻"的事情，当非个别情况，只是一般文人缺乏这种雅量，不愿意正视而已。这说明使金宋人自尊背后隐藏着自卑的心态。

这种源于民族对立背景下的文化较量与传统的民族歧视有一定的区别，它是对金源强权政治的反抗。此前的民族歧视，出于大汉族主义和强大的政权实力，往往理直气壮，自尊自大，一般没有这种具有反抗性质的文化较量。而这时南宋向金国称臣称侄，外交上低人一等，民族歧视的资本大不如前，所以民族歧视的气势有所收敛。他们表面上不能再随意鄙视金人，至少不能当面称对方为"胡虏"，朝廷规定公文中不得使用这些字眼，国书中不得不尊称对方为"大金"，就是说，传统的民族歧视受到了

---

① 《建炎以来朝野杂记》乙集卷十二《张诏使虏骤用》，第698页。
② 《全宋诗》卷一八九一，第33册，第21155页。

现实不利条件的抑制。因而，由民族矛盾激起的仇视金人的愤怒情绪，也就转变为比较单一、比较普遍的文化歧视，以此来对抗金人在政治、军事、外交方面的压制。这在使金宋人的创作中屡见不鲜。范成大的纪行诗可以作为代表。他带着求金人归还宋帝陵寝及免立受国书这两项使命，心里难免有些自卑，但在诗中却自称为堂堂的"皇华使"（《赵州石桥》），称金人为胡虏，俨然高出一等。他嘲笑金人的穿着，"闻说今朝恰开寺，羊裘狼帽趁时新"（《相国寺》），说接伴使田彦皋"一生心愧踏鸥巾"（《踏鸥巾》）；他嘲笑金人的语言，说"大抵胡语难得其真"（《琉璃河》），斥之为"犬羊鸣"（《宣德楼》）；他嘲笑北方接伴使、兵部侍郎耶律宝不识汉字，曰："乍见华书眼似獐，低头惭愧紫荷囊。人间无事无奇对，伏猎今成两侍郎。"（《耶律侍郎》）将之与唐代读错字的户部侍郎萧炅并列，予以讽刺。他甚至嘲笑金人汉化方面的一些表现。金世宗因避其父宗尧名讳，将尧山改名叫唐山，范成大却予以刻薄的挖苦："何物苦寒胡地鬼，二名犹敢废尧山。"（《唐山》）其他文人也有类似的作品。如洪适讥讽北人的装束，"短帻人如秃，尖冠女不髻"[1]，说北人演奏的号角，"胡音嘈囐不须听"[2]，周麟之嘲笑北人的语言及装束，"伴行蕃使言侏离，髯奴镊耳乃有知"[3]，许及之讥笑金国官署公文将"盱眙"二字写成"肝胎"："华风虽染不知裁，将底论思献纳来。枌杜昔曾闻杖社，盱眙今却见肝胎。"[4]使金文人们从这些快意的嘲讽中释放出文化优越感，并以此缓解途中的屈辱和自卑感，满足自己的心理需求。但这些多半是他们的自言自语，自我安慰，实际交往中可能是另一回事。范成大求免立受国书之礼，被金世宗斥为"殊骇观听"[5]的"率易"之举，"于尊卑之分何如，顾信誓之诚安在"[6]。面对这种强权，范成大也许只能在心里鄙视它，未

---

① 洪适：《再至保州》，《全宋诗》卷二〇七九，第37册，第23457页。

② 洪适：《次韵保州闻角》，《全宋诗》卷二〇七九，第37册，第23456页

③ 周麟之：《中原民谣·金台砚》，《全宋诗》卷二〇八九，第38册，第23563页。

④ 许及之：《虏行移以盱眙为肝胎》，《全宋诗》卷二四六〇，第46册，第28454页。

⑤ 罗大经：《鹤林玉露》卷一《范石湖使北》，中华书局，1983年，第9页。

⑥ 金世宗：《答宋孝宗书》，《金文最》卷五十，中华书局，1990年，第730页。

必敢将其文化歧视公开化。

四、使金创作在南宋文学中的地位

上文侧重论述使金创作的认识意义，从中已经可以看出使金之作是南宋文学的重要组成部分。其实，使金创作在题材方面的价值还不止这些。

首先，就爱国感情而言，使金创作壮大了南宋爱国主义文学的声势，丰富了南宋爱国主义文学的内容。像范成大这样的著名诗人，其使金组诗无论是对于他本人而言，还是对于整个南宋诗坛而言，都是不可或缺的。难以想象，如果没有范成大的使金组诗，那将是多么大的遗憾！其他文人的创作，成就虽然不及范成大，却像拱月之众星，自有其价值。还应该看到，随着南宋时战时和的局势，以及时间的无情消逝，特别是在苟安局面相对稳定的时期，并不是所有文人都能像陆游、辛弃疾那样，始终热切地关注收复中原的大业。无论是西子湖畔的酣歌醉舞，还是佛狸祠里的祭神钟鼓，都昭示着从上层文人到民间百姓爱国感情间断性的减弱、麻木或迷失。淳熙九年（1182）起居舍人王蔺使金贺正旦，他的同年兄郑克己作《送中书王舍人使北虏》，不是激发其恢复之志，而是劝导其安于和议大局，"安边存大体，何必斩楼兰"①，全然失去了斗志。淳熙十四年（1187）使金的姜特立，总结使金感受，说："中原旧事成新恨，添得归来两鬓霜。"②这一方面说明，六十年前中原沦陷的"旧事"，本来已经渐渐远去，渐渐淡忘；另一方面也说明，正是使金行为激发起他对日益淡漠的旧事的新感受。一批又一批文人年复一年的出使金国，不时地激发出他们的爱国感情，促使他们进行创作接力，不时地创作出爱国主义的篇章，这样就能有效地推动南宋爱国主义文学的可持续发展。对许多普通文人而言，使金经历尤为重要。像曹勋、曾觌、姜特立等人，为人没有多少可取之处，但其使金创作抒发其爱国之情，却成为其创作中的闪光点。他们的

---

① 郑克己：《送中书王舍人使北虏》，《全宋诗》卷二六七六，第50册，第31447页。

② 姜特立：《梅山续稿》卷一《使北二首》之一，傅增湘家藏抄本。

使金之作，使南宋爱国文学变得更加丰富多彩。

其次，就表现地域而言，没有使金经历的人，对于北方沦陷区，只能出于想象和传闻，有的文人则索性局限于半壁江山。这样的文学所表现出来的爱国情感是片面的和残缺的。使金文人的创作弥补了这一缺陷。他们深入金国境内，尽管只是匆匆过客，尽管带有自己的视角，但毕竟有了较真切的感性认识，有了较宽的眼界，大体表现了北方广大地区的风貌。如果没有使金文人的创作，北方民众的爱国（宋王朝）感情、北方民族文化，甚至沿途的自然地理、历史遗迹，都将变得模糊不清，不仅不为南宋其他文人所了解，也将不为后人所知晓。因为现存的金人著述中很少有这方面内容。

再次，使金语录和日记还是南宋散文的重要组成部分。前者虽是官方文字，近似公文，多载地理风物、女真习俗、交往礼仪等，但其中也不乏精彩片段。如周辉《北辕录》写他经过汴河时的感受："是日行，循汴河，河水极浅，洛口既塞，理固应然。承平漕江，淮米六百万石，自扬子达京师，不过四十日。五十年后乃成污渠，可寓一叹。隋堤之柳，无复仿佛矣。"语言简洁，感叹意味深长。日记体散文起步较晚，北宋司马光、黄庭坚等人均有日记传世。日记私人性质较强。使金日录不同于普通的日记，因为这些文人平素未必有写日记的习惯，可能只是因为使金这一特殊任务，才写日记，其中所记仍以公事居多，普遍具有较强的爱国感情，但比使金语录的个性色彩、文学色彩又要突出一些，似乎介于公文与私人日记之间。如楼钥《北行日录》乾道五年（1169）十月二十日的日记长达六百多字，堪称一篇优美的游记。使金日记不仅为后人提供了第一手的宝贵资料，还为记体散文的发展作出了贡献。

题材之外，使金之作在艺术上也有很多值得注意之处。

除周麟之《中原民谣》等诗歌之外，使金之作大多有感而发，有的感慨深沉，有的生动感人，都特别真切。诗歌如此，赋文也不例外。绍兴十二年（1142），宋高宗母韦氏回宋，曹勋被任为接伴使，途中写下了《迎銮赋》一文①。该文分《受命》《启行》《见接》《北渡》《传命》《许还》《回銮》《上接》等几节，有的段落写得催人泪下，如《北渡》曰：

> 晨起揽辔，忍临故汴，所过郡邑，人物皆汉。惨神都兮东入，望双阙兮魂断。泣经旧止，路人惊盼。怅予怀兮靡陈，岂止黍离之叹。麾拂全赵，旌掠燕雁。指扶桑兮万里，值隆冬兮雪漫。寒爪堕指，嗫欲神散。涉辽河兮航混同，逾御林兮抵春甸。

这段描写情真意切，荡气回肠，很好地抒发了经历北宋故都时的心痛感受。这在以议论说理见长的宋代文学中是相当难得的。

由于使金之作，特别是诗歌，基本上都是纪行之作，但又不是单纯的纪行写景，而是寓含诗人的爱国之情及诸多感慨，这就决定了使金诗歌的一个共性特征，就是常常是纪行、写景、抒情、议论相结合，如：

> 天连海岱压中州，暖翠浮岚夜不收。如此山河落人手，西风残照懒回头。
>
> ——李壁《使金诗》②
>
> 衮衮河流到底黄，谁言一苇便能杭？伤心击楫无人会，举酒回头酹太行。
>
> ——韩元吉《渡河有感》③

李诗前两句先写北方河山的壮丽景象，然后抒发激昂不平的感慨。韩诗以议论为主，面对黄河，他伤心不已，感慨万端。很多使金诗歌往往都是这样，以议论作指归，再如：

---

① 《松隐集》卷一《迎銮赋》，民国嘉业堂丛书本。
② 《全宋诗》卷二七四四，第52册，第32310页。
③ 《南涧甲乙稿》卷六。

一棺何用冢如林，谁复如公负此心？闻说群胡为封土，世间随事有知音。

——范成大《七十二冢》①

胡儿吹笛醉秦楼，月白风清只共愁。魏国九京如可作，锦衣能复故乡留？

——许及之《过相台》②

范诗通篇议论，先以"谁复如公负此心"作铺垫，引出后两句的讽刺，根据北人为曹操疑冢封土之事，将现实中的"群胡"讽刺为曹操的知音，既新颖幽默，又有很强的现实针对性。许诗前两句写相台当地女真人歌舞享乐的热闹景象，月白风清有双关含义，既指楼阁建筑，又兼指自然景象。后两句突然转到相州籍的历史人物韩琦，设想他假如起死回生，还能否衣锦还乡这一耐人寻味的问题。后两句的议论与想象相结合，显得委婉而意味深长。

与其他诗歌相比，使金诗歌基本没有干枯生涩等弊端，一般很少用典，很少有驰骋才学的倾向。体裁上，多采用灵活自如的七绝，古诗较少，律诗更少；形式上，也多直抒感触，很少采用唱和次韵的方式；七绝的风格也与前人的飘逸潇洒、风流俊爽、含蓄蕴藉等有所不同，出现了沉郁顿挫的诗风。从上文所引之诗可以看出这一点。这固然与其表现手法相关，更重要的是与使金宋人心情之感伤忧郁相关。由此可见，使金诗歌作为一类特殊的作品，在艺术上亦有独到之处，丰富了宋诗艺术的多样性。

［原刊《文学遗产》2003年第5期］

---

①《范石湖集》卷十二《七十二冢》题下自注曰："在讲武城外，曹操疑冢也。森然弥望，北人比常增封之。"第150页。

②诗末自注：月白风清，亦楼名。见《全宋诗》卷二四五九，第46册，第28440页。

论杨万里接送金使诗

在宋金对峙、交往中，范成大是南宋派出使节的代表，创作出一组优秀的使金纪行诗，抒发他在金国的见闻和感慨。在南宋境内，还有众多接伴使、送伴使，其中最杰出的代表是杨万里。他沿途创作了352首诗歌，是接送使中创作量最大、水平最高的诗人，有《初入淮河四绝句》这样脍炙人口的名作。这一组诗是其外交活动的产物，其中的爱国内涵更是受到外交活动的激发。学界普遍关注其爱国篇章，然而对接送金使组诗及《朝天续集》的研究寥寥无几，下文将重点探讨其接送金使诗，兼及《朝天续集》中的其他篇章。

一、寒冬苦旅中的巅峰创作

淳熙十六年（1189）二月宋光宗即位，九月，杨万里自江西抵达临安，十月二十九日，除秘书监。十一月，奉命接伴金国贺正旦使，开始了接送金使的行程。据《金史·交聘表》，他的接送对象是金国贺正旦使裴满余庆一行。裴满余庆是女真族，任正使，副使通常由汉族文人担任，现已失考。次年四月九日，杨万里作《诚斋朝天续集序》，称迎送金使，"既竣事归报，得诗凡三百五十首"①。《朝天续集》除收录这些接送金使诗歌之外，还收录此后至十一月十三日之前在临安的其他诗作。

---

① 《杨万里集笺校》卷八十一，第3274页。

《朝天续集》的诗歌实际上可以分为六个阶段，有四个阶段是接送金使的行程，两个阶段是临安为官时期，具体如下：

第一阶段，淳熙十六年十一月十二日左右至十二月五日左右，从临安出发，经运河北上，直到在淮河中流迎接金使为止。杨万里何时出发，没有准确记载。但他至迟十二月二日之前已经到达目的地盱眙，其《初食太原生蒲萄，时十二月二日》诗云："老夫腊里来都梁，饤坐那得马乳香。"①都梁在盱眙境内。参照回程不足20天的时间，杨万里出发的时间当在十一月十二日前后。到盱眙之后，直到《淮河中流肃使客》，诗人都在盱眙或在淮河舟中，这段时间不会太长，估计三五天。

第二阶段，淳熙十六年十二月六日左右至十二月二十五日之前，从盱眙返回临安。途中有《立春日舟前细雨》诗，据考，该年立春时间是十二月二十一日②。该诗写作地点在嘉兴至长安闸之间，离临安已经不远。《宋史·光宗本纪》载："十二月壬子，金遣裴满余庆等来贺明年正旦。"③壬子是二十七日，但据《宋会要辑稿》，二十六日，杨万里已经上朝进呈《寿皇日历》④，这说明杨万里至迟二十五日已回到临安。《宋史》的记载当是裴满余庆正式上朝贺正旦的日期。他们到达临安的实际时间应在二十五日之前。可见，从盱眙返回临安，在20天以内。

第三阶段，自十二月二十六日至绍熙元年（1190）正月初六，杨万里在临安为官。前7天无诗作。正月初三与同舍游西湖，作诗10首，初五以送伴使身份参加集英殿宴会，作《正月五日以送伴借官，侍宴集英殿，十口号》，初六前后作《寄题朱元晦武夷精舍十二咏》。

第四阶段，绍熙元年正月初七至正月二十三日左右，自临安至盱眙。参照周密《武林旧事》卷八《人使到阙》的记载，使节初五参加集英殿宴会，初七之后登船北行。杨万里于十四日到达苏州，有《姑苏馆上元前一

①《杨万里集笺校》卷二十七，第1408页。
②参见《杨万里集笺校》卷二十八，第1448页。
③《宋史》卷三十六《光宗本纪》，第679页。
④参见于北山：《杨万里年谱》，上海古籍出版社，2006年，第377页。

夕观灯》，到达盱眙时间没有记载，从苏州到盱眙估计近十日。《渡头阻风》是他送走金使准备返程的作品，诗曰："天寒春浅蛰未开，船头一声出地雷。……老夫送客理归棹，适逢奇观亦壮哉。"味诗中语气，当是惊蛰前后之作。考该年惊蛰为正月二十二日，所以惊蛰前后杨万里在盱眙。

第五阶段，绍熙元年正月二十四日左右至二月十一日左右，从盱眙返回临安。正月三十，到达扬州南方的扬子桥。参照楼钥《北行日录》，从盱眙到扬子桥约五六天时间，故盱眙出发时间当在二十四日左右。《过扬子桥》诗曰："明朝却是中和节，野次谁怜寂寞人。"中和节是二月初一。此后杨万里仅有两首纪行诗，估计在二月十一左右即到达临安。

第六阶段，绍熙元年二月十二日左右至十一月十三日，为官临安期间。十一月十三日，杨万里外任江东转运副使，离开临安。此后的诗歌编入《江东集》。

根据上述行程，我们对《朝天续集》的诗歌进行统计，制成《〈朝天续集〉诗歌分布表》：

阶段	起讫日期	天数	诗歌数量	所占比例	日创作量
一、临安—盱眙	11.12—12.5	23	90	22.3%	3.9
二、盱眙—临安	12.6—12.25	20	67	16.6%	3.35
三、临安为官	12.26—1.6	11	43	10.6%	3.9
四、临安—盱眙	1.7—1.23	17	81	20%	4.76
五、盱眙—临安	1.24—2.11	17	71	17.6%	4.18
六、临安为官	2.12—11.13	270	51	12.65%	0.19
合计		358	403		1.125

从上表中我们可以得出如下结论：

第一，迎送金使途中的创作量远高于临安为官期间。迎送金使的四个阶段约77天，创作诗歌352首，日均4.57篇。临安为官两个阶段，计281天，创作诗歌94首，日均0.33篇。虽然上述统计未必绝对精确，但大体不差。我们可以在其诗中找到内证。譬如绍熙元年正月十四日到达苏州，至元宵夜，共创作了如下18首诗歌：《泊平江百花洲》、《姑苏馆夜雪》、《姑苏馆上元前一夕观灯》、《走笔和袁起岩，元夕前一夜雪作》、《再和袁起岩韵》、《雪中登姑苏台》、《姑苏馆上元前一夕陪使客观灯之集》、《雪后陪使客游惠山，寄怀尤延之》、《惠泉分茶，示正孚长老》、《回望惠山》、《题陆子泉上祠堂》、《过洛社望南湖暮景》（三首）、《舟中元夕雨作》（三首）、《夜过五牧》，平均每天创作9首。而接近临安时，创作量明显下降。第一次回临安，淳熙十六年十二月二十一日作《立春日舟前细雨》，至二十五日，5天时间7首作品，日均1.4篇；第二次回临安，是次年二月一日从扬子桥到临安，仅有4首诗，按10天计，日均仅0.4篇，可见创作热情在减退。杨万里将金使迎回临安后，自十二月二十五日至正月二日，这8天时间内没有创作。

第二，在迎送金使的四个阶段中，第一次北上创作量最大，第二次北上次之，回程创作量有所下降。第一次北上，最为新鲜，亦没有陪同北使的公务，故而创作激情最高。从创作速度来看，表格中所统计数据反映的送伴时要高于接伴之时，但其中有些特殊性。杨万里送别金使之后，大概应向子谭子孙之请，撰写《芗林五十咏》[①]。这50首诗是他利用返程的空闲时光完成的写作任务，与主动创作有所区别。如果除去这一组诗，从盱眙到临安的创作量只有21首，是接送金使四阶段中数量最少的一个阶段。这符合创作的规律，毕竟经过了三遍，沿途新鲜感已经大为减弱，激情也有所不足了。

第三，接送金使不仅是杨万里这一年中的创作高峰，还是他一生创作的最高峰。如果我们将这一时期的创作放到杨万里的创作生涯中，就可以清楚地看出这一点。莫砺锋师曾统计杨万里一生中9部诗集的作品数与时间跨度，制成下表：

诗集名	作品数	时间跨度	平均每年作诗数
《江湖集》	735	11年	67
《荆溪集》	492	1年11个月	258

---

① 参见《杨万里集笺校》卷三十，第1521页。

续　表

诗集名	作品数	时间跨度	平均每年作诗数
《西归集》	202	10个月	243
《南海集》	393	2年6个月	157
《朝天集》	517	2年9个月	188
《江西道院集》	253	2年4个月	109
《朝天续集》	402	10个月	484
《江东集》	518	1年7个月	327
《退休集》	720	14年	51

莫砺锋师认为，《荆溪集》《西归集》是杨万里诗歌创作的第一次高潮，"往淮河迎伴金使的特殊人生经历激发了第二次创作高潮"[1]。如果以迎送金使的三个月时间来衡量，这三个月应该是杨万里一生中诗歌创作速度最快的时期。

迎送金使本是屈辱之事，往返四次，加之时逢寒冬，顶风冒雪，迎送金使更是件艰苦枯燥的差事，为什么还能激发起六十三四岁老诗人如此高的创作热情？为什么范成大、曹勋、袁说友等人北上，沿途却没有写下这么多的纪行诗？与他们不同的是，杨万里同时具备以下三个因素：一是得江山之助。沿途由丘陵到平原、由运河到湖泊，由冬徂春，多姿多彩、不断变化的景色，能给杨万里一种新鲜感，激发他欣赏自然和创作诗歌的兴趣。二是因为他的兴趣爱好。他向来喜欢游览自然山川，此次公差，他得以沿运河北上，饱览两岸山川景色。正如他在《诚斋朝天续集序》中所说，此行"始得观涛江，历淮楚，尽见东南之奇观"[2]。其他接伴使如曹勋、洪迈等人虽然也是诗人，却不见得有他这种山川之好。如楼钥使金沿途写下《北行日录》，详细记载行程，很少关注自然景色。而杨万里即使面对同一景点，也能够发现因昼夜、天气、时间的不同而带来的变化，所以尽管往返四次，他也乐此不疲，如他自己所说，"闭门觅句非诗法，只

---

① 参见莫砺锋师：《论杨万里诗风的转变过程》，《唐宋诗歌论集》，凤凰出版社，2007年，第485页。

②《杨万里集笺校》卷八十一，第3274页。

是征行自有诗"①。三是因为诚斋体的特点。诚斋体所表现的最主要内容就是自然界。杨万里喜欢观察山水草木、风霜雨雪、虫鱼禽鸟，善于从自然世界中发掘诗意和乐趣，再用诗歌将它表现出来。正是山川奇观、个人山水之好、诚斋体性质这三种因素的有机统一，形成了这一令人惊异的创作高峰。

二、爱国诗的诚斋体貌

在杨万里迎送金使的系列诗歌中，最受现代学者关注的是其爱国诗。周汝昌早在20世纪60年代初就指出："诚斋此一行，写出了一连串极有价值的好诗，甚至可以说在全集中也以这时期的这一分集（《朝天续集》）的思想性最集中、最强烈。"②各种文学史教材、宋诗选本几乎无一例外都会重视《初入淮河四绝句》等爱国题材的诗篇。

杨万里本不以爱国诗而著名，在此前的诗集中，爱国诗篇很少，是迎送金使的公务激发了杨万里的爱国情感。北方沦陷、宋金对立本是60多年前的陈年往事，时间淡化人们沉痛的记忆，但当杨万里承担接送金使任务、到达淮河边境、直接面对金国使节之时，还是不时涌起一阵阵爱国情思，创作出一些含有爱国情感的篇章。现将《朝天续集》中含有爱国情感的诗篇统计如下：

阶段	数量	篇目
一、临安—盱眙	14	《过扬子江》（二首）③、《过瓜洲镇》、《皂角林》、《舟过扬子桥远望》、《晚泊扬州》、《登楚州城》、《初入淮河四绝句》、《题盱眙军东南第一山》（二首）、《嘲淮风，进退格》
二、盱眙—临安	1	《雪霁晓登金山》
三、临安为官	0	/
四、临安—盱眙	0	/

①《杨万里集笺校》卷二十六《下横山滩头望金华山》，第1356页。
②周汝昌：《杨万里选集·引言》，上海古籍出版社，1979年，第18页。
③《杨万里集笺校》中扬子江，或作杨子江，扬州，或作杨州。此处统一写作扬子江、扬州。

阶段	数量	篇目
五、盱眙—临安	1	《瓜洲遇风》①
六、临安为官	1	《跋丘宗卿侍郎见赠使北诗一轴》
合计	17	

以上统计的标准相对较宽。从上表中可以看出以下几点：

第一，在将近一年的时间内，杨万里写下十多首具有爱国情感的诗歌，是他创作生涯中的一种新变。他在《诚斋朝天续集序》中说："如《渡扬子江》二诗，余大儿子长孺举似于范石湖、尤梁溪二公间，皆以为予诗又变，余不自知也。"②言下颇有自得之意。所谓"又变"，应该包括以爱国诗为代表的稳健厚实之风。

第二，杨万里的爱国感情从跨过扬子江开始表现出来。比较一下范成大的使金纪行诗，就可以知道杨万里是属于比较敏感的诗人了。乾道六年（1170），范成大出使北方，目的地是更远的燕山，他创作爱国诗歌是从渡过淮河跨入金国开始，第一首即是《渡淮》。杨万里北上的目的地是盱眙，长江是他心理上的分界线，跨过长江，就多了一些南北交战的遗迹，自然容易激发出爱国情感。他的《过扬子江》的性质与范成大的《渡淮》接近，所以其子杨长孺说它与范诗相似。

第三，杨万里的爱国诗主要是第一次去淮河边境途中所写。半数是由长江至淮河途中所写，多由历史遗迹所引发，另一半则是在淮河边境所写，主要是有感于一河之隔的北方沦于敌手。第二次北上淮河途中，则没有创作爱国诗。另外，与金使的直接交往对促进其爱国诗歌创作的作用很有限，仅有一首《雪霁晓登金山》与此相关。大概南宋对接送金使已经习以为常，杨万里接送金使也只是常规工作罢了。

在讨论杨万里爱国主义诗歌时，我们不得不承认，他的爱国题材诗歌数量很有限，既远不及陆游，又不及范成大。即使在《朝天续集》中，爱

---

① 《杨万里集笺校》中瓜洲，或作瓜州，此处统一写作瓜洲。

② 《杨万里集笺校》卷八十一，第3274页。

国诗歌的比例仍然很低。清代桐城光聪谐有"诚斋诗不感慨国事"之论："诚斋与放翁同在南宋，其诗绝不感慨国事，惟《朝天集》中《入淮河》四绝句、《题盱眙东南第一山》二律、《跋丘宗卿使北时诗轴》少见其意，与放翁大不相侔。"①原因可能很多，其中之一应与杨万里的个性相关，他更多的是关注自然，而不是社会和国家。钱锺书说："杨万里的主要兴趣是天然景物，关心国事的作品远不及陆游的多而且好，同情民生疾苦的作品也不及范成大的多而且好。"②在《朝天续集》中占主体部分的仍然是诚斋体的传统内容。杨万里自己在《诚斋朝天续集序》中说过去差不多走过了司马迁、韩愈、柳宗元、苏轼等人走过的道路，所以他的诗歌中"江湖岭海之山川风物多在焉"，这次淮河之行又为他的诗歌增加了新的自然风物。姜夔的话也从侧面证明了这一点。他的《送〈朝天续集〉归，诚斋时在金陵》说：

> 翰墨场中老斩轮，真能一笔扫千军。年年花月无闲日，处处山川怕见君。箭在的中非尔力，风行水上自成文。先生只可三千首，回施江东日暮云。③

这首诗形象地表现了杨万里好咏自然景观的嗜好，差不多被当成对杨万里所有诗歌的评价，被人们广为征引。姜夔只字不提《朝天续集》中新出现的一些爱国诗歌，吸引他目光的仍然是杨诗中大量存在的花月、山川、风水等等。这说明，爱国诗歌在《朝天续集》中的集中出现，只是杨万里诗歌创作的一个插曲，诚斋体的主旋律没有改变。

相对于诚斋体而言，杨万里的爱国诗是其诗歌的变调，但却符合南宋文学的主旋律，是南宋诗歌的正体。所以，杨万里的爱国诗具有南宋爱国诗歌的一些共性。如广为人知的《初入淮河四绝句》：

---

① 光聪谐：《有不为斋随笔》庚卷，清光绪十三年刻本。
② 钱锺书：《宋诗选注》，第161页。
③ 《全宋诗》卷二七二四，第51册，第32037页。

　　船离洪泽岸头沙，人到淮河意不佳。何必桑乾方是远，中流以北即天涯。

　　刘岳张韩宣国威，赵张二相筑皇基。长淮咫尺分南北，泪湿秋风欲怨谁？

　　两岸舟船各背驰，波痕交涉亦难为。只余鸥鹭无拘管，北去南来自在飞。

　　中原父老莫空谈，逢着王人诉不堪。却是归鸿不能语，一年一度到江南。①

从内容上来看，这组诗感叹中原沦陷、南北阻隔的现实，歌颂刘锜、岳飞、张俊、韩世忠等为国争光的抗敌将领和赵鼎、张浚等主战派大臣，想象北方遗民的爱国言行，暗中批判妥协投降的国策，感情沉痛；从风格上来看，这组诗借淮水、秋风、归鸿等物象即景抒怀，婉转沉郁，哀怨凄楚。这些与范成大的使金诗，甚至与陆游的爱国诗并无太大的差异，上引第四首诗歌简直像是范成大《州桥》诗的续作。杨万里的独特之处在于，身处淮河边界，以组诗的形式，比较集中、形象地抒写了他的敏感和他的无奈，说出了当时人的心声。在杨万里之前之后，有很多诗人表达过类似"何必桑乾方是远，中流以北即天涯"的意思②，相对而言，杨万里说得更加真切感人，也就更具有代表性。与《初入淮河四绝句》类似的还有《题盱眙军东南第一山》二首，试看第二首：

　　建隆家业大于天，庆历春风一万年。廊庙谋谟出童蔡，笑谈京洛博幽燕。白沟旧在鸿沟外，易水今移淮水前。川后年来世情了，一波分护两涯船。③

---

①《杨万里集笺校》卷二十七，第1403—1404页。

②参见钱锺书：《宋诗选注》，第168页。

③《杨万里集笺校》卷二十七，第1406页。

诗歌反思历史，批判误国奸臣童贯、蔡京，第三联痛心北方山河沦丧，其意后来被元人刘因浓缩为"白沟移向江淮去"①，尾联化用施肩吾《及第后过扬子江》中的诗句："江神也世情，为我风色好。"称如今江神（川后）不再世故，不再偏袒一方，而是要护送宋金两国的船只，显得很苦涩。他的《雪霁晓登金山》抒写陪同金使登览金山品茶的感受。面对江山形胜，他感到非常羞愧："诗人踏雪来清游，天风吹侬上琼楼。不为浮生饮玉舟，大江端的替人羞，金山端的替人愁。"②连用两个"端的"，感慨颇深。

这些愤懑、无奈、苦涩、羞愧、沉郁之情，是南宋爱国诗词的共性成分，除此之外，杨万里的爱国诗还有一些为人忽略的个性。

与陆游等人相比，杨万里的爱国诗虽然感慨西北失陷，但很少直接抒发杀敌报国之志，很少有陆游、辛弃疾般的雄心和理想。他与许多普通文人一样，已经习惯了长期以来的和平局面，这在他的诗中也有所反映，如《过瓜洲镇》：

> 夜愁风浪不成眠，晓渡清平却晏然。数棒金钲到江步，一樯霜日上淮船。佛狸马死无遗骨，阿亮台倾只野田。南北休兵三十载，桑畦麦垄正连天。完颜亮辛巳南寇，筑台望江，受诛其上，土人云。③

当年北魏拓跋焘追击刘义隆，追至瓜洲，在山上建立行宫，完颜亮南侵，亦在此筑台，后被部下所杀。杨万里在追忆这两段侵略历史之后，没有接着写抗击侵略，收复失地，而是转写当下的和平局面，"南北休兵三十载，桑畦麦垄正连天"，呈现出一派喜人的景象，这并不值得奇怪，高扬抗敌旗帜的陆游也有"杏花天气喜新晴，白首书生乐太平"（《春游》）这样和乐的诗句。

---

① 刘因：《刘因集》卷十五《白沟》，人民出版社，2017年，第278页。
② 《杨万里集笺校》卷二十八，第1428页。
③ 《杨万里集笺校》卷二十七，第1394页。

另一方面，与范成大、曹勋等人的使金诗相比，杨万里的爱国诗不再有他们那种强烈的屈辱、惭愤情绪，毕竟杨万里迎送金使没有承担乞还帝陵之类的使命，不用委曲求全地与金人交涉。他在南宋境内，以主人的身份来接待金使，途中陪同使客观赏灯会、游览惠山，都体现出主人的姿态。在朝廷宴请金使的宴会上，杨万里甚至还洋溢出高人一等的自豪感。其《正月五日以送伴借官，侍宴集英殿，十口号》（之二）曰："一点胡行朝汉天，英符来自玉门关。旧时千岁琵琶语，新学三声万岁山。"①女真族使节学说汉语，让杨万里体会到文化上的优越感，杨万里又将之放大，仿佛四夷臣服。这种主人姿态和自豪感是陆游、范成大等人作品中所罕见的。

杨万里的爱国诗有时还带有诚斋体活泼幽默的特点。绍熙元年（1190）六月，丘崈使金贺金章宗生辰，九月使金归来，将沿途所写的诗歌送给杨万里，杨万里作《跋丘宗卿侍郎见赠使北诗一轴》：

> 太行界天二千里，清晨跳入寒窗底。黄河动地万鼙雷，却与太行相趁来。青崖颠狂白波怒，老夫惊倒立不住。乃是丘迟出塞归，赠我大轴出塞诗。手持汉节娖秋月，弓挂天山鸣积雪。过故东京到北京，泪滴禾黍枯不生。誓取胡头为饮器，尽与黎民解魋髻。诗中哀怨诉阿谁，河水呜咽山风悲。中原万象听驱使，总随诗句归行李。君不见晋人王右军，龙跳虎卧笔有神，何曾哦得一句子，自哦自写传世人。君不见唐人杜子美，万草千花句何绮，祗以诗传字不传，却羡别人云落纸。莫道丘迟一轴诗，此诗此字绝世奇。再三莫遣鬼神知，鬼神知了偷却伊。②

丘崈为人"仪状魁杰，机神英悟"，慷慨忠义，声言"生无以报国，死愿

---

① 《杨万里集笺校》卷二十八，第1460页。
② 《杨万里集笺校》卷三十，第1565页。

为猛将以灭敌"①，其使金纪行诗当抒写其慷慨报国情怀，可惜已全部失传。杨万里受其诗感染，这首题诗写得激昂慷慨，"誓取胡头为饮器，尽与黎民解辗髦"等诗句很有些陆游诗歌的面目。但诗歌开头六句想象太行黄河的壮观景象，还是诚斋体一贯的活脱迅疾。"中原万象听驱使"之后，大段称赞丘崈诗书兼工。他不仅从丘崈这组爱国纪行诗析出"中原万象"，还从一向忧国忧民的杜诗中挑出"万草千花"，突出体现了他重视自然景观描写的倾向性。结尾"再三莫遣鬼神知，鬼神知了偷却伊"，也是诚斋体一向的幽默口吻。

南宋爱国诗词，以慷慨激昂、沉郁苍凉者居多，杨万里别开生面的地方在于，将诚斋体的手法与抒写爱国情感结合起来。他喜欢借助山川风物的描写，抒写其爱国情怀，所以能将爱国情怀写得轻巧幽默。如下列诗歌：

> 望中白处日争明，个是淮河冻作冰。此去中原三里许，一条玉带界天横。
>
> ——《登楚州城》②
>
> 絮帽貂裘莫出船，北窗最紧且深关。颠风无赖知何故，做雪不成空自寒。不去扫清天北雾，只来卷起浪头山。便能吹倒僧伽塔，未直先生一笑看。
>
> ——《嘲淮风，进退格》③

这两首诗都以写景为主。《登楚州城》远眺淮河，白白一片，那是划分南北的疆界。如果不是宋金对峙的特殊背景，这首诗就是纯粹的写景诗，毫无沉重之处。但该诗含有"中流以北即天涯"的爱国情感，所以在轻巧的外表之下又有不轻松处。《嘲淮风》讥笑北风号寒，卷起巨浪，既不能带

---

①《宋史》卷三九八《丘崈传》，第12113页。
②《杨万里集笺校》卷二十七，第1401页。
③《杨万里集笺校》卷二十七，第1410页。

来冬雪，又不能扫清北方迷雾（比喻盘踞北方的敌人）。纵然再强劲，纵然吹倒佛塔，也不值得诗人一看。诗人的重点是希望淮风能"扫清天北雾"，这也是以轻巧诙谐的语言来表达爱国情怀。这种活泼幽默的爱国诗在古代诗史上别具一格。

三、诚斋体的高峰状态及其新变

杨万里接送金使组诗是诚斋体创作的高峰。杨万里所说的"余诗又变"，不局限于《渡扬子江》之类的诗歌，其实，他晚年创作的这些诗歌很好地体现了诚斋体高峰状态下的一些新变。

在杨万里的创作生涯中，接送金使时期进入了更加自如的境界。此前，杨万里在《诚斋荆溪集序》中曾自述淳熙戊戌（1178）年间创作的自如状态：

> 戊戌三朝时节，赐告少公事，是日即作诗。忽若有寤，于是辞谢唐人及王、陈、江西诸君子，皆不敢学，而后欣如也。试令儿辈操笔，予口占数首，则浏浏焉，无复前日之轧轧矣。自此每过午，吏散庭空，即携一便面，步后园，登古城，采撷杞菊，攀翻花竹。万象毕来，献予诗材，盖麾之不去，前者未雠，而后者已迫，涣然未觉作诗之难也，盖诗人之病去体有日矣。[1]

这被学界普遍视为诚斋体形成的关键。但是，杨万里当时并没有完全达到他所描述的自由境界，次年他就多次说过"老来觅句苦难成"（《春夜孤坐》）、"自笑独醒仍苦吟，枯肠雷转不禁搜"（《中秋病中不饮》）之类的话，说明他并没有废弃苦吟功夫[2]。所谓"万象毕来，献予诗材"，也是他有意游览后园古城、寻诗觅句的结果。而接送金使期间的创作比过去更

---

[1]《杨万里集笺校》卷八十，第3260页。

[2] 参见莫砺锋师：《论杨万里诗风的转变过程》，《唐宋诗歌论集》，第484—487页。

加自如，写作速度空前提高，他形容这期间的写作状态：

> 炼句炉锤岂可无？句成未必尽缘渠。老夫不是寻诗句，诗句自来
> 寻老夫。
>
> ——《晚寒题水仙花并湖山》①

这种轻松迅疾、自然而然的创作境界表面上与"万象毕来，献予诗材"大体相似，却少了此前有意寻诗的过程。接送金使组诗最接近随手拈来、不用费力的实际，姜夔"风行水上自成文"的赞词，即是旁证，说明诚斋体创作已经进入了一个新境界。

众所周知，诚斋体多写自然景象，擅长表现转瞬即逝的动态。在接送金使期间，沿途自然景象丰富多彩，变化无穷，自然题材的诗歌更多，占了绝对优势。下面是《朝天续集》的题材统计表：

阶段	诗歌总数	自然题材	所占比例	社会题材	所占比例
一、临安—盱眙	90	78	86.7%	12②	13.3%
二、盱眙—临安	67	62	92.5%	5③	7.5%
三、临安为官	43	14	32.6%	29④	67.4%
四、临安—盱眙	81	74	91.4%	7⑤	8.6%
五、盱眙—临安	71	71	100%	0	0%

---

① 《杨万里集笺校》卷二十九，第1484页。

② 分别是：《和陆务观见贺归馆之韵》、《读笠泽丛书》（三首）、《五更过无锡县，寄怀范参政尤侍郎》、《舟中追和张功父贺赴召之句》、《又追和功父病起谢寄之韵》、《檃括东坡〈瓶笙诗序〉》、《与长孺共读东坡诗，前用唐律，后用进退格》（二首）、《檃括东坡〈观棋诗引〉并四言诗》（二首）。

③ 分别是：《遣骑迎来，久稽来讯》《跋黄文岩诗卷》《叶叔羽集同年九人于樱桃园，钱袭明，何同叔即席赋诗，追和其韵》二首、《秀州嘉兴馆拜赐春幡胜》。

④ 分别是：《题浩然李致政义概堂》《谢李君亮赠陈中正墨》《赠倪正甫令子阿麟》《记张正叟煮笋经》《和丘宗卿赠长句之韵》《大儿长孺赴零陵簿，示以杂言》《正月五日以送伴借官，侍宴集英殿，十口号》《寄题朱元晦武夷精舍十二咏》《和刘德修用黄文叔韵赠行》。

⑤ 分别是：《谢王恭父赠梁杲墨》、《题吴江三高堂》（三首）、《惠泉分茶示正孚长老》、《题陆子泉上祠堂》、《次韵寄题马少张致政亦乐园》。

阶段	诗歌总数	自然题材	所占比例	社会题材	所占比例
六、临安为官	51	18	35.3%	33①	64.7%
合计	403	317	78.7%	86	21.3%

从上表可以看出，自然题材占《朝天续集》诗歌总量78.7%，占接送途中诗歌总量（309首）的92.2%，说明诚斋体不仅是杨万里诗的特色所在，也是其主体所在。由于作于接送途中，这些诗歌都很好地将纪行与写景结合起来。整组诗歌体现了接送的动态行程，具体诗篇则大量描写舟行途中的动态景象。如写舟行时岸旁景色，"两边岸柳都奔走，不及追船各自回"（《过洛社望南湖暮景》），"两岸山林总解行，一层送了一层迎"（《过望亭》），"千村一抹片子时，四岸人家眼中失"（《雪小霁顺风过谢阳湖》）；写放闸景象，"练湖才放一寸水，跳作冰河万雪堆"（《练湖放闸》），"雪溅雷奔作明眼，天跳地趍也惊人"（《清晓洪泽放闸四绝句》）；写狂风骤雨，"清平如席是淮流，风起雷奔怒不休"（《雨作抵暮复晴》），"细雨无声忽有声，乱珠跳作万银钉"（《过八尺遇雨》），"五湖波起众山动，一片月明千里愁"（《月夜阻风，泊舟太湖石塘南头》）。类似的例子不胜枚举，体现了诚斋体非凡的表现力。

在纪行写景诗中，杨万里进一步发展活泼幽默之风。前文论及其爱国诗中的幽默风格，就是一例。其他一般性的写景纪行诗，更是如此。他写水边倾斜的树木："岸头树子直如筝，谁遣相招住水滨？不合镜中贪照影，照来照去总斜身。"②将之理解为顾影自怜，导致枝干倾斜。他写雨中元

---

① 分别是：《送薛子约下第归永嘉》、《和祝汝玉作举子语之句》、《和徐盈赠诗》、《送刘德修殿院直阁将漕潼川》、《送马庄父游金陵》、《跋吴箕秀才诗卷》、《和御制琼林宴赐进士余复等诗》、《送徐宋臣监丞补外》、《题浏阳县柳仲明致政云居山书院》、《送李制干季允擢第归蜀》、《林宏才秉义挽辞》、《题沈子寿〈旁观录〉》、《送吴敏叔待制侍郎》、《寄吴宜之》、《和沈子寿还〈朝天集〉之韵》、《张几仲侍郎挽辞》（三首）、《徐氏太淑人挽辞》（二首）、《跋眉山程垓万言书草》、《题巩仲至修辞斋》、《跋符发所录上蔡语》（二首）、《赠墨工张公明》、《跋丘宗卿侍郎见赠使北诗一轴》、《谢湖州太守王成之给事送百花春糟蟹》、《赠写真水鉴处士王温叔》、《跋王季路太丞〈魏野草堂图〉》（二首）、《题汪季路所藏李伯时〈飞骑斫鬃射杨枝及绣球图〉》、《跋罗春伯所藏高氏〈乐毅论〉》、《赠周敬伯》、《赠剪字吴道人》。

② 《杨万里集笺校》卷二十九《岸树》，第1477页。

宵："佳辰三五是今宵，恰则今宵细雨飘。天念孤舟人寂寞，不教月色故相撩。"①将元宵无月视为对他孤居异乡的照顾。幽默中有诗人的狡黠和智慧。有所不同的是，杨万里此行正值寒冬，要忍受风雪严寒。他多次写及苦寒，"劝君莫出君须出，冰脱君髯折君骨"②"一老冻欲死，群仙知也无"③，但他能够苦中作乐，超越风雪苦寒，表现其乐观的诗意情怀。如《晚风》："晚日暄温稍霁威，晚风豪横大相欺。做寒做冷何须怒，来早一霜谁不知？"面对寒风，诗人有质问，有蔑视，有幽默。再如《至洪泽》：

> 今宵合过山阳驿，泊船问来是洪泽。都梁到此只一程，却费一宵兼两日。政缘夜来到渎头，打头风起浪不休。舟人相贺已入港，不怕淮河更风浪。老夫摇手且低声，惊心犹恐淮神听。急呼津吏催开闸，津吏叉手不敢答。早潮已落水入淮，晚潮未来闸不开。细问晚潮何时来，更待玉虫缀金钗。④

将舟行遇风这种劳顿经历写得一波三折，跌宕多姿，兴味盎然，其中对话及动作描写，形象生动，妙趣十足，可见诗人晚年化愁苦为诗意的手段和能力。

此外，杨万里接送金使诗歌也体现了诚斋体的体裁特点。诚斋体以七言诗为主要载体，试看接送金使诗歌体裁分布情况：

阶段	诗歌总数	七绝/比例	七律/比例	七古/比例	五言/比例
一	90	54/60%	28/31.1%	4/4.4%	4/4.4%
二	67	39/58.2%	14/20.9%	7/10.4%	7/10.4%
四	81	39/48.1%	32/39.5%	8/9.9%	2/2.4%
五	71	12/16.9%	3/4.2%	3/4.2%	53/74.6%
合计	309	144/46.6%	77/24.9%	22/7.1%	66/21.4%

①《杨万里集笺校》卷二十九《舟中元夕雨作》，第1497页。

②《杨万里集笺校》卷二十七《前苦寒歌》，第1414页。

③《杨万里集笺校》卷二十八《舟中奉怀三馆同舍》，第1438页。

④《杨万里集笺校》卷三，第1525—1526页。

从中可以看出，七言诗的比例高达78.6%，这一比例与《朝天续集》自然题材所占的比例78.4%，基本相同，说明其题材与体裁的一致性。其中比例最大的是七绝，占46.6%，大概七绝最容易写得活泼灵动，其次是七律，比例最小的是七古。五言诗仅66首，占21.4%，其中包括《寄题朱元晦武夷精舍十二咏》《芎林五十咏》这两组不能自主选择体裁的和作，否则五言诗的比例会更小。五言诗中，最多的是上述两组五绝，显得澹静有余，灵动不足，与诚斋体的典型特征仍有较大差异。这说明，五言诗的体制不太适合诚斋体的轻巧灵活幽默。

总之，杨万里迎送金使的80余天，是他一生中创作速度最快的黄金期，是其爱国情感最强烈的时期，同时还是诚斋体创作的高峰期，体现了诚斋体的一些变化。迎送金使虽然是被动的外交事务，却玉成了杨万里的诗歌创作。

[原刊《文学遗产》2010年第4期]

论诚斋体在金代的际遇

　　一般地说，文化交融大体呈现两种状态：一是弱势文化融入优势文化之中，二是两者交融，形成第三种文化。这两种状态，都能推进文化的发展。然而文化交融有其复杂性，还有一种状态，即承认差异，保持个性。有交流，却未能很好地融合在一起。诚斋体入金，就是如此。

　　诚斋体传入金源，直接可靠的记载见于金末刘祁的《归潜志》卷八：

> 李屏山教后学为文，欲自成一家，每曰："当别转一路，勿随人脚跟。"故多喜奇怪，然其文亦不出庄、左、柳、苏，诗不出卢仝、李贺。晚甚爱杨万里诗，曰："活泼刺底，人难及也。"赵秉文教后进为诗文，则曰："文章不可执一体，有时奇古，有时平淡，何拘？"①

该段文字本意是比较金末文坛领袖李纯甫与赵秉文的诗文观。作者刘祁（1203—1250）与金末名流多有交往，《归潜志》是他追忆往日交游之人的言论、谈笑之作，成书于金亡后的第二年（1235）。李纯甫（1177—1223）号屏山，早年颇有理想抱负，"中年，度其道不行，益纵酒自放，无仕进意。得官未尝成考，旋即归隐"②，"三十岁后，遍观佛书"③。刘祁所说

---

　　①《归潜志》卷八，第87页。
　　②《归潜志》卷一，第6页。
　　③《中州集校注》卷四，第1121页。

的"晚甚爱杨万里诗"的"晚",可能指贞祐南渡（1214）之后，因为一方面当时金国首都由燕京南迁至汴梁，与南宋的距离更近，接触南宋文学更为便捷；另一方面这之后李纯甫先任尚书省右司都事，再入翰林，知贡举，诗坛地位逐渐提高。杨万里（1127—1206）曾将自己的诗歌编成《江湖集》《荆溪集》《西归集》《南海集》《朝天集》《江西道院集》《朝天续集》《江东集》《退休集》等9部诗集，在其生前陆续刊行。当时南北双方互派使者，交往正常，淳熙十六年（1189）杨万里本人还担任过接伴金国贺正旦使，煊赫一时的诚斋体完全有条件传入金源。李纯甫公开称道杨万里诗歌，说明杨万里诗歌在金源已广为人知。刘祁的记载并非孤证，下文引用的元好问《又解嘲》可视为诚斋体传入金源的又一佐证。

南宋文学与金源文学交流相对有限，陆游、范成大等人的诗歌是否流传到北方，皆无足够的文献可考。诚斋体传入金源为我们研究宋金文学交融提供了一个宝贵的样本，无疑是一个很有意义的话题，可惜一直没有引起人们的重视。诚斋体在南宋独霸四海，名冲牛斗①，入金后的际遇如何？总体来看，诚斋体在金源的影响不太显著，经历了由受人喜爱到受人冷落的转变，个中原因耐人寻味。下文将通过对金末三大诗人赵秉文、李纯甫、元好问的分析，努力勾画出诚斋体在金源的滑落轨迹，揭示其背后的意义。

一、赵秉文的悄然模仿

从现存文献来看，李纯甫是最先评价诚斋体的金代诗人。但鲜为人知的是，真正较早关注诚斋体的是被李纯甫"呼以老叔"②的赵秉文。

赵秉文（1159—1232），字周臣，号闲闲老人，大定二十五年（1185）

---

① 项安世《又用韵酬赠潘杨二首》之二："四海诚斋独霸诗。"见《全宋诗》卷二三七二，第44册，第27278页。周必大《奉新宰杨廷秀携诗访别次韵送之》云："诚斋诗名牛斗寒。"见《全宋诗》卷二三二三，第43册，第26722页。

② 《归潜志》卷九，第100页。

进士。在金末文人中，他是执掌文坛"将三十年"①的前辈诗人。现存《闲闲老人滏水文集》二十卷。他虽然没有提及杨万里，但从他的诗坛地位以及上文所引刘祁的记载来看，他不可能不知道诚斋体。相反，我们从他的诗集中可以看到不少类似诚斋体的诗歌。

杨万里善于摹写自然景物，以新、奇、快、活、趣著称。钱锺书评价他："善写生……如摄影之快镜，兔起鹘落，鸢飞鱼跃，稍纵即逝而及其未逝，转瞬即改而当其未改，眼明手捷，踪矢蹑风。"他还特别指出："诚斋写雨绝句，几无篇不妙。"②赵秉文的部分诗作也有此特点。试看他的写雨绝句：

> 片云头上一声雷，欲到冠山风引回。窗外忽传林叶响，坐看飞雨入楼来。
>
> ——《闲闲老人滏水文集》卷八《涌云楼雨二首》之一
>
> 楼头不见暮山重，遥认青林雨意浓。一阵风来忽吹散，断云还补两三峰。
>
> ——《闲闲老人滏水文集》卷九《即事》
>
> 贪看孤鸟入重云，不觉青林雨气昏。行过断桥沙路黑，忽从电影得前村。
>
> ——《闲闲老人滏水文集》卷八《暮归》

第一首空际传雷，雷声在山间回荡，经风一吹，似是半道而回，雨也似乎随之而去，但忽然间听得树叶哗哗作响，这时雨已经飞入楼中了。第二首写傍晚山林云雾朦胧，雨意正浓，忽然一阵风吹，远方的山峰又隐约可见，断云好像是有意在填补山峰之间的空隙。第三首冒雨夜行，道路黑暗，借助电光一闪的瞬间，得以看见前方的村庄。三首诗都是追踪稍纵即

---

①《中州集校注》卷三《礼部闲闲赵公秉文》，第775页。元好问《闲闲公墓铭》作"将四十年"，疑误。《郝经集编年校笺》卷十《闲闲画像》曰："金源一代一坡仙，金銮玉堂三十年。泰山北斗斯文权，道有师法学有渊。"与《中州集》相合。

②《谈艺录》，第118、256页。

逝的风雨雷电，将它生动地表现出来，动态感极强。这些诗很容易让人想起苏轼与杨万里的写生手段。风雨雷电之外，捕捉其他自然界动态的诗歌也写得很不错，如：

> 几家篱落枕江边，树外秋明水底天。日暮沙禽忽惊起，一痕冲破浪花圆。
>
> ——《闲闲老人滏水文集》卷八《辽东》
>
> 斜风吹雨水生寒，荷盖倾珠下芡盘。惊起鹭鸶眠不得，冲烟飞过蓼花滩。
>
> ——《闲闲老人滏水文集》卷八《中秋日郊外遇雨》

二诗都以前两句作铺垫，表现水鸟一掠而过的动态，结句以水面或河滩为背景，显得余味不尽。

杨万里还善于采撷鹭、雀、蝉、蝶、蝇等微小的动物入诗，表现其生机和情趣。赵秉文也有这类诗歌，在描写动景的同时，寓有诚斋式的幽默，如下列诸诗：

> 无数飞花送小舟，蜻蜓款立钓丝头。一溪春水关何事，皱作风前万叠愁。
>
> ——《滏水文集》卷八《春游四首》之二
>
> 一春不雨浸尘黄，碧瓦朝来泛霁光。留得紫薇花上露，几招渴燕下雕梁。
>
> ——《滏水文集》卷九《雨晴》
>
> 细细薰风淡淡阴，过云抛雨上花心。黄莺渴味沾微润，飞上高枝作好音。
>
> ——《滏水文集》卷九《游上清宫四首》之三

第一首前两句捕捉到一只蜻蜓款立钓丝上的动人景象，第二句戏问春水，为什么皱成万叠忧愁？"蜻蜓款立钓丝头"与杨万里《小池》"小荷才露尖尖角，早有蜻蜓立上头"异曲同工。第二首由久旱不雨生出奇妙的想象，有意要留下花上露珠，这露珠或许能招引下屋梁上的燕子，让它解渴。第三首与之相似，黄莺好像人一样，喝了花间雨露之后，嗓子也更清亮了，正在枝头唱着动听的歌呢！这些小动物都充满灵性，惹人喜爱，能逗人会心一笑。

上述诗作与诚斋体如此神似，在金代诗歌尚属罕见，很难说是巧合。它足以说明诚斋体入金之初，促进了赵秉文的创作，体现出文学交融的积极意义。然而这种交融有其特殊性。

赵秉文之所以效仿诚斋体，与他自身诸多有利因素相关。首先，与大多金源文人豪杰不同，他虽有一两次贬官经历，但中年后仕途特别顺利，"寿考康宁爵位，士大夫罕及焉"①。而其为人性格"至诚乐易"，"不立崖岸"②。这种经历和个性有利于他接受诚斋体，有利于与自然界建立亲切平等的关系。其次，贞祐南渡之前相对稳定的时局有利于赵秉文保持平和、轻松甚至幽默的心态，有利于他模仿诚斋体。上文所引赵诗的写作年代大多不详，仅可考知《涌云楼雨二首》作于大安二年（1210），因为该年赵秉文出守平定州，作有《涌云楼记》③。其他诗歌也可能作于金源南渡之前。其三，创作上，赵秉文格外注重转益多师，在《答李天英书》中，他列举了为文、为诗、学书法所应该师法的众多对象，并付诸实践。他自己"幼年诗与书皆法子端（王庭筠），后更学太白、东坡"，晚年"诗专法唐人"④。在他现存诗歌中，直接标明模拟对象的就有阮籍、陶渊明、严武、王维、李白、杜甫、郎士元、张志和、韦应物、刘长卿、李贺、卢仝、梅尧臣、苏轼等十余人。以他这种好模仿他人的个性，效仿别具特色的诚斋体当在情理之中。

---

① 《归潜志》卷一，第5页。
② 《元好问文编年校注》卷十七《闲闲公墓铭》，第272页。
③ 《赵秉文集》卷十三，第315—316页。
④ 《归潜志》卷一，第5页。

可是，赵秉文的上述诗歌都没有标明"拟诚斋体"的字样，他为什么悄然模仿、秘而不宣？原因可能有两点，一是杨万里毕竟是对立政权同时代的诗人，名声没有陶渊明、李白、杜甫、苏轼那么显著，地位也没有韦应物、李贺那么稳定，公开效仿，可能有损金源诗歌独立性的追求，甚至会招来不必要的麻烦；二是有意不把金针度人。刘祁说赵秉文晚年"诗多法唐人李、杜诸公，然未尝语于人"①，连效法李杜这样公认的名家都秘而不宣，那么将师法传入不久的诚斋体当作出奇制胜的秘密武器，自是可能。

可见，赵秉文效法诚斋体有其可贵之处，也有其局限性。

二、李纯甫的精准称赞

与赵秉文不同，李纯甫作为继之而起的又一位诗坛领袖，公开赞赏诚斋体，表现出他鲜明的个性及文学观念。

在金末诗坛阵营中，李纯甫属于创新一派，力求创新出奇，尽管他最终未能突破韩孟诗派的范畴，但充分表现出对新奇的高度偏爱。金代明昌、承安年间，"作诗者尚尖新"②，其中尤以王庭筠为代表。王庭筠（1156—1202）字子端，号黄华，是金代中后期著名的诗人、画家。其出身、器识、文艺才能，都超越群伦，"文采风流，照映一时"③。但他后来却因"尖新"诗风受到赵秉文、王若虚等人的批评。赵秉文说他"才固高，然太为名所使。每出一篇，必要使人皆称之，故止是尖新"④，王若虚针对他"近来徒觉无佳思，纵有诗成似乐天"之语，批评他"功夫费尽谩穷年，病入膏肓岂易镌"，"东涂西抹斗新妍，时世梳妆亦可怜"⑤。他

①《归潜志》卷八，第85页。

②《归潜志》卷八，第85页。

③《中州集校注》卷三，第747页。

④《归潜志》卷十，第119页。

⑤王若虚：《王内翰子端诗"近来陡觉无佳思，纵有诗成似乐天"，其小乐天甚矣，漫赋三诗，为白傅解嘲》，见《中州集校注》卷六，第1527页。

们所指斥的"尖新"可能指王诗工于对仗、用韵、用语等特点。而李纯甫与他们截然相反，"于前辈中止推王子端庭筠。尝曰：'东坡变而山谷，山谷变而黄华，人难及也。'"①这句话的着眼点是肯定王庭筠对苏黄诗歌的新变。检读王庭筠诗歌，可以发现其诗与黄庭坚、江西诗派有着较大区别。他的诗中很少用典，很少运用江西诗派习用的夺胎换骨、点铁成金等手法，倒是有不少吟咏自然风物的小诗，其取材和风格都很接近诚斋体。在赵秉文、李纯甫之前，他是最有可能受到诚斋体影响的诗人。试看下列诸诗：

> 石头荦确两坡间，不记秋来几往还。日暮寒驴鞭不动，天教仔细数前山。
>
> ——《韩陵道中》
>
> 西窗近事香如梦，北客穷愁日抵年。花影未斜猫睡外，槐枝犹颤鹊飞边。
>
> ——《夏日》
>
> 手拄一条青竹杖，真成日挂百钱游。夕阳欲下山更好，深林无人不可留。
>
> ——《黄华亭》五首之二
>
> 道人邂逅一开颜，为藉筇枝策我孱。幽鸟留人还小住，晚风吹破水中山。
>
> ——《黄华亭》五首之五

这些诗中，诗人与自然亲切晤谈，自然界都充满灵性②。这种诗很容易让我们联想起诚斋体，其观照方式很像杨万里与自然界建立的"嫡亲母子的骨肉关系"，诗中的自然也很像杨万里所努力恢复的"耳目观感的天真状

---

① 《归潜志》卷十，第119页。

② 参见张晶：《辽金诗史》，辽海书社，2020年，第198页。

态"①，具有活泼幽默的情趣。王庭筠的上述诗歌正是属于李纯甫所提倡的"当别转一路，勿随人脚跟"类的诗歌。对李纯甫而言，由推崇王庭筠到喜欢诚斋体，是一脉相承的自然延伸。

李纯甫中年之后对佛教特别浓厚的兴趣也影响了他的文学观念。理论上，他力破前人陈见，主张诗无定体，唯意所适，以心为师，这与禅宗破除拘执的思维方式息息相通；创作上，"南渡后，文字多杂禅语葛藤，或太鄙俚不文"②，这与禅宗游戏文字的观念也恰相一致。他喜欢诚斋体，也与他耽于禅悦不无关系。杨万里思想上虽以儒学为主，但其诚斋体最显著的特色——所谓的"活法"——却主要得益于禅宗的精神③。葛天民在《寄杨诚斋》诗中说得最明白："参禅学诗无两法，死蛇解弄活鲅鲅。"④诚斋体与禅宗的这层因缘，自然会让李纯甫多了层亲切感。

李纯甫赞扬诚斋体，与南宋人有些不同，他抓住了诚斋体最本质的特征——活泼。活泼是当今学术界对诚斋体众口一词的定评。从现存文献来看，最先运用这一词语评价诚斋体的是李纯甫。南宋人称赞诚斋体的言论很多，常论及诚斋体的"活法"⑤，如张镃说："目前言句知多少，罕有先生活法诗。"⑥刘克庄亦说："后来诚斋出，真得所谓活法，所谓流转圆美如弹丸者。"⑦上引葛天民诗歌用了"活鲅鲅"一词来形容诗法，与"活法"并无二致。而"活法"一词源于江西诗派诗人吕本中，是江西诗派后期重要的创新理论。用"活法"来概括诚斋体诗，长处是有利于揭示诚斋体的艺术渊源，突出其诗歌技法，不足之处是容易淡化诚斋体的艺术创造。李纯甫所用的"活泼"一词，不再直接提示诚斋体与江西诗派的因缘关系，从而拉开了杨万里与江西诗派之间的距离，能更好地凸显诚斋体与

---

① 钱锺书：《宋诗选注》，第160页。

② 《归潜志》卷十，第119页。

③ 参见张晶：《诚斋体与禅学的因缘》，见《审美之思》，北京广播学院出版社，2002年。

④ 《全宋诗》卷二七二五，第51册，第32062页。

⑤ 参见钱锺书：《谈艺录》，第122、446页。

⑥ 张镃：《携杨秘监诗一编登舟，因成二绝》，《全宋诗》卷二六八七，第50册，第31642页。

⑦ 《刘克庄集笺校》卷九二五《江西诗派总序》，第4023页。

江西诗派不同的个性，所以"活泼"一词后来成了诚斋体的定评。

引人深思的是，金源文人李纯甫对诚斋体特点的概括，为什么能一语中的，比那么多南宋文人的概括还要精准？这可能与双方文人所处的不同环境有关。南宋文人身处江西诗派庞大的势力之下，难以跳出江西诗派的话语体系，有意无意地运用江西诗派的观念、术语来读诗解诗。李纯甫则是江西诗派的旁观者，他与众多金末文人一样，对江西诗派持排斥态度，他在《西岩集序》中批评江西诗派成员"高者雕镌尖刻，下者模影剽窜"①，他的诗歌中也很少有江西诗派的痕迹。王若虚对江西诗派的抨击更为猛烈、更为著名，元好问对江西诗派也颇多不满之辞。正是金末这种批评江西诗派的诗学思潮，让李纯甫等人在评价诚斋体时，避开了带有江西诗派血统的"活法"，而选择了没有江西诗派底色的"活泼"一词。实际上，诚斋体的活泼最先固然源自江西诗派"活法"，但后来与江西诗派的"活法"越来越远。李纯甫的概括抓住了诚斋体的本质。

李纯甫公开赞扬诚斋体，可是在他现存30多首诗中，几乎看不见诚斋体的风貌。他的那些诗歌偏向于抒发自己的主观情怀，基本上属于雄奇险怪一路。他的诗歌很少取材于自然景物，从诗题上看，仅有《猫饮酒》一首似是咏物诗，全诗如下：

> 枯肠痛饮如犀首，奇骨当封似虎头。尝笑庙谋空食肉，何如天隐食糟丘。书生幸免翻盆恼，老婢仍无触鼎忧。只向北门长卧护，也应消得醉乡侯。②

与其说这是咏物诗，不如说是抒怀诗。用语也偏于狠重健硬，与诚斋体的亲切自然绝不相类。李纯甫现存诗中之所以没有诚斋体风味，当然不排除相关诗歌失传的原因，但更重要的原因可能是他当时并没有着意去模仿，没有创作出数量可观的相关作品。

---

① 《中州集校注》卷二《刘西岩汲》引《西岩集序》，第384页。
② 《中州集校注》卷四，第1143页。

喜欢诚斋但不效仿诚斋，看似矛盾，其实并不难理解。因为诚斋体与李纯甫有相合之处，也有不相合之处。上文已探讨诚斋体与李纯甫在喜欢新奇、耽于禅悦方面的相合之处，不相合之处主要体现在诚斋体与李纯甫的性格及文学思想存在着深刻的矛盾。他喜欢诚斋体，是因为诚斋体属于那种"别转一路"的新诗体，但他同时又强调"勿随人脚跟"，仅此一点他就可能不去效仿他所喜欢的诚斋体。当然，在创作实际中，李纯甫并没有完全做到"勿随人脚跟"，刘祁说他"文亦不出庄、左、柳、苏，诗不出卢仝、李贺"。他不学诚斋可能还另有缘由：一是日益衰乱的时代、怀才不遇的经历，使得他很难有杨万里式的轻松自在和幽默，他的诗主要是不平之鸣，抒写其郁愤情怀；二是李纯甫豪迈不羁的个性，如他自己所说"躯干短小而芥视九州，形容寝陋而蚁虱公侯，语言蹇吃而连环可解，笔札讹痴而挽回万牛。宁为时所弃，不为名所囚"①，这种个性本质上与亲切小巧的诚斋体背道而驰。他能够欣赏诚斋体的活泼，已是难得。很难想象，"芥视九州"的胸怀和眼光如何能写出诚斋风味的诗歌。

李纯甫在金末很有号召力，号为"当世龙门"②。他的周围聚集了一大批文人，如雷渊、宋九嘉、李经、马天采等。他们的性格与李纯甫有相似之处，如雷渊"辞气纵横，如战国游士；歌谣慷慨，如关中豪杰"③，他们的诗歌也与李纯甫相似，多属于险怪一路，从他们的诗歌中同样也看不出诚斋体的影子。这说明，李纯甫喜欢诚斋体，没有能够像他喜欢雄奇险怪那样，带动其他人也喜欢诚斋体。这样，就大大局限了诚斋体在金源的影响。

由此可知，诚斋体传入金源之后，尽管受到李纯甫的公开赞许，但已经显露出与金源时代、金源作家不相适应的地方。随着时局的恶化，其生存环境会更加严峻，其地位进一步滑落。

---

① 《归潜志》卷一，第7页。
② 《归潜志》卷一，第7页。
③ 《元好问文编年校注》卷三《希颜墓铭》，第220页。

三、元好问的间接弹压

作为金源最杰出的诗人，元好问对诚斋体的态度最值得注意。元好问与其师赵秉文一样，没有正面提及杨万里，只是在《又解嘲》二首之二中提及南宋诗人徐似道和张镃：

> 诗卷亲来酒盏疏，朝吟竹隐暮南湖。袖中新句知多少，坡谷前头敢道无？[①]

该诗作年不详，但可以肯定作于金亡之后[②]。钱锺书解释说："竹隐，徐渊子也。南湖，张功父也，皆参诚斋活法者。遗山盖谓此辈诗人苟见东坡、山谷，当'叹息踟蹰，愧生于中，颜变于外'，犹昌黎之见殷侑耳。乃以山谷配东坡，弹压南宋诗流。"[③]从中可见，徐似道、张镃两人的诗歌也已传入金源，而他们两位恰恰非常喜欢和推崇杨万里诗歌。张镃（1153—？）字功甫，出身华贵，生活奢侈，有《南湖集》。他曾从杨万里、陆游等人学诗，在南宋人中，"知诚斋诗之妙而学之者，以张功甫为最早"[④]。徐似道（1144—1212）字渊子，号竹隐，孝宗乾道二年（1166）进士，有《竹隐集》。徐似道诗学诚斋，深得诚斋体貌，"洵堪与诚斋把臂入林"[⑤]。我们不妨先看一下他们的诗作：

---

①《元好问诗编年校注》卷四，第981页。

②《又解嘲》之一曰："雁后花前日日闲，颇思尊酒慰愁颜。凭君细数东州客，谁在花花绿绿间？"东州当指东平、冠氏等地。金亡后，元好问曾滞留此地。狄宝心《元好问诗编年校注》据此将之编于羁管山东期间。《元好问诗编年校注》卷五《甲寅正月二十三日，故关道中三首》之三："六十复半十，年年添白头。只知诗遣兴，未觉酒忘忧。"该诗作于甲寅年（1254），诗意与《又解嘲》之二相近。《又解嘲》或是其晚年所作。

③《谈艺录》，第486页。

④《谈艺录》，第121页。

⑤《谈艺录》，第447页。

散乱飞鸿掠快晴，嗌嗌那复苦寒声。定知已入新诗了，才过余舟便不鸣。

——张镃《五家林四首》之四①

月黑林间亦自奇，莲花两朵白如衣。初疑野鹭池中立，试拍栏干吓不飞。

——张镃《夜赋》②

古书万卷积成蠹，老屋数间深却幽。午枕忽惊毛骨冷，觉来风雨一山秋。

——徐似道《宿云岩二首》之一③

行到溪光竹色间，客怀于此最相关。无端一阵西风雨，不许从容坐看山。

——徐似道《溪上值雨》④

上述诗歌具有诚斋体的新、奇、快、活、趣的特点。张镃、徐似道在南宋诗坛只能算是二三流的诗人，其知名度远不及杨万里，既然他们的诗歌都能传入金源，我们就更有理由相信，杨万里的诗歌在金源传播得更早更广，张、徐等人那些推崇诚斋体的言论以及效仿诚斋体的诗歌扩大了诚斋体在金源的影响。

元好问在《又解嘲》诗中，将张镃、徐似道与苏黄等人相比，其用意何在？钱锺书推测，元好问是以苏黄来"弹压南宋诗流"，自是不错，但似非其主要目的。他的侧重点应该不是简单地比较他们与苏黄成就的高低，因为高下分明，无需再辨，其侧重点是质疑他们的"新句"之"新"，怀疑其"新句"没有超出苏黄的范围。联系《论诗三十首》中对苏黄"奇外无奇更出奇，一波才动万波随""苏门果有忠臣在，肯放坡诗百态新"的批评，可知元好问不赞成张镃、徐似道等人诗歌的新巧。张镃部分诗歌

---

① 《全宋诗》卷二六八七，第50册，第31641页。
② 《全宋诗》卷二六八八，第50册，第31660页。
③ 《全宋诗》卷二五一九，第47册，第29101页。
④ 《全宋诗》卷二五一九，第47册，第29106页。

"滑而不灵活，徒得诚斋短处"①，也是其原因之一。元好问是否一定读过杨万里的诗歌，没有确凿的证据。从他的诗坛地位以及与赵秉文、李纯甫等人的交往来看，他对诚斋体不会一无所知。之所以避而不谈，只能说明他不太喜欢诚斋体，我们可以从以下几方面推知这一点：

其一，元好问比赵秉文、李纯甫等人晚一辈，比他们遭受了更多的苦难。在金王朝贞祐南渡期间，他的家乡忻州为蒙古人所侵犯，其兄元好古即死于这场劫难。他的全家随即迁至河南三乡，以避战乱。当时，他尚未进入诗坛，也没有担任官职，未必有条件接触到诚斋体，同时他感时伤乱的强烈情怀与诚斋体的轻巧幽默相去甚远。后来金王朝日渐危殆衰亡，元好问亲历战乱，感时伤乱的情绪更加强烈，也就很容易失去对诚斋体的兴趣。诚斋体虽然别具一格，令人喜爱，但它源于时局安定、仕途顺达、生活充足的外在环境，它的流传特别是发展离不开这些优越条件。可以说，出身优越的诚斋体北传时机欠佳，金末动乱的现实不是诚斋体生长和拓展的适宜土壤。

其二，从元好问的诗论来看，在早年的《论诗三十首》中即反对追新逐奇，其《诗文自警》中亦有"无为黜儿白捻"②的戒条，意思是说不要像聪明机巧的合生表演者那样，即兴吟诵其滑稽轻浮之作③，而诚斋体恰恰写得很聪明机巧，乾隆曾批评杨万里等人模仿白居易诗，"徒成油腔滑调耳"④，清人李慈铭曾批评诚斋，"七绝间有清隽之作，不过齿牙伶俐而已"⑤。元好问生于幽并地区，正如耶律楚材所说，"元氏从来多慷慨，并门自古出英雄"⑥，所以他崇尚雄奇豪壮，不太喜爱具体细微的自然小景，晚年又一再倡导"以唐人为指归"⑦，对苏、黄等人都有微词，对轻快小巧、偏于琐碎的诚斋体也就自然难有赞赏之意。换言之，诚斋体这种南方

---

① 《谈艺录》，第121页。

② 《元好问文编年校注》卷五《杨叔能小亨集引》，第1025页。

③ 关于"无为黜儿白捻"的含义，参见拙撰《宋金文学的交融与演进》附录所作考证。

④ 莫砺锋主编、沈章明标点：《御选唐宋诗醇·白居易》卷六《喜张十八博士除水部员外郎》下评语，商务印书馆，2019年，第172页。

⑤ 《越缦堂日记》，辽宁教育出版社，2001年，第868页。

⑥ 《湛然居士文集》卷十四《和太原元大举韵诗》，第320页。

⑦ 《元好问文编年校注》卷五《杨叔能小亨集引》，第1023页。

诗风很难赢得北方人的普遍喜爱。

其三，元好问作为对立政权的代表诗人，其金源文学独立性的意识更加自觉，论诗难免心存南北之见，有"弹压南宋诗流"的倾向。他编完金诗总集《中州集》之后，作《自题中州集后》五首总论金诗，其一曰："邺下曹刘气尽豪，江东诸谢韵尤高。若从华实评诗品，未便吴侬得锦袍。"大有与南宋诗歌一争高低之意。其二曰："陶谢风流到百家，半山老眼净无花。北人不拾江西唾，未要曾郎借齿牙。"也表示出对曾慥《宋百家诗选》所代表的宋诗以及南宋人沿袭江西诗风的不满，同时也有抬高"北人"之意。在《中州集》中，他赞成萧贡等人所提倡的"国朝文派"①，认为国朝文派贯穿金源始终，体现了与宋代文学不同的特点。在这种与南宋文学争高低、求独立的心理作用下，元好问只字不提陆游、范成大、杨万里等难以弹压的著名诗人，就不难理解了。避开独具一格的诚斋体本身，转而弹压诚斋体的追随者，也不失为一种高明的策略。可见，政权对立于诚斋体的传播多少会有一些不利的影响。当然，对诚斋体了解不够、不便评论可能也是其原因之一。

在创作上，元好问诗歌的主导倾向与诚斋体相去甚远，有少数诗篇看似具有诚斋体诗风，但未必源于诚斋。如：

> 荷叶荷花烂漫秋，鹭鸶飞近钓鱼舟。北城佳处经行遍，留着南山更一游。
>
> ——《济南杂诗十首》之九

> 谁擘轻绵乱眼飘，不教翠纽缀长条。只愁更作浮萍了，风转波冲去转遥。
>
> ——《戏赠柳花》

> 看山看水自由身，著处题诗发兴新。日日扁舟藕花里，有心长作济南人。
>
> ——《济南杂诗十首》之十

---

① 《中州集校注》卷一《蔡太常珪》，第171页。

石岸人家玉一湾，树林水鸟静中闲。此中未是无佳句，只欠诗人一往还。

——《药山道中二首》之一

前两首选取细微之物入诗，写得轻松，但算不上活泼幽默；后两首诗有意以自然为诗材，但与杨诗将自然景象"生擒活捉"①入诗，以及姜夔所说"处处山川怕见君"②尚有较大区别，风格上也不及诚斋体的活络轻快。上述诗歌即使与诚斋体有关，所受到的影响也不会很大。

总之，从赵秉文到李纯甫再到元好问，诚斋体的影响不断下滑，其主要原因是诚斋体的特点不适应金末动乱的时代，不符合北方人豪迈的个性。归根结底，是时代及地域文化的差异决定了诚斋体在金源日渐消退的命运，真是橘逾淮则枳。

[原刊《安徽师范大学学报(人文社会科学版)》2004年第1期,《中国古代、近代文学研究》2004年第7期转载]

---

① 项安世:《题刘都干所藏杨秘监诗卷》:"醉语梦书辞总巧,生擒活捉力都任。"见《全宋诗》卷二三七二,第44册,第27255页。

② 姜夔:《送〈朝天续集〉归,诚斋时在金陵》,《全宋诗》卷二七二四,第51册,第32037页。

程卓《使金录》抄录范成大使金诗自注发覆

　　宋代抄书、抄袭之风，一路"高歌猛进"。诗词领域，引用、化用前人成句的比比皆是；诗话领域，有《诗话总龟》《苕溪渔隐丛话》这类撮录前人言论的诗话总集；史学领域，在史钞的基础上，袁枢更是抄出纪事本末体的新体例，令人不得不对宋代抄书行为刮目相看。近日翻阅新出版的《奉使辽金行程录》①，意外发现南宋人程卓的《使金录》不抄袭前辈范成大的同类著作《揽辔录》，也不抄录其使金纪行组诗，却专门抄录其使金组诗的题下自注，可谓是别出心裁的抄录新样态。

　　程卓（1153—1223），字从元，徽州休宁（今属安徽）人，程大昌从子。他并不是无名之辈，淳熙十一年（1184）进士及第，历任泉州知州、福州知州、秘书少监、给事中、同知枢密院事等职。封新安郡侯，赠特进、资政殿大学士，谥正惠。生平见《新安文献志》卷七十四《大宋故正议大夫守同知枢院事致仕新安郡开国侯食邑一千三百户食实封二百户赠特进资政殿大学士程公卓行状》。嘉定四年（1211）九月，程卓受命以尚书刑部员外郎假工部尚书，与忠州防御使赵师嵒一同充贺金国正旦国信使。十一月十一日启程，二十八日渡过淮河，次年二月返回临安。按照规定，外交人员需要撰写"语录"之类的工作日志，他的《使金录》是现存为数不多的行程录之一，但长期默默无闻。明代程敏政最先将它收入《新安文

---

　　① 赵永春辑注：《奉使辽金行程录》，商务印书馆，2017年。

献志》卷三十四①，《四库全书总目》在《杂史类存目》中予以著录。传世的版本尚有清乾隆四十二年（1777）李鹤俦抄本、《碧琳琅馆丛书》本等，《续修四库全书》据李鹤俦抄本影印，《四库全书存目丛书》据《碧琳琅馆丛书》影印。近年来，随着研究的不断推进，程卓的《使金录》开始为人们所关注，先后为《全宋笔记》②《宋代日记丛编》③《奉使辽金行程录》等书所收录，为研究宋代外交方面学者所关注。《使金录》除了记载其行程、路线等基本内容之外，与楼钥《北行日录》、范成大《揽辔录》等相比，还有一些独特的历史价值。当时正值蒙古与金的战争期间，《使金录》中记载了相关史事，有学者利用这一部分史料来研究早期的蒙金战争④。但迄今为止，还没有专门研究《使金录》的论文，所以其抄袭行为一直未被发现。

程卓之前，已经有一批又一批的官员出使金国。程卓接受使金任务之后，理应做些准备，包括搜集前人的使金日录，了解行程、礼仪等相关信息。若就现存使金日录完善程度而言，当数楼钥作于乾道五年（1169）的《北行日录》最完整、最详细、最具参考价值，然而程卓《使金录》却没有参考《北行日录》的痕迹。若就知名度而言，当数范成大的《揽辔录》及其使金组诗最为著名。范成大（1126—1193）于乾道六年（1170）假资政殿大学士、左太中大夫充金国祈请国信使，六月十三日受命，八月十一日渡过淮河，十月回南宋。途中写下了著名的《揽辔录》、72首纪行绝句和《水调歌头·燕山九日作》等作品，激起了较大反响。《揽辔录》为徐梦莘《三朝北盟会编》等书所引用，72首纪行绝句曾以《北征小集》之名单行，《永乐大典》予以征引。《水调歌头·燕山九日作》曾为姜夔《石湖仙·寿石湖居士》所化用，这些都足以说明范成大的使金之作流传广泛。

四十年后，程卓出使金国，撰写《使金录》一再抄录范成大使金绝句

---

① 程敏政辑撰：《新安文献志》，黄山书社，2004年。

② 大象出版社，2013年。

③ 上海书店，2013年。

④ 党宝海：《外交使节所述早期蒙金战争》，《清华元史》第三辑，商务印书馆，2015年。

的题下自注。且看下列文献对照表[①]：

范诗题目及题下自注	程卓《使金录》
《雷万春墓》："在南京城南，环以小墙，榜曰：'忠勇雷公之墓'。"	（嘉定四年十二月）五日癸未，早顿穀熟县，四十五里至南京，今改为归德州。未入城，过雷万春墓，环以小桥，榜曰"忠勇雷公之墓"。
《伊尹墓》："在空桑北一里，有砖堠，刻云：'汤相伊公之墓。'相传墓左右生棘，皆直如矢。" 《留侯庙》："在陈留县中。案王原叔诸家考子房所封，乃彭城留城，非陈留也。自宋武下教修复时，其失久矣。"	七日乙酉，晴，早顿雍丘县，今改为杞县，六十里至陈留县宿，过空桑及伊尹村，村人多伊姓，墓在空桑北一里许，有砖堠刻云：汤相伊公之墓。相传墓左右生棘，皆直如矢。县驿甚壮，云是张邦昌所居。有留侯庙第，王原叔诸家考子房所封，乃彭城留城，非陈留也。自宋武下教修复时，其失久矣。
《相国寺》："寺榜犹祐陵御书，寺中杂货，皆胡俗所需而已。"	八日丙戌，晴，黎明至东京门外，……过大相国寺，寺榜乃祐陵御书。路南转，有市井差盛，耄稚聚观，或以手加额。
《扁鹊墓》："在汤阴伏道路傍。相传墓上土可疗病，祷而求之，或得小圆如丹药。"	十三日辛卯，晴，早顿卫县，即望见太行山，直至燕京，山常在目，峻拔绵亘，是为地脊。……七十里至汤阴县，未至县，过伏道，遥望扁鹊墓。相传墓上土可疗病，祷而求之，或得小圆如丹药。
《讲武城》："在漳河上，曹操所筑，周遭十数里，凿为道而过。" 《七十二冢》："在讲武城外，曹操疑冢也。森然弥望，北人比常增封之。"	十四日壬辰，晴，早顿相州安阳驿，今为彰德府。……市中有秦楼、翠楼。北过漳河，历曹操讲武城，周遭十数里，凿城为路，外即其疑冢七十二，金人尝增封之。
《赵故城》："在邯郸县南，延袤数十里。" 《邯郸道》："即昔人作黄粱梦处。" 《邯郸驿》："驿后有磔犬祭天者，大抵尽为胡俗。汉戚夫人，县人也。" 《丛台》："在邯郸北门外。" 《临洺镇》："去洺州三十里，洺酒最佳。伴使以数壶及新兔见饷。"	十五日癸巳，晴，早顿邯郸县，赵故都也，即昔人黄粱梦之所。文帝慎夫人，县人也。出北门，望见丛台在右，今为酾酒之所。县北道上有钟吕之祠，四十五里至临洺镇宿，属洺州。

---

① 《使金录》，据《奉使辽金行程录》。范成大诗注，据《范石湖集》本，上海古籍出版社，1981年。

范诗题目及题下自注	程卓《使金录》
《内丘梨园》："内丘鹅梨为天下第一，初熟收藏，十月出汗后方佳。园户云：梨至易种，一接便生，可支数十年。吾家园者，犹圣宋太平时所接。" 《大宁河》："在内丘北，河之东皆梨枣园，二果正熟。"	十六日甲午，晴，早顿邢州邢台驿，号安国军，即信德府，吕洞宾之故乡。过索水梁园，四十五里至内丘县宿，内丘有梨，为天下第一，枣林绵亘。
《柏乡》："《唐志》：尧山乃古柏仁。俗传或以此柏乡为柏人。" 《光武庙》："在柏乡北，两壁有二十八将像，庙前有二石人，皆自腰而断。俗传光武夜过，以为生人，问途不应，剑斩之云。"	十七日乙未，晴，早顿柏乡县彭川驿，唐志载尧山，即古柏仁。俗传或以此柏乡为柏仁乡。北行二十里许，光武庙在道旁，壁绘二十八将，皆左衽，庙前二石人腰断，俗传光武经过，遇道上人，问途不应，以龙辉剑斩之。
《栾城》："县极草草，伴使怒顿餐不精，欲榜县令，跪告移时方免。" 《滹沱河》："即光武渡冰处，在真定南五里。"	十八日丙申，晴，早顿栾城县，极萧条。苏黄门辙墓尚存县治之侧。三十五里至滹沱河，河颇阔，薄冰，亦有渡船在侧。
《真定舞》："房乐悉变中华，惟真定有京师旧乐工，尚舞高平曲破。"	二十日戊戌，早阴晚晴。……巳时，卓等赴宴，见舞高平曲。他处尽变房乐，惟真定有京师旧乐工故也。
《东坡祠堂》："在中山府学，学在化原坊。" 《松醪》："中山酒犹名松醪，然甚漓。"	二十一日己亥，晴，风。早顿新乐县派水驿。四十五里至中山府，入昭化门至驿。苏文忠轼昔帅此郡，作《松醪赋》，金人以碑刻相遗。闻有祠堂在府学，学在化源坊。
《望都》："县人多瘿，妇人尤甚，相传县东接唐县，病瘿者甚众，比县盖染其风土，县西有小阜曰由山。"	二十二日庚子，晴，早顿庆都县，旧望都县也。县人多瘿，东接唐县，病瘿者众，形气相传如此。
《安肃军》："旧梁门三城，今惟一城有人烟，溏泺皆涸矣。" 《出塞路》："安肃北门外大道，容数车方轨。" 《白沟》："在安肃北十五里，阔才丈余，古亦名巨河，本朝与辽人分界处。" 《定兴》："旧黄村，金人建为县，井邑未成。"	二十三日辛丑，晴，早顿安肃军梁台驿，驿前军学碑尚存。旧梁门之城，今惟一城，由北门即出塞，路可容数车方轨。二十里过白沟河，昔与辽人分界。又十里过大白沟河，亦名巨马河。二十里宿定兴县巨川驿。定兴，旧黄村，金人建为县。
《琉璃河》："又名刘李河，在涿州北三十里，极清泚。茂林环之，尤多鸳鸯，千百为群。"	（嘉定五年正月六日）过卢沟河，石桥长九十丈，每桥柱刻狮子象，凡数百，所谓天上人间无比桥。夜，方至良乡县，少憩，即过琉璃河，又名刘李河。

范诗题目及题下自注	程卓《使金录》
《唐山》："即尧山，金主之父名宗尧，改山名。山下有放勋庙。"	十三日辛酉，霜晴，早顿柏乡县，午至沙河，道左唐山，即尧山也，金国讳宗尧，改为唐山，下有放勋庙。
《双庙》："在南京北门外。张巡、许远庙也，世称双庙，南京人呼为双王庙。"	二十四日壬申，霜晴，早顿宁陵县，将至南京北门外，过张巡、许远庙，世称双庙，南京人称为双王庙。

从上表来看，程卓《使金录》与范诗自注存在高度雷同之处，这种雷同不可能出于巧合，他至少摘抄了范成大25首诗歌的题下自注。范成大使金组诗的一大特点，就是题下多自注，72首诗中，除《京城》《李固渡》二诗外，其他诗歌题下都有注释。这些注释主要是交代地理位置、历史文化、风土人情，对理解其诗具有重要参考意义，可以与《揽辔录》相互补充，其中少量内容亦见于《揽辔录》，如雷万春墓、双庙、唐山之类，更多的内容仅见于范诗题下自注，所以可以肯定，《使金录》摘自范诗注，而非《揽辔录》。

应该承认，程卓抄录范注原文，将之融入自己的纪行日记中，简直浑然一体，不易察觉，以致从《四库全书总目》到赵永春辑注《奉使辽金行程录》都没有发现其因袭范注之事，正说明其抄袭手段之隐蔽。细观上表，他的抄袭大体可以分为四种情形：

第一，略作加工，以适合语气变化，以便符合实情。如经过开封大相国寺，《使金录》将范诗自注"寺榜犹祐陵御书"改为"寺榜乃祐陵御书"，一字之差，语气和感情则有别。范注感情强烈，程文感情平和。再如东坡祠堂，程卓没有到达其地，所以将范诗自注"在中山府学，学在化原坊"改为"闻有祠堂在府学，学在化源坊"，"闻"字非常准确，使得其纪行内容变得更加丰富完整。

第二，个别地方能纠正范成大诗歌自注的失误。如《邯郸驿》自注错误地将祖籍定陶（今属山东）的汉高祖戚夫人当成是邯郸人，程卓《使金录》将之改为汉文帝的慎夫人。

第三，照搬原文，造成纰漏。最典型的就是关于真定舞的记载。范成大乾道六年（1170）在真定能见到流离北方的北宋乐人，当时离宋室南迁时间不远，自是实情，而当程卓在嘉定四年（1211）再来真定时，北宋灭亡已经八十五六年了，绝不可能仍有健在且能表演的"京师旧乐工"，这足以说明他未加分辨地摘抄原文。

第四，出现鲁鱼亥豕之类的错误。如雷万春墓，范注说是"环以小墙"，符合墓园的常规建制，程文则说"环以小桥"，就不合常情。当然，"环以小桥"也可能是后代传抄刊刻所造成的讹误。

与题下自注相比，范成大的使金组诗本身更加精彩，程卓完全可以随手拈来，充实《使金录》的内容，为《使金录》增辉生色，而他为什么只抄注释，而不征引其诗歌？如果他不喜欢范成大的诗歌，就不可能如此熟悉范诗自注。难道他对征引诗歌没有兴趣？也不尽然。十二月十七日，他路过柏乡（今属河北）光武帝庙，就完整地抄录了两首长诗：

> 有诗二首刻于庙门之外，一云："庙谟开有汉，帝业肇芜蒌。洒落君臣契，艰危宗庙图。山川扶鄗邑，日月拱东都。社稷千秋里，风云四达衢。北风吹雨雪，西日翳桑榆。旧物遗翁仲，荒祠老祝巫。宗臣遗像在，时有鼠衔须。"一云："贼莽中断汉，真人应赤符。皇天书令节，日月映康衢①。河北心潜顺，关中政已无。乾坤开景运，将帅赞雄图。经略规模大，推扶意气粗。车回蓟都急，兵合冀城孤。东汉中兴主，南阳旧酒徒。功名俱已往，日月易云徂。庙古丹青剥，祠荒草棘芜。空余二翁仲，寂寞下庭隅。"

《四库全书总目》称赞上述有关光武庙石刻诗"可以广见闻"②，却没有进一步考察其作者。今按，第一首诗为赵秉文《柏人光武庙》，见《滏水文集》卷六。第二首诗形式（五言排律）、用韵与第一首相同，风格亦相似，

①康衢，原作庭隅，与末句重复。此从四库全书本《新安文献志》。
②《四库全书总目》卷五十二，第472页。

作者不可考，怀疑是赵秉文同题之作。赵秉文于明昌元年（1190）任唐山令，次年冬丁父忧离任。唐山北接柏乡，赵诗或作于往返唐山途中。程卓所抄第一首诗歌，与《滏水文集》有文字差异，可供校勘。程卓能抄录这两首长诗，足以见出他并不排斥在《使金录》中征引诗歌。之所以没有征引范成大的使金诗，一是因为行程录这类案牍文字不注重文学性，二是因为征引范成大使金诗，会暴露其抄袭使金诗注的行为。毕竟使金诗题下自注不太为人重视，内容也更适合记录行程的需要。因此，可以判断，程卓是有意规避范诗本身，以便保护其抄袭范诗自注的举措。

程卓为何要摘抄范诗自注？客观上，程卓与范成大使金路线基本相同，所见风物也大体类似，摘抄因此有了客观基础。那么主观上是否如同多数抄袭案例一样，是为了争名逐利？出使途中撰写语录，本是公务，需要上报有司备案，与名利关系不大。最重要的原因应该是出于完成任务的敷衍态度。《四库全书总目》批评《使金录》"简略太甚，不能有资考证"[①]，简略太甚正是其敷衍态度的体现。年轻的楼钥以书状官身份随从其舅汪大猷出使金国，精力充沛，兴趣浓厚，自然认真，而年近花甲的程卓或多或少消极应付，以摘抄范诗自注来弥补内容的欠缺。

奇怪的是，程卓为何不摘抄《揽辔录》《北行日录》之类行程录？最大可能是出于资料方便。前文说过，72首绝句曾以《北征小集》刊行，流布更广。程卓"雅性嗜书"，"东西惟命，劳冗靡辞，必挟册以往，学不废程"[②]，使金途中，有可能随身携带《北征小集》等书，边写边摘抄，也可能回到南宋之后，再摘抄补充。他记载十二月十三日，"早顿卫县，即望见太行山，直至燕京，山常在目，峻拔绵亘，是为地脊"。所谓"直至燕山"云云，当是到达燕山之后追记而成。无论是途中摘抄，还是回到南宋之后的完善，都足以说明范成大使金组诗包括其自注在当时的巨大影响力。

［原刊《苏州科技大学学报（社会科学版）》2018年第4期］

---

① 《四库全书总目》卷五十二，第472页。
② 《新安文献志》卷七十四，第1823页。

陆游、辛弃疾与开禧北伐

　　宋宁宗嘉泰年间，握有重权的韩侂胄（1152—1207）陆续起用一些主战派人士，筹划北伐。经过几年时间的准备，开禧二年（1206）四月，南宋不宣而战，迅速收复泗州、新息、虹县等地，五月七日，南宋正式下诏北伐。期间宋金双方互有胜败，南宋因为准备不足、用人不当、军队腐败、吴曦降金、内部斗争等原因，最后战败。次年十一月三日，韩侂胄被史弥远等人所杀害。嘉定元年（1208）五月，南宋答应金人要求，派王柟送韩侂胄等人首级给金廷，九月，宋金双方签订"嘉定和议"。南宋最后一次恢复行动至此结束。

　　开禧北伐是南宋后期的大事件，文人们无论是赞成还是反对，都难以回避，陆游、辛弃疾、叶适、华岳、楼钥等人分别表明了各自的立场。白敦仁、于北山、黄奕珍等人都对此有所探讨①，本文打算以陆游、辛弃疾为中心，在前贤的基础上，集中分析他们在开禧北伐前后的相关作品，力图进一步梳理这两位最具代表性的伟大爱国诗人词人的真实心态。

---

　　① 于北山：《陆游年谱》，上海古籍出版社，2017年，第536—537页。白敦仁《关于陆游的所谓晚节问题》，原刊《成都大学学报（社会科学版）》1987年第3、4期，后收入《水明楼文集》。黄奕珍《陆游诗歌"北伐"之"再现"析论》，见《第六届宋代文学国际研讨会论文集》，周裕锴编，巴蜀书社，2011年。

一、北伐之前

开禧北伐前后，陆游（1125—1210）与辛弃疾（1140—1207）都已经进入人生的晚年。横亘在理想抱负之前的年龄，使得他们注定不能深度介入、直接参加开禧北伐。

陆游晚年长期家居山阴，嘉泰二年六月至次年五月（1202—1203），曾一度入朝，编纂《孝宗实录》《光宗实录》。开禧北伐时，陆游已经82岁高龄，仍然关心着朝局，任何北伐的举动都能激起他心中的波澜。辛弃疾此前长期闲居铅山，嘉泰三年（1203）夏，至陆游家乡绍兴，担任知府兼浙东安抚使，与闲居在家的陆游多有交往。次年正月，辛弃疾应朝廷之召，赴临安，陆游作《送辛幼安殿撰造朝》诗，同时涉及二人对开禧北伐的态度，兹引于下：

> 稼轩落笔凌鲍谢，退避声名称学稼。十年高卧不出门，参透南宗牧牛话。功名固是券内事，且葺园庐了婚嫁。千篇昌谷诗满囊，万卷郇侯书插架。忽然起冠东诸侯，黄旗皂纛从天下。圣朝仄席意未快，尺一东来烦促驾。大材小用古所叹，管仲萧何实流亚。天山挂斾或少须，先挽银河洗嵩华。中原麟凤争自奋，残虏犬羊何足吓。但令小试出绪余，青史英豪可雄跨。古来立事戒轻发，往往谗夫出乘罅。深仇积愤在逆胡，不用追思灞亭夜。[1]

朝廷缘何召见辛弃疾？《宋史·辛弃疾传》说是"言盐法"，似乎"言盐法"是召见辛弃疾的主要目的，或者是公开目的。难以理解的是，"言盐法"并不是他这位绍兴知府的职责，更不是他的特长。倒是《建炎以来朝野杂记》乙集卷十八《丙寅淮汉蜀口用兵事目》记载他在朝廷中发表了对

---

[1] 陆游著，钱仲联校注：《剑南诗稿校注》卷五十七，上海古籍出版社，1985年，第3314—3315页。

金国形势的判断："会辛殿撰弃疾除绍兴府，过阙入见，言夷狄必乱必亡，愿付之元老大臣，务为仓猝可以应变之计，侂胄大喜，时四年正月也。"①《宋史·韩侂胄传》与此略同。观此语，辛弃疾本意未必就是主张北伐，而是针对金王朝将要乱亡的形势，建议宋王朝早作应对。不料，他关于金国即将乱亡的预见，正中韩侂胄下怀，韩侂胄将辛弃疾的防御建议改为主动进攻。难道这才是朝廷召见辛弃疾的真正目的？陆游在诗中只字不提盐法之事，先用八句称赞其文学才华，再用八句展望他被朝廷重用，率兵北伐，最后八句祝愿他北伐成功、青史留名，同时又告诫他不要"轻发"，小心造谣生事之人。陆游之所以将重点放在北伐上，肯定基于他对朝廷及韩侂胄的认识，值得注意的是，陆游虽然热切盼望北伐，但仍然比较理智、谨慎。

在辛弃疾集中，还有三首颂韩寿韩之作，是否为辛弃疾所作，向有争议。其中《西江月》（堂上谋臣惟幄）又见于刘过《龙洲词》，《清平乐》（新来塞北）被元人吴师道《吴礼部诗话》视为"京师小人词"，另一首为《六州歌头》（西湖万顷）。梁启超认为三词均是后人伪托。邓广铭《稼轩词编年笺注》将这三首词附在晚年词作之后，持存疑态度。郑骞《稼轩词校注附诗文年谱》指出梁启超等人的否定，缺少有力的文献支撑，所以依旧本存之。辛更儒《辛弃疾集编年校注》则断然剔除，以了却其"平生志愿"②，逞一时维护稼轩名声之快，可惜依旧缺少令人信服的证据。大概在辛更儒看来，韩侂胄是个名列《宋史·奸臣传》的恶人，辛弃疾就应该切断与他及其同党的一切联系。殊不知，爱国精神更加强烈、更加彻底的陆游也与韩侂胄有所交往，并为他写下《韩太傅生日》《南园记》等诗文。其实早在南宋末年，周密就指出，韩侂胄被杀之后，"众恶归焉，然其间是非，亦未尽然"，那些加在韩侂胄及其亲信头上的一些罪名，"皆不得志抱私仇者撰造丑诋，所谓僭逆之类，悉无其实"。③现代学者通过研究，更

---

① 《建炎以来朝野杂记》乙集卷十八《丙寅淮汉蜀口用兵事目》，第825页。

② 辛弃疾著，辛更儒校注：《辛弃疾集编年校注》卷十五，中华书局，2015年，第1845页。

③ 周密：《齐东野语》卷三《诛韩本末》，中华书局，2004年，第51页。

能还韩侂胄以公道①。总之，我们不能因为韩侂胄名列《宋史·奸臣传》就全盘否定其人，不能因为要维护辛弃疾、陆游的爱国形象而讳言他们的正当交往。且看辛弃疾的颂韩之作《六州歌头》：

> 西湖万顷，楼观矗千门。春风路，红堆锦，翠连云。俯层轩。风月都无际，荡空蓦，开绝境。云梦泽，饶八九，不须吞。翡翠明珰，争上金堤去，勃窣媻姗。看贤王高会，飞盖入云烟。白鹭振振，鼓咽咽。　　记风流远，更休作，嬉游地，等闲看。君不见，韩献子，晋将军，赵孤存。千载传忠献，两定策，纪元勋。孙又子，方谈笑，整乾坤。直使长江如带，依前是、□赵须韩。伴皇家快乐，长在玉津边。只在南园。

其中"依前是、□赵须韩"缺一字，邓广铭先生据词意补为"存赵须韩"②。词中没有祝寿内容，从陆游《韩太傅生日》"清霜粲瓦初作寒，天为明时生帝傅"可以推知，韩侂胄生日在清霜初寒之季③，故此词当非祝寿之作。各家注本对此词都未作编年。该词上片写西湖春景，当是实写。根据辛弃疾的行踪，这期间只有嘉泰四年（1204）春、开禧三年（1207）春有临安之行，而开禧三年春北伐正处于胶着状态，不会有"方谈笑，整乾坤"的从容轻松，所以该词应该作于北伐之前的嘉泰四年二月左右。下片称颂韩侂胄，将他比成保护赵氏孤儿的韩厥（献子）和北宋两朝顾命定策元勋的韩琦。用同姓人物作典故，是习用手法。韩侂胄是韩琦的曾孙，"整乾坤""存赵须韩"，指其为赵宋王朝所作出的贡献。但是否包括北伐计谋，不得而知，辛弃疾至少没有公开鼓吹北伐，这与史书所载辛弃疾之言及陆游赠诗中的态度正好一致，说明在开禧北伐动议之初，陆游、辛弃疾的态度是谨慎的。后来陆游心情变得更加迫切，如开禧元年闰八月所作

---

① 参看何忠礼：《南宋全史》，上海古籍出版社，2011年，第51—52页。
② 邓广铭：《稼轩词编年笺注》卷五，上海古籍出版社，1983年，第563页。
③《剑南诗稿校注》卷五十二，第3074页。

的《客从城中来》："客从城中来，相视惨不悦。引杯抚长剑，慨叹胡未灭。我亦为悲愤，共论到明发。向来酣斗时，人情愿少歇。及今数十秋，复谓须岁月。诸将尔何心，安坐望旄节？"①这时，陆游对北伐的渴望已经急不可耐了。

嘉泰四年三月，辛弃疾转任镇江知府。年内没有涉及开禧北伐的作品，暂且不论。随着北伐筹划的推进，陆游写下了系列作品，概括起来，可以分为两类，一是畅想类，二是旁观类。

陆游年迈清闲，关心国事，不时畅想北伐大业。如《睡起已亭午，终日凉甚，有赋》云："颇闻王旅徂征近，敷水条山兴已狂。"②他听到朝廷即将准备北伐，就想象北伐成功，恢复北方，实现游览北方山水的愿望。又如《书事》四首：

> 闻道舆图次第还，黄河依旧抱潼关。会当小驻平戎帐，饶益南亭看华山。（饶益寺南亭，尽得太华之胜。）
>
> 关中父老望王师，想见壶浆满路时。寂寞西溪衰草里，断碑犹有少陵诗。（华州西溪，即老杜所谓郑县亭子者。）
>
> 鸭绿桑乾尽汉天，传烽自合过祁连。功名在子何殊我，惟恨无人快着鞭。
>
> 九天清跸响春雷，百万貔貅扈驾回。不独雨师先洒道，汴流衮衮入淮来。③

这组诗写于嘉泰四年秋，陆游畅想宋军收复故国的情景，举凡潼关、黄河、关中、华州、鸭绿江、桑乾河、祁连山，尽行收复，自己可以饱览华山美景，可以欣赏杜甫诗碑等等。虽然自己不能杀敌报国，但"功名在子何殊我"，体现出与有荣焉的快意。开禧元年，陆游在《出塞四首用秦少

---

① 《剑南诗稿校注》卷六十四，第3617页。
② 《剑南诗稿校注》卷五十八，第3350页。
③ 《剑南诗稿校注》卷五十八，第3369—3371页。

游韵》中丑化谩骂金人（《四库全书》本直接予以删除），想象俘获女真
士兵的情景，第三首相对理智："符离既班师，北讨意颇阑。志士虽有怀，
开说常苦艰。诸将初北首，易水秋风寒。黄旗驰捷奏，雪夜夺榆关。"[1]这
些畅想曲，体现了陆游渴望统一的强烈愿望，也体现了对开禧北伐的
支持。

毕竟是八十多岁的老人，对于北伐大业，陆游无法参与，只能抱持热
心的旁观者立场。其《书事》云："北征谈笑取关河，盟府何人策战多。
扫尽烟尘归铁马，剪空荆棘出铜驼。史臣历纪平戎策，壮士遥传入塞歌。
自笑书生无寸效，十年枉是枕雕戈。"[2]岁月无情，这时，无论是后方的谋
划，还是前线的作战，都与陆游无关了。"自笑书生无寸效"是实事求是
的判断。开禧元年（1205）夏，陆游作《三齿堕歌》，由三颗牙齿脱落引
发"三齿堕矣吾生休"的感叹，进一步体会到心有余而力不足的老境，因
此劝慰自己："不须强预家国忧，亦莫妄陈帷幄筹。功名富贵两悠悠，惟
有杜宇可与谋。"[3]他已经没有能力参与国事了。稍后所作的《秋夜思南郑
军中》亦是如此：

> 五丈原头刁斗声，秋风又到亚夫营。昔如埋剑常思出，今作闲云
> 不计程。盛事何由观北伐，后人谁可继西平。眼昏不奈陈编得，挑尽
> 残灯不肯明。[4]

当年在南郑军中，正值壮年，如同被埋在地下的宝剑，总渴望出人头地，
有所作为，如今早已退出官场，闲居家乡，如同自由飘荡的白云一样，无
所事事。不知道怎样才能看到北伐盛事，不知道何人可以继承唐代名将李
晟（因平定朱泚叛乱恢复长安而被封为西平郡王）的事业。从中我们可以
感受到陆游年老体衰、无力报国的无奈和遗憾。

---

[1]《剑南诗稿校注》卷六十二，第3528页。
[2]《剑南诗稿校注》卷五十八，第3372页。
[3]《剑南诗稿校注》卷六十一，第3522页。
[4]《剑南诗稿校注》卷六十一，第3591页。

　　无论陆游对开禧北伐是畅想还是旁观，基本上都是他自说自话了，不可能对开禧北伐、对韩侂胄产生什么显著影响。辛弃疾稍有不同，他是前线地区镇江的在任官员，承担着支持北伐的责任。当地文人刘宰在《贺辛待制弃疾知镇江启》中说："皇图天启，虏运日衰。壶浆以迎，久郁遗民之望；肉食者鄙，谁裨上圣之谋。""眷惟京口，实控边头……酒可饮，兵可用。"①说明筹备北伐是大家对辛弃疾的共同期待，辛弃疾自然知晓，也不负所望，支持北伐大业。当他登上京口北固楼时，如京口早年地方官陈天麟所料，顿时升起"焚龙庭、空漠北"之志②，写下了壮怀激烈的《永遇乐·京口北固亭怀古》。学界普遍认为，词中"元嘉草草，封狼居胥，赢得仓皇北顾"等语，暗讽正在谋划中的开禧北伐，提醒当局谨慎行事，体现了辛弃疾一贯的立场。"四十三年，望中犹记，烽火扬州路"，是"望中犹记，四十三年，烽火扬州路"的倒装，是回忆四十三年前的见闻。至于四十三年前，是哪一年？什么见闻？通常理解是绍兴三十二年（1162）辛弃疾投奔南宋途中所见的战争，但上年十一月完颜亮被杀，宋金战争即告中止。其实，完全可以作另一种理解，就是将之理解为隆兴元年（1163）张浚领导的北伐，其主战场在淮南东路（扬州路）。当时，辛弃疾正在京口，可以望见一江之隔的淮南东路，可以亲眼目睹张浚的北伐战争。张浚的北伐很快失败，宋金双方签订隆兴和议。辛弃疾在刘义隆元嘉北伐之后，接着回顾张浚的北伐，其意图一方面要继承北伐事业，另一方面要汲取北伐失利的教训。

　　从上述作品来看，辛弃疾对开禧北伐既予以支持和响应，又似乎有所保留。不久，辛弃疾因举荐他人不当，被降职，还未等开禧北伐正式发动，辛弃疾就离开京口，回铅山闲居。由此亦可见，辛弃疾并不是韩侂胄开禧北伐所倚重的骨干力量。

---

①《漫塘文集》卷十五，文渊阁《四库全书》本。
②陈天麟：《重修北固楼记》，《北固山碑文选》，江苏大学出版社，2013年，第22页。

二、北伐中期

北伐期间，前线各种消息陆续传开。辛弃疾家居铅山，相对偏远，加之健康不佳，现存仅有一首事关开禧北伐的诗歌，即《丙寅岁山间竞传诸将有下棘寺者》：

> 去年骑鹤上扬州，意气平吞万户侯。谁使匈奴来塞山，却从廷尉望山头。荣华大抵有时竭，祸福无非自己求。记取山西千古恨，李陵门下至今羞①。

该诗作于开禧二年（1206）夏。此前，池州副都统郭倬等人攻打宿州，遭金人包围，郭倬绑送田俊迈给金人，以此获免。韩侂胄知悉后，将他打下大理狱，八月将他斩于镇江。郭倬是蜀中三大将郭浩之孙，与其兄郭倪都志大才疏，辛弃疾应该认识他们，在辛弃疾看来，郭倬的下场，不仅咎由自取，还连累祖先名声。辛弃疾在此诗中，没有直接表明对开禧北伐及韩侂胄的态度，但他应该认识到了韩侂胄用人不当的问题，赞成他对亲信失职也决不姑息的处罚态度②。

与辛弃疾不同，陆游居于临安附近的绍兴，消息较为灵通，因此作诗亦较多。

在这些诗中，陆游总体上沿袭此前的服老心态。开禧二年（1206）四月，南宋悄然增兵边境，"调三衙兵增戍淮东"③。陆游在《初夏闲居》（其二）中就写及此事："王师护塞方屯甲，亲诏忧民已放丁。病起自怜犹健在，不须求应少微星。"④末两句写出年老失落的感受。当他从邸报中获悉宋军真的攻下泗州、虹县等地，服老的同时又有些眼热自叹。《观邸报

---

① 《辛弃疾集编年笺注》卷二，第188页。
② 参见《南宋全史》，第31页。
③ 《宋史》卷三十八《宁宗纪》，第740页
④ 《剑南诗稿校注》卷六十六，第3735页。

感怀》曰:

> 六圣涵濡寿域民, 耄年肝胆尚轮囷。难求壮士白羽箭, 且岸先生乌角巾。幽谷主盟猿鹤社, 扁舟自适水云身。却看长剑空三叹, 上蔡临淮奏捷频。[1]

按理说, 前线的胜利应该激起他喜悦兴奋之情, 但诗中完全没有这种感受。他由一个又一个捷报中, 反观自己: 虽然还有强烈的报国宏愿, 但耄耋之年只能过着闲云野鹤般的生活, 无法奔赴战场, 只能眼睁睁地看着他人建功立业。这是多么的遗憾! 类似的诗句还有"蠹鱼似是三生业, 汗马难希百世名"[2] "死去虽无勋业事, 九原犹可见先贤"[3]。陆游认识到自己是一辈子的书生命, 不可能纵横战场, 获得百世功名了。

理智如此, 但感情上陆游有时仍然不服老。如《老马行》:

> 老马尫羸依晚照, 自计岂堪三品料。玉鞭金络付梦想, 瘦稗枯萁空咀嚼。中原蝗旱胡运衰, 王师北伐方传诏。一闻战鼓意气生, 犹能为国平燕赵。[4]

前四句写老马的老境与梦想, 后四句写南宋趁金国衰危之际, 发动北伐, 老马亦抖擞精神, 还能奔赴前线, 为国杀敌。表面上写的是老马, 内里写的却是陆游自己。尽管不切实际, 但其精神可嘉。又如《忆昔》诗:

> 忆昔梁州夜枕戈, 东归如此壮心何。蹉跎已失邯郸步, 悲壮空传敕勒歌。今日扁舟钓烟水, 当时重铠渡冰河。自怜一觉寒窗梦, 尚想

---

① 《剑南诗稿校注》卷六十七, 第3763页。

② 《剑南诗稿校注》卷六十七《雨夜》, "汗马难希百世名"之后有自注: "时王师方出塞。"第3773页。

③ 《剑南诗稿校注》卷六十八《一编》, 第3816页。

④ 《剑南诗稿校注》卷六十八, 第3818页。

浯溪石可磨。①

陆游怀念乾道八年（1172）戍守南郑（梁州）的激情岁月，感慨今昔，但仍然抱有宋王朝的中兴梦，期待有朝一日能像元结那样撰写《大唐中兴颂》，刻于浯溪摩崖上。在其他诗中，陆游也抒发了恢复太平的渴望。"日闻淮颍归王化，要使新民识太平"②，"惟有天知太平事，乞倾东海洗尘沙"③。在他看来，北伐战争只是过程，天下太平才是终极目标。

可是，开禧北伐并不顺利，一再遭遇失败和挫折。开禧二年（1206）十二月，四川宣抚副使吴曦降金，接受金国封予的"蜀王"称号，与南宋对抗。次年二月二十八日，吴曦被杨巨源、李好义所杀，安丙上奏朝廷，平定吴曦叛乱。吴曦降金以及后来安丙的倒行逆施，严重破坏了开禧北伐的西线战场。这是开禧北伐的重要转折点。陆游诗中没有写其叛敌，却多次写其被平定之事，这应该是陆游有意为之，反映了报喜不报忧的心理。"解梁已报偏师入，上谷方看大盗除"④，"淮浦戎初遁，兴州盗甫平"⑤，所谓"盗"都是指吴曦。陆游另有《闻蜀盗已平，献馘庙社，喜而有述》诗：

> 北伐西征尽圣谟，天声万里慰来苏。横戈已见吞封豕，徒手何难取短狐。学士谁陈平蔡雅，将军方上取燕图。老生自悯归耕久，无地能捐六尺躯。⑥

此外，陆游还有《逆曦授首称贺表》《逆曦授首贺太皇太后笺》《逆曦授首

---

① 《剑南诗稿校注》卷六十八，第3825页。
② 《剑南诗稿校注》卷六十七《赛神》，第3774页。
③ 《剑南诗稿校注》卷六十七《感中原旧事戏作》，第3784页。
④ 《剑南诗稿校注》卷六十九《书几试笔》，第3848页。
⑤ 《剑南诗稿校注》卷七十一《雨晴》，第3953页。
⑥ 《剑南诗稿校注》卷七十一，第3952页。

贺皇后笺》等贺文①，说明兹事体大，事关北伐大业的成败，引起陆游的
高度重视。

北伐期间，陆游念念不忘能够早日实现游览故国名山大川的凤愿。他
试用新笔时，联想到吴曦已除，便希望能移居华山："药笈箸囊幸无恙，
莲峰吾亦葺吾庐。"末句有自注曰："偶见报，西师复关中郡县，昔予常有
卜居条华意，因及之。"②莲峰指华山的莲花峰，条华是中条山、华山的合
称。他夜半醒来，也想去游览华山、嵩山，"忧思过前皆梦事，功名自古
与心违。三峰二室烟尘静，要试霜天槲叶衣"③。再如《闻西师复华州》
二首：

> 西师驿上破番书，鄠杜真成可卜居。细肋卧沙非望及，且炊黍饭
> 食河鱼。
> 青铜三百饮旗亭，关路骑驴半醉醒。双鹭斜飞敷水绿，孤云横度
> 华山青。④

当时南宋西线军队并没有收复华州，陆游听到传闻，则想卜居长安，饮酒
食鱼，欣赏青山绿水，过着惬意自得的生活。以陆游八十岁高龄，即使真
的收复故国，恐怕他的体力也不足以实现其梦想了。

作为伟大的爱国诗人，陆游不仅在乎实现收复故国的北伐大局、畅游
北方山水的个人愿望，还同情和关心即将奔赴前线的战士和在前线奋战的
将士。陆游诗中多次写到招募新兵之事，"边头定何似，颇说募新兵"⑤
"宽民除宿负，募士成新边"⑥，由此引发生离死别的人间悲剧。如《戍兵

---

① 《渭南文集校注》卷一。

② 《剑南诗稿校注》卷六十九《书几试笔》，第3848页。

③ 《剑南诗稿校注》卷六十九《十一月廿七日夜分，披衣起坐，神光自两眦出若初日，室中皆明，
作诗志之》，第3868—3869页。

④ 《剑南诗稿校注》卷六十九，第3852—3853页。

⑤ 《剑南诗稿校注》卷六十八《病卧》，第3807页。

⑥ 《剑南诗稿校注》卷六十八《村舍得近报有感》，第3837页。

有新婚之明日遂行者，予闻而悲之，为作绝句》二首曰：

> 送女忽忽不择日，彩绕羊身花照席。莫嫌晨别已可悲，犹胜空房未相识。（俗有夫出未返而纳妇，谓之空妇房。）
>
> 夜静孤村闻笛声，溪头月落欲三更。不须吹彻阳关曲，中有征人万里情。①

该诗写作于开禧二年冬，这场发生在绍兴乡村的新婚别，当是开禧北伐受挫增补兵员造成的不幸。最独特的是下面这首《剧暑》诗：

> 六月暑方剧，喘汗不支持。逃之顾无术，惟望树影移。或谓当读书，或劝把酒卮。或夸作字好，萧然却炎曦。或欲溪上钓，或思竹间棋。亦有出下策，买簟倾家赀。赤脚蹋层冰，此计又绝痴。我独谓不然，愿子少置思。方今诏书下，淮汴方出师。黄旗立辕门，羽檄昼夜驰。大将先擐甲，三军随指挥。行伍未尽食，大将不言饥。渴不先饮水，骤不先告疲。吾侪独安居，茂林荫茅茨。脱巾濯寒泉，卧起从其私。于此尚畏热，鬼神其可欺。坐客皆谓然，索纸遂成诗。便觉窗几间，飒飒清风吹。②

在远离战争的后方，陆游与大家聚在一起抱怨天气炎热，大家各逞己见，提出各种解暑方案，陆游偏偏跳出眼前，想到在淮汴一带作战的将士，不遑饮食，英勇杀敌，为国流血牺牲，与他们相对比，那些闲居在后方阴凉的树林下、房屋中的人，就不应该再抱怨炎热了。原来，想象北伐将士，与之对比，是陆游出的消暑良方。全诗写得生动流畅，富有乐趣，体现了陆游对北伐将士们细腻的人性关怀。

---

① 《剑南诗稿校注》卷六十九，第3879页。

② 《剑南诗稿校注》卷六十七，第3777—3778页。

三、北伐后期

开禧北伐期间，南宋遭到金人的反攻，接连失败，战局随之出现两个根本性转变：一是韩侂胄地位出现动摇，和议声起，方信孺三度出使金朝，准备议和，但金方要求将开禧北伐的首谋斩首送至金国，大大激怒韩侂胄，韩侂胄再度加强战备，任命辛弃疾为枢密院都承旨，接替苏师旦继续指挥北伐，可惜辛弃疾病重，无法就任，随即去世。二是朝廷内部反战势力抬头，史弥远等人杀害韩侂胄，大肆打压韩侂胄的亲信。这些重要变局或多或少地投射在陆游作品中。

无论战局如何变化，陆游始终支持北伐战争。《书感》诗曰："一是端能服万人，施行自足扫胡尘。南州不可无高士，东国何妨有逐臣。"[1]钱仲联先生指出，前两句"谓韩侂胄伐金之议"，其意图显然是反驳朝野对韩侂胄北伐的怀疑，努力维护韩侂胄地位，认为只要实现了韩侂胄的主张，就能够消灭北方敌人。随着战局的日趋严峻，陆游最担心的就是开禧北伐的半途而废。开禧三年夏，陆游在《雨晴》诗中已预感形势不妙：

> 旱暵常思雨，沈阴却喜晴。放船莲荡远，岸帻竹风清。淮浦戎初遁，兴州盗甫平。为邦要持重，恐复议消兵。[2]

本是雨后天晴的好天气，淮河一带敌人败退，四川吴曦叛乱被平定，似乎胜利在望，其实不然。方信孺从北方带来和谈的意向，因此陆游语重心长地告诫当局，特别是宋宁宗，"为邦要持重，恐复议消兵"。这年秋冬之际，陆游又作《观诸将除书》：

> 百炼刚非绕指柔，貂蝉要是出兜鍪。得官若使皆齐虏，对泣何疑

---

[1]《剑南诗稿校注》卷七十，第3921页。
[2]《剑南诗稿校注》卷七十一，第3953页。

效楚囚。①

诸将除书，到底指哪些将领？现已不得而知。大概当时提拔任命了一批将领，包括辛弃疾在内。陆游此诗激励这些新任将领，要能百炼成钢，奔赴前线，立下战功，获得官爵，而不能如齐人刘敬那样，仅凭口舌得官，那样只能成为对方的俘虏。应该说，在开禧北伐十分不利的情况下，激励将帅们的斗志，很有必要。陆游此诗体现出对形势的正确判断，以及他所能做的努力。

韩侂胄被害后，陆游写下一首相当特别的诗歌——《读书杂言》：

> 书亦何用于世哉，圣人之言如造化，巍巍地辟而天开。渊源虞唐至周孔，黄河万里昆仑来。天不使诸儒为战国血，又不使六艺为亡秦灰，豁如盲瞽见皎日，快若聋聩闻春雷。插空泰华起突兀，垂天云汉森昭回。奈何后世独不省，顾舍夷路趋邛崃。不知开眼蹈覆辙，乃欲归罪车轮摧。福有基，祸有胎，一朝产祸吁可哀。②

该诗隐晦其言，所读何书？所感何事？作者均没有明确交代，钱仲联认为是"有感于韩侂胄及韩党之被杀而发"③。白敦仁说："此诗侘傺悲凉，音响独异，想见当日四顾茫茫，百感交集的心情。"④但二人所论仍然有些闪烁其词。北伐主谋韩侂胄被杀，对陆游造成极大震动，陆游首先反思的是韩侂胄被杀的缘由，不是艰难的北伐战争，而是庆元党禁招致的报复。韩侂胄对理学缺乏正确的认识，党同伐异，将朱熹为代表的理学列为伪学，予以禁绝，从此埋下祸根。陆游一方面认同理学，与朱熹、周必大、叶适等人关系密切，反对韩侂胄制造庆元党禁，题中所谓"读书"，很可能读

---

① 《剑南诗稿校注》卷七十三，第4024页。
② 《剑南诗稿校注》卷七十三，第4065页。
③ 《剑南诗稿校注》卷七十三，第4066页。
④ 白敦仁：《关于陆游的所谓晚节问题》，《水明楼文集》下册，浙江古籍出版社，2015年，第386—387页。

的是理学家著述，另一方面又支持韩侂胄发动的北伐战争。所以他对韩侂胄之死，有震悼，有惋惜。在另一首《书文稿后》诗中，也有类似的反思："上蔡牵黄犬，丹徒作布衣。苦言谁解听，临祸始知非。"①按照钱仲联先生的解释，"文稿"指《南园记》，"苦言"指《南园记》中劝导韩侂胄早日退隐归耕。陆游在伤悼韩侂胄的诗中，并没有像当时官方舆论一样，将他简单地定性为弄权误国，而是对其不幸结局寄予同情。

对韩侂胄亲党陆续被贬被害，陆游既反感他们趋炎附势，又同情其遭遇。《雀啄粟》诗曰："坡头车败雀啄粟，桑下饷来乌攫肉。乘时投隙自谓才，苟得未必为汝福。忍饥蓬蒿固亦难，要是少远弹射辱。老农辍耒为汝悲，岂信江湖有鸿鹄。"②该诗作于开禧三年冬，陆游将那些投机取巧的亲党比喻成啄粟食肉的乌雀，只知偷取一些名利，不知道远离灾祸。

嘉定元年（1208）五月，韩侂胄头颅被割下送给金国。此事是南宋一大耻辱。连当年反对开禧北伐、上书请斩韩侂胄的华岳，也公开指责"函首请成之议"。其《和戎》诗曰："纳币求成事已非，可堪函首献戎墀。一天共戴心非石，九地皆涂血尚泥。反汉须知为晁错，成秦恐不在於期。和戎自有和戎策，却恐诸公未必知。"③吏部尚书楼钥（字攻媿）因曾名列庆元党禁之中，对韩侂胄心怀怨恨，积极赞成函首之举，遭人讥讽："平生只说楼攻媿，此媿终身不可攻。"还有人题诗说："自古和戎有大权，未闻函首可安边。生灵肝脑空涂地，祖父冤雠共戴天。晁错已诛终叛汉，於期未遣尚存燕。庙堂自谓万全策，却恐防边未必然。"又云："岁币顿增三百万，和戎又送一于期。无人说与王柟道，莫遣当年寇准知。"④陆游诗中没有正面谴责函首求和之事。《书感》写于嘉定元年夏，诗曰："翟公冷落客散去，萧尹遣死人所怜。输与桐君山下叟，一生散发醉江天。"⑤以汉代的廷尉翟公、唐代的长安尹萧炅指代韩侂胄，"人所怜"表达出对韩侂胄悲

① 《剑南诗稿校注》卷七十四，第4069页。
② 《剑南诗稿校注》卷七十四，第4073页。
③ 华岳：《翠微南征录》卷四，《翠微南征录北征录合集》，黄山书社，1993年，第44页。
④ 《齐东野语》卷三《诛韩本末》，第50页。
⑤ 《剑南诗稿校注》卷七十六，第4177页。

剧下场的深切同情。

陆游之所以同情韩侂胄，主要原因是支持他领导的开禧北伐。另一原因，韩侂胄于嘉泰二年（1202），解除了庆元党禁，"和韩侂胄的合作，在陆游思想上没有不可克服的障碍"。"在一致对外的基础上和韩侂胄接近了"①。另外，韩侂胄虽是外戚权臣，但并不是大恶大奸之人。金人将其首安葬在韩琦墓旁，谥曰"忠缪侯"，将其定性为"忠于为国，缪于为身"②，就是跳出南宋党争的公允评价。

开禧北伐失败后，陆游非常清楚，南宋不可能再收复北方故土了。其《书感》诗曰："襁负客淮颍，髫髦逢乱离。中原遂乖隔，北望每伤悲。泛渭题新赋，游嵩续旧诗。死生虽异世，此意未应移。"③中原永远难回，泛渭游嵩也就成了陆游永远无法实现的梦想。

[原刊《绍兴文理学院学报(人文社会科学)》2018年第5期]

---

① 朱东润：《陆游传》，上海古籍出版社，1960年，第228页。

② 《齐东野语》卷三《诛韩本末》，第51页。又，《建炎以来朝野杂记》乙集卷七《开禧去凶和戎日记》注曰："侂胄首将入伪境，彼中台谏交章言侂胄之忠于本国，乃诏谥为忠缪侯，以礼祔葬其祖魏公茔侧。"中华书局，2000年，第623页。

③ 《剑南诗稿校注》卷七十四，第4085页。

元好问、戴复古论诗绝句比较论

　　论诗绝句自杜甫《戏为六绝句》首开其端之后，继作者代不乏人，但真正出现里程碑式的作品，是在三四百年之后。在金有元好问，以《论诗三十首》为代表；在宋则有戴复古，以《论诗十绝》为代表。严格地说，后者不具备里程碑的意义。

　　学界对《论诗三十首》的研究由来已久，清人查慎行《初白庵诗评》、翁方纲《石洲诗话》、宗廷辅《古今论诗绝句》等各有所论，当代学者著述更多，如郭绍虞《元好问〈论诗三十首〉小笺》、刘泽《元好问〈论诗三十首〉集说》、港台学者王韶生《元好问〈论诗三十首〉笺释》[①]、陈湛铨《元好问〈论诗绝句〉讲疏》[②]、邓昭祺《元好问〈论诗绝句〉笺证》[③]、何三本《元好问〈论诗绝句三十首〉笺证》[④]、方满锦《元好问〈论诗三十首〉研究》[⑤]都是相关专著。与此不同，学界对戴复古《论诗十绝》的研究主要集中在当代，见于各种批评史、诗论史，重在研究其诗学思想，对其作专题研究的论文寥寥无几，专题研究的著作尚未出现。但是，自郭绍虞先生以来，凡谈及论诗诗演变者，就常将二者联系起来，有所比较，却又往往语焉不详，大都沿袭郭绍虞先生的观点，未能作进一步

---

①《崇基学报》1966年第2期。

②《香港浸会学院学报》1968年第1期。

③当代文艺出版社，1993年。

④《中华文化复兴月刊》1963年第3期。

⑤台北万卷楼图书股份有限公司，2002年。

细致的分析。

表面看来，元、戴二人论诗绝句并驾齐驱，其实却同形异趣，元诗在创作时间、理论批评和艺术表达方面，都能一枝独秀。在论诗绝句演进路途中，元诗奔轶绝尘，戴诗则瞠乎其后。

一、占得先机：元诗写作早于戴诗

受正统观的潜在影响，人们在叙述论诗绝句的发展史时，通常由唐至宋再至金，习惯于先谈杜甫，次谈戴复古，最后谈元好问，仿佛戴复古《论诗十绝》写作在前，元好问《论诗三十首》写作在后，这其实是个错觉。

元好问在《论诗三十首》题下标明写作时间和地点："丁丑岁三乡作。"丁丑为金兴定二年（1218），当时元好问因避战乱逃至福昌县三乡镇（今河南宜阳县境内）。虽然有学者根据末首"老来留得诗千首"之句，怀疑组诗写于晚年，但证据不力，无法否定其自注的可靠性。戴复古《论诗十绝》，原题作《昭武太守王子文，日与李贾、严羽共观前辈一两家诗及晚唐诗，因有论诗十绝。子文见之，谓无甚高论，亦可作诗家小学须知》。一般批评史类著作不太关注其写作年代，其实，其写作年代不难考知。题中的王子文为王埜，《宋史》卷四二〇有传，称其"工于诗"。绍定五年（1232）十一月左右，王埜任昭武太守，戴复古在此前后，来到昭武，次年秋天即离开昭武。在昭武期间，戴复古与王埜、严羽等人多有交游，戴复古有《祝二严》诗，严羽有《送戴式之归天台歌》诗。所以，戴复古《论诗十绝》应作于南宋绍定六年（1233）[①]。两相比照，即可见《论诗三十首》写作时间比《论诗十绝》早十六年左右。有些学者习而未察，误以为戴作在元作之前，如林东海《论诗诗论》曰："到了南宋，江湖派诗人戴复古才有意于仿杜，用绝句组诗专论诗歌，作《论诗十绝》，侧重于论

---

① 参见张继定：《严羽和戴复古身世行迹诸问题考》，《南昌大学学报（人文社会科学版）》2001年第4期。

述诗歌原理；其后金源又有元好问加以鼓吹，作《论诗三十首》，侧重于评论历代作家。"①邓新华《论诗诗：中国古代一种独特的诗性批评文体》认为："论诗诗由南宋向金、元发展的过程中，出现了两个对论诗诗有突破性贡献的人物，这就是戴复古和元好问。戴复古有《论诗十绝》……而最终克服戴复古略嫌散漫之弊端，以明确的目的、严肃的态度、辩证的眼光来以诗论诗，从而将绝句体论诗组诗发展到更加完美境界的则是金代的元好问。"②台湾亦有学者持此论点，如何三本《元好问〈论诗绝句三十首〉笺证》："若以论诗绝句之起源或发展之先后为序，则杜甫《戏为六绝句》应为论诗绝句之滥觞；次为南宋戴石屏《论诗绝句十首》，其次为金元好问《论诗绝句三十首》。"③这些都是受正统论叙述思路误导所造成的时间倒置。澄清这一关节之后，过去有些认识则需要修正，如认为"在论诗诗的历史发展中，首次在题目上出现'论诗'的，则当推戴复古"④。这一首创之功，当归为元好问。元好问较之戴复古，可谓占得先机。

《论诗三十首》完成后，是否及时传入南宋？理论上应有可行性。当时南北的交流并未完全阻断，可现存文献中没有任何关于《论诗三十首》传入南宋的线索。不仅如此，《论诗三十首》在北方也未见记载，未见出任何反响，不得不让人怀疑元好问当时是否将之及时公开。可以肯定，戴复古没有看到这一组诗，《论诗十绝》是其直接上承杜甫和其他宋人的独立创作，中间没有受到《论诗三十首》的影响。这实在是个大遗憾，否则《论诗十绝》或许是另一番面貌。

从生成背景来看，元、戴这两组论诗绝句都是诗人切磋诗艺的产物。元好问创作《论诗三十首》时，尽管处于避乱期间，偏处三乡，但那里可谓是乱世中的一片诗歌绿洲。赵元、李汾、辛愿、刘昂霄、英禅师等一批优秀诗人聚集其地，经常举行诗会，如他们游览三乡光武庙，元好问、刘

---

① 林东海：《论诗诗论》，《文学评论》1984年第1期。

② 邓新华：《论诗诗：中国古代一种独特的诗性批评文体》，《武汉大学学报（人文科学版）》2007年第1期。

③《中华文化复兴月刊》1963年第3期。

④ 张伯伟：《中国古代文学批评方法论》，中华书局，2002年，第413页。

昂霄、辛愿、魏邦彦等6人相继作诗，元好问《秋日载酒光武庙》、刘昂霄《中秋日同辛敬之、魏邦彦、马伯善、麻信之、元裕之燕集三乡光武庙，诸君有诗，昂霄亦继作》二诗流传至今。在集体酬唱之时，他们必然会有所思考，互相促进，共同提高。元好问说英禅师因与辛愿、赵元等人交往，而"诗道益进"①。元好问自己也不例外。虽然现存文献中没有他与其他诗人直接探讨《论诗三十首》相关问题的记载，但可以肯定《论诗三十首》的创作与此大背景相关。当时元好问28岁，尚未考中进士，未进入主流诗坛，为此他很苦恼。就在这一年，他多次感叹："学诗二十年，钝笔死不神。乞灵白少傅，佳句傥能新。"（《龙门杂诗》其二）"我诗有凡骨，欲换无金丹。"（《寄英禅师》）可见他与其他诗人经常交流诗艺。戴复古创作《论诗十绝》，正如其原题所示，是与昭武太守王埜（王子文）、李贾（李友山）、严羽等研习前人诗歌有感所作。王埜爱好诗歌，昭武（今福建邵武）也是一方诗人乐土，戴复古绍定五年去昭武的主要目的是访友论诗②，如其诗题所云"过昭武访李友山诗社诸人""李友山诸丈甚喜得朋，留连日久"。戴复古与王埜等人诗歌往还，称颂王埜"风流太守诗无敌，有暇登临共唱酬"（《题邵武熙春台呈王子文使君》）。其时戴复古66岁，是其中地位最高、年资最长的诗人，《论诗十绝》显然是他与其他年轻诗友切磋诗艺的产物。可见，不论年龄长幼，也不论地处南北，爱诗之人都会谈诗论艺，促进诗歌创作和批评。

　　正因为两组论诗绝句出于探讨诗艺的背景，所以都具有突出的实用性。只是元、戴二人创作论诗绝句时的年龄、地位不同，其实用性的指向也有较大差异。元好问作《论诗三十首》，与此前所编《诗文自警》《锦机》等书大体相同，意在通过品评前人创作得失，来提高自己的诗歌水平，具有"自警"之意。如论秦观诗歌，"拈出退之山石句，始知渠是女郎诗"，完全复述王中立之语，王中立之语又见《诗文自警》。《论诗三十

---

① 《元好问文编年校注》卷五《木庵诗集序》，第1087页。

② 张继定：《严羽和戴复古身世行迹诸问题考》，《南昌大学学报（人文社会科学版）》2001年第4期。

首》最后一首诗云："撼树蚍蜉自觉狂，书生技痒爱论量。老来留得诗千首，留与谁人较短长。"一方面有所自谦，承认写作组诗、评点前代名家，有些书生技痒之类的轻狂，一方面信心不足，担忧自己的诗作被后人随意评骘。或许正因此顾忌，元好问才未公开该组诗。而戴复古其时已经是名满江湖的诗人，相当自信，自称其诗是"黄金作纸珠排字，未必时人不喜看"（《戏题诗稿》），如此自负，写作《论诗十绝》的目的当然不在自警，而是就诗歌创作的相关方面，发表自己见解，以教导时人和后生。所以，即使这一组诗不被昭武太守王埜看好，认为"无甚高论"，戴复古仍然不为所动，乐意将之公开，将之视为实用性、指导性很强的"诗家小学须知"。这一"小学须知"显然不是诗人自己创作的内在需求，而是告诫他人如何作诗。

二、警醒的批评论与老调的经验谈

郭绍虞先生曾比较元、戴复古这两组论诗绝句，认为都源自少陵，各得一体，"戴氏所作，重在阐说原理；元氏所作，重在衡量作家。这正开了后来论诗绝句的两大支派"[1]。此论在分别戴、元诗论时，抬高了戴复古的地位，为学界广泛认同。只有张伯伟敏锐地指出，将"戴复古说成是后世论诗绝句的一派之祖，并无确凿可靠的依据"[2]，《论诗三十首》虽"偏于论作家，而在评论作家中又贯穿了其诗歌理论"，而"《论诗十绝》虽然偏重理论，但却没有一个诗学宗旨贯穿其间"[3]。而这两点差异，正是造成元、戴诗歌高下的决定性因素。

元好问其时已经初露锋芒，所作《箕山》《琴台》等诗受到前辈诗人赵秉文的誉扬，树立起进军诗坛的决心。为此，他必须总结前人得失，思考当下诗坛的弊端，引以为戒。他以30首的篇幅，纵论古今诗坛，其中虽

---

① 郭绍虞：《中国文学批评史》（上卷），上海古籍出版社，1979年，第296页。
② 张伯伟：《中国古代文学批评方法论》，第414页。
③ 《中国古代文学批评方法论》，第418页。

然多数属于作家论，但作家论未必就是他论诗的重点。《论诗三十首》大抵可以分为三类：第一类不涉及具体作家，纯粹探讨创作理论，如开宗明义的第一首："汉谣魏什久纷纭，正体无人与细论。谁是诗中疏凿手，暂教泾渭各清浑？"继承杜诗"别裁伪体"的精神，以正体为标的，具有鲜明的疏凿意旨，可谓立意高远。又如第十一首："眼处心生句自神，暗中摸索总非真。画图临出秦川景，亲到长安有几人？"强调亲身经历对于创作的重要意义。第二十一首："窘步相仍死不前，唱酬无复见前贤。纵横正有凌云笔，俯仰随人亦可怜。"批评次韵唱酬这种创作方式。第二类，以阐明其诗歌观念为主导，以作家论为辅证，重点仍然在创作论。如第六首："心画心声总失真，文章宁复见为人？高情千古闲居赋，争信安仁拜路尘？"其重点显然不在贬斥潘岳，而是以潘岳为例，论人品与文品的关系，证明文章不能见为人的观点。第九首："斗靡夸多费览观，陆文犹恨冗于潘。心声只要传心了，布谷澜翻可是难？"其重点在于批评"斗靡夸多"，陆机、潘岳只是他信手拈来的例子罢了。第十四首："出处殊途听所安，山林何得贱衣冠？华歆一掷金随重，大是渠侬被眼谩。"反对隐居山林之人以道德优势自居，鄙视衣冠之士。华歆掷金之事亦不过为其反面例证而已。第十七首："切响浮声发巧深，研摩虽苦果何心？浪翁水乐无宫徵，自是云山韶濩音。"反对过分研摩声律，提倡自然音韵，后两句引元稹《水乐记》及《欸乃曲》作为前两句观点的佐证。第三类，虽是相对单纯的作家论，但亦体现其诗学主张。如第八首："沈宋横驰翰墨场，风流初不废齐梁。论功若准平吴例，合著黄金铸子昂。"在初唐诗坛的背景下，评价沈佺期、宋之问、陈子昂，重点肯定陈子昂的革新之功。第十八首："东野穷愁死不休，高天厚地一诗囚。江山万古潮阳笔，合在元龙百尺楼。"将孟郊与韩愈对比，不仅见出其高下之别，还表现出对孟郊渲染穷愁主题的不满。在上述三类诗中，第一类与作家论基本无关，第二类涉及到作家论，但作家论只是其创作论的素材，第三类为作家论，约占《论诗三十首》一半比例，也可以说是通过作家论来阐明其诗学宗旨。因此，《论诗三十首》仍然偏重于理论。具体论述中，有褒有贬，贬多于褒，换言之,《论诗三十首》以批评论为主。

戴复古《论诗十绝》确实如郭绍虞先生所说,"重在阐说原理"。十首诗中,大抵可以分为两类:第一类直接或间接涉及到有关作家,是他"观前辈一两家诗及晚唐诗"引发的读后感,重点是借助作家论来表达其诗学见解。如第一首:"文章随世作低昂,变尽风骚到晚唐。举世吟哦推李杜,时人不识有陈黄。"承认诗歌应该随时代而变迁,李杜、陈黄是唐宋两代诗人的代表,认为陈黄虽不及李杜,也不该被遗忘。第六首:"飘零忧国杜陵老,感寓伤时陈子昂。近日不闻秋鹤唳,乱蝉无数噪斜阳。"前两句是作家论,推崇杜甫、陈子昂忧国伤时的情怀。后两句指向现实,感叹当下缺少关注国事民瘼的诗歌。第二首:"古今胸次浩江河,才比诸公十倍过。时把文章供戏谑,不知此体误人多。"虽然没有明确所指对象,但应该指苏轼等人,重点批评诗中的戏谑之风。这类诗歌是作家论和创作论的结合。第二类是其他七首诗歌,与作家论基本无关。这些诗歌与其说是阐述原理,不如说是介绍其创作经验,特别是创作技巧方面的体会,属于"诗家小学须知"的范围。如第三首:"曾向吟边问古人,诗家气象贵雄浑。雕镂太过伤于巧,朴拙唯宜怕近村。"谈的是自己追求雄浑、反对过分雕琢工巧、又不愿流于村俗拙劣的体会。其他如"须教自我胸中出,切忌随人脚后行""陶写性情为我事,留连光景等儿嬉",都是第一人称、指教他人的口吻。最后四首也是如此:

> 欲参诗律似参禅,妙趣不由文字传。个里稍关心有悟,发为言句自超然。
>
> 诗本无形在窈冥,网罗天地运吟情。有时忽得惊人句,费尽心机做不成。
>
> 作诗不与作文比,以韵成章怕韵虚。押得韵来如砥柱,动移不得见工夫。
>
> 草就篇章只等闲,作诗容易改诗难。玉经雕琢方成器,句要丰腴字要安。

这些基本上都是他的创作心得。譬如他作诗不计迟速，有时获得一佳句，经年才得以成篇。据瞿佑《归田诗话》卷中《戴石屏奇对》载，他曾见夕阳照映群山，有"夕阳山外山"之句，最初以"尘世梦中梦"相对，觉得不甚满意，后来村行途中，触景而发，忽得"春水渡傍渡"一句，恰好与"夕阳山外山"相对。这一例子可以当作"有时忽得惊人句，费尽心机做不成"两句的注脚。

由上可见，元好问《论诗三十首》重在批评他人，告诫自己；戴复古《论诗十绝》重在自述体会，教导他人。元好问年轻气盛，既敢于褒贬前代名家，蚍蜉撼树，又能别具只眼，颇具卓见，显示出高于时辈也高于戴复古的实力。戴复古年近古稀，好为人师，喜欢向人介绍经验，絮叨琐细，遗憾的是，他虽然秀出东南一方，自负颇高，实未能跻身一流诗人之列，终身成就远不及元好问，其手眼亦远不及元好问。所以，他的创作经验难免流于寻常浅显，新意有限，当即被年轻的地方官王埜指为"无甚高论"，其《论诗十绝》写在元好问《论诗三十首》之后，却后来居下，不禁令人惋惜。清人宗廷辅《古今论诗绝句》称扬戴作："石屏一生得力，略尽此十绝中。即有宋一代诗学，亦略包此十绝中。其语直截痛快，度尽初学金针。"肆意拔高，有失允当，远非事实。

三、论诗绝句体制潜能的发掘与停滞

就论诗诗而言，学界普遍承认，元好问对后世的影响远超过戴复古，王士禛、袁枚等名家都有仿作，而在郭绍虞等先生所编的《万首论诗绝句》中，却不见模仿戴复古《论诗十绝》的作品。有学者指出："在论诗绝句发展史上，元好问创造了杜甫以后的真正辉煌，标志着论诗绝句地位的确立。"①元好问《论诗三十首》何以获得如此高的地位？除了在规模、内容上胜过戴复古《论诗十绝》之外，一个重要的原因是元好问发掘论诗

①高利华：《论诗绝句及其文化反响》，《文学评论》2003年第1期。

绝句的体制潜能。

论诗绝句是诗歌理论与诗歌艺术的联姻,其本质仍然是诗歌,而非理论著述。绝句篇幅短小,历来以即景抒情见长,以之阐发理论,有一种与生俱来的不便。杜甫当年"戏为"之举,本有探索尝试、偶尔为之之意。即使以他出神入化的大手笔,也未能把论诗绝句写得像散文那样的"曲折达意",不能围绕中心自如地"畅发议论",导致其诗歧解纷纷①。杜甫开创了论诗绝句的体制,却未能很好地解决这一体制内含的矛盾。杜甫之后的继作者,一来不太重视论诗绝句(特别是组诗)的创作,二来有限的论诗绝句没有作出值得称道的开拓。名篇如王安石《题张司业诗》:"苏州司业诗名老,乐府皆言妙入神。看似寻常最奇崛,成如容易却艰辛。"直接议论,不见得有多少技巧。苏轼《戏徐凝瀑布诗》:"帝遣银河一派垂,古来惟有谪仙词。飞流溅沫知多少,不与徐凝洗恶诗。"形象生动,却戏谑有余,论说不足。吴可《学诗诗》三首,均以"学诗浑似学参禅"开篇,介于谈诗说禅之间,偏于抽象枯燥。总之,论诗绝句由唐至宋几百年来没有大发展。元好问恰好在理论阐发与诗歌艺术之间找到一个平衡点,成功地克服体制局限,发掘体制潜能,而戴复古则没有做到这一点。

如上文所述,在内容的选择上,《论诗三十首》并非纯谈诗学原理,大多通过具体的作家、作品的品评,来以小见大,以少见多,由具体见一般,从而有效地越过篇幅短小的局限,避免空谈理论的弊端。兹举第三首为例:"邺下风流在晋多,壮怀犹见缺壶歌。风云若恨张华少,温李新声奈尔何?"中心内容是不赞成钟嵘关于张华"儿女情多,风云气少"的观点,认为晋诗尚存建安之风。前两句举王敦击缺唾壶、吟诵曹操诗歌为例,证明邺下风流在晋代的传承,后两句举出唐代的温李新声,反驳钟嵘之说,反映出元好问崇尚壮美的旨趣,以及博通诗史的眼光。可谓是事例具体,立论轻巧。而戴复古《论诗十绝》的内容,或偏向于宏观抽象,如第四首:"意匠如神变化生,笔端有力任纵横。须教自我胸中出,切忌随

---

① 郭绍虞:《杜甫〈戏为六绝句〉集解 元好问〈论诗三十首〉小笺》后记,人民文学出版社,1978年,第87页。

人脚后行。"理论有余，感性不足；或流于琐屑饾饤，如上引"作诗不与作文比""草就篇章只等闲"两首，关于押韵、改诗之类论述，理论性不足。两种类型都没有把握住论诗绝句的体制特点。

除内容之外，元好问还创造性地采取其他一些技巧来克服篇幅短小的局限，以期扩大绝句的容量①。他最爱用的技巧有两个，一是对比手法。对比所形成的反差，成为有张力的空间，具有丰富的内涵暗示，能产生意在言外的效果。如上引"风云若恨张华少，温李新声奈尔何？""高情千古《闲居赋》，争信安仁拜路尘？"在对比中启人深思，无形中拉大了上下句的空间。再如第二十九首："池塘春草谢家春，万古千秋五字新。传语闭门陈正字，可怜无补费精神。"将谢灵运的清新自然与陈师道的闭门觅句相对比，引起读者关于二人不同创作方式、不同诗歌境界的联想。另一技巧是设问。据统计，《论诗三十首》中有17首诗用了19例疑问句。其中可分为一般疑问句和反问句两种。一般疑问句如第一首"谁是诗中疏凿手，暂教泾渭各清浑？"可以理解为作者以疏凿手自许，也可以理解为对"诗中疏凿手"的一种期待。第二十七首："讳学金陵犹有说，竟将何罪废欧梅？"后人为何"废欧梅"，作者自己也未必清楚，却发人深思。反问句意思与否定句相同，却多出一层言外的空间，更能令人回味。如其五评价阮籍："纵横诗笔见高情，何物能浇块垒平？"针对"阮籍胸中块垒，故须酒浇之"（《世说新语·任诞》）的说法，反问"何物能浇块垒平"，促人思考：酒不能消其块垒，还有什么可以消其块垒？再如其十九评价陆龟蒙："万古幽人在涧阿，百年孤愤竟如何？"陆龟蒙一辈子孤愤，其结局如何？必须联系陆氏的生平遭际等其他资料才能给出答案。元好问正是通过对比、设问等技巧克服绝句容量不足的局限。反观戴复古《论诗十绝》，在扩充绝句内涵方面，几乎没有作为。十首诗中，仅第六首将杜甫、陈子昂诗与当下的蝉噪作对比，其他诗歌基本都是平铺直叙。整组诗中没有运用一个疑问句。就此而言，较之杜甫《戏为六绝句》"才力应难跨数公，凡

---

① 关于元好问《论诗三十首》文学技巧的分析，参见方满锦：《元好问〈论诗三十首〉的文学性》，载《中国诗学研究》第3辑，胡传志主编，上海古籍出版社，2004年。

今谁是出群雄""未及前贤更勿疑，递相祖述复先谁"，不仅没有拓展，反而是一种停滞甚至退化。

诗歌是形象的抒情艺术，不适宜说理议论。论诗绝句既然要论诗说理，就不免要多发议论，同时又要保持诗歌的形象性和艺术性。元好问之前，唐宋诗人作了少许探索，但成功者寥寥。元好问正是在议论艺术方面取得重大突破。前文所谈的设问，就是其议论成功的一大法宝。通过设问来议论，有两大好处：一是使得议论更具锋芒和气势，观点更加鲜明突出，如前引第六首探讨文品与人品的关系，连用两个反问句，步步紧逼，使得文章不一定能反映为人的观点显得确定无疑。二是调节诗歌的节奏和声情，使得诗歌葆有咏叹的韵味。如第十首评价元稹的杜诗论："排比铺张特一途，藩篱如此亦区区。少陵自有连城璧，争奈微之识碔砆？"全诗都是议论，除了使用比喻之外，末句的疑问"争奈"与上句"自有"、次句"亦区区"相呼应，从而增加了诗歌抑扬顿挫之致。

论诗诗中，增加议论形象性的最有效手法是比喻。杜甫《戏为六绝句》就多次用比喻："龙文虎脊皆君驭，历块过都见尔曹。""或看翡翠兰苕上，未掣鲸鱼碧海中。"元好问《论诗三十首》几乎一半诗歌运用了比喻，有时还几个比喻连用，如第二十二首："奇外无奇更出奇，一波才动万波随。只知诗到苏黄尽，沧海横流却是谁？" 先引德诚和尚"一波才动万波随"的诗句来比喻苏诗翻新出奇的情景，再用"沧海横流"这一比喻指出了另一面，两个喻体之间如同流水一般，自然相连。如第十六评价孟郊、李贺诗歌："切切秋虫万古情，灯前山鬼泪纵横。"从他们的诗中提炼出"秋虫""山鬼"两个比喻，加上"切切""泪纵横"等修饰词语，构造出一片悲愁哀苦的境界，将议论与写景、抒情结合起来。有些比喻是元好问首创，新人耳目。如他在孟郊"谁谓天地宽，一生虚自囚"[1]，"万事有何味，一生虚自囚"[2]的基础上，提炼出"诗囚"一词概括孟郊，说"东野穷愁死不休，高天厚地一诗囚"，"诗囚"一语破的，既准确揭示出孟郊

---

[1]《孟东野诗集》卷六《赠崔纯亮》，人民文学出版社，1959年，第101页。

[2]《孟东野诗集》卷三《冬日》，第47页。

其人其诗的特征，又造语奇警，别出心裁。再比如第二十四首评价秦观诗，完全是复述其师王中立的话。王中立举秦观"有情芍药含春泪，无力蔷薇卧晓枝"两句，称其诗为"妇人语"①，元好问将之改写为韵语："拈出退之《山石》句，始知渠是女郎诗。"将"妇人语"替换成"女郎诗"，堪称点铁成金之笔。"妇人语"平淡无奇，"女郎诗"却新颖独到，洋溢着青春的情绪、轻快的节奏、爽朗的音调，比较符合高邮才子秦观的身份。清人吴景旭特别欣赏这一比喻，曰："遗山论诗，直以诗作论也。抑扬讽叹，往往破的。读者息心静气以求之，得其肯会，大是谈诗一助。少游乃填词当家，其于诗场，未免踏入软红尘去。故遗山所咏，切中其病，他日又书以自警，盖知之深，言之当也。"②此外，"布谷澜翻""砆砆""鬼画符""秋虫""山鬼"等比喻也许不无偏激之处，但感情强烈，一针见血，个性突出，很好地凸显了议论的形象性。

戴复古《论诗十绝》也运用了比喻来加强议论的文学性，他所用的比喻有：

> 古今胸次浩江河，才比诸公十倍过。（其二）
> 近日不闻秋鹤唳，乱蝉无数噪斜阳。（其六）
> 欲参诗律似参禅，妙趣不由文字传。（其七）
> 押得韵来如砥柱，动移不得见工夫。（其九）
> 玉经雕琢方成器，句要丰腴字要安。（其十）

十首诗中半数用了比喻，足见戴复古对比喻的重视。其中第六首所用比喻最为形象，褒贬分明。遗憾的是，其他比喻太过寻常随意，效果欠佳，总体水平远不及元好问。

在发掘论诗绝句潜能方面，元好问还有其他独特的开拓。也许受宋诗好化用前人诗句的影响，元好问《论诗三十首》大量化用、挪用前人的诗

---

① 《中州集校注》卷九《拟栩先生王中立》，第2416页。
② 吴景旭：《历代诗话》卷六十四，中华书局，1958年，第967页。

句，有的与前代诗人的用法一致，如"一波才动万波随""岸夹桃花锦浪生""出门一笑大江横"之类，这种引用不是论诗诗的特点所在。论诗诗引用前人诗句的独特性在于，它是出于论诗的资料需要。如第二十四首直接引用秦观"有情芍药含春泪，无力蔷薇卧晓枝"，作为评论对象，同时也将秦观诗的境界移植到诗中，增强了这首诗的形象性。第十二首"望帝春心托杜鹃，佳人锦瑟怨华年"，上句引用李商隐《锦瑟》的成句，下句则是改写《锦瑟》的首联，并化用杜诗"暂醉佳人锦瑟旁"（《曲江对雨》），既概括了《锦瑟》诗"怨华年"的主题，又不动声色地将杜诗中的温柔遐想带入论诗诗中。第十五首评价李白，则化用李白《望庐山瀑布水》诗，将"银河落九天"置于"笔底"，用来形容其诗歌才华，高明而形象。

元好问《论诗三十首》正是大量运用对比、设问、比喻、引用等手法，成功克服了论诗绝句先天性的体制局限，大大发挥了论诗绝句的潜能，从而使得《论诗三十首》超越杜甫《戏为六绝句》，成了后代广泛效仿的对象。而戴复古的《论诗十绝》在论诗绝句的体制、潜能方面无甚作为，他对后代的影响主要体现在严羽《沧浪诗话》对其观点的吸收①，其他方面则很微弱。清代论诗绝句创作繁盛，仿元之作可谓连篇累牍，如王士禛《戏仿元遗山论诗绝句》三十五首、袁枚《仿元遗山论诗》三十首、谢启昆《读全宋诗仿元遗山论诗绝句二百首》等等，难以枚举，尽管他们论诗内容有所拓展，诗学旨趣有所不同，但体制上都是沿袭元好问的论诗传统，未能作出特别引人注目的突破。

［原刊《文学遗产》2012年第4期］

---

① 张继定：《严羽戴复古异同论》，《浙江师范大学学报（社会科学版）》2001年第5期。

第二编　两宋文学考论

日课一诗论

日课一诗，即每天坚持作诗，是古代诗人的一种创作方式。苏轼正式将前人这一实践形诸文字，予以称扬，其《答陈传道》（三）曰：

> 知日课一诗，甚善。此技虽高才，非甚习，不能工也。圣俞昔尝如此。[①]

苏轼该文作于元祐四年（1089）[②]，陈传道为著名诗人陈师道之兄陈师仲。在苏轼看来，梅尧臣（1002—1060）是践行日课一诗法的代表。经过苏轼此番鼓吹，日课一诗法广为人知，在宋代日渐发展。

相对于最常见的即情即景赋诗而言，日课一诗不是主流的创作方式，因此学术界很少关注它，对其渊源、流变及其意义，尚缺少必要的研究。有鉴于此，本文拟作些初步探讨。

一、日课一诗的发源

从诗歌发展史来看，日课一诗经历了漫长的酝酿过程。

诗歌本是有感而发，所谓"诗言志"，"在心为志，发言为诗"，要求

[①] 苏轼著，孔凡礼点校:《苏轼文集》卷五十三，中华书局，1992年，第1575页。

[②] 参见吴雪涛:《苏文系年考略》，内蒙古教育出版社，1990年，第282页。

"情动于中而形于言"（《诗大序》）。刘勰《文心雕龙·明诗篇》亦曰："人禀七情，应物斯感，感物吟志，莫非自然。"钟嵘《诗品序》曰："气之动物，物之感人，故摇荡性情，形诸舞咏。"正因为此，创作者必须在外物感发内心时，才创作诗歌，大多数创作者都是即兴而作。这与日课一诗、日积月累的训练式写作有较大距离。

但是，在某些特殊阶段，仍然潜藏着日课一诗的可能性。《诗品序》又曰：

> 若乃春风春鸟，秋月秋蝉，夏云暑雨，冬月祁寒，斯四候之感诸诗者也。嘉会寄诗以亲，离群托诗以怨。至于楚臣去境，汉妾辞宫；或骨横朔野，或魂逐飞蓬；或负戈外戍，或杀气雄边；塞客衣单，孀闺泪尽；又士有解佩出朝，一去忘返；女有扬蛾入宠，再盼倾国：凡斯种种，感荡心灵，非陈诗何以展其义？非长歌何以释其情？故曰："《诗》可以群，可以怨。"使穷贱易安，幽居靡闷，莫尚于诗矣。①

如果上述种种激荡诗人心灵的因素接踵而至，特别是在行旅途中，光景常新，诗情丰沛，诗人们创作诗歌的密度自然就随之加大。永初三年（422），谢灵运以"构扇异同，非毁执政"②之由，出守永嘉，七月十六日出发，八月十二日抵达永嘉，在这不足一月的时间里，谢灵运写下系列诗歌，传世的有以下7首：《永初三年七月十六之郡初发都》《邻里相送方山》《过始宁墅》《富春渚》《初往新安至桐庐口》《夜发石关亭》《七里濑》③。不排除途中还有其他佚诗。谢灵运抵达永嘉后，更是"肆意游遨，遍历诸县，动逾旬朔，民间听讼，不复关怀。所至辄为诗咏，以致其意焉"④。这种动辄出游十余日、动辄吟咏的过程，其创作应该比较接近日课一诗了。

杜甫的纪行诗更加突出。乾元二年（759）七月，杜甫弃官华州司功

---

① 曹旭：《诗品笺注》，人民文学出版社，2009年，第28页。
② 《宋书》卷六十七《谢灵运传》，中华书局，1974年，第1753页。
③ 顾绍柏：《谢灵运集校注》，中州古籍出版社，1987年。
④ 《宋书》卷六十七《谢灵运传》，第1753—1754页。

参军，前往山川迥异的秦州，形成了他创作的一个高峰时期。有学者指出，杜甫"寓居秦州的三个月，写诗95首，平均每日一首"[1]。该年十月，杜甫由秦州至同谷，十一月再由同谷至成都，写下"发秦州""发同谷县"两组纪行诗，各12首。第一组为：《发秦州》《赤谷》《铁堂峡》《盐井》《寒峡》《法镜寺》《青阳峡》《龙门镇》《石龛》《积草岭》《泥功山》《凤凰台》，第二组为：《发同谷县》《木皮岭》《白沙渡》《水会渡》《飞仙阁》《五盘》《龙门阁》《石柜阁》《桔柏渡》《剑门》《鹿头山》《成都府》。两组诗均以地名为题，"在时间与空间上具有很强的连续性"[2]，具有日记与"图经"的性质[3]。这种连续性的纪行诗，越来越接近日课一诗了。尽管这类纪行诗仍是因外物感发、即景即情而作，杜甫也未必具有日课一诗的自觉意识，但它应是日课一诗的发源之一。

在杜甫其他非纪行诗中，也有一些"典型的日记体诗歌"[4]。如大历二年（767）中秋节前后，杜甫连续作了4首诗，题作《八月十五日夜月二首》《十六夜玩月》《十七夜对月》。有人说："杜甫几十年如一日，把写诗当作日记，真实地、连续地、丰富地、完整地记录了诗人自己光辉的一生。"[5]不管这一说法是否很确切，都必须承认部分杜诗的日记功能。这些日记体的诗歌是日课一诗的又一发源。

日课一诗还有另一个重要源头，就是初学者的朝夕琢磨。初学者为了掌握作诗方法、提高诗艺，免不了要下一番循序渐进的功夫。钟嵘曾批评当时的"膏腴子弟，耻文不逮，终朝点缀，分夜呻吟"[6]，他的言论针对其附庸风雅而言，膏腴子弟"终朝点缀，分夜呻吟"的浓厚兴趣、刻苦努力应予以肯定。有的初学者出于科举应试的需要，将写诗纳入每日功课之

---

① 聂大受、霍志军：《陇右文学概论》，兰州大学出版社，2007年，第82页。

② 莫砺锋：《杜甫评传》，南京大学出版社，1993年，第130页。

③ 刘克庄：《后村诗话·新集》卷二引林亦之（网山）《送薪帅》："杜陵诗卷是图经。"中华书局，1983年，第176页。

④ 参见鲜于煌：《杜甫日记体诗歌与日本圆仁〈入唐求法巡礼行记〉比较研究》，载《贵州文史丛刊》1999年第1期。

⑤ 金启华、胡问涛：《杜甫评传》引言，陕西人民出版社，1984年，第4页。

⑥《诗品笺注》，第32页。

中。唐代举子所谓的"夏课""行卷"中就包括诗歌写作。一些实践者往往因为自己的才分不足、诗艺不足而讳言其艰苦努力，等到功成名就时才坦言其青涩往事。如元和十年（815）元稹回忆20年前的作诗经历，他说：

> 不数年，与诗人杨巨源友善，日课为诗，性复僻懒，人事常有闲暇，间则有作，识足下时有诗数百篇矣。习惯性灵，遂成病蔽。每公私感愤，道义激扬，朋友切磋，古今成败，日月迁逝，光景惨舒，山川胜势，风云景色，当花对酒，乐罢哀余，通滞屈伸，悲欢合散，至于疾恙躬身，悼怀惜逝，凡所对遇异于常者，则欲赋诗。[①]

元稹与杨巨源"日课为诗"当在贞元十二年（796）前后，元稹不足20岁，尚未进入诗坛。据上文，后来他作诗兴趣日渐浓厚，以致成为"习惯"，时常有赋诗的欲望。

杜甫近似日课一诗的创作现象，既是其"诗是吾家事"、热爱诗歌的自然表现，更是其受社会、人生、自然等种种因素不断感发的结果。本质上，杜甫诗歌仍然是"使穷贱易安，幽居靡闷"的精神寄托，他开启了日课一诗的穷者模式。元稹"日课为诗"则是其学诗过程中的阶段性经历，随着他进入仕途，随着诗艺水平的提高，"日课为诗"的性质随之发生变化，由琢磨诗艺到抒发种种哀乐情怀。他与白居易一同开启了日课一诗的达者模式。

白居易与元稹相似，对诗歌有着强烈的爱好，"知我者以为诗仙，不知我者以为诗魔"，"或花时宴罢，或月夜酒酣，一咏一吟，不知老之将至"[②]，通过这种随时随处的快意吟咏，他留下近3000首诗歌。其中不免有日课一诗的现象，如他所说，"二十已来，昼课赋，夜课书，间又课诗，不遑寝息矣，以至于口舌成疮，手肘成胝"[③]。其《自吟拙什因有所怀》

---

①《元稹集》卷三十《叙诗寄乐天书》，中华书局，1982年，第352页。

②白居易著，朱金城笺校：《白居易集笺校》卷四十五《与元九书》，上海古籍出版社，1988年，第2795页。

③《白居易集笺校》卷四十五《与元九书》，第2792页。

曰:"懒病每多暇,暇来何所为?未能抛笔砚,时作一篇诗。诗成淡无味,多被众人嗤。上怪落声韵,下嫌拙言词。时时自吟咏,吟罢有所思。"[1]有时他连续多日作诗。如宝历元年(825),除日作《除日答梦得同发楚州》,次日作《岁日家宴,戏示弟侄等,兼呈张侍御二十八丈殷判官二十三兄》,隔日再作《正月三日闲行》。白居易这些诗以纪事感怀为主,日记色彩浓厚。有学者指出白诗有日记化倾向,主要体现在"诗题的日记化""诗句的日记化""诗歌的序、跋、注与诗句的事实性"等方面[2]。

白居易很多诗歌是其闲适富足生活的吟叹。其闲适诗是其"或退公独处,或移病闲居,知足保和,吟玩情性"[3]之作,其杂律诗是其"率然成章""释恨佐欢"[4]的产物。他在《序洛诗》中自叙洛阳5年432首诗,"除丧朋、哭子十数篇外","苦词无一字,忧叹无一声",真可谓"闲居之诗泰以适"[5]。他以诗反复品味闲适生活的滋味,吟咏人生的况味和感慨,有些成为诗味寡淡的絮语。

对白居易而言,诗酒相伴是一种生活方式,是他日常享受的内容。他虽然没有做到严格意义上的日课一诗,但其写诗之多,在唐代诗人中名列前茅,至少可以说,写作诗歌是他这位富贵达人不可或缺的精神生活。因为他的闲达,他的诗歌除了常见的排忧遣兴之外,还多了其他诗人少见的"吟玩""佐欢"功能。把玩生活、助兴言欢是达者日课一诗的动力之一。

元白之外,还有热爱诗歌的中小诗人也坚持每天写诗。如晚唐诗人薛能一方面极其傲慢自负,一方面又勤奋作诗。《唐才子传》说他"耽癖于诗,日赋一章为课"[6]。薛能不同于初学者或苦吟者,他以日赋一诗为"课",更多的是出于强烈的爱好,已经与诗歌水平没有多大关系。

---

① 《白居易集笺校》卷六,第331页。

② 张哲俊:《诗歌为史的模式:日记化就是历史化——以白居易的诗歌为例》,载《文化与诗学》第2辑,北京大学出版社,2010年,第229—243页。

③ 《白居易集笺校》卷四十五《与元九书》,第2794页。

④ 《白居易集笺校》卷四十五《与元九书》,第2795页。

⑤ 《白居易集笺校》卷七十《序洛诗》,第3757—3758页。

⑥ 傅璇琮主编:《唐才子传校笺》卷七,中华书局,1990年,第3册,第316页。

日课一诗的创作方式，增加了诗歌的数量，随之而来的问题就是质量能否得到保证。白居易用心将自己的诗作藏之名山，那些寻常佐欢之作得以与其他佳作一同传之后世。而后来的追随者未必都有此幸运。五代时官至户部尚书、兵部尚书、太子少保的王仁裕（880—956）勤勉作诗，“有诗万余首”①，如今存者寥寥。富贵宰相晏殊“尤善为诗，而多称引后进”②，“不自贵重其文，凡门下客及官属解声韵者，悉与酬唱”，累计作诗“过万篇”③，如今亦所存无几。之所以如此，质量不高当是其重要原因，由此表明，日课一诗这一创作方式在正式提出之前，就面临着质量的挑战。

二、梅尧臣的大力践行

梅尧臣虽然不是日课一诗的创始者，却是日课一诗的大力践行者，并因此取得了杰出的成就。正因为他的长期实践及其取得的成绩，不仅让日课一诗固定为引人注目的创作方式，还促进了宋代诗歌的转向。

在现存文献中，未发现梅尧臣有关日课一诗的言论，他酷爱作诗的言论，倒是屡见不鲜，如下列诗句：

春雨懒从年少狂，一生憔悴为诗忙。（《依韵和春日见示》）

人间诗癖胜钱癖，搜索肝脾过几春。囊橐无嫌贫似旧，风骚有喜句多新。（《诗癖》）

我生无所嗜，唯嗜酒与诗。一日舍此心肠悲。（《依韵和永叔劝饮酒莫吟诗杂言》）

君尝谓我性嗜酒，又复谓我耽于诗。一日不饮情颇恶，一日不吟无所为。酒能销忧忘富贵，诗欲主盟张鼓旗。（《缙叔以诗遗酒次其韵》）

---

①《旧五代史》卷一二八《王仁裕传》，中华书局，1976年，第1690页。

②《欧阳修全集》卷一二八《诗话》，中华书局，2001年，第1955页。

③ 宋祁：《宋景文公笔记》卷上，《全宋笔记》第一编第5册，大象出版社，2003年，第48页。

据上述言论来看，诗歌创作差不多是梅尧臣每日例行之事。当然，我们不能对其日课一诗之举作出很机械的理解，也许其中不无夸张之处。梅尧臣现存诗歌近3000首，远少于日课一诗的数量，即使以司马光所说"圣俞诗七千"[①]来计算，其数量也与日课一诗不太相当。梅尧臣诗歌创作"最多的一年是庆历八年，达二百七十七首"，因为这年有两次往返汴京、宣城经历，途中写下了大量纪行诗，"几乎可以构成完密的旅行日记"[②]。这一点与前文所说谢灵运、杜甫相同，旅行促进了日课一诗式的创作。

孙升（1037—1099）等人曾亲眼目睹了梅尧臣旅行途中每日作诗的生动情景。据刘延世《孙公谈圃》卷下所载：

> 公（指孙升）昔与杜挺之、梅圣俞同舟溯汴，见圣俞吟诗，日成一篇，众莫能和。因密伺圣俞如何作诗，盖寝食游观，未尝不吟讽思索也。时时于坐上，忽引去，奋笔书一小纸，纳算袋中。同舟窃取而观，皆诗句也。或半联，或一字，他日作诗，有可用者入之。有云："作诗无古今，惟造平淡难。"乃算袋中所书也。[③]

所记"同舟溯汴"之事，当在嘉祐元年（1056）[④]。前辈诗人梅尧臣每日写作一首诗歌，引起后学孙升等人的好奇，进而观察他如何做到这一点。尽管梅尧臣当时已是名满天下的大诗人，但在舟行途中，仍然坚持每日作诗。他甚至像李贺随身携带锦囊一样，以"算袋"随身，随时储存诗思灵感，只言片语，如此与众不同的"吟讽思索"，自然不同凡响。上文所引

---

① 司马光著，李之亮笺注：《司马温公集编年笺注》卷二《和吴冲卿〈三哀诗〉》，第1册，巴蜀书社，2009年，第192页。

② 程杰：《北宋诗文革新研究》，内蒙古教育出版社，2000年，第136页。

③ 孙升口述，孙延世笔录，杨倩描、徐立群点校：《孙公谈圃》卷下，中华书局，2012年，第147—148页。

④ 参见吴孟复：《梅尧臣年谱》，载《吴孟复安徽文献研究丛稿》，黄山书社，2006年，第213—216页。

"作诗无古今，惟造平淡难"是梅诗名句①，就是此次途中深入思索所得的珍贵诗学思想。

梅尧臣之所以日课一诗，其直接原因当然是不断探索诗歌创作的技艺，提高其创作水平。与一般初学者不同的是，提高诗艺是梅尧臣终生的不懈追求。欧阳修《书怀感事寄梅圣俞》："圣俞善吟哦，共嘲为阆仙。"②该诗作于景祐元年（1034），在大家看来，年轻的梅尧臣善于吟哦，喜欢作诗，有贾岛（阆仙）苦吟之风。《六一诗话》说得更加直白："圣俞平生苦于吟咏，以闲远古淡为意，故其构思极艰。"③《邵氏闻见后录》在记载日课一诗的"梅圣俞法"之后，引用韩维语曰："梅圣俞学诗，日欲极赋象之工，作《挑灯杖子》诗尚数十首。"④韩维（1017—1098）与梅尧臣交往，始于庆历五年（1045），梅尧臣当时已经44岁⑤。韩维不可能见到梅尧臣早年学诗的情形，或许见到过他的早年作品。所说"《挑灯杖子》诗尚数十首"，现仅存一首《挑灯杖》：

> 油灯方照夜，此物用能行。焦首终无悔，横身为发明。尽心常欲晓，委地始知轻。若比飘飘梗，何邀世上名。⑥

该诗作于嘉祐元年（1056），早已超越初始的"学诗"阶段。其重点不在于"极赋象之工"，而是借咏物发掘挑灯杖这一日用品的功用、寓意，方回便从中读出了"忠臣义士之敢谏者"⑦的品格。

比追求诗艺更重要的是，梅尧臣将写作诗歌当成穷士文人的精神信

---

①梅尧臣著、朱东润校注：《梅尧臣集编年校注》卷二十六《读邵不疑学士诗卷，杜挺之忽来，因出示之，且伏高致，辄书一时之语以奉呈》，上海古籍出版社，2006年，第845页。

②《欧阳修全集》卷五十二《书怀感事寄梅圣俞》，第730页。

③《欧阳修全集》卷一二八《诗话》，第1950页。

④邵博：《邵氏闻见后录》卷十八，中华书局，1983年，第145页。

⑤参见吴孟复《吴孟复安徽文献研究丛稿》，第185页。

⑥《梅尧臣集编年校注》卷二十六《挑灯杖》，第869页。

⑦方回选评、李庆甲集评校点：《瀛奎律髓汇评》卷二十七，上海古籍出版社，1986年，第1163页。

仰。他继承了杜甫的穷者模式，对"穷士"身份、对诗歌的意义有了进一步的认识。一方面，他的穷士身份为人们所公认，如欧阳修对别人说，"近时苏、梅，二穷士耳"①；另一方面，他也乐意以穷士自居，以作诗为业。庆历六年（1046），他于颍州拜会晏殊，在与晏殊有多首酬唱之作中，一再申言其穷士之志："刻意向诗笔，行将三十年"（《谢晏相公》）、"微生守贫贱，文字出肝胆"（《依韵和晏相公》）、"平生独以文字乐，曾未敢耻贫贱为"（《途中寄上尚书晏相公二十韵》）。他认为创作诗歌能实现自己的人生价值。"莫恨终埋没，文章自可传"（《晨起装吴二直讲过门，云凤阁韩舍人物故，作五章以哭之》）、"诗欲主盟张鼓旗"（《缙叔以诗遗酒次其韵》）。正如程杰所说："梅尧臣把诗歌艺术视作人生不遇的自我补救，视作穷困之士傲视世俗的资本。"②有了这种信念，梅尧臣当然比前人更加自觉地、更加用力践行日课一诗的写作方式。

日课一诗，让梅尧臣诗歌更加精工，创作量更大，还让他的诗题题材、风格、手法等方面出现了诸多变化。日课一诗这种日常化的写作，必然将诗歌题材日常化。他经常将触目所见的诗材甚至缺少诗意的题材写进诗歌，如晏殊所期望的，"有咏无巨细"（《途中寄上尚书晏相公二十韵》），不免失之杂碎。有时，他的诗歌类似日记，在题目中就标明时间和事件，如《五月二十日夜梦尹师鲁》《五月二十四日过高邮三沟》《四月二十七日与王正仲饮》《四月二十八日记与王正仲及舍弟饮》之类。日日作诗，难免诗情不足，其诗歌不得不趋向"平淡"。前引白居易诗的夫子自道"诗成淡无味，多被众人嗤"，正是其连日作诗的必然结果。欧阳修称梅尧臣早年诗"闲肆平淡"③，梅尧臣晚年也以"平淡"为目标，声言"作诗无古今，唯造平淡难"，尽管其"平淡"的内涵有所变化，但应该包括自然、质朴、亲切在内。他之所以用心苦吟，甚至"琢刻"④，正是要

---

①《后村诗话》卷二，第22页。

②《北宋诗文革新研究》，第134页。

③《欧阳修全集》卷三十三《梅圣俞墓志铭》，第497页。

④《欧阳修全集》卷三十三《梅圣俞墓志铭》，第497页。

克服平易、浅薄、无味的毛病，以达到平淡而老成、平淡而山高水深的境界。梅尧臣通向这一目标的途径正是日课一诗式的努力。与日课一诗相关，梅诗除了写景、抒怀之外，还喜欢叙事、议论。叙事记录日常见闻，如其名作《田家语》《伤白鸡》之类。议论源于日常感想，如《范饶州坐中客语食河豚鱼》，开头两句"春洲生荻芽，春岸飞杨花"写春景，诗意盎然，接下两句"河豚当是时，贵不数鱼虾"之后有关河豚怪状剧毒不可食的长篇议论，成了骂题之作，几无美感可言。日课一诗所造成的诗情欠缺，强化了梅诗的叙事化、议论化倾向。

梅尧臣是宋代诗歌的开山者，引导着宋诗的发展方向，其中日课一诗的写作方式发挥了重要作用。

三、苏轼等人的揭橥

或许与穷士身份、苦吟方式相关，梅尧臣的日课一诗，在其生前没有得到充分的重视。梅尧臣自己没有大张旗鼓地宣扬，对他一再推崇的欧阳修从其经历与创作中提炼出"诗穷而后工"的理论，对日课一诗的写作方式却略而不提。直到梅尧臣过世30年后，苏轼才重新发现和彰显日课一诗的意义。

苏轼在《答陈传道》中标举日课一诗说，其实也经历了较长的过程。这与陈传道其人有关。

陈师仲，字传道，生卒年不详，为陈师道（1053—1102）之兄，与秦观、贺铸等人往来唱和。熙宁十年（1077），苏轼任徐州太守，与陈氏兄弟相识。陈师仲很喜爱作诗。元丰三年（1080），苏辙作《答徐州陈师仲书》曰："蒙惠书论诗，许以五百篇为惠。既知所从学诗之人，又知所以作诗之意。"[1]他要一次性地寄给苏辙500首诗歌，可见其创作量之大、创作热情之高。

元丰四年（1081），苏轼贬官黄州期间，陈师仲寄去他自己的诗文，

①《栾城集》卷二十二，第491页。

以及所编苏轼在徐州的作品《超然》《黄楼》二集，苏轼在回信中称许他"文词卓伟，志节高亮"，"诗文皆奇丽"，并且与他讨论"诗能穷人"的问题：

> 诗能穷人，所从来尚矣，而于轼特甚。今足下独不信，建言诗不能穷人，为之益力。其诗日已工，其穷殆未可量，然亦在所用而已。不龟手之药，或以封，安知足下不以此达乎？人生如朝露，意所乐则为之，何暇计议穷达？云能穷人者固缪，云不能穷人者，亦未免有意于畏穷也。江淮间人好食河豚，每与人争河豚本不杀人，尝戏之，性命自予有，美则食之，何与我事？今复以此戏足下，想复千里为我一笑也。[①]

所讨论的话题源自欧阳修《梅圣俞诗集序》："非诗之能穷人，殆穷者而后工也。"苏轼相信诗能穷人，自己因乌台诗案被贬黄州，就是明证。而陈师仲不相信诗能穷人，"为之益力，其诗日已工"。在信中，苏轼还鼓励担任钱塘主簿的陈师仲追随他的足迹，纵游杭州，所到之处都要题诗，"诗但不择古律，以日月次之，异日观之，便是行记"。如果陈师仲真的将诗歌写成"行记"，诗歌也就具有日记性质。这次讨论已经接近日课一诗的主题了。

元祐四年（1089）五月，陈师仲寄给苏轼"近诗一册"，苏轼回信称赞其诗"笔老而思深，蕲配古人，非求合于世俗者也"[②]。其后不久，陈师仲又进一步向苏轼报告其"日课一诗"式的创作，得到苏轼"甚善"的肯定。此时，苏轼与陈师仲交往已达十余年之久，陈师仲作诗愈发勤奋，以致日课一诗。其原因在于，陈师仲才华有限，不断摸索。苏轼说："此技虽高才，非甚习，不能工也。"潜台词正是陈师仲非高才。上引苏轼对陈师仲的诗文评价，多出于应酬，较为虚泛，"蕲配古人"云云，暗含其

---

① 《苏轼文集》卷四十九《答陈师仲主簿书》，第1428页。

② 《苏轼文集》卷五十三《答陈传道》，第1574页。

诗不合时宜之病。陈师仲当年所作的大量诗文如今居然全部不存，质量不高当是其诗失传的主因。

苏轼将日课一诗定性为"技"，予以肯定，淡化了日课一诗与初学者、才情不足者的关联，将之提高到一个新的高度。他认为，即使是才华出众的诗人也必须经过后天循序渐进的勤奋练习，才能写出精工的诗歌。这就提高了日课一诗的地位，扩大了日课一诗的名声，提升了初学者、才情不足者的信心，让众多陈师仲般的无名诗人可以堂皇地日课一诗。

梅尧臣是苏轼之前宋代首屈一指的大诗人，苏轼举梅尧臣作为日课一诗的例证，最为有力，得到后人的响应。人们据此将日课一诗的冠名权归于梅尧臣，邵博《邵氏闻见后录》直接将之命名为"梅圣俞法"："东坡《与陈传道书》云：'知传道日课一诗，甚善，此技虽高才，非甚习，不能工。'盖梅圣俞法也。"①

稍后，胡仔又对苏轼之论作了进一步的阐发。他记载苏轼对欧阳修"勤读书而多为之"的称赞：

> 东坡云："顷岁，孙莘老识文忠公，乘间以文字问之，云：'无他术，唯勤读书而多为之，自工。世人患作文字少，又懒读书，每一篇出，即求过人，如此少有至者，疵病不必待人指摘，多作自能见之。'此公以其尝试者告人，故尤有味。"苕溪渔隐曰："旧说梅圣俞日课一诗，寒暑未尝易也。圣俞诗名满世，盖身试此说之效耳。"②

值得注意的是胡仔针对苏轼语所作的引申。所谓"旧说"，即是苏轼所说。他认为，梅尧臣之所以获得满世诗名，就是以日课一诗的方式实践欧阳修"多为"之说所取得的效果。梅尧臣日课一诗，是否受到欧阳修创作经验的启发，姑且不论，但胡仔此说进一步揭示了日课一诗对梅尧臣的关键意义。

---

① 《邵氏闻见后录》卷十八，第145页。该书成于绍兴二十七年(1157)。
② 《苕溪渔隐丛话》前集卷二十九，人民文学出版社，1984年，第202页。

对梅尧臣日课一诗之举，刘克庄在苏轼、胡仔的基础上，又作了一番阐释：

> 昔梅圣俞日课一诗。余为方孚若作《行状》，其家以陆放翁手录诗稿一卷润笔，题其前云："七月十一日至九月二十九日，计七十八日，得诗百首。"陆之日课尤勤于梅，二公岂贪多哉！艺之熟者必精，理势然也。①

刘克庄将日课一诗从经验、技术层面上升到艺术理论层面，认为日课一诗般地训练积累，会使诗艺成熟，诗歌精妙。他还能面对日课一诗所具有的"贪多"倾向，为梅、陆二人辩护，认为他们日课一诗不是"贪多"，而是追求诗艺的精熟。这样就避开了日课一诗过程中创作过多的副作用。

四、陆游的发展

从苏轼揭橥日课一诗的意义之后，践行此论者，代不乏人，其中最著名者当是陆游。

上引刘克庄《仲弟诗》是陆游日课一诗的明证。文中的方孚若即方信孺（1168—1222），曾从陆游问诗，陆游大书"诗境"二字与之。刘克庄为方信孺所作行状，现存，题作《宝谟寺丞诗境方公》②。被方家当作润笔费、赠给刘克庄的"手录诗稿"，当来自陆游本人。考陆游所题"七月十一日至九月二十九日，计七十八日，得诗一百首"等语，可知是《剑南诗稿》卷六十八中的诗作。该卷起自开禧二年（1206）《七月十一日见落叶》，终于九月下旬所作的《子虡调官行在，寓饐团巷，初冬遽寒甚，作两绝句寄之》，正好100首。陆游以82岁的高龄，日均写作1首以上诗歌，

---

① 刘克庄著，辛更儒笺校：《刘克庄集笺校》卷九九《仲弟诗》，中华书局，2011年，第4177页。该书将"陆之日课尤勤于梅，二公岂贪多哉"标点为"陆之日课尤勤于梅二公，岂贪多哉"，误甚。

② 《刘克庄集笺校》卷一六六，第6457页。

其勤奋程度超过了日课一诗的梅尧臣，不得不令后人感叹。在《剑南诗稿》中，这种日课一诗的情景并非个案，还有其他例证。譬如卷六十五收录开禧二年正月的诗作，自《丙寅元日》起，至《二月一日夜梦》止，一个月内作诗30首（不含《二月一日夜梦》），亦是典型的日课一诗。

相对于梅尧臣等人而言，陆游日课一诗，具有更自觉的意识。梅尧臣没有关于日课一诗的明确言论，陆游则有日课一诗之说。他记载其六叔祖陆傅的生平时说："六叔祖祠部平生喜作诗，日课一首，有故则追补之，至老不衰，年八十余，尝有句云：'枕上吹箫醒宿酒，窗间秉烛拾残棋。'又有《闻乱》云：'宁知小儿辈，竟坏好家居。'"①对比刘克庄所载，陆游与其乃祖何其相似！陆傅熙宁六年（1073）进士，曾知宣州、明州，约卒于绍兴二十年（1150），享年九十②。陆傅日课一诗，不排除受到梅尧臣和苏轼的影响。陆游对其家风比较了解，或许还亲眼目睹过陆傅作诗情景，陆游不仅得其长寿基因，还得其祖传的日课一诗法。陆游后来自己说："老人无日课，有兴即题诗"③，"经年谢客常因醉，三日无诗自怪衰"④。作诗成了他的日课。正是这种自觉意识，让他保持不竭的创作动力。杨循吉《放翁诗选序》曰："放翁为南渡诗人大家，而年又最寿，日课一诗，至耄耋不懈，故其多不啻万首。"⑤可见，日课一诗是其"六十年来万首诗"的关键。

除受其叔祖熏染之外，陆游的日课一诗还直接上承梅尧臣。众所周知，在前代众多诗人中，陆游笃好梅尧臣，在很少有人喜欢梅诗的时代，唯独他特别喜欢梅诗。陈振孙《直斋书录解题》曰："圣俞为诗，古澹深远，有盛名于一时。近世少有喜者，或加毁訾，惟陆务观重之。"⑥陆游喜欢梅诗的平淡、清切、雄浑，予以很高的评价，并一再效仿"宛陵先生

①陆游：《家世旧闻》卷上，中华书局，2006年，第187页。
②参见《全宋诗》卷一二七〇，第22册，第14340页。
③《剑南诗稿校注》卷三十《闷极有作》，第2060页。
④《剑南诗稿校注》卷三十九《五月初病体益轻偶书》，第2488页。
⑤转引自孔凡礼、齐治平编：《古典文学研究资料汇编·陆游卷》，中华书局，1962年，第122页。
⑥陈振孙：《直斋书录解题》卷十七，上海古籍出版社，1987年，第494页。

体"①。陆游对梅尧臣的日课一诗法、对苏轼等人的有关言论，一定了然于胸，事实上也在践行日课一诗法，可他偏偏没有正面论及梅尧臣的日课一诗，这是为什么？下面一段评论梅尧臣的文字颇值得玩味：

> 先生天资卓伟，其于诗，非待学而工，然学亦无出其右者。方落笔时，置字如大禹之铸鼎，练句如后夔之作乐，成篇如周公之致太平，使后之能者欲学而不得，欲赞而不能，况可得而讥评去取哉？②

陆游对梅诗推崇得无以复加，其评价之高，远在欧阳修之上。其中关于梅尧臣"天资卓伟"的罕见评价，与欧阳修所说"圣俞平生苦于吟咏"不符。他一方面认为梅尧臣天资不凡，诗歌"非待学而工"，另一方面又指出其"学亦无出其右者"，两者显然有所矛盾，其真正用意可能是通过突出其天赋来掩饰后天努力所暗含才华不足的一面，以维护梅尧臣的形象。"非待学而工"，当是溢美之词，学无出其右，方是事实，其中包括日课一诗在内的后天努力。

相比较而言，陆游的《读宛陵先生诗》显得更加全面：

> 李杜不复作，梅公真壮哉！岂惟凡骨换，要是顶门开。锻炼无遗力，渊源有自来。平生解牛手，余刃独恢恢。③

在陆游看来，梅尧臣正是经过不遗余力地锻炼，才达到游刃有余的境界。尽管如此，陆游还是回避了对日课一诗的评论。陆游的侧重点似乎不是继承梅尧臣日课一诗的刻苦用心，而是继承其持之以恒的作诗习惯，以及梅诗闲肆平淡、平常琐屑等倾向。陆游晚年虽然没有白居易的闲达，却与白居易一样，将日课一诗作为顺物玩情、流连光景的生活方式，实际上偏离

---

① 参见钱锺书：《谈艺录》，第115—117页。
② 《渭南文集校注》卷十五《梅圣俞别集序》，第2册，第141页。
③ 《剑南诗稿校注》卷六十，第3464页。

了梅尧臣、苏轼等人以日课一诗来提高诗艺的核心旨趣。陆游晚年诗的得与失，都与日课一诗有一定关系。

从上文论述来看，日课一诗本是初学者习诗的技法，具有很强的操作性，有利于提高初学者的写作水平，为很多诗人所践行。后来渐渐演变为诗人们自觉的写作习惯，内化为一种精神寄托、一种生活方式，这有利于促进诗人们的持续创作，增加诗歌创作量。而这一转变，适逢唐宋诗歌转型时期，杜甫、白居易、梅尧臣、苏轼、陆游等大诗人不同程度地参与其中，使得日课一诗法因此具有了推动唐宋诗歌转型的意义。宋代之后，日课一诗仍然是一种较为常见的创作方式，一直延续到当代，一直推动着诗歌的发展。当然，日课一诗法也存在局限，就是将诗歌创作日常化，有时不免为写作而为写作，不免催生出一些平庸之作。

[原刊《文学遗产》2015年第1期]

论梅尧臣诗歌的体裁选择

梅尧臣（1002—1059）是宋诗的开山祖师，奠定其地位的要素，除了与他的诗歌成就、诗歌风格、创作方式等等之外，还与他鲜明的体裁倾向有关。每种体裁各具传统，各具个性。梅尧臣通过艰苦的探索，在各种体裁中，选择最适合自己的体裁，同时适当兼顾其他体裁，使其创作既不脱离时代，又超越同侪，彰显其个性，开拓出新境界。

"一生憔悴为诗忙"[①]，梅尧臣平生致力于诗歌创作，现存诗歌2877首。为便于研究，我们依据朱东润《梅尧臣集编年校注》，对其30年间的诗歌体裁按年进行统计，列成《梅尧臣诗歌体裁分布表》（以下简称《分布表》）：

年号/公元	年龄	五律	五古	五绝	五排	七律	七古	七绝	七排	三韵诗	其他	总计
天圣九年/1031	30	27	17	1	6	0	0	1	0	5	1	58
明道元年/1032	31	22	13	3	7	2	1	0	0	11	7	66
明道二年/1033	32	4	4	2	2	0	0	0	0	0	0	12
景祐元年/1034	33	35	14	0	1	0	1	0	0	0	0	51
景祐二年/1035	34	7	8	0	0	0	0	0	0	0	1	23
景祐三年/1036	35	12	7	0	0	0	0	0	0	0	0	19
景祐四年/1037	36	13	18	0	1	1	0	0	0	2	4	39
宝元元年/1038	37	26	13	4	4	0	1	1	1	1	1	51

---

① 《梅尧臣集编年校注》卷二十六《依韵和春日见示》，第843页。

年号/公元	年龄	五律	五古	五绝	五排	七律	七古	七绝	七排	三韵诗	其他	总计
宝元二年/1039	38	20	11	0	2	0	1	1	0	0	0	35
康定元年/1040	39	12	16	8	1	0	0	1	1	1	0	40
庆历元年/1041	40	17	15	0	4	0	3	0	0	1	0	40
庆历二年/1042	41	14	22	0	2	1	1	11	0	1	0	52
庆历三年/1043	42	8	11	0	2	4	6	2	0	2	0	35
庆历四年/1044	43	16	49	2	5	2	12	11	0	9	0	106
庆历五年/1045	44	31	50	3	19	3	9	5	3	2	7	132
庆历六年/1046	45	26	92	12	4	0	4	11	0	1	0	150
庆历七年/1047	46	20	69	6	3	0	1	8	0	3	0	110
庆历八年/1048	47	90	83	24	5	22	7	28	1	5	7	272
皇祐元年/1049	48	10	21	1	2	1	1	0	0	10	0	46
皇祐二年/1050	49	17	20	1	0	5	6	4	0	11	0	64
皇祐三年/1051	50	16	41	2	3	6	7	4	0	0	0	79
皇祐四年/1052	51	40	33	0	2	14	35	9	0	14	0	147
皇祐五年/1053	52	36	62	4	3	11	31	14	1	11	3	176
至和元年/1054	53	27	41	2	0	11	11	10	0	2	1	105
至和二年/1055	54	68	50	0	3	10	24	18	0	3	3	179
嘉祐元年/1056	55	58	55	8	6	28	27	17	5	2	8	214
嘉祐二年/1057	56	47	72	0	2	42	16	14	2	0	15	210
嘉祐三年/1058	57	27	60	1	4	33	22	9	2	1	5	164
嘉祐四年/1059	58	38	61	2	7	29	11	17	0	1	0	166
嘉祐五年/1060	59	9	16	0	2	6	4	0	0	0	0	37
总计		793	1044	86	108	231	242	196	16	99	63	2878

从上表中，我们可以很直观地看到两个方面的信息：一是年均存诗量的变化。从现存诗歌来看，梅尧臣有诗传世的创作生涯约30年，自天圣九年（1031）起至嘉祐五年（1060）止，以庆历四年（1044）为界，可以分为前后两个时期。前期13年，累计存诗521首，年均40首。后期16年又4月，累计存诗2356首，年均约145首。其中皇祐元年至皇祐三年（1049—

1051）在宣城守父孝，创作量骤降，皇祐五年（1053），又丁母忧，期间创作量有所减少。后期创作量远大于前期，与其诗坛地位提升直接相关。二是诗歌体裁的分布。五言诗是梅诗的主导样式，包括五言律诗与五言古诗，五言古诗超过千首，可谓一枝独秀。七言诗是梅诗的补充样式，七言各体之和尚不及五律一体，约占总量四分之一。梅诗的体裁为什么呈现出这种状态？对梅诗及宋代诗歌有何意义？本文拟就其几种主要体裁的变化予以探讨。

一、五言律诗：成功进军诗坛的体裁

从《分布表》来看，五言律诗是梅尧臣仅次于五言古诗的重要体裁，也是梅尧臣始终坚持的一种体裁，平均每年存诗约27首，最少的一年是明道二年（1033），该年不独五律少，其他各体诗歌存世量都少。总体上后期多于前期，前期为217首，年均16.7首，后期为576首，年均35.3首。五律的增长幅度小于总量的增长幅度，说明五律的重要性在后期呈下降趋势。

如果将五言律诗与五言古诗相比，我们很容易发现一个有趣的现象：五律的总数明显少于五古，可在庆历四年之前，五律的总数反倒高于五古，五律为217首，五古仅为151首，二者颇悬殊，这说明在前期创作中，梅尧臣最重视的体裁是五律。尤其是刚入诗坛的天圣九年、明道元年，分别是27首、22首，更是引人注目，可以说，五律是梅尧臣进军诗坛的首选题材。这是为什么？其缘由大概有以下几点：

其一，梅尧臣早年多次参加科举考试，"累举进士，辄抑于有司"[1]，尽管如此，对科举之道，一定较为关注。当时科举主考官刘筠、钱惟演、晏殊等都是"西昆派"领袖人物，他们主导着诗坛风向。五律、七律是西昆派唱和的主要样式，华靡富丽，穷愁不遇的诗人梅尧臣也有少量类似作

---

[1] 欧阳修著，洪本健校笺：《欧阳修诗文集校笺·居士集》卷四十二《梅圣俞诗集序》，上海古籍出版社，2009年，第1093页。

品。比如《无题》："斗觉琼枝瘦，慵开宝鉴妆。临风恐仙去，倚扇怯歌长。绿桂熏轻服，灵符佩缥囊。西邻空自赋，不解到君傍。"①该诗作于明道元年（1032），应是梅尧臣刚任职河阳县（今河南孟州）主簿之际，前六句香艳浓软，末两句似有寄托，"西邻"是诗人自指，河阳地处汴京之西。由此可知，梅尧臣早年也难免受到西昆体余风的影响。

其二，梅尧臣学诗，从五言古诗入手，却以五言律诗登上诗坛。其《依韵答吴安勖太祝》曰："我于文字无一精，少学五言希李陵。当时巨公特推许，便将格律追西京。"②从学习李陵五言古诗入手，因为进入西京诗人圈，在"巨公"的推许带动下，转向律诗创作。梅尧臣于天圣九年初入仕途，任河南县（在今河南洛阳）主簿，恰巧前宰相钱惟演来洛阳担任西京留守，欧阳修担任留守推官，很快形成了西京文人圈。梅尧臣自然地加入其中，西京唱和成为一时盛事。相较于五古、七古等样式而言，五律的篇幅适中，能展示格律技巧，更适合酬唱，梅尧臣也就很自然地多用五律。《邵氏闻见录》记载："天圣明道中，钱文僖公自枢密留守西都，谢希深为通判，欧阳永叔为推官，尹师鲁为掌书记，梅圣俞为主簿，皆天下之士，钱相遇之甚厚。"③核心成员有钱惟演、谢绛、欧阳修、尹洙、梅尧臣、张汝士、杨俞，其中钱惟演年龄最长、官职最高，是"西昆派"的领导者，也是西京文人圈的领袖。因此，梅尧臣初入洛阳诗坛的诗歌自然不能不受到钱惟演的影响。梅尧臣《猴山子晋祠》题下自注："以下陪太尉钱相公游嵩山七章。"④未言是唱和诗，但肯定是应景之作。《猴山子晋祠》与《少林寺》《少姨庙》《天封观》《会善寺》《启母石》《轘辕道》，无一例外都是五言律诗。另一首《留守相公新创双桂楼》是题钱家新居之作，也是一首五律，全诗如下：

---

①《梅尧臣集编年校注》卷二，第47页。

②《梅尧臣集编年校注》卷二十六，第879页。

③邵伯温：《邵氏闻见录》卷八，中华书局，1983年，第81页。

④《梅尧臣集编年校注》卷一，第15页。

藻栋起霄间，芳条俯可攀。晚云谈次改，高鸟坐中还。日映城边树，虹明雨外山。唯应谢池月，来照衮衣闲。[①]

虽以写景为主，但高华富贵。他的《太尉相公中伏日池亭宴会》是一首五言排律，风格与此相似。体裁与格调的选择，决非偶然，当与题诗对象直接相关。直到钱惟演去世后，梅尧臣的挽诗《随州钱相公挽歌三首》仍然是五律。

其三，梅尧臣早期诗歌受到谢绛的影响最大。谢绛（994—1039）字希深，浙江富阳人。大中祥符八年（1015）进士，历任秘书省校书郎、太常侍奉礼郎、河南府判官、权开封府判官、汝阴县令等职。梅尧臣与谢绛的特殊关系在于，天圣五年（1027），梅尧臣娶谢绛之妹为妻。谢绛比梅尧臣年长九岁，"年十五起家，试秘书省校书郎"[②]，阅历丰富，对梅尧臣照顾甚多，因此梅尧臣与谢绛的酬唱就很频繁。仅天圣九年至明道二年（1031—1033）年间，他们交往的诗歌就有以下诸篇：

和谢希深会圣宫（五排）

寒食前一日陪希深远游大字院（五律）

依韵和希深游大字院（五排）

秋日同希深昆仲游龙门香山，晚泛伊川，觞咏久之，席上各赋古诗，以极一时之娱（五古）

依韵和希深雨后见过小池（五律）

依韵和希深游府学（五律）

依韵和希深游乐园怀主人登封令（七绝）

中伏日陪二通判妙觉寺避暑（五律）[③]

河南受代前一日希深示诗（五古）

---

① 《梅尧臣集编年校注》卷二，第29—30页。

② 《欧阳修诗文集校笺·居士集》卷二十六《尚书兵部员外知制诰谢公墓志铭》，第715页。

③ 《梅尧臣集编年校注》卷一："二通判，其一当为谢希深，其一疑即孙祖德。"第17页。

依韵和希深立春后祀风伯雨师毕过午桥庄（五律）

留题希深美桧亭（五律）

和希深避暑香山寺（五律）

和希深晚泛伊川（五律）

希深所居官舍新得府相蔬圃以广西园（五律）

希深惠书言与师鲁永叔子聪几道游嵩因诵而韵之（五古）

联句（古木含清吹，五古）

希深洛中冬夕道话有怀善慧大士，因探得江字韵联句（五排）

希深本约游西溪，信马不觉行过，据鞍联句（五律）

同希深马上口占，送九舅入京成亲联句（五律）

玉尘尾寄傅尉越石联句（五古）

依韵和希深新秋会东堂（五排）

　　以上21首诗中，五律11首，五言排律4首，五古5首，七绝1首。五律比例最大，不仅说明梅尧臣与谢绛志趣相同，还能说明梅尧臣受到谢绛的影响。在9首"依韵"及"和"作中，有5首为五律。谢绛的原唱已经全部不存，但可以得知，是谢绛带动了梅尧臣的五律创作。

　　第四，五言律诗具有的体裁个性比较适合梅尧臣。如前人所说："五言律规模简重，即家数小者，结构易工。"①"五言律，文意简洁，才雄力富者不能尽其施展。"②五言律诗长短适中，结构相对简单，不适合大开大合、纵横驰骋，不适合才华横溢的诗人，却适合普通诗人，适合初学者，便于操作。在宋代诗人，梅尧臣的才华不及欧阳修、苏轼等人。景祐元年（1034），比他年轻五岁的欧阳修作《书怀感事寄梅圣俞》，将梅尧臣直接比喻为唐代的苦吟诗人贾岛，"圣俞善吟哦，共嘲为阆仙"③。而贾岛正是以五律见长的诗人。所以说，梅尧臣选择五律，是选择了正好适合自己才

---

　　① 胡应麟：《诗薮》内编卷五，上海古籍出版社，1979年，第81页。

　　② 胡以梅：《唐诗贯珠笺释序凡例》，见陈伯海主编：《唐诗汇评》，浙江教育出版社，1995年，第3319页。

　　③《欧阳修诗文集校笺·外集》卷二《书怀感事寄梅圣俞》，第1289页。

情的体裁。

梅尧臣携五言律诗成功进军诗坛之后，并没有放弃五言律诗。后期创作的比例虽然有所下降，但仍然是仅次于五言古诗的体裁。在保持总体稳定的情况下，庆历八年（1048）出现大幅增长，多达90首，几乎占全年诗歌的三分之一。庆历八年的诗作，得益三个方面。一是仕途向好。正月，梅尧臣在京授国子监博士，赐绯衣银鱼。喜悦之情，形之于五律《赐绯鱼》，诗曰：“蹉跎四十七，腰间始悬鱼。茜袍虽可贵，发短齿已疏。儿女眼未识，竞来牵人裾。不知外朝众，君恩惭有余。”①这期间写下了一些流连光景的五言律诗，如《胧月》《泥》《未晴》《夜阴》《夜晴》等诗。尽管本年三月，出生才五个月的小女称称夭亡，令他一度陷入悲伤，但五月回乡，八月又得故人晏殊的赏识，辟为陈州（河南淮阳）镇安军度判官，心情逐渐好转。二是得江山之助。该年五月，梅尧臣偕妻刁氏回宣城，往返乘船经汴水、淮河、运河、长江，中途停靠扬州、金陵等地，沿途风物激发其创作热情，写下了许多纪行诗，如《长芦江口》《早发》《慈姥山石崖下竹鞭》《望夫石》等诗。三是得友人之助，往返宣城途中，都于扬州拜会欧阳修，与之唱和，抵达陈州之后，又与晏殊唱和，其实早在两年前，梅尧臣经颍州，拜见晏殊，就已经得到晏殊的称许②。在与欧、晏的唱和诗中，梅尧臣有些五律。另外，梅尧臣还与其他朋友唱和，也写下一些五律，如《夜泊虹县，同施景仁太博河上纳凉书事》《施景仁邀咏泗州普照王寺古桧》《舟次山阳呈王宗说寺丞》等等。

梅尧臣的五言律诗取得了较高的成就，方回甚至将之推到宋人五律第一的位置。方回在评价梅尧臣《闲居》时说：“若论宋人诗，除陈、黄绝高，以格律独鸣外，须还梅老五言律第一可也。虽唐人亦只如此，而唐人工者太工，圣俞平淡有味。”③在评价陈与义《与大光同登封州小阁》诗

①《梅尧臣集编年校注》卷十八，第429页。
②梅尧臣有首次韵五律，题作《以近诗赟尚书晏相公，忽有酬赠之什，称之甚过，不敢辄有所叙，谨依韵缀前日坐末教诲之言以和》。《梅尧臣集编年校注》卷十六，第369页。
③《瀛奎律髓汇评》卷二十三，第970页。

时，方回再次有感而发："若五言律诗，则唐之工者无数，宋人当以梅圣俞为第一，平淡而丰腴。"①方回独具只眼，道出了梅尧臣五律获得成功的关键——"平淡有味""平淡而丰腴"，这也是其五律与五古相通之处。他的五律尽管有不少酬唱应景之作，但真正代表其水平和特点的还是那些写景之作，如他的名作《鲁山山行》：

> 适与野兴惬，千山高复低。好峰随处改，幽径独行迷。霜落熊升树，林空鹿饮溪。人家在何许，云外一声鸡。②

该诗写于康定元年（1040），为其前期作品，直写途中所见，随意自得，安闲悠然，尾联借助鸡声引向杳远的人家，余味无穷。中间两联虽是工巧的对偶，却无勉强着力之态。方回将此诗与王安石比较，曰："王介甫最工唐体，苦于对偶太精而不脱洒。圣俞此诗尾句自然，熊鹿一联，人皆称其工，然前联尤幽而有味。"③他称赞梅诗对偶洒脱，幽而有味。后期所作的《闲居》更臻平淡有味之境：

> 读易忘饥倦，东窗尽日开。庭花昏自敛，野蝶昼还来。谩数过篱笋，遥窥隔叶梅。唯愁车马入，门外起尘埃。④

该诗作于至和元年（1054），诗人丁母忧居于宣城。写闲居时所见所闻所感，内容极其普通，却散淡有味。

可见，五律不仅是梅尧臣的入门诗体，而且在数量上、质量上保证和提高了梅尧臣的诗坛地位。

---

① 《瀛奎律髓汇评》卷一，第42页。
② 《梅尧臣集编年校注》卷十，第168页。（《瀛奎律髓》为"适与野情惬"，第174页）
③ 《瀛奎律髓汇评》卷四，第174页。
④ 《梅尧臣集编年校注》卷二十四，第727页。

二、五言古诗：独树一帜的体裁

汉代以后，直到初唐，五言古诗都是最主流的诗歌体裁，所谓"五言居文词之要，是众作之有滋味者也"①。从民歌到文人自觉创作，从汉乐府到游仙诗、山水诗、田园诗，主体都是五言古诗。到了唐代，随着近体诗的兴起，五律、七古、七律创作的繁盛，五言古诗的重要性随之下降。尤其到了中唐以后，五言古诗不太受到诗人们的喜爱，正如赵翼所说："中唐以后，诗人皆求工于七律，而古体不甚精诣；故阅者多喜律体，不喜古体。"②五言古诗这种下滑态势一直延续到北宋，直到"北宋诗文革新"之际，复古风起，诗人们才渐渐重视五言古诗。

在梅尧臣各体诗歌中，五言古诗数量最多，超过总数三分之一，成就也最高。宋荦《漫堂说诗》有言："五言古，汉、魏、晋、宋，名篇甚夥……余意历代五古，各有擅场，不第唐之王、孟、韦、柳，即宋之苏、黄、梅、陆，要是斐然。"③在他所列举的宋代四位诗人中，梅尧臣是年代最早的诗人。钱锺书先生曾评价梅诗，"其古体优于近体，五言尤胜七言"④。梅尧臣的五言古诗足以自成一家。可以说五言古诗是梅尧臣得以安身立命的体裁。

梅尧臣为何如此喜欢五言古诗？为何能以五言古诗独树一帜、奠定北宋诗歌开山祖师的地位？

众所周知，五言古诗经过千余年的发展已经形成了自己的传统，自己的品格。反映民生疾苦、穷愁不遇是五言古诗一以贯之的主题。汉乐府、阮籍《咏怀诗》、陈子昂《感遇》、杜甫"三吏""三别"组诗，都是五言古诗史上的名作。某种程度上，五言古诗具有接近下层民众的性质，更适

---

①《诗品笺注》，第23页。
②《瓯北诗话校注》卷四，第118页。
③ 宋荦：《漫堂说诗》，见王夫之等《清诗话》，上海古籍出版社，1978年，第417页。
④《谈艺录》，第167页。

合表现日常生活。

梅尧臣早年科场不顺，后来长期沉沦州县，毕生穷愁潦倒，是被公认的"穷士"。欧阳修曾对别人说，"近时苏、梅，二穷士耳"[①]。出于无奈之下，梅尧臣也只得以贫贱自持，以文字来抒怀。"微生守贱贫，文字出肝胆"[②]，穷士的身份和阅历，使得他与高华富贵的诗歌渐行渐远，让他日益亲近五言古诗。康定元年（1040），梅尧臣任襄城县令，适逢天灾人祸。西夏反叛，大举入侵，河水泛滥，襄城受灾，官方还大肆征兵，"互搜民口，虽老幼不得免。上下愁怨"[③]，"老幼俱集，大雨甚寒，道死者百余人，自壤河至昆阳老牛陂，僵尸相继"[④]，梅尧臣亲眼目睹这场巨大灾难，写下了感人肺腑的《田家语》《汝坟贫女》等诗，记录下层民众的心声。梅尧臣自觉地继承汉乐府至杜诗的传统，有意"录田家之言次为文，以俟采诗者"[⑤]，有意运用五言古诗的形式，显然认识到五言古诗的传统优势。

五言古诗大量增加是在庆历四年，这一年是梅尧臣一生中极其艰难不幸的一年。年初，梅尧臣在湖州监税任上，生活已经相当窘迫，嗟叹"文章自是与时背，妻饿儿啼无一钱"[⑥]；五月，解官回宣城；六月，渡江赴汴京；七月七日，妻子谢氏在舟中不幸病逝，年仅三十七岁，令他悲痛不已；同月之内，次子十十又去世，不啻雪上加霜。梅尧臣陆续写下许多悼妻伤子的诗歌，其《悼亡三首》曰：

> 结发为夫妇，于今十七年。相看犹不足，何况是长捐。我鬓已多白，此身宁久全。终当与同穴，未死泪涟涟。
>
> 每出身如梦，逢人强意多。归来仍寂寞，欲语向谁何。窗冷孤萤

---

①《后村诗话》卷二，第22页。

②《梅尧臣集编年校注》卷十六《依韵和晏相公》，第368页。

③《梅尧臣集编年校注》卷十《田家语序》，第164页。

④《梅尧臣集编年校注》卷十《汝坟贫女》题下原注，第165页。

⑤《梅尧臣集编年校注》卷十《田家语序》，第164页。

⑥《梅尧臣集编年校注》卷十四《回自青龙呈谢师直》，第232页。

入，宵长一雁过。世间无最苦，精爽此销磨。

从来有修短，岂敢问苍天。见尽人间妇，无如美且贤。譬令愚者寿，何不假其年。忍此连城宝，沉埋向九泉。①

在他看来，谢氏是世间最美丽最贤淑（"美且贤"）之人，是他无价的"连城宝"，丧妻是他人生中遭受的最沉重最痛苦（"最苦"）的打击。这三首诗沿用潘岳《悼亡诗三首》（五古）的体式，而非元稹《遣悲怀三首》的七律新样，也没有采用五律的样式。他一定最认同五古的抒情功能，也就自然而然地用五古来抒写心中的伤痛。接下来的《泪》《秋日舟中有感》《书哀》，稍后所作的《书谢师厚至》《新冬伤逝呈李殿丞》，次年所作的《悼子》《怀悲》《师厚与胥氏归来奠其姑》等诗都是五言古诗。《怀悲》以平常的话语，向妻子哭诉其椎心泣血之痛：

自尔归我家，未尝厌贫窭。夜缝每至子，朝饭辄过午。十日九食斋，一日傥有脯。东西十八年，相与同甘苦。本期百岁恩，岂料一夕去。尚念临终时，拊我不能语。此身今虽存，竟当共为土。②

意思与元稹"诚知此恨人人有，贫贱夫妻百事哀"相似，但用五言古诗写来，细节更加日常化，情绪更低缓。

上述五古诗歌，在继承传统的同时，已经有所发展。还有些诗歌，在表现日常生活方面走得更远，如《范饶州坐中客语食河豚鱼》《稚子获雀雏》以及《秀叔头虱》《八月九日晨兴如厕有鸦啄蛆》之类不宜为诗的内容，也出现在五言古诗中。

在五言古诗的发展过程中，还形成了长于叙事的传统。相对于五律、七律的八句而言，相对于适合纵横铺叙的七言古诗而言，五言古诗具有长于叙事的优势。乐府诗《陌上桑》《孔雀东南飞》、杜甫《自京赴奉先县咏

---

① 《梅尧臣集编年校注》卷十四，第245—246页。
② 《梅尧臣集编年校注》卷十五，第287页。

怀五百字》《北征》等诗都是五古名篇。宋人就已经指出，"圣俞诗长于叙事"①，所以他的一些长篇几乎都是用五古写成。《伤白鸡》《潘歙州话庐山》《五月十三日大水》以及前文所论的《田家语》《汝坟贫女》等诗都是叙事性很强的诗歌。他还喜欢根据别人的叙述，写作诗歌，如《希深惠书，言与师鲁、永叔、子聪、几道游嵩，因诵而韵之》，作于明道元年（1032），则是将谢绛的书信改写成长达 500 字的五言古诗，类似的还有《子聪惠书，备言行路及游王屋物趣，因以答》《寄题滁州醉翁亭》《韵语答永叔内翰》《武陵行》等等都是改写他人之作的五古长诗。②这些诗叙事委曲周详，具有欧阳修所说的"闲肆"之态。

在诗歌风格方面，五言古诗也渐渐形成了自己的特征：古澹浑融，自然平淡。由谢灵运、谢朓、陶渊明至王维、孟浩然的山水田园诗，都体现了这一风格。梅尧臣自觉追求古淡之风，自然对五古情有独钟。庆历六年（1046），他向晏殊报告自己的创作体会，说："因吟适情性，稍欲到平淡。苦辞未圆熟，刺口剧菱芡。"③自信抒发真性情，接近平淡的境界，但又承认尚还不够纯熟，有些生硬。嘉祐元年（1056），他告诉杜挺之等人："作诗无古今，唯造平淡难。"④这是他晚年纵览古今诗坛的深刻体识。无论对其"平淡"诗风作何理解，都不能否定与陶诗的渊源、与五言古诗传统的渊源。程杰指出，梅尧臣诗"闲肆而时得隽永的内容多见于古体，主要是五古"⑤。五言古诗是其平淡诗风的最佳载体，也是最主要载体。

五言古诗的上述题材、风格等传统，除了与梅尧臣的穷士身份、个人兴趣相一致外，还符合他的性格。同样是写作五言古诗，他的朋友苏舜钦的五言诗则不及他。原因固然是多方面的，性格是其中重要的原因之一。尽管五言古诗也有韩诗奇豪一格，但并不是主调。古澹高浑的品性，不太

---

①《后村诗话》后集卷二，第 67 页。

②参见程杰：《北宋诗文革新研究》，第 138—140 页。

③《梅尧臣集编年校注》卷十六《依韵和晏相公》，第 368 页。

④《梅尧臣集编年校注》卷二十六《读邵不疑学士诗卷，杜挺之忽来，因出示之，且伏高致，辄书一时之语以奉呈》，第 845 页。

⑤程杰：《北宋诗文革新研究》，第 152 页。

适合苏舜钦豪放激宕的性格。庆历四年，欧阳修作《水谷夜行寄子美圣俞》，对苏、梅二人作出形象生动的比较：

> 子美气尤雄，万窍号一噫。有时肆颠狂，醉墨洒雾霈。譬如千里马，已发不可杀。盈前尽珠玑，一一难束汰。梅翁事清切，石齿漱寒濑。作诗三十年，视我犹后辈。文词愈清新，心意虽老大。譬如妖韶女，老自有余态。近诗尤古硬，咀嚼苦难嘬。初如食橄榄，真味久愈在。苏豪以气轹，举世徒惊骇。梅穷独我知，古货今难卖。①

梅尧臣在《偶书寄苏子美》诗中认同欧阳修的评价："吾交有永叔，劲正语多要。尝评吾二人，放检不同调。"②虽然表面上，欧阳修没有作出高下之分，但评价中暗含主次优劣之分的。梅尧臣的性格相对平和沉静中正，欧阳修《梅圣俞墓志铭》给他的评价是："圣俞为人仁厚乐易，未尝忤于物，至其穷愁感愤，有所骂讥笑谑，一发于诗，然用以为欢，而不怨怼，可谓君子者也。"③"不戚其穷，不困其鸣，不踬于艰，不履于倾。养其和平，以发厥声。"④梅尧臣的这种性格显然更适合五言古诗。

尽管五言古诗并不是北宋前期受人喜爱、被人看好的体裁，但适合梅尧臣身份、才情、兴趣和个性。梅尧臣选择了五古，加以发展，赋予其新的个性，取得了超越同侪的成就，并且顺应了欧阳修的改革需求，从而推动了北宋诗歌的变革。

三、七言诗：后发的酬唱体裁

梅尧臣的七言诗包括七言古诗、七言律诗、七言绝句、七言排律在内，共685首，数量不算很少，约占总量的24%。从《分布表》来看，七

---

① 《欧阳修诗文集校笺》卷二，第46页。
② 《梅尧臣集编年校注》卷十四，第251页。
③ 《欧阳修诗文集校笺》卷三十三《梅圣俞墓志铭》，第881页。
④ 《欧阳修诗文集校笺》卷三十三《梅圣俞墓志铭》，第883页。

言诗的分布却很有特点，略而言之，则是前期很少，后期显著增加。

从天圣九年至庆历七年（1031—1047）的17年间，梅尧臣的七言诗仅存七律13首，七古40首、七绝52首、七排5首，共110首，仅占他现存七言诗总数的16%，约占17年诗歌总量（1019首）的11%，而且分布很不均衡，有11年无七律传世，7年无七古、七绝传世。梅尧臣所处的时代，七言诗绝对没有如此冷落。前期七言诗如此之少，与时代风尚无关，只能说明梅尧臣前期对七言诗无甚兴趣，有意疏离七言诗。庆历五年（1045），梅尧臣在《答裴送序意》中说："我欲之许子有赠，为我为学勿所偏。诚知子心苦爱我，欲我文字无不全。"[1]夏敬观认为裴字后脱一字，朱东润考订裴当是梅尧臣的友人裴煜，所论甚是。裴煜（1013？—1067？），字汝晦，庆历六年进士，后知扬州、苏州[2]。从该诗来看，裴煜当时即提醒梅尧臣"勿所偏"，建议他全面发展。裴煜是梅尧臣的至交，只有至交才能直言朋友的短处。裴序原文失传，所说之"偏"具体所指无从确考，但他指出了梅尧臣偏离了当时诗坛的主流，不排除包括偏离七言诗这一主流样式。

梅尧臣为何有所偏？在《答裴送序意》中给出的解答是："我于诗言岂徒尔，因事激风成小篇。辞虽浅陋颇克苦，未到二雅未忍捐。安取唐季二三子，区区物象磨穷年。"[3]其中表现了三层意思：一是他的诗歌是有感而发；二是崇尚二雅之风；三是反对唐末诗人摹写物象之风。此处没有涉及到诗歌体裁，但"唐季二三子"或许包括了长于七律的李商隐、温庭筠、韩偓等人。这一观点在随后所作的《答韩三子华、韩五持国、韩六玉汝见赠述诗》中有了进一步的阐发：

> 圣人于诗言，曾不专其中。因事有所激，因物兴以通。自下而磨上，是之谓国风。雅章及颂篇，刺美亦道同。不独识鸟兽，而为文字

---

① 《梅尧臣集编年校注》卷十五，第300页。

② 参见王秀云：《宋·裴煜生平事迹初考》，未刊稿。

③ 《梅尧臣集编年校注》卷十五，第300页。

工。屈原作离骚，自衰其志穷。愤世嫉邪意，寄在草木虫。迩来道颇丧，有作皆言空。烟云写形象，葩卉咏青红。人事极诙诡，引古称辩雄。经营唯切偶，荣利因被蒙。遂使世上人，只曰一艺充。以巧比戏弈，以声喻鸣桐。嗟嗟一何陋，甘用无言终。然古有登歌，缘辞合征宫。辞由士大夫，不出于瞽蒙。予言与时辈，难用犹笃癃。虽唱谁能听，所遇辄瘖聋。诸君前有赠，爱我言过丰。君家好兄弟，响合如笙丛。虽欲一一报，强说恐非衷。①

　　这段文字言辞较为激烈，主张继承雅颂传统，反对描摹物象、互相奉承、驰骋雄辩、讲究对偶等等，承认自己的观念不切时宜，不为别人所重。所论虽然没有涉及诗歌体裁，但暗含体裁倾向。"诙诡"之类最易见于酬唱类诗歌，而最常用的酬唱体裁就是七律；"经营唯切偶"，当然包括五律与七律，而七律更甚，因为对偶难度大于五律；"引古称辩雄"，最适宜它的是七言古诗。

　　令人意外的是，庆历八年之后，梅尧臣的七言诗创作大有改观。从庆历八年至嘉祐五年的13年间，七言诗数量明显增加，达575首，其中七律218首，七古202首，七绝144首，七排11首，占其七言诗总数（685首）的84%，占13年诗歌总数（1858）的31%。可见他后期的七言诗创作数量大幅提高。而且，这13年中，除皇祐元年至皇祐三年在宣城守孝之外，分布相对均衡，年年都有七律、七古存世，仅有两年无七绝，其中有两个高峰，一是庆历八年，二是嘉祐元年至嘉祐四年。梅尧臣为何有如此大的转变？欧阳修一语道破天机："其应于人者多，故辞非一体。"②因为随着诗坛名声的扩大，诗歌应酬的需要增加，导致其体裁、风格的多样化。

　　在前期，梅尧臣的诗歌应酬相对较少，应酬的体裁主要是五律，也有少量七律，如《依韵和永叔同游上林院后亭见樱桃花悉已披谢》《依韵和武平别后见寄》。随着后期诗名的兴盛，交游圈的扩大，诗歌应酬自然增

①《梅尧臣集编年校注》卷十六，第336—337页。
②《欧阳修诗文集校笺》卷三十三《梅圣俞墓志铭》，第881页。

多。后期，梅诗的主导体裁五言古诗也承担着应酬的功能，如嘉祐四年，在61篇五言古诗中，以送友人赴任和唱和为内容的诗歌达50首，如《次韵和永叔试诸葛高笔戏书》《送李信臣尉节县先归湖州》《寄题刘仲曳泽州园亭》等。尽管五言古诗的应酬性显著增加，但还不足以满足多方面的应酬需要。以七言诗大增的庆历八年为例，他先后多次与欧阳修、晏殊唱和。一位是诗坛名流，扬州太守；一位是前宰相，现任上司。与他们的交往酬唱，诗歌体裁的选择性就会受到一定的限制。《和永叔郡斋闻百舌》（七绝）、《依韵和欧阳永叔中秋邀许发运》（七律）、《和永叔中秋夜会不见月酬王舍人》（七律）等是欧诗的次韵之作，《咏欧阳永叔文石砚屏二首》（一为五古，一为七古）、《观永叔集古录》（七绝）、《观舞》（七绝）、《观永叔画真》（七绝）、《画真来嵩》（七律）等都具有与欧阳修交往性质。到陈州之后，晏殊召集大家，或饮酒赏花，或投壶赛诗，现存《郡合阅书投壶和呈相国晏公》（七律）就是记录，另外还有《和十一月八日圃人献小桃花二绝》（七绝）、《和梅花》《和新晴》（七律）、《和腊前》（七律）、《和十二月十七日雪》（七律）、《和岁除日》（七律）等唱和对象不明的诗歌，当是与晏殊及其他同僚的唱和之作。

梅尧臣七言诗创作的最高峰是在其晚年，即嘉祐元年至嘉祐四年间（1056—1059）。次年四月梅尧臣即去世，否则这一高峰状态还将延续。这四年间存世的七言诗274首，其中七律132首，七古76首，七绝57首，七排9首。特别是四年间七律的数量，占了七律总数的比例高达57%。其直接原因是这四年是梅尧臣最顺心的时期。至和二年（1055）秋，梅尧臣结束丁忧，从宣城出发赴京城，所到之地，都与诸友酬唱。嘉祐元年五月抵达汴京，八月，在翰林学士赵概、欧阳修等十数人推荐下，梅尧臣出任国子监直讲，次年由太常博士迁屯田员外郎。欧阳修知贡举，推荐梅尧臣为礼部试官，嘉祐三年欧阳修又推荐他担任《唐书》编修官，次年底，进都官员外郎。这一切顺遂之事在很大程度上要得力于欧阳修等人的提携，因此，他与欧阳修等人的交往、唱酬则格外密切。一方面，是出于真心实感，另方面，也是交游的需要。刚到京城时，已是翰林学士的欧阳修踏着泥泞主动登门拜访，让梅尧臣大为感动，写下七言长篇《高车再过谢永叔内翰》。后来，欧阳修赠送他绢布二十匹，梅尧臣作七言长诗《永叔赠绢二十匹》，称赞他的高情厚谊。秋社之日，欧阳修邀请他喝酒，他写下两首七古《依韵奉和永叔社日》《社日饮永叔家》。欧阳修作《白兔》诗（七古），梅尧臣作《永叔白兔》《重赋白兔》。次年正月至三月，梅尧臣在试院五十日，与欧阳修、韩子华、梅挚、王禹玉、范景仁等人唱和，欧阳修《归田录》卷下详细记载其唱和盛况："余六人者，欢然相得，群居终日，长篇险韵，众制交作。""六人者相与唱和，为古律歌诗一百七十余篇，集为三卷。"①诗歌唱和，是其试院生活的重要内容，梅尧臣积极投身于这场诗歌唱和月中。今检《梅尧臣集编年校注》卷二十七，自《上元从主人登尚书省东楼》起，至《上马和公仪》止，共40首诗，超过了六人唱和的平均数。《二月五日雪》末句自注："闻永叔谓子华曰：明日圣俞若无诗，修输一杯酒。"梅尧臣作诗与否，居然成了欧阳修等人闲谈赌酒之资，由此可见梅尧臣的活跃程度。在这40首诗中，五言诗仅6首，七言诗多达34首，足以证明七言诗是集体酬唱的主要样式。

从试院酬唱来看，梅尧臣那些具有应酬性质的诗歌，包括次韵诗，不完全是被动的写作，其创作时，仍然具有很高的热情。他往返宣城沿途所作的许多应酬性质的诗歌，也是如此。这种创作状态，有利于提高酬唱类诗歌的水平。

在七言酬唱类诗歌中，尽管古朴、平淡、隽永的个性特征有所弱化，但没有完全失去平淡的本色，如《和刘原甫复雨寄永叔》：

> 阶下青苔欲染衣，晴光才漏又霏微。冲风燕子衔泥去，隔树鹁鸪唤妇归。乍冷乍阴将禁火，自开自掩不关扉。浑身酸削懒能出，莫怪与公还往稀。②

---

① 《归田录》卷二，《欧阳修全集》卷一二七，第1937页。
② 《梅尧臣集编年校注》卷三十，第1141页。

该诗作于嘉祐五年,从"浑身酸削"来看,他已身染疾病。前三联全是写景,从容淡定,自具生机、活力和乐趣,毫无生病时的窘困不安之状。

需要补充说明的是,七言诗并非都是应酬诗。七律大增的庆历八年,途中有《小村》诗:

> 淮阔州多忽有村,棘篱疏败谩为门。寒鸡得食自呼伴,老叟无衣犹抱孙。野艇鸟翅唯断缆,枯桑水啮只危根。嗟哉生计一如此,谬入王民版籍论。①

此诗关心民瘼,将生活琐事、贫寒之状、衰败之景写入七律,深得杜诗七律的精髓。另如著名的《东溪》:

> 行到东溪看水时,坐临孤屿发船迟。野凫眠岸有闲意,老树着花无丑枝。短短蒲茸齐似剪,平平沙石净于筛。情虽不厌住不得,薄暮归来车马疲。②

车马劳顿之后,小坐溪畔,将目见之景拾掇入诗,安闲自得,加之写景如在目前,对偶工整自然,所以这首诗被胡仔视为梅诗"工于平淡,自成一家"③的代表。由此可见,包括七律在内的七言诗,也起到映衬梅诗特色的作用。

在梅尧臣各种体裁诗歌中,七言诗的地位类似于他成名之后的配套体裁,多用于酬唱,取得了很高的成就。更重要的是,七言诗的创作有利于纠正前期的体裁偏向,使得他真正融入诗坛主流队伍之中,成为诗坛主将,从而更好地引导宋诗发展的走向。

[原刊《安徽师范大学学报(人文社会科学版)》2015年第5期,与汪婉婷联合署名]

---

① 《梅尧臣集编年校注》卷十八,第475页。
② 《梅尧臣集编年校注》卷二十五,第772—773页。
③ 《苕溪渔隐丛话》后集卷二十四,廖德明校点,人民文学出版社,1962年,第175页。

论陆游《入蜀记》引据诗文的价值

　　长江不仅是古今交通要道，也是文学的黄金水道，许多文人墨客宦游长江及沿岸地区，留下诸多传世佳作和历史遗迹。"江山留胜迹，我辈复登临"，乾道六年（1170），陆游自山阴赴夔州通判任，闰五月十八日出发，经运河、长江，十月二十七日到达夔州，历时约160日。陆游此行从容，能够遍览沿途风景名胜、风土人情，将沿途经历见闻逐日记录下来，写成著名的《入蜀记》，另有50余首诗歌。《入蜀记》叙写江山胜迹、交游应酬，还载录了不少相关文学作品。据初步统计，《入蜀记》共引用和提及40多作者180余篇诗词文。乾道八年（1172），陆游应王炎邀请赴南郑；淳熙五年（1178）春，自成都经眉州、涪州、忠州等地顺江而下，秋抵杭州。出川途中，陆游又写下一些致意先贤的纪行感怀之作。可以说，陆游借入蜀之机，首次对长江沿岸文学作了较系统较完整的观察和思考。

　　对《入蜀记》，前人最看重的是其史地考订方面所取得的成绩。如《四库全书总目》卷五十八曰：

　　　　游本工文，故于山川风土，叙述颇为雅洁，而于考订古迹，尤所留意。……其他搜寻金石，引据诗文，以参证地理者，尤不可殚数。①

---

① 《四库全书总目》卷五十八，第530页。

在上文中,《四库全书总目》列举十余则"足广见闻"的考订事例。前人对《入蜀记》的文学性亦有所留意,如明人何宇度《益部谈资》卷上称陆游、范成大都是"作记妙手",所载三峡风物,"不异丹青图画"①。明人萧士玮《南归日录小序》称赞欧阳修《于役志》和陆游《入蜀记》,"随笔所到,如空中之雨,小大萧散,出于自然"②。当代学者对《入蜀记》的文学价值及其相关诗歌的关系展开了深入探讨③,但对其中"引据诗文"及相关评论的价值重视不够。

如后人所云,《入蜀记》是"极经意"之作④。陆游举家赴任,可能随身携带少量书籍⑤,抵达夔州之后,是否修订过,晚年是否加工过,现已不可知。可以确认的是,陆游晚年仍然很重视此书,他担心《入蜀记》可能散佚不传,特别叮嘱其子陆子遹仿照欧阳修集的先例,将之编入《渭南文集》⑥。陆游没有诗文评类的著作传世,《入蜀记》也不以谈艺论文为主,但其中谈艺论文部分仍然具有诗话之外的多方面独特价值,值得我们作进一步的探究。

一、即景解诗的新发现

《文心雕龙·物色》曰:"若乃山林皋壤,实文思之奥府。""春日迟迟,秋风飒飒。情往似赠,兴来如答。"中国古代很多写景抒情之作往往是即景感物而发,写作于山程水驿之中。对于阅读者而言,能否身临其境,是能否正确领会其诗意、体会其精妙的关键。陆游之前,已有诗论家

①《益部谈资》卷上,清抄本。

②《春浮园文集》卷上,清光绪刻本。

③如莫砺锋师《读陆游〈入蜀记〉札记》,《文学遗产》2005年第3期;吕肖奂《陆游双面形象及其诗文形态观念之复杂性——陆游入蜀诗与〈入蜀记〉对比解读》,《绍兴文理学院学报(哲学社会科学版)》2011年第1期。

④李慈铭:《越缦堂读书记》,中华书局,1963年,第1267页。

⑤陆游《旅食》:"惟恨虚捐日,无书得纵观。"《剑南诗稿校注》卷二,第157页。

⑥参见钱锡生、薛玉坤校注:《陆游全集校注》,第10册,浙江教育出版社,2011年,第530页。该书将此跋文题为"溧阳刊本陆子虡跋",而跋文末署名子遹,显误。本文所引《入蜀记》均据此版本。

偶尔论及游历江山对于品评诗歌的益处。宋祁知成都，经过剑门关，发现杜甫《剑门》诗所写"惟天有设险，剑门天下壮。连山抱西南，石角皆北向"，与其所见相同，称之为"剑阁实录"①。苏轼《书子美云安诗》曰："'两边山木合，终日子规啼。'此老杜云安县诗也。非亲到其处，不知此诗之工。"②不到其处，不知其工；到其处，方知其工，是很多后来者的共同感受。周紫芝《竹坡诗话》记载他的亲身经历，实地体验让他突然认识到那些过去不曾注意到的杜诗妙处，"平日诵之，不见其工，唯当所见处，乃始知其为妙"③。陆游之后，诗论家进一步认识到阅历是解读杜诗的必备条件。陈应申引前辈语曰："不行万里路，莫读杜甫诗。"④可见品读诗歌也有赖于江山之助。

遗憾的是，虽然有少数诗论家认识到这种"亲证"的诗学意义⑤，但大多数宋代诗论家并没有发扬光大这一读诗解诗路径，没有很好地以"行万里路"来深化和丰富"读万卷书"的内涵，以至于"宋人诗话，传者如林，大抵陈陈相因，辗转援引"⑥。

与繁盛的诗话相比，宋人日记体行记则显得很寥落。陆游之前，仅有欧阳修《于役志》、张舜民《郴行录》。景祐三年（1036），欧阳修贬官夷陵，途中作《于役志》，所记多宴饮琐事，无关诗文评。元丰六年（1083），张舜民贬官郴州，途中作《郴行录》，常常即景赋诗，偶尔论及前贤诗文。如七月初七行至金陵，称赞刘禹锡《金陵五题·石头城》"山

---

① 朱弁：《风月堂诗话》卷上，中华书局，1988年，第104页。

② 《苏轼文集》卷六十七，第2103页。

③ 《竹坡诗话》："余顷年游蒋山，夜上宝公塔，时天已昏黑，而月犹未出，前临大江，下视佛屋峥嵘，时闻风铃，铿然有声，忽记杜少陵诗：'夜深殿突兀，风动金琅珰。'恍然如已语也。又尝独行山谷间，古木夹道交阴，唯闻子规相应木间，乃知'两边山木合，终日子规啼'之为佳也。又暑中濒溪，与客纳凉时，夕阳在山，蝉声满树，观二人洗马于溪中曰：此少陵所谓'晚凉看洗马，森木乱鸣蝉'者也。此诗平日诵之，不见其工，唯当所见处，乃始知其为妙。作诗正欲写所见耳，不必过为奇险也。"《历代诗话》本，中华书局，1981年，第343页。周紫芝所引诗句分别出自杜甫《大云寺赞公房四首》（其一）、《子规》、《与任城许主簿游南池》）。

④ 陈应申：《亚愚江浙纪行集句诗跋》，《江湖小集》卷九，《四库全书》本。

⑤ 参见周裕锴：《宋代诗学通论》，巴蜀书社，1997年，第456—465页。

⑥ 《四库全书总目》卷一九五，第1790页。

围故国周遭在"为"不刊之句"。范成大《吴船录》稍后于《入蜀记》，也偶尔涉及诗文，却很少评价①。与这几种行记相比，《入蜀记》"引据诗文"最多，就诗文评而言，也最值得重视。

陆游具有作者和鉴赏者的双重身份优势。身为南宋最优秀的诗人，他有"挥毫当得江山助，不到潇湘岂有诗"②"工夫在诗外"③的切身体会；身为读者，他曾言"君诗妙处吾能识，正在山程水驿中"④，又言"大抵此业（指诗歌）在道途则愈工"⑤。陆游比其他诗人具有更强烈的自觉意识，能够有意识地借助山川游历来解读诗歌。此次入蜀经历也确实改变了他自己以及其他人对作品的一些错误认识，深化了对相关作品的理解。

《四库全书总目》曾举两个例子来说明《入蜀记》的地理考订之功。第一例子是欧阳修《和丁宝臣游甘泉寺》的开篇两句："江上孤峰蔽绿萝，县楼终日对嵯峨。"甘泉寺位于峡州（今湖北宜昌），这两句写甘泉寺的位置和环境，没有实地察看的读者很容易如陆游一样，将首句理解成孤峰上长满了绿萝，但到了实地一看，才知道绿萝原来是条溪流的名字：

> 此篇首章云"江上孤峰蔽绿萝"，初读之，但谓孤峰蒙藤萝耳，及至此乃知山下为绿萝溪也。⑥

如果不亲临其地，很难有此发现。如此一来，首句绿萝指溪流，次句嵯峨指山峰，山水相依，更具美感。与其说这是考据，不如说是意外偶得，不无鉴赏意味。第二个例子无关考据，堪称诗句鉴赏的典范：

---

① 如《吴船录》卷上："修觉者，新津县对江一小山，上有绝胜亭，一望平野，可尽西川，杜子美所谓'西川供客眼，惟有此江郊'。是日雾雨昏昏，非远望所宜，故不复登。"

②《剑南诗稿校注》卷六十《予使江西时以诗投政府丐湖湘一麾会召还不果偶读旧稿有感》，第7册，第3474页。

③《剑南诗稿校注》卷七十八《示子遹》，第4263页。

④《剑南诗稿校注》卷五十《题庐陵萧彦毓秀才诗卷后》，第3021页。

⑤《渭南文集校注·逸著辑存》，第4册，第303页。

⑥《入蜀记校注》卷六，《陆游全集校注》，第11册，第125页。

> （七月）十六日，郡集于道院，历游城上亭榭，有坐啸亭，颇宜登览，城濠皆植荷花。是夜月白如昼，影入溪中，摇荡如玉塔，始知东坡"玉塔卧微澜"之句为妙也。

七月十六日晚，陆游游览当涂道院与台榭，面对月下荷花、水中倒影，他突然联想到苏轼的《江月》（五首其一）中的"一更山吐月，玉塔卧微澜"之句，称赞其状物之妙。苏诗写作于绍圣二年（1095），当时苏轼在惠州，所写景象与长江、当涂其地无关，"玉塔卧微澜"中的"玉塔"很容易被当成普普通通的美称，被忽略过去，而实际上苏轼是用来形容九月"既望之后"月光下丰湖（西湖）中大圣塔的倒影如玉①。陆游在当涂所见恰好与此相似，于是他忽然体会到过去未曾注意到的妙处。

这种"即景解诗"的方式是《入蜀记》不同于其他诗文评类著作的特异之处。对即景感物而作的诗歌而言，即景解诗无疑是一种理想的鉴赏方式。它与传统诗评的最大区别在于，传统诗评基本上是从文本出发，通过想象来还原来理解诗中的情景，还原效果因人而异，难免存在一定的距离或出入，甚至存在隔膜，衍生误解。即景解诗则是从耳目所接的现场出发，因读者与作者处于相同的情境，而引起共鸣，从而启动记忆库，调取与之相应的作品，给予会心的理解、激赏。

从《入蜀记》来看，陆游的即景解诗广泛涉及诗歌的字词、诗句和诗意等方面。

首先，对字词方面的关注。表面上来看类似于诗话家关注的诗眼一样，但是诗话家津津乐道、不厌其烦的诗眼，逐渐模式化同质化，陆游的品鉴更加个性化更加真切。他路过九华山，自然联想到李白《改九子山为九华山联句》和刘禹锡《九华山歌》等名作，但未予征引。他却征引了王安石不太著名的《答平甫舟中望九华》诗中"盘根虽巨壮，其末乃修纤"，因为他与王安石处于同一情境，都在舟中遥望九华山，他很容易体会到王

---

① 苏轼：《江月》："一更山吐月，玉塔卧微澜。正似西湖上，涌金门外看。"承黄启方先生指点，涌金门为杭州西城城门之一。苏轼此诗是由惠州西湖大圣塔联想到杭州西湖雷峰塔。

诗的妙处，盛赞王诗这两句，"最极形容之妙，大抵此山之奇在修纤耳"①。同样，他在舟中眺望皖公山（天柱山），自然而然地联想起李白的《江上望皖公山》，称赞"巉绝称人意"的"巉绝"二字，有"不刊之妙"②。

其次，诗句方面，陆游侧重于赞赏某一句或两句所表现的境界，以景物描写居多。前引苏诗"玉塔卧微澜"，即是一例。八月二日，陆游行至鄱阳湖口时，"忽风云腾涌，急系缆，俄复开霁，遂行泛彭蠡口，四望无际，乃知太白'开帆入天镜'之句为妙"③。"开帆入天镜，直向彭湖东"出自李白《下寻阳城泛彭蠡寄黄判官》，原非李诗名言警句，也未为诗话家所垂青；陆游以其亲身经历，体会到李诗之妙，特拈出予以称赞。在《入蜀记》中，这类诗文品评最多。八月十六日，陆游路过道士矶，看见"石壁数百尺，色正青，了无窍穴，而竹树迸根，交络其上，苍翠可爱"的景象，便称赞张耒《道士矶》"危几插江生，石色擘青玉"两句"殆为此山写真"④。十月三日，陆游"与儿辈登堤观蜀江，乃知李太白《荆门望蜀江》诗'江色绿且明'为善状物也"⑤。

其三，诗意方面，陆游以其实际经历作出印证式的解读，从而深化了对相关诗歌的理解。如李白《经乱离后天恩流夜郎忆旧游书怀赠江夏韦太守良宰》历叙生平遭际，有云："樊山霸气尽，寥落天地秋。江带峨眉雪，川横三峡流。万舸此中来，连帆过扬州。"一般人很难想象不太知名的樊山（在鄂州之西）一带，能有多么繁华热闹，很容易将李白所写的这些内容视作主观化的铺张。四百余年后，陆游到达鄂州，惊讶地发现当地"贾船客舫，不可胜计，衔尾不绝者数里，自京口以西，皆不及"⑥，这时才意识到李白的诗句原来是写实。如果不是亲眼目睹，谁能想到鄂州一带能

①《入蜀记校注》卷三，第65页。
②《入蜀记校注》卷三，第70页。
③《入蜀记校注》卷三，第74页。
④《入蜀记校注》卷四，第92页。
⑤《入蜀记校注》卷五，第120页。
⑥《入蜀记校注》卷四，第98页。

有比肩甚至超过扬州的场面？如果没有注意到陆游的这一记载，极有可能作出错误的理解①。再举一例，《入蜀记》卷五有如下一段记载：

> （八月）二十八日，同章冠之秀才甫登石镜亭，访黄鹤楼故址。石镜亭者，石城山一隅，正枕大江，其西与汉阳相对，止隔一水，人物草木可数……太白诗云："谁道此水广，狭如一匹练。江夏黄鹤楼，青山汉阳县。大语犹可闻，故人难可见。"形容最妙。黄鲁直"宵征江夏县，睡起汉阳地"，亦此意。②

陆游实地察看，发现黄鹤楼与汉阳县之间，如此之近，近到能看清楚对岸的人物草木，由此他不禁称赞李白《江夏寄汉阳辅录事》中相关诗句"形容最妙"。李白诗中"大语犹可闻"，意谓能听见对方的大声说话，也很容易被误解为其他意思③。

上述即景解诗的现象，对陆游本人而言，是一种全新的体验；所评论的诗歌，亦是陆游此前不曾料及的对象。如果我们将陆游的即景解诗与宋代的诗文评加以比较，还会发现，陆游所评论的诗歌，几乎不为诗论家所青睐。这正可以弥补诗论家钩棘字句、空谈说诗的不足。

长江一带的诗歌遗存激发陆游即景解诗，即景解诗所得又反渗到创作之中。陆游自称"西游万里亦何为，欲就骚人乞弃遗"④，仿佛此行的主要目的就是汲取前贤精华，创作诗歌。所到之处，陆游不时联想起当地先贤的诗歌，将之化入诗中。出发伊始，夜宿枫桥寺，将张继《枫桥夜泊》写入诗中："七年不到枫桥寺，客枕依然半夜钟。"⑤将离江陵，化用李白

---

① 如《李白诗选注》注谓："两句意为，千万艘大船从三峡而来，接连不断地驶过了扬州。"《李白诗选注》编选组，上海古籍出版社，1978年，第207页。

②《入蜀记校注》卷五，第104页。

③ 如裴斐《李白选集》注曰："大语，豪言壮语。犹可闻：实谓犹记在心。"《裴斐文集》第六卷，人民文学出版社，2013年，第205页。

④《剑南诗稿校注》卷二《马东遇小雨》，第171页。

⑤《剑南诗稿校注》卷二《宿枫桥》，第137页。

《荆门浮舟望蜀江》中"江色绿且明，茫茫与天平"诗句："山花白似雪，江水绿于酿。"①出川时，化用李白《峨嵋山月歌》，"依依向我不忍别，谁似峨嵋半轮月"②。到达黄鹤楼时，化用李白《庐山谣寄卢侍御虚舟》"手持绿玉杖，朝别黄鹤楼"和《黄鹤楼闻笛》"黄鹤楼中闻玉笛"等诗句，曰"手把仙人绿玉枝""平生最喜听长笛"③。先贤的诗歌遗产成了陆游诗歌的滋养，丰富了他的创作。

二、就地而发的诗文批评

陆游出入四川途中，所到之地不时回望先哲，访寻前贤遗迹，寄予敬意与感慨。在楚国故地江陵，他缅怀屈原，"《离骚》未尽灵均恨，志士千秋泪满裳"④；在叙州山谷故居无等院，他为黄庭坚贬官宜州而憾恨："文章何罪触雷霆，风雨南溪自醉醒"⑤；在忠州凭吊杜甫寓居之地，对杜甫流落西南寄予深深的同情："扈跸老臣身万里，天寒来此听江声。"⑥即使不能亲自造访青山太白墓，陆游也会遥望致意："尚想锦袍公，醉眼隘八荒。坡陁青山冢，断碣卧道旁。"⑦实地游历引发陆游与前贤的心神交会，深化了对前贤身世、诗文的体认。

在《入蜀记》及相关诗歌中，陆游评诗论文，论及对象众多，其中较突出的是关于李白、梅尧臣、简栖碑的独特评论。

《入蜀记》所征引的诗人诗作，以李白作品数量最多，多达30首，这还不包括陆游认作赝品的《姑熟十咏》。客观原因是，李白多次往返长江一带，写下了大量诗歌，主观原因是陆游非常喜爱李白诗。《入蜀记》体

---

① 《剑南诗稿校注》卷二《将离江陵》，第155页。
② 《剑南诗稿校注》卷十《舟中对月》，第778页。
③ 《剑南诗稿校注》卷十《黄鹤楼》，第804页。
④ 《剑南诗稿校注》卷二《哀郢》，第144页。
⑤ 《剑南诗稿校注》卷十《叙州》，第772页。
⑥ 《剑南诗稿校注》卷十《龙兴寺吊少陵先生寓居》，第784页。
⑦ 《剑南诗稿校注》卷十《泛小舟姑熟溪口》，第816页。

现了陆游喜爱李白诗歌的一贯立场。

如上文所述，在入蜀途中，陆游多次称赞李白诗歌。在池州，他有一段文字集中论述李诗之高妙：

> 李太白往来江东，此州所赋尤多，如《秋浦歌》十七首及《九华山》《清溪》《白笴陂》《玉镜潭》诸诗是也。《秋浦歌》云："秋浦长似秋，萧条使人愁。"又曰："两鬓入秋浦，一朝飒已衰。猿声催白发，长短尽成丝。"则池州之风物可见矣，然观太白此歌高妙乃尔，则知《姑熟十咏》决为赝作也。杜牧之池州诸诗正尔，观之亦清婉可爱，若与太白诗并读，醇醨异味矣。[①]

这段文字最值得注意之处，是从李白诗歌艺术出发，来评判杜牧诗及《姑熟十咏》。陆游列举李白在池州所作的《秋浦歌》《改九子山为九华山联句》《青溪半夜闻笛》《游秋浦白笴陂二首》《与周刚青溪玉镜潭宴别》等诗，特别称赞《秋浦歌》"高妙"，并将之与杜牧池州之作加以比较，认为二者有醇醨之别（李诗如美酒，杜诗如劣酒），陆游的辨别固然客观准确，但杜牧与李白原本高下分明，此前诗论家也很少讨论其优劣，只是因为陆游游览池州，联想到他们的池州诗歌才将他们比较起来，结果杜牧不幸成了李白的陪衬。

陆游还将《姑熟十咏》与《秋浦歌》予以比较，从艺术水平与风格等方面得出判断，坚信这组诗为赝品伪作。此前，路过当涂时，他曾专论《姑熟十咏》之伪：

> 李太白集有《姑熟十咏》，予族伯父彦远尝言，东坡自黄州还，过当涂，读之抚手大笑曰："赝物败矣，岂有李白作此语者？"郭功父争以为不然，东坡又笑曰："但恐是太白后身所作耳。"功父甚愠，盖功父少时诗句俊逸，前辈或许之，以为太白后身，功父亦遂以自负，

---

① 《入蜀记校注》卷三，第66页。

故东坡因是戏之。或曰《十咏》及《归来乎》《笑矣乎》《僧伽歌》《怀素草书歌》，太白旧集本无之，宋次道再编时，贪多务得之过也。①

《姑熟十咏》伪作说，最先出自北宋。罗愿《新安郡志》卷十称王安国（1028—1074）已疑为李赤所作。但王安国、苏轼等人也只是推测，缺少有力的证据。陆游除了引用苏轼之说外，又引用"或曰"，将《姑熟十咏》等伪作归咎于宋敏求。而在宋敏求治平元年（1064）重编《李太白文集》之前，松江重祐就有了《和李白姑熟十咏》之作，释智圆（976—1022）为之作序，称赞李白诗歌"气高而语淡，志苦而情远"②，说明当时《姑熟十咏》还不存在真伪问题。尽管《姑熟十咏》不及《秋浦歌》优秀，但以此来证明其伪，体现出陆游以艺术品评来辨伪的倾向，暴露出这种批评方式的局限性。

除了李白，陆游还特别关注梅尧臣诗歌。陈振孙《直斋书录解题》卷十七云："圣俞为诗，古澹深远，有盛于一时。近世少有喜者，或加毁誉。惟陆务观重之，此可为知者道也。"③梅尧臣往返宣城与汴京途中，舟行于长江，写下了不少诗歌。陆游行经长江，自然不时地想起他非常熟悉的梅尧臣诗歌。当涂境内江边有慈姥矶，"尤巉绝峭立"，其名与望夫石相对，徐俯误以为无人吟咏，陆游就此予以引申说：

> 梅圣俞护母丧归宛陵，《发长芦江口》诗云："南国山川都不改，伤心慈姥旧时矶。"师川偶忘之耳。圣俞又有《过慈姥矶下》及《慈姥山石崖上竹鞭》诗，皆极高奇，与此山称。④

---

① 《入蜀记校注》卷二，第53页。
② 《闲居集》卷三十三《松江重祐和李白姑熟十咏诗序》，见曾枣庄、刘琳主编：《全宋文》卷三百一十，上海辞书出版社，安徽教育出版社，2006年，第15册，第236页。
③ 《直斋书录解题》，上海古籍出版社，1987年。
④ 《入蜀记校注》卷二，第49页。

陆游先引用《发长芦江口》中的诗句来纠正徐俯的错误，却未置评论，然后举出另两首有关慈姥矶的诗歌，推崇二诗"极高奇，与此山称"。为了便于理解陆游此论，兹引二诗如下：

> 芦汀泱漭外，露敛见孤嶂。行舟每出观，渐近已殊状。傍来认饮牛，正去忽侧盎。水窣阴若春，野鸟时与相。且待风色回，出口始浩荡。
>
> ——《慈姥矶下》①
>
> 江水浸石壁，峭直无鸟踪。穴垂青竹根，瘦蛇愁作龙。霹雳雨脚入，湿点莓苔封。世人不得用，八马今乖慵。
>
> ——《慈姥山石崖上竹鞭》②

这两首诗写作于庆历八年（1048）。第一首重在描写舟行途中不同角度、不同距离所见到的慈姥矶不同景象，第二首重在描写慈姥矶石壁上遒劲瘦硬的竹根，可见陆游所谓的"极高奇"，并不是指慈姥矶多么高峻奇险，而是指诗歌境界与风格的"高奇"。梅尧臣诗歌风格丰富多样，以平淡为主导风格。欧阳修曾指出梅诗还有"琢刻"③和"古硬"④的特点，陆游又揭示出梅诗不为人注意的"高奇"，富有卓见。

《入蜀记》中还有一则特别的文学评论。八月二十六日，陆游游览鄂州头陀寺，寺前立有南齐王简栖的《头陀寺碑文》。该文为萧统《文选》所收录，陆游当然熟悉其文，引发他浓厚兴趣的不是碑文本身，而是眼前这块唐代石碑碑阴的题识：

> 藏殿后有南齐王简栖碑，唐开元六年建，苏州刺史张庭珪温玉书，韩熙载撰碑阴，徐锴题额……碑阴又云："皇上鼎新文物，教被

---

① 《梅尧臣集编年校注》卷十八，第460页。
② 《梅尧臣集编年校注》卷十八，第459页。
③ 《欧阳修全集》卷三十三《梅圣俞墓志铭》，第497页。
④ 《欧阳修诗文集校笺》卷二《水谷夜行寄子美圣俞》，第46页。

华夷，如来妙旨，悉巳遍穷，百代文章，罔不备举，故是寺之碑，不言而兴。"按此碑立于己巳岁，当皇朝之开宝二年，南唐危蹙日甚，距其亡六年尔。熙载大臣，不以覆亡为惧，方且言其主鼎新文物，教被华夷，固已可怪，又以穷佛旨，举遗文，及兴是碑为盛，夸诞妄谬，真可为后世发笑，然熙载死，李主犹恨不及相之，君臣之惑如此，虽欲久存，得乎！①

这应该是陆游第一次看见韩熙载的题识。面对实物，陆游情绪激烈，批评韩熙载等人在南唐危亡之际，还腆颜大言李后主"鼎新文物，教被华夷"云云，实在是"夸诞妄谬"，李后主居然还遗憾未拜他为相，这两位君臣是多么的迷惑糊涂！在国家政局与文艺之间，陆游一向以政局为先，他晚年曾批评花间词人，于"天下岌岌，生民救死不暇"之际，仍沉溺于歌舞享乐之中，"流宕如此"②，与批评韩熙载的旨趣一脉相承。

对韩熙载碑阴题识的不满，进一步引发他对《头陀寺碑文》的一通批评：

简栖为此碑，骈俪卑弱，初无过人，世徒以载于《文选》，故贵之耳。自汉魏之间，骎骎为此体，极于齐梁，而唐尤贵之，天下一律。至韩吏部、柳柳州大变文格，学者翕然慕从，然骈俪之作，终亦不衰，故熙载、锴号江左辞宗，而拳拳于简栖之碑如此。本朝杨、刘之文，擅天下，传夷狄，亦骈俪也。及欧阳公起，然后扫荡无余，后进之士，虽有工拙，要皆近古。如此碑者，今人读不能终篇，已坐睡矣，而况效之乎？则欧阳氏之功可谓大矣。若鲁直云："唯有简栖碑，文章岿然立。"盖戏也。③

①《入蜀记校注》卷四，第100页。
②《渭南文集校注》卷三十，第3册，第297页。
③《入蜀记校注》卷四，第101页。

陆游直言王简栖碑文"卑弱"，并不因为收在《文选》中而有所宽假，他又进一步追源溯流，从汉魏至齐梁，再至唐五代和宋代，梳理骈文兴衰演变，称赞韩愈、柳宗元特别是欧阳修的扫荡之功，体现了陆游反对骈文的鲜明立场。淳熙五年六月，他重游头陀寺，仍不忘寻访王简栖碑，再次批评其"文浮"："舟车如织喜身闲，独访遗碑草棘间。世远空惊阅陵谷，文浮未可敌江山。"①至于黄庭坚所说"唯有简栖碑，文章岿然立"，陆游也不认可。按，黄诗出自《鄂州节推陈荣绪惠示沿檄崇阳道中六诗，老懒不能追韵，辄自取韵奉和·头陀寺》："头陀全盛时，宫殿梯空级。城中望金碧，云外僧織織。人亡经禅尽，屋破龙象泣。唯有简栖碑，文章岿然立。"②黄诗本意是以"简栖碑"之独存，来见出头陀寺的没落，陆游因为执着于批评《头陀寺碑文》，而连带质疑黄诗。

要之，陆游对李白诗歌的评价体现了他的艺术观及从艺术来评判作品真伪的批评倾向，对梅尧臣诗歌的评价揭示了梅诗不为人关注的高奇风貌，对简栖碑的评价折射出他先政治后艺文、重古文轻骈文的批评立场。

三、引据诗文的文献价值

陆游所到之处，常因其地而联想到相关诗文，主观上并没有保存文献的动机，但客观上所引诗词文却具有校勘和辑佚价值。

《入蜀记》所征引的诗词文，大多是流传至今的名家之作。其中少量作品具有校勘价值，兹举四例。

例一梅尧臣诗。陆游行至天门山时，联想起李白、王安石、梅尧臣、徐俯等人的诗歌，并一一予以征引，征引梅尧臣诗曰："东梁如仰蚕，西梁如浮鱼。"③陆游没有标出其诗歌题目，所引诗歌见《梅尧臣集编年校

①《入蜀记校注》卷十《头陀寺观王简栖碑有感》，第805页。
②任渊、史容、史季温注，刘尚荣校点：《黄庭坚诗集注·山谷诗集注》卷十八，中华书局，2003年，第641页。
③《入蜀记校注》卷三，第59页。

注》卷二十三，题作《阻风宿大信口》，首两句作："东梁如印蚕，西梁如浮鱼。""印蚕"不可理解，朱东润先生校曰：

> 印蚕，诸本皆作"印"。夏敬观云："印疑印误，或卧误。"疑当作"印"，因形近误作"印"。①

夏先生从诗理出发，怀疑"印"是"印"或"卧"之误，朱先生进一步缩小怀疑范围，指出因形近致误为"印"字。夏、朱二位眼力非凡，却苦无文献证据。《入蜀记》则足资其校勘。

例二白居易文。陆游行至庐山，游览五杉阁、白公草堂，《入蜀记》卷三曰："五杉阁前，旧有老杉五本，传以为晋时物。白傅所谓大十尺围者，今又数百年，其老可知矣。近岁，主僧了然辄伐去，殊可惜也。"所引白居易文见《白居易集笺校》卷四十三《草堂记》，原文曰："涧有古松、老杉，大仅十人围，高不知几百尺。"朱金城先生征引《入蜀记》此文为笺，其校曰："'人'，《英华》作'尺'。"②如果按照"十人围"推算，杉木树干周长达十六七米，不合科学，而以"十尺围"来估算，其周长约为三米，较符合情理。所以，《入蜀记》可以为白居易《草堂记》提供校勘依据。

例三杜甫诗。陆游行至公安县，征引杜甫相关诗作。《入蜀记》卷五曰："老杜《晓发公安》诗注云：'数月憩息此县。'"最新出版的两种杜诗注本《杜甫全集校注》《杜甫集校注》都题作《晓发公安数月憩息此县》③。而《杜诗详注》卷二十二题作《晓发公安》，题下小字："原注：数月憩息此县。"④《钱注杜诗》卷十八亦将"数月憩息此县"视为自注⑤，

---

① 《梅尧臣集编年校注》卷二十三，第713页。
② 《白居易集笺校》，第2741页。
③ 萧涤非主编，廖仲安等副主编：《杜甫全集校注》卷十九，人民文学出版社，2014年，第10册，第5649页。谢思炜校注：《杜甫集校注》卷十八，上海古籍出版社，2015年，第7册，第2701页。
④ 仇兆鳌注：《杜诗详注》卷二十二，中华书局，1979年，第5册，第1937页。
⑤ 钱谦益注：《钱注杜诗》卷十八，上海古籍出版社，2009年，下册，第612页。

小字排列。《入蜀记》所载无疑是可资取信的校勘资料。

例四李家明诗。《入蜀记》卷三："南唐元宗南迁豫章，舟中望皖山，爱之，谓左右曰：'此青峭数峰，何名？'答曰：'舒州皖山。'时方新失淮南，伶人李家明侍侧，献诗曰：'龙舟千里扬东风，汉武浔阳事正同。回首皖公山色好，日斜不到寿杯中。'元宗为悲愤唏嘘。故王文公诗云：'南狩皖山非故地，北师淮水失名王。'计其处，当去此不远也。"南唐中主李璟为后周所败，割让江北十四州求和，逃往豫章，途中眺望皖公山（即天柱山），李家明作诗予以讽刺。《全唐诗》卷七五七收录此诗，题作《咏皖公山》，文字多有不同："龙舟轻飐锦帆风，正值宸游望远空。回首皖公山色翠，影斜不到寿杯中。"最大的区别是第二句，《入蜀记》所引李诗用了汉武帝之典。元封五年（公元前106年）汉武帝南巡，经浔阳至皖公山，将之封为南岳。李家明将李璟、刘彻相比较，突出两者的差异，嘲弄李璟的落败逃亡。《入蜀记》所引"南狩"二句，出自王安石《和微之重感南唐事》，与李家明诗意相同。而《全唐诗》的版本不用此典，只是寻常叙事，讥刺效果大减。如果这样，李璟则不会"悲愤唏嘘"。陆游精于南唐史，所载李诗更加可信。

当然，《入蜀记》所引文本，并非都无瑕可议。如《入蜀记》卷三引李白《秋浦歌》，有"两鬓入秋浦，一朝飒已衰。猿声催白鬓，长短尽成丝"。两个鬓字重复，可能是陆游误记，或者是刊刻致误。后一个"鬓"，当依李白集作"发"字。

《入蜀记》所引作品中，有的已经失传。这些失传的作品，有的可资辑佚，有的可用于考知相关作家的创作及生平情况。亦举四例如下：

例一徐俯诗序。《入蜀记》卷二曰："慈姥矶，矶之尤巉绝峭立者。徐师川有《慈姥矶》诗，序云：'矶与望夫石相望，正可为的对，而诗人未尝挂齿牙。'故其诗云：'离鸾只说闺中恨，舐犊谁知目下情。'"《全宋诗》卷一三八〇据《宋诗纪事补遗》引《太平府志》录此诗，题作《慈姥望夫二矶》，全诗作："慈姥矶头秋雨声，望夫山下暮潮生。离鸾只说闺中事，舐犊谁知目下情。"诗前无序。《入蜀记》所引诗序，有助于更好地理解徐诗，可以补《全宋诗》之佚。

例二黄庭坚《铁牢盆记》。十月二十四日，陆游行抵巫山县，入住其县廨，见到东汉炼盐的大铁盆。《入蜀记》卷四曰：

> 县廨有故铁盆，底锐似半瓮状，极坚厚，铭在其中，盖汉永平中物也。缺处铁色光黑如佳漆，字画淳质，可爱玩。有石刻鲁直作《盆记》，大略言："建中靖国元年，予弟叔向嗣直自涪陵尉摄县事，予起戎州，来寓县廨。此盆旧以种莲，余洗涤乃见字云。"

这是陆游实地看见的石刻文献《铁盆记》，也许当年就没有编入山谷集，全文早已失传，今人整理的《黄庭坚全集》未收录此文[1]，《黄庭坚全集辑校编年》据《舆地纪胜》卷一六八收录《巫山县汉盐铁盆记》，仅如下数句："余弟嗣直来摄是邑事，堂下有大盐铁盆，有款识，盖汉书物也。其末曰永平七年。"[2]显然不是全篇，且编者将之归为"未编年作品"之列。今按，元符三年（1100）十二月，黄庭坚从戎州出发，顺江而下，建中靖国元年（1101）春，到达巫山县，有《戏题巫山县用杜子美韵》《减字木兰花·巫山县追怀老杜》等作品传世，清明前后尚在巫山县。《铁盆记》作于初到巫山时，《入蜀记》所载佚文，更为完整，既可以补山谷集之佚，又可以补证其从弟黄叔向的生平[3]。

例三唐文若佚诗。十月五日，陆游参谒宜都张商英墓，引用宋人魏泰及唐立夫诗。《入蜀记》卷五云："唐立夫舍人亦有一诗，末句云：'无碑堪堕泪，着句与招魂。'"[4]唐文若，字立夫，眉山人，唐庚之子。绍兴五年（1135）进士，曾任中书舍人，《宋史》卷三百八十八有传。《全宋诗》卷一九八一录唐文若诗，未收此作。汤华泉《全宋诗辑补》据《入蜀记》

---

① 刘琳等校点：《黄庭坚全集》，四川大学出版社，2001年。

② 郑永晓整理：《黄庭坚全集辑校编年》，江西人民出版社，2008年，第1490页。

③ 周裕锴《黄庭坚家世考》对黄叔向的生平考证，未载其摄巫山令之事。周文见《中华文史论丛》1986年第4辑，上海古籍出版社，1986年，第196页。

④《入蜀记校注》卷五曰："其人不详。"第123页。

辑入，题作《谒张天觉墓》①。

例四曾几佚诗。《入蜀记》卷一曰："（吴江）县治有石刻曾文清公《渔具图》诗，前知县事柳楙所刻也。《渔具》比《松陵倡和集》所载又增十事云。"曾文清即曾几，著有《茶山集》。陆游所引《渔具图》已失传。陆龟蒙有《渔具》《和添渔具五篇》，共20首，皮日休有《奉和渔具十五咏》《添渔具诗》，计20首。据此判断，曾几所写《渔具图》诗应为30首。陆游是曾几的学生，撰有《曾文清公墓志铭》，据此文，曾几文集为三十卷，现存《茶山集》仅为八卷，30首的《渔具图》全部失传，也就不难理解了。

由于《入蜀记》只是一部纪行日记，所引诗文的文献价值自然不及总集、别集之类，所以人们对其校勘、辑佚方面的价值利用不够。从上文举例来看，陆游所引多是唐宋名家之作，有的还是陆游亲眼目睹的石刻文献，有的是其独家记载，尽管总量有限，但吉光片羽，仍值得珍视。

［原刊《安徽师范大学学报（人文社会科学版）》2017年第6期，与卢娇联合署名］

---

① 汤华泉辑撰：《全宋诗辑补》，黄山书社，2016年，第2001页。

徐似道生平与创作考

　　徐似道是南宋中期比较活跃的诗人，与范成大、陆游、杨万里、周必大、刘过、戴复古等人都有交游。南宋后期的刘克庄称赞他："此公曾见石湖、放翁、诚斋一辈人，又材气飘逸，记问精博，警句巧对，天造地设，略不籍人喉舌，费人心思。品在姜尧章诸人之上。"①在他看来，徐似道的地位要高于姜夔。但世事难料，因为其诗集早已失传，导致其地位不断下滑，以致后来学界很少关注其人其诗。钱锺书《谈艺录》在论述诚斋体诗时，曾表彰徐似道与张镃师法诚斋，称徐似道"洵堪与诚斋把臂入林，张功父不能望其项背"②，并罗列徐似道部分诗歌。于北山、王瑞来等人在考证范成大交游时，对徐似道的部分生平经历有所探讨③。此外，则再无人研究徐似道，致使徐似道的生平经历及创作存在诸多模糊和缺失之处。

　　已知徐似道的生平大体如下：徐似道字渊子，一字京伯，号竹隐、竹所④，黄岩（今浙江温岭）人。乾道二年（1166）进士，历任吴江（今江

---

①《刘克庄集笺校》卷一七九，第6913页。

②《谈艺录》，第447页。

③于北山：《范成大交游考略》，《中华文史论丛》1983年第1辑，上海古籍出版社，1983年，第190—192页。王瑞来：《〈范成大交游考略〉补正》，载《文学遗产》增刊第17辑，中华书局，1991年，第187—189页。

④高斯得《耻堂存稿》卷四《东皋子诗序》称从"竹所先生徐渊子"得到戴复古父亲戴敏诗歌。孙应时《烛湖集》卷八《与徐郎中似道书》回忆与徐似道的交往，曰："违远清风，岁月如许，然梦寐依依，犹若在竹所持蟹螯时也。"竹所当是地名。《武林旧事》卷五《湖山胜概》有"竹所"。

苏省苏州市吴江区）、吴县（今江苏省苏州市吴中区）尉、太和县（今江西省泰和县）令，主管官告院，出知郢州（今湖北省钟祥市），召为礼部员外郎，兼权直翰林学士院，改为秘书少监，迁起居舍人。后出任江西提刑。其生平散见《南宋馆阁续录》卷七、《宋中兴学士院题名录》、《嘉定赤城志》卷三十三、《万历黄岩县志》卷六、《台州府志》等。平生好诗，有《竹隐集》（已佚）。《全宋诗》卷二〇五四录其诗一卷，《全宋文》卷五八四三录其文两篇，《全宋词》录其词四首。现就其生平若干问题加以考证，兼及其诗文创作及相关活动。[1]

一、生卒年考

关于徐似道的生卒年，现存文献没有明确记载。但我们可以通过现存文献作出推测。

徐似道有首《自笑》诗，提及年龄：

> 黄昏茅店带星入，清晓竹舆蒙露行。客路三千年五十，对人犹说是归耕。[2]

该诗抒写其宦游之苦，远离家乡，披星戴月，辛劳无奈。该诗作于何时？值得注意的是"客路三千年五十"。从字面上来看，此句可以理解为五十岁之前，已经行走三千里路，但徐似道往返多地，远远超过三千里路。所以，只能作另一种理解，就是当时诗人所在地离家乡黄岩有三千里之遥。徐似道历任吴江县尉、吴县尉、太和县令、绍兴府学教授、苏州通判、官告院主管、郢州知州、江西提刑等职（参下文），其中担任郢州知州、江

---

① 本文写作于2017年，刊于2018年。当时未见浙江大学出版社2016年6月出版的《温岭丛书》甲集第二册《徐似道集 王居安集 戴昺集 陈咏集 林昉集 潘伯修集》。《徐似道集》由浙江温岭市方志办项琳冰校注。该书收徐诗54首，诗句24联，词4篇，文9篇。内含"唱酬诗文""辨析考证"。搜罗较广，但对其生平考证尚多模糊不清。

② 《全宋诗》卷二〇五四，第47册，第29106页。

西提刑时年龄都早已超过五十，可以不论。在吴江、吴县、太和、绍兴、苏州、杭州这六地中，离其家乡黄岩最远者当是太和。今天从浙江温岭至江西泰和，全程高速，一路向西偏南方向，最近距离约为900公里，但宋人所走的路线，远非如此便捷。周必大乾道八年（1172）自杭州回家乡庐陵（今江西吉安），根据他的《乾道壬辰南归录》的记载，二月十六日由杭州出发，途经临平、桐乡、吴江、无锡、宜兴、溧阳、黄池、南陵、宣城、池州、建德、石门、余干、丰城、临江军、吉水，六月二十二日到达庐陵。其路线由北再转向西南，水陆兼程，历时四个多月，扣除在苏州等地逗留的一个多月时间，约为三个月。以每天三十里路计算，亦近于三千里。太和（今江西泰和县）在庐陵之南，加之从黄岩至杭州、从庐陵至太和的路程，那么，从黄岩至太和的距离应该在三千里左右。由此可以肯定，《自笑》一诗作于刚到太和之时。徐似道于绍熙三年（1192）前后出任太和县令（参见下文），以该年五十岁推算，徐似道生于绍兴十四年（1144）。

徐似道卒于何时？考戴复古《都中怀竹隐徐渊子直院》曰：

> 手携漫刺访朝官，争似沧洲把钓竿。万事看从今日别，九原叫起古人难。菊花到死犹堪惜，秋叶虽红不耐观。多谢天公怜客意，霜风未忍放深寒。[1]

戴复古是徐似道的同乡晚辈，交往密切。此诗写作于杭州，从诗中"九原""菊花到死"等语来看，其时徐似道已经去世。而"万事看从今日别"，则是辞世不久的语气。那么，该诗写作于何时？今考戴复古《都中书怀呈滕仁伯秘监》：

> 北风朝暮寒，园林日萧条。自非松柏姿，何叶不飘摇。儒衣历多难，陋巷困箪瓢。无地可躬耕，无才仕王朝。一饥驱我来，骑驴吟灞

---

[1]《戴复古诗集》卷六，浙江古籍出版社，1992年，第179页。

桥。通名丞相府，数月不见招。欲登五侯门，非皓齿细腰。索米长安街，满口读诗骚。时人试静听，霜枝啭寒蜩。倘可悦人耳，安望如箫韶。①

滕仁伯，名强恕，金华人。绍熙四年（1193）进士。据《南宋馆阁续录》卷七："嘉定五年五月，除（秘书少监）。六年五月，为宗正少卿。"②可见，该诗写于嘉定五年（1212）冬。《都中怀竹隐徐渊子直院》与该诗的题目、内容、语言有诸多相似之处，二诗题目中皆有"都中"二字，内容都是都中抒怀，都有干谒朝官石沉大海般的苦衷，都有霜风、霜枝之类景物描写，二人都担任过秘书少监。如此相似，足以说明二诗为同时所作，《都中怀竹隐徐渊子直院》亦作于嘉定五年（1212）冬。由此可以判定，徐似道卒于嘉定五年，享年六十九岁。③

二、任职吴江、吴县尉、户曹考

乾道二年，徐似道进士及第之后，就会进入仕途。他最先担任什么职务？一般情况下，县尉是新晋进士的初始职务。《万统姓谱》卷七曰："为吴江尉，受知范成大。"④未言何时担任吴江尉。明王鏊《姑苏志》卷四十一同此。《台州府志》说"乾道二年进士第，授吴江尉"⑤。吴江（今江苏省苏州市吴江区）为苏州属县，与苏州较近，徐似道有机会与吴郡人范成大交往。考范成大行踪，乾道二年三月，被免职回乡，乾道四年七月，出任处州知州。这期间最有可能认识徐似道。另外，范成大于乾道五年

①《戴复古诗集》卷一，第4页。

②《南宋馆阁录 续录》，中华书局，1988年，第251页。

③《徐似道集·辨析考证》依据温岭横峰《石壉徐氏宗谱》的记载，确定徐似道生于1144年，与鄙见不谋而合。关于其卒年，该书指出《石壉徐氏宗谱》关于徐似道卒于1222年的记载错误，认为其"去世时间当在1211年至1213年之间，而是1212年可能性为最大"。此论与鄙见不约而同。第112—114页。

④凌迪志：《万姓统谱》，上海古籍出版社，1994年，第179页。

⑤喻长霖编：《台州府志》卷一一六，台湾成文出版社，1970年，第1577页。

（1069）作《次韵答吴江周县尉饮垂虹见寄》，说明该年吴江县尉是这位周姓县尉。徐似道很可能此时已经离任。

后来，徐似道担任吴县尉，有直接可靠的文献记载。乾道八年（1172）二月，周必大因故被罢，从杭州回庐陵老家，途经苏州。他的日记《乾道壬辰南归录》清楚记载了与徐似道两次见面的情形：

> 三月己巳朔，晴，风顺，俄顷至尹山，以小舫入崇福寺，同主僧惟妙访何仔园亭，其子夏卿及任婿韦启心相候。园地虽狭，种植甚繁，海棠盛开，闻牡丹多佳品。少休还舟中，绕城抵盘门。提刑王季海、敷文李次山奉议结、太守向经甫徽猷、吴县尉徐君似道（自注：台州人）相见于津亭。①

> 丁酉，早过阊门，太守及二司相迓于高丽亭，力欲移具，固辞之。崔仲由教授、王知录康彦、徐尉似道继至，与大兄同游虎丘，乡人张德醇、德懋、德逊及其任元礼（德和之子）并相候，置酒待之。夜宿寺中，长老希范。②

三月一日，周必大游览苏州寺庙、园林，徐似道等当地官员去看望周必大，这应该是他们首次见面。二十九日（丁酉），徐似道等人再次陪同他游览虎丘等地。徐似道的职务是"吴县尉"。由此可见，乾道八年徐似道在吴县尉任上。

这期间，徐似道与范成大交往较多。乾道七年，范成大从朝廷回家乡营造石湖别墅，次年春，范成大约请邻居游览石湖，有《初约邻人至石湖》诗③。徐似道在受邀之列。徐似道有词纪游（已佚），范成大身为主人，写下了一首和作《念奴娇·和徐尉游石湖》：

---

① 周必大著，王蓉贵、（日）白井顺点校：《周必大全集》卷一七一，四川大学出版社，2017年，第1605页。

② 《周必大全集》卷一七一，第1605页。

③ 《范成大年谱》，第159—160页。

　　湖山如画，系孤篷柳岸，莫惊鱼鸟。料峭春寒花未遍，先共疏梅索笑。一梦三年，松风依旧，萝月何曾老。邻家相问，这回真个归到。　　绿鬓新点吴霜，尊前强健，不怕衰翁号。赖有风流车马客，来觅香云花岛。似我粗豪，不通姓字，只要银瓶倒。奔名逐利，乱帆谁在天表。①

范成大称徐似道为"风流车马客"，含有赞赏之意。一同游览石湖的还有平江府教授崔敦礼，即周必大《乾道壬辰南归录》中所说的崔仲由教授，他也写下了一首次韵词《念奴娇·和徐尉》：

　　吴松江畔，对烟波浩渺，相忘鸥鸟。日日篮舆湖上路，十里珠帘惊笑。高下楼台，浅深溪坞，著此香山老。辋川图上，好风吹梦曾到。　　不用金谷繁华，碧城修竹。自比封君号。万壑千岩天付与，一洗寒酸郊岛。霖雨方思，烟尘未扫，合挽三江倒。功成名遂，却来依旧华表②。

崔敦礼（？—1181）字仲由，河北人。绍兴三十年（1160）进士。历江宁尉、平江府教授、江东安抚司幹官、诸王宫大小学教授。官至宣教郎，有《宫教集》传世。该词没有言及徐似道，中心是颂美石湖其景其人。

　　徐似道担任吴江县尉、吴县尉期间，得到著名诗人范成大的奖掖，这对他进入诗坛具有重要意义。二十多年后，周必大还说"闻子才华自石湖"③，说明在人们的心目中，徐似道的成名与范成大直接相关。

　　吴县尉之后，徐似道应该担任了户曹一职。《台州府志》："授吴江尉，受知范成大，转户曹参军，入为太常丞。"④其中没有吴县尉一职，显得不够完整。县尉没有品级，户曹是从九品，所以，担任户曹一职，应在吴县

①《全宋词》，第1617页。
②《全宋词》，第1725页。
③《周必大集》卷四十一《送徐渊子知县朝奉还台》，第384页。
④《台州府志》卷一一六，第1577页。

尉之后，时间可能乾道九年至淳熙二年（1173—1175）之间。周密《癸辛杂识》续编卷下记载一件轶事，也可证明徐似道曾担任户曹一职：

> 竹隐徐渊子似道，天台人，名士也，笔端轻俊，人品秀爽。初官为户曹，其长方以道学自高，每以轻脱目之。渊子积不能堪，适其长丁母忧去官，渊子赋《一剪梅》云："道学从来不则声，行也《东铭》，坐也《西铭》。爷娘死后更伶仃，也不看经，也不斋僧。 却言渊子大狂生，行也轻轻，坐也轻轻。他年青史总无名，我也能亨，你也能亨。"能亨。乡音也。①

户曹职位低下，徐似道受到长官的轻慢对待，便借机讥讽其上司道学面孔，用语通俗，体现其好戏谑却不免轻佻的个性。

徐似道在何地担任户曹？很可能在绍兴府。因为徐似道参与同乡前辈、绍兴知府钱端礼所编《诸史提要》的刊印校正工作。钱端礼（1109—1177）字处和，号松窗道人，杭州临安（今属浙江）人，徙居台州临海。绍兴三年（1133），添差通判台州，隆兴二年（1164）赐同进士出身，除签书枢密院事兼权参知政事，进参知政事兼权知枢密院事。乾道四年（1168），起知宁国府，移知绍兴府。所撰《诸史提要》系摘录《史记》《汉书》《三国志》等史书而成，书末有三位校正人员，署名如下：

> 迪功郎前监潭州南岳庙李龟朋校正
> 从事郎前平江府吴县尉主管学事徐似道校正
> 迪功郎绍兴府学教授胡纮校正

王国维《两浙古刊本考》据《嘉泰会稽志》考知钱端礼于乾道九年（1173）知绍兴府，认定《诸史提要》"乃是时所刊"②。当时绍兴府学教

---

① 周密：《癸辛杂识》续编卷下，中华书局，1988年，第165页。
② 王国维：《两浙古刊本考》，《王国维全集》第七卷，浙江教育出版社，2010年，第117页。

授为胡纮，徐似道署名"前平江府吴县尉主管学事"，没有署现任官职，可能是要突出他"主管学事"的分工，以标明其工作经历及专业性质。

三、担任绍兴府学教授考

徐似道在（绍兴府）担任户曹之后，会去何地任何职？没有文献记载。陆游有首诗歌题赠徐似道，即《题徐渊子环碧亭，亭有茶山曾先生诗》：

> 茶山丈人厌嚣哗，幅巾每访博士家。小亭谈笑不知暮，往往城上闻吹笳。兴来杰作粲珠璧，岁久妙墨亡龙蛇。郎君弟子多白发，回头日月如奔车。徐卿赤城古仙子，十年四海推才华。览观陈迹喜不寐，旋补罅漏支倾斜。曲池还浸古来月，丛莽忽见当时花。重题旧句照高栋，力振风雅排淫哇。席间纻袍已散鹄，堂上讲鼓初停挝。速宜力置竹叶酒，不用更瀹桃花茶。桃花茶见曾公诗。[1]

该诗写作于淳熙十二年（1185）秋，陆游当时家居山阴。题中的环碧亭在哪？《剑南诗稿校注》卷十七引曾几《张耆年教授置酒官舍环碧亭，散步上园，煎桃花茶》诗，并曰："环碧亭，台州教授官舍之亭，张耆年建，茶山于绍兴二十六年知台州，此诗盖官暇时游耆年官舍所作。"此论缺少可靠文献支撑，不能因为曾几曾知台州，就推论出环碧亭在台州，更不能推导张耆年是台州教授，环碧亭为张耆年所建，所以钟振振《读〈剑南诗稿校注〉札记》提出质疑。钟文征引了两则重要文献，一是《吕东莱文集》卷六《纪事·入越录》，记载吕祖谦"淳熙元年八月二十八日，自金华与潘叔度为会稽之游"，九月，"六日，偕石天民斗文、潘叔度自寺桥直道过郡庠，道傍多流水乔木，殊不类廛市，教授厅后环碧亭小憩，环亭皆水，败荷折苇，秋思甚浓"。其中的郡庠，指的是绍兴府学。由此可见绍

---

[1]《剑南诗稿校注》卷一七，第1331页。

兴府学官舍亦有环碧亭。二是征引王应麟《困学纪闻》卷一九之语："徐渊子为越教,《答项平甫》云:'正恐异时风舞雩之流,不无或者月离毕之问。'"①进一步证实徐似道曾任绍兴府学教授②。钟文所论甚是,现再补充几点理由。

第一,张耆年担任何地教授?陆游提到的曾几诗歌,指其《张耆年教授置酒官舍环碧,散步上园,煎桃花茶》:"何许清尊对物华,广文官舍似僧家。向人只合供谈笑,领客犹能办咄嗟。光动杯盘环碧水,香随珠履上园花。公如不厌过从数,但煮东坡所种茶。"这是曾几当年题写在张耆年环碧亭上的诗歌。张耆年,是张扩之侄,张扩《东窗集》卷二曾记载张元龄、张大年、张耆年三兄弟"皆好学,善属文",绍兴年间,张氏三兄弟曾在吴县参与张扩诗社活动③。张耆年是否在绍兴或者台州担任过府学教授?这是关键所在。曾几《茶山集》卷四恰好有首《送绍兴张耆年教授之永嘉学官》诗,诗曰:"海内孤寒士,江头独冷官。胡为涉修阻,不肯近长安。蠲纸无留笔,生枝不带酸。名山天下少,行矣雪消残。"由此可见,张耆年曾担任过绍兴府学教授,期间,曾几有机会光顾其府学官舍,并题写上引诗歌。张耆年后来出任永嘉学官(教授),即使是在曾几知台州之时,因为相处两地,山水阻隔,交往不便,曾几也不可能"每访博士家",不可能与张耆年"过从数"。

第二,陆诗谓"徐卿赤城古仙子,十年四海推才华",将其家乡赤城(天台)与"四海"对举,可见当时徐似道不在家乡,所谓"十年",正是自徐似道任满户曹以来的十年。这十年徐似道宦游各地,因此,环碧亭应该不在台州。同时,陆游用"推才华"来评价府学教授徐似道,"推"有推广、传播之意,恰好与教授的职业相关,很怀疑,自吴县尉之后,徐似

①王应麟:《困学纪闻》卷十九,上海古籍出版社,2005年,第548页。项安世(1129—1202),字平甫,淳熙二年(1175)进士,授绍兴府教授。项安世是徐似道的前任,淳熙十一年尚在绍兴。陆游《庄器之作招隐阁,项平父诸人赋诗,予亦继作》即为淳熙十一年(1184)在绍兴所作,所以徐似道与项安世之间当有所交往。《全宋文》卷五八四三未收录徐似道《答项平甫》一文。

②钟振振:《读〈剑南诗稿校注〉札记》,《绍兴文理学院学报(哲学社会科学版)》2016年第3期。

③参欧阳光:《宋元诗社研究丛稿》,广东高等教育出版社,2011年,第220—221页。

道一直担任类似教授之类的学官。

第三，陆诗继续写徐似道，"席间纩袍已散鹄，堂上讲鼓初停挝"，意谓生众已散去，讲授已结束，这符合徐似道府学教授的身份。"速宜力置竹叶酒，不用更瀹桃花茶"，亦是就近就快的语气，可印证徐似道当时就在绍兴本地。

第四，从陆诗所写徐似道对曾几题诗的喜爱及保护来看，当是徐似道刚任绍兴府学教授之际，也就是说，淳熙十二年（1185），徐似道自外地来任绍兴府学教授。从何而来？府学教授为正七品，此前他曾担任过吴县尉。此后，绍熙三年（1192）前后出任太和县令，仍然是正七品，这期间也应该还担任过其他职务。现已不可考。

如曾几所说，府学教授是个"冷官"，徐似道长期担任教授，难免有些失落。其诗《偶题》，《嘉庆太平县志》卷十四、《温岭县志》题作《自题环碧亭》，当作于绍兴府学教授期间，诗云："老去功名不挂怀，高眠之外只清斋。偶因种竹便多事，风叶扫余还满阶。"其时，徐似道四十多岁，日渐老去，自然对功名难以释怀，所以枯守清斋，觉得光阴虚度，无聊寂寞。

四、担任太和县令考

担任太和县令是徐似道一生中较为重要、对诗歌创作影响最大的经历。一方面，是因为太和位于南宋江南西路吉州（庐陵）境内，是宋代诗学非常发达的地区，另一方面，当时在庐陵生活着周必大、杨万里等前辈诗人，以及刘过、刘仙伦、萧彦毓等布衣诗人，徐似道在这里担任县令，推动了他的诗歌创作。

徐似道何时开始担任太和县令？没有明确的文献记载。但其离开太和县令的时间则可以考知。周必大《送徐渊子知县朝奉还台》诗曰：

闻子才华自石湖，眼看清政似冰壶。坊村不识催科吏，亭传焉知警捕符。此去诣台凫举鸰，向来行陌雉将雏。朝回试望星辰履，倘许吹嘘上汉无。①

题下自注："丙辰正月。"丙辰为庆元二年（1196）。当时周必大闲居庐陵（今江西吉安），徐似道自太和返回杭州，路过庐陵，周必大作此诗为其送行。前四句概括其在太和的政绩，后四句展望其未来，祝愿他回到天子身旁。由此可知，徐似道庆元二年正月已经离任，其实际卸任时间应该在庆元元年末。县令一般三年一任，以此推测，徐似道应在绍熙三年（1192）前后出任太和县令。

徐似道担任太和县令期间，诗歌名声较大，社会活动较多。周必大（1126—1204）是当地首屈一指的高官和诗人，他们早已相识，庆元元年（1195），七十岁的周必大经过三次上书，终于获准致仕，回家闲居。徐似道写下颇见水平的《贺周益公致仕启》，刘克庄《后村诗话》予以引用，称赞徐似道"此作甚佳，然为诗名所掩"②。周必大也很愿意提携后进，称徐似道为"诗人太和令君"，他似乎更看重其诗人身份。周必大有诗《初春岩桂着花，诗人太和令君首赋佳篇，才臣、伯和、仲和三友继作，句法高妙，不容措辞，姑述四句》，题下自注："太和徐宰名似道，字渊子，天台人，时丙辰正月。"诗曰："蟾窟云根夜夜新，天台子落四时荣。君看月桂闲花草，犹似长春窃此名。"③徐似道《岩桂花》现存于世："重重帘幕护金猊，小树花开逼麝脐。寒色十分新疹粟，春心一点暗通犀。香延棋畔仙人斧，影射灯前太乙藜。从此再周花甲子，伴公长醉日东西。"末后两句兼有祝寿之意。

在担任太和县令期间，徐似道还与杨万里有所交往。赵与虤《娱书堂诗话》记载：

---

① 《周必大集》卷四十一，第384页。
② 《刘克庄集笺校》卷一七九，第6910—6911页。《全宋文》卷五八四三未收录该文。
③ 《周必大全集》卷四十一，第384页。

徐渊子似道寓泰和日，尝谒诚斋，赞以诗云："昨日离山谷，今朝谒子云。烟霞俱献状，草木亦能文。投刺真成赘，哦诗不当芹。匆匆拜床下，此意欠三熏。"公即席和云："夜对三更月，朝挥五朵云。葛藤前辈话，衣钵古人文。浊酒唯山果，蔾羹趁水芹。看承无一物，清绝炷炉熏。"今诚斋集亦遗此诗。[①]

从这一记载来看，他们是初次见面。绍熙五年（1194），杨万里（1127—1206）家居吉水，徐似道登门拜访，以诗歌来代替名刺，说明徐似道有了一定名声，也比较自信，他以杨雄来比喻杨万里，称赞杨万里"烟霞俱献状，草木亦能文"的才华，切合诚斋体的特点。杨万里立即作出回应，即席写作唱和诗，体现出他的积极态度。可惜此后二人有何交往，却未见记载。

拜访杨万里的还有太和当地诗人萧彦毓（字虞卿）。他请杨万里为其《梅坡诗集》题诗，杨万里应约作《跋萧彦毓梅坡诗集》诗[②]。萧彦毓带着诚斋题诗，又去吉州请前辈周必大题写次韵诗，周必大当时未暇题诗，庆元六年（1200），萧彦毓再次拜访周必大，周必大遂作《萧彦育虞卿顷年示诗，且求次诚斋待制所赠佳句之韵，尝许赴省时勉为之，适相过，以七步见窘，就坐呈老丑，聊述本意》，题下自注："庚申二月二十九日。"[③]在这之后，徐似道应萧彦毓之求，亦作《和诚斋跋梅坡诗卷》，诗中称"二老未尝轻许可，两诗固已为平章"，"二老"指杨万里和周必大，可以看出徐似道对"二老"的尊重。后来，杨万里在《诚斋诗话》中历数"近时后进"诗人时，就包括了徐似道，并征引其诗句[④]，说明他对徐似道的诗歌相对了解。

在太和县令任上，徐似道还与孙应时有书信来往。孙应时（1154—

---

①赵与虤：《娱书堂诗话》，文渊阁四库全书本。《全宋诗》卷二〇五四未收录徐似道此诗。《杨万里集笺校》附录二据此收录杨诗，题作《和徐渊子》，第5287页。

②《杨万里集笺校》卷三十六，第1877页。

③《周必大全集》卷四十二，第402页。

④《杨万里集笺校》卷一一四，第4359页。

1206）字季和，号烛湖居士，浙江余姚人，淳熙二年（1175）进士。有《烛湖集》传世。他比徐似道年轻十岁，淳熙五年（1178）在徐似道家乡台州黄岩担任县尉，庆元元年（1195）获任常熟县令，待次一年，次年四月到任①。《与徐郎中似道书》曰："便中乃蒙先以手札，不意尘浊芜没之踪，而当世名流亦犹不我忘也，忻跃感激，如何可言？"可见，徐似道先致信孙应时，孙应时才回复此信。信中称徐似道为"当世名流"，虽有客套成分，但徐似道颇有名声，当是基本事实。他又说："顷闻太和佳政，专用藏富于民之意；公堂觞咏，正作山谷道人后身。"②兼顾县令与诗人双重身份，用语巧妙。

徐似道现存几首作于太和县令任上的诗歌（残篇），可以见出其爱民的优秀品质：

我本田家子，驱来作长官。政虽无小异，民却自相安。静或焚香坐，闲因展书看。庸人扰之耳，只道太和难。

——《守太和》

一鞭加尔肤，万刃划吾腹。就令猛于虎，何忍食子肉。世无冷镬汤，邑尽活地狱。

——《装太和米纲》

周必大在《叔外祖奉议郎王公觉墓志铭》中说"太和尤号难治"③，徐似道在第一首诗中认为太和难治实属庸人自扰，完全可以无为而治。第二首应是残篇，最触目惊心。作为县令，他要大量征收粮食，运往其他地方；作为田家子，他深切同情农民的不幸，所以他有切肤之痛，不忍心压榨百姓。在他看来，整个太和县，就是一座活地狱。可以想见，他受到了多大的触动？当地老百姓生活又是何等的艰难？这充分体现了一个士人的社会

---

① 参见黄宽重：《孙应时的学宦生涯》，中国友谊出版公司，2021年，第373、376页。
② 《烛湖集》卷八，文渊阁《四库全书》本。
③ 《周必大全集》卷三十二，第309页。

良心。

　　北宋著名诗人黄庭坚曾任太和县令，写下了名作《登快阁》。徐似道追踪前人，多次游览快阁，曾写过"不日挽君来快阁，请分一箸供涪翁"①，刘过在《贺徐司封兼直院渊子》中回顾徐似道太和县令的经历，未提及他事，仅言"和落木澄江之句，孰知山谷之主宾"②。在即将告别太和时，徐似道再次游览快阁，并写下《满江红》词（已佚），当地诗人刘仙伦（与刘过并称"庐陵二刘"），写下《满江红·题快阁和徐宰韵》：

　　　快阁东西，鸥边问、晚晴可喜。鸥解语、既盟之后，两翁曾倚。笛弄惯听黄鲁直，履声深识徐渊子。添我来、相对两忘机，真相似。也不种，闲桃李。也不玩，佳山水。有新诗字字，爱民而已。一片心间秋水外，三年人在春风里。涨一篙、江水送归鸿，明朝是。③

从"三年"及"送归鸿"来看，该词亦是送别徐似道之作，词中除了称道其超逸情怀之外，特意称赞徐似道字字爱民的精神。刘仙伦还另有《送徐渊子知县二首》诗：

　　　君作西昌宰，人如太史贤。化行黄犊外，心在白鸥边。讼理无公事，官清祗俸钱。蓬窗载书尽，颇似米家船。
　　　城郭春寒夜，邮亭小泊时。相逢一樽酒，共说十年诗。风雨成轻别，江山莽后期。着鞭从此去，早到凤凰池。④

第一首就其太和政绩而言，第二首为话别，侧重其诗酒风流，祝愿他前程远大。

---

　　①《全宋诗》卷二〇五四《莼菜二首》之二。"快阁"写作"快问"，当误。
　　②刘过：《龙洲集》卷十二《贺徐司封兼直院渊子》，上海古籍出版社，1978年，第119页。
　　③《全宋词》，第2209页。
　　④刘仙伦：《招隐小集》，《宋集珍本丛刊》，线装书局，2004年，第104册，第398页。《全宋诗》《全宋诗辑补》未收刘诗。

五、担任苏州通判考

太和县令之后，徐似道担任何职？他的同乡、晚辈戴复古有两首诗歌称他为"徐京伯通判"：

> 竹隐种竹知几年，千竿万竿长拂天。群飞不敢下栖止，常有清风凛凛然。丹穴飞来两雏凤，凤来此竹为之重。牙签玉轴带芸香，家藏万卷为渠用。人间豚犬不足多，我来为作徐卿二子歌。手传竹隐文章印，看取他日官职高嵯峨。
>
> ——《徐京伯通判晚岁得二子》
>
> 一襟忠谊气，数首北征诗。不许公卿见，徒为箧笥奇。衔枚冲雪夜，击楫誓江时。此志无人共，愁吟两鬓丝。
>
> ——《题徐京伯通判北征诗卷》

称徐似道为徐京伯，仅见于戴复古此二诗中。所幸第一首诗中两次出现"竹隐"之号，可证徐似道一字京伯。他担任通判一职，仅见于戴复古此二诗。所以当代著述如《全宋诗》、《中国文学家大辞典》（宋代卷）等在介绍徐似道生平时，都没有提及这一经历，此可以弥补徐似道生平之欠缺。何时担任通判一职，去何地担任通判，更未见记载。通判为州府佐贰官，与县令同为正七品，区别在于所任职位为州府之职，地位介于县官与京官之间。按照常情，其任职时段有两个可能，一是自地方官入京之时，二是由京官外放为地方官之时。

考徐似道有《莼菜二首》，其一曰：

> 千里莼丝未下盐，北游谁复话江南。可怜一箸秋风叹，错被旁人苦未参。

莼菜是苏州特产，因张翰在洛阳思念家乡吴中莼菜羹、鲈鱼脍而闻名后世，该诗正是用了张翰故事，所以，初步判定，徐似道所任通判为苏州通判。此前，他曾担任过吴县尉，吴县（今苏州市吴中区）为苏州倚郭县，担任苏州通判，算是回到旧地，符合官员一般升迁路线图。戴复古所说的"北征"，也就是徐似道所说的"北游"，一定是长途跋涉。像杜甫《北征》就是由凤翔到鄜州。从杭州去苏州一带，不能叫北征。徐似道没有去江北或金国的经历，不可能从杭州"北征"某地。结合上文所言其任通判的时间，当在太和县令至官告院主管期间。太和属于江南西路吉州下属县，位于今赣南地区。从太和赴苏州（或许经过台州），符合"北征"的方向和距离。明乎此，我们就能进一步理解徐诗中"北游谁复话江南"的江南，不是泛指长江以南，更不是指苏州、绍兴等地，而是指江南西路的太和县。

太和县令任满之后，于庆元二年（1196），出任苏州通判。按诸徐似道《莼菜二首》所写之秋风，当在该年秋天之前已经到任。

六、担任官告院主管、出知郢州考

徐似道担任苏州通判之后不久，进入朝廷。《台州府志》称其"入为太常丞，户部司封郎官"。太常丞，为正六品，徐似道是否担任过太常丞、何时担任太常丞，都无从考订。户部司封郎官，于北山指出，户部当是吏部之误，可从①。吏部司封郎官，应该就是吏部官告院司封官。据王瑞来《〈范成大交游考略〉补正》考证，徐似道担任官告院主管应在庆元三年至五年之间。该文先引用两则文献：一是《宋会要辑稿·选举》二一之七所载："（庆元三年）八月五日，国子监发解，命监察御史程松监试，……主管官告院徐似道……点检试卷。"②二是《宋会要辑稿·职官》七三之二五所载："（庆元五年）三月三日，礼部侍郎胡纮放罢，主管官告院徐似道降一官放罢。以监察御史程松言宏辞命题，纮实据断，今题不

---

① 《范成大年谱》，第160页。
② 《宋会要辑稿·选举》二一，第4589页。

合典故，古题出处不一，纮独指一出以告同列，所取试卷，体格非是。似道方登朝行，辄敢附会胡纮，结为党与，蔑视同僚。"[1] 胡纮与徐似道是旧相识，此前曾一同校正过《诸史提要》，这可能是程松指责其结党的前提之一。从这两则材料中，可以见出徐似道担任官告院主管的时间范围。此外，《宋会要辑稿·选举》二二之一六又载：（庆元五年）"正月二十五日，命权礼部尚书黄由知贡举，吏部侍郎胡纮、侍御史刘三杰同知贡举。……太常博士钟必万……主管官告院徐似道点检试卷。"[2] 上述文献所载都是徐似道参与礼部选举事宜。

在工作之余，徐似道还借阅当时已经七十岁的布衣作者周辉的《清波杂志》，并撰写《清波杂志跋》：

> 余来中都，闻有所谓周处士昭礼《清波志》，急祈借传录，洪益处最多。大抵纪载事实之书，各随所见，收书者不厌其博也。他日讨论一事，适然针芥相投，车辙相合，方知此书之效。庆元戊午立秋前一日天台徐似道渊子书。[3]

庆元戊午为庆元四年（1198）。徐似道很喜欢这本笔记，肯定其文献价值，所以予以抄录。

徐似道因遭受程松的弹劾而被贬官。程松通过谄事韩侂胄而担任监察御史一职，弹劾"方登朝行"的徐似道结党，徐似道其实只是众多"点检试卷"官员之一，结党指控并无多少凭据，徐似道却因此"降一官放罢"。

庆元五年（1199），徐似道出任郢州知州。戴复古作《水调歌头·送竹隐知郢州》词为徐似道送行，词中没有任何安慰其贬官之言，估计徐似道不以贬官为意。戴复古后来专程至郢州，拜访徐似道，一同登上当地名胜白雪楼，二人约定各自写诗，以宋玉石对莫愁村，徐似道诗现存于戴复古诗集，诗曰：

---

[1]《宋会要辑稿·职官》七三，第4029页。

[2]《宋会要辑稿·选举》二二，第4603页。

[3] 周辉撰，刘永济校注：《清波杂志校注》，中华书局，1994年，第534页。

水落方成放牧坡，水生还作浴鸥波。春风自共桃花笑，秀色偏于麦垄多。村号莫愁劳想象，石名宋玉谩摩挲。试将有袴无襦曲，翻作阳春白雪歌。

戴复古诗题作《陪徐渊子使君登白雪楼，约各赋一诗，必以宋玉石对莫愁村》诗：

楼名白雪因词胜，千古江山春雨余。宋玉遗踪两苍石，莫愁居处一荒墟。风横烟艇客呼渡，水落沙洲人网鱼。借问风流贤太守，孟亭添得野夫无？[1]

"以宋玉石对莫愁村"，体现了他们交往之间"讲明句法"的特点[2]。徐似道在郢州应该还有其他创作，惜已失传。刘过后来用"歌阳春白雪之诗，相为宋玉之表里"来概括其郢州经历[3]，也是突出其文学才华。

七、还朝为官考

郢州任满之后，徐似道约于嘉泰二年（1202）前后回到朝中。俞松《兰亭续考》卷一记载："常叔度、徐渊子同观于西渤张园，壬戌四月廿四日，是日微风小雨。"壬戌即嘉泰二年，说明该年四月徐似道已经在杭州。《宋中兴学士院题名录》载："徐似道，开禧元年十月以礼部员外郎改除司封郎官，兼翰林权直（学士院）。"[4]说明开禧元年（1205）十月之前，徐

---

① 《戴复古诗集》卷六，第173页。

② 楼钥《跋戴式之诗卷》："雪巢林监庙景思、竹隐徐直院渊子，皆丹丘名士，俱从之游，讲明句法。"见《攻媿集》卷七十六，文渊阁《四库全书》本。

③ 刘过：《龙洲集》卷十二《贺徐司封兼直院渊子》，第119页。

④ 何异：《宋中兴学士院题名录》，《宋代传记资料丛刊》，北京图书馆出版社，2006年，第44册，第127页。

似道任礼部员外郎。

这期间，刘过与徐似道有所交往。其《呈徐侍郎兼寄辛幼安》诗曰：

> 当年今日误承恩，自倚容华托至尊。门外游丝难驻日，依然青草暗长门。猿臂将军战不休，当时部曲已封侯。夜深忽梦燕山月，犹幸君王晚更收。①

刘过与徐似道应该相识于太和县。嘉泰三年（1203），刘过在杭州，仰慕辛弃疾，作《沁园春·寄辛稼轩词》献给辛弃疾，稼轩读后邀刘过至绍兴相聚，次年冬刘过告别杭州回故里②。所以，刘诗很可能作于嘉泰四年春。

刘过另有《官舍阻雨，十日不能出，闷成五绝，呈徐判部》：

> 学弄笔头儿戏事，风流眼底亦无之。汪孙已往周洪没，本分作家今是谁？
>
> 竹隐先生名满世，自为举子已诗声。春风若入五花判，莫遣紫微红药惊。
>
> 秋霜烈日生前操，流水行云意外诗。未必中兴四君子，于斯二者更兼之。
>
> 潦倒傍门羞骑马，倦游老欲寄昆山。留将造请嗫嚅口，慷慨狂歌泉石间。
>
> 世间别有人才在，台阁招徕恐未多。半老江湖与岩穴，为公一赋草庐歌。③

判部指判礼部，主管贡院科举之事。从"倦游老欲寄昆山"一语来看，这组诗可能作于开禧二年春夏间。其时，刘过应昆山县令潘友文之邀，赴昆

---

①《龙洲集》卷八，第67页。
②参刘宗彬：《刘过年表》，《宋人年谱丛刊》，四川大学出版社，2003年，第7255—7256页。
③《龙洲集》卷八，第67—68页。

山，娶妻定居。①《龙洲集》卷十五收录徐似道次韵之作，题为《竹隐先生徐侍郎诗》，《永乐大典》卷八九九题作《竹隐先生徐侍郎诗五首，即为刘改之作也》，可见判部与侍郎本是同一职务。《全宋诗》卷二五一九题作《为刘改之作五首》，诗如下：

> 江西诗社久沦落，晚得一人刘改之。不向岭头拈取去，此衣此钵付他谁？
>
> 谪仙昔者号无敌，侯喜中间还有声。后五百年无继者，得渠一句便堪惊②。
>
> 一生能著几两屐，万户何如千首诗。竹隐在傍须径造，醉乡有路莫他之。
>
> 风吹客袂游甘露，雪打人头入半山。无故被他林鸟觉，竞传新句落人间。
>
> 闭门长安十日雨，车马不来蛙黾多。若往澹然应子是，作商声者必君歌。

徐似道主要是通过肯定其诗歌来安慰这位有理想的后进。

这期间，徐似道还有一件事受到后人称道。开禧元年五月，"乙亥，诏以卫国公曮为皇子，进封荣王"③。赵曮并非是宋宁宗所生，因宋宁宗子先后夭折，只好立赵曮为皇子。叶绍翁《四朝闻见录》甲集《徐竹隐草皇子制》载："宁皇立皇子洵，时上春秋犹盛。竹隐徐似道行制词，内二句云：'爰建神明之胄，以观天地之心。'真学士也，其意味悠长矣。"④其中"洵"当是"曮"之误。上句称颂宋宁宗立非亲生之子为皇子，下句暗含期望上苍能念及宁宗之心，让正值壮年的宋宁宗（1168—1224）能再生育皇子。用语的确巧妙。徐似道长于四六文，《困学纪闻》卷十九称引其

---

① 参刘宗彬：《刘过年表》，《宋人年谱丛刊》，第7257页。
② 堪惊，《永乐大典》《全宋诗》作"堪听"，与刘过原作不同。据改。
③《宋史》卷三八，第738页。
④ 叶绍翁：《四朝闻见录》甲集，中华书局，1989年，第36页。《全宋文》卷五八四三未收录其佚文。

《上梁文》云:"林木翳然,便有濠濮间想;清风飒至,自谓羲皇上人。"①
这两句四六相对,上句出自《世说新语·言语》,下句出自《晋书·陶潜
传》,完全用成句,并切合上梁文的主题,颇为难得。

不久,徐似道升任司封郎官,权直翰林院。这是徐似道平生最重要的
官职。刘过特上《贺徐司封兼直院渊子》一文,赞美徐似道:

> 荣膺一札,骤拜九重。锦署判封,尚在郎官之列;玉堂寓直,行
> 为学士之真。众惊妙选之得贤,独喜斯文之有主。恭惟某才兼人之十
> 倍,学通古之百家。以载鹤之船载书,入觐之清标如此;移买山之钱
> 买研,平生之雅好可知。惟其超群出类之不凡,所以作赋吟诗而逾
> 妙。始宰西昌之邑,旋分南纪之州。歌阳春白雪之诗,相为宋玉之表
> 里;和落木澄江之句,孰知山谷之主宾。七言尝许其判花,一日忽传
> 其视草。曰金曰玉,定市价于已先;非鹤非风,见王师之果至。莲炬
> 光耀于落笔,药阶响动于鸣珂。欲穷笺管之贺言,不过台衡之异数。
> 未知桃观,渐惊燕麦之非;□觅竹篱,更有江梅之好。某一无知己,
> 百不如人,但能敬宗伯而变唐文,稍已厌虫鱼而笺尔雅。老矣直钩之
> 钓,喜兹大厦之成。知制诰入翰林,我昔预期于大手,经品题作佳
> 士,公今当念于苍髯。咏诵之私,编摩罔既。②

该文结合其经历,赞美其品行与才华,这些赞美有一定的事实基础,如称
其"移买山之钱买研",则并非虚言。徐似道现存《买砚》诗曰:"俸余宜
办买山钱,却买端州一砚砖。依旧被渠驱使出,买山之事定何年。"

徐似道权直翰林院时间较短。《宋中兴学士院题名录》言,开禧二年
(1206)"正月,除秘书少监,依旧兼。三月除起居舍人,仍旧兼直学士
院,四月罢"。原因是被人弹劾。《宋会要辑稿·职官》七三之三六记载,
开禧二年四月,"二十三日,起居舍人徐似道放罢,以臣僚言似道本无学

---

①《困学纪闻》卷十九,第540页。《全宋文》卷五八四三未收录该文。
②《龙洲集》卷十二《贺徐司封兼直院渊子》,第119页。

识，恣行桀傲"①。

至此，徐似道已经有了两次遭弹劾贬官经历。《贵耳集》卷上记载："渊子为小蓬，朝闻弹疏，坐以小舟，载菖蒲数盆，翩然而去。道间争望，若神仙然。"无论是哪年之事，这一夸张举动正好印证他"恣行桀傲"的个性。

八、担任江西提刑考

开禧二年（1206），徐似道被贬为江西提刑。据《宋会要辑稿·职官》七四之三二：

> （嘉定二年二月）十五日，宝谟阁直学士、提举江州太平兴国宫宋之瑞，宝谟阁待制、提举江州太平兴国宫李景和并落职。江西提刑徐似道、浙东提刑鲁开并放罢。以左司谏刘榘言之瑞贪猥，景和很暴，似道轻猥，开交通贿赂。②

可见，嘉定二年（1209）二月十五日，徐似道因左司谏刘榘言其"轻猥"而被罢江西提刑。然而，《宋会要辑稿·刑法》六之七又曰：

> 嘉定四年十二月二十二日，江西提刑徐似道言："推鞫大辟之狱自检验始，其同有因检验官司指轻作重，以有为无，差讹交互，以故吏奸出入人罪，弊倖不一。人命所系，岂不利害？伏见湖南、广西宪司见行刊印正背人形，随格目给下检验官司，令于损伤去处依样朱红书画横斜曲直，仍仰检验之时唱喝伤痕，令众人同共观看所画图本，众无异词，然后著押，则吏奸难行，愚民易晓。如或不同，许受屈人径经所属诉苦，乞遍下提刑司，径行关会样式，一体施行。"从之。③

---

① 《宋会要辑稿·职官》七三之三六，第4034页。
② 《宋会要辑稿·职官》七四之三二，第4066页。
③ 《宋会要辑稿·刑法》六之七，6697页。

这一记载与嘉定二年罢官相矛盾，王瑞来《〈范成大交游考略〉补正》怀疑此处有误。在缺少文献依据的情况下，我们不能轻易否定它的可靠性，徐似道完全有可能在罢官之后又被起复。徐似道有多年县尉经历，对刑事案件较为了解。此次出任江西提刑时，面对的刑事案件会更多，为了便于刑部公正办案，提高办案效率，他上奏朝廷，建议推广湖南、广西所用的验尸图（检验正背人形图）。这一重要建议当即为朝廷采纳。

在担任江西提刑期间，徐似道过去在太和所结识的诗友多半已经去世，现在文献中看不出他们交往唱和的记录。嘉定四年，钱象祖（1145—1211）病逝，徐似道作《挽钱观文》诗曰："胸中著云梦，皮里有阳秋。自作先生传，谁为故吏碑。"钱象祖为台州人，钱端礼之孙，仕至参知政事、观文殿大学士，封成国公。徐似道与他是同乡，应该早有交往。《挽钱观文》当是残篇，前两句称赞钱象祖的胸襟与智慧，后两句抒发悲挽之情。从中可见出，徐似道曾是钱象祖的部下（"故吏"）。

在江西提刑任上，徐似道曾游览庐山，有两首庐山诗词传世：

> 风紧浪淘生。蛟吼鼍鸣。家人睡着怕人惊。只有一翁扪虱坐，依约三更。　雪又打残灯。欲暗还明。有谁知我此时情。独对梅花倾一盏，还又诗成。
>
> ——《浪淘沙·夜泊庐山》[①]

> 不到庐山辜负目，不食螃蟹辜负腹。亦知二者古难并，到得九江吾事足。庐山偃蹇坐吾前，螃蟹郭索来酒边。持螯把酒与山对，世无此乐三百年。时人爱画陶靖节，菊绕东篱手亲折。何如更画我持螯，共对庐山作三绝。
>
> ——《游庐山得蟹》

罗大经很喜欢《浪淘沙·夜泊庐山》词，将之载入《鹤林玉露》中。其中最有风度和韵味的是上片"只有一翁扪虱坐，依约三更"和下片"独对梅

[①]《鹤林玉露》卷四，第61页。此词调寄《浪淘沙》，《全宋词》作《虞美人》，误。

花倾一盏，还又诗成"，表现出传统士大夫不拘形迹、钟情诗酒的形象。《游庐山得蟹》形象地表现出他笑傲人生的生活观。从"到得九江吾事足"来看，当是其晚年所作。其中"不到庐山辜负目，不食螃蟹辜负腹"为流传广远的名句。岳珂（1183—1243）多次引用或化用这两句诗。他曾在题目中引用徐诗，题作《九江霜蟹比他处黑膏凝溢，名冠食谱，久拟遗高紫微，而家僮后期未至，以诗道意。"不到庐山孤负目，不吃螃蟹孤负腹"昔人句也》，诗中又曰："旧传骚人炼奇句，无蟹无山两孤负。老来政欠两眼青，那复前筹虚借箸。"[1]他在《螃蟹》诗中再次化用徐诗，"紫髯绿壳琥珀髓，以不负腹夸将军"[2]。岳珂称赞徐似道其人其诗为"骚人""奇句"，可见在岳珂心目中，徐似道仍然是位以文学才华见长的诗人。

九、《竹隐集》考

杨万里《诚斋诗话》在总结隆兴以来诗人时说：

> 自隆兴以来，以诗名：林谦之、范至能、陆务观、尤延之、萧东夫。近时后进有张镃功父、赵蕃昌父、刘翰武子、黄景说岩老、徐似道渊子、项安世平甫、巩丰仲至、姜夔尧章、徐贺恭仲、汪经仲权。前五人，皆有诗集传世。[3]

《诚斋诗话》完成于嘉泰年间（1201—1204），当时，徐似道正在朝中为官，杨万里应该读过徐似道的诗集，只是没有记载集名和卷数。

刘克庄《后村诗话》说得更明确："渊子有《竹隐集》十一卷，多其旧作，暮年诗无枣本。……集中及晚作尤佳者，昔已入《绝句诗选》，今摘其警句于后。"[4]由此可见，《竹隐集》篇幅多达十一卷，还不包括"暮

---

① 《玉楮集》卷一，文渊阁《四库全书》本。
② 《玉楮集》卷四。
③ 《杨万里集笺校》卷一一四，第4359页。
④ 《刘克庄集笺校》卷一七九，第6913页。

年"作品。何时为其"暮年"？怀疑是郢州回朝后的十年时间。刘克庄编有多种绝句选本，如《本朝五七言绝句选》《中兴五七言绝句选》《本朝绝句续选》《中兴绝句续选》等，可惜这些选本都已失传，那些"尤佳者"也随之湮没。所幸的是，刘克庄特意摘引徐似道的一些警句。由于他年已八旬，所引诗句存在一些失误。如所引"勿以鳌巨笑蝼蚁，冠山戴粒等逍遥"句下，注为"《范石湖》"①，而元人韦居安《梅磵诗话》卷中引此诗四句，相对完整，说是周必大在翰林院时，徐似道投以此诗："翰林帐下饮羊羔，客子骑驴渡灞桥。莫似灵鳌笑浮蚁，戴山负粟各逍遥。"②这一记载应该更加可靠。

《竹隐集》在南宋流传不广。热爱藏书的陈振孙担任过绍兴府学教官、台州知州，应该见过《竹隐集》，可惜现存《直斋书录解题》不是全帙，没有著录《竹隐集》。方回《瀛奎律髓》之类的选本没有入选徐似道的诗歌。但出人意料的是，徐似道的诗歌居然传到了遥远的金国，传到金末诗人元好问手中。元好问《又解嘲》曰："诗卷亲来酒盏疏，朝吟竹隐暮南湖。袖中新句知多少，坡谷前头敢道无。"③元好问批评徐似道、张镃诗歌的创新，无法与苏、黄相提并论。且不论他这样比较是否恰当，但它说明了《竹隐集》在金末还没有失传。此外，元明之后，只有零星引用徐诗，未见著录《竹隐集》，大概在宋末元初《竹隐集》就已经湮没不传了。《四库全书总目》卷一五五《竹隐畸士集》将刘克庄所引徐似道《竹隐集》与赵鼎臣的《竹隐畸士集》混为一谈④，祝尚书《宋人别集叙录》沿袭此误⑤，傅璇琮先生主编的《中国古代诗文名著提要》已予以纠正⑥。

[原刊《安徽师范大学学报(人文社会科学版)》2018年第6期，与姜双双联合署名。有改动]

---

① 《刘克庄集笺校》卷一七九，第6914页。

② 韦居安：《梅磵诗话》卷中，《历代诗话续编》本，中华书局，2004年，第554页。

③ 《元好问诗编年校注》卷四，第981页。

④ 《四库全书总目》卷一五五《竹隐畸士集》，第1341页。

⑤ 祝尚书：《宋人别集叙录》，中华书局，1999年，第467页。

⑥ 傅璇琮主编：《中国古代诗文名著提要》(宋代卷)，河北教育出版社，2009年，第215页。

陈三聘《和石湖词》略论

范成大的词为其诗名所掩，在宋代地位不是很高，影响相对有限。但他晚年退居家乡之后所编的《石湖词》，却被当地作者陈三聘逐次唱和。此前仅有周邦彦《清真词》有此魅力，被奉为圭臬，为方千里、杨泽民所遍和，三人词曾合刊为《三英集》，可惜未见流传。陈三聘的《和石湖词》一卷，现存于世（残），收词70首，是研究唱和词集的珍贵文献。可惜研究者鲜，目前仅见一篇硕士论文①。

陈三聘《和石湖词跋》是研究其唱和的最重要文献，现全文征引如下：

> 大参相公，望重百僚，名满四海，有志之士□愿见而不可得者也。一日客怀诗词数十篇相示，曰："此大参范公近作也。"三聘正容敛衽，登受谢客曰："夫珍奇之观，得一而足，况坐群玉之府，心目为之洞骇。足之至者，止于此乎？客之赐，厚无以加。"既去，披吟累日，辄以芜言属韵，可笑其不自量矣。然使三聘获登龙门宾客之后尘，与闻黄钟大吕之重，平时之愿至足于此。则今日狂率之意，无乃自为他时之地哉！至于良玉碱砆，杂然前陈，兹固不免于罪庚，尚可逭耶？东吴陈三聘梦弼谨书。②

---

① 王梦梦：《南宋陈三聘〈和石湖词〉研究》，广西师范大学硕士论文，2017年。
② 黄畲：《石湖词校注》，齐鲁书社，1989年，第119页。

据于北山《范成大年谱》推测，该文约写作于绍熙三年（1192），这年六月，杨长孺为《石湖词》作跋，《石湖词》随即刊行①。所谓"诗词数十篇"，当指《石湖词》，"范公近作"并非指《石湖词》中的所有词都是近期作品，而是指《石湖词》是范成大近期刊刻的词集。从上文来看，陈三聘应是苏州本地人，一向敬重仰慕范成大，但与范成大没有任何交往。他从一位与范成大有所交往的"龙门宾客"那里获得《石湖词》，激动不已，连日吟诵，写作唱和词，以此来步龙门宾客之后尘，欣赏到石湖词的高妙之处，从而满足自己的平生志愿。

这位陈三聘当是范成大的晚辈词学爱好者。他是否有官职？是否年轻？我们可以从其和作中窥见一丝端倪。《朝中措》词云："求田何处是生涯。双鬓已先华。随分夏凉冬暖，赏心秋月春花。 吾年如此，愁来问酒，困后呼茶。结社竹林诗老，卜邻江上渔家。"②他自抒怀抱，"双鬓已先华""吾年如此"等语，说明他已经不再年轻，当在四五十岁。他在《水调歌头》（玉鉴十分满）下片中说："笑劳生，难坎止，亦乘流。阑干拍碎，清夜起舞不胜愁。万里关河依旧，一寸功名乌有。清泪滴衣裘。老去心空在，归梦绕苹洲。"③其中"劳生""老去"之语，都是人过中年者的口吻，"一寸功名乌有"表明他曾追求过功名，却一无所成。没有功名，自然不代表没有职务，他也许是位下层官员。

陈三聘如此用心地次韵《石湖词》，除了表达其崇敬之情，是否还隐含其他不便言明的动机？饶宗颐先生《词集考》称陈三聘"似欲以和作干进"④，语气并不是很确定。其实，干进说证据不足，很值得怀疑。因为：第一，干进说的依据大概是陈三聘《和石湖词跋》中所云："使三聘获登龙门宾客之后尘，与闻黄钟大吕之重，平时之愿至足于此。"细味此语，作者的意思并非是要步"客"之后尘，登上石湖龙门，而是步其后尘，欣

---

① 《范成大年谱》，第393页。
② 《石湖词校注》，第116页。
③ 《石湖词校注》，第23—24页。
④ 饶宗颐：《词集考》，中华书局，1992年，第154页。

赏范词。第二，陈三聘写作《和石湖词》，当在绍熙三年（1192）六月至绍熙四年（1193）九月之间，因为绍熙四年九月范成大去世。根据他多写春景来看，很可能写作于绍熙四年春季。其时，范成大已经致仕多年，是位六十七八岁的老人，早已淡出官场，虽然还有一些政治影响力，但已经不是受人干谒的黄金时期。何况已是"药密饮食稀"①的晚年，疾病缠身，非常敬重他的陈三聘，应该不会再有妨碍其健康的请托行为。其三，从上引《水调歌头》（玉鉴十分满）等词来看，陈三聘已经不再是积极进取的青壮年，他已经心灰意冷。如果有意干进，他可以在年轻时通过他人的引荐而拜访范成大。其四，现存70首次韵之作，尽管有几首颂扬范成大的词作（参见下文），却并不是一味的阿谀奉承。在其词中，再也没有其他有意干进的痕迹了。可见，陈三聘写作《和石湖词》没有干进之意，只是纯粹表达其仰慕之情。

范成大并非以词擅名，陈三聘为什么如此仰慕范成大？原因无外乎两点：一是范成大官至参知政事，是苏州籍的最高官员，口碑甚佳，陈三聘称之以"大参相公"，颂之以"望重百僚，名满四海"，足见其无比崇敬之情。二是范成大是苏州本地最有成就的诗人（"诗老"）、词人，相对于诗而言，陈三聘本人更爱好写词（陈三聘没有诗歌传世），不免因爱其人而爱其词。

陈三聘与范成大没有直接交往，但对范成大的生平及为人应该比较关注。《和石湖词》不可避免地要表现他所了解的范成大。那么他笔下的范成大是怎样的形象？

乾道六年（1170），范成大出使金国，是他一生中的一件大事。九月九日，抵达燕京，写下《水调歌头·燕山九日作》，曾广为流传，词曰：

> 万里汉家使，双节照清秋。旧京行遍，中夜呼禹济黄流。寥落桑榆西北，无限太行紫翠，相伴过卢沟。岁晚客多病，风露冷貂裘。　　对重九，须烂醉，莫牢愁。黄花为我，一笑不管鬓霜羞。袖里

①《范石湖集》卷三十三《梦觉作》，第445页。

天书咫尺，眼底关河百二，歌罢此生浮。惟有平安信，随雁到南州。①

当时范成大刚抵燕京，尚未入见金世宗。上片写他出使经行之地，由汴京、黄河、太行、卢沟至燕京，下片扣住重九，抒写羁旅感慨，其时尚未递交国书，未遇险境，故显得豪迈洒脱。陈三聘的和作亦围绕使金主题而展开：

> 有客念行役，劲气凛于秋。男儿未老，衔命如虏亦风流。决定平戎方略。恢复旧燕封壤，安用割鸿沟。莫献萧霜马，好衣白狐裘。　　我何人，怀壮节，但凝愁。平生未逢知己、哙伍实堪羞。金马文章何在，玉鼎勋庸何有，一笑等云浮。挤断好风月，羯鼓打梁州。②

开篇两句概括范词内容，较为准确。接下来，则是对范成大使金的称颂。范成大出使金国，有两项明确任务："求陵寝地，且请更定受书礼"③，前者写在国书上，后者是宋孝宗口谕。九月十一日范成大面见金世宗，呈上国书，口头提出更定受书礼的请求，遭到金世宗的斥责，险被扣留。范成大虽然未能完成两项使命，但不畏强敌的勇气可嘉，得到了一致赞扬。范词原作只是提到"袖里天书"，并未涉及具体使金任务，而陈三聘的和作上片不仅突破范词的时间界限，还将其使金任务扩大化，扩大到平戎方略、恢复旧边界、停止进贡等方面，完全脱离史实。下片作者转写自己壮志不酬，一无所成，颇有些放旷意味。对范成大使金之行，陈三聘为何要夸大其词？范成大使金毕竟是二十多年前的往事，在其家乡的传播过程中，内容有所丰富和增饰，亦属正常。陈三聘的词作要面对大众，不能凭空杜撰，他的夸张应该以传闻异辞为基础。也就是说，从陈三聘此词来看，在民间，范成大使金居然有此等非凡意义的传说。如果没有陈三聘这

---

① 《石湖词校注》，第24页。
② 《石湖词校注》，第24页。
③ 《宋史》卷三十四《孝宗本纪》，第648页。

首词，谁能料到在史实明确无疑的情况下，还会有这样大幅度的引申发挥？

范成大平生另一荣耀是宋孝宗于淳熙八年（1181）亲自为他营造的别墅题写"石湖"之名，范成大立石刊之。早在乾道八年（1172），范成大就曾邀请徐似道、周必大等人游览石湖，徐似道有词作纪游（已佚），范成大有《念奴娇·和徐尉游石湖》传世："湖山如画，系孤篷柳岸，莫惊鱼鸟。料峭春寒花未遍，先共疏梅索笑。一梦三年，松风依旧，萝月何曾老。邻家相问，这回真个归到。　绿鬓新点吴霜，尊前强健，不怕衰翁号。赖有风流车马客，来觅香云花岛。似我粗豪，不通姓字，只要银瓶倒。奔名逐利，乱帆谁在天表。"①上片侧重写石湖风月，下片兼顾主客双方，抒写出处矛盾心情。陈三聘的和作写于二十余年后，则是另一番风貌：

> 扁舟此行，问当年，谁与寻盟鸥鸟。许国勋名彝鼎在，风月不妨吟笑。碧草台边，红云溪上，寿杖扶诗老。水凉天处，未应俗驾曾到。　盛事埒美知章，鉴湖君赐，宸翰今题号。指点飞烟轻霭外，有路直通仙岛。蓑笠渔船，琴书客坐，清夜尊罍倒。未须归去，片蟾初上林表。②

陈三聘完全立足于当下，称美范成大功成身退、坐享石湖风月、饮酒吟诗的超逸风流，特意拈出"宸翰今题号"，突出范成大的高标殊荣。

范成大的石湖生活，是陈三聘的关注点。范成大有《三登乐》（方帽冲寒）词，抒写流连田园之乐，表达归隐江湖的愿望，陈三聘的和作却改变了书写方向：

> 一品归来，强健日、小园幽圃。扁舟兴、恐天未许。想当年、持

①《石湖词校注》，第41页。
②《石湖词校注》，第42页。

汉节，众齐咻楚。丹忠此日，盛名千古。　　掞词章、师海内，纬文经武。莫寒盟、故山旧侣。到鲈乡、还又是，秋风斜雨。鸣刀鲙雪，未应便去。[1]

范成大原词写作时间不详，陈三聘和作所说"强健日"，所指当非晚年。他认为，以范成大的名声和文武才华，不可能实现"扁舟兴"，还将继续回到官场。事实也正是如此，范成大罢参知政事之后，还历任明州、福州知州等职。

在《和石湖词》中，直接称赞范成大的主要就是以上三首词作，分别抓住了范成大一生中的几个关键节点。还有其他几首相关之作，总数不超过10首。数量之少，应该有多方面的原因，诸如陈三聘与范成大没有交往，没有刻意干进的动机。此外，次韵整本词集的特殊性也是一个重要原因。

词集唱和，应是从诗词唱和发展而来。唐宋时期的诗词次韵唱和，经常是朋友之间双向的感情和诗艺的交流和较量，如元白唱和、欧梅唱和等等。苏轼追和陶诗，那是异代唱和。陈三聘写作《和石湖词》，是同代陌生人的单向唱和，不可能获得范成大的回音，甚至很可能不为范成大所知，也不可能有与石湖词一较高低的意图。这种唱和方式固然失去了双向交流的意义，但也少了迎合对方的束缚，也没有即兴次韵的时间限制，没有获得对方追和的心理期盼，所以也就没有必要将重心放在石湖其人身上。

与一般的唱和相比，《和石湖词》与《石湖词》对应关系不再那么紧密。《石湖词》收录范成大不同时间、不同地区的作品，陈三聘所说的"累日""属韵"，时间不可能太长，大概十数天。在很短的时间内，将范成大长期多地的创作一次性地逐次唱和，就不可能与范词保持季节的一致性，更不可能保持地点的一致性，这直接降低了和作与原作的对应性。

正因为这种体制上的特殊性，相较于其他次韵唱和，陈三聘《和石湖

---

[1]《石湖词校注》，第66页。

词》出现了一些值得注意的特点。

其一，和作虚拟原唱的时空场景。次韵唱和一般会与原唱保持一定的关联，特别是面对面的即席唱和，往往既和韵也和意。陈三聘《和石湖词》看似还是传统的次韵唱酬，却没有了原唱相同的情境。如范成大的《鹊桥仙·七夕》：

> 双星良夜，耕慵织懒，应被群仙相妒。娟娟月姊满眉颦，更无奈、风姨吹雨。　　相逢草草，争如休见，重搅别离心绪。新欢不抵旧愁多，倒添了、新愁归去。①

该词是范成大即景所作，这年七夕，天气由晴转雨，牛女相会更加短暂，范词由此引发出相见不如不见之类心曲，颇见真情。陈三聘的和作仍然是七夕主题：

> 银潢仙仗，离多会少，朝暮世情休妒。夜深风露洒然秋，又莫是、轻分泪雨。　　云收雾散，漏残更尽，遥想双星情绪。凭谁批敕诉天公，待留住、今宵休去。②

该词显然不是七夕所作，失去了触景生情的机缘，仅是为次韵而想象七夕，所以摹拟起来不免抽象而宽泛，体现出虚拟场景的明显局限。

其二，和作置换原唱部分场景。异地唱和，如元、白之间的通江唱和，就会有场景的差异。陈三聘次韵石湖词，原是本地唱和，只是因为时间的间隔，导致时空场景的错位。为了克服虚拟场景的不便和缺点，陈三聘经常采取置换部分场景的写作策略。范成大《卜算子》写深秋夜色："凉夜竹堂空，小睡匆匆醒。庭院无人月上阶，满地栏干影。　　何处最知

---

① 《石湖词校注》，第28页。

② 《石湖词校注》，第28—29页。

秋，风在梧桐井。夜半骖鸾弄玉笙，露湿衣裳冷。"①宁静的夜晚，月光朗照，竹影婆娑，桐叶萧萧，颇有些苏轼《记承天寺夜游》的意境。陈三聘的和作意趣大体相同，场景却有所变化："雪后竹枝风，醉梦风吹醒。瘦立寒阶满地春，淡月梅花影。　门外辘轳寒，晓汲喧金井。长笛何人更倚楼，玉指风前冷。"②还是夜月景象，但季节由深秋换成早春，植物由竹影换成梅影。经此置换，就切合了作者写作时的场景，有效减少了时空隔阂造成的不足。

其三，和作改变原唱主题。同辈友人间的次韵唱和，通常会保持主题的一致性。陈三聘与范成大既有年龄上的悬殊，又非知交，受制于时空场域，特别是人生经历的制约，陈三聘在次韵《石湖词》时，有时很难延续原唱主题。譬如，思乡主题适合于长期宦游他乡之人，却不适合居家不出之人。因此，只能和韵不和意。试比较下列二词：

> 路转横塘，风卷地、水肥帆饱。眼双明、旷怀浩渺。问菟裘、无恙否，天教重到。木落雾收，故山更好。　过溪门、休荡桨，恐惊鱼鸟。算年来、识翁者少。喜山林、踪迹在，何曾如扫。归鬓任霜，醉红未老。
>
> ——范成大《三登乐》③

> 注望晓山，晴色丽、晨餐应饱。縠纹平、涨天渺渺。倚藤枝、撑艇子，昔游曾到。江山自古，水云转好。　怅年来、心纵在，盟寒鸥鸟。故人中、黑头渐少。问几时、寻旧约，石矶重扫。一竿钓月，鬓霜任老。
>
> ——陈三聘《三登乐》④

范词写乘船回到家乡的轻快喜悦之情，灵动畅达，意兴飞扬，神清气爽。

---

① 《石湖词校注》，第61页。该词作者一作赵长卿，题作《秋深》，疑误。

② 《石湖词校注》，第61页。

③ 《石湖词校注》，第63页。

④ 《石湖词校注》，第64页。

陈三聘没有久宦归乡的经历和感受，长期身处家乡，只得转换主题，上片写眼前舟行景象，下片抒怀，感慨年华渐老，却不能辞官归隐。"故人中、黑头渐少""鬓霜任老"云云，都是作者自己的口吻。再比如宦游漂泊之感，陈三聘与范成大也有较大区别，且看下列二词：

> 一碧鳞鳞，横万里、天垂吴楚。四无人、舻声自语。向浮云，西下处，水村烟树。何处系船，暮涛涨浦。　　正江南、摇落后，好山无数。尽乘流、兴来便去。对青灯、独自叹，一生羁旅。攲枕梦寒，又还夜雨。

——范成大《三登乐》①

> 南北相逢，重借问，古今齐楚。烛花红、夜阑共语。怅六朝兴废，但倚空高树。目断帝乡，梦迷雁浦。　　故人疏、梅驿断，音书有数。塞鸿归、过来又去。正春浓，依旧作、天涯行旅。伤心望极，淡烟细雨。

——陈三聘《三登乐》②

范词作于吴楚舟行途中，着重写宦游漂泊、悲秋羁旅、身不由己之恨。陈三聘无此经历，不得不改写怀人伤别之情（仍含有少量的羁旅之感），季节也由秋变春。该词更多的是泛写，未必是自我抒情，所以显得不够自然真切。

当然，《和石湖词》的上述特点在其他人的次韵唱和中也会偶尔出现，只是不如《和石湖词》集中突出。

次韵唱和，向来被诗论家、词论家所诟病，俯仰随人，牵强附会，在所难免。夏承焘批评方千里、杨泽民、陈允平等人和《清真集》，"字字依周词填四声，弄得文理欠通，语意费解"③，他们过于追求形式上的精准

---

① 《石湖词校注》，第62页。

② 《石湖词校注》，第62—63页。

③ 夏承焘：《李清照词的艺术特色》，《夏承焘集》，浙江古籍出版社、浙江教育出版社，1997年，第2册，第250页。

对应，机械生硬。陈三聘与方千里等人不同，他只是敬重范成大其人而次韵其词，并没有将《石湖词》当成顶礼膜拜的典范，亦步亦趋地刻板模拟。所以，他相对自由自如一些。尽管他的和作整体上不及原唱，但有时能写出个别韵意兼胜、超过原唱的佳什。试比较下列原唱与和作：

　　　枕书睡熟，珍重月明相伴宿。宝鸭金寒，香满围屏宛转山。鸡人声杳，瑶井玉绳相对晓。黯淡窗纱，却下风帘护烛花。

　　　　　　　　　　　　　　　　　　——范成大《减字木兰花》①

　　　先生困熟，万卷书中聊托宿。似怯清寒，更爇都梁向博山。游仙梦杳，啼鸟声中春又晓。未著乌纱，独坐溪亭数落花。

　　　　　　　　　　　　　　　　　　——陈三聘《减字木兰花》②

范氏原唱是写实，应作于朝中为官期间。陈氏和作紧扣原唱，完全出于虚拟，而加以引申与美化。由枕书睡熟变为书中托宿，由室内寒香变为燃香驱寒，由被动变主动，更有兴味，特别是结拍由室内的暗淡落寞变为户外的寻幽访胜，显得更加闲散优雅，寄寓着他对范成大的崇敬之情。全词用语自然，虽化用孟浩然《春晓》"春眠不觉晓，处处闻啼鸟"和王安石《北山》"细数落花因坐久"之语，而明白如话，不见凑韵迁就痕迹，应该说是首难得的次韵佳作。

[原刊《苏州科技大学学报(社会科学版)》2019年第1期]

---

①《石湖词校注》，第53页。
②《石湖词校注》，第54页。

读宋札记五则

一、王安石《安丰张令修芍陂》考①

王安石《安丰张令修芍陂》是研究北宋芍陂治理史的珍贵文献之一，尤为当代安徽史学界所关注，原诗如下：

> 桐乡振廪得周旋，芍水修陂道路传。目想儁功追往事，心知为政似当年。鲂鱼鲅鲅归城市，粳稻纷纷载酒船。楚相祠堂仍好在，胜游思为子留篇。

对于题中的张令为何人，所指为何年之事，学界尚存在误解。

对于题中的张令，王诗最早的注本——南宋李壁《王荆文公诗笺注》②没有作注，王诗最新的注本——今人李之亮《王荆公诗注补笺》③也未出注，说明他们不知张令为何人。而笔者所见当代安徽史学界有关芍陂

的论著，如《古塘芍陂》[①]《淮河水利简史》[②]《芍陂水利演变史》[③]《经济史踪》[④]《淮河流域经济开发史》[⑤]《魅力安徽》[⑥]等，都一致认为张令为北宋安丰县令张旨，连措辞都大体相同，兹举《淮河流域经济开发史》为例：

> 仁宗明道中（1032—1033）张旨担任安丰县（今安徽寿县南）县令时，对芍陂加以修治，募饥民"浚淠河三十里，筑泄支流注芍陂，为斗门，溉田数万顷，外筑堤以备水患"。20年后，王安石去舒州桐乡赈灾，路过芍陂时写了一首《安丰张令修芍陂》的诗，盛赞张旨的治水功绩。[⑦]

其文献依据是《宋史》卷三百一《张旨传》，其原文如下：

> 明道中，淮南饥，自诣宰相陈救御之策。命知安丰县，大募富民输粟，以给饿者。既而浚淠河三十里，疏泄支流注芍陂，为斗门，溉田数万顷，外筑堤以备水患。再迁太常博士、知尉氏县，徙通判忻州。

张旨此次疏浚芍陂，工程巨大，被载入史册。但他是否就一定是王安石诗题中的张令？非常可疑。因为：第一，张旨后来历任太常博士、通判忻州、府州，知莱州、邢州、梓州，以直龙图阁知荆南。入判尚书刑部，累迁光禄卿，知潞、晋二州。王安石文集现存《光禄卿直龙图阁张旨遗表亲

---

① 安丰塘研究历史小组撰：《古塘芍陂》，《安徽水利通讯》1984年第1期。

② 水利部淮河水利委员会《淮河水利简史》编写组撰：《淮河水利简史》，水利电力出版社，1990年。

③ 顾应昌、康复圣撰：《芍陂水利演变史》，《古今农业》1993年第1期。

④ 欧阳发主编：《经济史踪》，安徽重要历史事件丛书，安徽人民出版社，1999年。

⑤ 王鑫义主编：《淮河流域经济开发史》，黄山书社，2001年。

⑥ 安徽省历史学会编：《魅力安徽》，合肥工业大学出版社，2009年。

⑦ 王鑫义主编：《淮河流域经济开发史》，第477页。

男平易守将作监主簿制》，该文作于嘉祐八年（1063），王安石时任知制诰。倘若《安丰张令修芍陂》如论者所说，作于20年后的皇祐五年（1053），王安石断然不会称其为"安丰张令"，而应该改称张旨后来品级更高的职官。其二，从语气来看，王安石该诗不像是追忆20年前的往事，作诗时，"张令"还应该在安丰任上。其三，张旨当年疏浚的芍陂，不足十年，又被淤塞。庆历二年（1042），宋祁上《乞开治淠河》疏，指出芍陂"近年多被泥沙淤淀，陂池地渐高，蓄水转少"①。王安石所写不可能再是张旨当年修治的芍陂景象。

其实，对张令其人，《四库全书总目》早就作出了明确的考证。《四库全书总目》卷一百五十三《金氏文集》提要曰：

> 君卿所与游者，皆一代端人正士，故诗文皆清醇雅饬，犹有古风。陈灾事、贡举诸疏，剀切详明，尤为有裨世用。又如《和介甫寄安丰张公仪》一首，即用《临川集》中《安丰张令修芍陂》之韵，而据君卿诗，知张字为公仪，为李壁注所未引。

《金氏文集》的作者金君卿，字正叔，浮梁（今江西景德镇北）人，庆历二年进士，与王安石同年及第，皇祐二年（1050）官秘书丞，皇祐五年为太常博士。后任江西转判官、广东转运使等职。今检《金氏文集》卷上《和介甫寄安丰张公仪之什》，原诗如下：

> 前贤立事岂徒然，惠政须教振古传。芍水灌余三万顷，楚人祠已二千年。近闻令尹开新闸，不避风波上小船。堤筑已完舆颂洽，去时民吏重留连。

从"近闻令尹开新闸""去时民吏重留连"等句来看，张公仪正在安丰县令任上。由此可知，王安石诗中的张令当是张公仪。

---

① 宋祁：《景文集》卷二十八《乞开治淠河》，文渊阁《四库全书》本。

　　除《四库总目提要》所举金君卿和诗之外，还有另一文献可以证明《安丰张令修芍陂》中的张令即是张公仪，那就是王安石本人的《送张公仪宰安丰》，诗如下：

> 　　楚客来时雁为伴，归期只待春冰泮。雁飞南北三两回，回首湖山空梦乱。秘书一官聊自慰，安丰百里谁复叹。扬鞭去去及芳时，寿酒千觞花烂熳。

宰安丰的张公仪当即是后来的安丰张令。

　　张公仪为何许人？其生平失考。王安石《送张公仪宰安丰》称张公仪为"楚客"，说明他是楚地人，很可能与王安石、金君卿同为江西人，王诗又称"雁飞南北三两回"，说明他此前在京任职两三年时间，又称"秘书一官"，说明他曾担任秘书丞，应与金君卿为同事，甚至可能与金、王二人为同年及第。末句"寿酒"云云，颇疑该年张公仪为三十岁。

　　张公仪修治芍陂之事，史书未载，可补史书之不足。其详情现已不可知，可据上述几诗知其大概。

　　关于王安石《安丰张令修芍陂》的写作时间，现代学者认为作于皇祐五年（1053），较为可信。王安石于皇祐三年出任舒州通判，皇祐五年曾去治下桐乡（今在安徽桐城境内）发廪救灾，有诗《发廪》曰："三年佐荒州，市有弃饿婴。驾言发富藏，云以救鳏惸。崎岖山谷间，百室无一盈。"其事亦即《安丰张令修芍陂》中所云"桐乡振廪得周旋"。王安石在桐乡赈灾途中听到张公仪修治芍陂的消息，故称"芍水修陂道路传"。他并没有如前文所说，"路过芍陂"，所以"目想偻功追往事"。偻功，意即偻工，指筹集工料，以完成治水工程。因此，可知张公仪修治芍陂已于皇祐五年竣工。

　　张公仪何时出任安丰令？王安石《送张公仪宰安丰》是唯一的线索。该诗当作于京城，但作于何年？李德身《王安石诗文系年》[①]、刘成国

---

　　① 李德身编著：《王安石诗文系年》，陕西人民教育出版社，1987年。

《读〈王荆公诗注补笺〉献疑》①认为王诗中"秘书一官聊自慰",系王安石自指,据此推定该诗作于王安石直集贤院期间,前者认为作于嘉祐四年(1059),后者认为作于嘉祐五年(1060)。此论未必可靠,王安石未担任过"秘书"一职,直集贤院也非秘书职务,所以"秘书一官聊自慰"完全可以理解为指张公仪。再者,如果作于嘉祐年间,那么王安石《安丰张令修芍陂》诗中"桐乡振廪得周旋"一句,则无从解释。嘉祐年间,王安石再没有桐乡之行。今按,王安石于庆历六年(1046)在京任大理评事,次年春调任鄞县令,皇祐二年任满回临川,皇祐三年(1051)春,王安石在京,秋,出任舒州通判,所以《送张公仪宰安丰》不是作于庆历七年春,即是作于皇祐三年春。联系张公仪的任职,《送张公仪宰安丰》或作于皇祐三年春。

概而言之,楚人张公仪于皇祐三年出任安丰县令,在皇祐三年至皇祐五年之间,组织力量修治芍陂,取得了不错的治理效果。

附带说一下,金君卿《和介甫寄安丰张公仪之什》为王安石《安丰张令修芍陂》的次韵之作,前三联韵脚用字完全相同,只有末联金诗作"留连",王诗作"留篇",二者必有一误。李壁《王荆文公诗笺注》卷三十六引许浑诗"海峤独留篇"作注,可许浑《奉和卢大夫新立假山》原诗作"何如谢康乐,海峤独题篇",可见李壁改字作注,实属牵强。王安石原诗末句应作"胜游思为子留连"。

二、苏轼书《施食放生记》考②

明昌元年(1190)二月至三月,金中期著名文人王寂以辽东提点刑狱的身份,巡视所部各地,写下《辽东行部志》,次年二月至三月,王寂再次以辽东提点刑狱的身份,巡视辽东其他各地,写下《鸭江行部志》。金代传世文献较少,二者是研究金代文学、历史、地理、宗教、边地风俗的

---

① 刘成国:《读〈王荆公诗注补笺〉献疑》,《中国海洋大学学报(社会科学版)》2006年第2期。
② 以下三则原题《金代有关北宋文献三考》,《徐州工程学院学报(社会科学版)》2015年第1期。

重要资料，为金代文史研究者所重视，目前各有两种注本，一是张博泉的《辽东行部志注释》①《鸭江行部志注释》②；二是贾敬颜的《辽东行部志疏证稿》《鸭江行部志疏证稿》，二者均收入《五代宋金元人边疆行记十三种疏证稿》③之中。《辽东行部志》中所记载有关北宋文人的文献，如苏轼书写陈舜俞所撰《施食放生记》、葛次仲集句诗等资料亦可资北宋文学研究之参考。

三月初五，王寂行至荣安县（今辽宁康平县）境内，入住一寺庙，发现壁间悬挂苏轼所书、陈舜俞所撰的《施食放生记》。此事未为苏轼研究者所注意，不见载于《苏轼资料汇编》《苏轼年谱》等书，因事关苏轼生平及与陈舜俞交游诸事，故以下略加考释。

《辽东行部志》原文如下：

> 己未，晚达荣安县。昔在辽为荣州，借榻于萧寺，僧舍壁间有《施食放生记》，乃墨蜡石本，装饰成轴。三复其文，辞理俱妙，大概假宾主问答云。有大沙门于佛诞施食放生时，一居士谓沙门曰："聚食施食，真汝悭贪，取生放生，真汝杀害。彼饿鬼等，以悭贪故，彼畜生等，以杀害故，不应利彼而随堕彼。"云云。沙门即应之曰："以实不食，施少分食，作无数食，一切饿鬼无不能食。以实不生，放今日生，令无尽生，一切畜生无不能生。"此其大略也，余不具录。其后云："至和二年四月八日嘉禾陈舜俞记。熙宁七年五月七日，眉山苏轼书。"予以宋史考之：至和二年，仁宗朝乙未岁也。熙宁七年，神宗朝甲寅岁也。又按三苏文集，熙宁四年冬，东坡通守余杭，七年秋，移守高密，以九月二十四日辞天竺观音，去杭之密。今此记云熙宁七年五月七日苏某书，即是犹在杭州时也。东坡忠厚，不妄许可，如欧阳永叔作《韩魏公德威堂记》、范仲淹作《狄梁公神道碑》，皆公

---

① 黑龙江人民出版社，1984年。
② 黑龙江人民出版社，1984年。
③ 中华书局，2004年。

手书，自余非文章议论有大过人者，未尝容易作一字。今陈公所记施食放生事，坡公特为之书者，意可知矣。公往在黄州时，率钱救不举之子，在儋耳时，临江放垂死之鱼。以是观陈公之记，意必有会于心者，故为书之。其字端谨，大小颇与《枕中经》相类，真所谓传世之墨宝云。①

文中所引《施食放生记》，为陈舜俞所作，原文见宗晓《施食通览》，《全宋文》卷一五四四据之收录，题作《施食放生文》，全文如下：

　　惟一沙界中，微尘国土，一千聚落，万亿伽蓝。于伽蓝中，有一沙门，以佛诞辰，集诸善侣，以一盂食，召彼饿鬼，水陆空等，随意抟食。聚诸畜生、羽毛、鳞甲类，释复本处。及为说法，施清净戒，而作佛事。时众会中，见一居士，谓沙门言："聚食于食，真汝悭贪；取生于生，真汝杀害。彼饿鬼等，以悭贪故，彼畜生等，以杀害故，不应杀彼而随彼堕。"时彼沙门谓居士言："汝无以此取舍、生死、虚妄诸相，较我真实所作佛事。所以者何？若有化人，及化饿鬼诸畜生类，化以食施，及令放生。一切世间，取舍生死，不离是相。以实不食，变少分食，作无数食，一切饿鬼，无不能食。以实不生，令无尽生，一切畜生，无不能生，于意云何？一切取舍，非取舍故；一切生死，非生死故。尚不见法，何况能说及诸解脱者？尚不见戒，何况能持及诸说者？"尔时沙门作是语已，一切饿鬼，水陆空等皆得饱满，一切畜生、羽毛、鳞甲类皆得自在。于是作记以书之。②

《施食通览》编于嘉泰四年（1204）。该文写施食放生佛事，别开生面。文后没有署明王寂所记之"至和二年四月八日"。

　　今按，陈舜俞（1026—1076）字令举，湖州乌程人，号白牛居士。庆

---

①《五代宋金元人边疆行记十三种疏证稿》，第286—287页。
②《全宋文》，第71册，第101—102页。

历六年（1046）进士及第，授天台从事，后在台州、明州等地任职，熙宁初，以屯田员外郎知山阴县，因反对青苗法而罢官。熙宁九年卒。苏轼后撰《祭陈令举文》。《宋史》卷三百三十一《张问传》有附传。著有《都官集》，原书已佚，四库馆臣从《永乐大典》中辑出十四卷。《全宋文》收其文十一卷，《全宋诗》收其诗四卷。至和二年（1055），陈舜俞官居何职？史书没有记载。考其《福严禅院寺记》末曰："时至和二年八月一日，宣德郎、试大理评事、权雄州防御推官陈舜俞记。"①该年四月，陈舜俞或即任此职。

据王寂上文所载，苏轼于熙宁七年（1074）书写《施食放生记》，上距该文写作时间近20年，是否可能？

考孔凡礼《苏轼年谱》，熙宁七年四月，苏轼离润州，至丹阳，与丹阳令周邠（开祖）别，周邠有诗别苏轼，陈舜俞作《和开祖丹阳别子瞻后寄》。五月，苏轼至常州，陈舜俞又作《和章子厚闻子瞻买田阳羡却寄》。可见，该年四五间陈舜俞密切关注苏轼行踪。七月，陈舜俞至杭州，与苏轼相会，苏轼有《鹊桥仙·七夕送陈令举》，词曰："相逢一醉是前缘，风雨散，飘然何处。"该词或是送陈舜俞回湖州之作。九月，苏轼移知密州，陈舜俞专程自湖州来杭州送别苏轼，诗酒盘桓。苏轼《与周开祖》曰："令举特来钱塘相别，遂见送至湖。"②杨绘、张先等六人至湖州后，夜饮垂虹亭，各有词作。总之，从陈舜俞与苏轼的密切交往来看，苏轼该年书写其《施食放生记》，应当可信。

需要进一步探究的是，苏轼为何书写陈舜俞《施食放生记》而不是他的其他文章？王寂指出该文"辞理俱妙"，于苏轼"必有会于心者"，此论颇具慧心，切中肯綮，可惜没有举出例证。其实，苏轼也撰有同类性质的《施饿鬼食文》，亦见载于《施食通览》。《苏轼文集》据明刊《重编东坡先生外集》收录，题作《施饿鬼文》③，文字与《施食通览》略有出入，兹

---

① 《全宋文》，第71册，第100页。

② 《苏轼文集》卷五十六，第1668页。

③ 《苏轼文集·苏轼佚文汇编》卷五，第2535页。

据《施食通览》录之如下：

> 鬼趣多饿，仁者当念济之。宜以锡或铁为斛斗，受一二升量，每晨取炊熟净饭满斛，盖覆着净处。至夜，重馏，令热透，并净水一盏。能不食酒肉固大善，不能，当以净水漱口，诵净口业真言七遍。烧香咒愿云："奉佛弟子（某甲）夜具斛食净水，供养一切鬼神。"又诵《般若心经》三卷，《破地狱偈》三遍，便咒愿云："愿此饭此水承佛慈力，下承（某甲）福力，愿力变少为多，变粗为细，变垢为净。愿诸佛子食此水饭，顿除饥渴，诸障消灭，离苦得乐，究竟成佛。"言已以水掬饭，三分之一散置屋上，余者不妨以食贫者。水即散洒之，要在发平等慈悲无求心耳。[1]

该文写作时间虽然不可考，但足以证明苏轼对此类佛事有所关注，所以，书写陈舜俞文亦在情理之中。

苏轼于熙宁七年（1074）在杭州书写的《施食放生记》，百余年之后，其石刻拓本居然复现于遥远的辽东，为王寂所记载，实乃出人意料的传奇。

三、苑中《题二苏坟》考

金末诗人苑中曾拜谒河南郏县二苏坟，作《题二苏坟》诗，该诗当时即刻石，现存于郏县三苏祠，为少数苏轼研究者和河南郏县学者所关注，却长期未进入金代文史研究范围。清编《全金诗》未收录该诗，清人张金吾《金文最》卷四十七囿于文体，仅收录史学、屈子元所作的题跋，而未收录该诗。今人薛瑞兆等《全金诗》、阎凤梧等《全辽金诗》、王庆生《金代文学家年谱》《金代文学编年史》《金诗纪事》、牛贵琥《金代文学编年史》等著作都未论及该诗。《苏轼资料汇编》亦未收录该诗及题跋。郏县

---

[1] 宗晓：《施食通览》，《续藏经》，台北新文丰出版公司，1994年，第101册，第438页。

档案馆编《三苏坟资料汇编》收录该诗碑全文,只是将苑中误判为"宋人,司农少卿",标点亦间有错误。现征引如下:

> 人知两苏文中龙,不知道配义与忠。危言历历诋时政,要观瘴海蛟螭宫。归来万里一捧腹,鬓发愈黑气愈充。死生贵贱皆外物,喜功之辈将安同?平生雨夜对床约,霜风吹落孤飞鸿。天涯流落两丘土,玉树并掩佳城中。举杯三酹不忍去,万叶索索声秋空。

> 奉政大夫汝州郏城县令兼管勾常平仓事骁骑尉行富枢密院弹压赐绯鱼袋李无党同立石。

> 正奉大夫京西分治户部接于官待阙同知滑州军州事清河郡开国侯赐紫金鱼袋张秀华同立石。

> 通奉大夫汝州防御使护军广平郡开国侯食邑一千户食实封一百户赐紫金鱼袋裴满奕立石。

> 文以气为主,气以道为囿,极其指归,则无出于忠信仁义而已。此眉山两苏公所以冠千古而独步。少卿先生今日重为两公拈出,世之学者,文不泥华,气不流暴,则然后可以少卿语语之。噫,少卿之心,两公之心,两公之心,则孔之心也。吾辈宜式之。延安史学题。

> 东坡先生,古今忠义一人而已。其作为文章,见于政事者,故不一而足。无何,道之不行,以命宫磨碣,窜居黄冈数年,然后归隐。流离顿挫,处之自若,胸中一点可谓之养浩然者也。后卒于常州,逮迈辈护丧而归,与弟颖滨先生,俱葬于郏城之峨眉,盖平生所欠,今得其死所矣。墓之侧,贤士大夫留诗者甚多,唯司农苑公先生,独以二老所蕴藉,诗人不能形容者,一时书之重吟,二老英魂其有遗恨乎?河中屈子元跋。[1]

郏县人称该碑为苑中碑,碑上无立碑时间,后人或认为作于金贞祐年间,

---

[1] 郏县档案馆编:《三苏坟资料汇编》,河南大学出版社,1986年,第11—12页。

或认为作于兴定年间。郏县乔建功《三苏遗迹考略一二》广泛搜集材料①，逐一考证，将其写作时间确定在金正大二年至正大八年（1225—1231），很有见地，可惜其中也有一些误解。有关苑中碑文及立碑时间，尚有进一步考订的空间，兹论之如次。

第一，苑中担任司农少卿的大致时间。史学和屈子元跋文中所称的"少卿先生"，"司农苑公先生"，即司农少卿苑中，只是二人跋中对苑中官职称谓不够准确。苑中，生平见《中州集》卷八《苑滑州中》：

> 中字极之，大兴人，承安中进士，累官京西路司农少卿、滑州刺史。好贤乐善，有前辈风流。贞祐中，高琪当国，专以威刑肃物，士大夫被捶撼者，笞辱与徒隶等，医家以酒下地龙散，投以蜡丸，则受杖者失痛觉，此方大行于时。极之有戏云："嚼蜡谁知味最长，一杯卯酒地龙香。年来纸价长安贵，不重新诗重药方。"时人传以为笑。极之嗜读书，一以资于诗，诗亦往往可传。壬辰，卒于京师，年五十七。②

据此可知苑中的生卒年（1176—1232）以及苑中所任官职是京西路司农少卿。苑中大概何时担任京西司农少卿？考《金史·宣宗本纪》，元光元年（兴定六年，1222）四月，"置大司农司，设大司农卿、少卿、丞，京东、西、南三路置行司，并兼采访事"。又《金史·哀宗本纪》曰：正大元年（1224）十二月，"令京、东、西、南、陕西设大司农司，兼采访公事，京师大司农总之"。二者的区别在于，前者是京西路行司农司，后者是京西路司农司。从《中州集》的记载来看，当是后者。因此，苑中担任京西司农少卿的时间上限是正大元年十二月。苑中卒于天兴元年（正大九年），期间他转任滑州刺史，说明他在正大中就已经离任京西司农少卿。

第二，李无党其人。李无党是金代著名县令，名入《金史·循吏传》，

---

① 乔建功：《三苏遗迹考略一二》，《苏轼研究》2010年第1期。

② 《中州集校注》卷八，第2198—2199页。

却未为他立传。《金史》卷一百二十八《循吏传》卷末称赞包括"郏城李无党"在内的众多"县官","皆清慎才敏，极一时之选"，可见李无党以郏城县令而闻名。今考《赵孟𫖯集》卷八《田氏贤母之碑》，李无党是田氏母李氏之父，庆阳府合水县人，贞祐二年（1214）进士（应为贞祐三年），仕至京东道司农丞，金亡后入宋，卒于河间。《金史》卷一百一十六《石盏女鲁欢传》载，正大九年四月，"罢司农司"，李无党改任"府判"。可见，正大九年四月之前，李无党任京东道司农丞。

第三，汝州防御史裴满奕的在任时间。裴满奕生平无考，他为苑中诗立石，必然与苑中一同拜谒二苏坟，其时间必然是正大元年十二月之后。考《金史·哀宗本纪》：正大元年正月，"大司农、守汝州防御使李蹊，为太常卿，权参知政事、平章政事"。据此，裴满奕当是李蹊的后任，应在正大元年春到任。郏城为汝州属县。

第四，史学的职务。史学之名，《金文最》脱一字，将"延安史学"误成"延安学"，致使诸多文献沿袭其误，以为延安学是一人名。苑中碑上，史学未署官职。据《中州集》卷八："学字学优，延安人……正大中省试第一人，释褐舞阳簿，辟卢氏令，卒官。"薛瑞兆《金代科举》将其及第时间定在正大元年（1224），较为可信。据《归潜志》卷二，刘从益去世时，史学"寄挽诗，未几，亦下世"。刘从益死于正大三年五月，据此推测，史学可能卒于正大三四年间。史学释褐舞阳簿，当在正大元年及第之后，改卢氏令当在任满舞阳簿之后，即正大三年之后。史学何时与苑中等人一同去郏城县二苏坟？当是在舞阳簿任上。因为舞阳属许州，郏城属汝州，二州相邻，史学以舞阳簿身份同行，比较方便。而卢氏属于京兆府路虢州，与郏城相距遥远，史学不太可能以卢氏令的身份陪同苑中等人。因此，史学陪同苑中等人的时间当在正大元年至三年之间。

从苑中诗"万叶索索声秋空"一语来看，该诗作于秋天。苑中出任京西路司农少卿最早为正大元年十二月，故此诗最早作于正大二年秋天。鉴于史学于正大三年调任卢氏令，故苑中诗最迟作于正大三年（1226）秋。

四、葛次仲《集句诗》考

明昌元年（1190）二月至三月，金中期著名文人王寂以辽东提点刑狱的身份，巡视所部各地，三月十二日，王寂行至韩州，入住大明寺，次日收到其子寄来的葛次仲"集句诗"。《辽东行部志》原文曰：

> （三月）丙寅，老兵自辽阳来，得儿子钦哉安信，又附到葛次仲集句诗。亚卿平日喜作此，是亦得游戏文章三昧者。至于事实贯串，声律妥帖，浑然可爱，自非才学该瞻，岂能自成一家如此。其《即事》云："世路山河险，权门市井忙。"《田家》云："雀语嘉宾笑，蝉鸣织妇忙。"《僧释子》云："有营非了义，无事乃真筌。"《送别》云："世界多烦恼，人生足别离。"又云："寂寞怜吾道，淹留见俗情。"《晦日》云："百年莫惜千回醉，三月惟残一日春。"《春望》云："杨、王、卢、骆真何者，许、史、金、张安在哉。"《寄死达》云："举世尽从愁里老，何人肯向死前休。"《秋郊寓目》云："不堪回首还回首，未合白头今白头。"其偶对精绝多此类，东坡所谓"信手拈得俱天成"者，亚卿有焉[1]。

对此段文字，金代文史研究者普遍存在一些误区。张博泉《辽东行部志注释》注谓葛次仲"事迹不详"[2]，对其集句诗所集之诗的出处，亦未作注。贾敬颜《辽东行部志疏证稿》对葛次仲其人其诗，均未出注。王庆生增订之《金诗纪事》将之当作金人收录[3]。而在宋代文学研究界，葛次仲其人其诗则并不陌生，可见打通宋金文史研究的重要性。下文参照宋代文学研究者的成果对王寂所引文字略作考释。

---

① 《辽东行部志疏证稿》，《五代宋金元人边疆行记十三种疏证稿》，第294—295页。
② 张博泉：《辽东行部志注释》，黑龙江人民出版社，1984年，第63页。
③ 陈衍辑撰，王庆生增订：《金诗纪事》卷五，上海古籍出版社，2003年，第66—67页。

葛次仲（1063—1121），字亚卿，常州江阴人。为葛胜仲之兄，绍圣四年（1097）进士，仕至大司成。著有《集句诗》三卷。生平见其弟葛胜仲《丹阳集》卷十五《太中大夫大司成葛公行状》。《全宋诗》卷一二七五有小传，并收录其诗四首、佚句一句[1]。可惜其编者未见过《辽东行部志》一书，未收录所载诗歌。张明华《集句诗嬗变研究》有专节探讨葛次仲与林震的集句诗[2]，但未注明葛诗所集诗句的出处。

据葛胜仲《太中大夫大司成葛公行状》，葛次仲的文章，"典雅清丽，成一家言，遗稿三十卷"，此三十卷遗稿，似最终没有刊刻，亦未见后代著录。他在当时及后代，是以集句诗得名。《行状》曰："少喜为诗，自晋宋以来骚人所赋，靡不记诵。尝为《集句诗》三卷，盛行于时。"将集句诗结为专集，集句就不再是偶一为之的戏作，而是投入了很大的热情，并取得了较大的成功。其弟"盛行于时"的评语，并非虚誉。南宋人叶大庆开禧三年（1207）至豫章，见到林震与葛次仲的集句诗，予以盛赞："观其所集，机杼真若己出，但其浑然天成，初无牵强之态，往往有胜如本诗者，诚足使人击节也。"[3]

观王寂所记，其子托人捎来的"葛次仲集句诗"，当是其《集句诗》三卷。可见该书流布之久远。王寂对葛次仲《集句诗》"事实贯串，声律妥帖，浑然可爱"的评价，与叶大庆"浑然天成"相类，却早于叶大庆十数年。对所引诸诗，现借助技术手段，依次检索其所集诗句出处如下：

世路山河险——刘禹锡《九日登高》

权门市井忙——白居易《分司洛中多暇，数与诸客宴游，醉后狂吟，偶成十韵，因招梦得宾客兼呈思黯奇章公》

雀语嘉宾笑——张祜《江南杂题二十八首》（其十九）

蝉鸣织妇忙——白居易《渭村退居，寄礼部崔侍郎翰林钱舍人诗

---

① 《全宋诗》卷一二七五，第22册，第14398—14399页。

② 张明华：《集句诗嬗变研究》，中国社会科学出版社，2011年，第40—50页。

③ 叶大庆：《考古质疑》，中华书局，2007年，第269页。

一百韵》

有营非了义——白居易《感悟妄缘题如上人壁》

无事乃真筌——权德舆《奉送韦起居老舅百日假满归嵩阳旧居》

世界多烦恼——白居易《郡斋暇日，忆庐山草堂兼寄二林僧社三十韵，多叙贬官已来出处之意》

人生足别离——于武陵《劝酒》

百年莫惜千回醉——翁绶《咏酒》

三月惟残一日春——令狐楚《三月晦日会李员外，座中颇以老大不醉见讥，因有此赠》

杨王卢骆真何者——贯休《赠杨公杜之舅》

许史金张安在哉——贯休《山居诗二十四首》（其七）

举世尽从愁里老——杜荀鹤《秋宿临江驿》

何人肯向死前休——韩愈《和归工部送僧约》[①]

不堪回首还回首——不详

未合白头今白头——杜荀鹤《隽阳道中》

从上文可以看出，葛次仲《集句诗》所集诗句主要来自中晚唐诗人，多为人世感慨类主题。用所集之诗，形成对偶，体现其"偶对精绝"之优长。

在现存文献中，除葛胜仲《太中大夫大司成葛公行状》之外，王寂《辽东行部志》是最早记载其《集句诗》的文献。南宋陈振孙《直斋书录解题》著录该书："《集句诗》三卷。江阴葛次仲亚卿撰。胜仲之兄，兄弟皆为大司成。"[②]陈振孙应该见过该集。后来马端临《文献通考》卷二四五著录该书，则直接征引陈振孙之语，说明马端临没有见到该书。虽然《宋史》卷二百八亦著录《集句诗》三卷，但该书很可能于元初亡佚。

---

① 韩愈《和归工部送僧约》原句作"何人更得死前休"，一作"何人更向死前休"。袁文《瓮牖闲评》卷五："（黄）太史又尝谓人云：'杜荀鹤诗"举世尽从愁里老"，可对韩退之诗"何人肯向死前休"'，此一联尤奇绝，虽未成全篇，知太史真能集句，第恨所见者不多耳。"中华书局，2007年，第85页。

② 《直斋书录解题》卷二十，第602页。

五、辛弃疾《木兰花慢·滁州送范倅》辨析①

辛弃疾《木兰花慢·滁州送范倅》为辛词名作，入选《宋词三百首》等众多选本，《唐宋词鉴赏辞典》等书亦有赏析文章。原词如下：

> 老来情味减，对别酒、怯流年。况屈指中秋，十分好月，不照人圆。无情水、都不管，共西风、只管送归船。秋晚莼鲈江上，夜深儿女灯前。　　征衫。便好去朝天。玉殿正思贤。想夜半承明。留教视草，却遣筹边。长安故人问我，道寻常、泥酒只依然。目断秋霄落雁，醉来时响空弦。

辛弃疾于乾道八年至乾道九年（1172—1173）任滁州知州，该词即作于滁州期间。对题中范倅为何人，目前通行观点认为是指滁州通判范昂。邓广铭《稼轩词编年笺注》、辛更儒《辛弃疾集编年笺注》、徐汉明《辛弃疾全集校注》、朱德才等《辛弃疾词新释辑评》、吴企明《辛弃疾词校笺》等注本以及众多选本、鉴赏文章都持此说。范昂其人字号、籍贯、生平皆无考，《宋会要辑稿·职官》一〇之九记载他乾道六年至八年曾任曾滁州通判。仅以这一则文献来坐实"滁州送范倅"为"送滁州范倅昂"，资料过于单薄，未必可信。"滁州送范倅"固然可以理解为"送滁州范倅"，但按照表达习惯，送别当地地方官，更适合用"送滁州范倅""送范倅"之类标题，就像辛弃疾《声声慢·送上饶黄倅秩满赴调》《八声甘州·寿建康帅胡长文给事……》一样。比较而言，"滁州送范倅"更适合是送别外地官员。当然，《花庵词选》入选该词，就题作"送滁州范倅"。

问题在于，如果将范倅当成范昂，就难免有些扞格难通之处。首先，如同大多数人的认识，将首句"老来情味减，对别酒、怯流年"理解为辛弃疾本人的时光感慨，但当时辛弃疾仅33岁左右，正当壮年，难以称老。

① 原刊《古典文学知识》2019年第2期。

其次，如果首句为自指，感叹饮酒兴味衰减，就与下片"长安故人问我，道寻常、泥酒只依然"直接矛盾，很显然，上下片这两句所指绝非都是作者本人。

其实，早在1948年，邓广铭先生在《稼轩词笺证》一文中，就讨论范倅究竟是滁州通判范昂还是镇江通判范子美（名邦彦），结论是后者①。其理由之一是另一首《感皇恩·滁州寿范倅》中有"三山归路，明日天香襟袖"之语，三山指镇江金山、焦山、北固山。后来邓广铭先生在《稼轩词编年笺注》中又有所动摇，认为《感皇恩·滁州寿范倅》（春事到清明）中的范倅是范昂，《感皇恩·寿范倅》（七十古来稀）中的范倅不是范昂，理由有二，一是范子美是辛弃疾的岳父，不应径呼为范倅，二是《感皇恩·寿范倅》"七十古来稀，人人都道，不是阴功怎生到"的"阴功"与范子美有所成就的身世不符。至于此范倅是何人，邓广铭先生较为谨慎，说"终难确考"②。总之，邓广铭先生否定了范倅为范子美的旧说。由于《稼轩词编年笺证》的巨大影响，使得后来大陆学者几乎众口一词，认为范倅即是范昂。

然而，邓广铭先生引以为据的《感皇恩·寿范倅》（七十古来稀），广信书院本无此题目，《永乐大典》引作"寿人七十"，所以"寿范倅"是否可靠，原本就值得怀疑。辛更儒《辛弃疾集编年笺注》则采用《永乐大典》本，题作"寿人七十"，如此一来邓广铭先生有关"阴功"的疑惑就不复存在。

鲜为人知的是，郑骞先生所撰《辛稼轩年谱》③主张范倅即是范子美，兹据其《稼轩词校注附诗文年谱》④，将乾道九年相关内容征引如下：

> 本集《西江月》（寿范南伯知县）词，有"奠枕楼前风月"及

---

① 《邓广铭全集》第八卷，河北教育出版社，2005年，第604—607页。
② 《稼轩词编年笺注》卷一，第21—22页。
③ 郑骞：《辛稼轩年谱》，协和印书局1938年初版，台北华世出版社1977年补订再版。
④ 郑骞校注，林玫仪整理：《稼轩词校注附诗文年谱》，台湾大学出版中心，2013年，第688页。

"留君一醉"之语，据知先生守滁时，南伯曾来访。集中又有"滁州寿范倅"《感皇恩》、"送范倅"《木兰花慢》二词。《感皇恩》有"竹清松瘦"之语，知范倅年事已高。又有"三山归路"之语，知其人家在镇江，先生岳父范子美曾任镇江倅，侨寓亦在彼处。范倅盖即子美。《木兰花慢》首云："老来情味减，对别酒、怯流年"，是代范立言，先生逌逾三十，自难称老，"莼鲈江上"句，谓子美归思甚浓，"夜深儿女灯前"，谓南伯兄妹也。若为另一范某，不能如此亲切。后半云"留教视草，却遣筹边"，则以子美曾举进士，又为"北土故家，知其豪杰，熟其形势"之故（见《南伯行述》），此亦移赠他人不得者。至于不称岳父而称范倅，亦犹称南伯不曰妻兄或内兄而曰知县之例也。据《感皇恩》知子美生日在春季，至秋始行，在滁盖有相当盘桓，南伯当是随侍同来，但未说事在去年或本年耳。

其中最有力的论据是，根据刘宰《漫塘集》卷三十四《故公安范大夫及夫人张氏行述》，范子美为邢台人，绍兴三十一年（1161）为新息县令，率众打开蔡州城门，迎接南宋部队，遂举家投奔南宋。辛弃疾与范子美都为中州豪杰，皆为归正人，关系密切，"忠义相知，辛公遂婿于公"（《陵阳集》卷十五《书范雷卿家谱》）。因此，辛词中的"留教视草，却遣筹边"非范子美莫属。至于邓广铭先生所质疑的呼岳父为范倅，应不是问题。可惜，最新出版的《辛弃疾集编年校注》等书完全无视郑骞先生《辛稼轩年谱》及《稼轩词校注》的存在。

如果将范倅理解其岳父范子美，这首《木兰花慢·滁州送范倅》的词意就豁然贯通，完全是另一番风貌。

词的上片写饯别范子美，由饯别宴席想象途中及到家后的情景。范子美已届人生晚年，饮酒聚会之类的兴趣大减，况且中秋将至，他更盼望回到镇江家中，与家人团聚。可是江水秋风，都不理解范子美此刻的心情，只是把他送上回家的船上罢了。在途中可以品尝象征家乡风味的菜肴，到家后，就可以与儿女团聚。"夜深儿女灯前"，虽是家常，却具有温馨亲切的天伦之乐，注家多引黄庭坚《寄上叔父夷仲三首》（其三）"弓刀陌上望行色，儿女灯前语夜深"为之作注，远不及郑骞《稼轩词校注附诗文年谱》所引《后山诗话》贴切。《后山诗话》曰："谢师厚废居于邓，王左丞存，其妹婿也，奉使荆湖，枉道过之，夜至其家。师厚有诗云：'倒着衣裳迎户外，尽呼儿女拜灯前。'"①此事又见范公偁《过庭录》。谢师厚即谢景初，为黄庭坚的岳父，上引黄诗当是化用谢诗而来。黄庭坚曾公开称赞谢师厚这两句，"绝类老杜""编入杜集无愧"②。辛弃疾化用黄庭坚岳父的名句，来形容自己的岳父，正是他的用心所在。"儿女灯前"，包括范南伯及其妹妹，是否包括辛弃疾的妻子在内，不得而知。如果包括辛弃疾的妻子在内，那么上片结尾就含有思家之情。

词的下片想象更加遥远的未来，盼望范子美能赴临安朝见天子，得到宋孝宗的信任和重用。"留教视草"，突出范子美的文章才华，符合其进士出身，"却遣筹边"，突出他的军事才干，符合他的由北至南的归正人身份，也符合辛弃疾主张恢复的期待。最后几句归于自己，说如果临安朋友问起，就告诉他们，我还像过去一样喜欢饮酒，喜欢射箭。结句极为精彩，"目断秋霄落雁，醉来时响空弦"，化用《战国策·楚策》中更嬴空弦落雁之事，既具有浪漫旷放的诗情，又能展现自己的霹雳手段，同时，还寄寓英雄无用武之地的感慨。

综观这首送别词，从亲情出发，有对其岳父范子美生活上的关心和慰藉，也有对其功名事业的美好展望，可贵的是，辛弃疾在抒发浓郁的亲情时，仍然不失抗敌复国的本色，毕竟他与其岳父范子美都是慷慨忠义之士。

---

① 《后山诗话》，《历代诗话》本，第37页。
② 《诗话总龟》前集卷九，第98页。

第三编　金代文学综论

金代文学特征论

一、特征论的逻辑基点

金源文学的成就不及宋代，特色不及元代，所以历来不受重视，在各种通行的文学史教材中，金源文学只是隶属于宋代文学下的一个章节。但它是中国文学史上非常独特的一环，是在女真族统治下、与南宋政权相对立的北方多民族汉语文学，如何评价它？倘若沿袭传统的评判标准，仅仅从文学成就出发，势必要忽视其个性和特殊价值。对金源文学，我们认为，只有认识其特征，才能在中华文学发展的历史长河中正确评估它的价值和地位，所以这一节拟就此作点探索。

长期以来，人们在金源文学特征这一问题上存在不少模糊认识。一直有少数学者不肯承认金源文学具有不同于宋代文学的特征，认为它只是北宋文学的余波遗响，如王世贞所说"大旨不出苏、黄之外"[①]，这当然不无道理。因为金源文学毕竟是中国文学史上的一个环节，是以汉人为主的汉语文学，同在中华文化的大背景之下，它具有历代汉语文学的许多共性，但我们不能只看到这些共性，而无视金源文学赖以生成和发展的特殊背景。女真统治及其文化、宋金政权的对立、北方地域等特定因素必然对金源文学产生这样或那样的影响，赋予其独特性，尽管其特性要远远少于

[①] 王世贞著，罗仲鼎校注：《艺苑卮言校注》卷四，齐鲁书社，1992年，第227页。

共性，但它比共性更值得重视、更值得认真研究。多数学者能认识到这一点，并对之作了一些有益的探索，指出了金源文学的部分特征，得出一些很有价值、很有启发性的结论，如清人张金吾认为金人得北方巨山大川雄深浑厚之气，故其文章"华实相扶，骨力遒上"①，况周颐认为"宋词深致能入骨"，"金词清劲能树骨"②，现代学者大多沿着这一思路，进一步辨析金源文学与前代文学在风格上的细微差别。这种研究诚然可贵，但应该看到，迄今为止学界还未能总结出一致公认的风格特征，这一方面要求我们继续深入探讨，另一方面也提醒我们反思：金源文学是否存在迥异于其他时代的风格特征？除风格论之外，是否还有其他特征？

中国各体文学特别是传统的诗文，至唐、宋时期已臻于完善，异彩纷呈，风格大备。诗文成就已达到巅峰，没有留下多大开拓余地，故在唐宋之后，历元明清三朝，虽各有变化，但都未能取得突破性进展，与南宋对立的金源又岂能有重大建树？所谓诗分唐宋，唐诗如何、宋诗如何，风格各异，畛域分明，而唐宋以后的诗歌非唐即宋，基本不出唐宋二途，金诗处于宋诗风格完备之后，又怎能独树一帜？金代诗歌一方面未能尽脱江西之习③，未能摆脱北宋的影响，另一方面，跳出北宋的出路也只能是"以唐人为指归"④，最终还是跳不出唐宋的囿限。即使是前人标举的"华实相符，骨力遒上"之说，也未必是金源文学所独有。所以，继续从风格上探讨金源文学的特征，估计不会有很大收获。我们必须另辟新径。

列宁说过："判断历史的功绩，不是根据历史活动家没有提供现代所要求的东西，而是根据他们比他们的前辈提供了新的东西"⑤。就金源文学而言，"新的东西"主要是金源文学与前朝文学的不同点，也就是程千帆先生在论述南北朝文学时所说的，只是在非汉族政权下生活的作者所写

---

① 《金文最序》，第10页。

② 《蕙风词话》卷三，《词话丛编》本，第4456页。

③ 参见钱锺书《谈艺录》四四、四五条，第150—159页。

④ 《元好问文编年校注》卷五《杨叔能小亨集引》，第1023页。

⑤ 《评经济浪漫主义》，《列宁全集》，人民出版社，1984年，第2册，第154页。

的汉语文学与在汉族政权下的作者所写的汉语文学的不同①，它当然不局限在风格上，也不局限在文本上，还会有其他表现。我们应该遵循这一指导思想，拓宽思路，结合女真统治及文化、南北对立、地域差异等背景，努力探讨金源文学给后人提供的"新的东西"。这是我们研究金源文学特征的逻辑起点。

二、向北拓展的地域走向

我国幅员辽阔，文学发展的地域分布很不均衡，唐宋以前，文学的中心主要在中原一带，周边地区特别是少数民族居住地区，汉语文学极为寥落。东南、中南一带，原有楚文化作基础，随着晋室南渡、文学中心的南移，本土经济、文化获得了大发展。岭南一带，随着一批批被贬官员的到来，汉文化水平也有所提高。而华北地区，汉语文学的发展却相当迟缓。北朝时，北方少数民族入主中原，混战不休，破坏了中原文化的同时，未能带动文学向北发展。不论是由南入北的庾信，还是号称北朝三才的温子升、邢邵、魏收，都未能将文学的中心由中原向北拓展。至唐代，虽然北方产生了非常出色的边塞诗，但那多出自军旅文人之手，而且边塞诗对当地文学的发展作用不大。直至宋代，北方大片土地的文苑仍然十分荒凉。北方人引以为豪的仍只有《敕勒歌》等少数几首民歌，这种局面，延续到金代，终于有了明显的改观。

女真南侵，迫使宋廷南渡，中原文化的主体部分随着政权的南迁、大批文人的南下再度南移，而另一部分随着入侵者的北归而流向北方。据史书记载，女真侵略者不仅侵占了大量物质财富，还获取了许多图书，带走了不少汉族文人，以致四库馆臣得出"中原文献实并入于金"②的判断。图书典籍为北方汉人和具有汉文化的其他族人进一步提高文化水平提供了

---

①《关于魏晋南北朝文学研究的一点想法》，载《魏晋南北朝文学论集》，南京大学中国语言文学系主编，南京大学出版社，1997年。

②《四库全书总目》卷一百九十《全金诗提要》，第1275页。

物质条件，而一批具有很高文学修养的汉族文人，到北方安家落户，他们的仕宦生涯、创作活动甚至日常生活都在相对落后的北方传播着先进的中原文化，从而逐步提高北方地区的文化水平。如金初著名词人蔡松年祖籍杭州，入金后，遂落籍真定（今河北正定），他的儿子蔡珪便是地道的北方金人，开创了"国朝文派"。经过近百年的滋养与培育，出自北方本土的文人越来越多。金末刘祁明确指出：

> 金朝名士大夫多出北方，世传《云中三老图》，魏参政子平宏州顺圣人，梁参政甫应州山阴人，程参政晖蔚州人，三公皆执政世宗时，为名臣。又苏右丞宗尹天成人，吾高祖南山翁顺圣人，雷西仲父子浑源人，李屏山宏州人，高丞相汝砺应州人，其余不可胜数。余在南州时，尝与交游谈及此，余戏曰："自古名人出东、西、南三方，今日合到北方也。"①

这是一个重要的历史现象。虽是就名士大夫而言，但也道出中原文学中心北移的实际。元好问也意识到这一点，他从《敕勒歌》得出"中州万古英雄气，也到阴山敕勒川"②的结论，虽有些勉强，有自张门面之嫌，但这一结论显然符合金代文学现状。它实际上是针对现实而发，为正在兴起的北方文学争取地位。

中原文学中心北移首先表现为北方籍作家的大量涌现。历史上，作家多出自中原和南方，北方作家寥寥无几，元好问不得不承认，"并州未是风流域，五百年来一乐天"③，金代恰好相反，除少数羁金宋人外，大多数作家都出自北方。今人张博泉在论述中原文化北移时，已指出了这一点，说金代文人主要集中在黄河以北，"如蔡珪（真定人）、周昂（真定人）、赵可（高平人）、郑子聃（大定人）、赵沨（东平人）、王寂（蓟州玉

---

① 《归潜志》卷十，第118页。
② 《元好问诗编年校注》卷一《论诗三十首》其七，第52页。
③ 《元好问诗编年校注》卷十三《感兴四首》其二，第1649页。

田人）、王庭筠（盖州熊岳人）、刘昂（兴州人）、赵秉文（滋州滏阳人）、麻九畴（易州人）、王元粹（平州人）、李纯甫（弘州襄阴人）、王若虚（藁城人）、雷渊（应州浑源人）、元好问（太原秀容人），皆在北方"①。这些文人都是金源文学的主力军。在这些文人之外，还应该有许多不知名的下层文人从事民间文学（如诸宫调、俗曲）创作，为后世文学的发展打下了基础。

其次，作家们的创作中心主要在燕云一带。此前也有少数北方籍作家，如白居易、温庭筠是太原人，但他们长期在中原或南方做官、生活，对北方文学的发展影响不大。而金朝的政治中心先在上京（今黑龙江阿城南），后迁至中都（今北京），所以不论是南方籍作家，还是北方籍作家，除金末迁都汴京以后的二十年之外，他们的活动中心都是在北方。《金史·文艺传》中的多数作家都曾在朝中做官，即使做地方官，也常在北方。金中期卓有成就的诗人王寂贬官至蔡州（今河南汝南），感觉到了"天涯南去更无州"②的"边州"，到了"淮西天尽头"③，简直把中原视为边地，他的立足点显然是在很遥远的北方。

第三，在北方出现了一些有影响的文学世家。在山西，有浑源刘撝、刘汲、刘从益、刘祁四世进士之家；在辽宁，有盖州王遵古、王庭筠父子，有广宁耶律履、耶律楚材一家；在河北，有易县魏道明一家五进士；在山东，有济南六世登科的阎长言一家……这些文学世家的出现，表明文学已深深扎根于北方，保证了文学的传承延续。

在金代，之所以出现中原文学中心北移的现象，与女真族的统治中心和文化政策有关。金代的政治中心长期在北方，特别是海陵朝迁都燕京以后，大批女真人从白山黑水的发祥地向南迁移，与大批北迁的汉人相会合，在燕京一带形成了政治文化中心，带动了北方地区的文学发展。在统治期间，女真统治者承袭辽制，实行重北轻南的政策，不仅在科举上，金

---

① 张博泉：《论金代文化发展的特点》，《社会科学战线》1986年第1期。

② 《一剪梅》（悬瓠城高），《全金元词》，第34页。

③ 《新编全金诗》卷二二《思归》，第521页。

初实行南北选，多取北方人，到后期方有所改变，而且在政治上，也存在民族偏见，重用北方人，直至金末刘祁还说，女真统治者"偏私族类，疏外汉人，其机密谋谟，虽汉相不得预"①。统治者的政策导向和北方文人政治地位的上升，必然会带动北方文化的长足发展。

中原文学中心的北移是金源文学的重大贡献。它扩大了汉语文学的地域，使一直荒芜的北方地区文学苑囿出现了勃勃生机，并形成了初具规模的北方文学中心，尽管其文学成就不足以与唐宋抗衡，尽管像元好问这样的大家仍然凤毛麟角，但毕竟较过去大为改观，更重要的是为后世北方文学的发展打下了良好的基础。元朝统一宋金之后，其文学中心仍在北方，且结出累累硕果。传统的诗文基本上沿着元好问为代表的北方文学继续发展，新兴的戏曲在金源北方俗文学的基础上不断发展壮大，盛极一时。大都（今北京）人王实甫改写同是北方作者董解元的《西厢记诸宫调》，成为"天下夺魁"的《西厢记》。戏曲作者如《录鬼簿》所载"前辈才人有所编传奇行于世者五十六人"无一例外都是北方人②，"元曲四大家"的关汉卿、马致远是大都人，白朴隩州（今山西河曲）人、郑光祖平阳襄陵（今山西临汾）人，其中关汉卿、白朴等人被邾经《青楼集序》称为"金之遗民"③，白朴之父是金末文人白华，与元好问交往甚密，其本身文学成就虽然有限，但由元好问抚养成人、徙家真定（今河北正定）的白朴，卓然名家。关汉卿的先世不可考，应该是金源下层文人，关汉卿的巨大成就与金源北方文学日渐雄厚的基础密不可分。此外，元杂剧的兴盛之地大都（金之中都）、平阳、真定、东平等地是金源的文化重镇。徐朔方先生指出，有21种元杂剧残留金代印记④。仅由此就足以看出，金代中原文学中心北移为中国文学的发展作出了不可磨灭的贡献。明清二代，虽然北方文学不及元代突出，北方籍的作家没有明显优势，北方文学中心也遭到破

①《归潜志》卷十二，第137页。
②《录鬼簿校订》卷上，钟嗣成撰，王钢校订，中华书局，2021年，第149页。
③夏庭芝著，孙崇涛、徐宏图笺注：《青楼集笺注》，中国戏剧出版社，1990年，第20页。
④见《徐朔方集》第一卷《金元杂剧的再认识》，浙江古籍出版社，1993年，第95—108页。

坏，但政治中心仍在北方，文人宦游也常在北方，所以北方文学仍有所发展，最终彻底打破了中原为中心的格局。中原文学中心的北移，还加速加深了民族融合，提高了少数民族的汉文化水平，推动了多民族中华文化形成的进程。

三、少数民族文人的崛起

恩格斯《家庭、私有制和国家的起源》有一段名言："凡德意志人给罗马世界注入的一切有生命力的和带来生命的东西都是野蛮时代的东西。的确，只有野蛮人才能使一个在垂死的文明中挣扎的世界年轻起来"[1]。理论上确实如此，落后的女真族入主中原，给中国文学注入了新的血液，但要把这个被人们一再重复的理论，落到实处，去探明女真族给中国文学究竟注入了哪些新的血液，并不容易。除了加强贞刚质实的风格之外，应该还有其他更重要的新变。我以为，创作队伍的更新就正是女真族给中国文学注入的新鲜血液之一。

在唐宋以前，汉语文学中几乎看不到少数民族作家的身影，辽代时，出现了萧观音、萧瑟瑟等少数民族作家，但数量太少，成就也有限，故不成气候。金灭辽和北宋之后，无论是统治时间、地域，还是汉化的程度，都远远超过了辽代，为少数民族汉语作家的崛起提供了契机。金源一朝，不仅少数民族汉语作家的数量和水平大大超过前代，而且还表现出一些值得我们重视的特点。

在少数民族汉化过程中，由于统治者与先进的汉文化接触较多，学习汉文化的条件较优越，所以，汉化最早和汉化最深的往往是那些上层决策性人物。金代也是如此，其少数民族作家多是皇室和贵族，政治地位很高，代表人物有金熙宗完颜亶、海陵王完颜亮、宣孝太子完颜允恭、金章宗完颜璟、王侯完颜璹、贵族术虎邃、石抹世勣等人。

上有所好，下必效之。统治者附弄风雅，促使许多人染指创作。女真

---

[1]《马克思恩格斯选集》第四卷上册，人民出版社，1972年，153页。

人之外，渤海人张汝霖、契丹人耶律履、乌惹人张澄等其他民族的文人也参与此道，使金源文学真正成为多民族的文学。随着金朝统治时间的延续、随着汉化的深入，少数民族作家逐步增多。金初，还只是个别贵族文人，到金末已有所普及，许多军人也舞文弄墨。《归潜志》卷六曰："南渡后，诸女直世袭猛安谋克往往好文学，喜与士大夫游。如完颜斜烈兄弟、移剌廷玉温甫总领①、夹谷德固、术虎士、乌林答爽②肃孺辈，作诗多有可观。"③由于元明二代不重视金源文献，致使金源文献大量散佚，当时究竟有多少少数民族文人从事汉语文学的创作，现已无法统计。从《归潜志》和后人辑录的《全金诗》《全金词》《金文最》等书来看，有姓名可考并有作品传世的作者在50人以上，这一数字虽不能与汉族文人相比，但在百年期间能有这么多人，同前代相比，数量已有明显增加。

与此同时，少数民族文人的观念变了，他们学文学、学创作的自觉意识普遍加强。他们以此相尚，以懂文学、会创作为荣。缺乏汉文化修养的人，被视为"吴下阿蒙"④，受人嘲弄。金初宇文虚中对女真人"以矿卤目之"⑤，南宋使金的范成大讥讽不识汉字的兵部侍郎耶律宝，是"乍见华书眼似獐，低头惭愧紫荷囊。人间无事无奇对，伏猎今成两侍郎"⑥，连"宛然一汉户少年子"的金熙宗也视同族开国旧臣"无知夷狄"⑦。相反，有汉文化修养的女真人，便自觉高出族人一等。好读史书的移剌买奴"视女直同列诸人奴隶也"⑧，就是明证。在此价值观的带动下，有些文人对汉文化表现出浓厚的兴趣，学习也很刻苦认真。如术虎邃"刻苦为诗如

---

① 此处疑将两人名字混杂为一人。因同卷又曰"移剌枢密粘合字廷玉""移剌都尉买奴字温甫"，中华书局校点本未出校记。

② 原无爽字，据《归潜志》卷三补。

③ 《归潜志》卷六，第63—64页。

④ 《元好问文编年校注》卷五《龙虎卫上将军术虎公神道碑》等文均有此比喻，第586页。

⑤ 《宋史》卷三七一《宇文虚中传》，第33册，第11528页。

⑥ 《范石湖集》卷十二《耶律侍郎》，第158页。

⑦ 宇文懋昭撰，崔文印校证：《大金国志校证》卷十二，中华书局，1986年，第179页。

⑧ 《归潜志》卷六，第63页。

寒士""恶衣粝食，以吟咏为事"①，乌林答爽"抄写讽诵终夕"②，完颜璹"读《通鉴》至三十余过"③。经过一番努力，他们确实取得了超越前人的成就。其中诗词创作成就最为突出，现代学者已有充分的论述④，这里不再重复。散文方面，也不无佳作，兹举一例。皇统七年（1147），身世不详、仅有一篇作品传世的完颜没里也游览仰天山，作《仰天山记》，曰："登高俯深，野芳夹路，触目可观。比至招提，曳杖履，披薰风，荫嘉树，礼观音相，谒丰济祠，探黑龙渊，息白云洞。听水帘之潺湲，望陟门之屹嵲。凡足迹可到者，皆周行而历览之。乃知尘埃之外，自有佳趣，功名富贵，有不与焉。"⑤其中颇有文采和韵味。

少数民族汉语作家的创作固然丰富了中国文学的宝库，但他们的独特价值还不在于成就本身，因为他们的成就暂时没有超过汉族作家，未能提高汉语文学的整体水平。他们的独特价值也不在于他们身上所体现的汉文化对少数民族的影响，诸如汉文化的高度凝聚力、少数民族文化水平的提高等意义，因为这些只是汉文化的功绩。民族融合历来是双向的，有少数民族不遗余力"强慕华风"⑥的一面，也有"虏乐悉变中华"⑦的一面。后者正是他们的独特价值所在，即他们对汉语文学的渗透，给汉语文学所注入的新鲜血液。在民间，他们的"虏乐""北鄙杀伐之音"推动了北曲的兴起与发展，意义深远；在上层，他们在接收汉文化的同时，所保存下来的游牧民族勇武强悍等文化特征，又通过其较高的政治地位，或多或少地影响周围的汉族作家。追随女真统治者的汉族文人涉足过去汉族文人很少涉足的地域，得以领略边地风光，了解女真尚武习性，创作出少量题材新鲜的作品。辽金统治者常常赴"捺钵"，"春水秋山"，汉族文人免不了要

---

① 《归潜志》卷三，第25页。

② 《归潜志》卷三，第26页。

③ 《中州集校注》卷五《密国公璹》，第1412页。

④ 张博泉《论金代文化发展的特点》、周惠泉《金代文学学发凡》、张晶《辽金元诗歌史论》等论著中都有论述。

⑤ 《金文最》卷二十二，第303—304页。

⑥ 范成大《揽辔录》，《范成大笔记六种》，中华书局，2002年，第16页。

⑦ 《范石湖集》卷十二《真定舞》题下小注，第154页。

扈驾随行，如蔡松年、刘迎、赵秉文等人都去过"捺钵"之地凉陉（在今内蒙古境内）。其地有金莲川，汉人说是"极边荒弃之壤"①，却是女真统治者游幸胜地。赵秉文随金章宗"春水秋山"，写下《海青赋·奉和扈从春水作》《春水行》《扈从行》《金莲》等作品，生动地记载了他亲眼目睹的这一具有民族特色的游猎活动，如《春水行》诗写道："光春宫外春水生，鸳鹅飞下寒犹轻。绿衣探使一鞭信，春风写入鸣鞘声。龙旗晓日迎天仗，小队长围圆月样。忽闻叠鼓一声飞，轻纹触破桃花浪。内家最爱海东青，锦鞲掣臂翻青冥。晴空一击雪花堕，迤逦十里风毛腥。初得头鹅夸得隽，一骑星驰荐陵寝。欢声沸入万年觞，琼毛散上千官鬓。"②从中可以看出"春水"的主要活动捕猎天鹅及其方法，捕得后献给陵庙、从官称觞祝贺、插羽头上的习俗，这为后人研究辽金统治者"春水秋山"活动提供了一些感性认识。完颜守贞、完颜斜烈、完颜陈和尚、移律粘合等贵族都喜欢接交士人，各自幕府下都聚集着一些汉族文人。完颜守贞被誉为金代女真宰相中最贤正的宰相，喜欢"接援士流"③，路铎、周昂、刘中等人与之交往甚密；完颜斜烈幕中曾有王渥、元好问等著名诗人，他们一起打猎出游、饮酒赋诗，王渥说是"一时胜事，宾僚儒雅"④，元好问说"将军礼数宽"⑤；移律粘合幕下也曾有雷渊、元好问等人，此间元好问写下了不少诗词作品，曾盛赞"相公恩德九泉深"⑥。在此情形下，他们的创作不可能不考虑到幕主的观念和爱好，其雄健朴实诗风也许就有少数民族文化的成分，只是少数民族对汉语文学的这种渗透是潜在的，往往不易引起人们的注意。

比较而言，少数民族汉语作家另一方面的独特价值或许要明显一些。他们往往具有汉族作家所缺乏的优势。汉族作家在创造悠久的文明、复杂

---

①《金史》卷九十六《梁襄传》，第2261页。

②《赵秉文集》卷三，第58页。

③《归潜志》卷十，第112页。

④《水龙吟》（短衣匹马清秋），《全金元词》，第52页。

⑤《元好问诗编年校注》卷二《即事》，第331页。

⑥《元好问诗编年校注》卷三《谢邓州帅免从事之辟》，第544页。

的样式、繁多的规矩的同时，又承受着由日益丰富沉重的创造所构成的挑战和压力，不得不千方百计地谋求创新，但总是受到传统的有力牵制，一再借复古来创新，实际上故步自封，表明感觉已有所麻木。而少数民族文人没有这种"身在此山中"的困惑，显得比当局者更清醒。满族旁观者纳兰性德说明代诗人学唐诗，"一生在乳姆胸前过日"①，堪称当头棒喝，足以令那些唐诗迷们羞愧不已。少数民族文人没有儒家文化的根底，没有传统文化的束缚，却有新兴民族的充沛活力、纯真朴实的心灵和对汉文化的新鲜感及浓厚兴趣。他们的创作实绩就证明了这一点。无论是完颜亮"提兵百万西湖上，立马吴山第一峰"（《题西湖图》）赤裸裸的觊觎之心，还是完颜承晖"吾师司马（光）而友苏公（东坡）"②的个人爱好；无论是金章宗"五云金碧拱朝霞，楼阁峥嵘帝子家"（《宫中》）的富贵气象，还是完颜璹"一室萧然，琴书满案"的"老儒"③形象，都真诚而无伪饰。这些人汉化之后，民族个性渐渐模糊、泯灭，像金熙宗那样"尽失女真故态"④，表面上与汉族作家无二，但他们混血型的民族身份，使他们具有很强的活力和很大的潜在创造力，一旦有适当的时机，就会表现出来，就会可能取得不亚于甚至超过汉族作家的业绩。契丹人耶律履在金代的文学成就比较寻常，其子耶律楚材却胜过乃父，成为元代出色的诗人。金代以后，除明代以外，少数民族作家越来越多，成就越来越大。元代，"西北弟子，尽为横经"，萨都剌、贯云石、廼贤等人均能"别开生面""各逞才华，标奇竞秀"，"极一时之盛"⑤。明代政权建立之后，由于统治者采取消除"胡俗"、压制少数民族的政策，少数民族汉语作家受到严重打击，未能有所建树。但努尔哈赤建立后金政权时，便旗帜鲜明地呼应和继承金源的传统，因之少数民族汉语作家的数量和地位很快得到恢复，其成就也是后来居上。清初满族词人纳兰性德杰出时辈，与汉族词人朱彝尊、陈维

---

① 纳兰性德：《通志堂集》卷十八《渌水亭杂识》，上海古籍出版社，1979年，第699页。

② 《金史》卷一〇一，第2361页。

③ 《归潜志》卷一，第4页。

④ 《大金国志校证》卷十二，第179页。

⑤ 顾嗣立：《元诗选》初集二，中华书局，1987年，第1185页。

崧鼎足而三。他没有汉族文人积习已久的沉重传统，独抒性情，"以自然之眼观物，以自然之舌言情"，为已经长期失去自然本色的词体带来了新的生机，王国维说，"北宋以来，一人而已"，究其原因，其中之一是他"初入中原，未染汉人习气，故能真切如此"①。少数民族汉语作家凭借此特长不时地为中国文学注入新鲜血液，为中国文学作出了重要贡献。先世为满族正白旗"包衣"的曹雪芹，也应得益于其混血型优势。被红学索引派指认为纳兰性德的贾宝玉，就是满汉文化交融的结晶。所以，可以这样说，金代少数民族汉语作家的成就奠定了少数民族在汉语文学中的地位，更重要的是，他们以及后代的少数民族汉语作家是中国封建社会后期文学创作的一支生力军，推动了中国文学的持续发展，丰富了中国文学的宝藏。

四、末代文人豪杰的涌现

元好问在回顾金源文学的历史时指出："盖自宋以后百年，辽以来三百年，若党承旨世杰、王内翰子端、周三司德卿、杨礼部之美、王延州从之、李右司之纯、雷御史希颜，不可不谓之豪杰之士。"②这里罗列了金代除墓主赵秉文以及元好问本人之外的主要代表作家，许之以"豪杰"。"豪杰"的本意当然是指才能杰出之人，但联系元好问对金诗"邺下曹刘气尽豪"③的比喻，其中部分"豪杰"应有豪迈任气的特点。

在金代前期，文学的豪杰之气并不明显。金初借才异代，少数抗节不仕的文人如滕茂实等尚能悲歌慷慨，多数仕金文人却只能忍气吞声地抒写去国怀乡的愁苦之情。金代中期，像蔡珪、党怀英等第二代文人仍然难以尽弃仕金的隐衷。蔡珪之父蔡松年受完颜亮的猜疑，无辜被害，不可能不给他留下阴影，令他时刻小心翼翼地奔走于仕途，因而也就不可能舒展其

① 王国维：《人间词话》，《词话丛编》本，第4251页。
② 《元好问文编年校注》卷三《闲闲公墓铭》，第257页。
③ 《元好问文编年校注》卷五《自题中州集后》，第1330页。

豪杰之气；党怀英也有彷徨去意，曾与辛弃疾讨论过去留问题①。他们生于北方，本应有豪杰不平之气，却无生长发育的政治土壤。如果辛弃疾不投奔南宋，他就不可能成为充溢豪杰之气的爱国词人，也许他会与他的同学党怀英一样，去歌咏其幽独情怀。然而，北方文人的天性中，终究含有压抑不住的豪迈之气，所谓"燕赵自古多感慨悲歌之士"，这种天性到金室南渡之后，在国家衰弱的现实的激发下，终于爆发出来，涌现出许多豪杰，即元好问所说的"贞祐南渡，河朔板荡，豪杰竞起"②。由于"南渡后，宣宗奖用胥吏，抑士大夫，凡有敢为敢言者，多被斥逐"③，所以南渡豪杰中并没有出现多少抗敌救国的英雄烈士，倒是涌现出许多慷慨任气的诗中豪侠。只要浏览一下《中州集》《归潜志》等书，就能看到大量有关记载：

（李纯甫）中年，度其道不行，益纵酒自放……惟以文酒为事。啸歌袒裼，出礼法外。④

（雷渊）为人躯干雄伟，髯张口哆，颜渥丹，眼如望羊，遇不平，则疾恶之气，见于颜间，或嚼齿大骂不休，虽痛自摧折，然卒亦不能变也。⑤

（张珏）美风仪，善谈论，气质豪爽，在之纯、希颜伯仲间。⑥

（阎长言）性本豪俊，使酒任气，及游京师，乃更折节，遂以谨厚见称，酒酣耳热，故态稍出。⑦

（高永）为人不顾细谨，有幽并豪侠之风。⑧

（王若虚等林下四友）各有别号，以自寄焉。予以慵夫，子升

---

① 《宋史》卷四〇一《辛弃疾传》，第12161页。
② 《元好问文编年校注》卷六《千户乔公神道碑铭》，第1137页。
③ 《归潜志》卷七，第73页。
④ 《归潜志》卷一，第6页。
⑤ 《中州集校注》卷六，第1673页。
⑥ 《中州集校注》卷八，第2158页。
⑦ 《中州集校注》卷九，第2401页。
⑧ 《中州集校注》卷九，第2310页。

（彭悦）以澹子，士衡（王权）为狂生，而晦之（周嗣明）则放翁也。日澹曰慵曰狂曰放，世以为怪，而自谓其真。①

（元好问）歌谣慷慨，挟幽并豪侠之气。②

（辛愿）性野逸，不修威仪，贵人延客，敬之麻衣草屦，足胫赤露，坦然其间，剧谈豪饮，旁若无人。③

（李汾）旷达不羁，好以奇节自许……素高亢，不肯一世……有幽并豪侠歌谣慷慨之气。④

（王渥使宋时）宋人爱其才，有中州豪士之目。⑤

当然金末文人并不全是如此，也有少数诚实乐易、温文尔雅之人，如李献能、赵思文辈，但从上述材料来看，金末以李纯甫、王若虚、元好问为代表的主流作家基本上都具有豪杰的性格特征。他们在政治军事方面无所作为，不能驰骋其豪杰的个性和才能，却在文学领域一显身手，给文学创作带来了深刻的变革。

金室南渡后，国势衰微，山河逼仄，正是亡国之象，一般情况下，这时理应是创作的低谷期，所谓"文变染乎世情，兴衰系乎时序"。但金末豪杰式的作家外向型的刚毅个性不会轻易随江河日下的时代无声无息地消沉颓废下去，它具有反弹、抗争的力量。流离困顿、衣食无着的辛愿仍能做到"落落自拔，耿耿自信，百穷而不悯，百辱而不沮，任重道远，若将死而后已者三十年"⑥，早年相当自负的李纯甫在遭到摧折之后，"度其道不行，益纵酒自放"，"以文酒为事，啸歌袒裼，出礼法外"，他的政治理想、功名事业在纵酒中逐渐丧失，他的文学创作却随之反弹上升，并带动了一批人的创作。元好问也是如此，"国家不幸诗家幸，赋到沧桑句便

① 《滹南遗老集》卷四十五，第545页。
② 《金史》卷一二六《元好问传》，第2892页。
③ 《中州集校注》卷十，第2460页。
④ 《中州集校注》卷十，第2487—2488页。
⑤ 《中州集校注》卷六，第1765页。
⑥ 《中州集校注》卷十，第2461页。

工"①，他的文学成就正是他这位并州豪杰对现实反拨的产物。

与此同时，这些豪杰式作家使金末文学避免了亡国之音低迷的哀吟伤叹，避免了"女郎诗"或"东南妩媚，雌了男儿"的小气和萎靡，显得苍劲悲凉。无论是李纯甫等人的狂放不羁，还是元好问等人的慷慨任气，都不显衰弱，即使悲哀，也是强者的悲哀，能在悲哀中见出郁勃的力量。正如元好问评价他的知己李汾所说的，"虽辞旨危苦，而耿耿自信者故在，郁郁不平者不能掩，清壮磊落，有幽并豪侠歌谣慷慨之气"②。如李汾《避乱陈仓南山回望三秦追怀淮阴侯信漫赋长句》："凭高四顾战尘昏，鹑野山川自吐吞。渭水波涛喧陇阪，散关形势轧兴元。旌旗日落黄云戌，弓剑霜寒白草原。一饭悠悠从漂母，谁怜国士未酬恩。"③诗歌在描写烽火弥漫、山河同悲的同时，以韩信自期，写其郁愤情怀。元好问另一知己李献甫当汴京被围、遭受重创之际，不仅表现"黄尘漫漫愁杀人，但见蔽野鸡群鸣"的萧条景象以及"河东游子泪如雨"的强烈悲痛之情，而且还反思"将军誓守不誓战"④的攻守政策，还有"山河大地分明在，莫为时危苦怆神"⑤的自信。元好问声名最著的丧乱诗也是如此。正大八年（1231）四月凤翔（今陕西凤翔）沦陷，元好问作《岐阳》三首，其二曰："百二关河草不横，十年戎马暗秦京。岐阳西望无来信，陇水东流闻哭声。野蔓有情萦战骨，残阳何意照空城！从谁细向苍苍问，争遣蚩尤作五兵。"⑥感情悲怆激越，境界雄浑苍茫，特别结尾两句质问苍天蚩尤，尤为慷慨不平，其力度感甚至超过了杜甫的同类诗作《悲陈陶》，《悲陈陶》中"野旷天清无战声，四万义军同日死"的惨痛气氛笼罩全篇，悲哀多于感慨。

因此，金末文学避免了末代文学习见的狭小枯窘。同是末代，同是学唐，南宋江湖、四灵之人出于对晚唐时代与心态的认同，效仿晚唐诗人，

---

① 赵翼：《题元遗山集》，《赵翼全集》，曹光甫校点，凤凰出版社，2009年，第4册，第349页。

② 《中州集校注》卷十，第2489页。

③ 《中州集校注》卷十，第2508页。

④ 《中州集校注》卷十《长安行》，第2534页。

⑤ 《中州集校注》卷十《围城》，第2542页。

⑥ 《元好问诗编年校注》卷三，第548页。

末代气息较为浓厚，金源赵秉文、李汾、元好问、杨宏道诸人并不侧重晚唐，而以师法杜甫为主，乱世迹象多于末代气息。正是在此意义上，金末作家能振起末代文学，在衰微的政局下造就"诗学为盛"①这种极其罕见的不平衡现象，促成了金源文学的一大特征：时代终点就是文学成就的顶点。金末文学也因此最终能"在宋末江湖诸派之上"②，在很多其他朝代末代文学之上。

此外，金末文人的豪杰气质还在文学观念上留下烙印。以最著名的元好问《论诗三十首》为例，它推崇"曹刘坐啸虎生风""壮怀犹见缺壶歌""慷慨歌谣不绝传"之类雄豪刚健的诗风，肯定陶渊明"一语天然万古新"、谢灵运"万古千秋五字新"、元稹"浪翁水乐无宫徵"的自然天成，反对"切切秋虫万古情""高天厚地一诗囚""无力蔷薇卧晓枝"之类的纤弱窘仄和"斗靡夸多费览观""窘步相仍死不前"之类的雕琢造作。立论如此鲜明，前代并不多见。其背后起重要作用的是元好问及北方作家的豪杰特质。

金末大量豪杰式作家的涌现是值得注意的特殊现象。它不仅强化了金源文学的风格特征，重要的是它还给渐趋阴柔的文学传统充入了一些阳刚之气，给向来低沉的末代文学增添了活力。金末文学的振兴，一方面体现了中国文学发展的多样性和复杂性，一方面对后代也产生一种特殊的影响。元诗承宋金二脉，元人欧阳玄说，"宋之习近靡茶，金之习尚呼号，南北混一之初，犹或守其旧习"③，比较而言，北强于南。清人顾嗣立以元好问为元诗的源头，将元好问列于《元诗选》之首，虽有可议之处，但他无疑看到了元好问为首的北方诗学的巨大影响。在赵孟頫等人汇合南北诗风形成"元音"的过程中，金末文学作出了积极的贡献。在元杂剧中，我们也能看到前代豪杰的影子。金末文人入仕艰难，许多文人不得不归耕

①《元好问文编年校注》卷六《陶然集诗序》，第1147页。
②《四库全书总目》卷一八八《中州集提要》，第1706页。
③欧阳玄：《此山先生诗集序》，《欧阳玄全集·圭斋文集补编》卷九，四川大学出版社，2010年，第607页。

田野，或以教书糊口，不再有从前文人"十年窗下无人问，一举成名天下知"的好运，而是与之相反，"一举成名天下知，十年窗下无人问"[1]。文人的这种沉沦于民间的命运，在作者队伍上为元曲的兴盛作了重要准备，元曲家多出自民间，当与此有关。性格上，金元文人亦一脉相承。关汉卿《不伏老》中那一大段兀傲倔强、狂放不羁的著名自白，与董解元《西厢记诸宫调》中所言"醉时歌，狂时舞，醒时罢，每日价疏散，不曾着家"，何其相似乃尔！元杂剧的繁荣，与金末文人豪杰的大量涌现及北方文人的豪杰气质等方面也不无关系。

五、政权对立下的文学个性

金源作为一相对稳定的政权，与南宋对峙，长达一百多年，在中国古代是绝无仅有的。这种政权的对立必然要辐射到文学领域，造成文学中的对立现象，赋予金源文学一系列特征。

文学对立主要是官方政治行为的产物。金源用武力在北宋故土上建立起新的政权，随后用统治者的阶级意识来加强其思想统治，不可避免要攻击敌对政权。这不仅体现在金初的官方文书中，有时还体现在科举考试等政策上。据《金史·褚承亮传》，完颜宗望曾强行让境内文人参加进士考试，以"上皇无道，少帝失信"为题，要士人诋毁宋徽宗、宋钦宗，其目的当然是企图统一文人的思想。在文学领域，他们禁止文人与南宋的正常交往，限制宋金文学的交流，其结果使金源文学与宋代相别，呈现出独特的个性。

思想内容上，金源文学与高扬爱国旋律的南宋文学大相径庭，除金初入金宋人的去国怀乡之念外，大多数金代作家回避敏感的政治问题，爱宋或爱金的感情一直不明显，甚至到亡国之时，也没有一位士大夫以身殉国，爱国感情仍不强烈。辛弃疾在词中大写金戈铁马、收复中原的战斗渴望，他的同学党怀英却在北方有意远离战争，醉心于长林丰草的隐逸幻

---

① 《归潜志》卷七，第74页。

想；范成大使金途中创作72首纪行诗，集中抒写神州陆沉之恨以及心系中原之情，而党怀英使宋途中仅有几首纪行诗，写些不关国事、"平生梦寐不到"①的吴楚风烟；陆游在诗中大抒"一身报国有万死"的壮烈情怀，而同时的元好问面对蒙古族的入侵，远远没有陆游那样强烈的斗志。这毫无疑问削弱了金源文学的思想价值，体现了政权对立的消极影响。

有意思的是，官方的政治行为有时也具有积极的文学意义，在客观上能引导文学走上健康、独立的发展道路，有利于金代文学特色的形成。金初统治者与北宋末、南宋初的既行政策大唱反调，如对待苏轼、黄庭坚等元祐诗人，北宋统治者打击压制，制造元祐党禁，此举不仅效果欠佳，如朱弁所说，苏轼的著作"禁愈严而传愈多"②，而且不得人心，激起民愤，士人马定国宣政末年题诗酒家壁上，有"苏黄不作文章伯，童蔡翻为社稷臣。三十年来无定论，到头奸党是何人"③之句，表达了大家的心声。金灭北宋之后，与此相反，"褒崇元祐诸正人，取蔡京、童贯、王黼诸奸党"，这种政治行为是敌对政策，也是拨乱反正的举措，还苏轼、黄庭坚等人应有的地位，能"顺百姓望"④。更重要的是，它还能适应文学发展的需要。苏轼多方面的巨大成就，能为后代文学的发展提供丰富给养。苏轼之后，无论是北宋文学、南宋文学，还是金源文学，都不可能无视苏轼，不可能不受其沾溉。南宋最后不得不解除元祐党禁、接受苏轼，就是很好的说明。金初褒崇元祐诸人的直接结果是很快造成了"苏学"的北行，苏轼丰富多彩的人生、达观放旷的生活态度、纵横豪迈的才气、全能的文学创作，立即被金源统治者和文人所接纳所钟爱，最终出现了翁方纲所说的"程学盛于南，苏学盛于北"⑤的局面。"苏学"对刚刚起步的金源文学具有建设性意义，它推动了金源文学的健康发展，其作用不可低估。金源"苏学"的发展对后世文学也有影响。苏轼的豪放词传统在南宋取得

①《中州集校注》卷三《金山》，第693页。

②朱弁：《曲洧旧闻》卷八，中华书局，2002年，第205页。

③《中州集校注》卷一《宣政末所作》，第266页。

④《归潜志》卷十二，第136页。

⑤《石洲诗话》卷五，《清诗话续编》本，上海古籍出版社，1983年，第1446页。

最辉煌的业绩，但南宋末年，姜夔、张炎一路渐受推崇，苏辛一派渐受冷落，这时北方赵秉文、王若虚、元好问等人坚持公认苏词为古今第一，从而巩固了苏词的地位，也有利于后代词学的发展。

金末，"百年以来，诗人多学坡、谷"①的现象及其流弊日益突出，于是，元好问、王若虚等人又对之作了深入的反思。他们意识到苏黄及江西诗派已不适应金代文学发展的需要，不符合人们对"国朝"文学独立性的追求。王若虚批评苏轼次韵之作，有伤"天全"②，元好问批评苏轼"杂体"太多，不能"近古"③，批评苏诗"奇外无奇更出奇，一波才动万波随"④。对黄庭坚和江西诗派，他们的态度尤为严正。元好问声称"论诗宁下涪翁拜，未作江西社里人"⑤，立场鲜明，王若虚认为山谷诗"有奇而无妙，有斩绝而无横放"⑥，讥讽山谷夺胎换骨、点铁成金之说，是"剽窃之黠者"⑦，讥讽江西诗派"已觉祖师低一着，纷纷嗣法更何人"⑧，鞭挞尤为有力。值得注意的是，这些众所周知的言论与南宋严羽对"近代诸公"的反思不同，严羽"以文字为诗，以议论为诗，以才学为诗"之论，是立足于宋诗本身而作出的批评。金人的宋诗论是旁观者的苛严评说，它与政权对立有一定的关系。元好问在《自题中州集后》诗中，总评金诗，倡言"北人不拾江西唾，未要曾郎借齿牙"，尽管这不完全符合实际，但它旗帜鲜明地表示了"北人"的态度和立场。所谓"北人"，不仅是地域概念，还是政治概念，这意味着"北人"文学独立意识的自觉和确立，意味着元好问等金代作家对自身特色的关注和追求。大力排斥江西诗派，正是其特色之一。此后，江西诗派大为失势，与此不无关系。

---

① 《元好问全集》卷四十《赵闲闲书拟和韦苏州诗跋》。

② 《滹南遗老集》卷三十九《诗话》，第456页。

③ 《元好问文编年校注》卷二《东坡诗雅目录》，第180页。

④ 《元好问诗编年校注》卷一《论诗三十首》其二十二，第65页。

⑤ 《元好问诗编年校注》卷一《论诗三十首》其二十八，第73页。

⑥ 《滹南遗老集》卷三十九《诗话》，第463页。

⑦ 《滹南遗老集》卷四十《诗话》，第479页。

⑧ 《滹南遗老集》卷四十五《山谷于诗每与东坡相抗门人亲党遂有言文首东坡论诗右山谷之语今之学者亦多以为然漫赋四诗为商略之云》，第551页。

　　金末文人在反思苏、黄及江西诗派的同时，也在努力探索金诗的发展出路。他们找到了一条弃宋学唐之路。南渡初年，诗学大行而无所适从，诗坛领袖赵秉文晚年率先"专法唐人"，后来，"麻知几、李长源、元裕之辈鼎出，故后进作诗者争以唐人为法"①，金亡后，元好问继续大力提倡"以唐人为指归"、以诚为本的诗学宗尚②，加之蒙古政权与南宋政权的对立、对北方文学的认同，最终形成了金末元初效法唐人的风气。应该说，这在当时是一正确的选择。与元好问同时的南宋文人严羽反思宋诗的结论也是弃宋学唐，可谓殊途同归。不同的是，严羽那杰出的理论未能扭转宋末积习，严羽之后，江西诗派的殿军方回仍以《瀛奎律髓》为江西诗派作出有力的总结。比较南北文人，同是面对唐宋诗之争这张答卷，严羽等人的理论成绩高出一等，元好问等人的创作成绩略胜一筹，二者结合，使得宋诗在后代的影响远逊于唐诗。

　　纵观金诗的历史，可见它经历了出宋入唐的转变，这为元诗的发展开辟了道路，提供了新的给养。

［原刊《文学评论》2000年第1期］

---

　　①《归潜志》卷八，第85页。

　　②《元好问文编年校注》卷五《杨叔能小亨集引》，第1020—1023页。

金代战争与文学

金王朝在百余年的历史中，先后与北宋、南宋、蒙古、西夏交战，既有主动的侵略，又有被动的应战，从北到南到西，持续五六十年左右。战争时间之久，地域之广，战争灾难之重，实属罕见。战争不可避免对文学产生影响。许多文人卷入其中，从金初的蔡松年到金代中期的周昂，再到金代后期的赵秉文、元好问等人，或进入军队参加战争，或为兵燹所裹挟，目睹战火，写下了百余篇与战争相关的诗词文。这些作品不同于前代守卫边疆、抵御外敌的边塞诗，也不同于南宋抗金复国的爱国诗词以及宋末遗民的亡国文学，它们往往随着战争性质、战争对象的不同呈现出比较复杂的形态，在中国文学史上具有一定的独特性。对这一话题，学术界迄今没有展开综合研究。研究相关诗词文，有助于我们进一步认识文人对不同战争的不同态度，以及文学与战争的关系。

一、金初：战事激烈，文学沉寂

一般说来，大规模的战争往往会催生出一批文学作品，像安史之乱对于唐诗、靖康之变对于宋代诗词。但同样一场战争所产生的文学反响，在战争双方可能有着天壤之别。如12世纪前半叶的宋金战争，给南宋文学带来巨变，推动了爱国主义文学的大发展，而在金国则与之相反，文学相对沉寂。

　　天会三年（1125）十月，金太宗发动第一次伐宋战争，兵分两路南下，天会四年闰十一月攻克汴京，次年五月掳宋徽宗、宋钦宗而回，北宋灭亡。此后，金兵多次南下，与南宋在黄天荡、富平、顺昌、仙人关等多地交战，互有胜负。皇统元年（南宋绍兴十一年，1141）底，金、宋双方签订和议，史称"绍兴和议"。南宋向金称臣，划定淮河至大散关为南北界线，每年向金纳贡银绢。历时16年的第一次战争至此暂停，此后双方休战约10年。

　　与大获全胜的激烈战争相比，金王朝这期间的战争文学却相当暗淡。我们几乎看不到攻克汴京前后的战争诗词，更没有一首来自前线或者后方歌颂辉煌战绩的作品。从现存诸多宋金往还的文书来看，当时金王朝各帅府中有一批随军汉族文人。他们也许有少量的文学创作，不排除有所散佚，但全部失传的可能性很小，最大可能是这些文人的创作原本就很少。这些汉族文人可以为女真帅府写作一些不用署名的军事外交文书，却未必能从攻城略地的侵宋战争中获得喜悦。无论从感情上还是理智上，他们都难以创作出以抒情言志为主的文学作品。而那些专事征伐的将帅们，要么不通汉语，要么没有文学情怀，这就导致这一阶段战争诗词的缺失。

　　诗词之外，有几种史料文献传世。譬如《大金吊伐录》，编者不详，称金为大金，当是金人。该书没有序跋，纯粹汇编当时的外交文献和有关资料①，缺少文学性。再如《大金武功记》，作者阿懒是为伐宋主帅完颜宗翰（粘罕）的弟弟完颜宗宪②。他有很好的语言天赋，精通女真文字，"兼通契丹、汉字"③。《大金武功记》原书已佚，金人李天民《南征录汇》征引十余则，从中可见其性质类似日记。兹引两则为证：

　　　　初四日，二帅遣萧庆入城封府库，驻都堂，承宣号令。④

---

　　①李金善校补：《大金吊伐录校补·序言》，中华书局，2001年，第1页。

　　②确庵、耐庵编，崔文印笺证：《靖康稗史笺证·前言》，中华书局，1988年，第10页。

　　③《金史》卷七十《完颜宗宪传》，第1715页。

　　④《靖康稗史笺证·南征录汇笺证》，第131页。

（初十日）宋主谒二帅，拒不见。令萧庆授意，索贡人、物。宋臣驳辩良久，吴开、莫俦传宋主意，允以亲王、宰执、宗女各二人，衮冕、车辂及宝器二千具，民女、女乐各五百人入贡，岁币加银绢二百万匹两，以抵河以南地，宗女各一人馈二帅。[①]

虽是质木无文、不动声色的客观记载，然而，以宗女相馈、一次性的入贡上千名民女、女乐之事，足以惊心动魄。在金初相关文献中，只有可恭所编《宋俘记》有篇序文，较为难得，故不避辞费，引录如下：

大金应天顺人，鞭挞四方，汴宋一役，振古铄今。自来战伐，必乘衰微。宋当靖康，犹称极盛，我军所至，如摧枯拉朽。匪宋之微翳；我兵力实冠三古，国虽备武孰克。当斯幕府，仰体圣意，不屋其社，顿兵城闉，冀得悔祸。彼昏暗昧，寡信轻诺，父子君臣，若合一辙。五千万金，信口漫承，实负富强，谓可践诺。不计财力，致质妻孥。犹有奸奄，腾说幕府，标其艳冶，献媚居功。坐令宫闱，辱甚石晋。是虽人事，亦有天道。翳彼太祖，上欺孤寡，得国之始，已非正道。继以太宗，勘平十国，阳示宽厚，不俘妻孥。时假内朝，尽遭淫辱。居心刻恶，历古所无。天鉴不远，祸延后嗣。授人以柄，使括其囊。尽室偕行，实相为报。用纪其详，为世金鉴。有国家者，庸有取焉。[②]

可恭生平不详，应该是女真人。[③]《宋俘记》分宫眷、宗室、戚里、臣民四部分（现存宫眷全部以及宗室小部分），记载18000名俘虏的大概行踪。这篇序文完全站在金王朝的立场上，歌颂"汴宋一役"的卓著战功，大力谴责宋徽宗、宋钦宗的暗昧失信，进而质疑宋太祖、宋太宗建国的正当

①《靖康稗史笺证·南征录汇笺证》，第133页。

②《靖康稗史笺证·宋俘记笺证》，第243页。

③金太祖有位孙子名曰完颜可喜，《金史》有传。可恭或是皇室成员。

性，强调《宋俘记》的"金鉴"意义。措辞严厉，毫不容情。全篇大量使用四言句，又非四六文，稍显生硬。

在稍后的战争中，情况有所变化。著名词人蔡松年曾两度随军南下。他是北宋大学士蔡靖之子，与蔡靖一同守卫燕山，燕山陷落之后被俘入金，曾进入帅府担任令史。天会十二年（1134），蔡松年首次参加完颜宗辅的元帅府，与伪齐政权一同伐宋。十一月到达竹塾镇（今江苏盱眙县境内），因金太宗病危而陆续撤兵。蔡松年具有很高的文学修养，他的词代表着金初词的最高成就。这期间，他有三首词作传世，但没有一首词正面叙写战争。第一首词《洞仙歌·甲寅岁，从师江壖，戏作竹庐》，从题目上来看，当时正在前线，驻扎在某江边简易的竹庐中。词作如下：

> 竹篱茅舍，本是山家景。唤起兵前倦游兴。地床深稳坐，春入蒲团，天怜我，教养疏慵野性。　　雪坡孤月上，冰谷悲鸣，松竹萧萧夜初静。梦醒来，误喜收得闲身，不信有、俗物沉迷襟韵。待临水依山得生涯，要传取新规，再营幽胜。[1]

该词写作于天会十二年春天。蔡松年无视战前气氛，无视战争进程，只顾抒发他向往山林的"疏慵野性"，表现他内心深处时时存在的厌战情绪。这种个人心曲与帅府强力推进的战争很不相称。第二首《水龙吟·甲寅岁，从师南还，赠赵肃之》作于撤兵途中，充满着轻松喜悦之情，"新年有喜，洗兵和气，春风千丈"[2]，畅想回到燕京之后赏月饮酒、歌舞酣乐的快意。他的喜悦不是来自前线的胜利，而是缘于战争的结束。第三首《念奴娇·乙卯岁江上，为高德辉寿》作于天会十三年（1135）初从前线回撤途中，在为他人祝寿之时，不忘抒发远离官场的高情逸趣："忧喜相寻皆物外，今古闲身难得。丘壑风流，稻粱卑辱，莫爱高官职。"[3]与其说

---

[1] 刘锋焘主编：《全金元词评注》，西安出版社，2014年，第63页。

[2]《全金元词评注》，第109页。

[3]《全金元词评注》，第52页。

蔡松年在参与战争，不如说他在退出战争更加恰当。

天眷三年（1140）五月，蔡松年参加完颜宗弼（兀术）的帅府，"兼总军中六部事"[1]，再度随军南侵。完颜宗弼的部队攻打河南、陕西，一开始所向披靡，到了顺昌府（今安徽阜阳）遭遇南宋将领刘锜的有力阻击，金兵大败，退回汴京，南宋称为顺昌大捷。其他各路也受到岳飞、韩世忠等人的顽强抵抗。就在金宋双方僵持不下之际，蔡松年写下组诗《庚申闰月，从师还自颍上，对新月独酌十三首》。闰月指闰六月，颍上泛指颍水一带[2]。蔡松年跟随帅府由前线退回汴京，按照常情，应该对撤退过程有所描述，对战争挫折有所反思，但他这13首诗除了题目之外，刻意避开了所有战争因素，几乎没有一句正面表现战争，自始至终一心想着归隐田园。且看其中首尾两首诗歌：

> 伊昔三年前，淫雨催行辀。青灯忽今夕，华屋映高秋。华屋亦何为，百年竟山丘。适意在归与，肉食非我谋。[3]
> 斯言已谩诮，要未离忧患。何时但饮酒，臧否了不关。不饮逝者多，秋草麒麟闲。怀哉竹林人，吾方仰高山。[4]

在第一首诗中，蔡松年回想起三年前在汴京担任行台刑部郎中的经历，今昔对照，不禁生出梦幻虚无的思想，借用曹植《箜篌引》中的诗句"生存华屋处，零落归山丘"，感叹人生苦短，富贵者也难逃一死，既然这样，还不如放弃仕途，回到家乡，过上惬意的归隐生活。直到最后一首诗，蔡松年仍然深深陷于出处纠结之中，期盼能早日饮酒自乐，不问是非，啸傲山野。在其他诗中，蔡松年反复念叨"晋室有先觉，柴桑老渊明""却视高盖车，身宠神已辱""到家问松菊，早作解官计""江山本谁争，却苦归不早"之类心理矛盾。这些足以说明蔡松年对正在进行的侵宋战争缺少热

---

[1]《金史》卷一百二十五《蔡松年传》，第2864页。

[2] 颍上县在顺昌府东南方，金兵遭遇顺昌之败，可能没有到达颍上县。

[3]《中州集校注》卷一，第123页。

[4]《中州集校注》卷一，第134页。

情。只是因为迫于"食不足"的生计和"懦微"的性格,不得不加入侵宋战争,"既不能从根本上了断和赵宋政权感情上的联系,又不敢公开表达自己的感情,于是只能在隐居和饮酒上寻找出路"①。

七月,战争结束,蔡松年回到祁州(今河北安国),继续担任行台刑部郎中②,高兴地写下了一首长诗《七月还祁》。该诗开篇即抒写从前线回到后方的无比喜悦之情:"洪河注天南,兵气横高穹。我从兵前来,归心疾惊鸿。"在他看来,祁州的秋色亲切秀美,"官柳未摇落,莲荇香濛濛";祁州的民众热情好客,"夕阳叩柴门,欢迎来仆僮";祁州能彻底放松身心,"到床便安寝,不复知晨钟";可以享受自由自在的快乐,"暂去声利场,乐佚犹无穷"③。

蔡松年两度参加帅府南伐的军事行动,亲身经历了胜败得失和流血牺牲,但他现存的诗词都回避了这些内容。上述17首诗词只写退师,不写出兵,不写参战,严格说来不是战争文学。其根本原因是蔡松年内心反对这种非正义的侵略战争。他虽不能公开表明这一态度,但可以不去呐喊助威,不去为虎作伥,可以通过饮酒等行为和归隐的想象来消解自己的参战郁闷。蔡松年之外身处后方的其他文人,更是无视战争。所以,尽管金王朝在第一次对宋战争中占据优势,却没有激发出文人们的创作热情,催生出与之相应的战争文学。这说明,战争文学固然与战争相伴,但并非所有的战争都能推动战争文学的发展,特别是不得人心的非正义战争。

二、海陵南侵:帝王高歌和思妇款曲

正隆六年(1161)九月,海陵王完颜亮经过长时间的准备,发动了第二次侵宋战争,兵分四路,挥师南下,十月初八渡过淮河。就在此时,东京留守完颜雍在东北发动政变,自立为帝(金世宗),动摇了完颜亮的军

---

① 牛贵琥著:《金代文学编年史》,安徽大学出版社,2011年,第96页。

② 一年前,行台由汴京北迁大名,再移祁州。

③ 《中州集校注》卷一,第135页。

心，却没有阻挡他进军的步伐。十一月，完颜亮所部兵临长江，准备在采石矶渡江，遭到虞允文所部的迎头痛击，改由瓜州渡渡江，完颜亮被部下耶律元宜所杀。完颜亮一统天下的野心化为泡影。大定三年（1163）正月，金世宗整顿力量，再次派兵南下。与此同时，宋孝宗命张浚率军北伐，遭遇符离战败。大定四年十二月，双方签订第二个和议，史称为"隆兴和议"。宋向金称侄，改岁贡为岁币，外加割让土地。

在完颜亮南伐过程中，汉族文人一如金初，集体失声，没有一首与之相关的战争诗词传世。完颜亮的麾下一定聚集着一批优秀文人，后方的文人无疑更多。可是，老一辈文人如蔡松年因反对南侵而被怀疑被杀害，新生代文人如蔡珪、赵可等人对完颜亮及女真政权仍然保持距离，心存观望，尤其不会赞成他的侵略战争。所以，即便是那些进入战争一线的汉族文人，也只会撰写些不用署名的应用文字，或者像之前的蔡松年一样，消极应对，不大可能创作出战争凯歌。

出人意料的是，这一时期侵略者完颜亮高调登台，成了战争文学创作的主帅。女真族经过短短三四十年，已经快速汉化。此前的金熙宗酷爱汉文化，俨然一汉族少年，但他还不擅长汉语诗词创作。完颜亮的汉语及汉文化水平超过此前任何一位女真人，对诗词创作抱有浓厚的兴趣，这一时期战争文学作品几乎全部出自他一人之手，其实际创作应该远大于传世数量。

由于完颜亮既是野心勃勃的最高统帅，又是充满激情的作家，因此他的作品呈现出与其他战争文学的显著区别，概括起来，有以下三点鲜明特征：

首先，"理直气壮"，豪迈自负。完颜亮当然知道自己发动的是侵略战争，但作为帝王，出于自己的统治目的，可以压制、迫害反对派，可以将其非正义的侵略行径伪饰为吊民伐罪的正义战争。只有这样，才能统一思想，集中资源，调动将士们的斗志。也只有这样，才能激发他自己的创作热情。他在即位之后，就宣称"天下一家，然后可以为正统"[①]。在他看

[①]《金史》卷一百二十九《李通传》，第2937页。

来，追求统一，夺得正统地位，天经地义。在此思想作用下，他力排众议，大举南侵。渡过淮河之后，想一举攻克建康（南京），扬言"来日早炊玉麟堂"①，心情之迫切，可见一斑。到达扬州时，他写下《南征至维扬望江左》诗："万里车书尽会同，江南岂有别疆封？提兵百万西湖上，立马吴山第一峰。"②希望能站在吴越最高峰，俯视南宋。这种自信豪迈不仅出于他的强大军事力量、雄强横暴的个性，还出于他车同轨、书同文的统一使命，出于他所认可的华夏一统价值观。同时所作的另一首《临维扬》诗扬言"鞭梢点尽长江水，不到吴山誓不归"③，这两句在苻坚"以吾之众旅，投鞭于江，足断其流"④的基础上进一步夸张，比完颜宗弼"以靴尖趯倒"⑤顺昌府城墙还要狂妄自大，以为用他们的马鞭就可以点尽长江水。这种自负与吹嘘，与他的女真族帝王身份相关，体现出帝王之气。

其次，激励部将，高歌猛进。历史上的战争文学往往集中表现战争的胜败，表现战士的流血牺牲、民生的灾难不幸，有时还会歌颂或批判主帅，反思战争得失等等，很少用诗词来调动部将的积极性。原因很简单，这些文人通常不是军事统帅，更不是最高统帅。完颜亮则完全不同，他是帝王兼军事统帅，一方面，他有意避开战争的残酷性，另一方面，他有权力也有兴趣将他的诗词特长应用到战争动员与组织之中。上引完颜亮诗词在抒情言志的同时，都具有提振士气的功能。据《桯史》卷八记载，完颜亮的部将韩夷耶率领射雕军两万三千人和围子细军一万人，拿下两淮之后，向江南进发，完颜亮特意创作一首《喜迁莺》词，为他壮行：

> 旌麾初举。正驶騠力健，嘶风江渚。射虎将军，落雕都尉，绣帽

---

① 周辉撰，刘永翔校注：《青波杂志》卷五《辛巳扰攘》，中华书局，1994年，第216页。

② 《新编全金诗》卷十，第199页。关于该诗，岳珂《桯史》卷八说是完颜亮此前在西湖山水图屏风上题写，疑误。此从刘祁《归潜志》卷一。

③ 耶律铸撰：《双溪醉隐集》卷一《琼林园赋》注引，《四库全书》本。

④ 《晋书》卷一百十四《苻坚载记》，中华书局，1974年，第2912页。

⑤ 李心传撰：《建炎以来系年要录》卷一百三十六，第2543页。

锦袍翘楚。怒礧戟髯，争奋卷地，一声鼙鼓。笑谈顷，指长江齐楚，六师飞渡。　　此去。无自堕，金印如斗，独在功名取。断锁机谋，垂鞭方略，人事本无今古。试展卧龙韬韫，果见成功旦莫。问江左，想云霓望切，玄黄迎路。①

完颜亮掌握绝对话语权，可以任意夸赞韩夷耶将军如何勇武过人，仿佛谈笑间就能够率领大军渡过长江，也可以动用他所掌握的功名富贵来激励韩夷耶，希望他能发挥王濬破解东吴江锁的聪明才智、北齐高欢"霸业可举鞭而成"的方略以及诸葛亮般的智谋，很快取得巨大成功。韩夷耶其人不详，应该懂得诗词，获得帝王如此嘉许，一定大受激励，奋勇作战。

其三，超越敌我，称赞对方英烈。战争期间，通常两军对垒，敌我分明，一方往往视对方为寇仇，欲置之死地而后快。即使有人同情对方的失败，或者承认对方的英勇，也会有所顾忌，轻易不会留下同情或称赞对方的文字。作为帝王的完颜亮无此顾忌，可以超越敌我楚河汉界，肯定对方的将领。完颜亮部下一支军队行进到和州尉子桥（今安徽省含山县姚庙乡）时，与南宋建康统领官姚兴所部发生遭遇战。姚兴的上司、建康都统王权怯战，逃往附近的仙踪山，见死不救。金兵打着南宋援兵的旗帜，诱骗姚兴中了圈套，姚兴寡不敌众，英勇就义。对此战事，南宋人多有记载。北方战士感叹"有如姚兴者十辈，吾属敢前乎？"②可见，姚兴的战斗力多么强悍！完颜亮听闻他为国捐躯的壮举，当即写下一首悼诗：

独领孤军将姓姚，一心忠孝为南朝。元戎若解征兵援③，未必将军死尉桥。（《哀姚将军》）④

---

① 《全金元词评注》，第131页。

② 《宋史》卷四百五十三《姚兴传》，第13327页。

③ 此句疑误，因"征兵援"都为平声。陈梦雷《方舆汇编·职方典》卷八百二十《庐州府都》引作"当时若有援兵至"，卷八百三十九卷《和州部》引作"王权若假援兵至"。

④ 祝诚《莲堂诗话》卷上，《丛书集成初编》本，中华书局，1985年，第4页。

完颜亮充分肯定他对宋王朝的"忠孝"（忠孝应是偏指忠）品质，为他没有得到援兵而牺牲感到惋惜，透出对英勇将领的赞赏，体现他尊重对手的英雄怀抱。

在历史上，由帝王兼统帅的作家少之又少，完颜亮南侵期间的诗词仅存上述两首诗、一首词和三句佚诗，吉光片羽，撇开其侵略性质，这些诗词丰富了战争文学的多样性，成为战争文学中独特的一景。

在完颜亮南侵过程中，还有一首饶有趣味的罕见诗作。《说郛》卷三十四上引用吕本中《轩渠录》的记载：

> 绍兴辛巳冬，女真犯顺，米忠信夜于淮南劫寨，得一箱箧，乃自燕山来者，有所附书十余封，多是房中妻寄军中之夫，建康教授唐仲友于枢密行府僚属方圆仲处，亲见一纸，别无他语，止诗一篇："垂杨传语山丹，你到江南艰难。你那里讨个南婆，我这里嫁个契丹。"[1]

正隆五年（1160），完颜亮几乎将所有20岁至50岁男子都籍为士兵[2]，导致很多夫妻分离，家破人亡。正隆六年十月，南宋行府将领米忠信在淮南东路夜袭金营，缴获一只装有金兵妻子书信的行李箱，建康府学教授、著名文人唐仲友曾亲眼看到一封书信，只是一首口语化的寄夫诗，足以让人过目不忘。这位远在燕山的民间女子以垂杨自称，称丈夫为山丹，称呼中含有这对草根夫妻的亲昵感情，"你到江南艰难"，是对他远赴江南征战危险、生活艰难的理解和担忧。后两句故作旷达语，似为双方着想，劝他到江南后另外娶位南方姑娘，她自己在北方随便再改嫁个契丹汉子。从燕山到江南，从汉族到契丹族，跨度极大，在女子看似轻松鲜活的话语中饱含款曲、辛酸与沉痛，这不仅可以弥补此前征人思妇类诗歌的不足，更可以弥补完颜亮诗词中没有战争灾难书写的欠缺，让世人在完颜亮高亢的进军号角中还能听见来自大后方低回的歌吟，从而见证此次侵略战争给南北民

---

① 陶宗仪：《说郛》卷七，中国书店，1986年，影印涵芬楼本。
② 《金史》卷一百二十九《李通传》，第2938页。

众带来家室分离的巨大不幸。

三、盛极而衰：文人从戎，创作出新

隆兴和议之后，金王朝迎来了四五十年的承平时期，主要是金世宗加上金章宗统治的前期，所谓"大定明昌五十年"①。这期间，天下太平，金王朝南北无战事，社会经济得以发展，宇内小康。然而，盛世的危机也在潜滋暗长。女真族在汉化的同时，游牧民族强悍的个性不断弱化，武备越来越松弛，军队战斗力快速下降。早在大定年间，史旭《早发骥駓坰》写军营晨练场景："郎君坐马臂雕弧，手捻一双金仆姑。毕竟太平何处用，只堪妆点早行图。"②诗人看见一些女真贵族子弟，坐在马上，手执做工考究的弓箭，悠闲自在，他觉得这种轻松的训练只能装点一下太平时代人们的早行图罢了。元好问读出了言外之意，认为作者"已知国朝兵不可用，是则诗人之忧思深矣"③。女真族内部也有一些老臣认识到这一危机。徒单克宁提醒刚刚即位、爱好文艺的金章宗："承平日久，今之猛安、谋克，其材武已不及前辈，万一有警，使谁御之？习辞艺，忘武备，于国弗便。"④在承平时期，麻痹大意，"忘武备"，尚可苟且度日，可是一旦有了外敌入侵，就成了致命的软肋。泰和年间，喜爱谈兵的李纯甫敏感地认识到蒙古兵的可怕威胁，发出惊人的预警："中原以一部族待朔方兵，然竟不知其牙帐所在，吾见华人为所鱼肉去矣。"⑤可惜金章宗没有重视这些来自上层和底层的警告，糊里糊涂地走向了盛极而衰的不归路。

金章宗统治后期，战争越来越频繁，先后与南宋、蒙古、西夏展开三波战争。一是金宋战争。南宋权臣韩侂胄于宋宁宗开禧二年（1206，泰和六年）发动北伐，双方交战，南宋称之为开禧北伐，金王朝称之为泰和南

①《元好问诗编年校注》卷四《甲午除夜》，第701页。
②《中州集校注》卷二，第448页。
③《中州集校注》卷二，第448页。
④《金史》卷九十二《徒单克宁传》，第2176页。
⑤《元好问文编年校注》卷三《希颜墓铭》，第215页。

征。南宋战败，双方于嘉定元年（1208）签订第三个协议，史称嘉定和议。二是金蒙战争。一直在北方虎视眈眈的蒙古人在金章宗去世后，屡屡入境滋扰，于卫绍王大安三年（1211）伺机先发制人，兵临中都，女真贵族纥石烈执中（胡沙虎）不战而逃，发动兵变，杀死卫绍王，扶持金宣宗即位。金宣宗懦弱无能，畏敌如虎，被迫乞和，很多国土沦于敌手，不得不于贞祐二年（1214）迁都汴京。三是金夏战争。就在金蒙战争期间，西夏遭到蒙古的入侵，向卫绍王求援，卫绍王未予应允，双方因此交恶。大安二年（1210）八月，西夏进攻葭州（今陕西佳县）等地，其后战事断断续续，一直到正大二年（1225）才达成和议。

上述战争与金前期的战争大不相同，金王朝由侵略者蜕变为被侵略者，战争的性质随之发生根本性的转变，与之相伴的战争文学变得活跃起来，并出现了一些重要新变。

文人对战争的态度由金初的冷眼旁观转为积极的支持。参与战争的文人数量明显增多，创作的水平也大幅提高。此为新变之一。

在南线战场，担任兵部郎中的著名文人赵秉文参与泰和南征，跟随主帅仆散揆经过通许、颍州、寿州抵达南宋境内的庐州、历阳等地。他一边写作公文，如《谢宣谕破寿、蔡州贼，赐玉靶剑、玉荷莲盏一只、金一百两、内府段子十匹表》之类，一边创作《通许道中》《庐州城下》《辕门不寐》多首诗歌。且看他的《庐州城下》：

> 月晕晓围城，风高夜斫营。角声寒水动，弓势断鸿惊。利镞穿吴甲，长戈断楚缨。回看经战处，惨淡暮寒生。[1]

赵秉文非常喜欢摹仿前代诗人，这首诗受到王维《观猎》、卢纶《和张仆射塞下曲》等边塞诗的影响，颇有点盛唐气象，但它作于庐州（今安徽合肥），正面表现金兵夜袭庐州的战事，很有声势，斫、穿、断等词语力量很大，结句透出没有攻下庐州的苍凉感。再看稍后所作的《辕门不寐》：

---

[1]《赵秉文集》卷六，第146页。

　　萧萧传柝月三更，欹枕辕门听鼓声。战马不肥淮甸草，征人愁望历阳城。兵戈荏苒音书绝，行李萧条虮虱生。早晚楼船下扬子，满天风雨洗蛮荆。①

该诗作于历阳（今安徽和县）附近。赵秉文在军营中夜不能寐，有长途奔袭的劳累和厌倦，有对家乡亲人的思念，更有早日一举消灭南宋军队、结束战争的期望。诗人的愁情和心愿通过真实生动的意象很好地体现出来。

　　在北线战场，田琢承安元年（1196）从军塞外，庞铸后来称他"田君才略燕云客，少年累有安边策。悔从笔砚取功名，直要横驰沙漠北"②。著名文人周昂大安二年（1210）参加抗击蒙古的战争，任宣德行省行六部员外郎，次年跟随完颜承裕，连吃败仗，先后丢失翠屏口、居庸关，不幸殉难。这期间，周昂写下了多首反映边塞风土人情、征程劳顿以及战争失利等军旅生活的诗歌。如《翠屏口七首》作于战败之际，现引前三首如下：

　　去岁翠屏下，东流看涌波。愁将新鬓发，还对旧关河。翅健翻秋隼，峰高并晚驼。草深饶虎迹，夜黑欲谁过。
　　地拥河山壮，营关剑甲重。马牛来细路，灯火出寒松。刁斗方严夜，羔裘欲御冬。可怜天设险，不入汉提封。
　　玉帐初鸣鼓，金鞍半偃弓。伤心看塞水，对面隔华风。山去何时断，云来本自通。不须惊异域，曾在版图中。③

山川壮美，鹰虎雄健，战鼓时鸣，却充满着担忧、愁苦、伤心，与高昂、喜悦、开朗的唐代边塞诗迥异，显得低沉、落寞，其根本原因在于金兵战

---

①《赵秉文集》卷七，第181页。
②《中州集校注》卷五《田器之燕子图》，第1259页。
③《中州集校注》卷四，第914—916页。

败，国土沦丧。可见，战争形势是诗人心情、诗歌风格和诗歌境界的决定性因素。

在多方交战中，有的文人投身于具体战事中，建立战功，有的文人为国捐躯。此为新变之二。

在对西夏战争中，韩玉任凤翔总管判官，大安三年（1211）受命"为都统府募军，旬月得万人"，还有诸多战马和兵器。他率众"与夏人战，败之，获牛马千余"①。后来中都被围，韩玉联合关中其他力量，准备"勤王"，不幸被人诬蔑，冤死狱中。他的勤王檄文言词忠壮，激动人心："人谁无死，有臣子之当为；事至于今，忍君亲之弗顾？勿谓百年身后，虚名一听史臣；只如今日目前，何颜再居人世？王侯将相宁有种乎？富贵功名当自致耳。"②体现了他强烈的忠君报国之心。

在对蒙古战争中，周昂泰和元年（1201）任隆州（今吉林农安县）都军，转任东北路招讨司幕官，泰和五年（1205）"以边功得复召"③，回到京城，破格提拔为户部员外郎。"边功"虽不得其详，但应该与抵御辽遗民耶律留哥与蒙古部落入侵相关。在金宣宗南逃之际，王扩守卫太原，上书直陈"将不知兵""兵不素教"等时病④，蒙古来犯，其他城池失守，而太原久攻不下。数十年后，郝经见到礼部尚书杨云翼写给王扩的书信，从中了解到王扩守卫太原的经过，认为杨文类似韩愈的《张中丞传后叙》。他赋诗称赞王扩："乾坤翻覆见忠节，臣子危亡置死生。一柱数年支大厦，孤军千里重长城。"⑤评价之高，足以见出王扩功勋卓著。

有的文人没有参加战争，却能以各种方式发挥积极作用。此为新变之三。

出使南宋归来的路仲显将南宋赠给他的"金二百五十两、银一千两"

---

①《中州集校注》卷八，第2181页。

②《归潜志》卷五，第48页。

③《中州集校注》卷四《常山周先生昂》，第864页。

④《元好问文编年校注》卷五《嘉议大夫陕西东路转运使刚敏王公神道碑铭》，第1080页。

⑤《郝经集编年校笺》卷十三《题杨之美尚书〈寄王运使守太原书〉》，第307页。

捐献出来，用以支持对蒙古的战争①。刘中曾随军南伐，"为主帅所重，常预秘谋，书檄露布，皆出其手"②，充当文书兼参谋的角色。在对宋战争中，劝降四川宣抚副使吴曦最为关键。如何劝降吴曦，文书就格外重要。著名文人冯璧受金章宗之命撰写《招宋吴曦诏》。诏文从吴曦的父祖受猜疑、未得到重用说起，联系岳飞被害的不幸结局，动员他"顺时因机，转祸为福，建万世不朽之业"③，接着再分析双方形势，认为南宋失道必亡，以他的才干，不如加入金王朝，届时会将全蜀之地册封给他。这篇四六体的诏书像是私人书信，抓住对方的担忧处，以及南宋的政策失误，直击其要害，辅之以利诱，吴曦"得诏意动"④，叛宋降金。从中可见，冯璧为劝降吴曦做出了实实在在的贡献。还有文人为金王朝伐宋将帅摇旗呐喊，承安五年（1200）进士及第的刘昂主动创作《上平西》词，给当时的副元帅纥石烈子仁助威：

> 蚩芒摇，螳臂展，敢盟寒。似洞庭、彭蠡狂澜。天兵小试，万蹄一饮楚江干。捷书飞上九重天，春满长安。　　舜文明，唐日月，周礼乐，汉衣冠。洗五川、烟瘴江山。全蜀下也，剑关何用一泥丸。有人传信，日边来，都护先还。⑤

从"全蜀下也"来看，该词应作于泰和七年（1207）。当时吴曦已降金，金王朝胜利在望，所以刘昂才如此自负，将南宋部队贬为蚩芒、螳臂，将金王朝的部队称为天兵天将，"万蹄一饮楚江干"与苻坚投鞭断流同趣，捷报可待，中兴可期，将军很快得到皇帝的重用。全词热情奔放，一气呵成，能够鼓舞士气。纥石烈子仁很喜欢这首词，将它书写在"濠之倅厅

---

① 《金史》卷九十六《路伯达传》，第2267页。
② 《中州集校注》卷四《刘左司中》，第1017—1018页。
③ 《金文最》卷八，第89页。
④ 《金史》卷九十八《完颜纲传》，第2309页。
⑤ 《全金元词评注》第370页。《归潜志》卷四与《齐东野语》卷二十载此词，有异文。此处从《归潜志》。

壁间"①。

由上可见，金章宗后期至卫绍王时期，烽火连年，文人们从金初被动参军、沉默不语到主动从戎，有所作为，这些重要变化标志着文人们对金王朝的认同。究其原因，是金王朝四五十年的承平盛世培养了文人特别是汉族文人的国家意识。所以，尽管金王朝由盛转衰，但战争文学却比金初活跃得多，水平也在提高，即将迎来新的蜕变，走向新的高峰。

四、危亡之际：焦点由战事转向民生

贞祐南渡后，金王朝风雨飘摇，金宣宗昏庸，屡出蠢招，金哀宗暗弱，在蒙古人一波又一波的进攻下，加上西夏、南宋的夹击，二十年后，金王朝灭亡。金末延续金章宗后期的局面，三面受敌，文人们对不同方向的战争表现出不同的态度，出现了由关心战事到聚焦民生的转变，体现出"民为贵，社稷次之，君为轻"（《孟子·尽心章句下》）的价值观。

在对宋战争中，有文人开始公开反对伐宋。金宣宗听信权臣术虎高琪的主张，愚蠢地以伐宋来补偿对蒙古战争的损失，为自己在南部边境树立劲敌，导致南宋与蒙古联手灭金。因为对宋战争的性质变了，文人不再像支持泰和南征那样同仇敌忾。著名文人杨云翼将包括南宋百姓在内的民众利益放在金王朝利益之上，"直言极谏，以为两淮生灵，皆陛下赤子，不能外御北兵而取偿于宋"②，体现出生命至上的正义立场。他还深入分析形势，指出与泰和南征相比，地利、人和皆不及从前，曾经的对手西夏已经由弱变强，焉知南宋还像过去那样软弱可欺？伐宋将导致金王朝"三面受敌"。可惜糊涂的金宣宗没有采纳杨云翼的洞见，还坚持让时全伐宋，结果大败而回，不得不自愧难当，喃喃自语："当使我何面目见杨云翼耶？"③

---

① 周密：《齐东野语》卷二十，第368页。
② 《中州集校注》卷四《礼部杨公云翼》，第1093页。
③ 《金史》卷一百一十《杨云翼传》，第2563页。

与之相应，文人们参加伐宋战争的积极性大为降低，军事上更是无甚作为。兴定元年（1217），李献能、王良臣随军南侵，"道中唱和甚多"。现存王良臣途中所作的诗歌居然是一派田园风光："荞花冉冉蜜脾香，禾穗累累鹳眼黄。一缕晚烟吹不去，为谁着意护秋霜。"①诗中没有一丝一毫的战争背景，可见其心不在战。正大四年（1227）八月，翰林应奉申万全参加完颜承立（庆山奴）帅府，去守卫盱眙（今江苏盱眙），途中亦作诗："回首秋风谢敝庐，崎岖又复逐戎车。人生行止元无定，一苇江湖纵所如。"②也是身在战车，心在江湖。不久完颜承立战败，申万全不慎溺水而死，"一苇江湖纵所如"成了诗谶。正大七年（1230），金与南宋议和，长期从军的王渥两次赴扬州洽谈，均未能达成协议。王渥"人物楚楚"，"博学，无所不通。长于谈论，使人听之忘倦。工尺牍，字画遒美"③。他的才华固然赢得了南宋人的赞赏，"宋人爱其才，有中州豪士之目"④，无果而终又受到了南宋人的调侃，"来往二年无一事，青山也解笑行人"。王渥倒也超脱，不气不恼地写诗自嘲："二年奔走道途间，知被青山笑往还。只向江南南岸老，行人应更笑青山。"⑤毕竟形势比人强，这时南宋已经无意和谈，王渥纵然口才绝佳，也只能无功而返。这会促使他深化伐宋战争的思考，自称："我本林野人，初无经世材。失身鞍马间，坐令双鬓摧。"⑥难免有些生不逢时、误入歧途之慨。

当然，也有个别与众不同的文人高调声援伐宋战争。自称是北宋吕夷简后裔的吕大鹏极度自负，写诗干谒伐宋主帅："缝掖无由挂铁衣，剑花生涩马空肥。灯前草就平南策，一夜江神泣涕归。"⑦前两句自称没有披坚执锐，未能纵横沙场，施展抱负，可惜了他的一身才华。后两句口出大

① 《中州集校注》卷五，第1290页。
② 《中州集校注》卷七《申编修万全》，第1942页。
③ 《归潜志》卷二，第18页。
④ 《中州集校注》卷六《王右司渥》，第1765页。
⑤ 《中州集校注》卷六《被檄再至扬州制司，驿亭有题诗，讥予和事不成者，云：来往二年无一事，青山也解笑行人。因为解嘲》，第1792页。
⑥ 《中州集校注》卷六《王右司渥》引《九日登颖亭见寄》，第1765页。
⑦ 《中州集校注》卷九《吕大鹏》，第2309页。

言，吹嘘他的"平南策"能在一夜之间让江神带泪遁逃。这样纸上谈兵的诳语，稍有一点头脑的伐宋主帅都会掉头不顾。

在对西夏战争中，文人态度要积极一些。前引韩玉击退夏人就是一例。这期间，金王朝以守逼和，大臣胥鼎曾移镇陕右，防御西夏有功，促成和谈。赵秉文将他比喻为汉代屡奏封章、料敌制胜的营平侯赵充国："世皆谓公，汉之营平。既完三辅，复保五城。以迄于今，夏人请盟。"①在与西夏谈判过程中，夏国外交官能言善辩，要求金国进贡岁币，并援引北宋成例，李献甫与夏使展开激辩，抓住两处关键，击其要害：一是金与夏"为兄弟之国，使兄而输币，宁有据耶？"二是北宋输岁币的前提是宋人"以君父自居"②，赐姓与夏人，西夏愿以金为父吗？遭此逼问，夏使语塞，不得不让步，达成和议，李献甫亦因此而被提拔。大诗人元好问没有参与对夏战事，但他的《西征壮士谣》则透出对反击西夏的支持："三十未有二十强，手内蛇矛丈八长。总为官家金印大，不怕百死向沙场。捉却贺兰山下贼，金鞍绣帽好还乡。"③诗中的"贺兰山下贼"，指的是西夏敌人。元好问大概目睹一批年轻战士奔赴西线战场，用歌谣的方式，通俗的语言，鼓励战士们建功立业，英勇抗敌。

金末与南宋、西夏的战争规模相对较小，时间也短，损失相对也小。对蒙古战争最为惨烈，并直接导致灭亡，所以是金末文人关注的重点，很多文人卷入其中。高宪屡次从军，李纯甫写诗相赠，"借问高书记，南征又北征……笔下三千牍，胸中百万兵"④。田琢从军塞外，赵秉文作《从军行送田琢器之》为他壮行，先言形势险峻，"严风吹霜百草枯，胡儿马肥思南驱。长戈飞鸟不敢度，扼胡岭下行人无"，再写战争不幸，称赞田琢挺身而出，"田侯落落奇男子，主辱臣生不如死。殿前画地作山西，请以义军相表里"，最后期待他能像李英、侯挚（莘卿）、王晦（子明）三人

① 《赵秉文集》卷五《皇武》，第107页。

② 《中州集校注》卷十，第2528—2529页。

③ 《元好问诗编年校注》卷六，第1771页。

④ 李纯甫：《赠高仲常》，《中州集校注》卷六，第1137页。

那样"出战有功"①："恨我不得学李英，爱君不减侯莘卿。子明又请当一面，禁中颇牧皆书生。"战争难免牺牲，金末很多文人遇难，如折元礼从军，有《望海潮·从军舟中作》词传世，兴定五年，"死于葭州之难"②。王良臣"兴定初，自请北行，没于军中"③，康锡"从军，城陷，投水死"④，等等。元初郝经作《金源十节士歌》，包括王晦、李丰亭等士大夫。

不幸的是，文人参军根本无济于事，不可能力挽狂澜。有的士大夫原本就是因为"签兵"制度而被迫入伍，如李节所讥讽的那样，"椎头打出和籴米，丁口签来自愿军"⑤。像把著名文人刘从益强征入伍，让他担任军职"千户"，既违其志，又难以称职。宋九嘉《被檄从军》说得直白："不巾不袜柳阴行，朝醉南村暮北庄。一旦捉将官里去，直驱盲马阵中央。"⑥以盲马上阵自比从军，可见多么荒唐！元好问曾参加将帅完颜斜烈、移剌瑗的幕府，只是创作出一些游览、饮酒、打猎之类的诗词，军事上无所建树，很快快快而去。

一败再败的战争，彻底摧毁了文人抵抗反击的信心和金王朝政权的希望，所以，金末文人对金蒙战争的关注焦点由战事转向民生。

蒙古入侵造成的巨大破坏和牺牲，从贞祐南渡起，就进入了文人的视野。如赵元的《邻妇哭》满含血泪：

　　邻妇哭，哭声苦，一家十口今存五。我亲问之亡者谁，儿郎被杀夫遭虏。邻妇哭，哭声哀，儿郎未埋夫未回。烧残破屋不暇葺，田畴失锄多草莱。邻妇哭，哭不停，应当门户无余丁。追胥夜至星火急，

---

① 《赵秉文集》卷四《从军行送田琢器之》，第81页。
② 《中州集校注·中州乐府》，第2942页。
③ 《中州集校注》卷五，第1290页。
④ 《中州集校注》卷八《康司农锡》，第2227页。
⑤ 《中州集校注》卷七《李扶风节》，第1892页。
⑥ 《中州集校注》卷六，第1668页。

并州运米云中行。①

赵元继承乐府诗的传统，即事名篇，表现民生苦难。十口之家，只剩下一半老弱妇幼，儿子战死，丈夫被俘，房屋残破，田园荒芜，即便如此不幸，还要面对胥吏夜晚上门逼租，要求上交粮食支援云中（今山西大同）前线。这一家的生活完全陷入绝境。贞祐二年（1214），赵元已经失明，向南逃亡时途经刚遭遇屠城的忻州，得知当地幸存的百姓正在维修残破的城墙，有感而作《修城去》，真实记录了"百姓哀叹"："倾城十万口，屠灭无移时。敌兵出境已逾月，风吹未干城下血。百死之余能几人，鞭背驱行补城缺。修城去，相对泣，一身赴役家无食。城根运土到城头，补城残缺终何益。君不见得一李绩贤长城，莫道世间无李绩。"②忻州屠城，十余万百姓遇难，惨绝人寰。修补城墙根本无法抵挡敌人。那些幸存者怀念唐代名将李绩，他曾镇守并州十六年，敌人不敢南犯，边境安宁，唐太宗称他的作用远胜于长城，而世间已经没有李绩这样的将领了。结句表面上与高适《燕歌行》"君不见沙场征战苦，至今犹忆李将军"同构，差别在于，高诗写战士，赵诗写平民。

正大八年（1231）四月，军事重镇凤翔沦陷，造成极大恐慌。百姓流离失所，数十万难民逃往河南一带。他们没有干粮没有住所，随时命丧黄泉。难民们唱起悲苦的"秦声"，纾解其悲怆之情，"其始则历亮而宛转，若有所诉焉；少则幽抑而凄厉，若诉而怒焉；及其放也，呜呜焉，愔愔焉；极其情之所之，又若弗能任焉者"，雷琯饱含热泪写下《商歌》十首。兹引四首如下：

> 累累老稚自相携，侧耳西风听马嘶。百死才能到关下，仰看犹似上天梯。
> 上得关来似得生，关头行客唱歌行。虚岩远壑互相应，转见离乡

---

①《中州集校注》卷五，第1373页。
②《中州集校注》卷五，第1383页。

去国情。

前歌未停后迭呼，歌词激烈声呜呜。天下可能无健者，不挽天河洗八区。

西来迁客莫回首，一望令人一断魂。正使长安近于日，烟尘满目北风昏。①

难民们无比压抑痛苦，不得不用激越高亢、哀怨深沉的秦声排解心中的郁结，长歌当哭，前呼后应，足以感天动地，《商歌》十首因此也成了研究秦声（秦腔）的珍贵史料。

就在雷琯写作《商歌》的同时，元好问写下了丧乱诗的代表作《岐阳》三首。且看第一首：

突骑连营鸟不飞，北风浩浩发阴机。三秦形胜无今古，千里传闻果是非。偃蹇鲸鲵人海涸，分明蛇犬铁山围。穷途老阮无奇策，空望岐阳泪满衣。②

元好问听闻凤翔（岐阳）沦陷，极为震惊。他能想象得出，蒙古铁骑庞大精锐，一个战营连接一个战营，充满杀机，感觉连鸟儿都飞不过去，呼啸的北风像是打开了暴雪寒潮的机关，横扫一切。凤翔那一带自古以来山川险峻，易守难攻，传闻已经沦陷，是否属实？蒙古军队就像恶毒的蛇犬一样，将凤翔死死包围，又像残暴的鲸鲵一样，搅动大海，伤害满城百姓。值此形势，元好问痛感穷途末路，无计可施，只能遥望岐阳，泪满衣裳。全诗字字血泪，沉郁苍凉。元好问关注的重点是遭遇不幸的"人海"。此后所作的《壬辰十二月车驾东狩后即事五首》《癸巳四月二十九日出京》《癸巳五月三日北渡三首》等一系列名作，也是不离民生，诸如"惨淡龙

---

① 《中州集校注》卷七，第1983—1988页。
② 《元好问诗编年校注》卷三，第546页。

蛇日斗争，干戈直欲尽生灵"①"道傍僵卧满累囚，过去骑车似水流"②等等。以《壬辰十二月车驾东狩后即事五首》为例，金哀宗抛弃了都城和文武大臣，出逃归德、蔡州，大臣们还能忠心不二地效忠皇上？诗中仅有一句"蛟龙岂是池中物"写其逃亡，不但没有表现出勤王之类的忠君思想，也没有表现出对金哀宗的担忧和牵挂，反而流露出被抛弃的抱怨，"虮虱空悲地上臣"。前人一致赞许元好问这类诗歌很好地继承杜诗传统，诚然中肯，然而细究起来，元好问没有继承杜诗中浓郁的忠君思想，杜甫对唐肃宗一直寄予希望，元好问对金哀宗已经绝望。所以，元诗更能体现民贵君轻的儒家思想。

元好问之外，许多其他中小诗人的战乱书写同样倾向于民生，形成众星拱月之势。仅举冯延登《郾城道中》为例：

> 北风惨澹扬沙尘，郾西三日无行人。十村九村鸡犬静，高田下田狐兔驯。昨朝屏息过溪口，知有白额藏深榛。赤子弄兵更可恻，路旁僵尸衣血新。野叟伛偻行拾薪，欲语辟易如惊麏。瘦梅疏竹未慰眼，只有清泪沾衣巾。③

经过战火之后，人口剧减，行人寥落，田园荒芜，林中猛虎出没，路旁有无人收拾的僵尸，少量幸存老人惊惧不安。这是金末很多地方的真实写照。

金王朝起于侵略，灭辽逐宋，亡于被侵略，不过百余年间，强大的侵略者沦为了亡国者。与战争相关的文学随之旋起旋落。综合来看，相对于南宋文学而言，有两大差异：第一，金宋战争给金代文学的影响要小于南宋文学。金宋战争给宋王朝及民众带来的灾难与损失更严重，给南宋文人的刺激更深痛，给金代民众带来的灾难以及对金代文人的刺激也相对较

---

① 《元好问诗编年校注》卷四《壬辰十二月车驾东狩后即事五首》，第623页。

② 《元好问诗编年校注》卷四《癸巳五月三日北渡三首》，第648页。

③ 《中州集校注》卷五，第1323页。

小。金代前期的战争主要是金王朝发起的侵略行为，即使取得胜利，也激发不了文人的创作热情。金初文人创作业绩虽然平平，但守住了道义底线，没有成为侵略者的帮凶。第二，南宋爱国主义文学主题鲜明，多为报仇雪恨，杀敌复国，歌颂英雄，谴责投降派，而金代文学即使在蒙古入侵时，也没有突出地表现忠君报国、杀敌复国的理想。原因在于，蒙古灭金过程太快，双方力量悬殊过大。从卫绍王开始直到金哀宗，金王朝狼狈不堪，无心组织，无力反击，文人们何来收复失地的信心？于是，金代文人关注的重心逐步由战争胜败转向战争的受害者——百姓一方。无论是杨云翼反对宣宗频岁南伐时关于两淮生灵命运的考量，还是赵元、元好问等人的战乱书写，都归结于民生。无论政权如何更迭，民为邦本都亘古不变，"民为贵，社稷次之，君为轻"这一序次不应该受到动摇。所以，这种站在人类立场上以天下苍生为中心的金末战争文学，突破了狭隘的李家赵家王朝的畛域，超越了敌对政权、交战各方的意识形态，能获得了更普遍的认可，实际上为战争文学提供了一个标准甚高的范例。

［原刊《社会科学战线》2021年第6期，《高等学校文科学术文摘》2021年第5期摘录，《中国古代、近代文学研究》2021年第11期转载］

论金代诗学批评形式的新变

在中国古代文学批评史上，金代文学批评的价值和地位因受到正统思想的长期潜在制约而被低估。即以最受人们关注的元好问《论诗三十首》、王若虚《滹南诗话》而言，其独特性也未被充分揭示出来，其他一些散见的普通文献，更是被忽视。有感于此，本文拟从批评形式入手，分类梳理几种主要批评形式的新变。

中国古代文学的批评形式丰富多彩，早期的毛诗序、史传，都是文学批评的源头，而"诗文评之作，著于齐梁"①，齐梁时期出现了钟嵘《诗品》、刘勰《文心雕龙》这样代表性的理论著作，可惜高峰难继，经唐历宋，渐渐形成了其他几种更具民族特色、更受人们喜爱的文学批评形式。张伯伟《中国古代文学批评方法研究》认为有"六种最具民族特色的批评形式，即选本、摘句、诗格、论诗诗、诗话和评点"②。金代没有评点、诗格、摘句类的著作，姑且不论，诗话、论诗诗、选本等几种形式在金代得到不同程度的发展，此外金代还出现了新的批评形式——评传，下文逐次论之。

---

① 《四库全书总目》卷一百四十八，第1267页。
② 张伯伟：《中国古代文学批评方法研究》导言，中华书局，2002年，第9页。

一 诗话:渐行渐远

自欧阳修创制《六一诗话》以来,诗话以其短小自由的形式、随笔闲谈的风格而流行开来,长盛不衰。两宋诗话著述如林,金王朝占有北宋故土,与南宋声气相通,其诗话自然承北宋而来,并受到南宋诗话的影响。

受金代文学水平和文人队伍等诸多因素所限,金代诗话相对于两宋诗话的兴盛而言,显得有些冷落。目前可考的诗话仅有寥寥七种:朱弁《风月堂诗话》、祝简《诗说》(佚)、范墀《诗话》(佚)、魏道明《鼎新诗话》(佚)、文商《小雪堂诗话》(佚)、乐著《相台诗话》(残)、王若虚《滹南诗话》。其中完整传世的仅有《风月堂诗话》和《滹南诗话》两种。正因为金代诗话数量少,所以更容易被忽视,更容易受到简单化的对待。蔡镇楚《中国诗话史》总结金代诗话的"两个最明显的特点",一是"沿用随笔体式",认为"金人诗话之作仅有《滹南诗话》,仍恪守北宋诗话窠臼,采用闲谈随笔体式",二是"论诗各奉宗主,互立门派,论争不休,增强了诗话的针对性和批评性,提高了诗话的文学批评价值"[①]。此论不够周延。从现存诗话来看,仍然可以看出这些诗话自具特点和价值。

(一)金代前期诗话

金代前期的诗话可知有三种:范墀《诗话》、祝简《诗说》和朱弁《风月堂诗话》,都是由宋入金文人所作。

范墀其人,生平不详。《中州集》卷八范墀小传特别简略:"墀字元涉,系出颍川,有《诗话》行于世。"[②]说明元好问对其人了解很少。该卷所收诗人具有补遗性质,大体按照时代先后编排。从编辑顺序来看,范墀当是金初人。《诗话》应是简称,大概元好问也不知道其原名。《中州集》入选其诗《和高子初梅》,高子或是金初文人高士谈。《建炎以来系年要

---

① 蔡镇楚:《中国诗话史》,湖南文艺出版社,1988年,第120页。

② 《中州集校注》卷八,第2079页。

录》卷一百二十九载，南宋绍兴九年（1139）六月方庭实奏言："颍昌府进士范墀风度夷粹，论事慷慨，流离颠沛，志不忘君。"《建炎以来系年要录》并称："墀，镇玄孙也。"①不知此颍昌进士是否就是《中州集》所载之范墀？

祝简为北宋政和年间进士，入金后曾仕伪齐。所著《诗说》已佚，《中州集》卷二《祝太常简》征引《诗说》一则，讨论杜诗注问题，其观点得到元好问的赞同。不论原书内容如何，元好问所引一则，恰好与金初崇杜思潮一致。

以上二种诗话，因文献不足，看不出与宋代诗话有何区别。《风月堂诗话》完整传世，可以让我们了解金初诗话之一斑。

尽管人们对《风月堂诗话》的时代归属有分歧，但不能否认《风月堂诗话》对金代诗话具有草创之功。《风月堂诗话》不仅作于朱弁羁金期间，还在金王朝刊刻、传播，在金代产生影响。南宋咸淳八年（1272），月观道人见到已经"断烂脱误"②的《风月堂诗话》就是"北方所传本"，这是《风月堂诗话》传入南宋的最早纪录，也是在北方刊行的证据之一。王若虚《滹南诗话》早在此前数十年，就曾两次具名征引朱弁的诗论，所引言论见于今本《风月堂诗话》，这是《风月堂诗话》在北方刊行的又一证据。

朱弁由宋入金，《风月堂诗话》自然与北宋诗话一脉相承，从内容到形式，与北宋诗话并无大的区别。但是，独特的写作时间、写作地点，赋予了它不同于北宋其他诗话的个性。北宋诗话大多写于作者晚年赋闲期间，用于资闲谈。朱弁约生于哲宗元祐五年（1090）③，建炎二年（1128）以通问副使使金，绍兴十三年（1143）回南宋，次年去世。《风月堂诗话》写作于金天眷三年（1140）。该年朱弁约五十岁，虽然已经是其生命中的晚年，但他自己并没有意识到这一点。他在序末畅想未来，打算将《风月

---

① 李心传：《建炎以来系年要录》卷一百二十九，第2422—2423页。

② 月观道人：《风月堂诗话跋》，见《冷斋夜话·风月堂诗话·环溪诗话》，中华书局，1988年，第116页。

③ 参见王庆生：《金代文学家年谱》，凤凰出版社，2005年，第1215页。

堂诗话》来回南宋，"归诒子孙，异时幅巾林下，摩挲泉石时取观之，则曲洧风月，犹在吾目中也"①，显然他是将《风月堂诗话》作为晚年未来的把玩之物。不幸的是，"幅巾林下"的晚年生活还没有到来，就突然离世。《风月堂诗话》的写作地在云中（今山西大同），远离北宋故都汴京，远离南宋首都临安，是第一部写作于北方的诗话。时间、空间的阻隔，加深了这位使金宋人对往日生活、对北宋王朝的思念之情。所以，《风月堂诗话》的基本内容是追忆曩昔于风月堂中所谈的不关政治时事的"风月"，也就是诗词文。在这种充满怀念之情的追忆中，还夹杂着对昔日言论环境的戒惧，请看他的序言：

> 予心空洞无城府，见人虽昧平生，必出肺腑相示，以此语言多触忌讳而招悔吝。每客至，必戒之曰："是间止可谈风月，舍此不谈，而泛及时事，请酹吾大白。"②

时事是非，可以不谈，但"风月"又岂能完全超越于时代、不关乎时事？且不说文学与时代的密切联系，即北宋后期厉行的元祐党禁，就已让很多谈风月者避谈元祐诗歌。宣和五年（1123），阮阅编辑诗话总集《诗话总龟》，"独元祐以来诸公诗话不载焉"③。随着宋政权的南迁，元祐党禁逐渐松弛。离开赵宋政权十余年的朱弁，身居遥远的北方，更没有了在北宋时的言论禁忌，所以他在《风月堂诗话》中大谈苏黄等元祐诗人，公开反对元祐党禁：

> 东坡诗文，落笔辄为人所传诵。……崇宁、大观间，海外诗盛行，后生不复有言欧公者。是时朝廷虽尝禁止，赏钱增至八十万，禁愈严而其传愈多，往往以多相夸。士大夫不能诵坡诗者，便自觉气

---

① 《冷斋夜话·风月堂诗话·环溪诗话》，第97页。
② 《冷斋夜话·风月堂诗话·环溪诗话》，第97页。
③ 胡仔：《序渔隐诗评丛话前集》，《苕溪渔隐丛话》前集，第1页。

索，而人或谓之不韵。①

　　崇宁间，凡元祐子弟仕宦者，并不得至都城。晁以道自洛中罢官回，遣妻儿归省庐，独留中牟驿累日，以诗寄京师姻旧，其落句云："一时鸡犬皆霄汉，独有刘安不得仙。"此语传于时，议者美之。②

　　范德孺崇宁之贬，与山谷唱和甚多。德孺有一联云："惯处贱贫知世态，饱谙迁谪见家风。"议者谓此语可以识范氏之名节矣，当国者能无愧乎？③

这种触犯时忌，甚至直接批评当国者的言论，可能就是朱弁当年想谈而不敢谈的"风月"，朱弁入金后，则可以坦然言之。所以，《风月堂诗话》的一大价值就在于其中所记载的元祐诸人的逸闻和诗论。

　　《风月堂诗话》的另一个价值就是跳出江西诗派的势力范围，反思江西诗派，主张自然，反对以故实相夸。在江西诗派盛行的大背景下，朱弁何以能够与众不同？其中原因之一，就是云中及北方地区缺少江西诗派生长的土壤，朱弁本人入金后其创作观念和创作路数也偏离了江西诗派，进而学习李商隐和杜甫。朱熹称赞他的这位叔祖，"于诗酷嗜李义山，而词气雍容，格力闲暇，不蹈其险怪奇涩之弊"④。朱弁批评西昆体"句律太严，无自然态度"，称赞黄庭坚"独用昆体功夫，而造老杜浑成之地"⑤。杜甫的浑成是他更加向往的境界。

　　《风月堂诗话》崇尚苏黄等元祐诗人、崇尚杜诗、不爱江西的倾向，容易在纷纭的诗话中被埋没。如果我们将之放在宋金诗话的发展史上来看，就能看出，它实际上开启金源百年诗论、诗歌崇苏尚杜、贬斥江西的思潮。

---

①《风月堂诗话》卷上，第106页。

②《风月堂诗话》卷下，第108页。

③《风月堂诗话》卷下，第107页。

④朱熹：《奉使直秘阁朱公行状》，《朱文公文集》卷九十八。

⑤《风月堂诗话》卷下，第112页。

（二）金代中期的诗话

金代中期的诗话较为沉寂，目前可知的仅有两种：魏道明《鼎新诗话》、文商《小雪堂诗话》。

魏道明出身名门，父亲是辽天庆中进士，兄弟四人"俱第进士，又皆有诗学"，其中魏道明"最知名，仕至安国军节度使"①，《中州集》卷八有传。著有《萧闲老人明秀集注》6卷（现存3卷），编有《国朝百家诗略》。他的生卒年、及第时间，均不可考。其兄魏元真于皇统二年（1142）及第，魏道明及第时间当在其后。明昌二年（1191）二月，王寂按部辽东，至完颜守贞所建之明秀亭，发现魏道明的题诗，称"魏元道今为尚书"②，王寂为其同时代人，所言定当有据。可见，魏道明仕途较为顺达。《鼎新诗话》一名，不同于以书斋、自号、籍贯等常见的诗话命名方式，体现了改朝换代、去旧布新的时代气息。很怀疑，该书类似于《中州集》中的作者小传，是一部评论金代诗歌的诗话著作。如果此推论不错，《鼎新诗话》体现了金代诗话的当代性。

文商《小雪堂诗话》的成书年代应该迟于《鼎新诗话》。作者文商，字伯起，蔡州人，明昌五年（1194），因王寂临终前的推荐，特赐同进士出身，召为国子助教、迁登仕郎。《小雪堂诗话》虽然已佚，但我们可以通过现存线索，得出如下几点认识：

其一，书名"小雪堂"相对于"雪堂"而言，雪堂是苏轼贬官黄州在东坡所筑之居室，苏轼有《雪堂记》。文商崇拜苏轼，小雪堂当是文商的住处。书名反映了该书的取向，再结合其他信息，可以判断，该书是第一部专论苏轼的诗话，充分体现了文商对苏轼的尊崇之情，也反映了金代中期的诗歌风尚。此前，北宋曾有《东坡诗话》之类著作，旧题苏轼著，实为好事者将苏轼论诗文字编辑而成，并非评价苏轼诗歌之作。南宋人蔡梦弼于嘉泰年间（1201—1204）编成专论杜甫的《草堂诗话》，一般作为专

①《中州集校注》卷八，第2116页。
②《五代宋金元人边疆行记十三种疏证稿》，第179页。

家诗话之始。《草堂诗话》与《小雪堂诗话》的写作时间，孰先孰后，尚有待进一步考证。

其二，《元好问文集》卷三十六《东坡乐府集引》曾引用文商《小雪堂诗话》，曰："绛人孙安常注坡词，参以汝南文伯起《小雪堂诗话》，删去他人所作《无愁可解》之类五十六首，其所是正，亦无虑数十百处，坡词遂为完本，不可谓无功。"可见，《小雪堂诗话》包括词话的内容，含有对苏轼词的考据辨伪，剔除了一些在他看来是伪作的词作，其观点为孙镇（安常）所借鉴。只是元好问所言"删去他人所作《无愁可解》之类五十六首"，是完全依照《小雪堂诗话》而来，还是孙镇部分参考了《小雪堂诗话》，现已不可晓。

其三，《滹南遗老集》卷三十九《诗话》："陈后山谓子瞻以诗为词，大是妄论。……文伯起曰：'先生虑其不幸而溺于彼，故援而止之，特立新意，寓以诗人句法。'"所引文伯起之论，当出自《小雪堂诗话》。而此论很可能源于南宋汤衡所作的《张紫微雅词序》，原文曰："东坡虑其不幸而溺于彼，故援而止之，惟恐不及。其后元祐诸公，嬉弄乐府，寓以诗人句法，无一毫浮靡之气，实自东坡发之也。"此论旨在提高苏轼以诗为词的自觉意识，强调其扭转词风的意义，有溢美之嫌。王若虚与元好问所引都是论东坡词的内容，不排除《小雪堂诗话》是一部东坡词话类著作。在宋金之际，词话并没有完全独立，诗话中含有词话，是普遍现象，借诗话之名，行词话之实，亦有可能。

其四，王若虚《滹南遗老集》卷三十一《著述辨惑》："前人以杜预、颜师古为丘明、孟坚忠臣，近世赵尧卿、文伯起之于东坡，亦以此自任。予谓臣之事主，美则归之，过则正之，所以为忠。观四子之所发明补益，信有功矣，然至其失处，亦往往护讳，而曲为之说，恐未免妾妇之忠也。"文中将文商与南宋赵夔相提并论。赵夔花了三十多年的精力，遍注东坡诗歌，自诩为苏轼忠臣。文商除了《小雪堂诗话》之外，不见有其他有关苏轼诗词的著作。文商不太可能在苏诗注方面，与赵夔比肩，他的用力点很可能在苏词上。文商并非狂妄之辈，能公然自诩为苏门忠臣，《小雪堂诗话》篇幅当不会太小，必然有较多发明。也许过于喜爱苏轼，不承认苏轼的短处，致使被王若虚讥为"妾妇之忠"。

由此可见，金代中期的两部诗话，个性鲜明，《小雪堂诗话》是苏轼研究的重要文献，可惜早已失传。

（三）金代后期诗话

金代后期诗话，目前已知两种，一是乐著《相台诗话》（残），另一种是著名的《滹南诗话》。

《相台诗话》作者乐著，据《续相台志》记载："乐著字仲和，永和人，为荆王府文学，博辩多识，能为赋。北渡居聊城，尝以事至都下，诸公闻著至，索诗，著诗曰：'满院落花春避户，一窗寒雨夜挑灯。'皆服，后还乡里，恐乡哲无闻，乃作《相台诗话》三卷。今采其可诵说者，著于篇。"薛瑞兆《金代科举》考订，乐著于大安元年（1209）进士及第。[1]据此记载，《相台诗话》当作于金亡之后。该书以地名命名，相州即今天的河南安阳。在唐代，有以地域为界限的诗歌选本，如《丹阳集》，至宋代，地域观念加强，方志编写兴盛，地域性的诗话也就应运而生。《相台诗话》或许是第一部地方性诗话。

《相台诗话》原书三卷，内容应该较为丰富。《续相台志》征引若干条，当是撮要征引，多数较为简单，如：

> 赫帙字进道，性峭直，笃学，仕至刺史，有诗名。
> （薛）居中字鼎臣，性明断，所至著称，登封令。

后一则根本没有涉及诗歌，恐非原文。有的侧重表彰人品，如：

> （张）仲周字君美，性醇静，终日默坐，亡戏谈，不臧否人，虽休沐，惟览诵经史，自监察御史，授大府丞。冬，监卒取木炭皮为仲

---

[1] 薛瑞兆：《金代科举》，中国社会科学出版社，2004年，第183页。

周囊，仲周曰："此亦官物。"却之。

下面一则相对完整：

> （张）敏修字忠杰，户部郎中，北渡居馆陶。《甲午元日》诗曰："忆昔三朝侍紫宸，鸣鞘声送凤池春。繁华已逐流年逝，潦倒犹甘昔日贫。莫历怕看惊换世，椒觞愁举痛思亲。异乡节物偏多感，但觉愁添白发人。"后还林虑。《游黄华》诗："溪流漱石振苍崖，林树号风吼怒雷。为谢山灵幸宽贳，漫郎投劾已归来。"①

如果这一则接近原著，那么《相台诗话》主要是记载当地诗人的生平梗概、征引一些诗作，未作多少诗歌评论，其文献价值高于理论价值。

王若虚的《滹南诗话》无疑是金代最重要、最具代表性的诗话。金末文人辈出，文学创作兴盛，王若虚（1174—1143）是当时最活跃的文人之一，与众多一流文人交往密切。他的《滹南遗老集》包括《滹南诗话》在内，生前并未刊刻，直到至元三十一年（1294）才刊行，因此，可以说《滹南诗话》是金代最后一部诗话。但其观点早在其生前，就广为传播，就已经产生影响。他去世之前一年，将其书稿托付给其弟子王鹗，曰："吾平生颇好议论，尝所杂著，往往为人窃去，今记忆止此，子其为我去取之。"②所谓杂著，应该包括《滹南诗话》在内。验之刘祁《归潜志》（1235年成书）卷九所引王若虚关于山谷诗穿凿之论，可见其言不虚。

《滹南诗话》最鲜明的特色有两个：其一是辩论性。与王若虚喜欢谈辩的天性相关，《滹南遗老集》四十五卷，有三十七卷冠以"辨"字，诸如《史记辨惑》《臣事实辨》《文辨》等。《滹南诗话》虽然沿用北宋以来的"诗话"一名，但实际上却是"诗辨"，堪称北宋以来辩论性最强的诗

---

① 许作民辑校注：《续相台志》，见《邺都佚志辑校注》，中州古籍出版社，1996年，第305—307页。

② 王鹗：《滹南遗老集引》，《滹南遗老集校注》，第4页。

话。而其辩论的对象，主要是宋代诗人、诗话中的观点，特别是南宋《苕溪渔隐丛话》等书中的文献①，体现出有意批评宋人特别是南宋人的倾向。其二是严厉批评黄庭坚及江西诗派的诗歌，诸如批评"山谷之诗，有奇而无妙，有斩绝而无横放，铺张学问以为富，点化陈腐以为新"，将山谷的法宝"夺胎换骨、点铁成金"指斥为"剽窃之黠者"云云，都是广为人知的名言。虽然王若虚"品题先儒之是非，其间多持平之论"②，但对黄庭坚及江西诗派的激烈抨击，很难算作持平之论，反映了王若虚对黄庭坚及江西诗派的坚决否定态度。《滹南诗话》这两个特色，都体现作为金代文人有意对抗南宋的立场，旨在探索金代文学自身独立的发展之路。

综观金代七部诗话，可以看出与宋人诗话渐行渐远的大趋势。金初三部诗话出于入金宋人之手，尚较多沿袭北宋诗话传统，但朱弁《风月堂诗话》已经表现出与当时其他诗话貌合神离的端倪。金代中期的两部诗话，辽人后代魏道明所著的《鼎新诗话》，以革故鼎新相标榜，当与宋人诗话迥然不同，文商《小雪堂诗话》将宋人诗话的焦点人物苏轼单列出来，发展为专家诗话，推动了苏轼（诗）词的研究与传播。金代后期两部诗话，一为纯粹地方性的《相台诗话》，与宋人诗话无关，一为《滹南诗话》，几乎是为批评宋人而作。这些与宋人诗话不同之处，正是金代诗话的特点和价值所在。

二 论诗诗：走向高峰

论诗诗，由杜甫《戏为六绝句》首开其端，缓慢发展，由唐入宋，韩愈、白居易、梅尧臣、欧阳修、苏轼等人都有论诗诗，然数量和质量有限，没有形成大的突破。学界论起论诗诗（主要是论诗绝句），几乎公认，到了南宋戴复古、金代元好问手里，才取得突破性进展。其实，戴复古的《论诗十绝》的理论性、艺术性以及在后代的影响都远不及元好问《论诗

---

① 参见拙著《宋金文学的交融与演进》，第189—200页。
② 《四库全书总目》卷一百六十六，第1421页。

三十首》，其写作年代也明显晚于《论诗三十首》，真正带动论诗绝句走向高峰的无疑是元好问。

元好问的论诗绝句何以异峰突起？除了自身因素之外，还与金代论诗绝句长期发展有关。

金初尚处于战乱时期，诗人写诗抒发流离之悲，不遑谈诗论艺。少数含有论诗内容的诗歌也都出自入金宋人，一如既往地沿袭北宋论诗诗的传统。马定国由宋进入伪齐再入金，他的《宣政末所作》作于北宋末年，虽为苏、黄的命运鸣不平，但重点是批判童贯、蔡京，直白地表达自己的政见，与其说是论诗诗，不如说是一首政论诗。马定国的《怀高图南》（五古）将高鲲化比为唐代狂士刘叉，评价其"文章善变化，不以一律持"[1]，论诗只是怀人的细部。倒是朱弁有两首论诗诗，兹引于下：

> 次韵刘太师苦吟之什
> 长城五字屹逶迤，可笑偏师敢出奇。句补推敲未安处，韵更瘵絮益难时。痴迷竟作禽填海，辛苦真成蚁度丝。却羡弥明攻具速，刘侯漫说也能诗。[2]

> 李任道编录济阳公文章，与仆鄜制合为一集，且以云馆二星名之。仆何人也，乃使与公抗衡，独不虑公是非者纷纭于异日乎！因作诗题于集后，俾知吾心者不吾过也。庚申六月丙辰江东朱弁书。
> 绝域山川饱所经，客蓬岁晚任飘零。词源未得窥三峡，使节何容比二星。萝茑施松惭弱质，蒹葭倚玉怪殊形。齐名李杜吾安敢，千载公言有汗青。[3]

第一首评价刘太师（其人不详）的苦吟之诗，论及其用字用韵方面，突出

---

①《中州集校注》卷一，第258页。
②《中州集校注》卷十，第2664页。
③《中州集校注》卷十，第2672—2673页。

· 286 ·

其苦吟功夫，却并未予以多少肯定，说明他对其诗歌有所保留。第二首作于天眷三年（1140），李任道将他与宇文虚中文章合编为《云馆集》，还比成李杜，如此不伦的言行，引发朱弁的主动纠正。诗歌以自谦为主，自称不能与宇文虚中并列，更不敢齐名李杜。朱弁这两首诗，采用的是严整的七律，所以对以七绝为主的论诗诗影响有限。

金代中期，论诗诗发展仍然缓慢。"国朝文派"的代表人物蔡珪《太白捉月图》借题画诗评价诗人李白："寒江觅得钓鱼船，月影江心月在天。世上不能容此老，画图常看水中仙。"[1]该诗仅就捉月传说而发，并非严格意义的论诗诗。稍后的刘迎有首相对单纯的论诗诗《题吴彦高诗集后》：

> 片云踪迹任飘然，南北东西共一天。万里山川悲故国，十年风雪老穷边。名高冀北无全马，诗到西江别是禅。颇忆米家书画否，梦魂应逐过江船。[2]

由吴激沦落北方的经历写到其诗念国怀乡的主题以及其江西诗派的诗风。刘迎另有一首《题归去来图》（七律），论及陶渊明其人，中心并非论诗。辛弃疾的北方同学党怀英有首诗歌，题曰《壬辰二月六日，夜梦作一绝句，其词曰："矫冗连天花，春风动光华。人眠不知眠，我佩绛红霞。"梦中自以为奇绝，觉而思之，不能自晓，故作是诗以纪之》，该诗论及梦中作诗这一特殊现象：

> 梦中作诗真何诗，梦中自谓清且奇。觉来反复深讽味，字偏句异诚难知。岂非梦语本真语，无乃造物为予嬉。君不见庄周古达士，栩栩尚作蝴蝶飞。我生开眼尚如此，况在合眼夫何疑。[3]

---

① 《中州集校注》卷一，第209页。
② 《中州集校注》卷三，第603页。
③ 《中州集校注》卷三，第746页。

说出自己的疑惑，亦没有多少理论。

真正对论诗绝句作出有力推动的是王若虚的舅舅周昂，他有三首论诗绝句：

> 功名翁忽负初心，行和骚人泽畔吟。开卷未终还复掩，世间无此最悲音。
>
> ——《读柳诗》[①]
>
> 诗健如提十万兵，东坡真欲避时名。须知笔墨浑闲事，犹与先生抵死争。
>
> ——《鲁直墨迹》[②]
>
> 子美神功接混茫，人间无路可升堂。一斑管内时时见，赚得陈郎两鬓苍。
>
> ——《读陈后山诗》[③]

"读……诗"，是元好问之前论诗诗的一种常见诗题。《读柳诗》从柳宗元贬官岭南写到其诗中悲怨之情，准确把握了柳诗的主要特征，表达了自己的深切同情和理解。《鲁直墨迹》而针对流行的苏、黄争名说，不是直接说山谷不及东坡，而是将东坡置身于争名之外，让山谷失去争名的对象，其高低不言自明，还显得轻松幽默。《读陈后山诗》评价陈师道，将之与杜甫相比。前两句宣扬杜诗上薄云天的诗歌神功，后两句以管中窥天、鬓发斑白来形容闭门觅句、苦苦作诗的陈师道，形象鲜明。周昂这三首论诗绝句中有两首讥评江西诗派代表诗人，立论明确，表达生动，做到了理论性与艺术性的结合，堪称佳作，体现了论诗诗发展的主流。周昂的论诗文字经过其外甥王若虚的宣扬，在金代后期产生较大影响。

但周昂毕竟不是诗坛领袖，无力主导论诗诗的发展方向。论诗诗的发

[①]《中州集校注》卷四，第945页。

[②]《中州集校注》卷四，第944页。

[③]《中州集校注》卷四，第891页。

展依然散漫曲折。明昌四年（1193），翰林修撰赵沨举行咏雪诗会，路铎、秦略、赵秉文等一批名流参加，现传二诗都不是咏雪，而是讨论如何写作咏雪诗。请看赵沨的《分韵赋雪得雨字》：

> 大雪初不知，开门已无路。惊喜视历日，此瑞固有数。池冰冻欲合，林鸦喋仍聚。已成玉壶莹，尚作宝花雨。造物固多才，中有无尽句。大儿拟圭璧，小儿比盐絮。后人例蹈袭，弥复入窘步。聚星号令严，亦自警未悟。谁有五色笔，绘此天地素。好语觅不来，更待偶然遇。①

面对咏雪诗的写作传统，赵沨主张顺其自然，反对欧阳修、苏轼聚星堂咏雪不用形容词的戒律。赵秉文的《陪赵文孺、路宣叔分韵赋雪》，也是首论诗诗：

> 堂堂翰林公，清癯如令威。雪花对尊酒，浩气先春归。一还天地素，平尽山川巇。松竹泻清声，窗户明幽辉。呼童设茶具，巡檐收落霏。清寒入诗肠，思绕昏鸦飞。力除盐絮俗，改事文章机。后生那办此，颦眉正宜挥。请看西溪老，传着东坡衣。②

前半称赞赵沨，后半复述赵沨诗观点，认为后人未必能自然为诗，就像作诗雕刻的西溪老人秦略，正在按照苏轼《聚星堂雪》的路数作诗呢！赵秉文并不否定欧、苏咏雪诗的创新努力，似乎更加宽容。

贞祐南渡前后，诗歌创作越来越活跃，而作为后期诗坛领袖的赵秉文、杨云翼、风云人物李纯甫对论诗绝句关注不够。赵秉文有些诗歌含有论诗成分，如他的名作《寄王学士》：

---

① 《中州集校注》卷四，第963页。
② 《赵秉文集》卷三，第38—39页。

> 寄与雪溪王处士，年来多病复何如。浮云世态纷纷变，秋草人情日日疏。李白一杯人月影，郑虔三绝画诗书。情知不得文章力，乞与黄华作隐居。①

该诗写于贞祐南渡之前，颇能概括前辈名流王庭筠（1156—1202）的才华和性情，为人传诵。他的另一首《送宋飞卿》作于正大元年（1224），称赞宋九嘉"雄豪两妙秀而文"，惋惜"瘦李髯雷隔存殁，只愁诗垒不能军"②。杨云翼《李平甫为裕之画系舟山图，闲闲公有诗，某亦继作》（五古）评价元好问诗歌，"五言造平淡，许上苏州坛。我尝读子诗，一倡而三叹"③。这些诗歌既非纯粹的论诗诗，亦非七绝。李纯甫亦是如此，他的《为蝉解嘲》《赵宜之愚轩》均为七言古诗，后者评价赵元诗歌："先生有胆乃许大，落笔突兀无黄初。轩昂学古澹，家法出《关雎》。暗中摸索出奇语，字字不减琼瑶琚"④，体现了李纯甫奇崛不羁的个性。说明在贞祐南渡初期论诗绝句还没有成为论诗诗的主流。

相较而言，一些中下层诗人更热衷于写作论诗诗。刘勋《读张仲扬诗因题上》分明有感而发，直指泰和年间因诗而成名、受皇帝召见的布衣诗人张著名不符实："布衣一日见明君，俄有诗名四海闻。枫落吴江真好句，不须多示郑参军。"⑤认为张著的诗如同唐人崔明信，虽有"枫落吴江冷"这样一举成名的佳句，但其他诗篇不值一读，被郑世翼投于江中。诗中先扬后抑，用典恰切，跌宕生姿，颇具锋芒。

元好问的一些师友、亲人陆续创作论诗绝句，直接带动了元好问的创作。兴定初年，赵元卜居卢氏（今河南卢氏），辛愿来访，赵元作《诗送辛敬之东归二首》，送其东归女儿山（在今河南宜阳境内）：

---

① 《赵秉文集》卷七，第170页。
② 《赵秉文集》卷七，第192页。
③ 《中州集校注》卷四，第1115页。
④ 《中州集校注》卷四，第1162页。
⑤ 《中州集校注》卷七，第1897页。

风埃憔悴旧霜袍，老去新诗价转高。橡栗漫山犹可煮，不须低首向儿曹。

文章无力命有在，一点浩然天地间。风雪满头人不识，又携诗稿出西山。①

赵元为元好问同乡，年长于元好问，辛愿是元好问的"三知己"之一。这两首送行诗，抓住诗人的身份，称赞其清贫乐道的品格。元好问的老师王中立有首论词绝句《题裕之乐府后》：

常恨小山无后身，元郎乐府更清新。红裙婢子那能晓，送与凌烟阁上人。②

在王中立看来，元好问词作清新，可以媲美晏几道，而其中的内涵又非歌女们所能理解，言外之意，元好问词中并非只是男女相思爱恨，还有理想抱负。近年来，论词绝句愈发受到学界的重视，学界在讨论论词绝句的起源时，或认为起源于清初，或认为起源于元明时期③，都忽略了金代论词绝句的存在。元好问本人也有论词绝句《题山谷小艳诗》："法秀无端会热谩，笑谈真作劝淫看。只消一句修修利，李下何妨也整冠。"④可以进一步证明金代就已经有了论词绝句。

最值得注意的是元好问的父亲和兄长的论诗诗。元好问父亲元德明（号东岩）喜爱与朋友论诗，王敏夫《同东岩元先生论诗》称"邂逅茅斋

---

① 《中州集校注》卷五，第1381—1382页。

② 《中州集校注》卷九，第2421页。

③ 程郁缀、李静著《历代论词绝句笺注·前言》曰："如论词绝句者，以绝句论词之谓也。论其源起，当始于元明之世。以目今所辑元人元淮的《读李易安文》与明人瞿佑的《易安乐府》等数家六首绝句而论，其时虽然题目上没有显现论词绝句的字样，但就这些绝句所论的实际内容看，其实质则大体同于后来的论词绝句，故可视为论词绝句之肇兴。而且，元明时所出现的吴宽的《易安居士画像题辞》、王象春的《题〈漱玉集〉》、张娴婧的《读李易安〈漱玉集〉》等，可视为后世题辞类论词绝句的滥觞。"北京大学出版社，2014年，第1页。

④ 《元好问诗编年校注》卷六，第1811页。

话终夕"①，可以证明。元德明《诗》自称："少有吟诗癖，吟来欲白头。科名不肯换，家事几曾忧。含咀将谁语，研摩若自仇。百年闲伎俩，直到死时休。"②元好问之兄元好古也喜欢论诗，现存三首论诗绝句，题作《读裕之弟诗稿，有"莺声柳巷深"之句，漫题三诗其后》：

> 阿翁醉语戏儿痴，说着蝉诗也道奇。吴下阿蒙非向日，新篇争遣九泉知。
>
> 莺藏深树只闻声，不着诗家画不成。惭愧阿兄无好语，五言城下把降旌。
>
> 传家诗学在诸郎，剖腹留书死敢忘。背上锦囊三箭在，直须千古说穿杨。③

诗中称赞元好问不负父亲之期望，诗艺不断精进。元好问读过此诗，是否有和作，现已不可知。可以肯定的是，其父、兄的论诗诗，一定会激发他的论诗诗创作。

经过长时间的螺旋式发展，论诗诗渐入佳境，迎来了有史以来的第一个高峰。这就是元好问、王若虚的论诗绝句。元好问的论诗绝句具有以下特点：一是数量众多，论诗绝句最终脱颖而出，成为论诗诗的主流体裁。元好问于南渡之初（1217）创作大型组诗《论诗三十首》，后来又陆续写下《自题二首》《又解嘲二首》《感兴四首》《论诗三首》《答俊书记学诗》《自题中州集后五首》《题山谷小艳诗》等论诗绝句，总数在50首左右。元好问虽然还有其他体裁的论诗诗，如《赠答杨焕然》、《别李周卿三首》（其二）、《继愚轩和党承旨雪诗四首》（其二）之类五言古诗，但数量上不及七言绝句。二是自觉意识强烈。在此前诗人的论诗诗中，还没有人在题目中标明"论诗"二字，元好问至少两次使用"论诗"二字，还有如《答

---

① 《中州集校注》卷九，第2494页。
② 《中州集校注》卷十，第2709页。
③ 《中州集校注》卷十，第2733—2735页。

俊书记学诗》这样指明论诗意图的诗歌，而在其他体裁的篇章中，仅有一次使用"论文"的记录，即《与张仲杰郎中论文》（五古）。可见，元好问认识到论诗绝句的优越性，是有意识地选择七绝。三是提出一系列新人耳目的见解，如"论诗若准平吴例，合著黄金铸子昂""诗家总爱西昆好，独恨无人作郑笺""切切秋虫万古情，高天厚地一诗囚""拈出退之山石句，始知渠是女郎诗""鸳鸯绣了从教看，莫把金针度与人""诗为禅客添花锦，禅是诗家切玉刀"等等，都是传在人口的论诗名句。这些名言大大激发了后人的创作兴趣。四是综合运用比喻、引用、对比、反问等多种修辞手法，成功克服了自杜甫以来就存在的论诗绝句篇幅短小、长于即景抒情、短于议论说理的体制局限，大大发挥了论诗绝句的体制潜能，真正做到了理论与艺术的完美结合①，引起后人纷纷仿效，如王士禛《戏效元遗山论诗绝句》（三十五首）、马长海《效元遗山论诗绝句四十七首》、袁枚《效元遗山论诗》（三十八首）等等。

元好问独领风骚，与之相辅翼的是王若虚的论诗绝句。王若虚有三组13首论诗绝句，总数不及元好问，写作时间应该略晚于《论诗三十首》。王若虚论诗绝句与元好问的论诗绝句有两个明显区别：其一，每一组诗都是一个主题。第一组《题渊明归去来图》五首，借题画之机，质疑陶渊明隐居言行，如云："靖节迷途尚尔赊，苦将觉悟向人夸。此心若识真归处，岂必田园始是家？"第二组诗，是苏、黄优劣论，题曰《山谷于诗每与东坡相抗，门人亲党遂谓过之。而今之作者，亦多以为然，予尝戏作四绝云》：

　　　　骏步由来不可追，汗流余子费奔驰。谁言直待南迁后，始是江西不幸时。

　　　　信手拈来世已惊，三江衮衮笔头倾。莫将险语夸勍敌，公自无劳与若争。

　　　　戏论谁知是至公，蝤蛴信美恐生风。夺胎换骨何多样，都在先生

---

① 参见本书《元好问与戴复古论诗绝句比较论》。

一笑中。

　　文章自得方为贵，衣钵相传岂是真？已觉祖师低一着，纷纷法嗣
复何人！①

其观念甚至构思都与其舅周昂《鲁直墨迹》如出一辙。第三组反驳王庭筠
的白诗论，题作《王子端云："近来陡觉无佳思，纵有诗成似乐天。"其小
乐天甚矣。予亦尝和为四绝》②。其二，王若虚的论诗绝句都是辩论性质，
与其《文辨》《诗话》相似，反驳他人的观点，较为有力，但缺少独到新
颖的正面立论。王若虚的论诗绝句，在这三个话题上，比元好问论述得更
加集中充分，但总体水平、学术影响没有超过元好问。

　　金亡前后，还有一些诗人写有论诗诗，如曹之谦《读〈唐诗鼓吹〉》、
房暤《读杜诗三首》，但相对零散，只能算是金代论诗诗的余音了。

三　选本与评传：继往开来

　　由于选本体现编者的编选眼光，其中的序跋、凡例、传记、评点等等
往往是重要的文学批评资料，所以，选本成了越来越重要的文学批评
形式。

　　金代之前，已有许多文学选本。金代的文学选本，数量有限。从现存
文献来看，金代前期、中期未见有文学选本。金代后期，文学选本集中出
现。主要有以下七八种：赵秉文编《明昌辞人雅制》、承安老人编《承安
乐府》、元好问编《东坡诗雅》《东坡乐府集选》《唐诗鼓吹》、魏道明编
《国朝百家诗略》、元好问编《中州集》、冯渭编金代文章。大体可以分为
三类：

　　第一类，金代承平时期诗词选本，包括《明昌辞人雅制》《承安
乐府》。

---

① 《滹南遗老集校注》卷四十五，第551页。
② 《滹南遗老集校注》卷四十五，第552页。

赵秉文编《明昌辞人雅制》，仅见于《中州集》卷四《王隐君磵》曰：“闲闲公尝集党承旨、赵黄山、路司谏、刘之昂、尹无忌、周德卿与逸宾七人诗，刻木以传。目为《明昌辞人雅制》云。”[①]原书早已失传，根据这一条资料，可以推测以下几点：第一，《明昌辞人雅制》收录党怀英、赵沨、路铎、刘昂、尹无忌（师拓）、周昂、王磵等七人诗歌。这七位都是活跃于明昌（1190—1195）年间的代表性诗人，对赵秉文而言，都是前辈诗人。第二，该书编于何时，已不可考，应该编于赵秉文主盟文坛之后。有学者推测，“可能编于卫绍王时期”[②]，即贞祐南渡之前（1209—1211），大体不差。从元好问“尝集”一语来看，赵秉文编纂此书似乎是比较久远的事，当时这七人的诗歌已经不易找寻，所以赵秉文才将之集在一起，予以刊行。第三，元好问应该没有见过该书，因为《中州集》中所收的周昂诗歌全部来自王若虚的记忆，否则元好问会从中选取周昂的诗歌。该书很可能在金末就已经失传。第四，明昌时期的诗人，自然远非这七人，赵秉文之所以编集此七人的诗歌，一定是因为七人诗歌有共同点。“雅制”二字透露出七人的共同倾向，那就是都符合风雅传统。这体现赵秉文崇尚雅正的文学思想。

承安老人编《承安乐府》，仅见于元人袁桷《清容居士集》卷四十八《题金承安乐府》：“幼岁见老乐工歌梨园音曲，若不相属，而均数无少间断，犹累累贯珠之遗意也。承安老人所补歌曲，按其音节无少异，此殆以文为戏者。黄豫章尝评小山乐府，为狭邪之鼓吹，豪士之大雅，风流日远，惜不得共论承平王孙故态，为之慨然。”[③]据此可知，《承安乐府》是“承安老人”所编、收录承安年间（1196—1200）词作的选本。相对于诗歌选本而言，这部词选体现出以文为戏的特点，类似黄庭坚评价晏几道小山乐府一般，这也反映出编者的词学观。

以某一年号为限，直接作为选本的名称，并不始于金代。唐代无名氏

①《中州集校注》卷四，第1000页。

② 刘达科：《〈明昌辞人雅制〉与赵秉文的诗学思想》，《学术交流》2006年第4期。

③《袁桷集·清容居士集》卷四十八，吉林文史出版社，2010年，第684页。

所编《贞元英杰六言诗》可能是较早的一部以年号命名的诗选。稍后令狐楚所编《御览诗》又名《元和御览》，因为该书"编于元和九年至十二年间"（814—817），"所收三十位诗人，都是肃、代和德宗时人，即主要是大历和贞元时代的诗人"①，也就是说，《元和御览》入选的并不是元和时期的诗歌。唐代还有一种选本《元和三舍人集》，收录令狐楚、王涯、张仲素三家诗。《明昌辞人雅制》和《承安乐府》与此有所不同，其中的年号在标明入选对象时限之外，还别有一层寓意。明昌、承安是金王朝承平时期，卫绍王大安元年（1209）之后，承平时代已经不再。二书编纂时间都在所标示年号之后，是后代对前代的回顾，寄寓着对承平时代的怀念，即袁桷所谓"承平王孙故态"。

第二类，唐宋诗词选本，包括《东坡诗雅》《东坡乐府集选》《唐诗鼓吹》。在苏轼诗词长盛不衰的大背景下，元好问编选东坡诗词选本，其目的是反思苏轼，引导时人正确认识苏轼。《东坡诗雅》编于正大六年（1229）。元好问有感于诗歌发展过程中"杂体愈备""去风雅愈远"的趋势，有感于苏轼诗歌"为风俗所移""不能近古之恨"②，编选出这样一部能体现风雅传统的苏诗选本。《东坡乐府集选》编于金亡之后（1236）。元好问从孙镇《注东坡乐府》中选取75首词作，重点剔除苏轼《沁园春》（野店鸡号）之类的"极害义理"的"伪作"③，辨明文字异同。二书都已失传，现已无法考知其得失，但被他删除的《沁园春》（野店鸡号）其实并非伪作，那些被他删除的"杂体"诗歌，是否就真的就是杂体？从其序中可以看出元好问比较严苛的儒家诗学思想。《唐诗鼓吹》亦编于金亡之后，专选唐人七律，原本是元好问教授弟子的唐诗读本，由其弟子郝天挺作注后刊行，体现了金末元初的宗唐诗风④。

由此可见，这三种唐宋诗词选本，无不体现了金代文学发展的大背

---

① 傅璇琮等：《唐人选唐诗新编·御览诗·前记》，中华书局，2014年，第533、535页。

② 《元好问文编年校注》卷二，第180页。

③ 《元好问文编年校注》卷四《东坡乐府集引》，第397—398页。

④ 参见拙著《金代文学研究》，安徽大学出版社，2000年，第109—121页。

景，具有鲜明的当代性。

第三类，金代诗文总集，包括《国朝百家诗略》《中州集》以及冯渭所编金代文章①。

魏道明《国朝百家诗略》，可能编于其晚年致仕之后，即明昌、承安年间，编成后，没有刊行，商衡抄录一部，并作了增补，原书已佚。从书名可以看出，明显受到了王安石《唐百家诗选》、曾慥《宋百家诗选》的影响，表现出对金王朝的认同。金亡后，元好问在《国朝百家诗略》的基础上，编纂成《中州集》。《国朝百家诗略》的体例特点、文献资料应该保留在《中州集》中。《中州集》前七卷体例一致，入选诗人109位，与"百家"之数相近，其主体部分应该来自《国朝百家诗略》。《国朝百家诗略》是否为入选诗人作传？已不得而知。元好问编纂《中州集》，旨在抢救、保存一代文献，以诗系人，以诗存史，所以不以个人诗学趣尚作为选诗标准，入选诗歌"不主一格"。其诗学思想不体现在入选诗歌中，而主要体现在诗人小传中②。

完善选本的体例，为250位金代诗人作传，是《中州集》体例上的一大贡献。此前，少数诗歌选本有诗人小传，如姚合《极玄集》、曾慥《宋百家诗选》，但比较简略。《中州集》作了大发展，主要表现为两个方面：一是将历史人物传记引入选本中，特别是后三卷中，有的诗人仅入选一两首诗歌，却有三四百字的传记，传记似乎成了主体，诗歌反而退居次要位置。元人编纂《金史》，就大量参考了《中州集》中的人物传记。二是将诗话、笔记引入选本诗人传记中。《中州集》中的诗人传记，经常征引传主的诗句，类似摘句评点，有时还能放在历史中作出多方面的评价，将诗人小传发展成为诗人评传（诗传）。如卷一《蔡丞相松年》曰：

　　松年字伯坚，父靖，宋季守燕山，仕国朝为翰林学士。伯坚行台

---

① 姚燧《中书右三部郎中冯公神道碑》曰："蒐辑金代文章，凡若干百卷。"查洪德辑校：《姚燧集》，人民文学出版社，2011年，第322页。

② 参见拙著《金代文学研究》，第122—131页。

尚书省令史出身，官至尚书右丞相，镇阳别业有萧闲堂，自号萧闲老人，谥谥文简。百年以来，乐府推伯坚与吴彦高，号吴蔡体，有集行于世。其一自序云："王夷甫神情高秀，……"好问按：此歌以"离骚痛饮"为首句，公乐府中最得意者，读之则其平生自处为可见矣。二子：珪字正甫，璋字特甫，俱第进士，号称文章家，正甫遂为国朝文宗，特甫非其比也。自太学至正甫，皆有书名，其笔法如出一手，前辈之贵家学盖如此。①

这一篇传记，对其生平履历介绍较为简略，蔡松年贵为丞相，生平自当为人所知。所以重点评价其词，征引其《念奴娇》（离骚痛饮）词序，肯定其词的地位。末段介绍其家学传承。

第三类选本具有总结性质，寄寓了故国之思。

与《中州集》诗人传记相关的，其他作者也撰写了一些人物传记，主要有李纯甫《屏山故人外传》和刘祁《归潜志》中的人物传记。

李纯甫（1185—1231）所撰《屏山故人外传》已佚，其具体写作时间、人物数量均难以确考，但肯定在其晚年。他的一些朋友陆续凋零，触发其伤感情绪，促使他为这些故人作传。元好问《中州集》曾先后九次征引《屏山故人外传》，从中可以看出这部传记含有文学批评的内容。兹举一例：

> 《屏山故人外传》云："正夫为人短小精悍，滑稽玩世，中明昌五年词赋、经义第。诗清便可喜，赋甚得楚辞句法，尤长于古文，典雅雄放，有韩柳气象，教授弟子王若虚、高法扬、张巘、张云卿，皆擢高第。学古文者，翕然宗之曰刘先生。以省掾从军南下，改授应奉翰林文字，为主帅所重，常预秘谋，书檄露布，皆出其手。军还授左司都事，将大用矣，会卒。"②

---

① 《中州集校注》卷一，第108—109页。
② 《中州集校注》卷四《刘左司中》，第984页。

该文为刘中（字正夫）传，生平、履历介绍较少，重点是评价其诗、赋、古文，这样的传记不仅有助于知人论世，更有助于认识其文学创作。

刘祁《归潜志》写于金亡第二年（1235），虽然是笔记体裁，却以人物为主。其自序曰："独念昔所与交游，皆一代伟人，人虽物故，其言论、谈笑，想之犹在目。且其所闻所见可以劝戒规鉴者，不可使湮没无传，因暇日记忆，随得随书，题曰《归潜志》。"①全书十四卷，前六卷都是以人物为条目，为125人作传，第七卷至第十卷，多是金末政坛、文坛轶事，第十一至第十四卷为金末史事。换言之，前十卷都与文学批评相关。《归潜志》中的人物传记，明显地偏重文艺，具有诗话性质。如卷一开篇三则：

> 金海陵庶人读书有文才，为藩王时，尝书人扇云："大柄若在手，清风满天下。"人知其有大志。正隆南征，至维扬，望江左赋诗云："屯兵百万西湖上，立马吴山第一峰。"其意气亦不浅。
>
> 宣孝太子，世宗子，章宗父也，追谥显宗。好文学，作诗，善画，人物、马尤工，迄今人间多有存者。
>
> 章宗天资聪悟，诗词多有可称者。《宫中》绝句云："五云金碧拱朝霞，楼阁峥嵘帝子家。三十六宫帘尽卷，东风无处不扬花。"真帝王诗也。②

完颜亮、完颜允恭、金章宗其实并非其"交游"对象，上述三则也不是完整的人物传记，对完颜亮、金章宗的生平没有一句介绍，只是记录和评价其文学活动。其他人物传记，或长或短，长者数百字，短者数十字，一般包括字号、里籍、经历等内容，但重点仍然是评诗论文，如：

> 史怀字季山，陈郡人。少游宕不羁，然有才思。既壮，乃折节为

---

① 《归潜志序》，第1页。

② 《归潜志》卷一，第3页。

学，与名士李子迁、侯季书、王飞伯游。作诗甚有功，《冬日即事》云："檐雪日高晴滴雨，炉烟风定暖生云。"亦可喜也。又作《古剑》诗，极工。陈陷，死。①

　　王元节字子元，宏州人，余高祖南山翁婿也。家世贵显，才高，以诗酒自豪。擢第，得官辄归，不乐仕宦。与余从曾祖西岩子多唱酬。其《明妃诗》云："环佩魂归青冢月，琵琶声断黑河秋。汉家多少征边将，泉下相逢也自羞。"甚为人所传。②

这类传记是传记、诗话、笔记的结合，是因人评诗的评传，与元好问《中州集》中的诗人小传高度相似，可以相互补充，是金代文学批评的重要文献。李纯甫、刘祁、元好问不约而同地撰写性质相似的传记，体现了保存诗人、记载历史、寄托感情的共同点。

　　在金代之前，诗人的传记主要集中在正史中，散见于文集、笔记、选本中。即便是成就最高的唐代诗人，元代之前也没有一部唐代诗人传记类著作，直到元大德八年（1304）辛文房才写出《唐才子传》一书。辛文房"为一代诗人写传"，被视为"是一项开拓性的工作"，"在中国古代，似乎只有钱谦益的《列朝诗集小传》能与它相并比"③。其实，《列朝诗集小传》是模仿《中州集》而来。早在《唐才子传》之前，《中州集》就已经为一代诗人写传，《归潜志》也为金代中后期诗人写传。《唐才子传》的写法，与《中州集》《归潜志》中的人物传记，基本相同。辛文房曾在大都为官，有条件读到《中州集》《归潜志》等书。不管《唐才子传》是否受到《中州集》《归潜志》的影响，都可以肯定，《中州集》《归潜志》在诗人传记、诗歌评论史上具有继往开来的意义。

　　综观金代文学批评形式，诗话相对冷落，却体现出远离宋人诗话、独立发展的倾向；论诗诗逐渐兴盛，并确定七绝为论诗绝句的主流方式，元

---

① 《归潜志》卷三，第27页。
② 《归潜志》卷四，第31页。
③ 傅璇琮主编：《唐才子传校笺·前言》，中华书局，2000年，第2页。

好问等人的论诗绝句是论诗诗史上的高峰，影响深远；选本及诗人传记，完善了选本这一批评方式，大力发展了评传这一新型文学批评方式。所以，金代文学批评不仅对金代文学的研究作出了重要贡献，还推动了中国古代文学批评史的发展。

[原刊《安徽师范大学学报(人文社会科学版)》2016年第2期]

金章宗的文学活动及其意义

　　金章宗完颜璟（1168—1208）是金世宗的嫡孙，因其父完颜允恭（金显宗）于大定二十五年（1185）去世而被封为皇太孙，大定二十九年（1189）即位，泰和八年（1208）病故。他在位的明昌、承安、泰和年间是金王朝盛极而衰的转折期，史学界对其功过得失已经有了充分的评估。文学发展往往与时代不完全同步，从金代文学发展来看，金章宗朝的文学尚不是盛极而衰，而是处于从金世宗的平缓期到金末高峰期的上升阶段，出现了党怀英、赵秉文、王庭筠、李纯甫等一批承前启后的优秀作家。这与金章宗本人的文学态度及文学活动密切相关。他精通音乐，擅长书画①，雅好文学，经常奖掖诗人，发表评论，还积极从事文学创作。尽管其传世诗词仅十首左右，其成就和特色不及海陵王完颜亮，但仍然是金代最热心文学的帝王。学术界对金章宗的诗词已有少量研究②，本文将在前贤的基础上，综合金章宗所有的文学活动材料考察其文学活动及其文学创作的意义。

---

　　① 袁桷《清容居士集》卷十一有《金主画孟浩然骑驴图》三首，其一曰："生前明主已遭嗔，身后君王为写真。家国总缘诗句废，灞陵犹胜蔡州尘。"金亡于蔡州，故有末句云云。在金代君主中，有丹青之好有金显宗、金章宗父子，而金显宗未即位。
　　② 范军、周峰：《金章宗传》，中国广播出版社，2003年。周延良：《金源完颜璟文行诗词考评》，《民族文学研究》2004年第2期；李淑岩、王金峰：《完颜璟的文化素养与诗词品质》，《黑龙江教育学院学报》2006年第6期。

一、"好尚文辞"及其政策导向

在封建社会，最高统治者对文人及文学的态度如何，很大程度上决定了文学发展的环境，左右着文人的命运。史家一致记载，金章宗"好尚文辞"①，"诚好文，奖用士大夫"②，"属文为学，崇尚儒雅"③，这一个性爱好作用于一个时代，就会表现出诸多积极的导向，主要体现在以下几个方面。

首先，制定有利于文学发展的政策。作为帝王，金章宗掌握了政策制定权。有些政策与文学直接相关，譬如科举制度，金章宗至少做出了三项重大的改革：一是扩大录取人数。金世宗朝28年，"取策论进士近二百，词赋进士约五百，计七百余人"④；而金章宗朝近20年，"约取策论进士四百余人，词赋进士约一千一百人，经义进士二百人左右"⑤，计1700人左右。两相比较，就可以见出金章宗朝录取人数增加幅度之大，简直有点泛滥了。直接受益的则是杨云翼、王若虚、李纯甫、李俊民等一批金末文学骨干。二是恢复经童科。经童科在海陵王时期被废止，大定二十九年（1189）予以恢复，专门选拔天资超常的神童。虽然录取人数有限，但也是重视人才的政策导向。元好问的好友赵元、麻九畴都是经童出身。三是明昌二年（1191）增设宏词科。宏词科实际上是在原有进士和官员队伍中进行的二次考核，用以选拔擅长撰写诏令之类的人才，所以士林纷纷以中选为荣。萧贡、李献能、元好问等人都获此荣耀，特别是元好问进士及第后不就选，通过宏词科之后才进入仕途。由此可见，金末文坛主力除了年长一些的赵秉文之外，杨云翼、王若虚、李纯甫、元好问、李献能、李献甫、冯延登等人都受益于金章宗的科举改革。

---

① 《金史》卷一百二十五，第2875页。

② 《归潜志》卷十，北第111页。

③ 《归潜志》卷十二，第136页。

④ 《金代科举》，第119页。

⑤ 《金代科举》，第149页。

金章宗不仅制定和完善了科举制度，还亲自参加科举考试选拔人才的具体活动。有文献记载，泰和三年（1203），他亲自出了一道考题《日合天统》以提高考试难度①。对经童科，他更加关心，有几次亲自召见神童的记录。明昌元年（1190），山东益都（今山东青州市）11 岁的刘住儿"能诗赋，诵大小六经，所书行草颇有法"，金章宗将他召至内殿，"试《凤凰来仪》赋、《鱼在藻》诗，又令赋《旱》诗"②，结果很满意，赐他经童出身，让他进入太学，完成学业。还有一位益都儿童刘微，七岁能文，章宗召他入宫，刘微"赋《凤凰来仪》二首"③，获得章宗的称许，章宗同样赐他经童出身，移籍太学。最有名的神童是河北莫州（今河北任丘市）的麻九畴，"三岁识字，七岁能草书"，金章宗召见他，问他："汝入宫殿中亦惧怯否？"他反应敏捷，随口回答："君臣，父子也，子宁惧父耶？"④麻九畴后来在诗学、易学、医学方面颇有成就。金章宗亲自选拔神童，固然有好奇的因素，但也可以见出他对选拔人才的重视程度。

其次，关怀前朝文人。一朝天子一朝臣，很多新皇帝往往不喜欢使用前朝旧人，金章宗则不同。他在即位之前，深得金世宗的宠爱，即位后能够很好地继承金世宗朝的政策，继续重用世宗朝的文人。如李晏本是世宗朝的翰林侍讲学士、御史中丞，章宗即位后，李晏上书谋划十事，章宗皆予采纳，并将他擢升为礼部尚书，兼翰林学士承旨。明昌三年（1192），李晏在昭义军节度使任上擅发仓粟三万石赈灾，章宗也未怪罪他⑤。金章宗还能念及旧情，心怀感恩。如大定十三年（1173）进士及第的刘迎，后来担任太子司经，掌经史图籍笔砚，受到当时的太子、完颜璟的父亲完颜允恭的器重。大概在这期间，完颜璟与刘迎有所交集。大定二十年（1180），刘迎扈从金世宗去凉陉（即金莲川）避暑，染上疾病，按照王庆

---

① 《归潜志》卷十，第 111 页。

② 《金史》卷五十一，第 1229—1230 页。

③ 《中州集校注》卷八，第 2255 页。《中州集》所记载的刘微与《金史》所记载的刘住儿或是同一个人。

④ 《中州集校注》卷六，第 1531 页。

⑤ 《中州集校注》卷二，第 489 页。

生《金代文学家年谱》，可能于大定二十二年（1182）前后去世①，这一年完颜璟仅15岁。应该说，完颜璟与他没有特别的关系，但他即位后，为了报答其恩情，特赐刘迎之子刘国枢进士及第，还下诏让国子监刊刻他的遗集《山林长语》②。后来，金章宗在谈论有关诗人的长短时，还说："郝俣赋诗颇佳。旧时刘迎能之，李晏不及也。"③这说明金章宗读过刘迎的作品，并且能作出中肯的评价，刘迎诗歌水平如金章宗所说，远在郝俣、李晏之上。贞元二年（1154）进士及第的赵可，年辈更长，完颜璟此前与他没有交往。大定二十六年（1186），完颜璟被册封为皇太孙，时任翰林修撰的赵可撰写册文，其中有四句受到人们的一致称赞："念天下大器，可不正其本欤？而世嫡皇孙，所谓无以易者。"皇太孙就是储君，也就是上一句所说的"正本"，后一句说完颜璟是不二人选。这几句四六文虚词、实词对仗极其工整，措辞准确。后来章宗即位，偶然问起册文的作者。他得知是赵可之后，立即将他由从六品的翰林修撰提拔为从四品的翰林直学士④。这时赵可已经年迈，金章宗对他的感念完全基于对他册文水平的赞赏。金章宗对王庭筠的父亲王遵古的感情更加深厚。王遵古，正隆五年（1160）进士，大定二十年（1180）前后担任太子司经，后出任博州同知、澄州刺史。金章宗曾赐诗王家，说："王遵古，朕之故人也。"⑤他视王遵古为"昔人君子"⑥。所谓故人，大概是王遵古担任太子司经期间，曾侍奉过完颜允恭、完颜璟父子读书。承安二年（1197）六月，金章宗将他从澄州刺史任上召回，擢为翰林直学士，还给予他特别的礼遇："无与撰述，入直则奏闻。或霖雨，免入直。"⑦爱屋及乌，金章宗对其子王庭筠更是呵护有加，甚至有所偏袒了。泰和二年（1202），王庭筠去世，金章宗非常

---

①《金代文学家年谱》，第177页。

②《中州集校注》卷三，第539页。

③《金史》卷一百二十五，第2875页。

④《归潜志》卷十，第117页。

⑤《元好问文编年校注》卷六《王黄华墓碑》，第1337页，

⑥《元好问文编年校注》卷四《博州重修学记》，第418页。

⑦《金史》卷十，第264页。

悲痛，考虑到他"家无余财"，便给他家八十万安葬费，并征集他的诗文，藏之秘阁，还无限伤感地说："庭筠复以才选，直禁林者首尾十年。今兹云亡，玉堂东观，无复斯人矣。"①可见，金章宗是位很念旧情的帝王。

其三，奖掖重用文人。对于普通文人，只要他有所了解，就予以任用。张建长期隐居，名声不显，明昌年间，陕西提刑副使董师中举荐他出任绛州教授，金章宗将他召为宫教，兼应奉翰林文字。他深得金章宗的优待，"与天章宸翰旦暮相酬酢。其眷礼之渥，一时词臣无能出其右者"②。张建后因年老请求退休，金章宗"爱其淳素，不欲令去左右，眷眷久之，超同知华州防御使事"，并写诗相赠，有"从今昼锦莲峰下，三乐休夸荣启期"之句③，祝福他衣锦还乡，安享晚年。另一文人张著完全是一介布衣，"泰和五年，以诗名召见，应制称旨，特恩授监御府书画"④。对于素不相识之人，金章宗也因为喜欢他的诗歌而予以任用。譬如泰和年间，有人将关中诗人岳行甫的《时病》诗传给金章宗，金章宗读后，"大加赏异，授以官"⑤，只是岳行甫没有接受任命。又如明昌年间，金章宗出游，路过燕京城南隐士赵质家，听见诵读声，就进入他家，看见赵质在墙壁上的题诗，"讽咏久之，赏其志趣不凡。召至行殿，命之官"，赵质没有接受任命，金章宗又"赐田亩千"⑥。

当然，金章宗对文人的态度也并非始终如一。到了后期，少数文人谤议朝政、拉帮结派，引起他的"厌怒"。他批评文人们"措大辈止好议论人"⑦。但总体来看，金章宗对文人的态度相当友善，形成了文人鼎盛的局面。刘祁称赞金章宗朝说："一时名士辈出，大臣执政，多有文采学问

---

① 《元好问文编年校注》卷六《王黄华墓碑》，第1337页。
② 李庭：《兰泉先生文集序》，李修生主编：《全元文》，江苏古籍出版社，2004年，第2册，第120页。
③ 《中州集校注》卷七，第1800页。
④ 《中州集校注》卷七，第1870页。
⑤ 《中州集校注》卷七，第1878页。
⑥ 《金史》卷一百二十七，第2901页。
⑦ 《归潜志》卷十，第111页。

可取，能吏直臣皆得显用，政令修举，文治烂然，金朝之盛极矣。"①

二、精要评论及其鞭策作用

金章宗没有系统的诗文评论传世，现存的一些文学评论散见于《归潜志》《中州集》和《金史》等书，虽然是只言片语，但都是有感而发，精要剖切，主要是围绕着应制、诏诰等应用文体展开，从中可以看出他不俗的文学品鉴能力及其主要的文学观念。

金章宗注意品评文学水平的高下。唐代以来有关马嵬贵妃墓的题咏特别多，金章宗对此颇有兴趣，下诏让人收录了500余首相关题诗，由于水平参差不齐，他便进一步让文人分别等次，杜仝的《马嵬道中》名列"高等"。杜仝由北宋、伪齐入金，其诗如下："垂柳阴阴水拍堤，春晴茅屋燕争泥。海棠正好东风恶，狼藉残红送马蹄。"②该诗看似单纯写景，寄寓伤春之情，实际上化用了《太真外传》中贵妃醉酒如同海棠睡去的典故，以海棠来借指贵妃，既写出了她的美貌，又引出末句马踏残红的景象来象征贵妃之死，将伤春与怀古伤逝融为一体，含而不露，诚为上乘佳作。金章宗此举有利于保存文学文献，有利于激发文人们品评诗歌的风气，进而推动文学的健康发展。

像很多帝王一样，金章宗的文学评论往往与应制奉和类活动相伴。在一些公私活动中，金章宗经常向身边文人"索诗"，文人们必须即兴创作，完成任务。才思敏捷者常常占得先机，获得赞赏。韩玉进士及第之后，任翰林应奉，曾应命作文，"一日百篇，文不加点"。他还曾受金章宗之命，撰写金王朝开国功臣的系列传记——《元勋传》。完成后，章宗很满意，感叹道："勋臣何幸，得此家作传耶？"③翰林学士赵沨曾扈从金章宗"春水"，即用海东青捕猎天鹅。按照惯例，所捕获的第一只天鹅叫"头鹅"，

---

① 《归潜志》卷十二，第136页。

② 《中州集校注》卷八，第2080—2081页。

③ 《中州集校注》卷八，第2181页。

需要举行仪式，用来祭祀祖先。当海东青捕获头鹅时，金章宗向赵沨"索诗"，赵沨"立进之"，其诗曰：

> 鸳鹅得暖下陂塘，探骑星驰入建章。黄伞轻阴随凤辇，绿衣小队出鹰坊。拎风玉爪凌霄汉，瞥日风毛堕雪霜。共喜园陵得新荐，侍臣齐捧万年觞。

该诗按时间先后叙写捕猎天鹅的过程：探使打探到天鹅飞回北方陂塘的消息，报告给皇帝，皇帝便率领专业的海东青驯养人员奔赴"春水"之地。只见海东青凌空一击，立刻击杀天鹅。金源王朝祖先又获得新的祭品，大家都很高兴，举起酒杯祝福皇帝万寿无疆。尾联归于颂圣主题。金章宗"称其工，且曰：'此诗非宿构不能至此。'"①赵沨了解金章宗的喜好，扈行应该有所准备。

"人之禀才，迟速异分"，并非所有人都能出口成章，何况"诗有别材"，有的人缺少创作诗歌的天赋，那就会受到金章宗的冷落和嘲讽。据刘祁《归潜志》卷七载：

> 章宗时，王状元泽在翰林，会宋使进枇杷子。上索诗，泽奏："小臣不识枇杷子。"惟王庭筠诗成，上喜之。吕状元造父子魁多士，及在翰林，上索重阳诗，造素不学诗，惶遽献诗云："佳节近重阳，微臣喜欲狂。"上大笑，旋令外补。故当时有云："泽民不识枇杷子，吕造能吟喜欲狂。"②

面对章宗的"索诗"，两位状元王泽、吕造都拙于应对，狼狈不堪，因此被章宗赶出京城，贬逐到地方上做官。时人还将二人之事凑成一联诗歌，传为笑谈。金章宗的好恶如此鲜明，自然会鞭策文人们重视诗歌创作。

---

① 《归潜志》卷八，第86—87页。
② 《归潜志》卷七，第72页。

应制诗原本具有歌功颂德的倾向，金章宗处于金源盛世，当然喜欢文人歌颂他这个时代，歌颂他本人。如何歌颂得体，取决于文人们的才华和技巧。某年中秋节，金章宗在瑞光楼赏月，让赵沨（字文孺）赋诗，规定"以清字为韵"，赵沨即兴赋咏一首七律《中秋》：

> 秋气平分月正明，蕊珠宫阙对蓬瀛。已驱急雨消残暑，不遣微云点太清。帘外清风飘桂子，夜深凉露滴金茎。圣朝不奏霓裳曲，四海歌讴即乐声。

"以清字为韵"，符合中秋时序的气候、景物特点，还能体现金章宗清雅脱俗的审美趣味。赵沨此诗即以"清"字为核心，组织篇章。前三联偏重自然景色，写中秋之夜皓月当空，天上宫阙映照着人间的瑞光楼，雨后天晴，天气凉爽宜人，碧空如洗，纤尘不染，清风吹拂，桂子飘香，一切都如此祥和美好；尾联就势一转，歌颂当今圣明之朝不用再像唐玄宗那样表演热闹奢华的《霓裳羽衣舞》来装点升平，不用举行盛大的中秋宴会，因为来自四方百姓的讴歌就是最好的音乐。赵沨能从平淡寻常甚至有点清冷的中秋赏月雅集中提炼出颂圣的主题，自然恰切，已经很成功了。不仅如此，"四海歌讴"句还暗用了《孟子·万章上》中"不讴歌尧之子而讴歌舜"的典故，不动声色地将金章宗比喻为舜，更显高妙。金章宗读到尾联，"大加赏异，手酌金钟（金盅）以赐，且字之曰：'文孺，以此钟赐汝作酒直。'"金章宗具有深厚的汉文化修养，一定领会到了这一层，所以他激动地赐给赵沨金钟作买酒钱，还待之以非常之礼，亲切地称呼起赵沨的字来。这不仅是赵沨一个人的荣幸，也是整个诗人群体的光荣，所以"士林荣之"①。

除了应制奉和类作品之外，金章宗接触更多的是公务活动中大量使用的诏诰类应用文章，他对此也发表过意见。当时最得金章宗赏识的是辛弃疾的北方同学党怀英（1134—1211）。金章宗公开称赞："近日制诏惟党怀

---

① 《中州集校注》卷四，第974页。

英最善。"①党怀英自大定二十一年（1181）进入翰林院之后，在金世宗朝先后任应奉翰林文字（从七品）、翰林修撰（从六品），尚未充分表现其才华；章宗即位后，迁翰林待制（正五品）、翰林直学士（从四品）、侍讲学士（从三品）、翰林学士（正三品）、翰林学士承旨（正三品），可谓步步高升，由从六品升到正三品，泰和元年（1201）左右致仕。这一切都得益于他那无人能及的制诰文。赵秉文说他"当明昌间，以高文大册，主盟一世"②，后来元好问又有所补充，进一步申说："论者谓公之制诰，百年以来亦当为第一。"③将党怀英推到金王朝制诰文第一人的地位上。党怀英诏诰文之所以有这么高的地位，深得帝心是一个关键要素。兹以元好问所征引的《诛皇叔永蹈诏》片段为例：

> 天下一家，讵可窥于神器；公族三宥，卒莫逭于常刑。非忘本根骨肉之情，盖为宗社安危之计。亦由凉德，有失睦亲。乃于间岁之中，连致逆谋之起；恩以义掩，至于重典之亟行。天高听卑，殆非此心之得已。兴言及此，惋叹奚穷？④

完颜永蹈是金世宗之子，金章宗的叔父，明昌三年（1192）因阴谋篡位而被金章宗所杀。党怀英以金章宗的口气撰写公告天下的诏文，因为对象特殊，不是没有亲缘关系的普通逆犯，所以必须公私兼顾。文中"天下一家""宗社安危"云云，是义正词严的国家大义；"凉德""逆谋""常刑"云云，是当事人完颜永蹈的罪有应得；"公族三宥""本根骨肉""睦亲"云云，则是叔侄间的血肉亲情；末尾还说出金章宗迫不得已的无限惋惜之意。用四六文体写出如此复杂而微妙的诛杀诏文，说出金章宗想说而未必说得好的话，杀伐中带有柔婉，真是难得的大手笔。两年后，金章宗的伯父、镐王完颜永中又以谋反罪被杀，党怀英再撰诏文，可惜该文失传，读

---

① 《金史》卷一百二十五，第2875页。

② 《赵秉文集》卷十五《竹溪先生文集引》，第345页。

③ 《中州集校注》卷三，第661页。

④ 《中州集校注》卷三，第661页。

过该文的郝经称赞说："镐王一诏说帝心，恳恻义与大诰同……承旨有集当重读，官样妥贴腴且丰。"①看来，诛镐王诏同样很好地阐释了金章宗的意图，既有妥帖的官样，又有丰富的内涵。赵秉文、元好问、郝经等人对党怀英诏诰文众口一辞的推崇，与金章宗的评价相印证，充分证明了金章宗的文章鉴别力。党怀英是百年一遇的难得人才，金章宗怎能不感叹"文士卒无如党怀英者"②？他的这一感叹向文人们提出了高要求，促使文人们必须用心撰写出满意的文章。

值得注意的是，金章宗并非对党怀英所有文章都予以赞美，他也有不满之辞。明昌四年（1193）十二月，金章宗封长白山神为"开天弘圣帝"③，党怀英受命撰写册文（已佚），就招致金章宗的批评："近党怀英作《长白山册文》，殊不工。"④长白山是金朝的兴王之地，被金源皇家视为圣山。大定十二年（1172），金世宗封长白山为"兴国灵应王"⑤，大定十五年（1175）举行隆重的册封仪式。党怀英难以理解他们这种神圣的长白山情怀，加之他从未去过东北，对长白山缺少基本的感性认识，也就难以写出令金章宗满意的册文。金章宗没有体谅到党怀英的难处，直接作出负面评价，体现出他的高标准和简单之处。

金章宗对王庭筠的评价最值得玩味。一方面，金章宗对王遵古、王庭筠父子具有比较深厚的感情，对王庭筠相当照顾；另一方面，王庭筠为人为文的明显缺陷又让他左右两难。明昌元年（1190）三月，金章宗打算让他进入翰林学士院，却谕旨翰林学士院："王庭筠所试文，句太长，朕不喜此，亦恐四方效之。"言下之意，不得录用。然后又告诉王庭筠的舅舅、宰相张汝霖："王庭筠文艺颇佳，然语句不健，其人才高，亦不难改也。"⑥对他颇多回护，认为他可以改进不足。金章宗不满他的公文"句太

---

① 田同旭校笺：《郝经集编年校笺》卷九《读党承旨集》，第180页。
② 《金史》卷七十三，第1793页。
③ 《金史》卷十，第253页。
④ 《金史》卷一百二十六，第2881页。
⑤ 《金史》卷三十五，第875页。
⑥ 《金史》卷一百二十六，第2881页。

长""句不健"。四月，金章宗再次打算起用王庭筠，王庭筠的应试文章有所改进，中选"馆职"（应是翰林学士院的职位），不料又遭到御史台的弹劾。他十多年前在担任馆陶主簿时"尝犯赃罪"，品行有污，不能出任馆职，章宗只好作罢。明昌五年（1194）八月，章宗力排众议，终于让他进入翰林学士院，担任从六品的翰林修撰。客观地说，王庭筠具有多方面的才华，书法、绘画水平最高，诗歌次之，最实用的文章反而再次之。元好问在《王黄华墓碑》中评价他"为文能道所欲言"①，并举了几篇作品为例，其中没有一篇诏诰类文章，也就是说，此类文章不是他的长项。金章宗设法重用他，很大程度上出于对他们家的感情②。好在王庭筠在扈从金章宗"秋山"时，连续写了三十多首应制诗，获得章宗的认可，"宠眷优异"③。

在起用王庭筠的过程中，金章宗严词抨击文人们的不良习气："闻文人多妒庭筠者，不论其文，顾以行止为訾。大抵读书人多口颊，或相党，昔东汉之士与宦官分朋，固无足怪。如唐牛僧孺、李德裕，宋司马光、王安石，均为儒者，而互相排毁，何耶？"④他先为王庭筠辩护，认为有些人因为嫉妒才揪住他过去的污点不放，然后引申出去，批评汉代以来文人们的门户党派之见。也正因为此，他特别厌恶文人们拉帮结派，党同伐异，不能容忍赵秉文、王庭筠等擅议朝政，将他们责罚入狱。这固然体现了金章宗钳制舆论专制的一面，同时也体现他摒除党派的坚定主张。

由上可见，金章宗的文学评论缺乏系统性，但大多数具有鲜明的针对性，能够引导士林风尚。

---

① 《元好问文编年校注》卷六《王黄华墓碑》，第1345页。
② 据元好问《王黄华墓碑》，王庭筠的女儿王琳秀"入侍掖庭"。
③ 《元好问文编年校注》卷六《王黄华墓碑》，第1345页。
④ 《金史》卷一百二十六，第2881页。

三、纯熟创作及其标志性意义

金章宗学习过女真语言文字，曾用女真语歌唱过完颜匡的《睿宗功德歌》①，是否有过女真语诗歌创作，不见记载。他似乎更精通汉语，喜欢用汉语创作诗词。刘祁说："章宗天资聪悟，诗词多有可称者。"②王庭筠去世，他作《吊王庭筠下世》诗，从现存"天材超迈，无惭琬琰"两句来看，可能是首四言古诗。张建退休，他作《送张建致仕归》，从上引佚句来看，应该是首七律。金章宗现存7首诗歌、2首词和佚诗5句。

金章宗的咏物诗词最为突出，其中的大制作应该是《铁券行》。铁券是皇帝赏赐给功臣权要带有某种特权的凭证，通常是用铁制成，铸有文字，所谓铁券丹书。金章宗时期，有位田姓人家将他所收藏的唐朝皇帝赏赐给藩镇的铁券上交朝廷，金章宗因此写下歌行体诗歌《铁券行》。正大元年（1224）五月，元好问参加宏词科考试，程文之一就是《章宗皇帝〈铁券行〉引》。该文称金章宗"制七言长诗以破其说"③，说明《铁券行》的主旨是质疑前代帝王以铁券来笼络人心之举，申明铁券不足信赖。金章宗去世十多年后，朝廷还以其诗作为考试材料，说明该诗应该是词意俱佳的力作。刘祁称赞"《铁券行》数十韵，笔力甚雄"④，可惜早已失传。

金章宗更热衷的咏物对象是日常生活用品。现存两首咏物词，其一是《蝶恋花·聚骨扇》：

> 几股湘江龙骨瘦，巧样翻腾，叠作湘波皱。金缕小钿花草斗，翠条更结同心扣。　金殿珠帘闲水昼，一握清风，暂喜怀中透。忽听传

---

① 《金史》卷九十八，第2294页。

② 《归潜志》卷一，第3页。

③ 《元好问文编年校注》卷一《章宗皇帝〈铁券行〉引》，第31页。

④ 《归潜志》卷一，第3页。

宣须急奏，轻轻褪入香罗袖。①

聚骨扇就是折叠扇，北宋时由高丽传入，但并没有普及，常用的还是团扇、蒲扇。该词上片题咏折叠扇之形态，抓住竹骨、扇面花草图案作文章，咏扇而不泥于扇，由竹子联想到湘竹湘水，由花草图案写到同心扣，神驰画外。下片题咏用扇之乐，突出折叠扇小巧灵便、可放入怀中袖中的特点，结句轻巧而不失谐趣。其二是《生查子·软金杯》词：

> 风流紫府郎，痛饮乌纱岸。柔软九回肠，冷怯玻璃盏。　　纤纤白玉葱，分破黄金弹。借得洞庭春，飞上桃花面。②

该词为酒席上即兴所作。据《归潜志》卷一记载，席间有位美女"擘橙为软金杯"，就是将橙子掏空，用作酒杯，本是一时兴起的手工制作，引发章宗的兴趣。这首词上下片分写男女主角：男主角紫府郎戴着高高官帽，准备畅饮美酒，但天气寒冷，玻璃酒杯增加了寒冷的畏惧感，由此自然地过渡到下片的软金杯；女主角善解人意，现场用纤纤玉手剥开金黄色的橙子，做成软金杯，然后喝上几杯洞庭春美酒，脸颊飞红，美如人面桃花。该词写法别致，上片只是衬托，下片边叙事边咏物，处处不离软金杯，又不限于软金杯，由人及物，再由物及人，中心仍然是咏物。温软妩媚，却没有流于俗艳。这两首咏物词清雅闲婉，体现出金章宗不俗的审美趣味和纯熟的语言表达技巧。金章宗知音识律，元代人说他是五个懂得音乐的帝王之一，将他与唐玄宗、南唐后主、宋徽宗等人并列③，清人徐釚也将他与李璟、李煜父子相比，说他是"南唐李氏父子之流也"④。此外，据周

---

① 《全金元词》，第49页。该词原载《归潜志》卷一，但现存《归潜志》所录词有脱误，《全金元词》标明出自《归潜志》，实际上可能转录自《词苑丛谈》卷三。

② 《全金元词》，第50页。

③ 陶宗仪：《辍耕录》卷二十七《燕南芝庵先生唱论》："帝王知音者五人，唐玄宗、后唐庄宗、南唐后主、宋徽宗、金章宗。"中华书局，1959年，第335—336页。

④ 《词苑丛谈校笺》卷三，第185页。

驰《箸诗》题下自注："章庙御题，限红字韵。"①说明金章宗曾有咏箸诗。

咏物诗词之外，金章宗游幸写景类诗歌相对较多。如《游龙山》《水窦岩漱玉亭》《仰山》等诗，以写景为主。比较有特色的是下列二诗：

> 洛阳谷雨红千叶，岭外朱明玉一枝。地力发生虽有异，天公造物本无私。
>
> ——《云龙川泰和殿五月牡丹》②
>
> 五云金碧拱朝霞，楼阁峥嵘帝子家。三十六宫帘尽卷，东风无处不扬花。
>
> ——《宫中绝句》③

第一首诗歌入选《中州集》，云龙川是金代帝王游幸之地，在今河北赤城县。明昌五年（1194）四月，金章宗游幸金莲川，八月返回。这首诗也许就是这年途经云龙川时所作。章宗看见一株牡丹，联想到洛阳牡丹在谷雨前后就已盛开，而在岭外五月份牡丹花才刚刚开放。大自然滋养万物一视同仁，只是气候差异罢了。金章宗的重点是强调造物无私，是否含有皇恩浩荡无远弗届的寓意？读者可各自领会。赵秉文的《五月牡丹应制》很可能是同时所作，其中第三联"谷雨曾沾青帝泽，薰风又卷赤城霞"④，与章宗诗相关联。《宫中》模仿唐代韩翃的《寒食》诗，写春日早晨宫中的华美景象，五色朝霞与大片宫殿相映衬，繁华富丽，东风飘拂，春花飞舞，一片祥和，刘祁称赞这首诗"真帝王诗也"⑤。

金章宗还有一首饮酒诗《翰林待制朱澜侍夜饮》："夜饮何所乐，所乐无喧哗。三杯淡醽醁，一曲冷琵琶。坐久香成穗，夜深灯欲花。陶陶复陶

---

① 《中州集校注》卷七，第1883页。

② 《新编全金诗》卷十八，第417页。

③ 《新编全金诗》卷十八，第418页。

④ 《赵秉文集》卷七，第179页。

⑤ 《归潜志》卷一，第3页。

陶，醉乡岂有涯？"①他与翰林待制朱澜一起品酒赏乐，清静悠闲，持续到深夜，像是一位赋闲老人的絮语，叙述着享受饮酒的乐趣，虽是五律，却闲缓自如。

在金代帝王和皇族中，金章宗的诗词创作个性不及之前的完颜亮鲜明突出，传世作品数量与成就不及后来的完颜璹，很容易被忽略。从上引诗词来看，他没有完颜亮那样豪悍贲张，几乎看不出任何女真人的民族特色，标志出他的作品已经完全融入汉语文学之中。这正是一个巨大进步。金世宗还有保存、恢复女真语言文化的努力，金章宗基本放弃了这种念头，这将进一步带动各民族文人（包括女真、契丹等北方民族）的汉语文学创作。金章宗的宠妃李师儿最为典型。她出身贫贱，"姿色不甚丽"，但悟性甚高，在跟随宫教张建学习过程中脱颖而出，"初不知书，后见上好文，遂能作字知文义"②。她主要凭着她的诗词才华得到章宗的宠幸。据载，金章宗与李妃游览妆台（琼华岛），二人联句，章宗先出上句："二人土上坐。"这一句既是写实，又是拆字句，很难应对，李妃却能当即答出下句："一月日边明。"不仅符合拆字规则，还将章宗比喻为日，自己比喻为月，恰当得体，如此巧妙聪颖，引得章宗"大喜"③。李妃由一个不知书的普通妃子一跃为懂得写作、著有《梳妆台乐府》的宠妃，当然要归功于章宗与她共同的诗词爱好。

余论

金亡之后，刘祁反思金亡的教训，指出金章宗"学文止于词章，不知讲明经术为保国保民之道，以图基祚久长"④。言外之意，金章宗用心于汉语文学，却没有掌握华夏治理国家之道，导致国运中衰。其实，金章宗

①《新编全金诗》卷十八，第418页。

②《归潜志》卷十，第114页。

③陈孚：《李妃妆台歌》，《全元诗》第18册，杨镰主编，中华书局，2013年，第405页。

④《归潜志》卷十二，第136页。

的最大失误不是爱好文学，重用文人，而是未能充分认识到正在崛起的蒙古人的强大威胁，未能及时加强军备，"宴安自处，以至土崩瓦解"①。早在金章宗即位之初，老臣徒单克宁针对他"颇好辞章"的个性，明确反对让世袭猛安、谋克那些职业军人在太学学习辞章、参加进士考试的动议，并很有远见地提醒金章宗："承平日久，今之猛安、谋克，其材武已不及前辈，万一有警，使谁御之？习辞艺，忘武备，于国弗便。"②可惜金章宗没有重视这一预警。女真族与蒙古族都是游牧民族，都拥有铁骑强弓，不存在北宋对辽战争中步不敌骑的兵种劣势。如果从金章宗朝起加强军事准备，以逸待劳，未必不能抵抗蒙古的入侵。金章宗爱好汉语文学，有何错焉？相反，对照之后的卫绍王、金宣宗、金哀宗，他们未"习辞艺"，却"忘武备"，在文学上无所作为、乏善可陈，军事上更加一败涂地。应该承认，金章宗朝近二十年的文学积累蓄势待发，最终成就了金末文学的高峰。

[原刊《民族文学研究》2020年第4期]

---

① 《归潜志》卷十二，第137页。
② 《金史》卷九十二，第2176页。

论元好问的序跋文

元好问散文研究相对冷清，其中的序跋文更是少有问津者①。原因大概是其散文成就不及诗歌。清人李祖陶编纂《元遗山文选》一书，却有以下一番高论：

> 先生诸序，皆如行云流水，无意结构，而雅淡之气，自在行间，其格又在元、明诸公之上。②

另一位清人陆烜专门编纂《遗山题跋》一书，内有如下惊人之论：

> 遗山使生于宋，当与少游、文潜并驾齐驱，以媲苏、黄，犹齐、楚之于邾、莒矣，乃其题跋颇不相让，盖小品易工也。③

陆烜对元好问的总体评价不算很高，认为元好问远不及苏轼、黄庭坚，只相当于北宋的秦观、张耒，但是他却特别标举元好问的题跋不亚于苏、黄。且不论李祖陶、陆烜的观点能得到多少人的认可，但足以提醒我们重新审视长期受冷落的遗山序跋。

---

① 有著作对元好问《陶然集序》《杨叔能小亨集序》等文予以介绍，参见李真瑜等人撰《中国散文通史》（宋金元卷），安徽教育出版社，2013年。

② 李祖陶：《元遗山文选》卷七，转引自孔凡礼《元好问资料汇编》，第279页。

③ 陆烜：《遗山题跋跋》，丛书集成初编本。

相对于其他文体而言，序跋文最核心的文体特点是"叙作者之意"[①]"序典籍之所以作"[②]。经过魏晋至唐宋的不断拓展，序跋文已经演变为集叙事、说明、议论为一体的开放性文体，赋予作者很大的灵活度，能够充分发挥作者的才华。元好问现存各类序跋文章近50篇，体现出不同的个性以及不同的写作技巧。

一、守正出新的自序

元好问一生著述众多，除其诗文集之外，可以考知的有：《锦机》（佚）、《诗文自警》（佚）、《杜诗学》（佚）、《东坡诗雅目录》（佚）、《东坡乐府集选》（佚）、《遗山新乐府》《南冠录》（佚）、《中州集》《壬辰杂编》（佚）、《元氏集验方》（佚）、《续夷坚志》（残）等。据宋无《续夷坚志跋》，《续夷坚志》原有自序[③]，现已不存。现存的自序有以下八篇：《锦机引》《杜诗学引》《东坡诗雅引》《东坡乐府集选引》《遗山自题乐府引》《南冠录引》《中州集序》《元氏集验方序》。

上述序跋大体可以分为基本型、扩展型、特色型三类。

所谓基本型，就是具备序跋的最基本要求，如交代著述缘起、叙述作者用意，普遍中规中矩。如元好问最早的自序《锦机引》：

> 文章，天下之难事，其法度杂见于百家之书，学者不遍考之，则无以知古人之渊源。予初学属文，敏之兄为予言如此。
>
> 兴定丁丑，闲居汜南，始集前人议论为一编，以便观览。盖就李嗣荣、卫昌叔家前有书而录之，故未备也。
>
> 山谷与黄直方书云："欲作《楚辞》，须熟读《楚辞》，观古人用意曲折处，然后下笔。喻如世之巧女，文绣妙一世，诚欲织锦，必得

---

① 刘知几著，浦起龙通释：《史通·序例》，上海古籍出版社，2015年，第75页。

② 王应麟：《玉海》卷二百四《辞学指南》，文渊阁四库全书本。

③ 宋无：《续夷坚志跋》，《续夷坚志》，中华书局，2006年，第98页。

锦机，乃能成锦。"因以《锦机》名之。十一月日，河东元某自题。①

该文写作于兴定元年（1217），虽然不足二百字，却层次清晰，依次交代了编纂动机、编纂过程以及书名由来，内容完整，可谓要言不烦。类似的还有《元氏集验方序》：

> 予家旧所藏多医书，往往出于先世手泽。丧乱以来，宝惜固护，与身存亡，故卷帙独存。壬寅冬，闲居州里，因录予所亲验者为一编，目之曰《集验方》。付搏、拊辈，使传之，且告之曰："吾元氏由靖康迄今，父祖昆弟仕宦南北者，又且百年，官无一廛之寄，而室乏百金之业，其所得者，此数十方而已，可不贵哉！"十二月吉日，书于读书山之东龛。②

这篇写作于蒙古乃马真后元年（1242）的序文，交代医方由来、编纂缘起、编纂目的，同样简明扼要。对其医方的灵验程度、治疗效果、患者病例等等一概略而不谈。

以上两种著述，一是辑录他人谈诗论艺之语，一是辑录先世流传下来的医方。如果说这类相对单纯、篇幅不大的著述，还比较适合三言两语的自序，那么比较复杂、篇幅较大的《中州集》，其自序又该如何？且看《中州集序》：

> 商右司平叔衡尝手钞《国朝百家诗略》，云是魏邢州元道道明所集，平叔为附益之者，然独其家有之，而世未之知也。岁壬辰，予掾东曹。冯内翰子骏延登、刘邓州光甫祖谦约予为此集。时京师方受围，危急存亡之际，不暇及也。明年滞留聊城，杜门深居，颇以翰墨为事。冯、刘之言，日往来于心。亦念百余年以来，诗人为多，苦心

---

①《元好问文编年校注》卷一，第4页。
②《元好问文编年校注》卷五，第665—666页。

之士，积日力之久，故其诗往往可传。兵火散亡，计所存者才什一耳，不总萃之，则将遂湮灭而无闻，为可惜也。乃记忆前辈及交游诸人之诗，随即录之。会平叔之子孟卿携其先公手抄本来东平，因得合予所录者为一编，目曰《中州集》。嗣有所得，当以甲乙次第之。十月二十有二日，河东人元好问裕之引。①

天兴二年（1233），元好问被羁管于聊城。元好问荟萃金人诗歌，在大体完成前七卷时，写下了这篇序言。这时，他理应有诸多感慨，理应对一代诗歌加以评论。但这篇序言最主要的内容是交代《中州集》的编纂过程，包括四个阶段：商衡与魏道明所编的《国朝百家诗略》；冯延登、刘祖谦等人约元好问编纂此书而未果；聊城期间元好问编纂"前辈及交游诸人之诗"；元好问将自己所编内容与《国朝百家诗略》合并为《中州集》。在交代编纂过程中，也寄寓"百余年以来，诗人为多"等少许感慨。元好问行文为何如此简省？最主要的原因，是当时《中州集》尚未完成，十多年后完成时，他才写下意蕴丰富的《自题中州集五首》，与该序文相呼应。

在基本型序跋之上，有些序跋在"叙作者之意"之外，还包括其他相关内容，我们姑且将之称为扩展型。

早在正大二年（1225），元好问就将杜甫传记、杜甫年谱、唐代以来有关杜诗评论资料、其父元德明以及其他金代文人论杜之言汇编成《杜诗学》一书，类似"杜甫研究资料汇编"。从结构上来看，《杜诗学引》的最后一段是该文最基本的内容：

> 乙酉之夏，自京师还，闲居嵩山，因录先君子所教与闻之师友之间者为一书，名曰《杜诗学》，子美之传志、年谱及唐以来论子美者在焉。候儿子辈可与言，当以告之，而不敢以示人也。六月十一日河南元某引。②

---

① 《元好问文编年校注》卷四，第318—319页。

② 《元好问文编年校注》卷一，第92页。

简洁明了，却不是该文的主体内容。该文的核心是元好问的杜诗学见解，包括三段：第一段评论杜诗注本：

> 杜诗注六七十家，发明隐奥，不可谓无功，至于凿空架虚，旁引曲证，鳞杂米盐，反为芜累者亦多矣。要之，蜀人赵次公作《证误》，所得颇多；托名于东坡者为最妄，非托名者之过，传之者过也。①

面对此前六七十种杜诗注本，截断众流，高度概括，敢下断语，推崇赵次公的《杜诗先后解》，否定所谓苏注杜诗。第二段正面评价杜诗，篇幅最长，也最为精妙：

> 窃尝谓子美之妙，释氏所谓"学至于无学"者耳。今观其诗，如元气淋漓，随物赋形；如三江五湖，合而为海，浩浩瀚瀚，无有涯涘；如祥光庆云，千变万化，不可名状，固学者之所以动心而骇目。及读之熟，求之深，含咀之久，则九经、百氏古人之精华，所以膏润其笔端者，犹可仿佛其余韵也。夫金屑、丹砂、芝、术、参、桂，识者例能指名之。至于合而为剂，其君臣佐使之互用，甘苦酸咸之相入，有不可复以金屑、丹砂、芝、术、参、桂而名之者矣。故谓杜诗为无一字无来处亦可也，谓不从古人中来亦可也。前人论子美用故事，有着盐水中之喻，固善矣，但未知九方皋之相马，得天机于灭没存亡之间，物色牝牡，人所共知者，为可略耳。②

元好问杜诗学的中心观点是"学至于无学"，如何阐释这个有些玄虚的见解？他首先连用"元气淋漓""三江五湖""祥光庆云"等三个比喻，以四言排比短句蝉联而下，来形容杜诗的随物赋形、千变万化，不可名状，再

---

① 《元好问文编年校注》卷一，第91页。
② 《元好问文编年校注》卷一，第91页。

用各种药材合成的药剂来形容熔铸"九经、百氏古人之精华"的杜诗，恰如其分，再参之以水中著盐、九方皋相马，这样就很好地将其杜诗学理论呈现出来。第三段引用其父元德明论杜诗之语，反对繁琐注释，认为黄庭坚最懂得杜诗。总之，在《杜诗学引》中，元好问用很大篇幅来发表自己的观点，扩展了序跋的内容。

正大六年（1229）所作的《东坡诗雅引》，也可以纳入扩展形序中。原文很短，兹引于下：

> 五言以来，六朝之谢、陶，唐之陈子昂、韦应物、柳子厚，最为近风雅，自余多以杂体为之，诗之亡久矣。杂体愈备，则去风雅愈远，其理然也。近世苏子瞻，绝爱陶、柳二家，极其诗之所至，诚亦陶、柳之亚，然评者尚以其能似陶、柳，而不能不为风俗所移为可恨耳。夫诗至于子瞻，而且有不能近古之恨，后人无所望矣，乃作《东坡诗雅目录》一篇。正大己丑，河南元某书于内乡刘邓州光父之东斋。[1]

元好问梳理五言诗以来的风雅传统，认为苏轼受到不良风俗的影响，写下一些杂体，导致其诗违背风雅，因此他要编纂一本符合风雅精神的东坡诗选目录。这固然是序跋的基本写法，仍然是"序典籍之所以作"，但其重点是元好问的风雅观及苏诗观。如果删除"乃作《东坡诗雅目录》"数语，仍然能独立成篇，谁还知道是篇目录序呢？

元好问自序中，最别具一格的是他的《遗山自题乐府引》，姑且称之为特色型。在羁管聊城期间，元好问将自己的词汇编成书，如何写篇自序？通常的写法，应该是介绍自己的创作生涯、创作体会、编纂过程、自我评价之类，但是这篇序文完全逸出常轨，以"世所传乐府多矣"一句开篇，跳过欧、晏、苏、秦诸家，直接引用黄庭坚《浣溪沙》（新妇滩头眉黛愁）下片三句、陈与义《临江仙·夜登小阁忆洛中旧游》二首，然后称

---

[1]《元好问文编年校注》卷二，第180页。

赞道：

> 　　如此等类，诗家谓之言外句。含咀之久，不传之妙，隐然眉睫
> 间，惟具眼者乃能赏之。古有之："人莫不饮食，鲜能知味。"譬之羸
> 牸老豝，千煮百炼，椒桂之香逆于人鼻，然一吮之后，败絮满口，或
> 厌而吐之矣。必若金头大鹅，盐养之再宿，使一老奚知火候者烹之，
> 肤黄肪白，愈嚼而味愈出，乃可言其隽永耳。①

元好问借机发表他重视言外之味的词学观，以饮食为喻，用了"羸牸老
豝""金头大鹅"两个极端代表性事例，从正反两个方面形容败味与隽永
的对立差异，两个比喻都来自日常生活体验，特别是金头大鹅的描述，如
见其色，如闻其香，简直让人"口津津地涎出"。开头这一段只字不提他
本人的词作，单独来看，与他的《遗山新乐府》几乎没有关系，实际上是
间接表明自己的追求。接下去的一段，更加别致有味：

> 　　岁甲午，予所录《遗山新乐府》成，客有谓予者云："子故言宋
> 人诗大概不及唐，而乐府歌词过之，此论殊然。乐府以来，东坡为第
> 一，以后便到辛稼轩，此论亦然。东坡、稼轩即不论，且问遗山得意
> 时，自视秦、晁、贺、晏诸人为何如？"予大笑，拊客背云："那知许
> 事，且啖蛤蜊。"客亦笑而去。十月五日，太原元好问裕之题。②

在序跋的末尾，元好问才交代自己编成一部新词集，其核心是如何评价自
己的词作。元好问的高妙之处在于，不作正面评价，假托子虚乌有的
"客"之口，通过对话，由"客"让元好问在苏、辛与秦、晁、贺、晏两
个序列中，确定自己的地位，孰知元好问大笑起来，化用《南史·王融

---

① 《元好问文编年校注》卷四，第336页。
② 《元好问文编年校注》卷四，第336—337页。

传》中沈昭略所云"不知许事，且食蛤蜊"①，既轻松避开问题，又意在言外，让人回味。因为元好问既不愿意与秦、晁、贺、晏为伍，又不便公然以苏、辛后来者自居，由此足以见得元好问行文之洒脱活络。

无论哪种类型的自序，元好问几乎都没有自我评价、自我吹嘘的成分，体现了元好问谦虚、严谨的写作态度。

二、因人而异的他序

随着元好问晚年地位的提高，应邀为他人著作作序越来越多。现存主要有以下18篇：《陆氏通鉴详节序》《集诸家通鉴节要序》《十七史蒙求序》《如庵诗文序》《琴辨引》《双溪集序》《鸠水集引》《杨叔能小亨集引》《新轩乐府引》《逃空丝竹集引》《张仲经诗集序》《陶然集诗序》《木庵诗集序》《太原昭禅师语录引》《嵩和尚颂序》《伤寒会要引》《李氏脾胃论序》《周氏卫生方序》等，广泛涉及文学、史学、佛学、医学等领域。

他序与自序的重要区别在于，不仅要叙作者之意，还要为作者代言，宣传、褒扬作者之用心，称赞著述之优长。其中，叙作者之意，可以通过自己的交往、阅读或者作者及其后人的介绍而获得，并非难事，而如何称赞著述、如何扬长避短、如何把握分寸则非易事。元好问根据不同的对象，采取不同的写作策略，撰写不同的序文。

对于前辈名家的著述，元好问不吝笔墨，往往予以正面美言。

金亡之际，元好问结识有"国医"之名的李杲（1180—1251），与之交往六年之久。李杲是脾胃学说的创始人，擅长治疗伤寒、气疝、眼目病，元好问先后为他写下《伤寒会要引》《李氏脾胃论序》两篇序文。在《伤寒会要引》中，元好问先简要交代与李杲的交往经历，概括介绍李杲的为人、医术，称赞其书"见证得药，见药识证，以类相从，指掌皆在"②，然后不惮其烦地用了近千字的篇幅，罗列七个具体病例，以见证

①《南史》卷二十一《王融传》，中华书局，1975年，第2册，第576页。
②《元好问文编年校注》卷四，第425页。

其高明医术。在《李氏脾胃论序》中，元好问称赞其书"上发二书之微，下袪千载之惑，此书果行，壬辰药祸当无从而作"①。另一位国手是金末琴师苗秀实（字彦实），"善于琴事，为当今第一"②，卒于壬辰（1232）之难，遗有四十余种琴谱，其子苗兰将之编纂成书，耶律楚材为之作序③。苗秀实生前还"选古人所传操、弄百余篇有古意者，纂集之"，其子苗君瑞（疑即苗兰）请元好问之为作序，"且以卜当传与否"。宪宗七年（1257），元好问怀着崇敬的心情，为之作《琴辨引》，该文第一部分将苗秀实的学琴、应举、放弃科举及待诏翰林的生平经历与金熙宗、金世宗、金显宗、金章宗时期琴乐发展结合起来，第二部分与苗君瑞讨论琴乐是否值得编次流传等问题，元好问引用司空图"四海之广，岂无赏音"等语④，予以肯定。清人李祖陶高度评价此文："散序总收，板序活收，语不迫切，而意已独至。是深于琴事者。此等文格，惟东坡先生有之。"⑤

完颜璹（1172—1232）是金王朝贵族，一代名流，号如庵居士，封密国公、胙国公。他热爱汉文化，精通《资治通鉴》，喜爱收藏品鉴字画，喜欢与汉族士大夫交游，他的书法、绘画、诗词创作都秀出同侪，取得了很高的成就。元好问与他有所交往，非常敬重他。宪宗七年（1257），也就是元好问去世这一年，68岁的元好问以"门下士"的身份，恭恭敬敬、饱含深情地写下了《如庵诗文序》。在序文中，元好问从其身世写到其遭受猜忌、"无所事事，止于奉朝请而已"的际遇以及其雅好收藏、品鉴"法书名画"、明辨历史"善恶是非，得失成败"等等，最后写到金亡之际，完颜璹主动请求出质蒙古之事，直至其感疾而终。元好问将传记手法用之于序文中，使得该文成为比《中州集》卷五《密国公璹》还要完整的

---

① 《元好问文编年校注》卷五，第1019页。

② 《湛然居士文集》卷八《苗彦实琴谱序》，第183页。

③ 《湛然居士文集》卷十一有《爱栖岩弹琴声法二绝》《冬夜弹琴，颇有所得，乱道拙语三十韵，以遗犹子兰》《弹广陵散终日而成，因赋诗五十韵》等诗称赞苗秀实的琴艺。《湛然居士文集》第240页、241页、242页。

④ 《元好问文编年校注》卷六，第1481—1484页。

⑤ 《元遗山文选》卷七，转引自孔凡礼《元好问资料汇编》，第279页。

完颜璹传，体现出他对完颜璹其人以及他所代表的"承平时王家故态"的深切怀念。至于完颜璹的《如庵小稿》五卷，并不是文章的重点。元好问在叙述其遭际时，曾称引两首七言绝句，后来又引用四句词，在元好问看来，诗词只是完颜璹的业余爱好，他由衷地感叹："使公得时行所学，以文武之材，当颙面正朝之任，长辔远驭，何必减古人？顾与稿项黄馘之士，争一日之长于笔砚间哉？朝家疏近族而倚疏属，其敝乃至于此，可为浩叹也！"①清人李祖陶评论此文曰："以熟于《资治通鉴》之贤王，而使之袖手蒿目，不与一事，其国安得不亡！此序以传体行之，闲闲写来，真令人欲歌欲泣。"②

对于同辈诗友的著述，元好问的序文又是另一风貌。

有的诗集序几乎全部谈诗。如《逃空丝竹集引》特别纯粹：

> 南渡后，李长源七言律诗，清壮顿挫，能动摇人心，高处往往不减唐人。麻知几七言长韵，天随子所谓"陵轹波涛，穿穴险固，囚锁怪异，破碎阵敌"者，皆略有之。然长源失在无穰茹，知几病在少持择，诗家亦以此为恨。仲梁材地有余，而持择功夫胜，其余或亦有不逮二子者。绝长补短，大概一流人也。今二子亡矣。仲梁气锐而笔健，业专而心精，极他日所至，当于古人中求之，不特如退之之于李元宾也。河东人元某书。③

文中只字不提《逃空丝竹集》作者杜仁杰（1198—1277?）的生平，先用极简要的语言，概括李汾、麻九畴二人诗歌的得失，并以他们作为评论杜仁杰的参照对象，认为他们互有长短，称赞杜仁杰"气锐而笔健，业专而心精"，可望取得优异的成就。文中对杜仁杰称赞之词并不多，而且有"绝长补短""极他日所至"之类的前提条件，说明元好问在这类多溢美之

---

① 《元好问文编年校注》卷六《如庵诗文序》，第1488页。
② 《元遗山文选》卷七，转引自《元好问资料汇编》，第279页。
③ 《元好问文编年校注》卷七，下册，第1522页。

辞的序文中，也不轻易滥用浮词虚语。

有的序文在称颂诗友的同时，大谈自己的诗歌见解。金末诗人杨鹏执着于诗歌创作，是位"死生于诗"、献身于诗歌写作的诗人。他视元好问为知己，"每作诗，必以示予，相去千余里，亦以见寄"。元好问为其《陶然集》作序，首先介绍其创作历程，肯定"其立之之卓，钻之之坚，得之之难，积之之多"，其次用了很大篇幅为杨鹏诗歌辩护。有人指责杨鹏诗歌"追琢功夫太过"，元好问通过对自然成文、雕琢成文、不烦绳削而自合等三种诗歌创作状态的分析，认为诗歌发展到杜甫之后，"果以诗为专门之学，求追配古人，欲不死生于诗，其可已乎?"也就是说，后人写作诗歌，不可能排除追琢功夫。最后得出结论："以吾飞卿立之之卓，钻之之坚，得之之难，异时霜降水落，自见涯涘。吾见其泝石楼、历雪堂、问津斜川之上，万虑洗然，深入空寂，荡元气于笔端，寄妙理于言外，彼悠悠者可复以昔之隐几者见待耶?"[1]这篇《陶然集诗序》，对杨鹏其人其诗用墨并不多，其主要内容是有关诗歌是否要有"追琢功夫"的讨论。

另一篇《杨叔能小亨集引》更是游离于所序对象。该文为其朋友杨弘道（1187—1270）《小亨集》而作，仅第一部分紧扣其人其诗，谈贞祐南渡后的诗学走向，在众人无所适从的情况下，杨弘道与辛愿等人率先"以唐人为指归"，其诗赢得赵秉文、杨云翼等前辈的"啧啧称叹"，因而名重天下。其后，他游走四方，潦倒落魄，无论如何，"以诗为业者不变也，其以唐人为指归者，亦不变也"。第二部分就离开所序对象，借杨弘道"以唐人为指归"为由头，用几百字的篇幅，大谈元好问自己的"以诚为本"说。在他看来，唐诗之所以值得效仿，那是因为："唐人之诗，其知本乎!"第三部分，元好问又征引自己早年用来"自警"的若干条规，完全脱离了所序对象。好在元好问能用一些照应性的文字，不时将所序对象缀合起来，如在引用"学诗自警"条文之后，承认自己"守之不固，竟为有志者之所先"，再由"有志者"自然过渡杨弘道："今日读所谓《小亨集》者，只以增愧汗耳!"在这篇序文中，真正关于杨弘道其人其书的内

①《元好问文编年校注》卷六《陶然集诗序》，第1147—1151页。

容不足三分之一，三分之二以上内容都是元好问个人的诗学见解，所以在文末他让杨弘道之子杨复转告其父："归而语乃翁，吾老矣，自为瓠壶之日久矣，非夫子亦何以发予之狂言？"①他为自己这种非常规写法找到了托词。

元好问其他几篇为诗友所作的序文，各有侧重。《张仲经诗集序》在简要介绍张澄的"出处之大略"之后，引用他十余首诗歌，列举十多首诗歌的题目，以见出其"落笔不凡""传在人口"的好评②。《木庵诗集序》为诗僧性英禅师诗集而作，针对诗僧的特殊性，首先讨论僧诗评价的标准问题，主张不能以有无"蔬笋气"来评判僧诗高下，然后转入正题，赞赏其幽雅脱俗的生活、纯熟的写作技艺、"于蔬笋中别为无味之味"③。

为这些熟悉的前辈或同辈诗友著述写序，易于下笔，也易于生发；而为那些交往不多，甚至没有交往，也未必长于诗文的官员撰写序言，则要困难得多。既不能得罪所序对象，又不能一意吹捧，如何撰写这类序言，最需要技巧。

宪宗三年（1253），郑梦开为宋子贞编纂《鸠水集》，请元好问为之作序。宋子贞（1186—1266）字周臣，潞州长子（今山西长治）人。金末，宋将彭义斌守大名，辟为安抚司计议官，后率众投奔东平行台严实。蒙古破汴梁，子贞赈灾，全活万余人。入元，历翰林学士、参议中书省事、中书平章政事。《元史》有传。元好问与他有所交往，有《宋周臣生子》等诗。在《鸠水集引》中，元好问首先强调"父兄渊源、师友讲习、国家教养"对于人才成长的重要性，然后叙述宋子贞的生平梗概，称赞其干才，在东平幕府期间，"不动声气，酬酢台务皆迎刃而解"。而对于其诗文，元好问不作评价，大概其诗文无甚称道之处，所以他说："他日人读《鸠水集》，或以文人之文求之，渠特襁褓子耳！非吾心相科中人也。"④告诫他

---

① 《元好问文编年校注》卷五，第1020—1025页。
② 《元好问文编年校注》卷六，第1389—1391页。
③ 《元好问文编年校注》卷五，第1086—1088页。
④ 《元好问文编年校注》卷六，第1326—1327页。

人不要以"文人之文"来看待其文，否则就是不晓事理的"襁褓子"!

元好问写作《鸠水集引》时，宋子贞还未大贵，较少顾虑。但给耶律楚材之子耶律铸早年的《双溪小集》作序，则完全不同。一方面，元好问为耶律楚材之父耶律履（1221—1285）等人撰写神道碑，已经招致一些谤伤；另一方面耶律铸当时已领中书省事，年方二十三四岁，正所谓"青云贵公子"，如此年轻，其诗远未成熟。耶律铸门下宾客为了取悦他，为他编纂《双溪小稿》，张显卿、赵昌龄等人出面邀请元好问作序。元好问自然难以推托，但如何撰写？耶律铸其人无需介绍，其诗也不宜过高评价。元好问不得不另辟蹊径。全文采用对话的形式，表达自己对诗歌的认识，认为写诗难于写文，尤其在唐宋之后，诗歌创作更是难上加难，必须靠天分。耶律铸正是这样一位有天分的贵介子弟，不需要刻苦努力就能写出过人的诗歌；然后，转述燕中两诗人吕鲲、赵著称赞耶律铸诗似李贺、李商隐之类的恭维话。最后，元好问托张显卿、赵昌龄转告耶律铸：

> 朝议以四世五公待阁下，天下大夫士以太平宰辅望阁下。李文饶《一品集》，郑亚有序；《陆宣公奏议》，苏东坡有《札子》；大书特书而屡书之，韩笔有例。子欲我叙《双溪小集》而遂已乎？[1]

这才是元好问本人的态度。他一方面借"朝议""天下士大夫"之名义，期望耶律铸在政治上能有更大作为，能像唐相李德裕、陆贽那样，那时自己就像郑亚、苏轼一样，再为他的文集写序；另一方面，不赞成他将过多的精力用于诗歌写作上，也不希望人们以诗人的标准来要求他。如此一来，既化解了不当溢美陷于谄媚的风险，又呈现出轻松活泼的文风，可谓匠心独运。

总之，元好问的序文因所序对象不同而有所变化。无论是他尊敬的前辈，还是密切的朋友、贵介子弟，他都能较好地把握称赞对方的尺度。

---

[1]《元好问文编年校注》卷五《双溪集序》，第815—816页。

三、简劲有味的题跋

题跋与序引相似，并称序跋，但二者又有些区别。序引在书前，题跋在书后，正如明人徐师曾《文体明辨序说》所说："按题跋者，简编之后语也。凡经传子史诗文图书之类，前有序引，后有后序，可谓尽矣。其后览者，或因人之请求，或因感而有得，则复撰词以缀于末简，而总谓之题跋。"①《元好问全集》卷四十收录"题跋"19篇，加上具有题跋性质的《校笠泽丛书后记》，正好20篇。

在元好问的题跋中，仅有《校笠泽丛书后记》一文为自己校补《笠泽丛书》所作。该文具有补充说明的意义。第一段交代校补经过。元好问藏有两种《笠泽丛书》，互有异同，多年前就有合二为一的设想，却拖了八年之久，最后在"一旦暮"之间完成，他不由得感叹："呜呼，学之不自力如此哉！惜一日之功为积年之负，不独此一事也。此学之所以不至欤？"第二段评价值陆龟蒙其人其诗文，批评他"多愤激之辞而少敦厚之义""标置太高、分别太甚、镂刻太苦、讥骂太过"，欣赏其"始则陵轹波涛、穿穴险固、囚锁怪异、破碎阵敌，卒之造平淡而后已"的创作取向②，体现了他的文学批评观。

元好问其他19篇题跋都是题写他人的作品，其中书画类题跋多达14篇。众所周知，元好问不以书法知名，但并不意味着他不喜欢书法，不擅长鉴赏书法。如《赵闲闲书拟和韦苏州诗跋》：

> 闲闲公以正大九年五月十二日下世，此卷最为暮年书，故能备钟、张诸体，于屋漏雨、锥画沙之外，另有一种风气，令人爱之而不厌也。百年以来，诗人多学坡、谷，能拟韦苏州、王右丞者，唯公一

---

① 徐师曾著，罗根泽点校：《文章辨体序说 文章体明辨序说》，人民文学出版社，1962年，第136页。

② 《元好问文编年校注》卷四，上册，第327—328页。

人。唯真识者乃能赏之耳。后廿二年三月五日门生元好问敬览。①

他品评他的座师、著名书法家赵秉文的晚年墨迹，指出晚年书法的特点，同时就其所书韦应物诗，揭示金代诗坛风习，言简义丰。

最能体现元好问杰出书法鉴赏力和语言表达能力的是下面这篇《跋国朝名公书》：

> 任南麓书如老法家断狱，网密文峻，不免严而少恩，使之治京兆，亦当不在赵、张、三王之下。黄山书如深山道人，草衣木食，不可以衣冠礼乐来缚，远而望之，知其为风尘表物。黄华书如东晋名流，往往以风流自命，如封胡、羯末，犹有蕴藉可观。闲闲公书如本色头陀，学至无学，横说竖说，无非般若。百年以来以书名者，多不愧古人。宇文太学叔通、王礼部无竞、蔡丞相伯坚父子、吴深州彦高、高待制子文，耳目所接见，行辈相后先，为一时。任南麓、赵黄山、赵礼部、庞都运才卿、史集贤季宏、王都勾清卿、许司谏道真，为一时。庞、许且置，若党承旨正书、八分，闲闲以为百年以来无与比者，篆字则李阳冰以后一人，郭忠恕、徐常侍不论。今卷中诸公书皆备，而竹溪独见遗，正如邺中宾客，应、刘、徐、阮皆天下之选，使坐无陈思王，则亦不得不为西园清夜惜也。岁甲午三月二十有三日书。②

此文为元好问散文名篇，入选《元文类》《文章辨体汇选》等书。如果说，单独评论一个书法家的作品相对容易的话，那么评论众多书法家，必须具有很强的辨别力，才能辨识出各自的特点，并形诸文字。元好问先历评任询、赵沨、王庭筠、赵秉文的书法，分别用了四个不同的比喻，然后列举金代前期和中后期代表性书家，最独特之处在于，元好问发现所题"国朝

---

① 《元好问文编年校注》卷六，下册，第1376页。
② 《元好问文编年校注》卷四，上册，第324页。

名公书"中居然缺少大书法家党怀英，而党怀英的书法成就在很多人之上。元好问用了个比喻，形容这一缺憾，就像建安时期应玚、刘桢、徐干、阮瑀等一干名流雅集，尽管都是天下之选，但缺少更优秀的陈思王曹植，西园清夜因此失色。这一比喻化用曹植《公燕诗》"清夜游西园，飞盖相追随"之语，新颖恰切，后被魏初《藁城尹关君哀挽诗序》所引用①。

元好问题跋中有少量诗文题跋，各有侧重。东阿进士张仲可编纂《东阿乡贤记》，记载张万公、高霖、侯挚等人事迹，元好问《跋张仲可东阿乡贤记》突出他们"风节凛凛"等品节②，体现出徐师曾所谓"褒善贬恶，立法垂戒"的思想倾向③。《跋东坡和渊明饮酒诗后》就东坡和陶是否似陶这一焦点发表其见解：

> 东坡和陶，气象只是坡诗。如云："三杯洗战国，一斗消强秦。"渊明决不能办此。独恨"空杯亦尝持"之句与论"无弦琴"者自相矛盾。别一诗云："二子真我客，不醉亦陶然。"此为佳。丙辰秋八月十二日题。④

他举出东坡和陶不似陶的例证，指出东坡"偶得酒中趣，空杯亦尝持"与"无弦则无琴，何必劳抚玩"相矛盾，足见东坡与陶渊明仍隔一间。

徐师曾《文体明辨序说》称跋与序的区别还在于，跋"专以简劲为主"⑤。上引跋文，除《校笠泽丛书后记》之外，都具有"简劲"的特点。元好问的跋文，长者如《跋张仲可东阿乡贤记》不过四百字，短者不过数十字，如：

> 次公字画，端愿而靖深，类其为人，小坡笔意稍纵放，然终不能

---

① 魏初：《藁城尹关君哀挽诗序》，《全元文》，第8册，第452页。
② 《元好问文编年校注》卷六，第1473—1474页。
③ 《文章辨体序说 文章明辨序说》，第136页。
④ 《元好问文编年校注》卷六，第1446页。
⑤ 《文章辨体序说 文章明辨序说》，第136页。

改家法。"杞国节士"八大字，某不能识其妙处，故不敢妄论。甲寅闰月十有七日，同觉师大中清凉僧舍敬览。

——《题苏氏父子墨帖》①

苏黄翰墨，片言只字，皆未名之宝，百不为多，一不为少，尚计少作耶？

——《跋苏黄帖》②

在简劲之外，还别具一番韵味。"'杞国节士'八大字，某不能识其妙处"与"少作"云云都启人想象，也许是其欠佳处。上文所引《赵闲闲书拟和韦苏州诗跋》"唯真识者乃能赏之"以及《跋国朝名公书》的末尾比喻，都意味深长。

总体来看，元好问序跋文的数量固然与苏轼、黄庭坚、陆游等宋人相距甚远，但在金代文人中，仍然名列第一。王寂的《拙轩集》仅存4篇序跋文，金末文坛大家赵秉文的序跋文亦不足40篇，著名文人王若虚《慵夫集》失传，现存《滹南遗老集》仅存2篇序文，无题跋。与苏、黄、陆等人不同的是，元好问处于改朝换代的剧烈动荡之际，处于女真政权向蒙古政权过渡这一特殊时期，且不论其序跋文的质量是否如陆烜所说的那样，不让苏、黄，但应该能与许多名家散文相颉颃，至少可以肯定地说，在金末元初无人能出其右。这些序跋文不仅有助于确立他在"金元之际，屹然为文章大宗"③的独特地位，还对抢救和建构濒危的金代文化，对在北方民族政权下传承、弘扬中华文化，推动民族融合具有积极的意义，因此，我们理应予以重视。

[原刊《民族文学研究》2018年第5期，《中国古代、近代文学研究》2020年第10期转载]

---

① 《元好问文编年校注》卷六，第1377—1378页。
② 《元好问文编年校注》卷七，第1577页。
③ 《四库全书总目》卷一六六，第1421页。

题画诗二题

一、《清明上河图》题诗者考

张择端《清明上河图》因表现汴京的繁华场景而闻名于世，研究者众，成果如林，如《清明上河图之综合研究》①《〈清明上河图〉研究文献汇编》②《〈清明上河图〉新论》③等等，不胜枚举。对金代诗人张公药、郦权、王磵、张世积等人10首题画诗，自然也有较多研究，只是这些研究都是围绕《清明上河图》的流传来展开，尚有未尽或不确之处，有些著述沿袭元好问《中州集》卷二《张郾城公药》的错误，将张公药当成是张孝纯之孙，还个别著述将他们当成是宋人④。由于学科分工的区隔，被书画界反复研究的《清明上河图》及题诗，却一直未进入文学研究者的视野，不能不说是件憾事，故略作阐发。

就金诗文献而言，张公药、郦权、王磵、张世积等人的题诗，未被元好问编《中州集》，郭元釪编《全金诗》，薛瑞兆、郭明志编《全金诗》，

---

① 刘渊临：《清明上河图之综合研究》，艺文印书馆，1969年。

② 辽宁省博物馆编：《〈清明上河图〉研究文献汇编》，万卷出版公司，2007年。

③ 故宫博物院编：《〈清明上河图〉新论》，故宫出版社，2011年。

④ 如赵苏娜《故宫博物院藏历代绘画题诗存》（山西教育出版社，1988年，第22—23页）中有此相关论述。

阎凤梧、康金声编《全辽金诗》以及《金诗纪事》等书所收录①。因此，可以说，这10首诗是金诗佚作。现不避辞费，移录于下：

通衢车马正喧阗，只是宣和第几年。当日翰林传画本，升平风物正堪传。

水门东去接隋渠，井邑鱼鳞比不如。老氏从来戒盈满，故知今日变丘墟。

楚柂吴樯万里船，桥南桥北好风烟。唤回一晌繁华梦，箫鼓楼台若个边。

——竹堂张公药

峨峨城阙旧梁都，二十通门五漕渠。何事东南最阗溢，江淮财利走舟车。

车毂人扇因击磨，珠帘十里沸笙歌。而今遗老空垂涕，犹恨宣和与政和。宋之奢靡，至宣政间尤甚。

京都得复此丰沛，根本之谋度汉高。不念远方民力病，都门花石日千艘。晚宋花石之运，来自此门。

——郓郡郦权

歌楼酒中满烟花，溢郭阗城百万家。谁遣荒凉成野草，维垣专政是奸邪。

两桥无日绝江舡（东门二桥，俗谓之上桥下桥），十里笙歌邑屋连。极目如今尽禾黍，却开图本看风烟。

——临洺王碉

画桥虹卧浚义渠，两岸风光天下无。满眼而今皆瓦砾，人犹时复得玑珠。

繁华梦断两桥空，唯有悠悠汴水东。谁识当年图画日，万家帘幕翠烟中。

——博平张世积

---

①《新编全金诗》已收录四人题诗。

上述10首诗歌，体裁都是七绝，落款方式大体一式。四位作者中，张世积生平不可考。现将其余三人生平述之如下。

张公药字元石，号竹堂，滕阳（今山东滕州市）人。出身显贵，他是伪齐右丞相、金行台尚书省左丞相张孝纯之子，因此得以父荫入仕，曾任郾城（今河南郾城）令，后以昌武军（置于许州）节度副使致仕。其父张孝纯（？—1144）由宋入齐入金。张公药生平材料非常有限，仅见《中州集》卷二《张郾城公药》、卷九《张丞相孝纯》。其子张观，字彦国，其孙张厚之，字茂弘，承安二年（1197）进士，一说承安五年进士。

郦权字符舆，安阳人，号坡轩居士、漳水野翁。生平略见《中州集》卷四《郦著作权》。其父郦琼（1104—1153），字国宝，原为北宋统制官，后投奔伪齐，入金后，曾随完颜宗弼伐宋，后知亳州、归德，仕至武宁军节度使。郦权以门资进入仕途，但仕途不顺，大定年间，曾监相州酒税，赵秉文明昌三年（1192）前后，为河南转运判官，经过相州，还特意拜访郦权。后来，朝廷高其才，召他进入朝廷任著作郎。王庆生《金代文学家年谱》推测，担任著作郎是在承安年间（1196—1200），去世亦应在承安年间。

王�字逸宾（1123？—1203），号遗安先生，先世临洺人，王�生于汴梁，家境贫寒，博学能文，不就科举，有高名。明昌三年，朝廷诏举隐逸，前宰相马吉甫判开封，举荐王�，朝廷任命他为鹿邑主簿，当时王�已年近七十，不久致仕，卒于泰和三年（1203）。生平见赵秉文《滏水文集》卷十一《遗安先生言行碣》、《中州集》卷四《王隐君碣》。

以上三人，论年辈，张公药最长，其次郦权，再次王�；论官职地位，张公药最高，其次郦权，再次王碣。所以，《清明上河图》的题诗先后体现了年辈与地位的高低差异。由此，我们可以推测，这三人题诗应该是同一场合所作。

张世积的题诗主题与风格，与前三人基本保持一致，却少了批判色彩，体现出远离北宋的感情倾向。按照元人杨准在《清明上河图》后面的题跋，他也是"亡金诸老"，但没有任何其他线索。根据其署名，只知道是博平（县治在今山东荏平县博平镇）。他在诗中说"谁识当年图画日，万家帘幕翠烟中"。言外之意，当时已经没有北宋遗老了。而张公药、郦权二人都生于北宋，尤其张公药随父亲张孝纯生活于开封，条件优越，享受过北宋那段繁华岁月，对开封相当熟悉，不存在"谁识当年图画日"的问题。所以，张世积与张公药等三人应该不是同一时代之人。他在诗中又感慨"满眼而今皆瓦砾"，他笔下的开封比张公药等人所述情景更加凋残。张公药等人所处时代尚是金王朝承平时期，开封城不至于如此破败。很怀疑，张世积所写是经过金末兵燹之后的汴京，遗憾的是，由于文献缺失，我们无法作出更可靠的论证。

可以确定的是，张公药等四人题诗地点应该都在开封。张公药诗中说"老氏从来戒盈满，故知今日变丘墟"，针对的是眼前开封的萧条而言，"唤回一晌繁华梦，箫鼓楼台若个边"，是由画图写到眼前现实。郦权"不念远方民力病，都门花石日千艘"，也是立足于开封，念及远方的百姓。王磵"极目如今尽禾黍，却开图本看风烟"和张世积"满眼而今皆瓦砾"亦属于即景写实。由此可以判定，这些诗歌都写作于开封。

至于写作时间，我们也可以作出推测。在这四人题诗之前，有张著的题跋：

> 翰林张择端，字正道，东武人也。幼读书，游学于京师，后习绘事。本工其界画，尤嗜于舟船、市桥、郭径，别成家数也。按《向氏评论图画记》云："《西湖夺标图》《清明上河图》，选入神品。"藏者宜宝之。大定丙午，清明后一日，燕山张著跋。

这是《清明上河图》最早的题跋，尤为珍贵。清人张金吾《金文最》卷四十七予以收录。大定丙午，为大定二十六年（1186）。这是张公药等人题诗的时间上限。题诗的时间下限，自然是王磵去世的泰和三年（1203）。这是个大致范围，我们还可以进一步缩小时间界限。

我们知道，尽管张公药、郦权、王磵的年辈、身份存在较大差异，但不妨碍他们之间有所交往。赵秉文《遗安先生言行碣》说王碉，"所与游皆世知名士，若文商伯起、张公药元石及其子观彦国、王琢景文、师拓无忌、郦权元舆、高公振特夫、王世赏彦功、王伯温和父、左容无择、游道人宗之、路铎宣叔"[①]。王碉与张公药、张观父子都有交往，也说明张公药年辈较长。王碉有《谢竹堂先生见过》诗，称"西州贤别驾，连日肯相寻"。张公药在题诗中说，"唤回一晌繁华梦"，并非泛泛而谈，而是他青少年的汴京记忆。北宋灭亡时，他的年龄不会很小。假设北宋灭亡时他15岁，那么他生于政和二年（1112），至张著撰写题跋的大定二十六年（1186），张公药75岁，至明昌三年，张公药80岁。因此，我倾向于将张公药等3人题诗的时间界定在大定二十六年到明昌三年之间（1186—1192）。

张公药等人的题诗，是了解《清明上河图》的流传及北宋汴京漕运等方面重要的文献，相关学者已揭示其价值。而它们的文学意义，却未引起研究者的注意。

《清明上河图》所表现的汴京繁华富庶，激发出张公药等金代中后期文人对北宋的怀念之情。这种感情在金代初期较为寻常，金代中后期则较为鲜见。张公药、郦权、王碉题诗之时，正值金王朝最承平的大定明昌时期，文人对北宋的感情已经日渐淡薄消失，诗人很少再表现怀念北宋的主题。在他们现存的其他诗歌中，几乎不见有关北宋的描写。可以说，是《清明上河图》唤醒了他们的北宋遗老意识。郦权所说的"而今遗老空垂涕"，应该包括年长于他的张公药和他自己，这有助于认识金代中后期文人对北宋以及中原王朝的感情。

当然，张公药等人题诗最突出的内容是今昔盛衰、时世变迁的强烈感慨。在感慨的同时，表现出对承平时代的美好向往，对北宋繁华消歇的深刻反思。无论是郦权批判的宣政奢靡，还是王碉斥责的奸邪专政，都直指北宋覆亡的本质。尤其难得的是，郦权能由近及远，由漕运花石纲的忙碌，联想到远在江淮的民众，"不念远方民力病，都门花石日千艘"，透过

---

①《赵秉文集》卷十二，第288页。

漕运承平的表象，揭示统治者压榨百姓的残酷现实，寄寓对广大民众的同情，表现出诗人的社会责任感。由于张公药等人的存世诗歌都很有限，这些佚诗可以弥补相关诗人及金代诗歌研究的些许缺憾。

（原载《古典文学知识》2018年第1期）

二、宫素然《明妃出塞图》题诗者考

《明妃出塞图》是幅名画，通常被视为金代宫素然的画作，现藏于日本大阪市立美术馆，曾两次来上海展出，被很多著作所收录。拖尾有四首题诗，题诗者依次是陆勉（二首）、张锡、孙宁。关于三人生平，长期无考。早在1964年，郭沫若先生在《谈金人张瑀的〈文姬归汉图〉》一文中就说过："这三个人都弄不清楚他们的底细。"[1]从那以后，一直没有大的进展。笔者所见近十年出版的多种著作，如张珩《木雁斋书画鉴赏笔记》[2]、赵启斌主编《中国历代绘画鉴赏》[3]、陈变君等主编《翰墨聚珍·中国日本美国藏中国古代书画艺术》[4]、《千年丹青·日本中国藏唐宋元绘画珍品》[5]、伊葆力编《金代书画家史料汇编》[6]等等，对他们的生平要么付之阙如，要么语焉不详。时至今日，随着学术研究的推进，特别是资料的丰富、技术手段的更新，我们大体能够摸清他们的底细了。

（一）陆勉生平考

陆勉书写了北宋王安石《明妃曲》二首。陆勉没有创作新诗，而是书写王安石的两首名作，大概是因为这两首诗在同类题材中最为优秀，题写

---

① 《文物》1964年第7期。

② 上海书画出版社，2015年。

③ 商务印书馆国际有限公司，2016年。

④ 上海书画出版社，2012年。

⑤ 上海博物馆编印，2010年。

⑥ 人民美术出版社，2010年。

起来最为简单，但这很容易引起人们的误解，以为他只擅长书法，不擅长诗歌。其实不然。

今考，陆勉，字懋成，号竹石，明代诗人，书画家，江苏无锡人。明成化十八年（1482），秦旭在无锡发起碧山吟社，陆勉是其成员之一。据邵宝《容春堂集·续集》卷九《跋碧山吟社诗卷》，该诗社由秦旭、陆勉、高直、陈履等十人组成，在十人中，陆勉名列第二。陆勉的生卒年不详，邵宝言其卒年82岁①。陆勉与著名画家沈周（1427—1509）有往来，沈周《笔花轩为陆懋成赋》就是其交往的证据。陆勉还有与沈周等人合作完成绘画的记录。沈周《客有持季汝和、陆懋成共画片石竹木，求予补乌鸟于上，复请赋此》诗云："季公本是刑曹郎，先来画石妙莫当。一拳特立含雨意，满眼湿润加苍浪。陆郎乔柯与幽篠，以笔代锚栽其傍。两人能事合一手，清绝可拟中书王。"②季汝和，其人待考。沈周以"陆郎"称呼陆勉，说明沈周年长，当时陆勉还很年轻。沈周还应邀为秦旭、陆勉等人的诗社活动创作《碧山吟社图》，成为一时佳话。据袁枚《〈碧峰吟社图〉为秦小岘观察题》诗序："前明弘治癸亥，秦修敬先生招陆懋成勉、陈天泽履十人为诗会。沈石田为作《碧峰吟社图》。"③秦小岘是秦旭的后代秦瀛，秦修敬即秦旭（1410—1494），字景旸，号修敬，无锡人。生平详见李东阳《封中宪大夫湖广武昌府知府秦公墓表》。袁枚记载的时间当来自秦瀛，弘治癸亥为弘治十六年（1503），其时秦旭已经去世，所以"癸亥"一定有错，怀疑是辛亥（1491）或癸丑（1493）之误。沈周《碧山吟社图》现藏于北京故宫博物院，有学者认为创作于碧山吟社成立之初，与袁枚所言误差过大，达二十余年，恐不可信。笔者倾向于弘治六年（1493），当时秦旭长子秦夔已由江西布政使致仕回乡，在无锡侍奉其父参与碧山吟社活动。

---

① 《容春堂集·续集》卷九，文渊阁四库全书本。

② 《沈周集》，上海古籍出版社，2013年，第363页。

③ 王英志主编：《袁枚全集新编》，浙江古籍出版社，2015年，第4册，第946页。

（二）张锡生平考

张锡有首题诗："风沙无情玉颜老，尤物自合埋青草。和亲嫁女计已疏，后宫美人何足道。天涯一死何须嗟，漫将哀怨归琵琶。琵琶中国弹未已，有人转眼悲胡笳。颇觉良工心独苦，老夫对画伤今古。安得缚取呼韩编作民，青冢斯时化黄土。"落款为"天府谪仙张锡走笔"。

张锡是谁？很容易让人联想到金末张天锡，字君用，号锦溪老人，河中人，著有《草书韵会》，现存。金末文坛盟主赵秉文为之作序，贵族完颜璹为之题跋。郭沫若先生《谈金人张瑀的〈文姬归汉图〉》论及宫素然《明妃出汉图》与题诗，称赞这首诗"还不错，透露了些时代气息"[1]。该诗放弃同情明妃不幸命运的惯常思路，以议论为主，批评和亲政策，希望从根本上战胜敌人，那时就不会再发生此类悲剧了。可是，从"琵琶中国弹未已，有人转眼悲胡笳"两句来看，类似悲剧还在不断地上演。"颇觉良工心独苦"一句，似乎说明张锡很理解画家宫素然的良苦用心。赵启斌在他所主编的《中国历代绘画鉴赏》中指出，《明妃出塞图》的创作背景是金宣宗贞祐年间卫绍王之女出嫁蒙古国之事，宫素然有感而作。倘若如此，张锡或许看出了这幅的作者和创作年代了。郭沫若先生根据诗中怀古伤今的内容，判断诗作者是"明末清初人的口吻"，得出张锡与金末的张天锡不是一人的结论，这充分体现郭沫若先生敏锐的艺术直觉。后来，罗继祖先生《金张天锡〈草书韵会〉及其题〈明妃出塞图〉》认为张锡就是金代的张天锡[2]，但缺少有力的证据。张耀宗《金明两代的张天锡》据明代李诩《戒庵老人漫笔》中的记载，认为张锡是明代天顺年间钱塘人张天锡[3]，观点新颖，富有见地，只可惜未能有力地证明张锡就是张天锡，未能进一步考索其生平。

今按，北宋易元吉《猴猫图》卷首有宋徽宗题"易元吉猴猫图"，卷

---

① 《文物》1964年第7期。

② 《社会科学战线》1978年第1期。

③ 《读书》1986年第3期。

后有赵孟頫题跋:"二狸奴方雏,一为孙供奉携挟,一为怖畏之态,画手能状物之情如是。上有祐陵旧题,藏者其珍袭之。子昂。"钤"赵子昂氏"印。又有张锡题跋:"猴性虽狷,而愚于朝四暮三之术;狸虽曰卫田,而不能禁硕鼠之满野,是物之智终有蔽也。是理姑置,今观易元吉所画二物,入圣造微,俨有奔动气象,又在李迪之上,信宋院入神品也。后有文敏小跋,字虽不多,而俊逸流动,遂成二绝矣!今为吾友郜君世安所藏。世安善鉴画,能书,其得于是者必多矣!尚永宝之。张锡跋。"这则题跋文字言简义丰,由说理入,径直品评易元吉画作的高超技艺,推崇赵孟頫题跋文字与书法之精妙,并简要介绍收藏家郜世安(其人待考)的才艺。下钤"张""天锡""天府谪仙"三印①。由此可见,这位张锡字天锡,号天府谪仙。其生平大体可考。

郎瑛《七修类稿》卷三十二《张天锡》曰:"张锡,字天锡,别号海观,钱塘人也。天顺壬午(1462)领乡荐,春闱不偶,授山西大同府应州山阴县教谕。天资俊拔,下笔成文,诚八叉七步之才也。其豪放飘逸则鲸吞海吸,而青楼红楼、名公巨卿,争相迎递,远近无不知其名者,惜未大成而卒。至今人传之。"②据此可知,张锡才华横溢,曾闻名一时,但成就有限。这一记载比李诩的《戒庵老人漫笔》更早更详细。郎瑛还征引他《医俗亭记》,该文作于张锡弃官归隐二十年左右,"虽近谑而亦足致理",堪与同时的吴宽《医俗亭记》相媲美,可惜鲜为人知,远不及吴宽文著名。张锡《题明妃出塞图》《跋猴猫图》《医俗亭记》这三篇诗文都爱议论说理,体现出他的创作个性。从张锡《题明妃出塞图》中"老夫对画伤今古"来看,该诗当写作于他的中晚年。

(三)孙宁生平考

第四首题诗署名"吴郡孙宁",诗歌艺术性要高于张锡题诗:

---

① 伍蠡甫主编:《中国名画鉴赏辞典》,上海辞书出版社,1993年,第261页。

② 郎瑛:《七修类稿》卷三十二,上海书店出版社,2009年,第352页。

> 明妃自小生归州，选入汉宫知几秋。画者无端恶其貌，君王不幸
> 空含愁。呼韩单于勇且悍，食肉裘毡易为乱。千里来朝不惮勤，愿受
> 君恩婿于汉。明妃奉旨即日行，都门上马伤中情。雪肤花貌耀君目，
> 已去却悔先其名。从此明妃北归虏，风卷胡沙眼羞睹。马上琵琶掩泪
> 弹，弦弦怨恨声声苦。妾心不贵阏氏尊，但愿单于感汉恩。后来身死
> 埋青冢，月明夜夜啼孤魂。①

　　诗中有明妃和亲的历史叙事，有对她远嫁匈奴、一路风沙、悲苦伤心
的描写，更有以一己之身换取两国和平安宁的期许，内涵丰富，抒情婉
转。作者孙宁是谁？此前著作全都失考。

　　今按，钱谦益《列朝诗集》乙集卷七《孙秀才宁》曰："宁字继康，
长洲人。"②仅此寥寥数语，说明钱谦益对其生平了解有限。长洲为苏州下
属县，与孙宁自称的"吴郡孙宁"相符。"孙秀才"这一称谓说明他没有
功名，只是一介布衣。以布衣跻身《列朝诗集》，并入选两首诗歌《题半
塘寺润公房顾叔明所画松壁》《送渊上人》，说明孙宁的诗歌水平较高，有
一定的影响。

　　孙宁大概是何时人？钱谦益应该知道，却没有交代。今按《列朝诗
集》分乾集、甲集、乙集、丙集、丁集、闰集，乾集收录帝王诗歌，闰集
收录僧道和女性作者的诗歌。甲、乙、丙、丁四集按朝代先后编排，乙集
八卷所收诗人自永乐朝至天顺六朝（1403—1464），孙宁位于第七卷，应
是明英宗朝人。另据明代文震孟《姑苏名贤小纪》卷上《渊孝先生杜东
原》所载，画家杜琼与其友孙宁"杜门咏歌，不求人知"③。杜琼
（1396—1474），字用嘉，号东原耕者，人称东原先生，苏州府吴县（今江
苏苏州）人，精通翰墨书画。可见，孙宁与杜琼为同辈兼同乡。

　　通过上文考证，可以得知陆勉、张锡、孙宁三位题诗者是明代中期苏

---

① 张珩：《木雁斋书画鉴赏笔记》，上海书画出版社，2015年，第587—588页。

② 《列朝诗集》，中华书局，2007年，第2609页。

③ 文震孟：《吴中小志续编》，广陵书社，2013年，第19页。

州、杭州、无锡一带的诗人兼书画家。他们都没有获得科场功名，没有担任过像样的官职，也没有显耀的经历，但他们与无锡秦氏家族以及杜琼、沈周等著名画家交往，共同组成了一个地方文化艺术圈。他们在一起开展的雅集酬唱、品题书画等活动，丰富了他们的日常生活，提高了日常生活的艺术品位。正是他们这些知名和不知名的文化人推动了江南文化的发展，正是类似为宫素然《明妃出塞图》题诗这样的文艺活动创造了日益繁荣、特色鲜明的江南文化，最终使得环太湖流域成了明清乃至近现代中国文化、学术最为兴盛最为发达的地区。

[原刊《光明日报·文学遗产》,2020年7月20日]

附编 清代涉台文学研究二题

面对灾害，文学何为

——论道光年间周凯、蔡廷兰的澎湖赈灾诗

我国幅员辽阔，地形与气候复杂，自然灾难频发，历代统治者经常组织大量人力和物力，与自然界展开斗争。以水灾为例，从大禹以下，历朝历代都在治水，但水患始终未能根除。明清以后，黄河、淮河屡屡泛滥，成为中华民族的心腹大患。因此，在古代文学作品中，充斥着大量惊心骇目、不堪卒读的灾害书写，寄予文学家们的深切同情。"面对巨大灾害，文学何为？"①现代作家往往不满足于一般的灾害书写，大江健三郎的这一追问反映了文学家的普遍困惑。除了灾害书写之外，文学还能不能有些积极的作为？其实，早在道光十二年（1832）的澎湖赈灾中，诗歌就已经扮演了比过去更加积极、更加重要的角色，发挥出参与协调赈灾的功能。

由于澎湖孤悬海外，长期远离中央王朝，康熙二十三年（1684）进入清王朝版图，统治时间相对较短，岛上居民也相对较少，所以受关注程度远低于黄河、淮河、长江流域，其灾情不太为内陆人所知晓。澎湖滨海斥卤，土地贫瘠，常有狂风暴雨，导致灾荒频仍。有人统计，乾隆60年间灾荒13次，嘉庆25年间灾变5次，道光30年间灾荒5次，咸丰11年间灾荒8次②。如此多的灾害主要见载于《澎湖厅志》和《台湾省通志》，文人吟咏有限。但有一次例外，就是道光十一年至十二年（1831—1832）的那场灾荒，却留下百余首诗歌，这些诗歌不仅可以帮助我们了解澎湖灾情，认识

---

① 大江健三郎：《面对巨大灾害，文学何为？》，《文艺报》2008年5月21日。

② 卓克华：《清代台湾行郊研究》，福建人民出版社，2006年，第285页。

多地联手赈灾过程，推动相关地区诗歌发展、文教建设，还有助于观察诗歌如何参与赈灾活动，因此具有特别的研究意义①。

一、主赈官与当地书生的诗歌互动

赈灾通常是政府行为，由各级官吏自上而下组织实施，最重要的物资是钱粮衣药，最常用的文体是应用公文。即使是具有文学才华的官员，也往往忙于应急救灾，文学创作的热情受到抑制、心态遭到破坏，一般也很少与赈灾对象发生文学互动。道光年间的澎湖赈灾应该属于例外。

道光十一年夏天，澎湖遭遇大旱，庄稼多半枯死，八月，又遭遇飓风，掀起海水，咸雨纷飞，形成严重的盐碱灾害，花生、地瓜等农作物全部歉收，从而引发从这年冬天到次年春天的大饥荒。岛上36000人受灾，面临死亡的威胁。福建巡抚魏元烺、福建省台湾府总兵刘廷斌等人连章上奏朝廷，朝廷核实后，派遣福建省兴泉永道道台周凯"携帑金、米、薯赴澎湖赈恤"②。周凯（1779—1837），字仲礼，号芸皋、内自讼斋等，浙江富阳人。嘉庆十六年（1811）进士，授翰林院庶吉士，后任国史馆编修等职。道光二年至道光六年（1822—1826），任湖北襄阳知府。任职期间，关心民瘼，劝导当地民众，因地制宜，种桑养蚕，又兴办义学，修筑道路，树立了良好的口碑。周凯的特殊之处在于他能诗会画，在襄阳期间，有《襄阳集》八卷。道光十年，周凯调任福建省兴泉永道道员（四品），驻厦门。澎湖当时属于泉州府晋江县，属于他治下范围。据《芸皋先生自纂年谱》，道光十二年正月初七，"奉檄赴澎湖抚恤风灾"，二月初六登船，遭遇大风雨，避风金门，二月十七日放洋，冒着巨大风险，二月十八日抵达澎湖③，有《乞风行》《十八日抵澎湖，潮退风作，不能进口，收泊嵵

---

① 陈庆元、陈炜《读澎湖诗札记》曾论及这一组诗，惜未展开。见《泉州师范学院学报》2003年第1期。

② 周凯：《澎湖纪行诗序》，《内自讼斋文集》卷六，《清代诗文集汇编》，上海古籍出版社，2010年，第528册，第207页。

③ 《内自讼斋文集》卷首，《清代诗文集汇编》，第528册，第72页。

里》等诗纪行，叙写途中的惊恐万状、生死一线的情形，"人鬼相悬呼吸间"①。二月十九日，周凯亲眼目睹灾民的现状，"海菜为羹多菜色，渔人乏食少人颜"②。随后又实地查看灾情，发挥其诗歌特长，写下《勘灾四首》，其一曰：

> 大澳澎湖一十三，海山断续海东南。墙堆老古石犹白（石多海沫结成，有盐碱，年久者坚，呼老古石），菜煮糊涂粥亦蓝（以海藻鱼虾杂薯米为糜，呼糊涂粥）。牛粪烧残炊榾柮，鱼粮乏绝摸螺蚶。剧怜人与鲛人似，可惜冰丝不育蚕。

该诗以写实的笔法，展现澎湖海岛环境，描写恶劣奇特的自然风俗，尤其关注民众陷入困境的灾情与不幸，以牛粪当柴，以海藻、鱼虾、薯米混合煮成的"糊涂粥"果腹，这些都让周凯触目惊心。

就在周凯巡察灾情时，一位澎湖书生走进他的赈灾生活和诗歌世界。他就是蔡廷兰。蔡廷兰（1801—1859），字香祖，号秋园，比周凯年轻二十多岁，当时还是一介布衣，他写下《请急赈歌》四首，直接上呈素不相识的周凯。大概他对周凯其人其诗有所了解，判断诗歌可以作为进言的有效载体。作为当地居民和赈灾对象，蔡廷兰对严重灾情感受得更真切更深刻，救灾的心情也更加急迫，所以他连用四首诗歌来陈述灾情，呼吁赈灾。其一曰③：

> 昔读宝俭箴，贵粟贱金帛。昔闻袁宗道，蠲赈上六策。又闻林希元，荒政丛言摘。三便与三权，六急从所择。自古以为然，周恤救囏厄。况兹斥卤区，民贫土更瘠。年来遭旱灾，满地变焦赤。又被咸雨伤，狂飙起沙碛。海枯梁无鱼，山穷野无麦。老稚尽尪羸，半登饿鬼

---

① 《全台诗》，台湾文学馆，2004年，第4册，第333页。

② 《十九日自蒔里至妈宫湾》，《全台诗》，第4册，第333页。

③ 《全台诗》所载文字多有讹误，下引参照柯荣三《〈全台诗〉蔡廷兰〈请急赈歌〉之商榷》，《台湾研究集刊》2006年第2期。

籍。丁男散流离，死徒无踪迹。所赖别驾仁，捐廉先施借。向来失预防，社谷只虚额。乾隆十六年，官捐二百石。移归台邑仓，陈腐实可惜。何不拨数千，存贮常平积。平粜假便宜，采运收补益。兹法如堪行，从长一筹画。①

开篇沿用晁错《论贵粟疏》之说，强调节俭贵粟的思想，随后列举历史上两位前贤的赈灾方略：一是明代袁宗道所提出的蠲赈六策。袁氏所谓六策，见于《救荒奇策何如》，实际上是他总结的赈灾六难六易，略谓以下数端：从朝廷赈之则难，从州邑赈之则易；令上赈之则难，令下民自赈则易；富民强之使赈之则难，劝之使赈则易；移民就食则难，移食就民则易；散食给民则难，为糜以饲民尤易也；使下民贷粟则难，官司转贷而给之尤易。②二是明代林希元所撰《荒政丛言疏》，有"三便""三权""六急"之说。所谓三便："曰极贫之民便赈米，曰次贫之民便赈钱，曰稍贫之民便转贷"；所谓三权："曰借官钱以籴粜，曰兴工役以助赈，曰借牛种以通变"；所谓六急："曰垂死贫民急饘粥，曰疾病贫民急医药，曰病起贫民急汤米，曰既死贫民急募瘗，曰遗弃小儿急收养，曰轻重系囚急宽恤。"③蔡廷兰列举袁、林二人言论，可以见出他对前代赈灾方略了然于胸，并有所研究。周凯在澎湖赈灾中，也是将灾民分为极贫和次贫两种，采取不同的救灾策略，不排除受到林希元、蔡廷兰的启发。接下去十二句总写澎湖灾情，由斥卤贫瘠的恶劣环境说到旱灾、风灾、盐碱灾、百姓流离无辜死亡。最后一段在肯定澎湖通判蒋镛救灾之功的同时，分析当前救灾存在的问题，建议在澎湖设立常平仓，以便及时赈灾。

《请急赈歌》第二首完整记录一位妇女之言，表现灾民个体的遭际：

炊烟卓午飞，乞火闻邻妇。涕泪谓予言，恨死乃独后。居有屋数

① 《全台诗》，第4册，第396—397页。
② 袁宗道：《救荒奇策何如》，《白苏斋类集》卷七，钱伯城标点，上海古籍出版社，2007年，第90页。
③ 《林次崖先生文集》卷一《荒政丛言疏》，何丙仲校注，厦门大学出版社，2015年，第28—29页。

椽，种无田半亩。夫婿去年秋，东渡糊其口。高堂留衰翁，穷饿苦相守。夫亡讣忽传，翁老愁难受。一夕归黄泉，半文索乌有。嫁女来丧夫，鬻儿来葬舅。家口馀零丁，幼儿尚襁负。吞声抚遗孤，饮泣谋升斗。朝朝掇海菜，采采不盈手。菜少煮加汤，菜熟儿呼母。儿饱母忍饥，母死儿不久。尔惨竟至斯，谁为任其咎。可怜一方民，如此十八九。恩赈曾几多，可能活命否。①

单独来看，该诗继承杜甫、元结、白居易等人诗歌的写实传统，忠实记载民生不幸，寄寓了作者的深切同情。这位女子的丈夫去年赴台湾岛谋生糊口，不料今年去世，公公也随之去世，剩下的只有一位孤儿，母女俩相依为命，朝不保夕。结尾几句议论，指出这是澎湖灾民的普遍现象。与杜甫等人不同的是，他不是面向读者大众，不止于生灵涂炭的书写，不是被动地等待"何人采国风，吾欲献此辞"（元结《舂陵行》），而是直接以此向主赈官吁请救助："恩赈曾几多，可能活命否？"可以想象，周凯很难不为之动容！

第三首侧重写救灾，将救荒比喻为救助溺水者：

救荒如拯溺，急须援以手。试问登山无，莫讶从井有。譬诸过涉凶，灭顶濡其首。万灶冷无烟，环村空覆白。二餔不供餐，三星常在罶。移粟开武仓，官惠亦云厚。定价三百钱，准籴米一斗。转眼给已空，枵腹那能久。求死缓须史，望救争先后。明日天开晴，星缆到浦口。绝处忽逢生，欢声呼父母。睹此应伤心，加恩谁掣肘。翻作哀鸿吟，从旁商可否。乞为汉韩韶，休笑晋冯妇。②

百姓已经处于极其凶险之地，官方现有救济过于单薄，周凯的到来，给百姓绝处逢生的机会，蔡廷兰盼望能加大救助力度，希望周凯能像汉代韩韶

---

①《全台诗》，第4册，第397页。
②《全台诗》，第4册，第397页。

那样，开仓赈灾，自己也不怕被别人嘲笑为劝齐王开仓赈荒的冯妇。

第四首将救荒比喻为救火，更为急迫：

> 救荒如救焚，祸比燃眉虐。杯水投车薪，燎原势难扑。叹息此时情，鸟焚巢已覆。告急书交驰，请帑派施谷。连月风怒号，滔天浪不伏。劳公百战身，悬民千里目。愁无山鞠穷，疾奈河鱼腹。蔾藿杂秕糠，终餐不一掬。哀肠日九回，何处求半菽。见公如得艾，幸免填沟渎。去时编户口，稽查费往复。积困苏难迟，倒悬解宜速。我亦罄桑人，不食黔敖粥。曼倩饥何妨，长歌以当哭。安得劝发棠，加赈一万斛。康济大臣心，补助生民福。会看达九重，褒嘉锡命服。①

灾民焦急万分，生病无药可用，饥饿无物可食，不得不寄望于周凯解燃眉、倒悬之危。蔡廷兰自称也是绝粮之人，本有不吃嗟来之食的操守，能够忍受东方朔所说的饥饿，但他要为民请命，请求周凯再"加赈一万斛"，相信此举能为生灵造福，能得皇上褒扬。

蔡廷兰其人其诗一定大大出于周凯的意料。在澎湖这么偏远的小岛，居然还有一位了解赈灾、长于诗歌、明于事理的热心人，他的诗歌也让周凯大为感动，他随即写下《抚恤六首答蔡生廷兰》。正如题目所示，"抚恤"是这组诗的写作目的。第一首叙写澎湖的位置、自然条件、去年以来的灾情；第二首叙写澎湖地方官奋力赈灾但仍然不能解除百姓的危难困境；第三首叙写周凯受命从厦门来澎湖赈灾，与台湾府凤山县令徐必观等人会合，"火速开仓储"，"务使沾实惠"。第四首正面回答、评价蔡廷兰：

> 蔡生澎湖秀，作歌以当哭。上言岁凶荒，下言民茕独。防患思社仓，加赈乞万斛。悲哉蔡生言，淋浪泪满幅。读书以致用，进生话款曲。澎湖蕞尔区，赋税无盈缩。地种网沪缯，贡饷不及六（澎湖额征地种网沪缯饷银，岁五百九十三两有奇。）。生齿日以繁，大化久沐

---

① 《全台诗》，第4册，第397—398页。

浴。岁供不加增，官输不加续。今以廿载粮，充尔万民腹（此次抚恤动饷银九千余两，较嘉庆十六年三倍，用澎湖十七八年之岁供。）。赈抚有成规，但期免沟渎。极次分贫穷，岂能恣所欲。止缘阻海风，来迟心愧忸。转瞬麦秋至，高粱望成熟。归告茕茕氓，安守毋多渎。[①]

前十句称赞蔡廷兰为"澎湖秀"，肯定其诗的感染力以及读书致用的善举，中间十句介绍澎湖赋税之少，每年仅593两白银，而此番赈灾动用了9000两白银，最后十句表示难以满足蔡廷兰"加赈一万斛"的呼吁，希望告诫民众"安守毋多渎"。应该说，周凯的回应是诚恳的。第五首表彰澎湖通判蒋镛救灾之功以及良苦用心，肯定台阳与厦门联合赈灾之效，希望加强社仓（义仓）建设，发挥其赈灾作用。第六章严词批评澎湖陋习："侧闻濒海民，见海舶失事。拯物不拯人，乘危抢夺肆。"并且将天灾归咎于这种救物不救人的恶俗，告诫大家天威在上，"切莫视儿戏"[②]。澎湖通判蒋镛评论此诗："爱士殷提命，除顽重激昂。"[③]

身为正四品道员，周凯能用六首长诗回答书生蔡廷兰，可见其重视程度，足以让蔡廷兰喜出望外，感动不已，所以蔡廷兰郑重其意，写一首七言长诗回赠周凯，题为《巡道周公有社仓之议，言事者虑格于旧例，公慨然力任其成，立赋〈抚恤歌〉六章，发明天道人心之应，淋漓悽恻，情见乎词，用述其意，更为推衍言之，续成长歌一篇》。该诗除了申说灾情、颂扬蒋镛、徐必观等地方官员之外，盛赞周凯其人其诗："观察周公玉堂英，扬帆远使观沧瀛。慈帆稳渡叱蛟鳄，抵岸旋闻呼癸庚。视民疾苦恤民隐，长歌一阕详民情。酸辛一字一涕泪，抚楮长为太息声。胜披郑侠流民状，不愧次山《舂陵行》。"[④]还进一步讨论善后建设社仓之类长久之计。周凯又作《再赠蔡生》长诗，夸赞"蔡生满腹怀琳琅，入门意气何飞扬。手出馈遗不敢当，又作长歌气沛滂"，向他解释朝廷的赈灾政策："蔡生听

①《全台诗》，第4册，第354页。
②《全台诗》，第4册，第355页。
③《全台诗》，第4册，第290页。
④《全台诗》，第4册，第394页。

我言，我言亦孔长。国家荒政在救荒，酌济民食疗死亡，非饱尔欲充尔肠。抚恤优于借籽粮，圣恩何啻十倍强。……蔡生听之休伥伥，儒生论事贵絜纲，归告尔民无彷徨，方今圣世恩汪洋。"①

尽管蔡廷兰、周凯存在立场和赈灾期待上的差异，但通过两次诗歌往还来看，增进了互相了解和彼此感情，他们从文字交往到直接交往，蔡廷兰得到了周凯的赏识和指教。蔡廷兰《再呈周观察二首》说"忧世真同由己切，受恩翻悔得公迟"，让周凯对澎湖灾情有了感同身受的切己之痛，这是蔡廷兰诗歌所起到的良好效果。周凯在《寄台湾平远山观察庆诗以代柬》中表扬、推荐蔡廷兰："蔡子澎湖特起才，献我新诗颇婉嬿。心伤梓里少多藏，社仓欲救饥馑荐。书生识见未云周，我读其诗心窃善。"②题中的平远山观察庆，是指清代满族官员、分巡台湾兵备道平庆（远山或是平庆的自号）。可见周凯是真心赏识蔡廷兰其人其诗。

二、以赈灾为中心的诗歌酬赠

赈灾不仅需要自上而下的组织动员，还需要协调周边资源，多方联动。道光十一年至十二年的澎湖赈灾，以福建省兴泉永道周凯为主赈官，台湾府凤山县、嘉义县等地官员参与救援。主赈官的赈灾诗歌激发其他赈灾官员的诗歌创作。澎湖通判蒋镛、台湾府凤山县县令徐必观、凤山县兴隆巡检沈长庵、台湾府嘉义县大武垄巡检施模以及蔡征蕙、黄金等人，都在周凯的带动下，加入赈灾诗歌写作队伍之中，形成了多方联动的诗歌场景。

如果说周凯是澎湖赈灾及其诗歌写作的领导者，那么澎湖通判蒋镛则是澎湖赈灾及其诗歌写作的联络者。蒋镛字怿峰，湖北黄梅人。嘉庆七年（1802）进士，补连江县令，道光元年（1821），以知州借补澎湖通判，道光九年（1829）任台湾府海防兼南路理番同知，道光十一年（1831）再任

---

① 《全台诗》，第4册，第334—336页。

② 《全台诗》，第4册，第344页。

澎湖通判。在这批赈灾官员中，他的年辈最长，又是受灾地长官，责任最重。在周凯等人到来之前，他是救灾的组织者、主人公。热心抗灾的澎湖书生蔡廷兰围绕灾情，与他多有往还。大概在灾情蔓延之初，他作《夏日喜雨呈蒋怿弇镛刺史》，陈述澎湖严重的旱情，"万里烧长空，四围燃火树。草木燋乾枯，飞鸟不得度"，称赞蒋镛"贤哉良司牧，下车询农务"①。灾情日渐恶化之后，蒋镛更加操劳憔悴，"别驾蒋公痛悲悯，心如乱发纷髻鬖"②。周凯到达澎湖之后，一看见恪尽职守、清贫劳碌的蒋镛，就大加称赞，"赖有贤司牧，劝民相赈贷"，"卓哉蒋刺史，判澎已十年。视民如孙曾，呼之即来前。心伤澎民苦，双睫涕泪涟。死者赗以槥，病者医以钱。廉俸无多入，心余力苦绵。尔民共见知，长官亦可怜"③。蒋镛任满退休时，金门文人林树梅特意绘制澎湖施赈图，作《澎湖施赈图歌送蒋怿弇司马归楚》，送他回家乡湖北，盛赞他"筹赈报恤，全活无算"的功德，"呜呼微侯肉白骨，澎民什八填沟壑。姓名传颂满闽疆，西厦东台亦称说。即今解组将归田，万人拥哭如当年"④。可见，蒋镛是位勤勉尽职、非常得力的地方官。

可是，蒋镛并不以诗著名，也未见他人称许其善诗。《全台诗》仅录其诗4首，说明他并不勤于作诗。其中一首长诗是为赠别周凯之作，题作《芸皋观察莅澎抚恤，恩及官民，敬呈五律三十六韵》，三十六韵，以篇幅之长来强调用心用力之意。该诗先叙述澎湖灾情、周凯救灾背景，接着追述周凯此前在襄阳、黄州、厦门的政绩与口碑，再充分肯定他在澎湖的赈灾之功，"鸿嗷咽以奠，鹄面转为强。贫极筹加赈，恩深遍浩洋"，最后称赞周凯的诗歌、绘画才华，抒写其"丰熙期在迩，厦庇海天长"的期盼⑤。对周凯的由衷感激，促使不爱写诗的蒋镛写下这首长诗。周凯回赠一首七律，继续称赞其贤能爱民："治谱鼍江卓卓传，吏才争说使君贤。料量闽

①《全台诗》，第4册，第395页。

②《全台诗》，第4册，第393页。

③《全台诗》，第4册，第353—354页。

④《全台诗》，第4册，第377页。

⑤《全台诗》，第4册，第290—291页。

海来千里，管领澎湖已十年。为政不虚呼父母，爱民何啻若曾元。首如蓬葆心如发，多少嗷鸿赖保全。"①对这位父母官褒誉之隆，绝非一般的虚与委蛇，客套应酬，其中含有他的真情实感。

协助蒋镛救灾的还有他的故交、凤山县令徐必观。徐必观，字巽占，号幼眉，江西奉新人。嘉庆七年（1802）进士，与蒋镛为同年，初任职湖北郧县、蕲水，后任职福建顺昌、诏安，道光七年（1827）任台湾府凤山知县。据蒋镛《芸皋观察莅澎抚恤，恩及官民，敬呈五律三十六韵》诗中自注，徐必观与其部下沈长荣、施模一行于道光十一年十一月受命赴澎湖赈灾，登舟之后被风所阻，多次冒险，至道光十二年（1832）正月二十五日、二月九日先后到达澎湖。徐必观比蒋镛更爱好诗歌，与周凯也应是旧相识，他们之间诗歌交往更多，感情似乎更加亲切，周凯说："君自台阳奉檄至，我从厦口挂帆来"②，二人相会于澎湖，周凯一次性地赠给徐必观五种诗文集，可见关系非同一般。徐必观受到长官的馈赠，珍惜感激之余，用周凯《襄阳集·春游杂兴》八首的韵脚，写下八首次韵诗，表彰周凯的赈灾之功，"仓储十万发关中，伟绩今时富郑公"，同时兼顾其文学才华，"文能训俗关经济，诗到名家本性情"③。赈灾结束之际，周凯又写下《留别八首，和徐幼眉大令必观见赠韵》，所次之韵即是《春游杂兴》，其中第五首最能见出他们之间的感情："簪花同到凤凰池（幼眉与怿斧壬戌同年，幼眉曾宰蕲水，怿庵黄梅人），又共黄州剔薛碑。我亦江山领风月（余曾驻节黄州），今来瀛海把樽卮。谈深味有书生味，官好为殊俗吏为。只是年华驹影速，鬓毛相对各如丝。"④因为黄州任官的共同经历，使得他们更加亲近。在另一组诗中，周凯再次表达出与徐必观的深厚友谊："君亦高阳旧酒徒（幼眉曾主讲襄阳），蕲山蕲水昔分符。黄州风月留诗草，赤嵌烟云入画图。难得天涯逢孺子，同来海上驻方壶。救荒真意流吟咏，

①《全台诗》，第4册，第360页。

②《全台诗》，第4册，第340页。

③《全台诗》，第4册，第307—308页。

④《全台诗》，第4册，第341页。

何日重教剪烛俱。"①尾联说得非常明了，此次澎湖"救荒"经历，深化了他们的感情，激发了他们的诗歌创作。

蒋镛、徐必观长期生活在海岛，他们的海岛生活还带动了周凯的创作。徐必观有组诗，题为《壬辰春仲来澎，抚恤三阅月而藏事，公余阅蒋怿弇同年所辑〈澎湖续编〉，有前刺史陈廷宪〈澎湖杂咏〉诗，勉成和章，即为怿弇同年志别》。徐必观因为阅读蒋镛所编《澎湖续编》所载前刺史陈廷宪的诗歌，因而写下这组和诗。陈诗为二十首，徐诗现存十六首。周凯在赈灾之余也写下《澎湖杂咏二十首，和陈别驾廷宪》，他一定受到蒋镛《澎湖续编》所载陈诗的启发，受到徐必观诗的启发，才写下这二十首诗歌。三组诗都是写澎湖的风土人情，同题分咏，同中有异。请看下列三首"牛柴"题材的诗歌：

> 一束生刍未肯烧，只缘黄犊腹犹枵。更从牛后传薪火，曝向斜阳胜采樵。②
>
> ——陈廷宪
>
> 蜀道当年辟五丁，遗金何处觅零星。近时牛后同薪桂，鼻观微闻百草馨。③
>
> ——徐必观
>
> 妈宫澳里市廛饶，西屿前头好待潮。但愿船多什物贱，不需牛粪作柴烧。④
>
> ——周凯

陈廷宪诗对牛柴有解释："澎无薪木，民以牛粪晒干炊爨，呼为牛柴。"陈诗写澎湖民俗，兼及澎湖环境之恶劣，百姓生活之艰辛，连"一束生刍"都舍不得作燃料，体现出澎湖地方官的立场。"牛后传薪火"，造语新奇。

---

① 《全台诗》，第4册，第360页。
② 《全台诗》，第3册，第421页。
③ 《全台诗》，第4册，第304页。
④ 《全台诗》，第4册，第357页。

徐诗化用秦惠王以五头能粪金的石牛、诱使蜀国五丁力士开辟蜀道的传说，将澎湖再利用的牛粪比作黄金，最奇特的是，徐诗还能化臭为香，居然能从牛粪中闻到百草的轻微芬芳，体现了诗人高妙的点化之功。周诗与前二诗大不相同，他期待风调雨顺，物阜年丰，澎湖人民不需要再以牛粪为柴火，体现了朝廷官员的美好愿望。三首诗各具特色。

跟随徐必观赴澎湖赈灾的还有沈长菜、施模、蔡征蕙等下级官吏。沈长菜，号荔江，浙江海宁人，时任凤山县兴隆里巡检。施模，字范其，号澹人，浙江会稽人，时任嘉义大武垄巡检。他们与周凯多有交往，周凯曾赠送给他们书画联扇，他们分别写下两首七律《壬辰春捧檄来澎，随同芸皋观察查办抚恤，蒙赐书画联扇，赋诗申谢》。周凯对他们的辛劳也不吝赞美之词："沈施二巡检，先后临灾区。"[1] "最怜从事偕施沈，一样焦劳夙夜同。"[2]赈灾结束之际，周凯分别赠施模、沈长菜一首留别诗：

> 大武垄头一良掾，澎湖岛上见诗人。欲将饥溺同怀抱，漫说文章谒后尘。宝剑高吟风雨夜，瑶琴合奏海天春。鲲身鹿耳今归去，定有盈囊好句新。
>
> 家本盐官住海陬，一官今又到瀛州。少年曾著三河策（荔江曾从事河工），好句频题八咏楼。忧乐关怀期有济，升沉分定不须谋。凤皇山色如屏障，好把新诗记壮游。[3]

二诗能紧扣二人的身份、经历，将吏治与诗文结合起来，勉励他们写出"好句""新诗"。

沈长菜、施模二人与澎湖通判蒋镛当然也有诗歌往还。沈长菜有《壬辰春来澎，随办赈务，临行赋此，为蒋怿弇刺史志别》二首，施模有《随办赈务毕，作长歌四十韵，为蒋怿弇刺史志别》。此外，蔡征蕙与徐必观、

---

[1]《全台诗》，第4册，第354页。

[2]《全台诗》，第4册，第340—341页。

[3]《全台诗》，第4册，第360页。

蒋镛有诗歌往来，现存《壬辰仲春，随徐幼眉年丈渡澎查赈，当道诸公迭有唱和，勉成七言排律一首，为蒋怿弇年丈志别》，黄金与周凯有交往，现存《壬辰春仲，护送巡道周公抵澎抚恤，赋呈二律》。

据《芸皋先生自纂年谱》，周凯于道光十二年三月十二日离开澎湖，返回厦门。他在澎湖的时间，实际上不足一个月。徐必观等人离开澎湖的日期不详，在澎湖的时间应该略长于周凯。在这一两月时间之内，他们这支赈灾队伍，也是诗歌创作队伍。诗歌创作是他们重要的业余生活，不仅记录了赈灾事宜，丰富赈灾的内涵，还别具意义。

三、澎湖赈灾诗的多重意义

如果将周凯、蔡廷兰、徐必观等人在澎湖赈灾期间所作的诗歌，放在中国诗歌史中来论其成就，自是无足轻重，但是，在诗歌成就之外，是否还有一些其他值得关注的多重意义？

首先，对周凯本人而言，澎湖赈灾及其赈灾诗是他一生的亮点。澎湖赈灾是其本职工作，以他爱好写作诗歌的个性，照例会写些纪行诗。他自澎湖回厦门之后，将澎湖所作百余首诗歌整理成册，名之曰《澎湖纪行诗》[①]，没有将之命名为《澎湖赈灾集》，他或许没有意识到，假如没有"救荒真意流吟咏"，没有蔡廷兰、徐必观等人的激发，他的创作热情必然会有所下降，创作数量随之减少，至少不会有那些赠答、留别类诗歌。《澎湖纪行诗》也许就不足以编纂成集。就此而言，以蔡廷兰《请急赈歌》为代表的赈灾诗促进了周凯的诗歌创作。他的澎湖赈灾工作因此而生色。道光十六年（1836），周凯出任职台湾府兵备道，门人黄荆山为之绘《闽南纪胜》十二图，以周凯任职福建省兴泉永道、台湾府期间的行踪为对象，以景托事，第五图就是"澎岛赈灾"，画的是汪洋大海中的一群岛屿，加上一艘帆船，周凯本人亲笔题字："澎湖孤悬大海中，辛卯冬，飓风为

---

① 《澎湖纪行诗序》正文作《澎海纪行》，该集失传，现存诸诗主要散见于《澎湖续编》《澎湖厅志》。

灾，明正文始达，檄予赈之。遍历诸屿，阅月乃归，得诗百有余首。"①这时，周凯认识到了澎湖赈灾及其诗歌是他值得骄傲的一段人生经历。

其次，对澎湖灾民来说，周凯等人的赈灾诗能够起到安定人心的作用。他到达澎湖之初，入住嵵里陈氏祠堂，动情地安慰灾民："告民且勿忧，圣恩实周瞻。大吏闻报书，夙夜咨昏垫。偏灾已入告，命余来勘验。府库出帑金，实惠定遍沾。既已济尔食，且当贷尔欠。况有台阳米，两地相并兼。薯干与金钱，可以资属餍。缘余阻风涛，劳民远挂念。尔民其少安，暂归尔澳堑。明当发仓储，小大无忒僭。"情辞恳切，直入人心。他看见寺庙上张贴的救灾告示，颇感欣慰，"劝民相鬻恤，劝民相借遗。读之未终篇，贤哉叹循吏。所以滨海民，饥死无诽议"。救灾期间，官员贤良，没有出现贪污侵吞赈灾财物之事，所以澎湖灾民"饥死无诽议"②。周凯本人也是位清正爱民的官员，在他的带领下，能够有效地避免了清代赈灾中常见的贪腐现象。

其三，对蔡廷兰而言，周凯等人的赈灾诗激励他奋发有为，提升其文化水平，帮助他参加科举考试。周凯的赠诗，本身就是对蔡廷兰的极大鼓励。周凯在与蔡廷兰交往中，除了交流赈灾事项之外，还不忘提点其诗文写作。据林豪《澎湖厅志》卷七《蔡廷兰传》记载，周凯曾"手录读书作文要诀一卷授之，题曰'香祖笔谈'"③这从蔡廷兰《再呈周观察二首》（其二）也可以得到印证：

> 领略芝颜笑语亲，金针密度指迷津。挥毫字挟风霜气，下榻光生雨露春。早有瑶篇公海内，又摧珊网遍湖滨。探怀欲把心香爇，不省云泥隔此身。④

全诗无关赈灾，只谈诗文。"金针密度指迷津"一句说明，周凯一定指点

① 龚洁编：《周凯与〈闽南纪胜〉》，电子工业出版社，2011年，第12—13页。
② 《全台诗》，第4册，第360页。
③ 林豪：《澎湖厅志》，《台湾文献史料丛刊》第1辑第15册，台湾大通书局，1984年，第238页。
④ 《全台诗》，第4册，第393页。

过蔡廷兰诗文写作技巧。周凯在《留别八首，和徐幼眉大令必观见赠韵》中仍然不忘教导蔡廷兰："蔡生才调解吟诗，借别匆匆系别思。学行要遵先辈录，科名须及少年时。东山温饱非初志，北海疏狂借大儿。但祝秋高鬐鬣壮，龙门烧尾顺风吹。"①鼓励他争取科名，志存高远。《送蔡生台湾小试》二首，亦作于临别之际：

> 海外英才今见之，如君始可与言诗。志高元干空流辈，文愧昌黎敢说师。大木定邀宗匠斫（谓平远山观察），小疵先把俗情医。岛中相赠无长物，聊解春裘作馈遗。

> 猎猎林风欲战时，一帆准拟厦门吹。翘才有馆堪投足（厦有玉屏书院），匡鼎能诗亦解颐（谓幕中王香雪）。稿束牛腰相论定（余方辑厦、金二志，生亦续补《澎湖纪略》），气充鹏翮看飞驰。赠言且慰绸缪意，一夕匆匆惜别离。②

在澎湖岛上，难得有蔡廷兰这样的青年才俊与周凯谈诗，周凯对他赏爱有加，两首诗充满勉励和惜别之情。第一首展望赴台参加科考，认为经过台湾兵备道平庆指点之后，蔡廷兰可望成为栋梁之才。第二首邀请蔡廷兰将来作客厦门。后来，周凯仍然关注、提携蔡廷兰。道光十七年（1837），周凯任台湾兵备道，聘请蔡廷兰主讲崇文书院，兼引心、文石两书院。不久周凯卒于任上。蔡廷兰对周凯的提携之恩，感激不尽。蔡廷兰与周凯的另一门生林树梅等人为之编纂《内自讼斋文集》，林树梅《哭芸皋夫子》其四曰："六载蒙提挈，师门热泪潸。遗编诚我责，失学更谁闲。"③蔡廷兰应该有悼念周凯的诗歌，可惜不存。道光二十四年（1844），蔡廷兰终于不负所望，考中进士，成了澎湖史上第一个进士，也是唯一的进士，人称"开澎进士"，这在澎湖乃至台湾历史上，都具有标志性的意义。

---

① 《全台诗》，第4册，第341页。

② 《全台诗》，第4册，第342页。

③ 《全台诗》，第4册，第374页。

其四，对徐必观等人而言，周凯澎湖期间文学活动也产生了积极的影响。上文已经提及，他一次性地赠给凤山县令徐必观五种诗文集。前引周凯赠送施模、沈长棻的留别诗，也是以写作诗歌相期许。他的《抚恤六首答蔡生廷兰》广为传播，为蒋镛、施模、沈长棻等人所称引，对他们及其他人都能起到了示范和激励作用。

最后，对传统诗歌而言，澎湖赈灾诗进一步发挥了诗歌的应用性功能。兴、观、群、怨是诗歌的基本功能，后代虽对其功能有所扩充，但大抵在这范围之内。历史上有许多反映民生疾苦的诗歌，也有很多交往酬唱类诗歌。周凯、蔡廷兰等人澎湖赈灾期间的诗歌，在前人的基础上，将诗歌运用到赈灾实践之中。周凯在赴澎湖之前，已经接到其他地方上奏朝廷的官方报告，对灾情已经有了宏观的把握。等他到了澎湖之后，如果蔡廷兰等人继续采用奏章之类的文体，继续列举一些数字，很难有什么新的效果。蔡廷兰的聪明之处，恰恰在于选择诗歌这种体裁，作《请急赈歌》，以急迫、焦虑、关切的心情，表现灾情，发出呼吁，实现打动周凯的目的。周凯在《寄台湾平远山观察庆诗以代柬》中称赞蔡廷兰"新诗颇婉嬺"，嬺婉美好的诗歌，能够增加感性认识，激发同情心，从而发挥奏章之类公文难以达到的功能。周凯深谙此道，也以他擅长的诗歌与蒋镛、徐必观等赈灾同仁沟通感情，比干瘪的条文更能调动他们的工作热情，同时还能调节和丰富赈灾期间单调、艰苦的生活。

周凯即将离开澎湖之际，有些后续工作必须与台湾兵备道平庆进行交接，毕竟台阳与澎湖近在咫尺，正常情况下，应该以公文来交代工作事项，但周凯与平庆同是四品官，平庆不是他的下属，澎湖也不属于台湾府，平庆没有管理澎湖的职权和责任。所以，周凯就不能与他进行正式的交接。那该如何？周凯再次发挥诗歌的独特功能，写下一首长诗《寄台湾平远山观察庆诗以代柬》，对自己澎湖之行予以总结，既与平庆交流赈灾体会，又委婉地向平庆提出希望。其要点有三：其一，澎湖虽小，却是台厦要冲，不可丢弃。"澎湖一岛若可弃，乃与台厦相控援。屹立沧溟大海中，褊小疆隅难比县。"其二，澎湖赈灾，得益于朝廷、福建省、台湾府各级携手,尤其是台湾府方面的支援,更加及时,也更为重要。"圣恩如海自汪洋,大府关心尤眷恋","台阳乃是产米区,盍酌盈虚权通变。以补不足赖有余,集众人力工易奠。拨数千石资澎湖,有备无患民欣忭"。其三,两岸包括澎湖本地百姓,面对灾难,必须"康济同心","同舟共济"。应该说,这些都是重要的、宝贵的赈灾经验,能为后人提供借鉴,对灾害频发的澎湖地区,具有指导意义。以诗代柬,古已有之,一般多用于私人交往,而周凯此诗更多的是公务性质,大概他认识到诗歌比书简更具柔性,更易于为这位关系很寻常的满族官员所接受,如他所在诗末所说:"作歌聊以当书笺,博得开缄一笑鞕。来朝闻说好开船,怕见风涛笔先颤。"①将严肃的防灾赈灾见解,寄寓在轻松幽默的诗歌语言中,体现了他以诗赈灾的用意,相信对方能心领神会。

包括诗歌在内的文学作品,不是直接用于救灾抗灾重建家园的物资,如何发挥作用?古今作家最常见的作为是用诗歌记录表现灾害,反映民情,扩大宣传,宣导感情,安抚人心,也有少数作家创作赈灾诗(如宋代人冯楫《劝谕赈济诗》)。周凯、蔡廷兰、徐必观等人的澎湖赈灾诗,数量较多,在诗歌如何介入赈灾、如何发挥沟通协调作用、如何动员组织赈灾力量等方面,作出了有益的尝试,为"面对巨大灾害,文学何为"提供了一个参考答案。

[原刊《苏州大学学报(哲学社会科学版)》2019年第5期,《中国古代、近代文学研究》2020年第4期转载,《文学研究文摘》2020年第3期摘登要点]

---

① 《全台诗》,第4册,第374页。

西方美人之思

——郑经《东壁楼集》思明之志发覆

郑经（1642—1681）字贤之，一说字元之，号式天。福建南安人，郑成功之子。康熙元年（永历十六年，1662），郑成功逝于台湾，郑经渡海至台湾，承袭其父亲延平王之位，直至去世为止。夏琳《闽海纪要》称郑经"工诗赋，善弓马，推诚待人，礼敬明室遗宗"[①]。长期以来，人们只是根据《延平二王遗集》所收12首署名"元之"的诗歌，来判断其诗歌创作成绩。1994年，出现一个巨大转折，香港学者朱鸿林发表《郑经的诗集与诗歌》一文，考订日本内阁文库所藏《东壁楼集》作者为郑经[②]。该书八卷，收录480首诗歌。朱文此论证据充分，得到学术界的广泛认同，有力地推动了郑经其人其诗的研究，由此催生出诸多论著，如朱双一《郑经是"台独分子"说质疑——以〈东壁楼集〉为佐证》[③]、阮筱琪《郑经〈东壁楼集〉研究》[④]这些论著大大深化了郑经研究，也促使我们进一步思考有关问题，如：《东壁楼集》中是否含有早年在大陆所写的诗歌？郑经为何多达四分之一的诗歌以古人诗句为题？与早期其他入台文人不同，他的诗歌为何很少描写台湾的风土人情？这些是否寄寓他所谓的"西方美人之思"？

[①] 夏琳：《闽海纪要》，《台湾文献丛刊》第一辑，众文图书股份有限公司，1979年，第66页。

[②] 朱鸿林：《郑经的诗集与诗歌》，《明史研究》第4辑，王毓铨主编，黄山书社，1994年，第212—230页。

[③] 《厦门大学学报（哲学社会科学版）》2005年第1期。

[④] 阮筱琪：《郑经〈东壁楼集〉研究》，台湾花木兰文化出版社，2012年。

一、《东壁楼集》中的内陆诗

郑经《东壁楼集序》是研究《东壁楼集》的基础文献，兹征引于下：

> 余自幼从师，仅记章句耳，至十余岁，方粗识大略，每读古史忠孝之事，未尝不感激思奋。缘国祚中衰，胡气正炽，余年颇长，乃日事弓马，不务刀笔。及先王宾天，始出临戎。嗣守东宁，以图大业。但公事之余，无以自遣，或发于感慨之时，或寄于山水之前，或托于风月之下，随成吟咏，无非西方美人之思。日者虏运将终，四方并起，余爰整大师，直抵闽疆。思恢复有期，毋负居东吟咏之意，乃命官镌刻，而名曰东集，以明己志云。永历甲寅岁夏六月潜苑主人自识。①

所谓永历甲寅为永历二十八年，即康熙十三年（1674）。序中包含三层内容：一是早年在大陆的经历，重在弓马，未及诗歌；二是到台湾之后的经历，重在吟咏，不及弓马；三是展望未来，寄意恢复大业，文武兼顾。朱鸿林根据上序的叙述逻辑，很自然地推论出"《东壁楼集》各诗均是郑经东居台湾时所作"②。后来的两岸学者都信从此说。台湾学者如龚显宗说："《东壁楼集》是第一部全然以台湾为背景和题材的著作"③，张鸿恺说"此书是郑经在台十年（1664年至1674年）的生活纪录，也是第一部全然以台湾为背景及题材的诗歌专著"④。大陆学者如朱双一说"该诗集……是作者在台十年的生活纪录和心灵告白"⑤，于莉莉《东壁楼集·点校前

---

①《东壁楼集》附录，《台湾古籍丛编》，陈庆元主编，于莉莉点校，福建教育出版社，2017年，第762页。

②《明史研究》第4辑，第216页。

③《从〈东壁楼集〉看郑经与台湾》，《历史月刊》2002年第173期。

④《从〈东壁楼集〉及〈延平二王遗集〉看郑经其人及明郑王朝》，《慈济大学人文社会科学学刊》2008年第7期。

⑤《"郑经是台独分子"说质疑——以〈东壁楼集〉为佐证》，《厦门大学学报（哲学社会科学版）》2005年第1期。

言》亦持类似观点①。事实果真如此吗？

今观《东壁楼集》卷八收录《忆在铜陵时有感作》：

> 岭上青松带雪寒，虽逢岁暮不凋残。夜深忽忆前时事，说与傍人仔细看。

这首诗当是他在台湾期间所作。正常理解，题目中的铜陵当是今天安徽省铜陵市，而朱鸿林将之理解为"郑经永历十七年（1663）十二月继金门及厦门为清兵所破后退驻的铜山"②，也就是今天福建省东山县铜陵镇。这一观点有两点值得怀疑：其一，以一个广为人知的大地名来指代一个鲜为人知的小地名，违反常规，如果非要如此，也应该有所限制或说明，否则会引起误解；其二，东山县位于福建南部东山岛，属于亚热带海洋气候，1月份平均气温为13摄氏度，东山县最高海拔仅200多米，哪里会有中等降雪才能形成的"岭上青松带雪寒"的景象？作为福建人的郑经，之所以向别人谈及铜陵旧事，那是因为对于福建人、台湾（台南）人而言，"岭上青松带雪寒"是一种难得一见的奇异景象。所以，郑经诗中的铜陵一定是今天的安徽省铜陵市，他一定到过铜陵。

《东壁楼集》卷一收录两首以秋浦为题的诗歌：

> 秋浦秋风起，飒飒动寒林。岸芦飞白雪，篱菊落黄金。芙蓉隐霞浦，渔舟即柳阴。洲头孤雁叫，涧里众猿吟。愁人莫向秋浦去，一夜群籁碎人心。
>
> ——《秋浦歌得心字》③
>
> 泊舟临秋浦，一江景凄凉。败荷房半黑，岸芦花始飏。丹枫冷夜水，孤雁悲夕阳。落日沧波满，愁思与流长。
>
> ——《泊舟秋浦得凉字》④

---

① 《东壁楼集》，第605页。

② 《明史研究》第4辑，第216页。

③ 《东壁楼集》卷一，第651页。

④ 《东壁楼集》卷一，第652页。

秋浦是泛指台湾岛内秋天的某一水口，还是有具体所指的地名即李白所写的池州秋浦？主张《东壁楼集》都是在台所作的论者，对这两首诗都视而不见，大概是将秋浦作为泛指来理解了。第一首诗题目中的秋浦，看似可作两解，但实际上一定是池州秋浦，因为：第一，如果是泛指，首句"秋浦秋风起"语意重复。第二，诗中后四句直接化用了李白《秋浦歌》（其十）中"山山白鹭满，涧涧白猿吟。君莫向秋浦，猿声碎客心"的语言，沿用这四句的韵脚。第三，台湾岛内不可能有李白笔下池州秋浦猿吟等景观。也许有人说，这首诗是想象大陆景象的虚拟之作，那么第二首诗歌题目和首句都有"泊舟秋浦"的字眼，就不可能是遥题秋浦了，它一定作于秋浦当地。"愁思与流长"也化用了李白《秋浦歌》中"秋浦长似秋""清溪非陇水，翻作断肠流"等诗句诗意。这些都足以说明郑经曾经到达过池州秋浦，说明这两首诗歌写作于池州秋浦。秋浦与铜陵相邻，秋浦之行与铜陵之行当在同一线路上。

更明显的是，《东壁楼集》中至少有20首与长江相关的诗歌。兹引四首短诗如下：

> 俯临长江水，洋洋万里波。星辰若维系，天地尽包罗。蛟龙翻浪舞，乘朝拜白鼍。无限秋景色，起咏大风歌。
>
> ——《东壁楼集》卷一《临江》①
>
> 夜深月更皎，长江开玉屏。不寐凭栏望，水色连空青。何处吹笛响，呜呜声不停。断续随风送，余音入曲楖。不知何处出，隐隐度柳汀。
>
> ——《东壁楼集》卷一《夜静闻笛》②
>
> 八月凉天气，金风百炼钢。弱枝随委折，轻絮任飘飏。孤渚游丝绕，长江涨雾茫。策蔡频远望，疑是带飞霜。
>
> ——《东壁楼集》卷三《蒹葭》③

---

① 《东壁楼集》卷一，第637—638页。

② 《东壁楼集》卷一，第644页。

③ 《东壁楼集》卷三，第679页。

碧空清皎气横秋，影入长江随素流。夜静风清闲散步，逍遥对月两朋游。

——《东壁楼集》卷八《月》①

从措辞用句来看，这些诗歌都是即景抒怀之作，不可能出于虚拟，其他如"长江青荷满，一望若杳茫"②"重重红绿杳无影，一望长江若锦堆"③"长江一望看无际，千里烟波此日济"④等诗句，所在多有，不一一罗列。对此，有台湾学者认为这些长江都不是扬子江，而是台江。用长江指代台江，不合情理，但在郑经诗中确实能找到证据，如《驻师澎岛除夜得江字》"舳舻连远汉，旗旆蔽长江"两句，将长江与远汉相对举，"远汉"指遥远的天河，"长江"可以指眼前悠长的江流，二句用来形容郑经战船众多，规模浩大，长江是普通名词⑤。在这里，为了与遥汉相对仗，用长江指代台江，可以理解，但如果郑经一概将台湾岛内的江流都叫长江，就匪夷所思。因此，我们不能以少数特殊用法来断定郑经诗中的长江都是普通名词。台湾岛南北狭长，河流发源于中央山脉，流向东西两侧，江河普遍短促湍急，哪条江流能有"洋洋万里波""天地尽包罗"的博大景象？上引《兼葭》诗中的"八月凉天气"，更适合长江，而非台江。所以郑经笔下的长江即便不全是扬子江，至少大部分是扬子江。《东壁楼集》中有大量所指不明的江景，有的属于台湾，有的则不排除是大陆景象。

总之，上述种种迹象表明，《东壁楼集》收录了郑经少量写作于大陆的诗歌。那么，这些诗歌究竟写作于何时？换言之，郑经何时到过长江一带？

对此，我们最容易联想到郑成功北伐南京之事。众所周知，郑成功曾于永历十二年、十三年（1658—1659）两度北伐南京，第一次北伐于永历十二年三月从厦门出发，将入长江时，遭遇飓风而损失惨重，不得不退回

---

① 《东壁楼集》卷八，第755—756页。

② 《东壁楼集》卷一《采莲曲》，第642页。

③ 《东壁楼集》卷二《莲舟买荷度》，第664页。

④ 《东壁楼集》卷二《舟闻》，第669页。

⑤ 龚显宗：《从〈东壁楼集〉看郑经与台湾》，《历史月刊》第173期。

舟山。第二次北伐于次年五月从浙江发兵，六月兵逼南京，七月十二日包围南京，七月底战败，九月退归厦门。

问题是，郑经是否跟随其父北伐？没有直接可靠的文献记载。朱鸿林认为，郑经为嫡长子，不宜参加"图谋金陵这种存亡难卜但又是关键性的军事行为"①。此论不无道理。令人困惑的是，他有关大陆的诗歌不仅有郑成功北伐时节的夏秋景象，还有超出郑成功北伐时间界限的冬春之景。冬景，如《忆在铜陵时有感作》，春景，如《春日渡江游望》"日暖风恬长江碧，远望极目气翩翩"②、《风雨看舟前落花》"花叶重重落碧波，长江一望锦绣段"③。郑成功两次北伐至长江时，都已经是夏天，秋末之前撤离长江一带，郑经何以写起春景和冬景？于莉莉《郑经年谱简编》将郑经的铜陵之行确定在永历十二年（1658）跟随郑成功北伐进军南京之时④，看似有道理，却无法解释这个问题。

那么，会不会跟随其他抗清将领如张煌言北伐呢？张煌言与郑成功联手北伐，他率领所属于永历十三年七月攻下芜湖、池州、徽州等地，八月郑成功退回海上之际，张煌言率部西撤，曾途经铜陵，又经无为、桐城等地，撤回南方。这时，作为反清首领郑成功之子，郑经不可能滞留在清廷统治的池州、铜陵一带。从现存大陆诗歌来看，诗中也没有任何败亡时的凄凄惶惶征兆，这些诗歌应该写作于郑成功部队战败之前。

考《东壁楼集》卷四《咏昔年北征》曰：

> 昔岁出师往北征，弯弓带甲马蹄轻。风吹旗旆龙蛇动，雪映刀兵日月明。荒草溪边麋鹿隐，青松山里鹧鸪惊。犹须武将宣威力，一曲长歌奏凯声。⑤

---

① 《明史研究》第4辑，第217页。
② 《东壁楼集》卷二，第664页。
③ 《东壁楼集》卷二，第664页。
④ 《东壁楼集》附录，第767页。
⑤ 《东壁楼集》卷四，第702页。

朱鸿林说此诗"不是亲身与事的描写或追述",推测"有可能是因观看征战书画而发"[①],以此来否定郑经早年的北征经历,失之勉强。龚显宗据连横《台湾通史·建国纪》记载,认为诗中的北征指永历十八年十二月台湾岛内"北路土番阿狗让乱,命勇卫黄安平之"之事,诗中"麋鹿""山里"是"番社"无疑[②],此论亦难以服人。《台湾通史》并未记载延平王亲征,如果有延平王亲征之举,一定是大规模严重叛乱,史籍不可能对其亲征略而不书。至于"麋鹿""山里"更是大陆常见景象,难以坐实与"番社"的关系。我们认为,"弯弓带甲马蹄轻"与《东壁楼序》中所云郑经早年"日事弓马"相吻合,诗中所写雪、松等冬天景象,与《忆在铜陵时有感作》"岭上青松带雪寒"合若符契,北征之事,应该真实存在。"犹须武将宣威力"一语,期待武将们能有更大的作为,期待有大规模的军事行为,言外之意,自己尚年轻,能耐有限。所以,我们怀疑,在郑成功大规模北伐之前,郑经是不是参加了小规模、隐秘的抗清活动,到了长江沿线?不能确定,姑且存疑。

郑经在《东壁楼集序》中叙述他嗣守东宁,公事之余,随成吟咏,的确很容易让人将《东壁楼集》中的诗歌全部当成是在台湾所作。他在序中为什么有意或无意略过大陆诗歌?他也许以此来隐含"西方美人之思"。所谓西方美人,当指明王朝。他无法实现反清复明之梦,无法面对内陆,又难以忘却明王朝,所以采取了有些隐晦的言说方式来表达他的"西方美人之思"。

二、以古人诗句为题的现象

浏览《东壁楼集》,很容易发现有很多以前人诗句为题的诗歌。经统计,《东壁楼集》共有480首诗歌,以诗句为题的诗歌多达119首,约占四

---

① 《明史研究》第4辑,第217、218页。
② 《从〈东壁楼集〉看郑经与台湾》,《历史月刊》第173期。

分之一①。以诗句为题，古已有之。《四库全书总目》指出："晋、宋以前无以古人诗句为题者。沈约始有《江蓠生幽渚诗》，以陆机《塘上行》句为题，是齐、梁以后例也。沿及唐、宋科举，始专以古句命题。"②郑经这么高的比例，仍是值得注意的特殊现象了。

郑经为什么如此喜欢以前人诗句命题？从前代诗人同类创作来看，无非两个原因：

其一，与省试诗有关。一些举子为了参加科举考试，需要训练、提高诗歌写作技巧，就经常写作一些省试诗。郑经《天际识归舟》和《柳陌听早莺》这两首诗题都是唐代省试诗用过的题目，"天际识归舟"出自谢朓《之宣城郡出新林浦向板桥诗》，薛能以此为题所作的省试诗见于《文苑英华》卷一八三。"柳陌听早莺"出处不详，陶翰有省试诗《柳陌听早莺》，见《文苑英华》卷一八五。但郑经这两首与省试诗题目重合的诗歌，未必就与省试诗相关。因为这两首诗一是五言律诗，一是七言排律，与省试诗常见的五言六韵不同。何况郑经生于明清易代之际、反清复明的家庭，他怎么可能为了科举考试而训练诗歌写作？更何况郑经继承延平王之位，完全失去写作省试诗的必要了。

其二，与好古拟古有关。有学者认为郑诗以古句为题，是因为郑经好古拟古③，受到复古思潮的影响，延续了明代宗唐之风④。通常而言，拟古、仿古之作大都承接原作的大意，与原诗关系密切，如李白的《行路难》与鲍照《拟行路难》，在题材与语言上有着较为明显的联系。而郑经的诗歌往往与所用诗句的原诗没有这么密切的关联。如《江流天地外》题面出自王维《汉江临泛》，王诗为五律，郑诗则为七言古诗："渺渺高峰千

---

① 阮筱琪《郑经〈东壁楼集〉研究》有类似的统计，该书仅统计能找到出处的前人诗句，本文统计包括出处不详的诗句。

② 永瑢、纪昀等：《四库全书总目》卷一六五，中华书局1987年，第1410页。

③ 如阮筱琪《郑经〈东壁楼集〉研究》，《古典文献研究辑刊》第14编，第8册，台湾花木兰文化出版社，2012年，第86页。

④ 如黄腾德《郑经诗歌研究——以〈东壁楼集〉为探讨重点》，《台湾历史与文化研究辑刊》第2编，第1册，台湾花木兰文化出版社，2013年，第117页。

寻峨，洩洩汪流万里波。滐洄四极连天地，沧溟远处作行窝。回看出处接云汉，宛若碧空泻银河。悬崖湍激行舟少，朝暮惟存山鸟过。"①《荷风送香气》题面出自孟浩然五言古诗《夏日南亭怀辛大》，郑诗则是一首七律："江亭五月水漫天，池内莲花傍槛穿。一曲清流摇汉影，千重瑞气绕波烟。无分入座香皆满，几度闻风兴欲颠。幽馥飘飘何处起，碧筒动里正堪怜。"②尽管郑诗与原作主题上有相关性，但差别更大，绝不是原诗的拟作、续作。

对郑经而言，上述两个原因似是而非。与前人不同，他多用古诗句为题，主要出于他的个人爱好。

首先，爱好唐诗。在所用119句古诗中，非唐诗者仅有萧纲、左思、陶渊明、谢朓、苏轼、孙蕡（明）等6位诗人6句诗，其他可考的100多句都是唐诗。其中又以初盛唐诗人居多。经统计，出自杜甫诗歌19句，出自王维诗歌10句，出自宋之问诗歌6句，出自张九龄诗歌5句，出自李白诗歌4句，出自孟浩然、岑参、张说诗歌各有3句，体现出郑经对盛唐诗歌的喜爱，这当然与明代诗必盛唐的大背景相关。

让我们略感意外的是，郑经不仅从杜甫、王维等著名诗人之作中选取诗题，还从一些普通诗人普通诗作中选取诗题，如《别离同夜月》诗题出自王适《蜀中言怀》，《溪深地早寒》诗题出自崔颢《发锦沙村》，《当轩半落天河水》诗题出自苏颋《侍宴安乐公主山庄应制》，《清怀寻寂寞》诗题出自吴少微《和崔侍御日用游开化寺阁》等等。这些诗人没有别集单行，他是如何获得这些唐诗的？难道郑经阅读面特别广博？他有那么丰富的藏书吗？经查，这些诗歌包括上述杜甫、王维等人诗歌，全部见于钟惺、谭元春所编的《唐诗归》。《唐诗归》编纂于万历末年，三十六卷，初刻于万历四十五年（1617），风行一时，几乎家置一本，从万历至明末，先后刊刻九次，平均每三年一版③。郑经毫无疑问会阅读这部畅销天下的唐诗选

①《东壁楼集》卷二，第660页。

②《东壁楼集》卷四，第721页。

③参见金生奎：《明代唐诗选本研究》，合肥工业大学出版社，2007年，第115—120页。

本。巧合的是,《唐诗归》入选盛唐诗歌最多的诗人是杜甫(316首),其次是王维(112首),这也是郑经借用诗句为题最多的两位诗人,入选初唐诗歌最多的诗人是宋之问(49首)、张九龄(47首)①,他们也是郑经借用诗句为题名列第三第四的诗人。所以,可以肯定地说,郑经这类诗题基本来自于《唐诗归》。

其次,爱好写景。《东壁楼集》中,时事题材的作品非常有限,山水风月题材却相当普遍。当郑经游览自然风光时,触目所见的景象会唤起他熟悉的唐诗记忆,便信手拈来,作为即景抒怀的题目。他所选用的诗句,基本上都是写景诗。兹以他所用的杜诗为例:

> 江湖后摇落(《蒹葭》)、松浮欲尽不尽云(《阆山歌》)、红见海东云(《晴二首》)、山光见鸟情(《移居夔州作》)、玉山高并两峰寒(《九日蓝田崔氏庄》)、绝岛容烟雾(《大历三年春白帝城放船四十韵》)、江路野梅香(《西郊》)、青惜峰峦过(《放船》)、水色含群动(《瀼西寒望》)、寒江动碧虚(《秋野五首》)、孤云亦群游(《幽人》)、花柳更无私(《后游》)、江鸣夜雨悬(《船下夔州郭宿别王十二判官》)、江流宿雾中(《客亭》)、花叶随天意(《冬深》)②、江山非故园(《日暮》)、星月动秋山(《草阁》)、暗飞萤自照(《倦夜》)、五月江深草阁寒(《严公仲夏枉驾草堂兼携酒馔》)。

杜诗本以反映时事著称,而郑经撷取的诗题几乎清一色的写景诗句,鲜明地体现出他的取向。

第三,爱好律诗。《东壁楼集》按体裁编撰,一体一卷,看似各体均衡,其实不然。兹就各卷诗歌及以诗句为题之诗统计如下:

---

① 参见陈国球:《"引古人精神,接后人心目"——〈唐诗归〉初探》,《香港中国古典文学研究论文选粹(1950—2000)》,邝健行、吴淑钿编选,江苏古籍出版社,2003年,第454—455页。

② 《杜诗详注》卷二十二《冬深》作"花叶惟天意",《唐诗归》卷二十一《冬深》作"花叶随天意",可见郑经所读杜诗应是《唐诗归》所选内容。

卷次	体裁	诗歌总数	以诗句为题的数量	所占比例
卷一	五言古诗	88	9	10.2%
卷二	七言古诗	60	13	21.7%
卷三	五言律诗	104	44	42.3%
卷四	七言律诗	89	44	49.4%
卷五	五言排律	41	3	7.3%
卷六	七言排律	21	1	4.8%
卷七	五言绝句	24	2	8.3%
卷八	七言绝句	53	3	5.7%

从上表可以看出，五律与七律合计193首，占总数的40%，优势明显。恰恰在这两种样式中，以诗句为题的诗歌占比最高，两者相加共为89首诗，占以诗句为题总数119首的74.7%，体现出鲜明的体裁倾向。之所以如此，那是因为五律、七律更适宜经营出工整的描摹景象的诗句。

上述因素，可能还只是郑经爱用唐诗为题的表层原因。深层原因是郑经的延平王和"先朝汉臣"的特殊身份，让他形成了存同去异的文化心理，倾向于用唐诗为代表的大陆诗学传统来写他熟悉的风光，寄托他的"西方美人之思"。仅就此而言，郑经以前人诗句为题，与《四库全书总目》所说的以古句为题，似同实异。他少了写作省试诗的功利动机，少了写作拟古诗的多重束缚，多了自由选择、自由发挥的空间，还能上承唐诗的精神，给人以亲切感，这既有利于唐诗的传播，又有利于扩大自己诗歌的影响。郑经以其特殊的地位，将《唐诗归》带到台湾，以其中一些诗句为题，对台湾早期诗歌的发展，应该起到了积极的示范和引领作用。不足之处在于，这类以前人诗句为题的诗歌，难免重复前人已道之景，导致不够新警。

三、鲜见本土风情的台湾诗

早期渡台文人普遍带着好奇的眼光，热衷于吟咏台湾的风土人情，举凡天文气象、奇花异果、山川道路、原住民风情、台湾八景、台湾竹枝词等等，连篇累牍，以致台湾风情书写成了渡台文人写作的重要内容。郑经却与众不同。朱鸿林早就指出，《东壁楼集》作为史料的不足之处，"在于它们没有道及台湾各处山川原港和城乡居聚等地理名称，没有吟述风土民俗和民生物态，没有触及岛上的实际时事"[1]，也就是说，《东壁楼集》的大多数诗歌缺少鲜明的台湾地域特色。

客观地说，《东壁楼集》有少数诗歌带有一些台湾的地域性。如《雨》写台湾的雷暴天气，比较形象："海气合空际，飞云乍触石。电光忽闪烁，雷霆声吓吓。烟雾席卷来，皓日变无赤。烈风吹渐渐，骤雨飞入宅。沟壑水漫漫，盈流遍千陌。欢呼声载道，歌薰绕霄碧。"只是这类诗数量很少，而且也非台湾独有。还有一些诗歌含有台湾地名，则非台湾莫属。如这首《题东宁胜境》：

> 定鼎宁都大海东，千山百壑远横空。芳林迥出青云外，绿水长流碧涧中。两岸人烟迎晓日，满江渔棹乘朝风。曾闻先圣为难语，汉国衣冠万古同。[2]

郑经东渡台湾之后，改东都为东宁，作为明郑政权的首府，在今台湾台南境内。全诗气势宏大，一气直下。第一句个性鲜明，独一无二，但以下各句，则流于宽泛，未能写出东宁的地理位置和环境特点。他的《东楼望》与此相似：

> 东阁出水滨，骋望若无凭。环槛青山耸，大海云气蒸。风恬波不扬，戏潮双石鲮。远岫何葱翠，芳林晓烟凝。未报秋光转，已见逐鸟鹰。临风动远怀，击楫念清澄。[3]

---

① 《明史研究》第4辑，第220页。
② 《东壁楼集》卷四，第701页。
③ 《东壁楼集》卷一，第629页。

东楼即是郑经的住处东壁楼，诗中三四句状东壁楼的环境，特点相对突出一些。但其他诗句则没有地域特色。他对另一住处潜苑的书写也是泛泛写来：

> 潜苑楼台上，巍巍接碧天。红莲含宿雨，绿柳带朝烟。归鸟集芳树，游鱼跃紫渊。夜思还入梦，拟到白云边。
>
> ——《东壁楼集》卷三《题潜苑景》①
>
> 翠楼高耸半云天，潜苑芳林绕瑞烟。辛夜不堪垂薄钓，轻舟拟驻绿杨边。
>
> ——《东壁楼集》卷八《再咏潜苑景一绝》②

诗中所写只是普通的春夏楼台景象，如果就诗论诗，我们根本无法判断这座潜苑是在台湾还是在大陆，是在南方还是在北方，是王邸还是富家别院。

郑经为什么会这样？难道就没有一点好奇心或者没有足够的表现力？当然不是，前引《忆在铜陵时有感作》所写雪压青松的冬景，说明他对不同地方的景色葆有兴趣，《秋浦歌得心字》所写秋浦景象，能娴熟地化用李白《秋浦歌》中诗句，轻而易举锁定秋浦其地，说明他年轻时就具有较强的诗歌表现能力。难道是他对台湾、福建的环境太熟悉，以致他对台湾的风土人情习以为常、熟视无睹？可是，同是福建人的王忠孝写下了《东宁风土沃美急需开济诗勖同人》等诗，福建人卢若腾写下了《东都行》等诗，说明在很多福建人看来，台湾还是有着诸多鲜明的差异。

究其原因，关键之处在于郑经的独特身份。

郑经渡台，继承其父的延平王位，是明郑政权的代表，是台湾的主人。他具有较强烈的主人公意识。如他能关心民生，有苦旱求雨之作，天未降雨，便自我罪责。其《祈雨未应自罪三章》其一曰："祈雨不来心未

---

① 《东壁楼集》卷三，第675页。
② 《东壁楼集》卷八，第752页。

虔，皆繇予罪深如渊。昊苍若悯万黔苦，早赐飞云触石天。"①他能享受特殊的歌舞娱乐，如《东楼宴舞》："缈缈高楼笑语香，娇姿双舞白霓裳。酒阑忽听凌云曲，宛若流泉洗醉狂。"②他能有人伺候出游，如《和柯仪宾侍游潜苑咏》。而其他渡台人员，无论是否作官，哪怕官任道台，也都难以摆脱宦游客台的角色。作客他乡，自然带有他者的眼光。这是郑经与其他渡台人员的本质区别。作为主人，他不能带有他者猎奇的眼光来看待自己的土地和子民，更不能放大所治地区的荒蛮落后，愚昧无知，而应该适应、习惯这一切，并努力发现其优长，弱化其短处。其《东壁楼》吟咏其住处："高楼远峙白云边，绿海环城动碧涟。孤渚彩霞生画阁，一江明月度渔船。朱帘斜卷盘波日，玉槛横栖出岫烟。听政余闲觉寂寞，寄情山水墨翰筵。"③前六句写景高华富贵，俨然王家气象，末联"听政"二字体现了他的延平王身份。王者身份注定他不能把东壁楼写得简陋寻常。

同时，郑经拥戴南明政权，又是明王朝的臣子。《题东壁楼景自叙》曰："西郭楼台近水滨，青山白云相与邻。试问阁中谁隐者，昔日先朝一汉臣。"④先朝指明王朝，"汉臣"突出与满族政权的区别。他以"先朝汉臣"自居，把自己当成是明王朝隐居在台湾的一个大臣，期待有朝一日能回到明王朝。《自叹自想》云："渡海东来忽几秋，勋名未遂不胜愁。卧龙犹复待云雨，有日高飞遍九州。"⑤他希望能反清复明，颇有些壮怀激烈的情绪。《悲中原未复》曰："胡虏腥尘遍九州，忠臣义士怀悲秋。既无博浪子房击，须效中流祖逖舟。故国山河尽变色，旧京宫阙化成丘。复仇雪耻知何日，不斩楼兰誓不休。"⑥这种"先朝汉臣"角色及其背后的大一统思想，强化了台湾与明政权的关联，使得他将台湾视为明政权的一部分，从而有意将台湾与大陆一体化。在这种意识的支配下，郑经自然有意淡化台

①《东壁楼集》卷八，第753页。

②《东壁楼集》卷八，第755页。

③《东壁楼集》卷四，第712—713页。

④《东壁楼集》卷八，第751页。

⑤《东壁楼集》卷八，第752页。

⑥《东壁楼集》卷四，第704页。

湾的地域性差异，更加注重与大陆的一致性。他一再以唐人写景诗句为题，选择性描写那些与大陆相同的台湾风光，忽略那些陌生化的对象，就是这种"先朝汉臣"意识的产物。他的《江山非故园》说得很明白：

> 绿海波流西复东，新城瑞气绕帘栊。故园深趣犹堪赏，旧国中宵还入梦。舞罢更残常耿耿，醉余胆苦自忡忡。江山景色虽然异，风月清辉万里同。[①]

他在台湾思念故乡，梦回故园，梦醒之后，看看身边景象，顿感"江山非故园"，认识到此处景象与故园的诸多不同，但他并没有将不同之处写出来，而是跳出具体景象，反用杜甫《日暮》"风月自清夜，江山非故园"之意，以"风月清辉万里同"来消弭差异，体现了重同轻异、存同去异的文化心理。

在这种心理作用下，郑经出游时的眼光总是落在似曾相识的山水风月上，以便从中获得心灵的慰藉，借以排遣自己的忧愁苦闷。如《河上逢落花》："泛舟河上去，绕遍绿长堤。河水汪洋大，始觉山雨霎。浑流千里出，落花万点缇。挥棹忘远近，疑入武陵溪。"[②]写的是习见的河岸美景，结句落入桃花源，给他以精神享受。又如《独立》："静听碧涧流，倚仗空独立。云峰层层绕，重雾苔径湿。潺湲清有韵，泉出千仞岌。乱石叠涧中，溪流声转急。伫望自神怡，不觉红日入。"[③]他像是个隐士，独自游览，静静地欣赏着山水清音，达到"神怡"的目的。这些普遍性的景观，让人们无法判断是写作于台湾还是大陆。下面这首《秋夕书怀》则可以肯定写作于台湾：

> 浩然景高秋，悠悠泛清览。远怀动凉宵，临风忽有感。渡海今十

---

① 《东壁楼集》卷四，第711页。
② 《东壁楼集》卷一，第632页。
③ 《东壁楼集》卷一，第639页。

载，未能大披胆。岁月转相催，忧心自惨惨。夜清天更高，河流水澹澹。排解忧郁情，烟月笼菡萏。[①]

来台十年，岁月蹉跎，有志难酬，传统文人的悲秋情怀涌上心头，让其心情更加忧郁。于是，他像传统的士大夫一样，借助最常见的风月、花草来加以排解，可见他一直扎根于中华传统文化之中。

当时，明郑是独立于清王朝、尊奉南明的海外政权，那些客台人员在政治身份上难免有些尴尬。他们既不能反对明郑政权，主动投身于清王朝，又不能投靠仅具象征意义的南明政权，只能寄身明郑政权，得过且过，一边思念故园，一边在台湾新奇的风土人情中获得些许乐趣。郑经的独特之处在于，他不仅思念故园，还心系明王朝以及传统文化，寄望于反清复明，回到明王朝，回到内陆。他在《东壁楼集序》中用"无非西方美人之思"来概括自己诗集的主旨，这是立足于台湾对文学传统的巧妙点化。相对于台湾而言，明王朝在海峡之西，堪称隔水相望、可望而不可即的西方美人。《诗经·邶风·简兮》："山有榛，隰有苓。云谁之思？西方美人。彼美人兮，西方之人兮。"张衡《四愁诗》："我所思兮在桂林，欲往从之湘水深，侧身南望涕沾襟。"苏轼《前赤壁赋》："渺渺兮予怀，望美人兮天一方。"郑经从这些具有象征意味的诗句中提炼出新的表达——"西方美人之思"，用来指代他对美丽的故园山川、对明王朝以及中华民族悠久的文化传统的思念，别具慧心，避免了过于具体而落于形相的局限，内涵丰富而引人深思。

[原刊《苏州大学学报（哲学社会科学版）》2020年第4期]

---

① 《东壁楼集》卷一，第633页。

引用文献

（按书名音序排列）

B

《白居易集笺校》，（唐）白居易著，朱金城笺校，上海古籍出版社，1988年。

《白苏斋类集》，（明）袁宗道著，钱伯城标点，上海古籍出版社，2007年。

《北固山碑文选》，北固山风景区编，江苏大学出版社，2013年。

《北宋诗文革新研究》，程杰著，内蒙古教育出版社，2000年。

《宾退录》，（宋）赵与时撰，齐治平校点，上海古籍出版社，1983年。

C

《藏一话腴》，（宋）陈郁撰，适园丛书本。

《耻堂文稿》，（宋）高斯得著，文渊阁《四库全书》本。

《春浮园文集》，（明）萧士玮著，清光绪刻本。

《辍耕录》，（元）陶宗仪著，中华书局，1959年。

《词集考》，饶宗颐著，中华书局，1992年。

《词苑丛谈校笺》，（清）徐釚撰，王百里校笺，人民文学出版社，

1998年。

《翠微南征录北征录合集》，（宋）华岳著，黄山书社，1993年。

D

《大金吊伐录校补》，（金）佚名编，金少英校补，中华书局，2001年。

《大金国志校证》，（宋）宇文懋昭撰，崔文印校证，中华书局，1986年。

《戴复古诗集》，（宋）戴复古著，金芝山校点，浙江古籍出版社，1992年。

《邓广铭全集》，河北教育出版社，2005年。

《第六届宋代文学国际研讨会论文集》，周裕锴编，巴蜀书社，2011年。

《东壁楼集》，（清）郑经著，《台湾古籍丛编》，陈庆元主编，于莉莉点校，福建教育出版社，2017年。

《杜甫集校注》，谢思炜校注，上海古籍出版社，2015年。

《杜甫评传》，金启华、胡问涛著，陕西人民出版社，1984年。

《杜甫评传》，莫砺锋著，南京大学出版社，1993年。

《杜甫全集校注》，萧涤非主编，廖仲安等副主编，人民文学出版社，2014年。

《杜诗详注》，（唐）杜甫著，（清）仇兆鳌注，中华书局，1979年。

F

《范成大笔记六种》，（宋）范成大著，孔凡礼点校，中华书局，2002年。

《范石湖集》，（宋）范成大著，上海古籍出版社，1981年。

《焚椒录》，（辽）王鼎著，明宝颜堂秘籍本。

《风月堂诗话》，（宋）朱弁著，陈新点校，中华书局，1988年。

《奉使辽金行程录》，赵永春辑注，商务印书馆，2017年。

G

《攻媿集》，（宋）楼钥著，清武英殿聚珍版丛书本。

《古典文学资料汇编·陆游卷》，孔凡礼、齐治平辑，中华书局，1962年。

《故宫博物院藏历代绘画题诗存》，赵苏娜著，山西教育出版社，1988年。

《归潜志》，（金）刘祁著，崔文印点校，中华书局，1997年。

《癸辛杂识》，（宋）周密著，吴企明点校，中华书局，2004年。

《贵耳集》，（宋）张端义著，文渊阁《四库全书》本。

H

《汉滨集》，（宋）王之望著，文渊阁《四库全书》本。

《郝经集编年校笺》，田同旭校笺，人民文学出版社，2018年.

《鹤林玉露》，（宋）罗大经著，王瑞来点校，中华书局，1983年。

《后村诗话》，（宋）刘克庄著，王秀梅点校，中华书局，1983年。

《滹南遗老集校注》，（金）王若虚撰，胡传志、李定乾校注，辽海出版社，2006年。

《黄庭坚全集》，刘琳等校点，四川大学出版社，2001年。

《黄庭坚全集辑校编年》，郑永晓整理，江西人民出版社，2008年。

《黄庭坚诗集注》，（宋）黄庭坚撰，任渊、史容、史季温注，刘尚荣校点，中华书局，2003年。

《蕙风词话》，况周颐撰，《词话丛编》本，中华书局，1986年。

J

《鸡肋编》，（宋）庄绰著，中华书局，1983年。

《鸡肋集》，（宋）晁补之著，四部丛刊景明本。

《集句诗嬗变研究》，张明华著，中国社会科学出版社，2011年。

《家世旧闻》，（宋）陆游著，中华书局，2006年。

《稼轩词编年笺注》，（宋）辛弃疾著，邓广铭笺注，上海古籍出版社，1993年。

《稼轩词校注附诗文年谱》，（宋）辛弃疾著，郑骞校注，林玫仪整理，台湾大学出版中心，2013年。

《建炎以来朝野杂记》，（宋）李心传著，徐规点校，中华书局，2000年。

《建炎以来系年要录》，（宋）李心传著，胡坤点校，上海古籍出版社，1992年。

《剑南诗稿校注》，（宋）陆游著，钱仲联校注，上海古籍出版社，1985年。

《江湖小集》，（宋）陈起编，文渊阁《四库全书》本。

《金代科举》，薛瑞兆著，中国社会科学出版社，2004年。

《金代前期词研究》，刘锋焘著，陕西师范大学，1998年。

《金代书画家史料汇编》，伊葆力编，人民美术出版社，2010年。

《金代文学编年史》，牛贵琥著，安徽大学出版社，2011年。

《金代文学家年谱》，王庆生著，凤凰出版社，2005年。

《金代文学研究》，胡传志著，安徽大学出版社，2000年。

《金诗纪事》，陈衍辑撰，王庆生增订，上海古籍出版社，2003年。

《金史》，（元）脱脱等撰，点校本二十四史修订本，中华书局，2020年。

《金宋关系史研究》，赵永春著，吉林教育出版社，1999年。

《金文雅》，（清）庄仲方编，光绪辛卯江苏书局重刊本。

《金文最》，（清）张金吾编，中华书局，1990年。

《金元词论稿》，赵维江著，中国社会科学出版社，2000年。

《金章宗传》，范军、周峰著，中国广播出版社，2003年。

《晋书》，（唐）房玄龄等撰，中华书局，1974年。

《景文集》，（宋）宋祁著，文渊阁《四库全书》本。

《靖康稗史笺证》，（宋）确庵、耐庵编，崔文印笺证，中华书局，1988年。

《旧五代史》，（宋）薛居正等撰，中华书局，1976年。

K

《困学纪闻》，（明）王应麟著，上海古籍出版社，2005年。

L

《历代论词绝句笺注》，程郁缀、李静著，北京大学出版社，2014年。

《历代诗话》，（清）吴景旭撰，中华书局，1958年。

《莲堂诗话》，（元）祝诚撰，《丛书集成初编》本，中华书局，1985年。

《辽东行部志注释》，（金）王寂著，张博泉注释，黑龙江人民出版社，1984年。

《辽金诗史》，张晶著，辽海书社，2020年。

《辽金元诗选》，章荑荪选注，古典文学出版社，1958年。

《辽史》，（元）脱脱等撰，中华书局，2003年。

《辽史丛考》，傅乐焕著，中华书局，1984年。

《辽史拾遗》，（清）厉鹗著，文渊阁《四库全书》本。

《列朝诗集》，（清）钱谦益撰辑，许逸民、林淑敏点校，中华书局，

2007年。

《列宁全集》，人民出版社，1984年。

《林次崖先生文集》，（明）林希元撰，何丙仲校注，厦门大学出版社，2015年。

《刘辰翁集》，段大林校点，江西人民出版社，1987年。

《刘过年表》，刘宗彬著，《宋人年谱丛刊》，四川大学出版社，2003年。

《刘克庄集笺校》，（宋）刘克庄著，辛更儒笺校，中华书局，2011年。

《刘因集》，（元）刘因著，人民出版社，2017年。

《柳宗元集》，中华书局，1979年。

《龙洲集》，（宋）刘过撰，上海古籍出版社，1978年。

《陇右文学概论》，聂大受、霍志军著，兰州大学出版社，2007年。

《陆游年谱》，于北山著，上海古籍出版社，2006年。

《陆游全集校注》，钱仲联、马亚中主编，浙江教育出版社，2011年。

《录鬼簿校订》，（元）钟嗣成撰，王钢校订，中华书局，2021年。

《栾城集》，（宋）苏辙著，曾枣庄、马德富校点，上海古籍出版社，1987年。

M

《马克思恩格斯选集》，人民出版社，1972年。

《漫堂说诗》，（清）宋荦著，《清诗话》本，上海古籍出版社，1978年。

《漫塘文集》，（宋）刘宰著，浙江鲍士恭家藏本。

《梅磵诗话》，（宋）韦居安撰，《历代诗话续编》本，中华书局，2004年。

《梅山续稿》，（宋）姜特立撰，傅增湘家藏抄本。

《梅尧臣集编年校注》，朱东润校注，上海古籍出版社，2006年。

《孟东野诗集》，（唐）孟郊著，人民文学出版社，1959年。

《梦溪笔谈校证》，（宋）沈括著，胡道静校证，上海古籍出版社，1987年。

《闽海纪要》，夏琳撰，《台湾文献丛刊》第一辑，众文图书股份有限公司，1979年。

《明史研究》（第4辑），王毓铨主编，黄山书社，1994年。

《木雁斋书画鉴赏笔记》，张珩著，上海书画出版社，2015年。

N

《南涧甲乙稿》，（宋）韩元吉撰，清武英殿聚珍版丛书本。

《南史》，（唐）李延寿撰，中华书局，1975年。

《南宋馆阁录 续录》，（宋）陈骙撰，中华书局，1988年。

《南宋全史》，何忠礼著，上海古籍出版社，2011年。

《内自讼斋文集》，（清）周凯撰，《清代诗文集汇编》，第528册，上海古籍出版社，2010年。

O

《瓯北诗话》，赵翼著，江守义等校注，人民文学出版社，2013年。

《欧阳修全集》，李逸安点校，中华书局，2001年。

《欧阳修诗文集校笺》，洪本健校笺，上海古籍出版社，2009年。

《欧阳玄全集》，汤锐注解，四川大学出版社，2010年。

P

《裴斐文集》，人民文学出版社，2013年。

《澎湖厅志》，（清）林豪撰，《台湾文献史料丛刊》，第1辑第15册，台湾大通书局，1984年。

《屏山集》，（宋）刘子翚撰，明刻本。

《鄱阳三洪集》，（宋）洪适、洪遵、洪迈著，凌郁之辑校，江西人民出版社，2011年。

Q

《七修类稿》，（明）郎瑛著，上海书店出版社，2009年。

《齐东野语》，（宋）周密撰，张茂鹏点校，中华书局，2004年。

《契丹国志》，（宋）叶隆礼撰，贾敬颜、林荣贵点校，上海古籍出版，1985年。

《钱注杜诗》，（清）钱谦益注，上海古籍出版社，2009年。

《清波杂志校注》，（宋）周煇撰，刘永翔校注，中华书局，1994年。

《清代台湾行郊研究》，卓克华著，福建人民出版社，2006年。

《〈清明上河图〉新论》，故宫博物院编，故宫出版社，2011年。

《〈清明上河图〉研究文献汇编》，辽宁省博物馆编，万卷出版公司，2007年。

《青楼集笺注》，夏庭芝著，孙崇涛、徐宏图笺注，中国戏剧出版社，1990年。

《曲洧旧闻》，（宋）朱弁撰，孔凡礼点校，中华书局，2002年。

《全金元词》，唐圭璋编，中华书局，1992年。

《全金元词评注》，刘锋焘主编，西安出版社，2014年。

《全辽金文》，阎凤梧主编，山西古籍出版社，2001年。

《全宋词》，唐圭璋编，中华书局，1985年。

《全宋诗》，傅璇琮等编，北京大学出版社，1998年。

《全宋诗辑补》，汤华泉辑撰，黄山书社，2016年。

《全宋文》，曾枣庄、刘琳主编，上海辞书出版社、安徽教育出版社，2006年。

《全台诗》，施懿琳主编，台湾文学馆，2004年。

R

《人间词话》，王国维著，《词话丛编》本，中华书局，1986年。
《容春堂集》，（明）邵宝著，文渊阁《四库全书》本。
《容斋随笔》，（宋）洪迈撰，孔凡礼点校，中华书局，2005年。

S

《三朝北盟会编》，（宋）徐梦莘撰，上海古籍出版社，1987年。
《三苏坟资料汇编》，郏县档案馆编，河南大学出版社，1986年。
《邵氏闻见后录》，（宋）邵博撰，中华书局，1983年。
《邵氏闻见录》，（宋）邵伯温撰，中华书局，1983年。
《涉斋集》，（宋）许及之著，民国敬乡楼丛书本。
《沈周集》，（明）沈周著，张修龄、韩星婴点校，上海古籍出版社，2013年。
《审美之思》，张晶著，北京广播电影学院出版社，2002年。
《诗话总龟》，（宋）阮阅编著，人民文学出版社，2005年。
《诗品笺注》，（梁）钟嵘著，曹旭笺注，人民文学出版社，2009年。
《诗薮》，（明）胡应麟著，上海古籍出版社，1979年。
《施食通览》，（宋）宗晓撰，《续藏经》，第101册，台北新文丰出版公司，1994年。
《石湖词校注》，（宋）范成大著，黄畲校注，齐鲁书社，1989年。
《石洲诗话》，（清）翁方纲撰，《清诗话续编》本，上海古籍出版社，1983年。
《史通》，刘知几著，浦起龙通释，上海古籍出版社，2015年。
《庶斋老学丛谈》，盛如梓撰，文渊阁《四库全书》本。

《双溪醉隐集》，（元）耶律铸著，文渊阁《四库全书》本。

《水明楼文集》，白敦仁著，浙江古籍出版社，2015年。

《说郛》，（明）陶宗仪撰，中国书店1986年影印涵芬楼本。

《司马温公集编年笺注》，（宋）司马光著，李之亮笺注，巴蜀书社，2009年。

《四朝闻见录》，（宋）叶绍翁撰，沈锡麟、冯惠民点校，中华书局，1989年。

《四库全书总目》，（清）永瑢等著，中华书局，1965年。

《松隐集》，（宋）曹勋著，民国嘉业堂丛书本。

《宋代诗学通论》，周裕锴著，巴蜀书社，1997年。

《宋代外交制度研究》，吴晓萍著，安徽人民出版社，2006年。

《宋会要辑稿》，（清）徐松辑，中华书局，2006年。

《宋金文学的交融与演进》，胡传志著，北京大学出版社，2013年。

《宋景文公笔记》，（宋）宋祁撰，《全宋笔记》第一编，大象出版社，2003年。

《宋人别集叙录》，祝尚书著，中华书局，1999年。

《宋诗选注》，钱锺书选注，人民文学出版社，2005年。

《宋史》，（元）脱脱等撰，中华书局，1985年。

《宋史全文》，（元）佚名撰，文渊阁《四库全书》本。

《宋书》，（梁）沈约撰，中华书局，1974年。

《宋元诗社研究丛稿》，欧阳光著，广东高等教育出版社，2011年。

《宋中兴学士院题名录》，（宋）何异著，《宋代传记资料丛刊》本，北京图书馆出版社，2006年。

《苏轼诗集》，（宋）苏轼著，孔凡礼点校，中华书局，1982年。

《苏轼文集》，（宋）苏轼著，孔凡礼点校，中华书局，1992年。

《苏文系年考略》，吴雪涛著，内蒙古教育出版社，1990年。

《隋书》，（唐）魏征、令狐德棻撰，中华书局，1982年

《孙公谈圃》，（宋）孙升口述，孙延世笔录，中华书局，2012年。

《孙应时的学宦生涯》，黄宽重著，中国友谊出版公司，2021年。

T

《台州府志》，（清）喻长霖编，成文出版社，1970年。

《谈艺录》，钱锺书著，中华书局，1984年。

《唐才子传校笺》，傅璇琮主编，中华书局，1990年。

《唐人选唐诗新编》，傅璇琮主编，中华书局，2014年。

《唐诗汇评》，陈伯海主编，浙江教育出版社，1995年。

《唐宋历史文献研究丛稿》，梁太济著，上海古籍出版社，2004年。

《唐宋诗歌论集》，莫砺锋著，凤凰出版社，2007年。

《苕溪渔隐丛话》，（宋）胡仔纂集，廖德明校点，人民文学出版社，1984年。

《桯史》，（宋）岳珂撰，吴企明点校，中华书局，2005年。

《通志堂集》，（清）纳兰性德著，上海古籍出版社，1979年。

《统一与分裂——中国历史的启示》，葛剑雄著，生活·读书·新知三联书店，1994年。

W

《万首论诗绝句》，郭绍虞、钱钟联、王遽常编，人民文学出版社，1991年。

《万姓统谱》，（明）凌迪志著，上海古籍出版社，1994年。

《王安石诗文系年》，李德身编著，陕西人民教育出版社，1987年。

《王国维全集》，王国维著，浙江教育出版社，2010年。

《王荆公诗注补笺》，王安石著，李壁注，李之亮补笺，巴蜀书社，2002年。

《王荆文公诗笺注》，王安石著，李壁注，高克勤点校，上海古籍出版社，2010年。

《王水照自选集》，王水照著，上海教育出版社，2000年。

《渭南文集校注》，陆游著，马亚中、涂小马校注，浙江古籍出版社，2015年。

《魏晋南北朝文学论集》，南京大学中国语言文学系主编，南京大学出版社，1997年。

《文章辨体序说 文章体明辨序说》，（明）徐师曾著，罗根泽点校，人民文学出版社，1962年。

《瓮牖闲评 考古质疑》，（宋）袁文、叶大庆撰，李伟国校点，中华书局，2007年。

《吴孟复安徽文献研究丛稿》，吴孟复著，黄山书社，2006年。

《吴中小志续编》，（明）文震孟编，广陵书社，2013年。

《五代会要》，（宋）王溥编，上海古籍出版社，1978年。

《五代宋金元人边疆行记十三种疏证稿》，贾敬颜疏证，中华书局，2004年。

X

《夏承焘集》，浙江古籍出版社、浙江教育出版社，1997年。

《现实政治》，傅斯年著，陕西人民出版社，2012年。

《谢灵运集校注》，顾绍柏校注，中州古籍出版社，1987年。

《辛弃疾词心探微》，刘扬忠著，济南出版社，1990年。

《辛弃疾集编年校注》，辛更儒校注，中华书局，2015年。

《辛弃疾评传》，巩本栋著，南京大学出版社，1998年。

《新安文献志》，程敏政辑撰，黄山书社，2004年。

《新编全金诗》，薛瑞兆编，中华书局，2021年。

《新唐书》，（宋）欧阳修、宋祁撰，中华书局，1976年。

《新五代史》，（宋）欧阳修撰，徐无党注，中华书局，1976年。

《徐似道集》，项琳冰校注，浙江大学出版社，2016年。

《徐朔方集》，浙江古籍出版社，1993年。

《续夷坚志》，元好问撰，常振国点校，中华书局，2006年。

《续资治通鉴长编》，（宋）李焘撰，中华书局，1979—1993年。

《宣和遗事》，（宋）佚名撰，丛书集成初编本，中华书局，1985年。

Y

《鸭江行部志注释》，王寂著，张博泉注释，黑龙江人民出版社，1984年。

《杨万里集笺校》，辛更儒笺校，中华书局，2007年。

《杨万里年谱》，于北山著，于蕴生整理，上海古籍出版社，2006年。

《杨万里选集》，周汝昌选注，上海古籍出版社，1979年。

《姚燧集》，查洪德辑校，人民文学出版社，2011年。

《邺都佚志辑校注》，许作民辑校注，中州古籍出版社，1996年。

《夷坚志》，（宋）洪迈撰，何卓点校，中华书局，1981年。

《遗山乐府校注》，（金）元好问著，赵永源校注，凤凰出版社，2006年。

《艺苑卮言校注》，王世贞著，罗仲鼎校注，齐鲁书社，1992年。

《益部谈资》，（明）何宇度撰，清抄本。

《瀛奎律髓汇评》，（元）方回选评，李庆甲集评校点，上海古籍出版社，1986年。

《有不为斋随笔》，（清）光聪谐撰，光绪十三年刻本。

《娱书堂诗话》，（宋）赵与虤撰，文渊阁《四库全书》本。

《玉楮集》，（宋）岳珂撰，文渊阁《四库全书》本。

《玉海》，（宋）王应麟撰，文渊阁《四库全书》本。

《玉壶野史》，（宋）文莹撰，文渊阁《四库全书》本。

《玉堂嘉话》，（元）王恽撰，杨晓春点校，中华书局，2006年。

《御选唐宋诗醇》，莫砺锋主编，商务印书馆，2019年。

《元好问〈论诗绝句〉笺证》，邓昭祺笺证，当代文艺出版社，1993年。

《元好问〈论诗三十首〉集说》，刘泽集说，山西人民出版社，1992年。

《元好问〈论诗三十首〉小笺》，（金）元好问著，郭绍虞笺释，人民文学出版社，1998年。

《元好问〈论诗三十首〉研究》，方满锦著，台北万卷楼图书股份有限公司，2002年。

《元好问诗编年校注》，狄宝心校注，中华书局，2011年。

《元好问文编年校注》，狄宝心校注，中华书局，2012年。

《元好问资料汇编》，孔凡礼编，学苑出版社，2008年。

《元诗选》，（清）顾嗣立编，中华书局，1987年。

《元史》，（明）宋濂等撰，中华书局，1976年。

《元稹集》，冀勤点校，中华书局，1982年。

《袁桷集》，李军等校点，吉林文史出版社，2010年。

《袁枚全集新编》，王英志主编，浙江古籍出版社，2015年。

《越缦堂日记》，（清）李慈铭撰，辽宁教育出版社，2001年。

Z

《湛然居士文集》，（元）耶律楚材著，谢方点校，中华书局，1986年。

《招隐小集》，（宋）刘仙伦撰，《宋集珍本丛刊》本，线装书局，2004年。

《赵秉文集》，马振君校点，黑龙江大学出版社，2014年。

《赵翼全集》，曹光甫校点，凤凰出版社，2009年。

《郑经〈东壁楼集〉研究》，阮筱琪著，花木兰文化出版社，2012年。

《直斋书录解题》，（宋）陈振孙著，徐小蛮、顾美华点校，上海古籍出版社，2005年。

《中国古代诗文名著提要》，傅璇琮主编，河北教育出版社，2009年。

《中国古代文学批评方法研究》，张伯伟著，中华书局，2002年。

《中国古代文学通论》（宋代卷），刘扬忠主编，辽宁人民出版社，2005年。

《中国名画鉴赏辞典》，伍蠡甫主编，上海辞书出版社，1993年。

《中国诗话史》，蔡镇楚著，湖南文艺出版社，1988年。

《中山诗话》，（宋）刘攽撰，《历代诗话》本，中华书局，1982年。

《中州集校注》，元好问编，张静校注，中华书局，2018年。

《周必大全集》，王蓉贵，（日）白井顺点校，四川大学出版社，2017年。

《周凯与〈闽南纪胜〉》，龚洁编，电子工业出版社，2011年。

《朱文公文集》，（宋）朱熹撰，文渊阁《四库全书》本。

《诸宫调研究》，龙建国著，江西人民出版社，2003年。

《竹坡诗话》，（宋）周紫芝撰，《历代诗话》本，中华书局，1981年。

《烛湖集》，（宋）孙应时撰，文渊阁《四库全书》本。

《走进契丹与女真王朝的文学》，赵维江主编，文化艺术出版社，2006年。

《尊白堂集》，（宋）虞俦撰，文渊阁《四库全书》本。

后　记

　　大概在十年前，《安徽师范大学文学院学术文库》开始策划并陆续出版，我一直未能交稿，原因主要在于不想与此前著作重复。眼看这套书已经出版三辑，长期缺席，有些欠妥，故编辑旧作，以侧身其间，壮大声势。

　　如果自1985年读硕士研究生算起，我从事古代文学研究已经有37年之久。当年师从四川大学邱俊鹏先生，初步确定了以宋代文学为主的研究方向；后来师从南京大学周勋初、莫砺锋先生攻读博士学位，又转向金代文学。限于才学，几十年来，我的研究领域基本不出宋辽金文学范围，先后出版了《金代文学研究》（安徽大学出版社2000年），《滹南遗老集校注》（与李定乾合撰，辽海书社2006年），《宋金文学的交融与演进》（国家哲学社会科学成果文库，北京大学出版社2013年），《金代诗论辑存校注》（人民文学出版社2017年），《元好问传论》（中华书局2020年）等书。成绩有限，人生苦短。在年近花甲之际，正好借机编这本自选集。所选二十余篇文章都刊发于2000年之后，其中1篇见于《金代文学研究》，5篇见于《宋金文学的交融与演进》，1篇见于《金代诗论辑存校注》，1篇见于《元好问传论》，其余十几篇文章都是第一次结集于此。有两篇研究清诗的论文，逸出宋辽金文学研究范围，既可以折射出大陆与台湾一体化的文学关系，与第一编宋辽金文学一体化研究形成照应，又可以展示我在宋辽金固有领域之外的尝试，故附录于后。这些文章都曾公开发表，文末标明所载刊物，以示感谢。此次结集，作了少量改动，更新了一些引用书目，统一了注释格式。书中错误与不足，请读者批评指正。

2022 年 1 月 28 日